눈보라의 운하·기행문

■ 서정자(徐正子)

초당대학교 교양과 교수.
숙명여대, 한양대, 한국외국어대 강사, 동국대 대학원 국어국문학과 석 박사과정 강사 역임. 숙명여대 대학원 문학박사, 문학평론가, 현대소설 전공. 한국여성문학학회 고문, 한국현대소설학회 회원, 한국여성학회 회원. 한국문학평론가협회 회원, 한국 여성문학인회 회원, 국제펜클럽회원.

저　서:『한국근대여성소설연구』『한국여성소설과 비평』
편　저:『한국여성소설선』1,『정월 나혜석전집』,『지하련전집』
　　　　박화성의『북국의 여명』『박화성 문학전집』
수필집:『여성을 중심에 놓고 보다』
공　저:『한국근대여성연구』『한국문학에 나타난 노인의식』『한국현대소설연구』
　　　　『한국문학과 기독교』『한국문학과 여성』『한국노년문학연구』Ⅱ, Ⅲ, Ⅳ.
논　문:「김말봉의 페미니즘문학연구」「가사노동 담론을 통해서 본 여성 이미지」
　　　　「나혜석의 처녀작 <부부>에 대하여」「이광수 초기소설과 결혼 모티브」
　　　　「최초의 여성문학평론가 임순득론」「지하련의 페미니즘 소설과 '아내의 서사'」
　　　　등 50여 편.

●

눈보라의 운하 · 기행문　박화성 소설 | 서정자 편

서정자 편저／1판 1쇄 인쇄 2004년 6월 5일／1판 1쇄 발행 2004년 6월 15일／발행처 · 푸른사상사／발행인 · 한봉숙／등록번호 제2-2876호／등록일자 1999년 8./ 주소 · 서울특별시 중구 을지로3가 296-10 장양빌딩 202호 우편번호 100-847／전화 · 마케팅부 02) 2268-8706, 편집부 02) 2268-8707, 팩시밀리 02) 2268-8798／편저자와의 협의에 의해 인지는 생략합니다.／
이메일 prun21c@yahoo.co.kr／prun21c@hanmail.net／홈페이지 · http : //www.prun21c.com 편집 · 송경란／김윤경／심효정 · 기획 마케팅 · 김두천／한신규／지순이

값 22,000원
ISBN 89-5640-243-4-03810

(박화성 문학전집 14)

눈보라의 운하 · 가행문

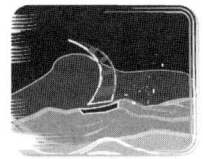

박화성 장편소설 | 서정자 편

푸른사상

50년을 메꿔온 원고지. 그러나 오늘도 다시 원고지 앞에 앉는다. 이제는 써야 한다. 후회없는 작품을 써야 한다. 그리고 써가고 있다

1976년 집필하는 박화성.

新連載豫告

女流文壇의 大家 朴花城女史가 女苑讀者를 위하여 숨김없이 털어놓은 赤裸한 自叙傳記!

花城文學 六十年의 人生과 文學의 總決算! 드디어 四月號부터 新連載!

눈보라의 運河

朴花城

作者의 말

一、

아무런 약속도 없이 나는 떠나야 했다.

내 작고 초라한 배로……

나는 매마른 땅을 파고 물을 대야만 했다. 내 긴 뱃길을 위하여……。

그것은 물이 아니라 피와 땀으로 이루어졌는지도 모르지만.

맑은 날씨와 따스한 햇볕은 언제나 내게 인색하였다.

비바람이 아니면 눈보라의 나날을 그래도 나는 오늘까지 나의 뱃길을 쉬지 않았다.

그만큼 나의 運河는 길고 먼 것이다.

二、

자신의 얘기란 비록 결점일지라도 자기의 선전이나 자랑으로 여김 받기 십상팔구다. 그래서 나는 아직 나의 자서전을 생각해 본 적이 없었다.

그러나 언젠가는 한번 없어져야 할 몸「그전에 기록이라도……」하는 주위의 권유로 붓을 들기로 했다.

1963년 잡지《여원》3월호에 실린 연재 예고

1920년 7월 정명여학교 동창회. 뒷줄 오른쪽에서 두 번째가 박화성.

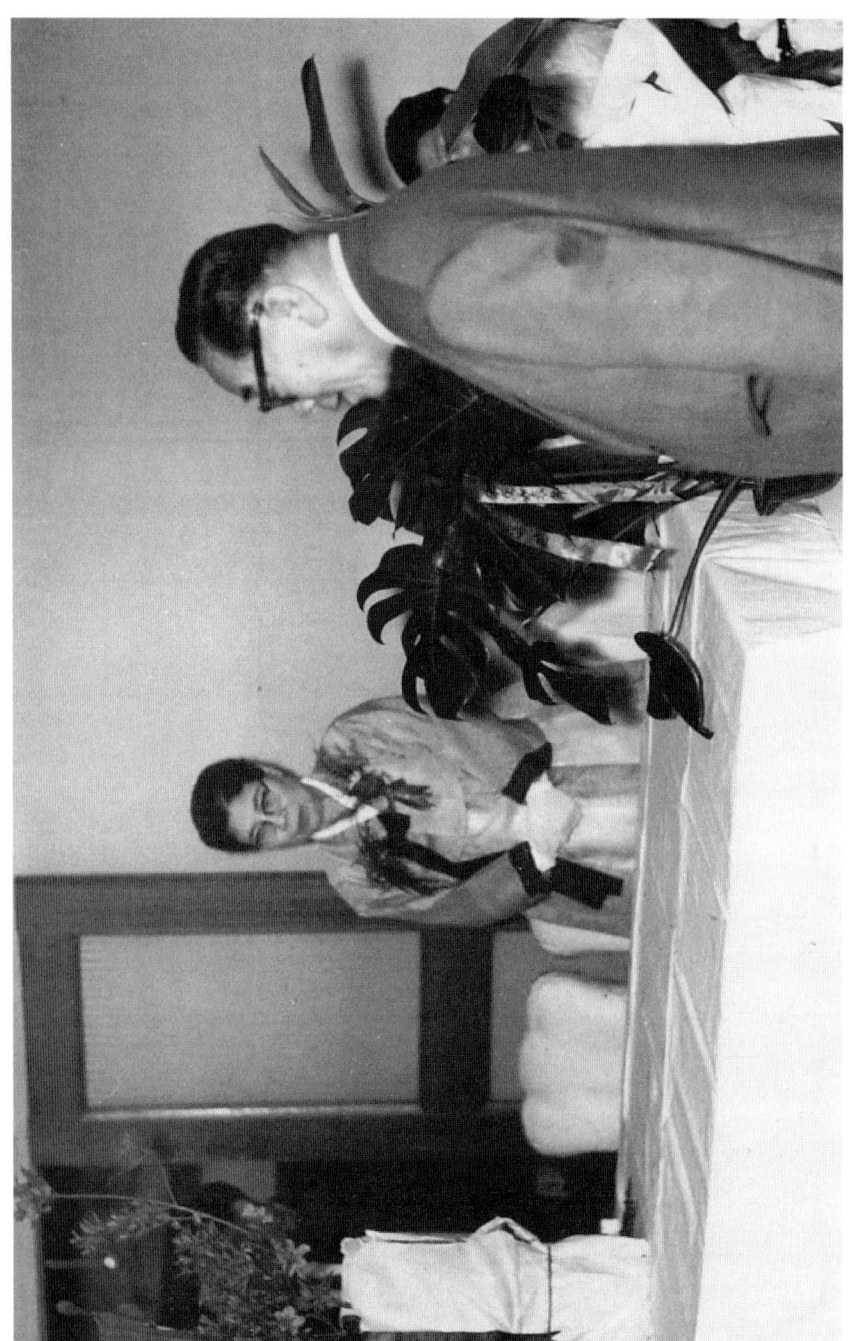

1964년 5월 27일 열린 회갑연의 박화성. 옆단 박종화가 축사를 읽는 모습. 고하.

회갑연에서의 박화성 씨, 조경희 씨와 이종환 씨.

박화성의 회갑연에 참석한 문인들. 정한숙, 유진오, 정비석, 양명문 제씨.

1927년 3월 오빠 시풍 박제민이 감옥에서 치아와 턱이 썩어 세브란스병원에서 수술을 받던 때. 방학이 되어 광주로 면회 가다가 기차에서 전보를 받고 황급히 서울로 가서 오빠의 간호를 하게 되었다.

1942년 8월 남편 천독근 씨와 함께 경주 여행 시 석굴암에서.

◀ 1944년 8월 금강산 탐승 기념 사진.

▲ 1944년 10월 금강산 탐승 기념 사진.

◀ 두 번째 금강산 탐승 때엔 6세 승준이 함께 갔다.

■ 책머리에
박화성 문학전집 발간의 의의

　작가 박화성 선생 탄생 100주년이 되는 해를 기해 전집을 발간하기로 하고 준비한지 3년입니다. 푸른사상사의 한봉숙 사장의 호의로 발간하게 된 박화성 전집은 20권의 방대한 분량으로, 발간을 앞둔 지금 편자 스스로도 놀라고 있습니다. 우선은 20권이나 되는 작품의 양이요, 둘째는 출간 약속을 지켜준 한 사장에 대한 감사입니다. 자칫 출혈 출판이 될 이 작업을 선집으로 줄이지 않고 끝끝내 명실상부한 전집으로 마치어준 데 대하여 감사의 말씀을 드리지 않을 수 없습니다.
　우리 신문학사 여명기에 혜성과 같이 나타난 최초의 본격 여성작가 박화성 선생은 1903년 4월 16일(음력) 목포에서 출생, 1925년 1월 춘원 이광수 추천으로 ≪조선문단≫에 단편 「추석전야」가 발표됨으로써 문단에 등단을 하여 1988년 타계하기 3년 전 「달리는 아침에」(1985. 5)를 발표하기까지 60여 년 간 작품활동을 한 우리 신문학사의 거목입니다. 그가 남긴 작품은 장편 17편, 단편 62편, 중편 3편, 연작소설 2회분, 희곡 1편, 콩트 6편, 동화 1편, 두 권의 수필집과 평론 등을 제외하고도 모두 92편의 방대한 양입니다. 여성의 사회적 지위가 조선조의 그것에서 거의 한 발자국도 나아가지 못한 어두운 현실에서 여성으로서 당당한 작가로 우뚝 섰던 박화성 선생은 우리 근대문학사에 큰 발자취를 남기셨습니다.

일제 식민지 치하에서는 일제의 침략과 억압에 고통받는 민중의 삶을 주로 그려 우리 문단의 촉망받는 신예작가로 평가를 받았으며 여성작가 최초의 장편소설 『백화』를 ≪동아일보≫에 연재하여 장안의 지가를 올리기도 하였습니다. 특히 일제강점기간 친일을 하지 않은 몇 되지 않은 문학인이기도 한 박화성 선생은 해방 후에도 『고개를 넘으면』 『사랑』 등의 소설을 통해 일제 식민지 치하에서 보여주었던 민족의식을 바탕으로 새 조국의 젊은이들이 지녀야할 도덕과 윤리를 제시하는 등 인기 작가로서 수많은 장편을 썼습니다. 문학을 통해 우리 사회의 모순을 파헤치고 증언하며 지식인의 사명을 다하기 위해 고난을 두려워하지 않았던 지사적 여성작가입니다.

일제강점기 동반자작가로 작품활동을 시작하였던 박화성 선생은 일제강점으로부터 조국과 민족을 구원하는 방식으로 사회주의사상을 기저로 한 사회주의리얼리즘 문학을 지향하였습니다. 이러한 그의 사상은 민족애의 다른 이름이었으나 해방과 육이오 등 분단과 엄혹한 냉전 이데올로기의 시대를 거쳐오는 동안 선생으로선 격변기의 작가로서 적지 않은 갈등과 수난을 겪기도 하였던 것으로 보입니다. 박화성 선생의 표현대로 '눈보라의 운하'를 거쳐 역사의 언덕에 이르기까지 문학을 통해 선생이 보여준 민족애와 투철한 작가정신은 우리 문학사에 길이 빛날 것을 의심치 않습니다. 박화성 선생의 탄생 100주년을 맞아 그의 문학을 기리는 기념사업의 일환으로 박화성 문학전집을 출간하고자 하는 그 필요와 의의는 다음과 같습니다.

첫째, 박화성의 문학이 우리 문학사에서 중요한 위치에 있음에도 불구하고 독자들이 그의 소설을 접하기 어려웠습니다. 그의 소설집이나 장편소설이 절판이 된 지 오래이기 때문에 독자들이 박화성의 소설을 읽을 수가 없어 그의 소설 출간을 간절히 요청하고 있는 점입니다.

둘째, 박화성의 60년 문학이 잘 정리되어 있지 못하여 그의 문학의 전모를 보기에 어려움이 많았습니다. 출간된 작품집도 구하기 어려운 희귀본이 되어 있는데다가 신문이나 잡지에 발표된 이후 아직 단행본으로 출간하지 못한 작품이 많아 이들을 발굴하여 한자리에 모아놓는 것은 박화성 문학의 진정한 모습을 파악하는데 반드시 필요한 작업이 아닐 수 없습니다. 기왕의 단행본과 문학전집에 수록되지 않은 작품들이나 새로 발굴된 작품은 다음과 같습니다.

해방전 :
　　단편「추석전야」1925년
　　동화「엿단지」1932년
　　단편「떠나려가는 유서」1932년
　　콩트「누가 옳은가」1933년
　　희곡「찾은 봄·잃은 봄」1934년
　　장편『북국의 여명』상, 하 1935년
　　기행문「경주기행」「부여기행」「해서기행」1934년
　　평론「연작소설 젊은 어머니에 대한 촌평」1933년
　　　　「소설 백화에 대하야」1932년
　　　　「내가 사숙하는 내외 작가 — 토마스 하디 옹과 샤롯 브론테 여사」1935년
　　　　「교육가에게 감히 무를 바 있다」1935년
　　　　「작가 교양의 의의」1935년
　　　　「박화성 가정 탐방기」1936년

해방공간 :

　　수필 「시풍 형께」 1946년
　　수필 「유달산에서」 1946년
　　수필 「눈보라」 1946년
　　콩트 「검정 사포」 1948년
　　콩트 「거리의 교훈」 1950년

6 · 25 이후 :

　　콩트 「하늘이 보는 풍경」 1958년
　　단편 「버림받은 마을」 1962년
　　단편 「애인과 친구」 1966년

1978년부터 1985년까지

　　단편 「동해와 달맞이꽃」 1978년
　　단편 「삼십 사 년 전후」 1979년
　　단편 「명암」 1980년
단편 「여왕의 침실」 1980년
　　단편 「신나게 좋은 일」 1981년

단편「아가야 너는 구름 속에」1981년
단편「미로」1982년
단편「이 포근한 달밤에」1983년
단편「마지막 편지」1984년
단편「달리는 아침에」1985년

    박화성 선생의 절판된 작품의 재 간행도 의의가 있거니와 새로 발굴된 자료의 간행 역시 문학사적 의의가 있는, 매우 중요한 일입니다. 이번 처음 발굴 소개되는 장편소설『북국의 여명』은 일제강점기 여성지식인의 항일 저항의식과 민족의식이 어떻게 싹트고 성장하여 민중과 호흡을 함께 하기 위해 일어서는가를 보여주는 성장소설로서 우리 문학사에 한 획을 그을 중요 저작입니다. 6백여 페이지에 달하는 이 소설의 발굴 소개는 박화성 문학전집 발간의 의의를 한결 더하여 주는 것입니다.

    이 외에도 박화성 선생과 관련된 자료

    팔봉 김기진의 「비오는 날 회관 앞에서―화성 여사에게 보내는 시」는 박화성의 「헐어진 청년회관」이 검열로 삭제되자 이 시로써 울분을 대신한 귀한 자료입니다. 이외에 김문집의 유명한 「여류작가의 성적 귀환론」과 안회남, 한효 등의 평론 기타 자료들을 망라하여 출간하는 박화성 문학전집은 우리 문학사상 큰 수확으로 기록될 것을 의심치 않습니다. 우리 나라 최초의 문학기념관인 박화성 문학기념관 개관을 축하하는 시화전의 시 등, 기타 박화성 선생을 추억하는 귀한 글들은 전집 발간 후 단행본으로 모아 엮기로 약속드림으로써 좋은 글들을 함께 묶지 못하는 아쉬움을 대신합니다.

박화성 문학전집은 전부 새로운 한글맞춤법(1989)에 따랐습니다. 그러나 작가의 특성을 드러낸다고 보는 표현은 그대로 살렸으며 박화성 문학기념관에 보관되어 있는 작품집에 작가가 펜으로 수정해 놓은 부분은 대조하여 수정하였습니다. 작가의 글을 꼼꼼히 찾아 읽지 않고 비평하는 풍토를 안타까워한 나머지 전집 발간에 나섰습니다만 행여 오자나 탈자 등 교정이 미비하여 선생의 작품에 누가 될까 걱정이 됩니다.

이 출판산업 불황기에 여성작가전집 발간에 적극 나서 주신 푸른사상사 한봉숙 사장님께 다시 한번 감사의 말씀을 드립니다. 방대한 전집을 선선히 응낙 출간하여 주신 것은 여성과 여성문학을 각별히 아끼고 사랑하는 마음이라고 생각합니다. 마음을 다하여 푸른사상사의 발전을 기원합니다. 또한 박화성 선생의 유족들께서 많은 격려를 주신 데 대하여 감사드립니다.

2004년 5월

편저자 서 정 자

눈보라의 운하
그립던 옛터를 찾아

박화성 장편소설 · 기행문

박화성 여사 육십일 세 수서(壽序)

화성(花城) 여사가 61세 화갑(華甲)이 되었단 말을 듣고 깜짝 놀랐다.

화성 여사는 장남, 차남, 삼남의 아드님도 있고, 따님, 사위님에, 손자, 외손자까지 있는 것을 잘 알고 있다. 더구나 아드님, 따님, 사위님들이 모두 다 잘나고 착하고 어질고, 훌륭해서 사회에서 한 사람씩의 구실들을 하고 있는 것도 잘 알고 있다. 그러나 이분이 올해 환갑이 된 줄은 몰랐다. 모른 것이 아니라 생각지도 아니했다.

화성 여사는 50여 세밖에 아니 되었으려니 생각했다. 그의 사실적 진수를 꿰어 뚫은 문학은 아직도 성곡을 잃지 아니하여 그 본궤도를 달리고 천의무봉(天衣無縫)의 문장은 푸른 하늘에 흰 구름장이 나는 듯 비천선녀(飛天仙女)가 태허(太虛)의 범궁(梵宮)에서 정유리(淨琉璃)를 희롱하는 듯하고 그의 육신의 자세는 아직도 머리털이 칠흑같이 검고 실례일지 모르지만 화용(花容)은 아침 이슬을 받은 백모단(白牡丹)마냥 윤(潤)이 흐른다. 누가 본들 화성을 육십일 세 환갑 노인이라 하랴.

그러나, 가만히 손을 꼽아 생각해보니 화성이 처음 문단에 올라 처녀작 「추석전후(秋夕前夜)」를 ≪조선문단≫지(誌)에 발표한 것이 서기 1925년이니 지금으로부터 까마득한 40년 전 일이다. 이때 화성의 방년이 21세다. 비로소 나는 화성의 나이 확실히 환갑이 되었구나 하는 생각이 난다.

화성은 계속해서 《동아일보》에 『백화』를 실어서 만천하의 독자로 하여금 그의 존재를 확인시켰고 이래 40년 동안 무수한 단편과 장편으로 민족문학을 건설하기에 한평생을 바쳤다.

지금 여원사(女苑社)에서 여사의 화갑을 기념하기 위하여 출판하는 『눈보라의 운하(運河)』는 우리 민족의 수난사요 우리 문단의 측면사요 화성 여사의 자서전이요 한국 여성의 측면사이다.

소설로서의 가치도 높게 평가할 수 있지만 한국의 고난을 술회해서 이야기 한 근세사라고도 할 수 있다.

우리는 이 한 편의 작품을 읽으면서 지나간 우리네의 슬픔, 지나간 우리네의 사랑, 지나간 우리네의 의기, 지나간 우리네의 자랑, 지나간 우리네의 잘못을 회상해 보고 참회하고, 겸손하고 또 오만하고 싶다.

그리하여 다음 세대에게 이 모든 우리의 과거를 보여주고 싶다. 문학은 무엇인가 결국 우리들 인생의 거울이 되어 보여주는 것이다. 화성 여사는 이러한 의도로 이 조출한 작품을 쓴 것이다.

화성 여사는 다시 한 번 더 젊으시어 우리 한국 문단에 더욱 큰 빛을 방광(放光)시켜 주기 바란다.

갑진 4월 27일
동산조수누서실(東山釣水樓書室)에서

월탄(月灘) 박종화(朴鍾和)

눈보라의 운하
차 례

- 화보
- 박화성 문학전집 발간의 의의

- 박화성 여사 육십일 세 수서(壽序) • 23

전기(前記)	• 29
천사와의 이별	• 30
검은 무지개의 계단	• 47
아롱다롱한 소녀의 꿈은	• 63
애기 선생님	• 82
은행나무의 그늘	• 103
메마른 땅을 파듯이	• 125
채색의 노을	• 146
가시덤불의 계단	• 165
잔인한 구월들	• 180
울지 않는 종	• 235
눈보라는 개이려나	• 303

- 후기 『눈보라의 운하』를 마치며 • 330

그립던 옛터를 찾아

차 례

부여기행 • 335
해서기행 • 365
신라고도의 경주로 • 383
부소산(扶蘇山)에서 • 413

■ 박화성 연보 • 415
■ 박화성 작품연보 • 427

눈보라의 운하

전기(前記)

1.

아무런 약속도 없이 나는 떠나야 했다.
내 작고 초라한 배로……
나는 메마른 땅을 파고 물을 대야만 했다. 내 긴 뱃길을 위하여…….
그것은 물이 아니라 피와 땀으로 이루어졌는지도 모르지만.
맑은 날씨와 따스한 햇볕은 언제나 내게 인색하였다. 비바람이 아니면 눈보라의 나날을 그래도 나는 오늘까지 나의 뱃길을 쉬지 않았다.
그만큼 나의 운하(運河)는 길고 먼 것이다.

2.

자신의 얘기란 비록 결점일지라도 자기의 선전이나 자랑으로 여김 받기 십중팔구다. 그래서 나는 아직 나의 자서전을 생각해 본 적이 없었다. 그러나 언젠가는 한 번 없어져야 할 몸, '그 전에 기록이라도……' 하는 주위의 권유로 붓을 들기로 했다.

천사와의 이별

 5월에 윤달이 들어서 그런지 여름이 긴 것 같고 날 보내기가 지루했다. 아직도 말복이 열흘이나 남은 음력 7월 초여드레 날은 아침부터 무더웠다. 영암댁은 하늘을 쳐다보았다. 소나기가 쏟아질 상 싶게 구름모양이 검고 험악했다.
 "지까심(김칫거리)을 솎아 내고 소매(오줌)를 줘사 쓰것구만."
 영암댁은 소쿠리를 끼고 채마밭으로 나갔다. 백 평도 못 될 듯 넓지도 않은 채마밭에는 무, 배추, 상추, 쑥갓, 아욱, 우엉, 머우, 양앳간, 근대, 방앳간 따위의 채소란 채소는 뿌리를 먹는 것이나, 잎이나 대를 먹는 것이나, 그저 되는 양 고루고루 심어져 있어서 모두가 다 무성하게 소담스럽게 자라고 있었다.
 짚 울타리에는 호박넝쿨이 말뚝을 감고 올라가서 넝쿨은 얼기설기 얽히고, 크고 작은 호박이 주렁주렁 달려 있었다.
 "참, 비 오기 전에 강냉이도 따야제."
 영암댁은 옥수수 밭을 둘러보았다. 울타리 안으로는 밭가를 돌아가며 사탕수수가 높다랗게 간들거리고 수염이 꼬스러진 옥수수 자루가 가느다란 나무 줄기에 다닥다닥 붙어 있었다.

영암댁이 밭고랑을 가려가며 푸성귀를 솎는 동안 검은 구름장은 슬슬 북쪽으로 흘러가고 엷은 구름이 해를 가리고 있었다.
"비 오기는 틀렸구만. 빨래에 풀이나 먹여야제."
영암댁이 소쿠리를 끼고 일어서려고 하는데 울 너머로 여인의 얼굴이 솟았다.
"동생인가?"
"성님도 밭에 나오셨오?"
"어이(응). 강냉이 따던 중이네. 동생은 지까심 솎았는가? 아따 그 배추 깨끗도 하네잉. 워낙 동생이 부지런한께 동생네 푸성귀는 모다 기름이 자르르 흐른단 말여."
납작스럽게 반반한 중년 부인은 구변도 좋았다.
"성님네 좀 드리께라우?"
계란처럼 타원형의 윤곽인 영암댁의 얼굴은 볕에 그을리는 티도 없이 희고 고왔다.
"아심찮이(미안하네)."
영암댁은 무와 배추를 한아름 잔뜩 안아서 울 너머로 넘겼다. 여인이 그것을 받아 땅에 놓는 동안 머리통은 사라졌다가 다시 떠올랐다.
"그러지 않아도 내가 지금 동생을 만나러 갈라든 참이여."
"왜라우?"
"자네 태기 있을라는 갑여."
"아따 인자사 먼(무슨) 또라우? 몸 벗은 지 닷새배끼 안 됐는디? 그나저나 사십이 다 된 예펜네가 애긴 배서 뭣하게라우?"
"저 사람 봐! 자식 농사도 한때여."
"그란디(그런데) 성님은 어째서 그런 말 하시는고?"
마침 구름 밖에 나온 햇볕이 영암댁의 이마를 염치없이 내리쬤았다. 영암댁은 손으로 해를 가리고 여인을 쳐다보며 물었다.

"지난 밤에 내가 꿈을 꾸었거든. 꿈에 내가 삼향 장에 가서 신 두 켤레를 샀단 말일세. 하나는 아주 고운 겹신이고 하나는 그만 못한 짚신인디 내가 동생한테 맥김서, 고운 것은 내 것인께 우리 집에다 갖다 두고 굵은 것은 자네 신쏘 했단 말여."

"그랬는디라우?"

"그런디 다른 장을 봐 갖고 집에 온께는 내 신이 안 와 있어. 그래 동생한테 가서 내 신 주소 하니께 자네가 내 신은 안 주고 굵은 신을 준단 말여."

"어짜까?"

"그래서 내가 성을 냄서 내 신은 곱고 겹신인께 그것을 달라고 해도 막무가내구만."

"꿈에는 참 불량하든게비네."

"불량하고 말고. 그래서 내가 굵은 신까지 동댕이치다가 깼거든. 자네가 꼭 딸을 낳을 것이네."

"원, 성님도. 배지도 않은 딸을……."

그런 문답이 있은 그날 밤 이번에는 영암댁이 꿈을 꾸었다. 자기 집은 십 칸짜리 초가인데 꿈에는 대궐 같은 기와집 속에 자기가 서 있었다. 살림살이며 방 안 집물이 집에 알맞게 으리으리한데 선반에는 울긋불긋 색깔도 고운 비단신(당혜)이 가지런히 얹혀 있었다.

영암댁은 그 중에서 제일 맨도리가 예쁘게 생긴 옥색 신을 한 켤레 집어서 신어 보니 영락없이 발에 꼭 맞았다.

영암댁은 좋아라고 그 비단신을 가슴에 품고 그 집을 나오는데 뒤에서

"저 여펜네 잡아라! 내 신 가져간다 어서어서."

하고 호령하는 소리가 들려왔다. 영암댁은 혼줄이 빠지게 달아나다가 번쩍 깼다.

'평생 남의 것은 욕심낼 줄 모르는디 꿈에는 미쳤던개비.'

그래도 꿈에 가져 본 옥색 비단신이 아쉬워 가슴을 만져보니 땀만 촉촉하게 배어 있었다.
영암댁은 서운했다. 뺏기지는 않았으니 다행이지만 남의 것이라는 데서 꺼림칙했던 것이다.
'정말 태몽인가? 성님도 고운 짚신을 샀다는디 나도 비단신을 봤으니…….'
신발은 꿈에도 중한 것이라 잃으면 부모를 잃거나 남편을 잃거나 어쨌건 재수 없는 징조인데, 그래도 남의 꿈이건 내 꿈이건 내가 얻었으니 괜찮겠지만 두 쪽이 다 남의 것이라는 게 아무래도 섭섭했다.
영암댁에게는 일경(日景)이라는 십사 세의 맏아들과 다음 아들은 어려서 잃었고, 원경(元景)이라는 아홉 살짜리의 아들과, 경애(景愛)라는 여섯 살 된 딸과 순경(順景)이라는 세 살짜리 아들이 있었다.
아들 셋을 내리 뽑고 고명딸을 낳아서 대견했다. 아들 하나는 잃었으나, 또 아들을 낳아 세 아들과 한 딸인 사 남매의 자녀를 가진 영암댁은 그만 단산했으면 싶었는데, 꿈땜을 하노라고 과연 그 달부터 태기가 있었던 것이다.
남편 박운서(朴雲瑞) 씨는 소싯적에 서울에서 무슨 구실인가 했다지만 낙향해서 만혼을 하고 작년에 이 항구로 이사왔는데 선창에서 무슨 객주인가를 한다고 돈을 곧잘 벌어들이는 셈이었다.
영암댁인 김씨는 처녀 때부터 일색이요 얌전하기로 이름이 높았는데, 촌에서 농사짓고 살 때에도 매사에 바지런하고 착실하고 깔끔하고 경우가 발라서 동네 인심을 독차지했다.
여기에 온 것도 결의형제를 맺은 성님이 먼저 터를 만들었고, 열 칸짜리 집이 달린 육백 평도 넘는다는 땅을 잡아서 권유했기에 바로 그 이웃으로 땅을 사서 옮긴 것이었다.
영암댁은 입덧이 나면서 전례대로 조석이면 뒤란에 물을 떠놓고 빌었다. 주부인 김씨가 화초를 사랑하기 때문에 앞뒤 꽃밭에는 각색 꽃이 만발하고 있었다.

영암댁은 아름다운 꽃들을 바라보고 그 향기를 맡으며 아무쪼록 태아가 저렇게 곱고 향기롭기를 빌고 빌었던 것이다.

만삭이 된 그 이듬해 음력 4월 보름날은 시아버님의 제삿날이라 영암댁은 목욕재계하고 혼자서 제수를 장만했다.

먼 섬에 물건을 사러 나간 남편이 제삿날까지는 반드시 돌아오마고 했는데 돌아오지 않아서 마음이 불안했다.

'혼자서 해산을 하면 어쩌나?'

마침 이웃 성님이 와서 있기는 하지만 영암댁은 하늘 높이 떠 있는 만월을 쳐다보며 밤이 늦도록 남편을 기다리다가 자정이 되자 혼자서 제사를 지냈다. 그 전부터 슬슬 배는 아팠다.

막 철상이 끝나자 음복도 못한 채 영암댁에게는 심한 진통이 왔다. 여러 번 이 곤액을 겪었지만 이번에는 더욱 죽을 것만 같은 몹쓸 고통을 겨우 이겨 영암댁은 자시말(子時末)에 드디어 딸을 낳았다.

"거 보게. 내 말이 어떤가?"

산구원을 하던 성님은 자기의 예언이 맞았다고 큰 소리를 했다.

"양념딸이라 섭섭하더니만 잘 됐네."

성님은 그런 말도 했다. 어쨌건 순산한 것만은 다행이었으나 애기는 날 때부터 고생을 타고났는지 아침부터 살살 일어나던 바람은 저녁이 되며 폭풍우로 변했다.

'이 비바람에 돌아오시긴 영 틀렸구나. 혹 배에서나 폭풍을 만났으면?'

영암댁은 남편을 위하여 무한히 근심했다.

비바람은 이틀이나 계속했다. 아무리 늦은 봄날이라지만 산모에게는 강한 추위였다. 영암댁은 강보의 유아를 겹겹이 쌌다. 네 살밖에 되지 않은 오빠인 순경은 산모의 발치에 웅숭거리고 앉아서 칭얼대고 일곱 살짜리 언니인 경애는 애기 머리맡에서 아가를 들여다보며 좋아라 했다. 폭풍우는 기어코 일을 저질렀다. 지붕의 용마름이 상했는지 천장에서 흙물이 줄잡아 새어 내렸다. 하마터면 아기의 얼굴에 떨어질 뻔했다. 영암댁은 슬펐다. 세상에 나오자마자 첫 시련을 겪어야 하는 막내딸의 장래가 보이는 듯했기 때문이었다.

"쯧쯧. 아빠도 안 계신데 흙탕물을 속에서 자야 하다니."

자배기에 떨어지는 빗물소리를 들으며 영암댁은 핏덩이를 면한 어린 딸의 볼에 뺨을 대고 안타까워했다.

첫 이렛날에야 아빠는 미역과 홍합을 잔뜩 사 가지고 돌아왔다.

"혼자서 무수히 고생을 했구만."

그는 먼저 아내를 위로하고 아가를 들여다보며 말했다.

"아버님 제삿날이었어. 죄송하단 마음으로 밤을 지내는데 꿈에 내가 대과급제를 했다고 삼현육각을 잡히고 어사화를 꽂았단 말이지. 그래 난 당신이 꼭 아들을 낳은 줄만 알았더니만."

딸이라 모처럼의 큰 꿈이 아까워서 남편은 서운한 낯으로 있다가

"마지막으로 난 딸이고 또 꿈도 괜찮으니 이름을 말재라고 하지."

하였다.

이렇게 하여서 1904년 음력 4월 16에 박말재(末才)는 과히 신통하지 않은 환경에서 태어난 것이다.

젖이 부족하여서 암죽만으로 작은 양을 채우지 못하는 말재는 영양이 부족한 탓인지 실하지가 못했으나, 밥을 먹게 되면서는 제법 살이 올라서 네 살이 되면서는 발음도 똑똑하게 온갖 말을 다 하고 오빠들의 책 구경을 하더니만 글자도 알아보게 되었다.

말재가 나던 해 여름부터 영암댁은 슬슬 예배당에 나가더니만 남편마저 권고하였다. 그들은 신자가 된 것이다.

말재는 네 살 나던 해에 할아버지 제삿날에 제물을 차려 놓고 아버지가 의관을 정제하고 앉아서 찬송가를 부르고 기도하던 광경을 구경하였다.
　다음 날은 말재의 생일인데 제사의 덕분인지 음식은 언제나 푸짐했다. 그렇다고 귀한 딸에게 제수로 바친 제물을 주는 것은 아니다. 영암댁은 언제나 막내딸의 생일을 위하여서 따로 풍더분하게 남겼다가 새롭게 장만하는 것이다.
　말재의 생일상은 교자상만큼 크고 호화로웠다. 생선은 무엇이나 통째로 구워 놓고 떡이나 과실 따위도 높직하게 괴임질했다. 그 상 앞에 까치저고리(색동저고리)를 입힌 막내딸을 앉혀 놓으면 머리통도 보이지 않게 상에 묻혔다.
　식구들은 새앙머리를 땋고 눈이 오목하고 뺨이 볼록하게 귀여운 꼬마의 그 모양을 바라보며 손뼉을 치고 재미나서들 했다.
　김이 모락모락 피어오르는 갈비구이를 한 접시 상에 올렸더니 말재는 이내 냄새가 역겹다는 듯 고개를 돌리고 그때부터 일체 고기에다가는 손을 대지 않았다.
　말재는 찬미책을 장난감으로 알고 자나깨나 손에서 놓지 않더니만 그 해 안으로 어느 찬송가든지 읽을 줄 알 뿐 아니라 성경책의 어느 장을 뒤져서 들이대도 줄줄 내리 읽었다.
　그 해 겨울에 말재의 부모는 함께 세례를 받았다. 그리고 말재는 어머니의 소원대로 네 살인데 그의 품에 안겨서 젖세례를 받았던 것이다.
　영암댁은 그때부터 목사님이 지어 주신 이름을 사용했다. 아버지의 구름 운자를 따라서 김운선(金雲仙) 씨라고 했다.
　말재가 다섯 살 되던 생일을 맞이할 때는 예배를 보던 형식적인 제사도, 깨끗하게 걷어치우고, 오로지 말재의 생일잔치에만 어머니의 정성이 기울여졌다. 그 해 여름에 장남 일경의 혼인을 치렀다. 원삼 족두리를 쓰고 이마와 뺨에 동그란 연지를 찍고 그린 듯이 앉아있는 각시(새색시)가 퍽 더워 보였든지 말재는 부채로 바람을 내 주었다.

"아이그, 고거 신통도 해라."

주위의 칭찬에 신이 나서 더 큰 바람을 내 주었더니 각시가 눈을 뜨고

"어깨 아플 텐데 그만둬!"

하고 가만히 속삭여서 말재는 놀랐다. 각시가 말을 할 줄 아는 것이다. 그냥 놓고 보기만 하는 각시인 줄 알았는데 말을 하다니 신기하기 이를 데 없었다.

말재는 정월부터 이미 천자책을 떼어서 한문 섞인 글도 이해하건만 장가를 들면 색시를 데려온다는 세상 물정에는 어릴 때부터 둔하였던 모양이었다.

가을부터 학당이라는 것이 생겨서 경애도 물론 책보를 끼고 학당에 통학하게 되었다. 뿐만 아니라 신랑 기화(起華)(족보에 적히지 않는 관명)와 원경과 순경도 물론 이미 학생이 되었던 것이다.

여기에서 원경 오빠의 얘기를 적어가야 하겠다. 원경은 말재보다 열 살이 위인 열 다섯 살이었다.

그는 어렸을 때부터 효성이 남달랐다. 어머니가 물동이를 잡으면 자기가 먼저 앞서고 밤에 나가면 언제나 괭이질을 해서 어머니를 도왔다. 어머니를 닮아 갸름한 얼굴에 체격이 가냘픈 원경은 몸도 약하건만 어느 일이나 사양하지 않고 하다 못해 여름밤에 다림질까지 잡아 주었다. 어머니나 형제가 아프면 밤잠을 안 자고 정성껏 간호하며 쉬지 않고 기도하였다.

그는 집에서 어머니를 돕는 외에 틈만 있으면 성경책을 들고 거리에 나가서 전도하였다. 목사님은 원경을 어린 사도(使徒)라고도 하고 천사라고도 하였다.

이렇게 착한 원경을 형은 걸핏하면 발로 차고 때렸다. 형만이 아니었

다. 개구쟁이 동생 순경이 큰일을 저지르면 아버지에게서 그를 구하기 위하여 그 죄를 자신이 뒤집어쓰고 대신 모진 매를 맞았던 것이다.

어떻게 하여서 용돈이 몇 푼 손에 들어오면 군것질을 하는 일은 절대로 없이 꼭 모았다가 어머니께 드리고 제일 착실하니까 하룻길 걷는 심부름을 시키면 점심을 굶고 돈을 남겨서 어머니가 좋아하시는 음식을 사서 들고 왔다.

어머니는 출천대효의 이 아들을 제일 믿고 사랑했다. 집안에서 뿐 아니라 남들도 모두 입을 모아 칭찬했다.

"원경이는 실어도 천 석 안 실어도 천 석이다. 어린애가 어쩌면 그리도 착실하고 무겁고 천연할까? 저놈은 커서 반드시 큰 사람이 될 거여."

이런 원경을 말재도 또한 제일 따랐다. 원경 오빠의 등에 업히면 편안하고 든든하고 맘이 턱 놓여서 언제나 심부름 갈 때도 업혀 다녔다.

오빠는 달 밝은 밤이나 온화한 별 밤에 말재를 업고 밖에 나와서 달과 별의 얘기며 성경 속에 있는 위대한 인물의 역사를 알아듣기 쉽게 들려주었다.

옛날 얘기라면 잠도 안 자고 눈알이 초롱초롱해서 듣고 있는 말재는 원경 오빠의 그 유수 같은 언변에도 녹았고 부드럽고 알심 있는 사랑에도 녹았던 것이다.

"말재가 크면 꼭 원경이 같을 거여."

부모는 우애가 남다른 남매를 바라보며 옹골져했다.

한번은 화투에 미쳐서 밤늦도록 돌아오지 않는 맏형을 데려오라고 어머니는 원경 오빠에게 일렀다. 말재가 따라 가려니까 밤도 늦고 또 네가 보아서는 안 될 자리니 그만두라는 것을 울고 앙탈하니까 하는 수 없이 업고 갔다.

말재는 작고 숙성하지 못하여서 속만 여물었지 몸은 다섯 살이건만 서너 살짜리만큼 왜소했다.

돈을 잃고 눈이 뒤집힌 맏형은 어머니의 전갈을 거부했다. 그러나 원경은 끈기 있고 간곡하게 돌아가자고 강권했더니 맏형은 화를 내어 발로 아우를 걷어찼다.

섬약한 원경은 모진 발길에 채여 넘어지려고 하면서도 등에 업힌 말재를 다치지 않게 하려고 앞으로 넘어졌다.

"아이쿠!"

기어들어가는 비명과 함께 원경 오빠는 가슴팍의 어디를 상했는지 숨을 제대로 못 쉬었다.

깜짝 놀란 말재가 오빠를 부르고 달려가서 들여다보니까 달밤인데 오빠의 입술은 깨어져서 피가 흐르고 있었다.

말재의 어린 가슴은 분노로 터지려고 하였다. 우뚝 서 있는 큰오빠에게 달려들어 고사리 같은 주먹으로 뱃통을 갈기며

"사탄아, 물러가라."

하였다. 원경 오빠에게서 들은 얘기를 처음으로 활용한 것이다. 그리고 돌멩이를 집어서 큰오빠의 손목을 때리며 울부짖었다.

"큰오빠는 죄인이야. 죄인이야."

큰오빠는 아우를 안아 일으켰다. 원경의 얼굴은 창백했다. 맏형은 한 손으로 말재를 받쳐 업고 한 팔로는 아우의 허리를 안아 집으로 돌아왔다.

그 후로부터 맏형의 때리는 버릇은 없어졌으나 말재에게는 큰오빠를 제일 싫어하는 버릇이 생겼다.

성탄절이 되어서 교회는 들끓었다. 성탄축하 연회에 말재네 집에서는 떡을 맡았다. 어머니가 떡을 찌는 나뭇단에서 큼직한 고사리 나무를 발견한 순경은 나뭇단을 전부 뒤집어 몇 개의 고사리 나무를 찾았다. 부챗살처럼 피어오른 고사리의 모양은 예배당에서 주는 그림의 '호산나'를 부르는 종려가지와 흡사했던 것이다.

순경 오빠와 말재는 두어 개씩 양손에 쥐어 들고 넓은 마당을 앞뒤로 돌면서

"예수 났다네! 예수 났다네!"

하고 신이 나서 외치고 다녔다. 경애는 부엌 뒷문에서 내다보고 손뼉을 쳤다. 열 두 살이니까 어머니를 돕고 있던 것이다.

말재의 뛰는 꼴이 하도 귀여웠던지 원경이가 달려가서 말재를 안으려다가

"아쿠!"

하더니 왼편 갈비 쪽에 손을 대로 눈살을 찌푸렸다.

"오빠! 어디 아파?"

"아니다. 어머니께 말하지마. 응?"

원경은 부모님께 근심을 끼칠까 봐 속이고 있는 것이 분명했으나, 어린 말재는 지극히 따르는 오빠의 명령이라 다소곳이 지키고만 있었던 것이다.

그러면서도 원경은 말재를 업어다가 학당에 내려놓기를 매일처럼 하였다. 경애와 그 동무들이 학당에 가는 것을 보고 말재가 아침마다 저도 가겠다고 울고 보채는 까닭이었다.

"이런 어린 것은 못 가는 데란 말야."

경애는 한사코 떼고 가려 하는데 말재는 기어코 붙어가려 했다. 원경 오빠는 말재를 업고 가서 선생님께 간청했다. 수염이 희고 탕건을 쓴 백발의 노선생은 너무 어리다고 거절했다.

원경은 학적부에는 올리지 않아도 좋으니 그냥 곁에다가 앉혀달라는 조건으로 허락을 받았던 것이다.

말재는 곁에 앉아서 언니들의 하는 공부를 다 따라서 했다. 선생님의 성씨가 조씨이어서 조선생님이라 했다.

한번은 조선생님이 말재에게 큰애들이 받는 시험을 시켜 보았더니 틀

림없이 다 맞게 해서 선생은 통(通)을 주고 크게 감탄했다.

학당에서는 만점을 통으로 하고 맞지 않는 것은 불(不)을 주고 중간치기를 중(中)으로 하는데 경애에게는 중도 있고 불도 더러 있었으나 말재는 언제나 통을 받았다.

원경은 말재의 성적이 오르는 것만을 기뻐하여 죽동에서 양동까지의 꽤 먼 길을 비가 오나 눈이 오나 날마다 업어다 놓고 자기의 학교로 가고 돌아 올 때면 반드시 학당에 들려서 업어가고 하는데 어떤 때는 가슴이 결린다고 길가에 내려놓고 한참씩 쉬어가곤 했다.

원경의 효심은 아무리 병을 숨기려고 했으나 그의 육체가 듣지 않았다.

원경은 차차로 수척해졌다. 양 볼이 쪽 빠지고 두 어깨는 자칫 위로 올라갔다. 손목의 뼈가 불거지고 팔다리가 가늘어졌다.

부모는 그제야 서둘러서 한의에게 보였다. 무슨 병인지는 몰라도 보리밥에 소금만 주라고 하여서 그대로 하였더니 점점 더 쇠약하였으나, 원경은 부모의 명령이라 그 먹기 싫은 꽁보리밥을 눈물을 흘리며 깨물어 넘겼던 것이다.

말재가 보다못해 흰쌀밥에 생선 반찬을 가지고 가서 몰래 주면 원경은 머리를 가로 흔들고 침만 삼키며 고개를 돌리는데 그 눈에서는 구슬 같은 눈물이 떨어졌다.

그럴 때마다 말재는 주먹으로 눈물을 닦으며 밥과 반찬을 가지고 되돌아와서 저도 먹지 않고 굶는 때가 많았다.

원경 오빠가 몸져눕기 시작한 것은 말재가 여섯 살 되던 봄이었다. 말재는 언니를 따라 제 발로 걸어다녔다. 걸음이 더디다는 구박을 받지 않을 양으로 작은 다리를 크게 벌려 종종걸음을 치자니 언제나 양쪽 종아리에는 알이 배어서 아팠다.

그럴 때마다 말재는 집에 누워있는 오빠를 생각했다. 쉬는 시간이면 동산에 올라가서 민들레나 할미꽃이나 오랑캐꽃을 땄다. 그것들을 선생님

댁의 꽃병 물에 채워 놓았다가 집에 가지고 가서 오빠에게 주었다.
　원경은 꽃을 받고 얼굴이 환해지면서 병에 꽂았다. 그리고 종일 그것만 바라본다고 하였다.
　어머니는 사랑하는 아들의 병을 고치려고 여러 의원에게 보이며 약을 많이 쓰는 모양이나 차도는 보이지 않았다.
　교회에서와 학당에서는 말재를 신동이라 하였다. 기독교 신문에는 말재의 얘기가 크게 보도되었다.
　원경은 그 기사를 읽고 처음에는 벙실거리며 좋아하더니 나중에는 말재의 손을 잡고 소리를 놓아서 울었다. 말재는 그때까지 원경오빠가 그렇게 큰 소리로 우는 것을 처음 보았던 것이다.
　어머니도 울고 아버지도 울고 맏형도 순경도 올케까지 울어서 온 집안이 울음바다가 되었다. 말재만은 몰랐으나 다른 식구들은 원경 오빠의 깊은 속셈을 짐작했던 모양이었다.
　그때 집 뒤 빈터에는 사백 평이나 되는 집터를 닦고 육십 칸짜리 집을 짓는 중이었다.
　5, 6년 내로 갑자기 장사가 잘 되어 아버지는 돈을 많이 벌었다.
　"우리 말재가 복동이오. 저것을 낳고 난 후부터 재산이 막 불어나요."
　아버지는 남에게 이런 자랑을 하면서 말재를 복동이라고도 불렀다.
　말재는 아버지와 어머니가 겸상을 받는 그 상에서 언제나 셋이 함께 먹었다. 아버지는 아버지대로 어머니는 어머니대로 맛난 반찬은 말재에게만 밀어서 말재의 음식 가리는 벽은 점점 더해갔다.
　대구나 조기나 청어 같은 생선은 언제나 몇 뭇씩 몇 가마니씩으로 사들였고 어머니의 음식 솜씨는 놀라워서
　"원경네가 만지면 나무토막도 맛이 난다."
는 소문까지 돌았던 것이다.
　그러나 사랑하는 아들은 아무 것도 먹지 못하고 날마다 날마다 말라만

가는 것에 어머니는 자주 기도를 하다가 가슴을 치며 울었다.
"하나님이시여! 아버지시여! 천사 같은 내 아들을 살려 주시고 대신으로 이 죄인을 불러가시옵소서."
어머니가 가끔씩 혼잣말로 한탄을 하는 말을 말재는 귀담아 들었다.
"이이고, 저놈도 꿈이 이상했어. 남의 은숟갈을 내가 가져왔거든."
"저렇게도 음전하고 천사 같은 놈이 어떻게 감히 내 자식으로 오래 세상에 머무를 것인가?"
"자식이 너무도 흠이 없었어. 사람이면 사람마다 다 칭찬만 했으니."
어머니는 혼혼하게 까무러치듯이 누워 있는 원경 오빠의 쪽 빠진 턱을 만지며 애통하다가 물끄러미 말재를 바라보았다.
'너도 꿈이 수상하니라. 그리고 원경이 같이 너무 칭찬을 많이 들어.'
어머니는 맘속으로 그렇게 중얼대며 말재의 머리를 쓰다듬었던 것이다.
어머니는 오빠에게 약물을 먹이면서 입버릇처럼 말했다.
"아가. 어서 받아먹고 일어나야지. 너도 새 집에서 살아야 않냐? 네 공부방을 따로 만든단다. 아주 넓고 좋게 말이다."
그럴 때면 원경은 경련 같은 미소를 입모습에 보이면서 기운 없이 눈을 껌뻑댔다. 자기야 다시 회생하지 못한다더라도 집안의 번영이 기쁘지 않느냐 하는 듯했다.
말재는 어머니의 흉내를 내어 기도했다. 제딴은 간절하게 빌었던 것이다.
"하나님이시여! 아버지시여! 천사 같은 오빠를 살려 주시고 대신으로 이 죄인을 불러주시옵소서."
눈물이 나오면 닦아가면서 열심히 기도하다가 말재는 여러 번 오빠를 돌아보았다. 오빠가 기운을 타서 벌떡 일어나 앉을 것 같아서였다.
말재는 낙심했다. 하나님에게는 사랑이 없다고 생각했다. 어머니가 빌고 제가 빌었는데도 들은 척 하지 않고 그대로 오빠를 아프게 하는 하나님이 야속하다고 원망했다.
 지독하게도 덥던 여름이 지나가고 추석도 지나 음력 9월이 되었다. 9월 초닷새 날이 원경의 생일이었다. 원경은 열 여섯 살이었다.
 어머니는 떡을 하고 미역국을 끓였다. 당자는 병인이니 먹지 못하더라도 그 날을 기념하기 위해서 반찬도 고루 장만했다.
 원경 오빠는 자기의 생일 미역국물을 반 그릇도 넘어 마시고 죽도 한 종지나 먹었다. 어머니에게 얼굴과 손을 닦아 달라고 하여서 어머니는 더운 물수건으로 지성껏 닦아주었다.
 "어머니, 나 날마다 이렇게 씻어주시오."
 원경 오빠는 앙상하게 갈퀴 같은 손을 펴 보면서 말했다. 어머니는 아들의 청대로 일주일 동안을 내내 깨끗하게 씻어 주었더니 열 이튿날 아침에는 새 옷을 입혀 달라고 하였다.
 어머니는 주항라 바지저고리를 입혔다. 아버지 것인데도 키가 늘씬해서 길이는 맞으나 워낙 뼈만 남은 터라 품은 홀랑하게 컸다.
 머리를 한가운데로 갈라 빗겨 달라고 한 오빠의 소청대로 어머니가 아프지 않게 머리칼을 가려주었더니 여위기는 했을망정 신수가 훤하게 새신랑 같다고 어머니는 눈물을 머금었다.
 원경은 부모에게 가족 예배를 보아 달라고 하였다. 원경의 목에서는 가랑가랑 가래가 끓고 있었다.
 집안 식구들은 이상한 원경의 거동에 불길한 예감으로 학교에도 가지 않고 예배에 참례하였던 것이다.
 부모와 형제들의 찬송가의 목소리는 자연히 떨리고 있었다.
 원경은 눈을 뜨고 말재를 오라 하여 그의 작은 손을 잡았다. 말재는 오빠의 손이 얼음장같이 차다고 느꼈다.
 원경의 한 손은 말재를 다른 한 손은 어머니를 잡았다. 겨우 한 곡조가 끝났을 때 원경은

저 뵈는 천당집
날마다 가까워
내 갈길 멀지 않으니
전보다 가깝다.

를 불러달라고 입술을 움직여 보였다. 가족들은 울음을 삼키며 1절을 불렀다.

더 가깝고 더 가깝다
하룻길 되는 내 고향
가까운 곳일세.

통곡이 될 뻔하던 후럼이 겨우 끝나고 2절을 마쳤을 때 원경은 고요히 눈을 감고 가슴을 할딱이다가 진저리치듯 놀라며 눈을 번쩍 떠서 천장을 노리더니 사르르 눈을 내리며 고개를 떨어뜨렸다.
 어머니와 말재의 손이 원경에게서 영원히 풀렸을 때 어머니는 와락 아들에게 달려들어 그를 얼싸안고 목을 놓았다. 아버지의 비통한 울부짖음과 어머니의 애끊는 듯한 통곡과 형과 아우와 누이들의 피가 끓는 듯한 호곡소리 속에서 원경은 착하고 어질었던 16세의 일생을 닫고 만 것이다.
 말재의 태몽을 꾸어 주었던 옆집의 성님은 뒤저잣거리로 이사갔지만 누구의 연락으로 알았는지 제일 먼저 뛰어와서 한바탕의 울음을 내 놓고는 기진하여 쓰러진 어머니의 대신으로 집안일을 돌보았다.
 교회에서 목사님 이하 제직들이 총출동하고 원경의 생전의 전도 업적을 크게 찬양하여 선교사들이 생화를 많이 가져왔다.
 입관식에는 교인들도 많이 참례하였다.
 흰 비단으로 수의를 만들고 관도 보통 이상의 크고 좋은 관을 썼고, 모든 절차는 소년이 아닌 어른의 장례식대로 진행되었다.

어머니는 원경의 병증세가 늑막염을 낀 폐병 같았다는 양의사들의 말을 듣고 땅을 치면서 새삼 통곡했다.

"그런 것을 영양기 있는 것은 일절 안 먹이고 보리밥에 소금만 먹였으니, 아이고 원통해라 내 자식은 이 에미가 죽였구나. 그 무지한 한방 의원들의 말만 믿고있었던 네 부모가 죽일 죄인들이다."

삼일장인 원경의 장례식은 엄숙하고 호화로웠다. 교회의 상여로 교회의 매장지로 향하는 행렬은 꽃으로 덮인 상여를 맏형과 원경의 친구들이 메었고, 전 교인과 남녀 학생들이 열을 지어 뒤를 따랐다.

말재는 시오 리도 넘는 먼 길을 어머니의 치마 귀를 잡고 따라갔다. 오늘은 이렇게 가지만 내일은 꼭 오빠가 다시 집으로 올 것이라는 희망을 안고 걸었다.

긴 둑을 건널 때 흐르는 물을 내려다보며 요단강을 건너는 것이라고 말재는 혼자서 생각했던 것이다.

양지 바른 곳에 자리잡은 묘지에 상여가 닿자 잠깐 후에 하관식이 거행되었다.

예배가 끝난 후에 아버지가 먼저 삽으로 흙을 떠서 관 위에 뿌렸다.

다음은 어머니 차례인데 어머니는 관으로 뛰어내리며 납작 엎드렸다.

"내 아들이랑 함께 묻어 주시오!"

어머니는 울며 부르짖었다. 말재도 어머니가 하던 대로 뛰어내려서 어머니의 곁에 엎드리며 어머니의 치마를 잡았다.

"엄마, 나랑 죽어!"

어머니는 어린 딸을 와락 끌어안았다.

검은 무지개의 계단

 말재에서 경순(敬順)으로 승격한 것은 내가 학교에 입학하면서부터였다. 우리 고장에 비로소 여학당이 생겨서 일곱 살에 1학년이 될 텐데, 정도가 높다고 3학년생이 되었던 것이다.
 얼굴이 희고 갸름한 김합라 선생님이 말재라는 이름은 좋지 않으며 또한 경애의 경(景)까지도 마땅치 않으니 경애(敬愛)로 하되 경자를 따서 경순으로 하라고 명령하셨으나, 언제나 내 호적의 이름은 지금까지 경순(景順)으로 되어 있는 것이다.
 내가 맨 처음 읽은 얘기책은 천자책같이 넓은 『조웅전』과 『유충렬전』, 『숙영낭자전』이었고, 다음으로는 『구운몽』, 『삼국지』인데, 어머니가 소설을 좋아하시는 탓으로 집에는 많은 신구 소설책이 있었다.
 일곱 살 때부터 소설이란 것에 취미를 깨달은 나는 우선 『치악산』 상권, 『옥빈홍안』, 『빈상설』, 『구의산』으로부터 나중에 손에 들어온 『치악산』 하권, 『추월색』, 『모란봉』까지 다 읽고 나서 어머니를 조르기 시작했다. 책을 빌려 오라고.
 어머니는 이 집 저 집에서 소설책이란 것은 모조리 빌려 날랐다. 『사씨남정기』, 『임화정연』, 『설인귀전』으로부터 『귀의 성』, 『방화수류정』, 『안의 성』의 신소설 등등 닥치는 대로 읽다가 바닥이 나니까, 그제는 책 집에서 하루에 일 전씩 세를 놓는 것을 발견하고 그리로 쏠렸다.

얇은 것은 하루에 두 권씩도 떼고 하여서 어쨌거나 그 집에 있는 얘기책이란 것을 싹 쓸어 읽어버렸다.

그때에 소원이란 어떻게 하면 넓고 넓은 방에 수만 권의 소설책을 쌓아 놓고 원 없이 한(恨) 없이 읽어볼꼬 하는 것이었다.

그러기에 『옥연몽』이라는 다섯 권짜리 소설이 시원찮아, 다시 국한문으로 보충된 『옥류몽』 네 권을 사서 열 번쯤 되게 정독했는데, 나는 지금까지도 그때의 감동과 격찬을 지속하고 있는 것이다.

그런다고 이 어린 소설광(小說狂)은 학교의 공부를 게을리 하지 않았다. 소설 읽기에 밤을 새우면서도 학교의 성적은 우등이라 여덟 살 때 5학년이 되었고, 열 살 때는 학제의 규정에 따라 고등과 3학년이 될 만큼 월반을 거듭하였다.

우리 정명학교의 교장은 유애나 씨라고 키가 아주 작고 몸은 절구통만큼 뚱뚱한 선교사인데, 총명하고 똑똑하여서 학교는 날로 번영해 갔다.

언니는 1년 전에 윤선(汽船)을 타고 인천항구를 거쳐 평양 숭의여학교에 유학했는데, 다음 해에 목포항구에 철도가 개통(1914)되어서 여름방학 때는 당당히 기차로 귀향했던 것이다.

내가 열 살 때는 이미 우리가 육십 칸짜리 큰 집에 이사를 한 후였다. 방 둘, 마루 하나, 부엌, 그렇게 딸린 전방 여섯 채가 우리 대문을 중심으로 좌우에 셋씩 있어 전부 세를 주고 뒤로 큼직한 안채가 군림하고 있었다.

내가 출생한 초가도 헐려서 꽃밭이 되었고, 전부터 자리잡고 있던 포도나무, 감나무, 대추나무, 살구나무, 석류나무에다가 새로이 감류(시지 않은 석류)나무, 배나무, 복숭아나무 따위를 더 심어서 소과수원이 이루어졌다.

신작로로 향한 대문을 지나 중문으로 들어서면 안뜰에는 나무 층계에 각색의 양화(제라늄), 대소의 화분과 수국과 영산홍과 사보덴 각종의 화분들이 층층이 즐비하게 놓여 있고, 부엌 머리방을 돌아가면 소과수원 앞에 큰 화단이 있어서 모란, 작약, 해당화, 월계화를 비롯하여 각색 일년초의 꽃이 만발하였다.

여름에 대문과 중문이 열려 있는 때에는 행길에 지나가던 사람들이 곧잘 들어와서 꽃구경도 하고 얻어도 갔다.

집 뒤는 돌 언덕이 미끈하게 올라갔는데, 울타리가 서 있는 곳에서 넘겨다보면 망망한 돌밭, 돌산에서 남포질로 돌을 떼어 내느라고 가끔씩 우리를 놀라게 했다.

포도넝쿨이 지붕으로 올라간 변소는 딴 채로 되어 있고, 뒷동산에 있기 때문에 꽃밭을 지나 돌층계로 올라가는 그 길은 무슨 별장으로나 올라가는 듯한 느낌을 주었다.

그 언덕이 밋밋한 경사로 집 뒤를 돌아오다가 안방 뒤창 앞에서 꽤 넓은 화단으로 되었다.

그 뒤 화단에는 지붕을 넘실거리는 큰 파초가 서너 그루 서 있는데, 우리의 파초는 해마다 새끼를 쳐서 수없이 많은 집에 고루 자손을 번성시킨 만큼 연조와 관록이 있는 기둥보다 더 굵은 웅자(雄姿)를 뽐내고 있었다.

그 아래로 국화와 월계화가 무더기로 떨기를 이루어 휘어져 있고, 곁으로는 꽤 넓은 웅덩이가 언덕 아래 있어서 순경 오빠는 언제나 그 웅덩이에 오징어 뼈로 만든 범선을 띄우며 놀고 있었다.

그러한 신흥 부자의 막내딸인 나는 학교에서나 집에서나 부모 스승을 위시한 뭇 사람들의 사랑을 받았건만 맘속 깊이에 남모르는 슬픔이 잠겨 있었던 것이다.

그 뿌리 깊은 슬픔이란 원경 오빠를 다시 볼 수 없는 공허감이었다. 어머니가 그 비통을 견디다 못해 교인이면서도 담배를 피우듯이 나도 그 빈 마음을 메우려고 얘기책에 골몰했는지도 모른다.

나는 또 강아지나 고양이를 사랑하기 시작했다. 뜬구름을 바라보며 오빠의 형상을 모색하다가 구름이 사라져 그의 형태가 없어지면 허공을 헤매던 어린 눈동자는 눈물로 흐려졌다. 그런 때에 쓰라린 심정을 달래주는 것이 강아지나 고양이의 재롱이었다.

나는 진정 그런 것들을 사랑했으나 웬일인지 강아지나 고양이는 번번이 병이 들어 죽었다.

"그런 것들을 사랑하면 못 쓴다."

짐승을 너무 사랑하면 자손이 귀한 법이라고 어머니는 질색하였으나 나는 어쩔 수 없이 그것들을 귀여워하는 수밖에 없었다.

첫번 강아지가 죽었을 때 아버지는 바닷가 우리 빈터에 묻어 주었다. 밥도 먹지 않고 울던 나는 어른들이 살장을 두르듯이 흰 당목 헝겊을 치마끈에 표적으로 달고 다녔다.

공부시간에도 살아 있을 때의 재롱부리는 모습으로 가슴이 터질 것만 같아 겨우 참고 집으로 돌아오면 책보를 두기가 바쁘게 강아지의 무덤으로 달려가서 석양을 담뿍이 받고 있는 바다 건너의 월출산을 바라보며 끝없는 비애를 무한한 공간에 흘려 보내고 있었다.

고양이가 죽었을 때도 그랬다. 오빠를 잃은 여섯 살 때부터 열 살이 된 그때까지 사랑하는 대상을 잃은 애통으로 언제나 헛헛한 심정을 가눌 수 없었으나, 책을 들고 얘기 속의 세계에 잠길 때만은 슬픔을 잊고 신비로운 공상 속에서 울고 웃고 하였던 것이다.

학교에서 쉬는 시간에 다른 아이들은 뛰어놀며 거침없이 떠들건만, 나는 밤새에 읽은 책 속의 주인공과 그들의 희비의 운명과 생활을 회상하고 음미하노라고 멍하니 앉아있을 때가 많았다.

"경순인 어린애가 왜 저래? 꼭 실심한 애처럼 넋을 잃고 앉아서 밤낮 무슨 궁리만 하고 있으니 말야."

걸핏하면 동무 애들은 그렇게 숙덕거렸다.

달밤이면 혼자서 화단을 거닐거나 언덕에 동그마니 앉아서 원경 오빠가 들려주던 얘기들을 반추하면 작은 가슴이 볼록하게 한숨을 내쉬었다. 이런 장면이 어쩌다가 들킬 때

"어린 게 왜 저리 청승맞을까?"

하고 어른들은 걱정스럽게 머리를 내저었다.

밤중에 소변 때문에 잠이 깨었다가 서창이 환하게 달이 밝고 파초와 월계화 그림자가 창에 어른대면, 가만히 뒷문을 열고 후원에 가서 꽃을 어루만지고 물 속에 잠긴 달을 들여다보며 시간 가는 줄을 모르다가 어머니가 불러서야 들어가는 때도 있었다.

"우리 경순이도 시원찮아."

어머니는 남몰래 중얼거리며 원경 오빠의 사진을 새삼 손에 쥐는 때가 많았다.

부엌 머리방에는 큰오빠와 올케가 있고 행낭에는 머슴 내외가 있어서 집안 안팎일은 걱정하지 않아도 넉넉한데, 어머니는 끼마다 아버지의 반찬을 손수 만드시느라고 부엌에 드나들었다.

나는 누가 시킨 것도 아니었건만 식전이면 일찍 일어나서 어머니의 요강을 부시고 육 칸 대청을 고사리 같은 손으로 닦고야 학교에 갔다.

"올케도 있고 식모도 있는데 우리 경순인 꼭 제 손으로 내 시중을 들지 않소?"

어머니가 친구들에게 은근히 내 자랑을 하면 그들은

"원 신통도 하지. 원경이 대신 효녀가 하나 생겼군요."

하고 입을 모아 치하했다.

그때 큰오빠는 어느 선교사의 한어(韓語) 선생을 하고 있었는데, 그의 친구들이 가끔씩 집에 몰려 와서 놀 때는 언제나 나를 귀여워하면서 다투어 옆에 앉히려고 하였다.

15세나 위인 큰오빠의 친구들이니까 언뜻 아버지뻘로도 볼 수 있건만

나는 한사코 그들의 뜻을 거역했다. 오라 해도 가지 않고, 몸에는 손도 얼씬 못하게 할 뿐 아니라 손을 잡으려고 하면 질색해서 손을 뒤로 감췄다.
"어린애가 몰풍스럽게 왜 그리 쌀쌀하냐?"
그들은 나를 비난했다. 나의 이 버릇은 다섯 살 때, 원경 오빠를 발로 걷어차던 날 밤에 큰오빠에 대한 증오심에서 비롯한 것이라 오빠의 친구들도 다 한 물로 보아 미워했던 것이다.
사랑과 미움을 가리는 데 관대하지 않고 청탁을 분별하는 데에 엄격한 성격은 어릴 때부터 타고난 천성인 모양이었다.
아무리 능력은 있다지만 고등과 3학년의 학과는 열 살의 내게는 그리 수월한 것이 아니었다. 고등산학신편·동물학·식물학·지문학·논어·부기(簿記)까지 고루 갖추어 있는 어마어마한 과목에 신구약 성경 시간이 매일 들어 있어서 청홍의 두 잉크병과 부기 방망이까지 합하면(더구나 모두 숱이 두꺼운 책 뿐이라) 내 힘으로는 이겨내기 어려운 큰 책보이었다.
비 오는 날이면 내가 우산을 쓰니까 책보는 머슴이 들어다 주기도 했지만 매일 꽤 먼 길을 왕래하고, 밤이면 소설책에 푹 빠지는 데다가 학교의 성적도 우등을 차지하려니까 체력에 부치였든지 하학 후에 집에 오면 으슬으슬 한기가 들면서 미열이 나기 시작했다.
이삼 일간 참다가 드디어 나는 이불을 쓰고 누워서 한참씩 앓았다.
"아가, 어디가 아프냐?"
어머니가 이마를 짚으며 물으셔도 나는 원경오빠에게서 배운 대로
"아니, 괜찮아요."
하고는 이튿날 아침이면 여전히 일어나서 일과대로의 청소를 끝내고 학교에 가기를 사흘이나 계속했더니 어느 날은 학교에서 돌아오는 길에 그냥 방바닥에 쓰러지고 말았다.
몸이 불덩이처럼 달아오르고 입에서 화기가 훅훅 끼치는 나를 안고 어머니는 이불 요를 내어 눕히면서

"아이구, 하나님? 어쩐 일로 이 죄인에게 이런 형벌을 나리시나이까?" 하고 내 얼굴에 그의 얼굴을 맞대었다. 우리의 낯에서는 물이 줄줄 흘러 내렸다. 어머니와 내가 흘리는 눈물이었다. 나는 너무 아파서이었지만 어머니는 원경에게서 놀란 가슴이라 수상하던 내 태몽을 연상하면서 불길한 예측과 두려움에서 흘린 것이다.

먼저는 단골 한의가 불려와서 열병(장질부사)이라 하고 약을 썼다. 꽤 이름이 높은 약방이건만 차도가 없었다. 당황한 부모님은 양의와 한의를 한꺼번에 불러서 닥치는 대로 약을 먹였다.

병세는 일진일퇴 하다가 장기선으로 들어섰다. 음식도 먹지 못하고 지칠 대로 지친 나는 겨우 정신을 차려 눈을 뜰 때마다 울고 앉았는 어머니만 보았다.

혼혼한 중에서 찬송가의 고요한 합창을 듣고 기도 소리도 들었으나 말도 이루지 못할 만큼 나는 극도로 쇠약했다.

십 리 밖에 명의가 있다고 하여 아버지가 갔더니 약 두 첩을 주면서 이 약에 회복하지 못하면 아깝지만 하는 수 없다고 하더라는 것이다.

한 첩을 먹이고 나머지 한 첩에 오로지 전 희망을 걸면서 기도하는 마음과 간절한 눈물로 어머니는 약을 입에 흘려 넣었다.

나는 약을 받아넘기고 눈을 감았다. 그때였다. 문득 내 앞에 제주도에 선교사로 간(그때는 제주도에도 선교사라는 이름으로 목사를 보냈다) 이기풍 목사님이 나타났다.

그는 평소와 같이 머리를 곱게 갈라붙이고 안경을 쓴 채로 멀리서 걸어오는데 그의 앞에서 또 한 그림자가 솟아올랐다.

이 목사님의 윤곽대로지만 머리가 부수수하고 안경을 쓰지 않은 환영이 나타나면서 이 목사님은 간데 없고 그분만이 내게로 가까이 왔으나 나는 그의 상체뿐 하체는 볼 수 없었다.

그는 한 손에 약병을 들고 나더러 입을 벌리라고 하였다. 내가 입을 딱

열고 있으니까 머리를 자칫 숙이며 내 입 속을 이리저리 기웃거리더니 약병을 내게로 대고 쿨쿨 쏟았다.

처음에는 꼴깍꼴깍 마셨지만 나중에는 목이 막혀서 끽끽대고 있으니까
"아가 아가! 정신을 차려라 아가!"
하면서 어머니가 내 얼굴을 두 손으로 감싸안고 흔들었다.

나는 눈을 떴다. 설새없이 흐르는 어머니의 눈물이 내 뺨에, 코에, 눈에까지 떨어졌다.
"어머니! 목사님이, 목사님이."
내가 겨우 입을 열어 더듬으니까 어머니는 내 눈을 들여다보며
"아이그, 우리 애기가 말이랑 하네. 그래 목사님이 어쨌어?"
하고 신기한 듯이 묻는 옆에 아버지도 계시고 올케와 순경 오빠도 있었다.
"목사님이 나 약 먹여 줬어"
"응? 목사님이? 무슨 약을?"
"물약을 입에 부어"
"아이그, 예수님께서 나타나셨던가보다. 이런 희한한 일도 있소?"
어머니는 아버지와 자녀들을 돌아보고 소리쳤다. 본래 말이 적고 얌전한 어머니건만 막내딸에 대해서만은 수다스럽고 요란스러웠다.

예배당에서나 학교에서나 어느 좌석에서든지 나하고 동석인 때에는 시종 나만 주목했고, 내가 자고 있을 때는 무수히 내 뺨과 입에 입맞추었고,
"난 우리 막내 땜에 살아가는 거요."
그렇게 선언하던 어머니가 회생을 기약할 수 없는 내 병석 앞에서 한 달 동안 얼마나 울며 애절하게 기원하였을까?
"아가! 그래서 어쨌냐? 어떤 목사님이시든?"
"제주도 이 목사님이."
나는 앙상하게 마른 손을 들면서 비몽사몽간에 당하던 일을 설명했다.

실로 기적처럼 말할 수 있는 기운이 일었던 것이다.

다시 감사의 찬송과 기도가 올려지고 나는 미음을 받아 마신 후에 혼곤하게 한 잠을 자고 났다.

참으로 그 날부터 차차 회복이 되어가고 내 현몽의 소문이 교회에 퍼지자

"하나님이 다시 살려 내신 것이라"

는 단안이 내려졌다. 부모님도 나도 내 목숨은 그때 다시 이어받은 것이라는 것을 굳게 믿었다. 열 살 때 받았던 비몽사몽간의 환상은 지금까지도 내 망막 속에 새로운 것이다.

새로운 생명을 이어 받은 나는 어린 애기마냥 다시 앉기와 서기와 걸음마를 배워서 병석에 누운 지 두 달 보름 만에야 다시 학교에 나갔다.

내가 처음 등교하던 날 평양 언니에게서는 전보가 오고 집에서는 잔치가 벌어졌다. 그리고 학교에서도 선생님이 예배시간에 재생의 나를 새삼 전교생에게 소개하였던 것이다.

몽땅 빠져버린 머리칼이 다시 돋아 제법 땋을 수 있게 되는 동안 해가 바뀌어서 나는 열 한 살에 고등과 4학년이 되었다.

집안은 번창하고 자녀들은 건강하여 평화의 매일이 계속되는 우리 집에 드디어 파탄의 싹이 트기 시작했다.

큰오빠네가 직업을 따라 전주로 이사를 가고 머슴네도 고향으로 돌아가게 됨에 어머니를 도와줄 여인을 구하게 되었다.

마침 양가의 딸이 과부가 되어 부모처럼 믿고 의지할 데를 찾는다고, 어떤 교인의 소개로 새파랗게 젊은 여인이 집에 왔다.

나이는 스물 다섯 살, 큰오빠보다도 한 살 아래라는데 얼굴이 개름하고 눈이 쌍꺼풀이 진데다가 빛깔도 허여스름해서 인물은 반반한 편이나, 말할 때면 입을 오므렸다 폈다 하고 곤대짓을 하며 곁눈질을 하는 것이 어

린 내 눈에도 매우 거슬려 보였다.

이해 봄에 순경 오빠도 서울 경신학교로 유학을 갔기 때문에 집에는 부모님과 나와 그 여인밖에 없었다.

그 여인은 부엌 머리방에 있고 나는 어머니와 안방에 있다가 잘 때면 윗방으로 올라갔는데 가끔씩 자다가 들으면 아버지와 어머니의 다투는 소리가 났다.

그러나 낮이면 혼연스러운 분위기를 만드는 어머니의 곁에서 나는 늘 글을 쓴다고 엎드려 있었다. 그때까지에 읽은 얘기책이 백 권은 넘었을 것이라 어린 머리에 잔뜩 쟁여진 사건을 어떻게 처리할 수 없었던지 나는 걸핏하면 소설을 짓는다고 밤늦게까지 공책을 들고 있었던 것이다.

처음으로 소설이랍시고 쓴 것이 「유랑의 소녀」라는 것인데, 배경을 불란서 파리로 잡고, 주인공은 소경 아버지를 이끌고 다니는 피리 부는 소녀로 정했다. 『정부원』이니 『무쇠탈』이니 하는 소설을 읽은 영향으로 무대는 파리로 정했으나 사건의 전개는 순전히 모방이었고 박화성도 그때에 스스로 지은 아호이었다.

여인은 차차 촌티를 벗어서 두어 달이 지나니까 아주 쏙 뺀 멋쟁이가 되었다. 솜씨 좋은 어머니가 의복도 특별히 마련해 준 탓이었다.

나는 그 여인을 해남댁이라고 불렀다. 부모님은 성님이라고 하라고 했으나 성님은 우리 올케뿐이라고 굳이 해남댁이라고만 불렀는데 그럴 때마다 그 여인은 흰자위가 많은 눈을 흘겼다.

아버지가 명랑해지는 반면에 어머니의 맑은 얼굴에는 그늘이 지기 시작했다.

어느 겨울밤에 아버지는 교회에 안 가겠다 하고 우리만 다녀오라 하였다. 삼 일 예배에는 흔히 빠지지만 주일 밤 예배는 꼭 참례하셨는데 그 밤에는 어머니가 몇 번 권유하여도 몸이 아프다는 이유로 집에 남으셨던 것이다.

어머니는 내 손을 잡고 예배당에 가시던 도중에서 발길을 돌렸다.
"어머니, 왜 도로 가세요?"
"너 먼저 가라, 응? 내가 깜박 잊은 것이 있다. 곧 뒤에 갈게 먼저 가."
어머니가 총총히 돌아가시는 뒤를 나도 살금살금 따라갔다.
어머니는 가만히 대문을 밀었다. 물론 잠겨 있었다. 잠깐 생각하던 어머니는 세를 들어 있는 전방집의 부엌 뒷문을 열고 우리 화단으로 나섰다.
내가 따라오는 것을 보고 놀라는 눈치였으나 어머니는 이내 내게 금족령을 내렸다.
"넌 오지 말고 여기 가만히 서 있어야 한다."
나는 고개를 끄덕였으나 어머니가 안 뜰로 들어가실 때 위험지대에 혼자 돌입하시는 것만 같아서 따라 가고 말았다.
어머니가 대청에 올라서자 안방 문이 열리고 아버지가 황황히 나왔다.
"예배당에 간다던 사람이 웬일인고."
어머니는 아무 대답이 없이 안방으로 들어갔다. 아무도 없었다. 어머니는 나의 침실인 윗방 미닫이를 밀어 제쳤다. 옷이 구겨진 채로 해남댁이 머리를 쓰다듬으며 서 있었다.
"너 여기 왜 서 있는 거냐?"
어머니는 날카롭게 쏘아보며 매섭게 꾸짖었다. 해남댁은 재빨리 몸을 빼쳐서 제 방으로 돌아가고 아버지는 도로 방으로 돌아와서 아랫목에 덜썩 주저앉았다.
그 밤에 큰 말다툼이 있었던 것은 물론이었다. 진실하던 교인이 큰 죄를 범했다는 것이다. 아버지는 어머니께 사과하였으나 그것으로써 어머니의 분노는 풀어질 리가 만무하였다.
해남댁이 집에서 없어진 후에 아버지의 행색은 거의 안정을 잃었다. 밤이면 싸움이 벌어지고 그렇게나 여왕처럼 위하던 어머니에게 손찌검까지

할 만큼 참으로 환장이 되어있는 아버지에게서 나는 신뢰와 존경을 한꺼번에 싹 걷어버렸다.

아버지는 해남댁에게 큰 집을 사 주고 그의 오라비에게 자본을 대어 장사를 시키면서 그의 일곱 식구를 먹여 살렸다.

어머니는 아버지가 오지 않는 밤을 꼬박 담배로만 새워서 식음을 전폐하는 어머니의 대변은 오로지 담뱃진이 될 만큼 수척할 대로 수척해 갔다.

한편 큰오빠는 아버지가 첩살림을 시작했다는 소식으로 다시 집으로 돌아와서 그도 양품점을 내기에 성공했다.

이러노라니 집안에는 매일처럼 풍파가 일어나고 그럴 때마다 행여나 어머니가 다치실까 봐 나는 애를 태우며 불안에 떨고 있었다.

아버지는 젊은 첩에게 그야말로 머리끝까지 빠져서 사업이고 뭐고 다 집어치우고 밤낮없이 그 집에만 붙어 있자니 돈은 말라가고 교회에서는 책벌이라는 징계처분을 받았다.

이듬해에 나는 고등과를 졸업했다. 졸업식에 참석한 부모님과 큰 예배당이 터지도록 모인 교인과 학생들 앞에서 답사를 하면서 나는 아버지가 눈에 뜨이자 울음이 터져 나와 겨우 참아가며 답사를 마쳤는데, 군중들과 졸업생들은 내가 졸업이 서러워 우는 줄만 알고 모두 따라 눈물을 흘리며 울었던 것이다.

한 반 졸업생 중에는 20세가 넘은 애기 엄마도 있고, 십구, 십팔로부터 고작해야 열 다섯 살의 소녀가 최하였다. 그런데 열 두 살이라는 나이는 보통과 3학년부터 고등과까지 오직 나 혼자였다.

그만큼 그때의 학생들은 만학의 처녀들이 거의였고, 더구나 각 도시에서 모여드는 탓으로 완전히 숙성한 큰아기들이 전반 같은 머리채를 철렁거리며 기숙사에서 생활하고 있었다.

우리 졸업생 십일 명(그때는 대개 이삼 인씩이라 우리의 십일 명이 처음이다) 중에서 칠 명만이 새로 시설된 보습과에 올라갔다. 동급 중에서 15세 되는 윤성희와 16세의 신도순이 가장 친한 동무이었는데 그들은 모두 불우했다.

신도순은 할머니와 어머니 두 노인을 모시고 학교 문간집 삼간에서 어머니의 바느질품으로만 연명하였고, 윤성희는 아버지 없이 어머니와 성이 다른 큰오빠집에서 살았으나 그나마 식구는 많고 가난하여서 늘 불행을 한탄하는 불평의 소녀였다.

둘이는 다 얌전하고 솜씨도 좋아서 서양부인들의 수예를 해주고 삯을 받아 학비에 보탰다. 그들뿐만 아니라 기숙사의 전 생도가 다 그런 식의 고학을 계속하고 있었던 것이다.

워낙 성격이 상냥스럽지 못하고 붙임성이 없는 나는 어릴 때부터 누구의 비위를 맞춘다거나 하는 아부성은 머리털만큼도 없는 까닭에, 서양부인들과는 성경시간 외에는 접촉이 없어서 선교사들의 사랑이나 도움을 받은 일은 오늘까지 한번도 없었다.

윤성희는 나와 그림자처럼 붙어 다녔다. 토요일이나 주일에는 둘이 서로 이 집 저 집(그와 나의 집)으로 다니면서 각각 특별한 음식들을 먹이려고 애썼다.

나는 그 집에서 보리개떡과, 팔다가 남아서 곯았다는 계란 삶은 것에 맛을 들였고, 어머니의 보퉁이에서 떨어지기에 이것이 무슨 그림이냐고 물었다가 난생 처음으로 호되게 야단을 맞았던 그 조그만 그림이 화투짝이라는 것을 성희네 집에서 비로소 알았다.

나는 성희에게서 배운 화투 치는 것에 큰 재미를 얻어 틈만 있으면 컴컴한 흙 천장의 그의 방에서 그 놀이를 하였으나 어머니 앞에서는 시침을 떼고 있었다.

그 해 내 생일에는 내 마지막 잔치(다음 해에 서울 정신학교에 유학 가기로 작정한 까닭에)라 하여서 선생님들과 동급생은 물론 전 기숙생을 다 초대하였다.

    연두 관사저고리에 진분홍 춘사치마를 노랑 명주 허리띠로 잘끈 동여맨 나는 파아란 가죽신을 울리면서 학교로 일행들을 모시러 갔다.

    사십여 명의 손님들이 상을 받고 앉을 만큼 우리 집은 넓었다. 예의 내 큰 상이 내 앞에 놓여지자 그들은 어린 나를 위하여 박수로 축하하였으나 나는 부끄러워 얼굴도 들지 못하고 있는데, 선생님이 성희와 도순을 내게로 가라고 보내셔서 우리 세 소녀는 비로소 오순도순 얘기해 가면서 맛있는 음식들을 고루 먹었다.

    그렇게 형식적으로는 여전히 풍부하고 평화스러운 것 같았으나, 내면에는 언제나 불안과 싸움이 파도치고 있는 집안에서도 나의 소설을 읽는 취미와, 노래며 얘기를 쓴다고 엎드려 있는 버릇은 끊이지 않고 이어 나가서 숱이 두터운 공책 서너 권이 벌써 나의 유일한 재산으로 되어 있었다.

    여름방학에 경애 언니와 순경 오빠가 귀향하자 어머니는 너무나 괴로운 심회를 조금이라도 달래 볼까 하고 영암 친정으로 가셨다.

    한사코 따라가겠다는 나를 돌려놓고 배에 올라간 어머니는 쉴새없이 눈물을 닦았고, 배가 떠난 후에 나는 바닷물에 빠져버리고 싶은 극심한 슬픔을 안고 언니와 오빠에게 끌려서 집에 왔다.

    "진작 갈 텐데 집이 비어서 못 갔다. 애기 잘 데리고들 있거라."

    어머니가 형들에게 하는 부탁을 유언처럼 간직하고 회상하면서 모두가 아버지와 그 여인의 탓이라고 나는 절치부심하였다.

    어머니를 구하고 집안의 운명을 돌이키려고 결심한 언니와 오빠는 매일 밤 아버지에게 빨리 첩을 버리시라는 충고를 울며 울며 간절히 하였으나 아버지의 외박은 더욱 잦았다.

    어떤 날 밤에 언니는 비장한 각오로 나를 일찍 자게 하였다. 나는 자는 척 하고 누워 있었다.

    아버지를 모시러 간 오빠가 아버지와 돌아왔다. 남매는 다시 최후의 결심으로 아버지와 마주 앉아 몇 번이나 간청하였으나, 불응하는 아버지 앞에서 언니와 오빠가 함께 내어놓은 것은 가느다란 밧줄이었다.
"아버지께서 진정 회개 못하실 바엔 우리 남매가 깨끗이 아버지 앞에서 죽어 집안 망하는 꼴을 안 보겠습니다."
그들은 각각 옭아 놓았던 줄을 목에 걸었다. 아버지는 황급히 그들의 손을 잡으며 단박에 응낙했다. 언니는 19세요, 오빠는 16세인데 그들은 부모를 위하여 용감히 목숨을 끊기로 결심하였던 것이다.
만일 아버지가 그들을 말리지 않았으면 나는 어린 속에도 내가 뛰어나가서 그 밧줄을 아버지에게 던지리라 맘먹고 있었던 것이다. 안방 모기장 속에 누워 있는 나는 그 밤에 얼마나 울었는지 모른다.
아버지는 자녀들을 안심시키며 몇 번이나 청산하겠다고 다짐했다. 언니는 아버지에게 회개의 기도를 합시사고 하였다.
아버지는 떨리는 음성으로 충심이 어리는 듯 한 기도를 올리고 뒤이어 언니와 오빠의 피가 듣는 듯이 애절하고 간절하고 간절한 기도 소리가 들렸다. 물론 나도 함께 엎드려서 마디마디에 아멘을 불렀던 것이다.
언니와 나는 안방에, 아버지와 오빠는 부엌 머리방에서 각각 자리에 들어갔다. 변심한 아버지의 회심을 믿고 안심하고 잠이 들었던 우리는 첫새벽에 아버지가 이미 첩의 집으로 탈출한 것을 알고 삼 남매가 방성통곡할 때 식모아주머니도 함께 흐느껴 울었다.
그처럼도 완전히 이성을 잃은 아버지를 나는 멸시하기 시작했다. 그리고 그 백여우 같이 요사한 해남댁을 끝없이 저주했다. 아무 것도 취할 것 없는, 오직 젊은 살덩이밖에 가지고 있지 않는 그 요녀에게 정복당한 아버지를 어떻게 존경할 것인가. 나는 그 이후로 아버지를 한 번도 입 밖에 내어 아버지라고 불러본 적이 없었다.
절망과 슬픔의 나날이 흐르는 동안에 오빠는 어머니를 모셔오고, 후가의 날자는 줄어들었다.

눈보라의 운하 61

장자인 큰오빠는 선량하지 못한 올케에게 꽉 잡혀서 아버지의 변심이나 집안의 불행에 무관할 뿐 아니라, 부모와 형제도 불고하여서 어머니도 아예 그에게 기대를 걸지 않았고, 언니와 오빠도 형제는 삼 남매뿐인 줄 알라고 하였다.

어려서부터 큰오빠를 싫어하던 내게 아버지와 마찬가지로 큰오빠네는 내게 있어서 한 이방인이 되어 있었던 것이다.

남들이 부러워하고 스스로도 행복에 잠겼던 어머니의 수난의 매일은 지옥의 생활이었을는지 모르나, 오직 앞에서 알랑대는 막내딸 하나만에 맘을 걸고 살았는데, 나는 드디어 이듬해에 보습과를 졸업하고 서울 정신학교로 갔다.

다행히 언니가 숭의여학교를 졸업하고 모교에 봉직하게 되어 어머니는 위안을 얻을 수 있었지만, 차시간이 임박할 때까지 어머니의 젖꼭지만을 주무르던 막내딸을 처음으로 멀리 보낸 어머니는 며칠동안 울고만 계셨다는 것이다.

정신학교에는 5학년으로 시험 치고 들었다. 그때 김말봉이 한 반이었다. 기숙사도 양옥 침대요, 넓은 정원은 푸른 잔디에 각색 화초가 수놓아, 그림같이 아름답고 화려하였으나 내 심정에 맞지 않았다.

집에다 보내는 것이나 오는 편지는 다 먼저 검독하고, 경신학교를 지척에 두고도 순경 오빠와의 면회도 할 수 없으며, 외출이란 일체 금지하는데서 나는 인권의 무시당함을 통절하게 느꼈다.

피아노가 있는 방에서 멀리 낙산을 바라보며 거기서 비로소 읽는 『검둥이의 설움』(스토우 부인의 저서)의 주인공의 편이 되어 갖은 공상에 잠겼던 인상은 컸으나, 정당한 자유를 구속하는 것에는 반감을 품고 있었다.

나는 가을 학기에 정신학교로 가는 척 상경하여 곧장 숙명여학교로 갔다. 그 때에는 그 학교가 가장 좋다는 평판이 있는 까닭이었다.

아롱다롱한 소녀의 꿈은

 부모님의 영을 어기고 자행(自行)한 것은 그때가 내 일생에 처음이었다.
 "그 양순하고 으슥하게만 보이는 어린 것이 무슨 마음으로 그런 일을 저질렀는가 몰라요."
 어머니가 내 소식을 늦게야 들은 후에 친구에게 그렇게 말했다는 것이다.
 지금 생각해도 퍽 용감했다고 할 수밖에 없다. 신자이면 반드시 교회의 학교에 가야만 하는 법칙이 있었던 것이다.
 그러기에 언니는 평양 숭의여학교에, 오빠는 경신학교에, 나 자신은 정신여학교에 입학하였던 것이 아닌가.
 다만 편지를 먼저 읽고 자유의 기본권을 무시당했다고 하여서 십삼 세의 소녀가 정신학교로 가는 척 감쪽같이 부모 몰래 딴 학교로 달음질했다는 사실은 나의 성격과 부모님께 절대로 순종하는 나의 도의심으로는 의외일 수밖에 없었다.
 숙명학교는 수송동에 있는데 무슨 대궐 헐어진 듯싶은 낡은 건물이 여기저기 산재(散在)해 있어서 정신학교의 벽돌양옥과 그림같이 아름다운 정원을 보던 나는 약간 실망하였다.

그때 나 외의 두 사람이 함께 갔었는데 그들은 어른처럼 크고 히사시 머리를 틀었던 것이다.

셋은 더듬거리는 일본말로 학교에 입학하겠노라 하였더니 각각의 학력을 묻고 함께 본과 2학년의 보결시험을 쳐 보라 하였다.

정신학교는 6학년제요, 숙명은 본과 3년의 제도이어서 정신학교의 5학년생인 나는 그대로 2학년의 생도일 수 있는 자격을 가졌던 모양이었다.

그러나 시험이라는 말에 내 작은 심장은 덜컥 내려앉는 것 같았다. 여자고등보통학교인 그 학교는 우선 나를 면접한 선생부터가 일본 여자이었고, 재봉 선생을 제외하고는 전부가 일인이어서 일어가 능숙하지 못하면 모든 학과에 크나큰 지장이 있는 까닭이었다.

더구나 나는 정명학교에서도 일어를 배운 적이 없었다. 고등과 4학년 때 『고등 국어독본』이라는 아주 정도가 높은 일본말 독본을 앵무새처럼 통으로 외어서 배우노라니 어떻게 겨우 제 짐작으로 눈을 떴을까 말까 했고, 정신학교에서는 또 꿈에도 들어본 일이 없는 영어독본을 들이대서 일 학기 동안 골탕을 먹었던 것이다.

다행히 숙명에는 영어가 없어서 안심은 했으나 막상 교무실에서 시험을 칠 때는 가슴이 두근거리고 붓대가 떨리기도 하였다.

과목은 산술, 일어, 작문 세 가지였는데 다른 것은 기억에 없으나 작문 제목만은 「우리 집」이라는 것이어서 옳다구나 하고 되는 양 길다랗게 적어 놓았더니 선생이 이윽히 드려다 보다가 웃으면서 참 잘 썼다고 하였다.

우리는 또 구두(口頭)시험을 받았다. 처음에 우리를 면접한 선생이 시험도 받았고 구두시험 때도 대화를 했는데, 키가 훨씬 크고 얼굴이 갸름한 미인형의 여인이 말조차 상냥스럽게 걸어와서 적이 맘을 놓고 달랑달랑 대답을 했다.

그 선생은 우리더러 집에 돌아가 있으면 가부를 통지하마고 하였다. 전주에서 왔다는 두 여학생과 나는 이틀 동안 가슴을 조리면서 하회를 기다렸다.

여관 방 안에 들어앉아서 기도하는 마음으로 밖을 내다보던 우리는 체부가

"박경순!"

을 찾는 바람에 한꺼번에 뛰어나갔으나 합격통지는 내게만 왔기 때문에 두 사람이 낙심하여 흐느끼는 것을 보며 나도 눈물을 찔끔거렸다.

그 날로 나는 학교로 가서 당장에 기숙사에 들라는 허락을 받았다.

나는 우선 경신학교에 가서 오빠에게 입학을 알렸더니 이제 제법 고등학생의 티가 박힌 오빠는

"힝, 말재가 신통한데?"

하고 칭찬 대신으로 머리통을 한 번 쥐어박은 다음에 정신학교로 함께 가서 짐을 찾자고 하였다.

정신학교에서 1학기를 마친 후에 방학에 돌아가면서 이불과 고리짝은 다 거기 두었던 것이다.

내가 숙명으로 가게 된 것을 말하고 내가 있던 방에 가서 내 소유물을 챙기노라니 동향인 실장 언니와 동급생인 한 방 언니들이 눈물을 머금고

"넌 여기 안 있을 줄 알았다."

하면서 나더러 깜찍한 아이라고 하였다.

숙명학교 기숙사에 들어와서야 나는 부모님께 용서를 빌고 내 장래를 위해서도 이 길이 더 편리하다는 이유를 말씀 드리는 긴 편지를 보냈더니 아버지는 오히려 학비가 모자라지 않았느냐고 돈을 더 보냈다.

나는 그때도 아버지를 아깝다고 생각했다. 조실부모하고도 소싯적에 서울에서 꽤 빛난 구실을 하였고, 낙향하여서는 밭을 갈다가 깨달은 바 있어 항구로 진출하여 상업에 종사하였다.

머리가 좋고 수완이 있어 상업에도 성공하여서 남부럽지 않은 자리에

까지 재물과 지위를 쌓아 올렸고, 교육에도 뜻이 깊어 사람들의 비난을 받아가면서까지 맏딸을 멀리 평양에 유학시켰다.

이어 어린 남매를 서울에 보냈으니 그만하면 선구자의 자격이 있건만, 어쩌다가 사탄의 꼬임에 들어 재색과 숙덕이 겸비한 아내를 두고도 젊은 첩을 얻어서 스스로 나락(奈落)에 빠졌는가를 헤아릴 때 어린 소견으로도 분하고 원통하여서 혼자 가슴을 칠 때가 많았던 것이다.

방방이 서너 개의 침대와 옷장을 갖춘 정신학교의 기숙사에 대면 참으로 어이없는 시설이어서 기숙생이 십여 명인데 큰 방이 둘 뿐이었다.

그러나 반찬은 괜찮은 편이었다. 다만 때때로 고깃국이 나오고 고기가 아니면 음식이 되지 않는 줄만 아는 서울의 사람들이라 걸핏하면 찌개나 나물에 고깃점이 들어서 나는 언제나 매운 깍두기만을 먹어야 했다.

집에서는 부모님의 겸상에서 끼마다 맛난 반찬으로 장복하던 내 철없는 위장은 가끔씩 탈을 부려서 쓴 물을 넘기곤 했다.

조석으로 간절하게 어머니의 가슴과 그 부드러운 젖꼭지를 그리는 나는 남몰래 눈물을 닦는 적이 많았다. 어떤 때는 식탁에서도 주르르 눈물이 흘렀다.

그런 소문이 사감선생의 귀에 들어갔는지 한 번은 특별히 나를 불렀다.

우리 학교는 이미 온 세상이 다 알다시피 엄비(嚴妃)가 세운 학교이기에 교장 선생님은 고종황제를 위에 오르시게 적극으로 조 대비를 도운 조성하 그 분의 형제인 조영하(趙寧夏) 씨의 부인이신 이정숙(李貞淑) 여사이었다.

그리고 궁중에 드나들어 엄비로 하여금 이 학교를 세우게 한 연택능혜(淵澤能惠) 여사가 학감이었고, 내 담임이자 사감 선생은 미야자키(宮崎)라는 노처녀이었다.

처음부터 내가 만나고 지시를 받던 여선생은 교무주임격인 시게다(重田) 여사인데 그는 3학년 담임이오 작문과 일어를 가르쳤다.

미야카키 선생은 이과(理科) 출신이어서 산술, 이과를 담임하고도 음악과 체조까지도 맡았다.

  창가 외에 필수로 풍금을 배우는데 풍금에 재주가 있다 하여서 특별히 나를 사랑하는 눈치를 보이는 그 담임선생이 사감인 것은 내게 다행한 일이었다.

  "넌 고기를 못 먹는다구?"

  사감은 총명한 눈망울을 굴리며 물었다. 나는 그렇다고 했다.

  "그럼, 네 몫은 어떻게 되니?"

  "그건 몰라요."

  "그렇담 너만 손해 아니냐?"

  다소곳이 머리를 숙이는 나를 그는 빤히 바라보다가

  "부모님이 애써 보내시는 학비를 받으며 손핼 보다니. 더구나 발육시기에 있는 네 영양에 얼마나 큰 지장이 있는 줄 아니?"

하고 부드럽게 타일렀다. 부모님의 말이 나오자 눈이 여린 내 눈에 눈물이 솟았다.

  "호호. 울다니. 보긴 다부지게 생겼는데 의외로 바보네."

  그는 애교 띤 웃음소리를 냈다. 무섭게 쌀쌀하게만 보이던 인기 있는 선생에게서 농이라도 듣게 되니까 얼었던 마음이 슬그머니 녹았다.

  그는 과자와 손수 만든 차를 내 앞으로 밀면서

  "자, 이거나 먹어!"

하였다. 내가 과자를 집고 차를 마시는 것을 물끄러미 보던 사감은 또 말을 걸어왔다.

  "경순아! 너 고기를 말야. 과자거니 하고 먹어 봐! 그렇지 않음 약이거니 하고 먹으란 말이다. 너 훌륭한 사람 되고 싶지?"

  "네."

  "넌 음악을 잘 하니까 장래 음악학교에 가야 되거든. 그럴럼 몸이 튼튼

해야지. 고기를 못 먹으면 영양실조가 돼서 병이 난단 말야. 그러니 네가 학업에 성공할 맘이 있음 고기를 먹을 결심을 해야 해! 알았니?"

"네."

"어디 내일부터 고길 먹나 안 먹나 언니께 물어볼 테니 그리 알어!"

언니란 3학년생으로 가계부를 맡아 가지고 있는 처녀를 말함이었다. 기숙생의 요구하는 반찬으로 일주일의 식탁표를 짜고 식모에게 비용을 지불하는 소임을 맡은 것이다.

과연 그 이튿날 토요일 저녁에는 풍부한 불고기가 반찬으로 올랐다. 자기 몫의 접시를 받은 학생들은 모두 기름이 자르르 흐르는 고깃점을 입에 넣고 오물거렸다.

실장 언니의 눈길이 몇 번인가 나를 감았다. 동무들은 내가 어쩌는가 보려고 핼금핼금 곁눈질을 했다.

나는 어머니를 생각하고 원경 오빠의 죽음을 회상했다.

'나도 죽는 셈치고 이것을 먹으리라.'

이를 악물고 나는 고기 한 점을 집어 용감하게 입에 넣었으나 위아래 이가 작용을 해주지 않았다.

"얘, 경순이가 고길 먹는다!"

소근대는 소리와 킥킥대는 웃음소리도 들렸다.

나는 눈을 딱 감고 마구 깨물어댔다. 숨을 쉬면 냄새가 날까 봐 호흡을 중지한 채로 꿀꺽 삼키는 내 눈에서 굵다란 눈물방울이 떨어졌다.

그러나 다음 순간 나는 급히 밖으로 나갔다. 목구멍에서 다시 솟구쳐 나오는 것을 변소에 가서 처치해야 했기 때문에…….

나는 밥먹기를 중단하고 운동장으로 나갔다. 코스모스가 만발한 화단 가에는 초생 달빛이 엷게 어리어 있었다.

하늘을 쳐다보니 외로움과 슬픔이 한꺼번에 몰려와서 기어코 울음은 터지고 말았다.

"애, 경순아. 울지 말어."

실장 언니가 어느 새 왔는지 내 등에 손을 얹고 흔들었다.

"저엉 못 먹겠음 먹지 말지. 뭘 허러 먹고 토했니? 선생님은 널 생각해서 그러시는 거야. 자, 어서 들어가자. 감기 들라 어서!"

다음부터는 끼마다 채소찌개가 오르고 불고기가 있을 때는 반드시 생선토막이 내 몫으로 특별히 나왔다.

"지독한 고집쟁이야."

사감 선생은 나를 놀려대며 이런 말도 했다.

"너 시집가서 남편에게도 고기 안 먹일 작정이지? 아가에게도 그럴 거야. 그렇지?"

그의 이 말은 꽤 깊이 내 연한 뇌 속에 박혔던 모양으로 가정을 갖게 된 후에도 가끔씩 그 비꼬는 충고를 회상하여 교훈으로 여겼던 것이다.

정신학교 때와 달리 오빠와는 자주 만날 수 있어서 남매가 객회를 서로 위로해 주는 일은 다행하고 좋지마는 오빠는 올 때마다 내게 돈을 요구했다.

그때에 우리 기숙사의 식비는 4원이요, 월사금이 50전이라 어떤 학생은 5원으로도 한 달을 살아갔다.

그때 집에서 내게는 매달 7원씩을 보내오고, 오빠에게는 10원씩이 왔는데도 오빠는 어느 새 그 학비를 다 쓰고 내게 청하는 것이었다.

우스운 일은 돈을 청구하러 오는 오빠가 번번이 과자나 감이나 군밤 따위를 번갈아 가며 사서 들고 오는 것이었다. 그것도 적게가 아니고 많이 있었다.

"오빤 이런 거 사지 말구, 나더러 돈 달라지 말면 좋지 않어?"

호떡이나 호콩을 질질 흘리면서 가지고 올 때는 내가 웃음 섞인 진담으로 은근히 발뺌을 하였다.

"넌 어느 새 서울 깍쟁이가 됐구나. 어린 누이를 보러 오면서 맨손으로 오다니. 그래야 네 동무들이랑 맛나게 나눠 먹지 않아?"

"그러니깐 돈을 얼른 쓰지 않아?"

"그 대신 내가 사다 주니까 네가 안 쓰게 되지 않냐? 너 안 쓰는 돈을 내가 쓰면 다 아버지 돈이니까 괜찮지 뭐냐?"

이런 논법으로 오빠는 수월하게 내게서 학비의 보조를 받았는데 집에다가 보내는 편지에는 내게 사 온 물품의 세목을 한 번도 빼놓지 않고 상세하게 적어 보내더라는 것이다.

학교에서나 기숙사에서나 낯설은 얼굴이 없어지자 차차 맘이 붙어서 날마다의 생활이 재미나기 시작했다.

중에서도 풍금 배우는 일이 제일 즐거웠다. 나는 풍금실에서 늘 상급생인 김명순(金明淳)을 만났다.

그는 고개가 자칫 숙어서 목이 더 길게 보이는데, 얼굴은 둥글고 머리는 히사시로 틀어 얹었으나 검고 윤이 나는 머리털은 수가 성글게 보였다.

그의 높은 코에는 언제나 가루분이 더덕져 있고 눈은 크고도 검었으나 그 초점은 항시 흔들리고 있었다.

그는 초보인 나보다는 꽤 어려운 곡을 치는데 팔과 몸을 함부로 흔들어서 풍금 치는 자세가 바르지 않았다.

그는 때때로 노래를 부르면서 풍금을 쳤다. 노래는 「어머니의 환영」이라는 것인데 어떻게나 자주 그 노래를 불렀든지 어언간 나까지 기억하게 되었다.

"2학년에 보결이라지? 나도 2학년에야 이 학교로 왔어."

그는 가느다란 평안도 사투리의 목소리로 곧잘 말을 거는데 눈꼬리는 언제나 웃음으로 처져 있었다.

"참 풍금을 잘 치는군. 좀 있으면 나보다 훨씬 앞서겠어."

가만히 보니까 상급생들은 김명순과 어울리지 않고 명순은 언제나 외톨이었다.
"경순인 작문을 잘 짓는다지?"
한번은 그가 내게 그렇게 물었다. 내가 가만히 서 있으려니까
"내가 보니깐 경순인 어려도 내 맘을 알 거 같애. 내 뭐 하나 읽어 줄게 들어 봐!"
그는 자기가 지었다는 시(詩)를 신이 나서 억양을 붙여가며 읽었다. 그 읽는 모습이 주책없는 것 같으면서도 황홀경에 들어있는 것 같이 경건하게도 보여서 나는 가끔씩 조용히 그의 상대자가 되어 주었다.
그가 후일에 여류문단에 선구자가 될 줄이야 어린 내가 어찌 알았으리오마는, 지금에도 김명순을 숙명여자고등보통학교 제8회 졸업생이라는 것을 알아보려고도 하지 않고 되는 양 소개해 버리는 무책임한 문인이 있는 것에 놀라지 않을 수 없는 것이다.
이러구러 겨울방학이 되었다. 지금은 유학생들이 방학 때마다 귀향하지만 그때에는 여름방학에만 할인권을 주어서 우리는 으레 1년에 한 번씩 하기휴가에만 집에 돌아가는 것인 줄로 믿고 있었다.
그러나 인천이나 양주, 또한 가까운 곳에 집이 있는 사람들은 겨울방학에도 다 가버리고 기숙사에 남은 축들은 평북 강계, 황해도 해주, 강원도 이천, 그리고 나같이 남쪽 끝에 고향을 가진 사람들이었다.
덕과 신앙이 높은 연택 학감이 기숙사 별관에서 사감 선생과 함께 있는 까닭에 양력설에는 그들이 우리 기숙생들을 불러서 별식도 먹이고, 교장 선생 댁에서는 객지에서 새해를 맞이하는 우리에게 갖은 떡과 유과 등을 많이 보내 주셨다.
삼 학기 초가 되어 귀향했던 패들이 기숙사로 돌아올 때는 각각 다투어 별스러운 음식들을 가져오기 때문에 우리는 마냥 먹기 타령으로 시간을 보내는 적이 많았다.

뿐만 아니라 집에서는 어머니가 손수 만들어 소포로 보내시는 생선포와 대추 흰 무리가 한 달이 멀다고 도착하고, 딴 학생들에게도 가끔씩 고향의 특산물이 잇달아 오는 까닭에 우리는 언제나 포화상태에 있었던 것이다.

교장 선생으로부터 동숙생에 이르기까지 이렇게 오붓한 가족적인 분위기에서 나의 천성은 비틀리지도 꿀리지도 않게 성장하여 갔다. 한번은 내 한 반 아래이나 나이가 위라 언니로 존대를 받는 이은혜(異恩惠) 언니가 위경련으로 거의 죽다가 살아난 때가 있었다.

인물 곱고 상냥하고 붙임성이 있어 웃어른들에게서 지극한 사랑을 받는 그의 일이라 기숙사가 발끈 뒤집히다시피 흔들렸다.

침착하고 미남자로 소문난 교의(校醫)선생도 주야 불철로 쫓아오고, 노인인 학감이며 사감 선생도 무시로 문병 왔다.

더구나 한 방의 학생들은 밤을 꼬박 새워서 병시중을 들고 병인이 원하는 것이라면 자원하여서 사다가들 주었다.

그가 오랜만에 완쾌되어 다시 등교할 때 나도 나의 열 살 적의 기적적인 회생을 추억하며 그만 못지 않은 감사를 드렸다.

이렇듯 희생적인 사랑을 간직한 기숙생들은 형제처럼 정답게 재내면서 구김살 없는 우정을 펴 갔던 것이다.

어느 덧 3월이 되어 3학년생들이 졸업하고 물러나게 되었는데 김명순은 여전히 달처럼 둥근 얼굴에 화장기를 담뿟 끼었고 침착성 없는 걸음걸이로 교정을 활보하였다.

아무도 화장하는 학생이 없는 중에서 김명순만이 뛰어나니까 하급생들도 그를 주목하게 되었던 것이다.

무슨 까닭에 또한 무엇이 상통하였기에 그가 특별히 나를 좋아하였던가 하고 지금도 생각하거니와, 졸업식 날 사은회에서 눈이 발갛게 울고 나온 그가 나를 손짓했다.

"공부 잘 해. 시 공부랑 하구."
"언닌 상급학교에 가우?"
"아니. 난 그런 입장이 못 돼."
그때 그의 슬픔으로 비틀리던 입술을 난 지금껏 잊지 못하고 있다.
내가 3학년이 되자 바로 학감 선생의 별관에 잇대어 신축한 기숙사로 이사갔다. 방이 일곱 개나 되고 식당과 주방이 고루 시설되었으나, 다만 자치(自治)형식으로 자취를 시키는 일이 질색이었다.
열 네 살인 내가 상급생의 자격으로 실장 언니에게 가계부를 물려받았다. 토요일 밤이면 애써 짠 식탁표를 가지고 사감 선생께 보인 후에 일주일의 비용을 타는 것이다.
풍금의 장족 진보로 미야자키 선생의 호감을 사는 나는, 토요일 밤에 오붓하게 둘이만 갖는 시간이 못내 기다려졌다.
그 밤에는 선생님이 보얗게 화장을 하고 화려한 기모노와 오비로 꾸미고 있어서 황홀하도록 아름답게 보였다.
어떤 때는 그의 장기(長技)인 바이올린을 내게 들려주는데, 긴 소데자락이 가볍게 흔들리며 활이 쓰윽 위로 올라갈 때 그윽하게 풍기는 향기에 나는 아찔하도록 취하여 있었다.
나는 남몰래 자만심을 가졌다. 내가 2학년 때도 상급생이나 동급생이 사감 선생을 거의 광적으로 사모하는 것을 보았고, 그 상급생은 졸업 후에도 학교에 와서 내 동급생과 미야자키 선생을 찾아 헤매며 그의 사랑을 받으려고 애를 태웠다.
그것을 알고 있는 나는, 토요일마다 그의 애무를 맘껏 받고 있는 내 자신에 으쓱하도록 짙은 우월감을 가졌던 것이다.
그 뿐인가. 풍금의 어려운 곡목을 멋지게 타서 마치고 나면 선생님은 내 작은 손을 꼭 쥐어 보며
"수고했구나. 손 아프지?"

하기도 했고, 가끔씩

"어서 우리 학교에도 피아노를 사와야 할텐데. 그래야 네가 배우지 않겠니?"

하며 안타까워도 했으나, 내가 그의 숨은 사랑을 받고 있다는 것은 아무도 눈치채지 못하였던 것이다.

우리 십여 명의 기숙생들은 쉬지 않고 일을 해야 했다. 큰언니(하급생이라도 어른다운 학생) 하나에 처녀들이 둘이 딸려서 세 사람씩 돌려가며 이틀 동안 조석으로 밥을 짓고, 또 언니 하나에 아이들 한 사람이 붙어서 둘씩 일곱 개나 되는 군불 아궁이에 장작불을 피우는 것이다.

새벽이면 일어나서 밥을 짓고 도시락 반찬을 만들고 하는 주방 당번이 있고, 상 심부름과 도시락을 담는 식당 당번이 있고, 각 방은 또 그대로 돌려가며 청소를 하게 되니까 온 기숙생들은 기운껏 바쁘게 활동하는 반면, 언제나 숙사 안팎은 청결하고 우리의 몸에서는 활기가 넘치고 있었다.

한번은 은혜 언니와 내가 불 때는 당번을 맡게 되었는데, 때마침 비 오던 때라 나무가 마르지 않아서 불이 제대로 타 주지 않았다.

그는 불을 사르고 나는 장작을 안아서 나르는데 아궁이 말을 듣지 않으니까 은혜 언니는 신경질을 부리면서 아궁이를 휘젓고 일어나 다음 아궁이로 갔다.

그러나 어느 아궁이고 둔감하여서 하나에도 성공 못한 언니는 다음 또 다음으로 연해 휘젓고 일어나며 화만 내다가 기어코 두 손을 허리에 꽂은 채 서 버리고 말았다.

방마다 습기가 많아 불은 꼭 때야 하겠는데 나는 생각다 못하여 나 혼자 불을 살려보려고 맘먹었다.

나는 차분하게 아궁이 앞에 퍼버리고 앉아서 장작에서 마다 조금씩 붙어있는 나무깨비를 다 따내고 휴지를 더 주어다가 부엌에 가서 참기름을 발라 왔다.

나는 입바람으로 홀홀 불어가며 지성껏 재주껏 불을 사르면서 연기를 다 뒤집어썼더니 눈에서는 나도 모르게 눈물이 나와서 얼굴에 얼룩이 졌다.

나는 부채로 큰 바람을 내어 완전히 타게 한 후에 다음 또 다음 그 모양으로 세 아궁이에 성공했다.

그 꼴을 보고 있던 은혜 언니가 내게로 와서 비로소 눈살을 폈다.

"넌 정말 별난 애다. 성질이 급한 거 같았는데 그렇게 늘어붙어서 기어코 불을 이뤄내누나. 넌 그만둬. 인제 내가 할테니."

그러나 나는 언니를 도와서 일곱 아궁이에 불을 지피고야 말았다.

이러한 자치생활은 우리에게 독립적인 의지와 능동적인 능력과 협조적인 정신을 불어넣어 주었던 것이다.

학교에서는 어진 교장과 학감 선생의 덕화 아래서 선생들의 교훈을 듣고, 기숙사에서는 또한 학감 선생의 성인에 가까운 교화를 받으며, 이지적인 사감 선생의 지도를 실행하는 우리들은 천성이 아주 못된 인간이 아니면 대개 올바른 길을 택할 수 있었던 탓인지, 당시에나 그 후에도 숙명의 졸업생들은 숙덕에 남다른 데가 있다는 평판이 있었다.

사나깨나 꿈에나마 기다리고 바라던 여름방학이 되었다. 지난 해에는 정신학교에서 넉 달 만에 귀향하는데도 홍수 때문에 철로가 끊기고 하여서 경황없이 집에 갔는데, 이번에는 작년 9월부터 3학년생이 된 7월까지 열 한 달 만에야 그리운 내 어머니의 품에 돌아가는 것이다.

더구나 부모님의 명령을 어기고 숙명의 학생이 되었으나마, 1년 동안에 자란 숙성한 모습과 조촐한 여학생 기질로 부모형제 앞에 뽐내 보여야 하지 않겠는가?

며칠 전부터 빨래니 뭐니 부산하게 해대고도 충만한 기쁨으로 잠을 이루지 못하여 행여나 얼굴이나 축나면 어쩔까 하는 걱정까지 곁들여서 내 머리 속은 쪼개지려고 하였다.

새벽 7시에 남대문정거장(그때는 그렇게 불렀다.)을 떠나는 기차에 실린 나는 비록 느리고 비좁은 완행의 차칸이나마 낙원으로 통하는 영광의 길 인양 감사와 희열에 찬 기도로 즐겁게 하루를 보냈다.

최종 역인 목포에는 10시 가까이 도착하는데, 드디어 목포역을 다음에 두고 임성역에서 기차가 떠났을 때 내 심장은 극심한 고동으로 터질 것 같았다.

정거장에는 누가 나왔을까? 전주 기전(紀全) 여학교에 교원으로 가서 있던 언니도, 나 먼저 귀향한 오빠도 아버지나 어머니는 본래 나오시지 않는 분이니까 안 오실 것이고…….

이런 생각이 갈팡질팡하는 새에 천리의 먼 길을 무사히 왔노라고 크게 뽑아내는 기적 소리가 길게 울면서 산모퉁이를 돌았다.

승객들은 모두 일어나 짐들을 챙겼다. 나는 꿈결엔 양 내 가방과 책보를 들고 있으려니까, 차가 덜컥 땅에 붙으며 언제 어떻게 나를 보았든지 순경오빠가 그 장난꾸러기 웃음을 가득히 담은 얼굴로 내 차칸에 들어와서 내 가방을 받았다.

"힝. 그 새 더 컸구나."

그는 가방과 팔로 마구 사람들의 틈을 비집으며 내 길을 터주고 나는 그를 따라 승강구로 내려왔다.

"경순아!"

언니가 살이 들이비치는 적삼과 검은 치마로 내 손을 잡았다.

"이렇게 많이 자라다니! 인제 처녀 꼴이 난다."

언니는 내 머리를 쓰다듬으며 일부러 입장권을 사 가지고 구내에 들어와서 나를 맞아 주는 이웃 사람들을 돌아보며 신기하게 여겼지만, 나는 어머니를 만나고 싶은 간절한 마음에 다리가 저려오는 듯한 초조감에 잡혀 있었다.

"어서 가자. 어머니가 기다린신다."

언니에게 손을 잡혀 개찰구로 나오니까 꼭 집에서만 기다리고 계실 줄 알았던 어머니가 흰 모시옷 차림으로 서 있는 것이 아닌가?
"어머니!"
총알처럼 달려든 나는 이내 울음을 터뜨리고 어머니도 코를 훌쩍이며 연방 손수건으로 눈물을 닦았다.
"어머니, 얼마나 고통하셨어요?"
아버지의 외도로 열 한 달 동안에 얼마나 혼자서 간을 녹이셨을까?
생명을 걸고 산다는 막내딸조차 멀리 보내고 겨울 긴긴 밤을 눈물과 한숨으로 보내셨을 어머니의 눈물에 젖은 얼굴을 다시금 살폈다.
외등에 비치는 어머니의 이마에는 분명 주름의 골이 깊어지고 머리칼도 더 희어진 것 같았다.
집에 이르러 아버지께 절을 올렸을 때 아버지는 만면에 웃음의 꽃을 피우고 얼음물에 채워 놓았던 수박을 내왔다.
여름방학 동안에만은 아버지가 주로 집에 계셨다. 이제는 딸이랑 낳아서 틀이 박혔는지 전처럼 들뜨지 않는 차분하고 알뜰한 아버지로 돌아가서, 삼 남매를 위하여 매일 수박과 참외와 복숭아를 집으로 사들이고, 펄펄 뛰는 생선도 각송으로 구하여 늘었다.

겉으로는 풍부하고 평화스럽게 보이지만 어머니의 말씀을 들어보면 첩살림에 거덜이 나서 이 큰 집도 팔기로 했다는 것이다.
언니는 숭의학교를 졸업하자마자 아버지에게서 풍금을 받았기 때문에 집에는 풍금이 있어서 가족예배에는 도움이 될망정 건반이 부족한 까닭에 내게는 불만이었다.
아버지는 또 언니의 결혼 준비품으로 일류의 손재봉틀을 사고 오빠에게는 자전거를 사 주었다. 아마 아버지로서의 마지막인 선물인지도 모른다.

"경순인 무얼 사줄까?"

"난 아무 것도 싫어요. 내년에 동경 유학을 보내 주세요."

"그건 너와 이미 약속한 거 아니냐? 열 여섯 살 때 보내 마고. 내년엔 열 다섯 살 밖에 안 되는데 어려서 못 쓴다."

"그렇지만 내년에 졸업하는데요."

"1년 만 참아라. 그땐 꼭 시행하마."

이미 존경과 신뢰를 걷어버린 아버지이지만 최후의 약속만은 굳게 믿고 비교적 화락한 휴가를 보낸 후에 다시 서울로 올라가게 되었다.

어머니는 몇 개 밖에 되지 않은 백도(白桃)를 다섯 개나 땄다. 모두 열두 개만 처음으로 열렸다는 것이다.

크기는 어린애 머리보다도 더 큰데 희고 노르스름한 매끈한 껍질을 벗기면 단물이 무한히 쏟아지는 그런 복숭아였다.

여름이라 무엇이나 상하기 쉬우니까 고추장에다 북어를 짤라 넣어서 맛있게 볶은 반찬과 증편과 실과만을 싸서 주셨다.

오빠와 또한 다른 학교의 학생들과도 동행이라 어머니는 안심하셨으나 딸이 떠나고도 보름이나 한 달 동안은 안절부절 못하셨다는 소식이었다.

그 진기한 백도는 두 개씩 학감 선생과 사감 선생께 구경시켜 드리고, 한 개만을 동무들께 내주었더니 이런 복숭아는 선도(仙桃)나 되느냐고들 했다.

2학기에 들면서 나는 바싹 식물원 출입을 하고 서울 지리도 익히면서 소설을 쓰겠다는 결심을 하였다.

틈틈이 쓴 「식물원」이란 소설은 불우한 여성의 일생을 그린 것인데, 언니들이랑 동무들은 신기하게 여기나, 이것도 철저한 모방소설에 지나지 않았던 것이다.

나는 김명순의 부탁을 상기하고 시를 쓴답시고 공책장에 가득히 쓰곤 했다.

우리 학교에는 경사가 하나 생겼다. 왕세자전하가 방자(方子) 여왕과 약혼한 후에 잠깐 귀국하여 우리 학교에 내림한다는 것이다.

어느 날엔가 양정고보와 진명여고보의 학생들이 우리 학교 운동장에 결진을 하고, 우리 학생들만이 새로 건립된 대강당으로 모였다.

왕세자전하를 모신 귀족들이 모두 예복과 높은 모자를 쓰고, 교장 선생님은 머리엔 첩지에, 남치마를 걷어잡고 귀부인들과 행렬을 지어 시립했는데 전하는 단상에 높이 앉았다.

그때 우리는 세 가지만을 보여 드리기로 했다. 보통과 2학년 이진주의 일어 독본 낭독과 본과 2학년 최우등생 조경희의 기숙사생활 보고와, 3학년 나의 풍금 독주였다.

피아노 곡을 풍금으로 연주하는 것인데 충분한 연습을 했는데도 담임 선생인 시게다 여사와 미야자키 선생의 부탁이 너무나 간절하였다.

바로 연단 아래 자리잡은 탓으로 뭇 사람의 시선은 내게로 총 집중되고, 책장을 넘겨주려고 내 곁에 서 있는 사감 선생의 얼굴은 벌써 붉어져 있었다.

나는 침착하게 그 곡목을 다 끝냈다. 내가 전하께 최경례를 했을 때 그는 박수소리를 내 주셨다.

식이 끝나고 밖으로 나오니까 미야자키 선생은 내 등을 두들기고 긴 숨을 내쉬면서 칭찬했다.

"아유. 잘 되었어. 수고했다."

그 후로 교장 선생님은 나만 보시면 풍금 잘 치는 아이라고 하시면서
"고향이 목포라지?"
하는 기억까지 해 주셨던 것이다.

내게는 소위 S동생이 둘 있었다. 한 아이는 살결이 희고 복실복실한 두 뺨에 보조개가 폭폭 패이는 귀여운 얼굴에 긴 머리채가 찰랑대는 2학년의 송금선이오, 또 다른 아이는 1학년의 최우등생인데, 살빛이 가무잡잡

하고 윤곽이 갸름하여 미인형인데다가 치마 끝에 닿은 머리채가 굼틀거리는 장세숙이었다.

장세숙은 그때 한창 드날리는 장 변호사의 따님이라고 인력거로 통학하였다. 나는 좋은 대조를 이루는 두 소녀를 귀여워하여서 선물도 주고 함께 놀기도 하면서 기념 사진도 찍었다.

훗날의 일이지만 송금선은 최고 학부를 나와서 오랜 세월을 교육에 종사하다가 기어코 자기의 학교를 세워 오늘에 이른 다복한 여인이었으나, 장세숙은 그 아름다운 용모와 양순하고 착한 성격으로도 부군 박승희(연극계의 원로인 朴勝喜) 씨와 백년의 해로를 하지 못하고 요절하여 버린 일을 생각하면 참으로 가슴이 메어지는 듯하다.

어린 세 소녀는 장래를 알지 못한 채로 우의를 맺었지만, 나라를 위하여 몸을 바쳐야 한다는 나의 간절한 희망은 서투른 글씨에 담겨 왕래하였던 것이다.

1918년 3월 23일에 나는 숙명여고보의 제9회 졸업생으로 교문을 나섰다.

학교에서는 음악학교에만 간다면 교비생으로 해 주겠다는 말도 있었으나, 나는 본래 전문가로서의 음악가는 원치 않았다.

그렇다고 그때부터 무슨 소설가나 시인이 되겠다는 욕망도 없었다. 그저 막연히 우리나라를 독립시키는 데에 거름이 되며, 우리나라에서 몇째 안 가는 큰 일꾼이 되겠다는 이상만을 품고 있었던 것이다.

아무리 동경유학을 꿈꾼들 아버지와의 약속이 있는 까닭에 내년까지 기다려야 하니까 우선 경험도 쌓을 겸 1년 동안만 보통학교의 교원 노릇을 하겠다는 희망을 선생님께 말했더니 당장에 천안공립보통학교로 가라고 하였다.

내가 언니들이 틀어주는 머리 모양을 거울 속에서 보았을 때 까닭 모르는 눈물이 양협으로 줄줄이 흘러내렸다.

"경순이가 우네. 머리 틀면 다들 좋아하는데 넌 왜 우니?"

은혜 언니가 빗을 든 채 아연하여 했다. 대개는 기뻐서 어쩔 줄 모른다는 것이나, 나는 웬일인지 아롱다롱한 소녀의 꿈이 영원히 내게서 사라지는 듯한 허무를 느꼈다.

머리를 틀고 고향에 돌아오니 나보다 앞서 경신학교를 졸업하고 집에 와 있는 순경 오빠가

"힝 인제 꼬마어른이 됐구나. 그러고도 어머니 젖꼭지 만질래?"

하고 놀리고, 올케도 폭소를 터뜨리며 내 모습을 앞뒤로 살폈다.

"그리고 나니께 의젓하기는 하다마는……."

어머니는 막내딸이 충청도 천안으로 선생노릇 하러 간다는 것이 맘에 걸리는 모양으로 말끝마다에서

"으음, 다 네 애비 탓이다. 어린 것을 공부나 더 시키지 선생질을 시키다니."

하고 아버지를 원망하였다.

대강의 준비를 한 후에 나는 비로소 사회인으로서의 한 자리를 차지하는 첫 걸음으로 천안을 향하여 떠나는데 어쩐지 이 집이 마지막인 것 같아 몇 번이고 집안과 화단을 돌아보곤 하였다.

애기 선생님

　다행히 천안에는 모교의 선배 변숙경 여사가 있었고, 그는 바로 나를 후임으로 맞아들인 후에 물러앉아 가사에만 전심하려는 분이었다.
　학교에서 연락이 간 모양인지 천안역에는 변여사가 나와서 자기의 집으로 안내했다.
　그의 시댁은 당지의 유지로 첫 손가락을 꼽히는 명문가이며 살림도 유족하였으나 군청과 학교측의 요청으로 보통학교의 교원이 되었다는 것이다.
　그는 살결이 눈같이 희고 미인형의 새침한 성격의 여성이나 싹싹하고 부드러운 일면도 있었다.
　첫딸을 낳은 24, 5세의 변선생은 10년이나 아래인 나를 평교(平交)의 직원으로 대하는 것보다는 물론 후배인 관계도 있으려니와 어린 동생처럼 귀여워했다.
　나는 하나님께 감사하였다. 첫째로 어머니와 내가 가장 걱정하였던 하숙문제가 해결된 것이었다.
　워낙 충청도라는 지방은 반상(班常)의 차이가 심하여서 양반의 댁에서는 방을 빌려주지 않고 그런다고 속칭 상사람의 집에는 기숙하기를 꺼려하는 본인들의 의사에 따라 이러지도 저러지도 못하는 딱한 사정에 부딪치기 마련이라 객지에서 부임해 오는 선생들의 제일 괴로운 수난이 하숙이라는 것이다.

그런데 나는 변선생의 후의로 그와 함께 있게 된 까닭에 세간이 잔뜩 들이 쟁여진 건넌방 좁은 자리나마 은혜로운 보금자리로 믿고 천안의 첫날밤을 안심하고 지낼 수 있었다.

변선생은 나를 학교에 데리고 가서 교장 이하의 직원들에게 소개하고 소위 사무 인계를 했다.

몸과 눈이 가늘어서 신경질적으로 보이는 40여 세의 교장과 수석 훈도가 일본 사람이오, 그 외에는 나까지 다섯 사람이 다 동포이어서 마음이 조금 놓였다.

교원실은 교실들 한가운데에 있고, 여자부 교실은 운동장 아래로 작은 집 한 채가 따로 서 있었다.

그 교실 한 칸에 여자부 1, 2, 3, 4학년이 다 배치되어야 하는데, 학생 수효는 육십여 명밖에 되지 않으나 복식제로 한 시간에 4학년을 다 가르치기란 참으로 힘든 일이 아닐 수 없었다.

가령 1학년의 독본을 가르칠 때는 2학년생에게 산술의 문제를 내어 풀게 하고, 3학년에겐 습자나 도화를, 4학년에겐 작문이나 재봉같이 한가한 시간을 잡는 과목을 지정해야 했다.

언제나 그 모양으로 4학년이 서로서로 편리와 여유를 얻도록 시간표를 짜야 하고, 교안(敎案)을 작성해야 하기 때문에 여간 정신을 바짝 차려서 꾸미지 않으면 단박에 구멍이 나는 것이다.

아무리 잠깐의 여유는 준다 할지라도 가르치는 선생은 나 한 몸인 까닭에 여기서 열을 올리다가도, 저리로 가서 설명해야 하며 또 2학년의 습자나 도화를 지도하다가는 4학년의 재봉을 바로잡아 주어야 한다.

그러노라니 동에 번쩍 서에 번쩍으로 이리 왔다 저리 갔다 하면서 성대를 쥐어짜고 나면 한나절 네 시간에 이미 나는 지쳐 있을 때가 많았다. 본래 빈혈증이 있어서 학교에서도 오랜 시간 의식을 거행할 때는 쓰러지기를 잘 하던 내가 그 모진 고역을 어떻게 1년이나 견디어 냈을까 생각할 때는 모두가 다 헌신적인 정열과 희망에 불타 있던 정신의 덕분이라는 결론을 얻게 되는 것이다.

나와 아동들이 제일 좋아하는 시간은 창가 시간이었다. 풍금만 앞에 놓으면 육십여 명이 일제히 한 소리로 내 노래를 따라 배우고 거진 한 시간이 되면 제법 정확에 가까운 곡으로 교실이 떠나가도록 노래하는 그들을 바라볼 때는 괴로움도 피곤함도 다 잊게 된다.

집에 돌아오면 파란 비취잠으로 비녀를 쪽진 변여사가

"어서 와요, 오늘은 또 얼마나 고생했소?"

하고 반가이 맞아주고, 때로는 밀수나 화채를 찬물에 채웠다가 마시도록 맘을 써주었다.

그가 집에 들어앉으면서 이내 붉은 댕기를 감아 금비녀 석류잠으로 머리를 쪽지고, 노란 고사 반회장 저고리에 남색이나 분홍치마를 자르르 끄는 고전미인이 되어 있어서 미(美)를 좋아하는 나는 아름다운 부인을 보는 것만으로도 만족한 나날을 보낼 수 있었다.

하루는 수업시간에 아낙네들이 한 패 몰려왔다. 소위 양반 댁의 부인들인 모양이었다.

첫 여름이라 모시 진솔과 주항라 당항라로 옷치장을 한 노소의 여인들은 교실로 들어오지도 않고 유리창에 쭈욱 붙어서 수군댔다.

"아직 어리구먼."

"아직이 뭐유. 아주 애기 아니라구."

"인제야 열 다섯 살이래여."

"워쩌나! 깐으론 숙성한디."

그들은 먼저 내 나이 타령으로 한바탕 주고받다가

"그래두 똑똑하구 영악하대여."

"그러닝게 그 애기들 머리에 서캐가 없대지 않어? 저 봐! 아이들이 다 깨끗하잖어유."

"글쎄 저 맨땅을 파서 꽃밭 맨들어 논 것을 봐유. 별의별 꽃이 다 피었지 않어유."

하고 나의 성격을 검토하기 시작하더니

"아직은 털이 덜 벗었지유?"

"뭐가 그려? 처녀 꼴이 자르르 한디."

"생김새는 참 복스럽구먼. 오목조목 귀염이 짝짝 흐르구 살결이랑 봐!"

하면서 내 용모 비평으로 신이 났다.

그들의 말에는 다 일리가 있었다.

내가 첫날 교실에 들어섰을 때 우선 내 눈에 띄는 것이 아이들의 목과 손목의 때였다.

어린 생도는 혹 몰라도 15, 6세의 4학년생들까지 귓바퀴에 땟국이 흘렀던 것이다.

그리고 그들의 머리칼에는 대개 허옇게 서캐가 엉켜있었다.

나는 날마다 갖은 수단으로 머리와 낯과 손의 청결을 역설하고 강요하고, 날마다 한 사람씩 머리와 목덜미와 손들을 검사하는 일과를 만들었다.

그래도 잘 듣지 않는 아이들은 하학 후에 물을 길어다가 불결한 아이부터 골라서 매일 씻기 시작했다.

그리고 아직도 서캐가 붙어있는 아이들은 참빗을 사다가 굵은 실로 빽빽하게 얽어서 내 손수 서캐를 훑어주는 한편 운동장을 둘러가며 꽃밭을 만들었다. 하급생들은 돌멩이를 박아 여러 모양의 단을 만들어서 꽃씨를 뿌리고 모종을 했다.

조석으로 물을 주고 정성껏 가꾸었더니 그 아낙네들이 왔을 무렵에는 방싯방싯 봉오리가 열려 화려한 화단이 되었던 것이다.

"저런 며느리 얻은 사람은 복이지."
"색시는 어쩌구?"
"그러잖아두 중매들라는 총각들이 많다우."
나는 듣다 못하여서 눈을 똑 바로 뜨고 그들을 노리며 분명하게 말했다.
"자모들이신가요? 그렇다면 이리로 들어오셔서 참관하세요."
그들은 일제히 문에서 떨어졌으나 말소리는 더 크게 들렸다.
"저 봐! 저렇게 참대같다드라닝게."
"우리가 잘못이지. 들어가 볼까?"
"무얼 선을 봤으니 그만 가지들!"
어른인 듯한 부인네의 명령으로 그들은 화단을 돌아서 내려가 버렸다. 나는 기가 막혀서 멍하니 그들의 뒷모습을 지켰다.

내 귀에 들렸으니 창가에 자리잡은 3, 4학년생들도 안 들었을 이치가 없었던 것이다.

마침 종소리가 들려 나는 서글퍼지려는 가슴을 달래며 북창에 기대어 서 있었다. 남창은 정면이오 북창은 후면으로 풀이 무성한 언덕이 꽉 닿아 있는 것이다.

'선을 봤으니 그만 가지들!'
누구를 위하여 무엇 때문에 내 선을 봤단 말인가?
집에서 같으면 지금도 소꿉장난을 벌렸을 것이다. 어려서부터 나는 소꿉질과 각시놀음을 지나치게 좋아했다.

종이로 접어 남녀를 만들어서 각색 꽃종이의 무늬를 골라 수십 벌의 옷을 만들어서는 때없이 갈아 입혔다.

풀각시나 인형에게도 비단 헝겊으로 갖은 빛깔의 의상을 만들었고, 정신학교나 숙명여학교에서 여름방학에 돌아왔을 때까지도 대대적인 소꿉질을 했던 나다.

오빠가 물방아를 만들어서 제법 절구질이 절로 되게 재주를 부리면 나는 좁쌀을 넣어 방아를 찧고 풀대로 엮은 키에 까불어댔던 것이다.

작년 여름에도 집 근처의 황무지를 혼자서 돌아다니며 새까맣게 윤이 나는 까마중을 따서 소복소복 꽃바구니에 채우고 과실장사를 하는 장난을 하면서 새큼하고도 단 까마중에 맛을 들였던 소녀다.

3학년에도 4학년에도 나하고 동갑쟁이나 한 살 위인 아동이 셋씩이나 있는데 선을 보다니 순결한 순정이 짓밟히듯 어디에서 음흉한 눈초리가 나를 노리는 듯, 나는 꺼림하고 처량한 심회를 걷잡지 못한 채 아이들 모르게 눈물을 씻었다.

시간이 파한 후에 나는 교안을 써 가지고 직원실에 올라갔다. 수석 훈도와 교장의 검열을 받아야 하는 것이다.

수석 훈도는 흰 얼굴이 뚜렷하고 체격도 당당한데 동그란 눈에 검은데 안경을 쓴 미남자형의 친절한 사람이었다.

내가 직원실에만 들어가면 수석 훈도로부터 육십이 가까운 한문선생까지도 옷깃을 바로잡고 내 가벼운 인사에 정중하게 답례했다. 모두가 양반의 출신이라 행신(行身)이 점잖아 그렇다고 변여사가 설명했던 것이다.

이 날도 교장을 빼놓고는 다 부드러운 몸짓으로 나를 환영했다.

사실은 환영 여부가 있을 리 없었다. 교원은 직원실이 각자의 전용실인 까닭에 나 역시 시간이 파하는 대로 거기서만 묻혀 살아야 하지 않겠는가.

그런데 아무도 없을 때 맨 먼저 들어가 아침에 출석도장을 찍고 나면 그냥 여자부로 내려와서 종일을 비쭉도 하지 않는 내가 교안만 들이밀러 가게 되니까 그들이 생소한 사람 대하듯이 하는 것도 당연한 일이다.

나를 보더니 교장은 그 가느스름한 눈과 얍실얍실한 입술을 함께 열었다.

"호오. 영양선생님의 행차시로군."

수석 훈도는 일인다운 태도로 내 교안을 공손하게 받았다.

"영양(令孃)선생께서는 이곳이 싫으신가요?"

교장이 또 이죽였다.

나는 싫고도 무섭다고 대답하고 싶었다. 사실이지 장년의 남자들만이 있는 이 교원실에만 오면 숨이 막히고 어깨가 움츠러들었다. 내가 먹먹히 서 있는 것이 딱했던지 수석 훈도는 도장을 꾹 찍으며

"잘 읽었습니다."

하고 얼른 교안을 내게 내밀었다.

"어디 나 좀 봅시다."

교장이 무테 안경 속의 눈을 반짝이면서 내게서 교안을 채갔다. 꼼꼼히 들이 파던 교장은 얄궂은 웃음을 입모습에 띄고 말했다.

"박선생은 창가와 유희도 썩 잘 가르치고 화단도 잘 만들고 어리지만. 앗, 실례! 연소하시지만 복식교수에도 능숙한데 딱 한 가지 흠이 있죠."

흠이란 말에 선생들의 눈이 일시에 교장의 입으로 몰렸다.

"지나치게 숙녀시란 말이죠. 교육자로서 동료를 이탈하고 협조 정신을 거부한데서야 교육의 사명을 망각한 거나 마찬가지가 아니겠소?"

이 억설에 수석 훈도와 다른 선생들은 당치 않다는 듯 머리를 숙이고 자기 일들만 하고 있었다.

"교원실에 있어야만 교육의 사명을 아는 것이 됩니까? 어디에서나 열심으로 가르치면 양심적인 교육가가 아닐까요?"

또렷한 내 항의에 수석 훈도의 안경이 번쩍 들렸다가 내려졌다.

"허어. 영양 선생다운 항의군. 어디까지나 자기 본위신 주장인데요. 어쨌거나 내일부턴 교원실을 이용하시오."

교장은 위엄을 보여 명령했다. 나는 내 의자에 잠깐 허리를 댔다가 여자부 교실로 내려와 책과 도시락을 싸 가지고 집으로 돌아왔다.

여름방학이 되어 고향에 돌아오는데 역에 나왔던 언니와 오빠가 넌지시

내 곁으로 오더니 나를 가운데로 좌우에 갈라서서 집을 향하고 걸어왔다.
"어머닌 안녕하시죠."
"아니. 응."
언니의 대답이 모호하고 오빠는 가 보면 알지 않겠느냐고 혼연히 말했다.

집이 가까워오자 나는 어머니를 얼른 보고싶은 마음에 몇 걸음 앞서서 쪼루루 우리의 대문으로 갔으나, 대문은 나를 위하여 열려 있지 않고 굳게 닫혀 있었다.

내가 주먹으로 대문을 두드리려고 하자 언니가 내 손을 잡아내렸다.
"경순아, 놀라지 마라. 인제 이게 우리 집이 아니야."
"뭐요?"
나는 소리를 버럭 질렀다. 오빠가 내 팔을 끌었다.
"가자, 정작 우리 집은 양동에 있다. 지난 달에 이사갔지만 네겐 알리지 않았어."

나는 내 선 자리가 금시에 푹 꺼지는 듯한 착각으로 아찔함을 느꼈다. 내가 낳고 자라고 어린 꿈이 멋대로 성장한 오밀조밀하게 쓸모 있고 풍치 있는 내 집! 각색 과수와 온갖 화초가 선경을 이루고 있는 내 보금자리가 이젠 남의 집이 되다니.

그들의 손에 끌려가면서도 내 맘이 이다지도 아플 때, 손수 모든 것을 이룩하신 내 어머니의 가슴에는 얼마나 큰 상처가 생기셨을까 하고 걸음걸음 타는 듯한 한숨을 쉬었다.

언니와 오빠는 번갈아 가며 내게 알려 주었다. 그 집을 팔아 3분씩 갈라서 아버지와 큰오빠와 어머니가 가지셨는데 어머니에게는 곧 출가할 언니가 있고 미성년인 남매가 있으니 마땅히 절반을 주어야 할 것인데 그렇지 않아 큰 불만이라고……

거리를 지나고 서양집들의 앞길을 걸어 정명학교를 벗어나서야 언덕길로 나섰다.
 양동의 언덕바지 빈민가로 옮겨진 것이다. 언덕길에서 좁은 길로 들어가니 가느다란 판자를 세워 울타리를 만든 집이 나섰다.
 판자로 만든 사립문을 여니까 딸랑딸랑 방울이 울리며 어머니가 마루로 나오셨다.
 아무리 어머니가 계시는 집이지만 작은 남폿불에 비치어진 초가 육 칸 집은 결코 내가 있을 곳이 아니라는 맘만 들었으나 좁지 않은 뜰에 벌써 우북하게 서 있는 화초 그늘만은 정다움을 느끼게 했다.
 어머니와 나는 부둥켜안고 얼마나 울었는지 모른다. 심화와 이사네 뭐네 하는 고초에서인지 어머니는 낯이 꺼멓고 뼈가 앙상하게 여위셨다.
 그 이튿날 새벽에 보니 해당화와 월계화며 파초 등 큰 나무는 옮겨졌으나, 과목은 곁 채마밭에 감나무 배나무 살구나무를 어머니가 새로 심으신 것밖에 없었다.
 꽃밭에는 각색 일년초가 만발했고 장독대 앞에는 맨드라미와 꽃비렴 밭이 따로 있었다. 국화도 무더기로 있어서 육십 칸에서 십 칸으로 전락한 이 초가는 화초에 묻혀있는 초막이 되어 있었다.
 식구는 넷, 조석은 언니가 맡았다. 음식 솜씨를 어머니에게서 물려받은 데다가 평양과 전주의 독특한 요리법을 알고 독창적인 것을 가미한 언니의 끼니마다의 음식은 간소하나마 청신하고 신선하고 맛났다.
 그 전 집에 대면 광이나 같은 초라한 집 구조다. 방 둘이 함께 붙어 있고, 앞마루가 높고 낮게 달렸는데, 건넌방 아궁은 그 마루 밑에 있었다.
 다만 안방에 달린 부엌이 당당한 한 칸으로 넓고, 그 곁에는 그 많은 살림을 대부분 처리했으나 둘 데가 없어서 어머니가 오시며 지었다는 함석 지붕의 목제 광마루가 있었다.
 이렇게 급전한 환경에서도 나의 여름방학은 풍부한 교원생활의 보고와 함께 뜰에 가득한 화초와 더불어 단란한 네 식구의 화목으로 평화롭게 지났다.

  2학기 초에 나는 하숙을 옮기게 되었다. 변여사 댁이 저택을 줄여서 이사했기 때문이다.
  변여사가 각방으로 수소문하여 어느 양반의 후실이라는 집의 방을 얻었다.
  나는 아이들을 두셋씩 번갈아 가며 데리고 있는 습관이 있었다.
  덕택에 머릿니가 옮고 서캐가 생긴 일도 있었지만 며칠씩만 함께 있던 아이들은 그만큼 내 모든 것을 직접 받아들여서 아주 딴 아이가 되는 것이다.
  이 집은 내 방 쪽으로 일각대문이 따로 있고, 방도 넓고 툇마루도 있어서 소녀들의 출입에는 안성맞춤이었다.
  그런 자유를 누리며 나는 1학기 동안 그 변여사 댁 건넌방에서 구지레한 계집애들과 매일처럼 소란을 피울 때 얼마나 그 댁에 폐를 끼쳤을까를 생각했던 것이다.
  더구나 학생들의 70퍼센트가 상인과 평민이요, 양반의 자손은 얼마 되지 않았으니 아무리 개화한 변여사 댁인들 상인의 딸들이 마구 독장을 치는 데야 바깥 선생님의 빈축이 없지 않았을 것이다.
  이 집의 음식도 비교적 다채로운 편이라 까다로운 내 식성도 다소곳이 불평을 피지 않았다.
  학기에 교장의 명령이 있었음에도 가리지 않고 나는 여전히 여자부 교실의 상주(常住)를 고집하였다. 이상 더 강요한다면 그만 두려니 하는 배짱이었다.
  그러나 조회 때는 반드시 나가야 했다. 1학년부터 4학년까지의 남학생들이 정렬하는데 4학년생 중에는 신랑도 있고 애기 아범도 있었다.
  4학년 다음에 여학생들이 두 줄로 서는 까닭에 수염이 검실검실하고

눈보라의 운하 91

키가 나보다 훨씬 큰 20세쯤의 학생들은 나와 가장 가까운 거리에 있게 되었다. 더구나 각 급의 담임들이 그들의 앞에 마주 서야 하기 때문에 그들과 나는 딱 정면으로 상대하였다.

잔소리쟁이 교장은 조회 때마다 긴 시간을 끌었다. 그 동안 나는 남학생들의 자유로운 눈총을 구멍이 날만큼 받아야 하는 것이다. 나는 결코 미인이 아니다. 그러기에 그들이 나의 아름다움에 도취되었을 리는 만무하였다.

날씬하고 호리호리한 키에 히사시가미(왜쪽머리)를 붕붕하게 틀어 얹고 모시적삼에 당저치마를 입은 내 자태가 뛰어날 이치도 없었다.

구두에나마 치렁대는 긴 치마를 입었으니 멋도 없으련만, 둥글고 희고 어린 얼굴에 약간 지성이 빛나는 그 당돌한 모습이나 일부러 냉담을 가장하는 위엄이 그들을 끌었을는지 모른다.

어쨌거나 조회에서 무언의 투쟁을 계속하고 나면 남자들의 꼴도 보기 싫어져서 교안만을 빨리 집어들고 우리 교실로 달려오게 되는 것이다.

금송화와 공작초가 멋대로 휘어진 운동장 한 복판에 풍금을 놓고 원형으로 둘러선 아동들에게 여러 가지의 율동과 유희를 시범하면서 노래를 가르칠 때는 남학생들은 물론이요 남선생들과 때로는 수석 훈도까지가 자기네들 운동장에 서서 이쪽을 구경하였다.

변여사 댁과 바로 이웃이어서 나는 무시로 그와 만나고 특제 음식도 얻어먹고 내가 읽지 못했던 고대 소설들을 빌려 읽으면서 형제 같은 우의를 지속해 갔다.

어느 덧 서늘바람이 성급한 낙엽을 날리는 초가을이 되었다. 추석도 지난 달 밝은 때니까 아마 9월 보름이나 되었던 것 같다.

어느 날 새벽에 나 먼저 세수하러 나간 2학년 반장이 편지 한 장을 가져왔다. 일각대문 앞에 떨어져 있더라는 것이다.

우선 이중봉투가 불룩하게 터질 듯 한데 또박또박 먹으로 쓴 글씨가 여간 명필이 아니었다.

"이걸 네가 줏었어?"

나는 소녀의 표정을 주목하였다. 행여나 누구의 부탁으로 이 아이가 휴대한 것이나 아닌가 하는 의혹에서였다.

"네. 바로 저기 있었어요."

소녀는 손가락으로 장소를 가리켰다. 여기서 나는 잠깐 이 소녀를 소개해야 할까 부다.

눈이 동글고 얼굴이 갸름한(이름은 쓰지 않겠다) 송 소녀는 자매가 한 반인데 언니는 일등생이요, 너브죽한 얼굴과 건강한 몸의 동생은 겨우 급제생이었다.

처음 내가 갔을 때 소복을 하고 흰 댕기를 들였기에 물으니까 어머니의 상복이라 하고, 언니만은 지성껏 흰옷만을 입고 나막신을 신었다.

아동들의 태반은 나막신이었다. 부잣집의 딸과, 큰 술집의 딸이 가죽신이었고, 짚신이나 메투리가 약간이요, 대개가 나막신이라 체조 때와 유희 때는 딸각딸각 나무신의 소리가 재미도 있고 서글프기도 했던 것이다.

외모도 곱고 단정한 송소녀는 내 사랑을 받아 변여사 댁에서도 가끔 나와 함께 잤는데 하루 새벽에는 세수하고 마루로 올라오나가 섬돌로 떨어지더니 무서운 발작을 일으켰다.

나는 생전에 처음으로 당하는 일이라 맨발로 내려가서 그를 안아 일으키려고 했더니 변여사가

"가만 둬요! 그 애가 병이 있군 그래."

하는 것이 아닌가.

서너 명의 아이들도 가만히 그 꼴을 구경만 하는데 나는 너무 놀라서

"빨리 의사를, 의사를."

하고 누구에겐지 모르게 재촉했다.

"아우님이 처음이라 모르시는군. 손대지 말고 가만 두면 제대로 나을

테니 염려 말아요."

송소녀의 눈은 위로 휘번득여 한 곳을 노리나, 입술과 손발은 가만히 있지 않고, 무척도 씰룩이면서 발버둥을 쳤다.

악몽을 보는 두려움으로 얼마쯤 있노라니 거품을 내뱉으며 차츰 동작이 느려지다가 픽 쓰러지면서 눈을 감고 침을 흘렸다.

다시 눈을 떴을 때 송소녀는 옛 모습의 수줍음을 되찾으며 손바닥으로 침을 닦고 어설픈 미소를 띠었다.

아이들이 물수건으로 그를 닦아주고 일으켜 옷도 털고 쓰다듬어서 방으로 데려 왔으나, 다음부터 나는 그를 슬픈 눈으로 볼 수밖에 없었다.

'그 얌전한 애에게 그 무서운 병이 있다니.'

나는 비밀히 그의 아버지를 만나서 약값은 내가 지불할 테니 근치될 약을 먹이라고 했다.

"말씀이라도 감사합니다. 집에서도 별 약을 다 먹었습니다만 그것은 낫지 않는 병이라지 않습니까?"

나는 그런 법이 어디 있겠느냐고 반박의 말을 한 후에 봉투에 넣은 것을 주며

"꼭 명의를 찾아 약을 써 주세요."

하고 돌아왔다.

그런다고 그 애만을 제외할 수 없어 전대로 순번을 찾아 나와 동숙했으나 그 후로는 그런 발작을 두 번 다시 보이지 않았고, 약도 많이 먹는다는 소녀의 말도 들었다.

그러한 인연의 소녀인 만큼 누구에게 이용되어 나를 속일 아이는 아니었던 것이다. 나는 결심하고 봉함을 뜯었다. 착착 접은 두루마지에 먹물도 향기로운 명필인데, 일어와 우리말을 섞어서 쓴 사연마저 세련된 명문이었다.

초두에는 일어로

"그대는 절벽에 휘늘어진 흰나리꽃, 이 손은 안 미치나 한 송이만을……."
하는 두 줄의 짧은 글이 있고, 이어서
"어젯밤의 달은 둥글기도 하고 밝기도 했습니다. 그 상쾌한 가을밤의 기후마저도 그대의 숨결인 듯 맑았습니다."
이런 투로 사랑을 고백해 갔는데, 위인 열사의 사적마저 예로 끌어다가 그들에게는 반드시 총명하고 어진 아내가 있었으니 당신만 나와 결혼해 준다면 자기도 위인이나 영웅이 되어 나라의 일꾼이 되겠다는 철두철미 건실하고 야비하지 않은 문구가 적혀 있었다.
끝으로는 그 답장을 대문에다가 끼어 놓으라 하고 자기를 알리면 이것을 참고하라고 그림을 그려 놓았다.
그러나 그것은 별게 아니라 조회시간에 학생들을 동그라미로 수없이 정렬시키고, 그 앞의 선생들은 큰 동그라미로, 그리고 4학년의 급장인 오모라는 청년과 맨 뒷줄의 학생만을 선생들만큼 한 큰 동그라미로 표시한 그림이었다.
4학년의 급장이 조회 때마다 따로 나와서 호령을 부르는데, 그 오모는 천재라는 소문이 났으나, 나보다는 훨씬 위요 흰 두루마기를 입은 풍채가 바로 신랑 같았다.
큰 동그라미라고는 그와 선생들 뿐인데 선생도 일인의 수석 훈도만 빼고는 다 기혼자이며, 맨 뒷줄의 동그라미는 급장이 교장의 얘기를 들을 때 제 자리로 돌아가는 위치였다.
끝까지 다 펴고 나니 그야말로 만리장서였다. 나는 다시 접어서 봉투에 넣었다. 아이들은 내가 느닷없는 편지를 읽는 것에 눈을 크게 떠서 조용히 세수를 끝내고 제 집으로 조반을 먹으러 갔다.
납덩이를 삼킨 듯이 꺼림한 가슴으로 조회시간에 갔더니, 의외에도 그날 4학년 급장이 결석이라 그의 아우인 부급장이 대리역을 했다.

선생들의 눈치를 보자니 그것도 귀찮고, 어느 덧 비애가 온몸에 스며들었다.

'동경유학을 갔더라면 이런 꼴을 당하지 않을 텐데…….'

젖비린내를 겨우 면한 내게 이러쿵저러쿵하는 위협은 배암처럼 징그러웠다.

우리 교실은 언덕에 통해져서 그런지 늦봄부터 내내 배암의 수난을 겪었다. 교실 천장과 벽 사이를 슬슬 기어다니고 변소에 가면 으레 두어 마리씩 산책하는 배암을 보아야 하는 까닭에 제일 섬찟한 것이 배암인데, 그 편지를 집에 두는 것이 배암을 두는 것 같아 나는 그 편지를 군수에게 보냈다.

군수에게는

"귀군(郡)에는 이러한 청년들이 있어서 어린 교육자를 괴롭힙니다. 선처해 주시기 바랍니다."

이러한 내 쪽지를 동봉하여 보냈더니 군참사인 변여사의 시아버님과 함께 어느 날 나를 초대했다.

나는 변여사와 함께 군수 댁에 갔더니 군수 내외와 심참사는 나를 칭찬하고

"내가 오히려 부끄럽소. 교장에게도 일러서 선생을 괴롭히지 않게 하겠소이다."

하는 언약을 군수가 친히 했다. 그래서인지 그 후로는 교장도 부득부득 교원실로 오라는 명령을 하지 않았다.

엎친 데 덮친다고 처녀를 상징하는 최초의 증명이 나를 놀라게 했다. 외간 남자의 필적을 받고 몸에는 이상한 징조가 일어난 나의 결백성에는 신성과 순정을 유린당한 듯한 슬픔이 겹쳐서 우울한 나날을 보내게 되었는데, 화불단행(禍不單行)이라고 내게는 커다란 변동이 닥친 것이다. 손돌맥이가 죽어서 혼이 맺힌 바람이라던가 어쨌거나 음력 동짓달 제일 추운 날

에 나는 여덟 달 동안 폭삭 정이 들었던 내 아이들을 두고 떠나야 했다.
 창졸간의 발령이라 변여사는 친아우를 떨치는 듯 눈이 붓도록 울고, 나는 내 정신이 아닌 황당한 며칠을 눈물과 한숨으로 지내는데, 아이들은 때마다 틈마다 치마를 뒤집어 얼굴을 싸고 소리 없이 통곡을 했다.
 말인즉 나와 아산(牙山)공립보통학교의 여교원과 바꾼다는 것이다.
 아산학교에서는 번번이 여교원들의 풍기가 문란하여 남교원들과의 추문이 파다한데, 이번에도 거기 일인 교원과 여교원의 비행이 발각되어 남자는 함경도로 보내고 여자는 나와 교환한다는 것이다.
 이유인즉 천안에서는 일찍 그런 불상사가 없었고, 남선생들도 점잖은데 여교원이라는 소녀마저 병적으로 남성을 싫어하니 이런 여성을 아산으로 보내자는 당국자들의 의견에서 내가 희생된 것이다.
 피도 얼어붙을 듯이 추운 날 오전 10시엔가 나는 악마구리 끓듯 요란한 아이들의 울음소리와 변여사 이하 하숙 주인과 자모들의 정다운 얼굴들을 떠나 인력거에 실려서 아산으로 향했다.
 앞에는 이불과 소지품을 넣은 고리짝을 안고 서릿바람을 끊으며 달리는 인력거는 차부의 허덕이는 보람도 없이 느리기만 했다.
 가득한 슬픔으로 가슴마저 떨리기만 하는 소녀의 눈 앞에는 어머니의 품과, 원경 오빠의 햇볕 같은 사랑과, 언니 오빠의 우애와, 버리고 온 사랑하는 사람들의 환영이 번개같이 지나가며 어린 간장을 녹일 대로 녹여 주었다. 온양에서 콩나물국으로 요기하고 다시 인력거에 올라 얼음처럼 무감각한 발을 어찌지도 못하고 나무처럼 흔들리는데 마주 오던 인력거가 멎고 한 여성이 뛰어내렸다.
 거리가 가까웠으니까 얼기도 덜했는지, 혹은 정열이 한창 끓어오르는 청춘이라 그런지, 변색도 하지 않고 희고 붉은 뺨이 토실토실하고 야들야들한데다가 작달막한 키에 오동통한 몸집이 퍼그나 육감적이었다.
 흰 명주 두루마기에 옥색 삼팔 목도리를 날리며 자박자박 걸어와서 내

차 안을 갸웃이 들여다보고 물었다.
"천안에서 오시나요."
내 언 입술이 열리기 전에 차부가 대신 그러노라고 대답했다.
"인제 얼마 남지 않았어요. 수태 추우시겄지만 좀 참으세요."
금니를 반짝이며 평양말씨로 상냥스럽게 말을 걸어왔으나, 나는 저 때문이라고 원망하고 있었던 까닭에 묵묵부답했더니 제풀에 돌아갔다.
그의 인력거가 지나간 후에 차부의 뱉은 말에 나는 고소를 금치 못했다.
"그분은 선생님이 아니지유? 똑 기생 같네유."
선생이란 나처럼 검은 두루마기에 검정 털목도리로 새파랗게 얼었어야만 하는 줄 알았던 모양이다.
조×례라는 여교사가 풍기고 간 향내를 감각하며 나는 영원한 수수께끼가 될 천안의 편지 사건을 회상했다.
겨울의 석양이 하염없이 흘러 사위가 어둑어둑해서야 아산에 닿았다. 오 리쯤 남기고는 무더기로 나를 마중 나온 사람들이 보였는데 대개가 남학생들이요 여학생은 한 명도 없었다.
바로 교장 집으로 안내를 받았다. 둥근 머리통에 큰 눈과 짙은 눈썹을 가진 교장은 천안의 교장과 좋은 대조로 뚱뚱한 풍채의 장년이었다.
소탈한 부부의 권으로 일본 된장국을 두 그릇이나 먹었더니 가슴이 더워지며 사지가 겨우 풀렸다.
여기도 천안과 마찬가지로 하숙 난이 심하여 겨우 구했다는 양반의 댁으로 교장은 제일 나이 듬직한 선생과 안동하여 나를 보냈다.
하숙집은 한의원인 김씨 댁인데 나와 함께 건넌방에 있을 처녀는 14세의 윤희요, 11세의 윤옥은 2학년생이었다.
윤희는 약혼한 큰아기로 나더러 언니라고 하는데, 탐스러운 얼굴이 복실거리고 머리채가 전반 같은 숙성한 처녀였다.
이튿날 교원실에서 선생들과 인사를 교환했다. 특색은 일본인을 다시 부르지 않아 수석 훈도도 동포인데 조회는 수석 훈도의 호령으로 진행되며, 아침 체조 때는 선생들이 돌아가면서 하는 것이 천안과 달랐다.

수석 훈도는 김선생인데 보통 때는 어수룩하고 사람이 좋아 보이다가도 일단 단에 올라서면 다부지고 단단하여 우렁찬 구령(口令)이 쇠끝처럼 파고들었다.

우연히도 그와 나의 책상이 마주 보게 되어서 나는 가끔씩 내 전신을 훑는 그의 시선을 따갑도록 받기도 했다. 아산은 천안보다도 문화수준이 얕고 여생도의 수효도 오십 명쯤 되는데, 나는 등교 때마다 길에서

"이번 선생은 애기 선생이구만."
"수수하고 당차고 복스럽게 생겼네."
"제발 이선생은 얌전하게 있제."
"그란해도 새침하것는듸."

하고 수근대는 아낙네들의 소리를 들었던 것이다.

여기서도 예외가 없이 교원실을 적극 피했다. 천안보다도 선생들의 질이 좋지 않은지 내게 대한 답례는 언제나 거칠고 내가 들어가도 흔히 퍼버린 채 옷깃도 여미지 않아 과연 풍기가 저하되어 있다는 것을 짐작할 수 있었다.

김선생은 언제나 영어강의록을 들고 다녔다. 그리고 풍금 치기를 좋아하는지 남학생들의 창가는 모조리 그가 가르쳤다.

동기휴가에 나는 집에 가지 않았다. 며칠 밖에 되지 않아서 왕복에만 사오 일 걸리면 더 손해가 되는 까닭이다.

어느 날 내 일직날인데 혼자 풍금을 치고 있으려니까 뒤에서 인기척이 나는 듯 하여 돌아보니 그가 서 있었다. 그는 어려운 곡목의 서양 노래집을 가지고 와서 나더러 가르쳐 달라고 했다.

그는 사범학교 출신인데 조도전(와세다대학)의 교외생 과정을 마쳤다 하며 독학으로 영어를 공부하니까 미구에 고등사범 영문과에 입학하겠노

라고도 했다.

그는 박학다식한 모양으로 풍부한 화제로 지루한 시간을 모르게 해주었다.

1919년인 새해를 맞이하였다.

1월 22일에 고종황제가 독살되셨다는 소문으로 산골에 묻혔던 내 어린 가슴은 분노로 충만하였으나, 다만 소복을 입는 것만으로 겨우 국민된 자의 슬픔을 자위하려고 했던 것이다.

2월 초순 어느 날 밤에 나는 자다가 머슴의 큰 소리에 깨어났다.

"선생님을 핵교에서 데불러 왔습니다."

영남 사투리가 크게 울리는 마당에서 나는 그에게 이유를 물었다. 긴급 교사회가 있어 선생 한 분을 교장이 보냈다는 것이다.

안방에서 어머니가 나왔다. 나는 어머니와 윤희랑 함께 나가야만 선생을 만나겠다고 하였다. 나는 머리칼을 쓸어 넘기고 두루마기를 꿰었다. 대문 밖에서는 어서 빨리 나오라는 재촉이 들려왔다.

나는 어머니와 윤희를 뒤에 숨기고 대문에서 내다보는데 먼저 짙은 술내음이 확 풍겼다.

"누가 오셨어요?"

"납니다. 안선생입니다. 학교에서 오시래요."

안선생은 처음 나를 이 댁에 안내한 소위 양반으로 그의 딸이 2학년에 재학 중이었다.

"이 밤중에? 지금 새벽 2시니깐 내일 가겠다고 교장 선생님께 말씀해 주세요."

"아니 아닙니다. 중대한 사건이랍니다."

"별 일이 있대도 지금은 못 가요."

나는 딱 잡아떼고 안으로 들어왔다. 조금 있으니까 머슴이 다시 안마당에서 그가 벌써 제 방에 앉아 있으니 빨리 만난 후 보내라고 충고처럼 말했다.

　나는 윤희의 모녀를 뒤에 숨기고 행랑방 앞에 섰다. 안선생은 머슴더러 잠깐 밖으로 나가라고 하니까 머슴은 대문을 힘껏 밀치고 나가며 투덜댔다.
　"박선생님!"
　그 자는 와락 내게로 달려들며 단박에 안아 들이려고 했다. 내 바른 손이 벌겋게 물들어 있는 그의 뺨을 호되게 갈겼다.
　"이게 교육자야? 어머니! 이 사람 좀 보세요. 누군지 아시겠죠?"
　나는 주인 어머니의 치마를 잡아당겼다. 뒤에서 윤희도 얼굴을 내밀었다.
　"빨리 나가요! 더 큰 망신 전에……."
　나는 대문을 열었다. 그는 모자를 집어들고 창황히 문턱을 넘었다.
　"그자가 술김에 큰 일을 저질렀군"
　그 밤에 나는 윤희 모녀의 달래는 말도 아랑곳없이 울어서 밤을 밝혔다.
　"누굴 원망하겠소? 다 양반 안 계신 탓이지."
　가장인 김의원은 가을부터 소실을 얻어 외박이 잦았다. 이 날도 남편이 없는 까닭에 외간남자가 문 안에 들어선 것이라고 남편만을 원망했다.
　다음 날 아침에 나는 안선생의 꼴이 보기 싫어서 여자부 교실에만 쭈욱 있었더니 교장이 나를 데리러 보냈다.
　"직원실을 이용해 주시오!"
　그 말에 반항이나 하는 듯이 내 눈에서는 눈물이 흘러내렸다.
　워낙 풍기 문제에 다쳐 있는 교장은 둥그런 눈으로 내게 까닭을 물어서 나는 지난 밤의 사실을 그대로 얘기했다.
　"그래서 안선생이 결석했군!"
　교장은 두 손으로 얼굴을 쌌다. 이번만은 무사하리라고 믿었다는 것이다.
　오후에 느닷없이 김의원이 교장을 찾아왔다. 나는 가슴이 철렁 내려앉았다.
　그가 외박에서 돌아오는 길에 동리사람을 만났더니

"댁의 머슴이 그러는데, 간밤에 자정도 넘어 술 취한 사내가 여선생을 찾아와서 머슴은 내쫓고 그 방에서 자더라니 양반의 댁에 그런 법도 있소" 하여서 분기가 충천하여 집으로 왔으나 가족들의 증명으로 여선생이 무사한 줄 알았지만 그 안선생을 징계하기 위하여 왔노라 했다.

마침 안선생의 편지가 교장에게 도착하였다. 내용은 친구의 엄친 환갑연에서 대취하여 어떻게 무슨 짓을 했는지 기억도 나지 않다가 박선생에게 뺨을 얻어맞고야 정신을 차렸는데, 자기는 도저히 용납받지 못할 죄인이며 교육자의 자격이 없으니 사직을 하겠노라는 사과문에 사직서가 들어있었다.

사건은 깨끗하게 해결되었으나 그 후로 안선생과는 일체 시선을 얼릴 수 없을 뿐더러 그 밤에

"나는 두 번 다시 보통학교의 교원이 되지 않겠다."

고 맹세한 까닭에 교장 이하 전 직원과 학부형들이 눈물로 만류하는 것도 뿌리치고 아산을 떠나고야 말았다.

돌아오는 길이 천안을 통과해야 하는 까닭에 그립던 사람들을 만날 수 있었으나, 그 동안에 나를 희생시킨 그 모녀는 벌써 수석 훈도와의 관계로 징계를 받아 둘이 다 천안에는 없었다.

때는 3월 27, 8일쯤이라 전국 각처에서 3·1 운동이 봉화처럼 터져 올랐다.

지금 생각하니 바로 그때 4월 1일(음력 3월 초하루)의 거사를 앞두고 사십 리 밖 지령리에서 유관순의 비밀결사가 착착 진행 중에 있었을 것이언만 감감히 모르고 지나친 일은 평생의 한이 되는 것이다.

천안군수(그 편지를 보관하고 있는)와 여원 교장이, 또 거기 학부형들이 제발 다시 그 학교에 있어 주기를 한사코 요구했으나 나는 잔인하게 뿌리치고 고향으로 돌아왔다.

은행나무의 그늘

아버지와의 약속은 십육 세에 동경 유학을 보낸다는 것이었으나 재기(再起)의 희망이 없어진 집안이라 타오르는 향학열을 누르고 있자니 신경쇠약증에 걸려서 흔히 책만 들고 꼬박 밤을 새우다가도 낮이면 머리통과 눈이 쑤셔서 앉아 있을 수가 없었다.

오빠는 영흥학교에서 교편을 잡고 언니는 혼인준비로 부산했다. 나는 여름방학에 아산학교의 수석 훈도이던 김선생에게서 편지를 받았다. 그는 방학이라 고향인 서울에 돌아와 있다 하였다.

그는 집안의 가족 형편과 경제의 상황을 알리고 내년 봄에는 꼭 유학을 단행할 테니 약혼하여서 함께 가자고 했다.

그리고 당신은 아직 소녀나 자기가 구하고 있었던 여중군자(女中君子)이었다고 그 네 글자 옆에 삼중 동그라미를 박아서 보냈다. 이것이 두 번째의 구혼편지인데, 진학을 못해서 병이 난 나이지만 그의 유학 권유에 한 장의 엽서도 내지 않았다.

아버지와 큰오빠네와는 내왕도 없는 네 식구의 생활은 단조로운 것 같으나 비교적 평화로웠다.

다만 내가 신경쇠약으로 늘 우울증에 걸려 신음하는 것만이 어른들의 큰 걱정거리였던 것이다.
 새 곡식과 새 과실이 풍성한 음력 9월 하순에 언니는 나주군 하 어느 두메로 시집가고 말았다.
 활옷에 칠보화관으로 단장한 언니는 참으로 아름다웠다. 양 머리 쪽이 서류잠을 물린 비녀 쪽이 된 갸름한 뒤통수도 가지고 놀고 싶으리 만큼 예뻤다.
 신방을 치르고 난 다음 날 아침에 나는 언니를 안고 느껴가며 울었다. 그 못 생긴 사나이에게 영원히 빼앗긴 내 언니와의 이별을 애석하게 여기면서…….
 "잘 생긴 놈은 교인이 아니고, 맘에 드는 녀석은 다 여편네가 있으니 하는 수 있냐? 총각이고 교인이고 대학 출신이라니 눈 딱 감고 살아라."
 언니에게 비하여 너무나 준수하지 못한 형부의 인물을 언니가 새삼 재평가하자 쏘아붙인 어머니의 말씀이었다.
 어쨌거나 양반이오 전답 마지기나 갈아먹는다는 가문에 들어간 언니는 가는 날부터 고생살이었던 모양이나, 많지도 않은 재산의 바닥이 나기 전에 언니를 출가시킨 어머니는 크나큰 짐을 부린 듯이 시원한 모양이었다.
 '여자의 운명이란 그렇게 정해진 것이던가?'
 기러기가 짝을 부르며 울고 가는 달 밝은 밤이나 낙엽이 뒹구는 서리 아침에 나는 언니를 생각하고 혼자서 눈물짓는 때가 많았다.
 더구나 어머니가 외출하신 빈 집에 혼자 있노라면 옛날의 정들었던 내 집이 눈 앞에 어른대고 귀뚜라미나 풀벌레가 여윈 화단에서 그악스럽게 울어댈 때는, 서울의 기숙사생활과, 천안 아산의 교원생활이 활동사진의 필름처럼 풀리면서 간장이 녹아나는 슬픔에 잠겼던 것이다.
 그럴 때면 노래나 시로 토막토막의 설움과 하소연을 나타내고 그런 것이 쌓여 몇 권의 공책이 되면 오빠는 그것을 뒤적이며 철두철미 비관적인 표현만이 문구를 이룬 내 글을 혹평하였다.

"난 네가 꽤 일꾼이 될까 했더니 청승맞은 넋두리만 벌려 놓는 것 보니까 믿지 않아야 하겠다."

믿지 못한다는 말은 요절(夭折)한다는 뜻이었다. 아닌게아니라 나는 겨울에 입을 저고리를 여름에 꿰매면서도

"내가 살아서 이 옷을 입게 될까."

할 만큼 죽음이라는 것을 가까이 늘 곁에 인식하고 있었으니까.

오빠는 나더러 집을 좀 떠나보라고 했다. 그러면 신경이나 우울증이 달래질 수가 있을는지 모른다고.

마침 이듬해 봄부터 형부와 언니가 광주로 진출하여 각각 미션 계통의 남녀학교에 취직하게 된 까닭에 그 해 즉 내가 17세의 가을에 나는 광주로 가게 되었다.

처음에는 밤에 야학만을 가르치고 낮에는 K선생에게 영어와 풍금의 개인교수를 받기로 했으나 몇 달 가지 않아서 새로 된 북문교회 유치원의 보모 노릇을 하게 되었다.

워낙 풍금과 율동에는 자신이 있었고 단기강습을 받은 터라, 유치원은 날로 번창했다.

밤이면 부녀야학을, 낮이면 어린 원아들을 맡아 밤낮으로 가르치는 외에 영어를 배우노라니 언제나 바빠서 쩔쩔매는 나날을 보낼 수밖에 없었다.

그리고 유치원의 운영비를 버느라고 가극회를 주최하는데 한 달을 내내 종일 풍금만 누르면서 너무나 몸을 학대한 까닭에 다리가 통통 붓고 관절이 불룩하더니 드디어 관절염 류머티스라는 병에 걸리고야 말아서 오늘까지 30여 년 동안 불치의 고질로써 나를 괴롭히는 것이다.

바로 그 무렵 나는 세 번째의 구혼편지를 받았다. 구혼보다는 이 경우 구애(求愛)라는 것이 옳을 것 같다.

우리는 K선생의 지휘로 남녀 혼성합창대를 조직하여 주일마다 예배당

에서 찬양대의 역할을 했다.

그 저음(베이스)의 한 청년을 나는 북문으로 야학을 가르치러 가는 길목에서 꼭꼭 만났다.

호젓한 석양의 산모퉁이에서 오가며 스치기를 몇 번쯤 할 때는 예사로 알았지만(찬양대원이라도 우리는 서로 모른 척 대하고 있었다) 그것이 날마다 계속되는 동안 나는 그가 의식적으로 그때와 장소를 선택한다는 추측을 하게 되었다.

그때 나는 숙소 때문에 남모르는 설움을 받았던 것이다.

언니네는 방이 둘인데 윗방은 아주 작은 골방이었다. 그나마 장롱이 반을 점령한 틈에서 나는 밤낮으로 시달린 몸을 끼어 자야 했다.

밤에 야학에서 양림까지 오자면 너무 늦으니까 어느 친구의 집에서 자기로 했는데 그 친구의 식구들이 모두 잠들어 있을 때는 차마 여러 번 부를 수 없어 두어 번 흔들다가는 머나먼 언니의 집으로 오게 된다.

그러나 부부가 함께 학교에서 온종일 노동하는 사람들이라 여기 역시 절벽처럼 무감각하여 아무리 소리쳐도 대답이 없을 때 내 최후의 부름은 울음으로 변하여서 그 추운 겨울밤을 사립문에 기댄 채로 새우는 일이 종종 있었다.

별도 얼고 공기도 얼어붙은 듯이 냉랭한 하늘을 쳐다보며 얼음 같은 발을 동동 구르면서 밤을 밝힐 때 얼마나 내 어머니의 따뜻한 품을 그리워했으랴.

"공부가 무엇이라고, 일이 무엇이라고, 이런 고초를 감수하면서까지 견디어 내야 하는가?"

새벽이 되어 밥을 지으러 나오는 계집애가 비로소 나를 발견하고 문을 열어 주면 형부 몰래 윗방으로 들어가 방바닥에 엎드려서 한참이나 떨고 나야만 겨우 정신을 차릴 수 있었다.

이런 눈치를 챈 원장이자 북문교회 목사이신 최 목사께서 특별히 방을 새로 만들어 주셔서 나는 자취를 하면서 평안하게 밤과 낮의 책무를 할 수 있었다. 나의 직장은 바로 교회 안에 있었기에 내가 북문으로 옮기자 그 청년은 내게 편지를 보냈다. 그것도 직접 자기의 손으로 내 방에 떨어뜨렸던 것이다.

나는 밤이면 주체스럽게 틀어 얹었던 머리를 새로 가려 충충 땋아서는 끝에다가 자주댕기를 물려서 베개 머리에 던지고 자는 버릇이 있었다.

낮에는 풋내기 선생이나 밤에만은 숙성한 처녀가 되고 싶었던 것이다.

나의 이 습관을 안 야학생들은 자주 모본단이나, 갑사댕기를 접어서 가만히 베개 밑에 넣어 두기 때문에 나는 누가 주는지도 모른 채로 맘껏 호사를 했던 것이다.

어느 날 종일 함박눈이 펄펄 내려서 소리 없이 쌓여지는 밤에 나는 전례대로 분홍색 잠옷에 머리채를 던지고 누워 있었다.

그 날은 삼일예배지만 감기로 누워 있었기에 찬송가의 소리만 듣고 있었는데 발소리도(눈 때문에) 없이 방문이 똑똑 울렸다.

나는 함께 자는 학생이거니만 믿고 누운 채로

"들어와도 좋아."

했더니 문이 사르르 열리는 모양이나 잠잠하기에 머리를 돌려보다가 깜짝 놀랐다.

반쯤 열린 방문에서 청년은 나의 모습을 보고 있었던 것이다.

내가 발딱 일어나자 긴 머릿채는 자주댕기를 날리면서 굼틀거렸다. 나는 무의식으로 초록색 이불로 가슴을 가리며

"웬일이세요?"

하였다. 물론 그와 나의 첫 번의 통화였다.

"용서하십시오. 교회에 안 나오셨기에 아프신가 하고 왔더니, 실례가 됐나 봅니다."

그의 목에 잠기는 듯한 말소리를 나는 이내 튕겨 버렸다.

"빨리 가 주세요. 애들이 와요!"

그는 안 주머니에서 무겁게 보이는 이중봉투를 꺼내서 방바닥에 놓았다.

"이것을 읽어 주십시오."

그는 돌아서다가 다시 이윽히 나를 보더니

"답장은 거기 주소로만 주시면 됩니다."

하고 가버렸다.

그때 나는 17세나 되는 처녀였던 까닭에 남의 이목이 두려워서 얼른 봉투를 집었다.

함께 있는 학생이 잠에 빠지는 것을 보고야 나는 편지를 읽었다. 참으로 기막힌 문장이오 숙달된 글씨였다.

시와 산문으로 표현된 사랑의 고백은 종이에서 불이 일어날 만큼 뜨겁고 절실한 것이었다.

그는 미남도 아니오 풍채도 사내답지 못했으나 웅변가요 문학도였다. 나는 묵살할 수 없어서 두 장의 편지지로 나의 목적이 달성하기 전에는 사랑이나 결혼은 아예 생각지도 않으니 두 번 다시 글을 보내지 말라는 답장을 그 주소로 보냈던 것이다.

그 후로 직접 어머니가 나서거나 최 목사님을 통해서 당지의 유지들이 아들들의 청혼을 하는 바람에 나는 광주에서도 떠나야 하겠다는 결심을 했다.

때마침 영광에 사립 중학원이 설립되었다 하여 널리 선생을 구하는데, 영광교회 장로가 광주에 와서 최 목사님께 청을 댔다. 꼭 나를 달라는 것이다.

그때의 야학생으로는 광주의 갑부며, 큰 실업가며, 사장이며, 변호사, 군수, 검사, 판사들의 부인들이 노소를 불문하고 모여들었다.

나는 그들의 사치스러운 의복과 금비녀와 가락지들이 눈에 거슬려서 명령을 내렸다.

"여기는 작으나마 한 단체가 생활하는 학교입니다. 여러분은 학생인 이상 학칙을 지키셔야 합니다. 비단옷과 금붙이를 엄금합니다. 칠십 명 중의 오십 명이 가난한 부인이나 처녑니다. 여러분은 학생들에게 미안하다고 생각하지 않으십니까?"

어린 선생의 진실한 호소에 그들은 머리를 끄덕이고 약속하더니, 과연 옥양목 상하 의복을 한 벌씩 짓거나 비단 아닌 의복들을 골라서 일제히 은비녀와 수수한 차림으로 등교하였다.

내가 광주에서 한 일이 있다면 비단과 금은보석을 자랑으로 삼는 그들의 심기를 일변시켰다는 그 일일 것이다.

가극대회로 돈을 많이 벌어 들였고, 밤낮없이 봉사한다는 소문을 들었든지 오 장로와 그곳의 유지 2, 3인이 와서 기어코 나를 데려 가겠다고 우겨댔다.

나는 그곳이 문향(文鄕)이라는 말에 마음이 쏠려 가겠노라고 허락했다.

그 소식이 나돌자 원아들의 부형과 야학생인 부인들이 결진하고 나의 길을 막으려 했다.

참으로 온상처럼 부드러운 나의 폐부에 깊이 새겨진 조각은 광주 부녀 야학생들의 순수한 사랑인 것이다.

처녀들과 어른들은 장소를 가리지 않고 눈물을 흘렸다. 전별의 물품이 내 방에 쌓이고 쌓였다.

내가 자취하는 몇 달 동안 나는 누가 가져다 놓은 지도 모르게 부엌이나 방에 들여놓은 김치항아리와 반찬이 든 찬합을 많이 보았다.

먹는 동안은 밝히지 않다가도 빈 그릇을 찾아갈 때에야 겨우 짐작을 할 만큼 그들의 인심은 두텁고 사랑은 깊숙했다.

사람이 사람을 아낀다는 의리와 후의를 야박스럽게 자랑삼지 않는 미덕을 나는 광주의 야학생들에게서 배웠던 것이다.

그러나 나는 뜻을 굽히지 않았다. 이제는 나도 내 길을 향하여 키를 돌려야 할 것 같아서였다.

광주에서 영광까지는 자동차 편이어서 처음으로 오랜 시간을 버스에 시달리는 나는 얼마 안 가서 멀미를 시작했다.

개선장군의 오장로님은 내게 갖가지 친절을 베풀었으나 차 앞을 막고 울고 있던 어린 원아들과 부녀들의 정다운 환상이 어른대는 까닭에 그의 친절이 도리어 얄밉기조차 했다.

영광(靈光)읍을 몇 십 리 남겨 놓고 나를 마중 나온 인사들이 떼를 지어 연락부절하다가 읍에는 학생들과 교인과 유지들이 참으로 많이 나와 있었다.

18세의 처녀에게는 과분한 영접이었다. 언뜻 보아 그들 모두에게는
"대체 어떻게 된 여자냐? 좀 보아 두자."
하는 호기심에 섞여 순박하고 진실한 표정들이 있었다.

숙소도 조용하고 아담한 방을 편집사 내외가 정해 주었다. 편(片)씨네는 우애가 두터워 부모를 모시고 삼 형제가 한 울 안에서 각 살림을 하고 있었던 것이다.

사립 중학원이란 군내와 읍내의 유지들이 사재를 털어 설립한 학원인데, 보통학교 6학년 졸업생과 동등의 실력으로 시험 치고 입학한 중등과 1학년 칠십여 명과(각 면에서 몰려드는 것이다) 대개가 어른들로만(17, 8세 이상) 구성된 속성과 1, 2학년 팔십여 명과 심상과, 4학년까지의 백 몇 십 명의 아동들로 이루어진 학교이었다.

직원들은 중등과를 위하여 연희전문 출신과 숭실대학 출신, 수원 고농의 출신 세 분이 초청되었고, 교감으로는 배화여중의 교감이던 유선생을 특별히 모셔왔으며, 또 한 분 수학 선생이 와 있었다.

타처에서는 나까지 여섯 사람만이 왔지만 원장이 한학자요, 당지에 유

능한 자격자가 많아서 본고장인이 다섯 명이나 되었다.
여자부는 겨우 1학년짜리 밖에 없으니 나더러 모집하라는 것이었다.
어쨌거나 새로이 학교가 탄생했으니 이 기회에 정상적인 교육을 받겠다고 야학에서 몰려온 소녀들과, 가정에 박혔던 처녀들을 일일이 방문하여 얻은 아동들로 1, 2, 3학년의 세 학급을 만드니까 칠십여 명의 수효가 되어서 큰 교실에 전부를 수용하고 복식교수를 시작하였다.
그러자니 주변은 없고 성미는 꼿꼿한 나의 고생이란 이만저만한 것이 아니어서 어떤 때는 공연히 왔다는 후회가 잠깐씩 비치다가도 선생들의 친절과 스스로의 분발로 보람을 느끼면서 학급을 조직하였던 것이다.
우리 학교는 공자의 제사를 모시는 향교(鄕校)자리라 몇 백 년이 되는 큰 은행나무가 셋이나 있고, 비자나무가 쌍으로 우거졌으며 넓은 운동장과 고색이 창연한 건물이 내 맘에 들었다.
워낙 이 고장의 인사들은 문화수준이 높아서 거의가 다 인격수양이 되어 있을 뿐더러 문학의 마을이라 할 만큼 시조나 한학이며 현대시의 조예가 뛰어난 분들이 많았다.
학교도 맘껏 설비와 내용을 충실히 했기 때문에 학생들의 면모와 수효도 어느 학교에 못지 않게 낭낭하였던 것이다.
직원실은 운동자의 한 쪽이지만 교실들 중앙에 있었다. 시간만 파하면 직원들은 10분의 휴식을 직원실에서 한껏 즐겼다.
그들은 모두 화락했다. 원장까지 십여 명의 교원들은 한결같이 가슴이 통하고 호흡이 맞았던 것이다. 나는 이미 천안이나 아산에서의 병적인 소녀가 아니었다. 그들의 홍일점인 나는 곧잘 그들과의 대화에 휩쓸렸다.
내가 담당한 과목은 우리 여자부의 일어와 국어며, 작문, 재봉, 창가 이런 것이기 때문에 좋으나 싫으나 가르쳐야 하는 과목이 제외된 것에 새로운 활기를 얻었다.
또한 남자부 심상과의 일어와 창가와 속성과를 빼놓은 중등과의 창가 전부를 맡았는데 거기에는 재미나는 삽화(揷話)가 있었다.
 중등과는 대개가 6학년 졸업생이지만 그 중에는 나와 동갑인 18세짜리들도 있고, 그 이상 20여 세의 애아버지들도 있었다.
 여선생이 남자의 창가를 가르친다는 소문이 퍼지자, 읍내 유지들은 슬슬 그 꼴을 구경하러 왔다.
 제일 첫 번째 시간이다. 칠십여 명이 중학생의 정복으로 꽉 들어찬 교실에 막 들어서자 눈 앞이 아찔하게 현기증을 느끼고 가슴이 막막하면서도 두근거렸다.
 학생들은 일부러 가벼운 기침소리를 내면서 나를 맞으러 일어났다.
 나는 잠시 눈을 감고 섰다가 교단에 올라섰다.
 "부끄러운가 부다."
 "아무리 똑똑해도 여자는 여자지."
 이런 속삭임이 들려왔다. 지금이야 남녀공학이 습관이 되어 있는 세상이지만, 지금으로부터 40년 전에야 18세의 처녀가 남자를 가르친다는 일은 넉넉히 구경거리와 말 재료가 되는 것이다.
 급장의 호령으로 예를 받은 후에 나는 풍금에 앉아 음정연습을 시작했다.
 킥킥대는 학생과 한눈파는 학생을 엄숙한 낯빛으로 지적하면서 굳이 그 학생을 혼자 시켰다.
 그리고 서고 절하고 머리를 드는 연습을 그들이 정중한 자세가 되도록까지 풍금의 신호로 몇 번이나 연습했다.
 첫번 시간인 만큼 그들의 기를 꺾어 놓아야 했던 것이다.
 본래도 웃음이 적은 나지만 그들의 앞에서는 딱딱한 얼굴을 해야 하는 습성이 나의 영원한 슬픈 버릇이 되었는지 나는 지금도 상냥한 미소를 잊고 있는 것이다.
 유지들은 그 시간이면 꼭꼭 몇 명씩 나타나서 흥미 짙은 얼굴로 시종

관람하였다.

심상과 남녀를 가르칠 때는 천진스럽게 웃기도 하며 자연스러운 태도를 하는 것에 비윗장이 틀린 중학생들은

"흥, 우리도 좀 저렇게 가르쳐 주지. 웃음은 떼어서 강아지를 줬는가 밤낮 옹동한 얼굴로…… 참 깍쟁이여."

하고 입을 비죽이며 비아냥댔다.

내 일생에서 제일 귀중한 세월은 영광에서의 매일이었다.

학교에는 천재 시인 C씨가 동료가 되어 있었던 것이다. 그들의 주창으로 자유예원(自由藝園)이라는 명칭 아래 읍내 유지들로부터 직원 학생들에 이르기까지 자유의 글을 써서 C씨에게로 보내게 하였다.

C씨와 그 동지들은 학교 문짝에 일일이 붙여서 공개하는데 월요일과 금요일, 일주일에 두 번씩이었다.

읍내 인사들도 이 자유예원에 실린 글을 읽으려고 학교로 오는 사람이 많았다.

수필, 시, 시조, 단평, 대개 이런 것인데 그 중에서 장원으로 뽑히면 서울로 보낸다는 것이다.

「ㅎ표 兄께」「K선생님께」「정월 초하루」이렇게 세 편의 수필이 번번이 장원이 되어 그 때 개벽사에서 발행하던 ≪부인≫이라는 잡지에 세 번 발표되었는데, 그 때 나는 철이 덜 들었든지 최초로 활자화되는 내 글에 감격했던 기억이 없는 것이다.

C씨는 비로소 내게 물었다. 어려서부터 글을 써보았던가고. 나는 자초지종을 다 얘기하고 소위 비장의 '노트' 몇 권을 보였더니 그는 정독하고 내게 일일이 시의 작법을 가르쳐 주었다.

나는 그의 서재를 보고 놀랐다. 가난하다고 느껴진 그가 이렇게 산더미처럼 많은 책을 가졌을까 하고…….

그는 내게 덕부노화(德富蘆花)의 「자연과 인생」이라는 책을 주었다.

나는 그것을 읽으며 처음으로 무한히 넓은 창공과, 내 가슴이 태평양처럼 툭 터져 나가는 상쾌함과 신비로움을 감각했던 것이다.

나는 그에게서 『소설작법』이니 『희곡작법』이니 하는 소책자와 일본 문인들의 작품들을 끊이지 않고 빌렸고, 『부활』로부터 서구(西歐)문호들의 방대한 소설을 밤을 새워 가며 독파했다.

「정월 초하루」라는 수필을 읽고 원장 이하 선생들이 나더러 소설을 써 보라 하여서 처음으로 쓴 것이 「팔삭동이」라는 단편이었다.

그것이 소위 완전히 창작으로만 이루어진 작품인데, 나는 그 여름에 집에 가서 「추석전야」(秋夕前夜)라는 단편을 써 가지고 왔고 C씨는 그것을 계룡산에서 수양하고 있는 춘원 선생의 문병을 가면서 가지고 갔던지, 다음 해 2월인가에 그의 추천으로 ≪조선문단≫지에 발표되었던 것이다.

그 해 5월 단오에 우리 운동장에 서 있는 여남은 아름의 은행나무에 큰 그네를 매고 남녀학생들과 누구나가 부를 수 있게 나더러 노래를 지으라 하여서 나는 「무궁화 동산에서 우리 자라고」라는 창가 곡조에 맞추어 아래와 같은 2절의 노래를 지었다.

    1.
    굴러라 밀어 주마
    저 가지까지
    꽃 위에 내려앉는
    나비와 같이
    사푼 밀고 앉았다가
    곱게 일어나
    꿈을 차는 제비같이
    솟아올라라

    2.

굴러라 더 굴러라
저 가지까지
나부끼는 흰 옷자락
붉은 댕기는
채이는 검은 가지
푸른 잎 속에
곱고도 산뜻하게
아른거린다.

그래서 나는 무척 칭찬을 받았고 원장 이하 직원들이 그네에 오를 때면 누구나가 다 불러서 흥을 돋구었다.

특별히 내가 그네를 잡으면 남녀 학생들이 우르르 몰려와 둘러싸고 신이 나서 합창했다.

그럴 때면 내 팔과 발은 감격과 흥분으로 떨리고, 흰 모시적삼에 흰 모시치마를 입은 내 몸이 흰 새처럼 푸른 잎 속에 잠기면서 나는 기쁨의 눈물로 앞이 흐려지곤 했던 것이다.

노래의 '흰 옷자락'이란 것은 남자들의 흰 두루마기를 이름인데 직원뿐 아니라 하학 후에는 아무나가 와서(학교 관계자나 유지들) 뛸 수 있었던 까닭이다.

학교에서 뿐 아니라 하숙에 돌아와서도 우리는 즐거울 수 있었다.

편씨 댁 삼 형제가 다 각각 선생들을 맡아 있었는데 큰댁(부모가 계신)에는 연전, 숭실 출신의 조, 한, 두 선생이 있었고, 가운데 집에는 내가 기거했으며, 셋째 아들에게는 유치원 보모인 이양과 기양이 기숙하고 있었던 까닭에 남들이 '선생집'이라고 불렀다.

우리는 일주일에 한 번씩 어느 집에서 모여서 얘기와 여흥을 하였는데 때로는 원장이나 교감과 C씨, K씨가 끼이기도 했다.

C씨와 K씨는 내게 친형제나 다름없는 지기(知己)가 되었다.

그들이 어떤 감정으로 나를 대해 주던 간에, 이성에게 성(性)을 초월한 순수한 우정을 나는 그때 그들에게서 느꼈던 것이다.

우리는 모이면 애기에 꽃을 피웠다. 특히 C씨와 나는 돌아오는 길이 한 길목이라 양쪽에 갈꽃과 들국화가 휘늘어져 있는 언덕 사잇길을 석양도 지난 황혼에 천천히 걸어나오면서 끝없는 이상(理想)과 공상의 나래를 펼쳤다.

다음 해 봄에 나는 어머니를 영광으로 모셔오려고 초가삼간의 셋집을 얻었다. 다행히 학부형의 집이어서 마당이 있는 독채라는 것이 맘에 들었다.

오빠는 와세다(早稻田)대학의 교외강습생의 과정을 마쳤으니 고학으로라도 본 학부에 가겠다 하여서 간신히 노비와 소지품을 마련하여서 동경으로 떠나고 윗방을 세놓아 집을 맡기고 어머니가 오신 것이다.

내 인간수업의 과목은 중요한 한 가지로 인간개조의 문턱을 넘으려 했다.

아무리 고학이라 한달지라도 달마다 얼마씩의 비용만은 보내야 오빠가 자력으로 식생활을 해결할 수 있는 것이다.

그러자니 얼마 되지 않는 봉급으로 어머니와 자취를 하면서 오빠의 학비를 부담한다는 일은 쉬운 일이 아니었다.

나는 그 해(19세)부터 일체의 사치를 멀리했다. 고작해야 크림과 물분 정도였으나 나는 그마저 중단했다.

얼굴에는 화장기라고 없이 머리에서 기름을 빼고, 의복도 전부터 있는 것으로만 입었고, 여하튼 내 몸에는 하루 세 끼의 밥 외에는 일전 한 푼도 붙이지 않기로 결심한 것이다.

맘 있는 곳에 실행이 있는 것이다. 나는 다달이 오빠에게 소정의 액수를 보내면서 격려의 편지를 끊이지 않고 했다. 오빠의 문재(文才)는 내가 따를 바가 되지 못했다. 그는 웅변가요 시인이었다. 그가 내게 날리는 감사의 서신은 귀구가 명구요 명시였던 것이다.

  나는 마당을 파서 꽃밭을 만들었더니 애들은(애들이라야 동갑도 있고 한 두 살 아래도 있었다.) 다투어 좋은 모종을 가져다 주었다.

  한 처녀가 손수 심어준 흰 백합꽃이 피었을 때 나는 이런 시를 적어 오빠에게 보냈다.

      아, 그대여
      백합이 지기 전에 오시지오
      고요한 황혼의 뜰에 기득히 친
      아찔한 그 향기에
      미소를 흘리는
      내 입을 보시려거든

      아, 그대여
      백합이 지기 전에 오시지오
      희고도 연한 그의 뺨이
      누릿하게도 파리해 가고
      그윽한 향기 줄어갈 때
      사랑을 보내려는
      애달픈 이 가슴에
      타는 불길에
      핏물이 어리는
      내 눈을 보시려거든

      아, 그대여
      그대가 오시기도 전에
      백합은 나를 두고 갔습니다.
      이제는 내 입과 눈에
      싸늘한 비애가 흐릅니다.

다만
남기고 간
옛날의 향기만이
알뜰히도 이 가슴에
젖어 있습니다.
아, 그대여
백합이 지기 전에
왜 오시지 않으셨습니까?

참으로 혼자서는 너무나 아까워서 꼭 누구와 함께 보고 싶었는데 그 누구는 오빠밖에 없었다.

백합이 지고 말았을 때 나는 그 심정을 이렇게라도 나타내지 않고는 견딜 수 없었다.

지금 읽으면 유치하겠지만 나는 그 많고 많은 습작시에서 외우고 있는 것은 이것 뿐이라(동경시절에 전부를 잃었기에) 이제도 옛날로 돌아가 되풀이할 수 있는 것이다.

어머니는 늙으셨으나 미인의 타입이 아직 남았고, 맵시가 곱고 성미가 조용하고 사랑이 많아서 이내 그곳의 노인들과 선생들과 학생들의 흠모를 받으셨다.

화사한 어머니와 털털하게 검소한 딸은 지극한 사랑과 보호를 받으며 여러 달을 지냈다. (방학 때는 물론 돌아가고)

학교도 번창하고, 오빠도 대학 전문부 1학년에 시험 치고 늘어가서 잘 있다는 기별이 오고 좋은 글벗들과 선생을 신처럼 위하고 따르는 내 학생들과의 학교생활은 유쾌하고 재미나서 날마다 보람 있게 흘러갔다.

은행나무에서 그네가 걷혀지고 황금색의 은행잎이 비처럼 흩뿌리는 늦가을도 지나, 여윈 가지에 달이 걸린 초겨울 밤에 우리는 숙직실에 모여 가야금 국수(國手)이자 학부형인 노인을 청했다.

원장이 풍류인이오 석학자라 고전음악에 취미가 있는 데다가 교원 전부가 다 한 마음으로 예술을 사랑하는 까닭에 우리는 가끔씩 이런 모임을 갖는 것이다.

그 겨울밤에 창 밖에는 서릿달이 외로이 떠 있는데, 애절하게 울리는 선율에 취하여 번개처럼 줄 위에서 넘노는 그의 손을 바라보며 혼연일체가 되어 넋을 잃고 앉았던 모습들은 영원히 나의 망막에서 가셔지지 않는 승화된 인상들인 것이다.

원장과 교감은 곧 내 뺨이나 집어 뜯을 듯한 귀엽다는 얼굴로(사실 나는 그들의 딸 또래니까)

"어쩌다가 여선생까지 이렇게 청승맞은 처녀가 굴러 왔더람!"

하며 빙그레 웃으면 C씨와 K씨는 긴장하고 심각한 표정이 되어 잠잠했다.

그 해 겨울방학에 연희전문학교 영문과 4학년이라는 S씨와 C씨가 왔다. 목적은 에스페란토의 강습으로 그 일대를 순회하려고 왔다는데 영광이 첫 번째의 곳이라 했다.

그때 연희전문에서는 《학생계》라는 교지를 발간했는데 C형이 나의 「백합이 지기 전에」라는 시를 보내서 그 교지에 난 인연으로 그들은 제일 먼저 나를 찾았다.

S씨는 눈이 작고 키는 중키고 섬약해 보이는 기질에 늘 생글생글 웃고만 있는 낙천형이오, C씨는 더 젊고 키가 훨씬 크고 스타일이 멋들어진 미남자의 심각형이었다.

강습을 인연으로 그들이 서울로 돌아간 후에 S씨는 내게 『붉은 마차』라는 일본 작가의 소설을 보내주고 뜨거운 연문을 보내왔다.

한편 다음 해 여름방학에 고향에 돌아간 나는 오빠와 동경에서 제일 절친했다는 동향인의 와세다대학 정경과 2학년의 K씨라는 청년을 소개받았다.

그는 오빠와 동갑이오 동양인이지만 미션 계통의 우리와 학교 관계가 다르기 때문에 동경에 가서야 친해졌다고 했다.
 그는 와세다의 예과를 거쳐 학부에 진학한 수재라고 오빠의 그에 대한 칭찬은 푸짐한 것이었다.
 동경유학생 하기 순회강연이라는 명목으로 그때 유학생들은 활약을 많이 했다. 내 기억으로 그때 쟁쟁한 연사들은 김준연, 박순천, 최원순 제씨가 회상되는데 이 K씨도 그 해 여름에 호남지방의 연사가 된 것이다.
 강연만이 아니고 음악이 곁드는 이 회합에는 그때 독창으로 윤심덕 씨, 피아노로 그의 누이동생인 윤성덕 씨의 자매가 초빙되고 바이올린은 채동선 씨가 독주하게 되는 호화스러운 이 모임은 당시의 인기를 독차지했다.
 그때 당지 부호의 장자인 김우진 씨가 와세다 영문학부 재학이요, 채씨는 그 동급이며 윤심덕 씨는 김씨의 애인인 관계로 이 이름 높은 인재들이 초대되었던 모양인데 나는 내가 주관하던 찬양대를 출연시키고 서투른 내 풍금의 반주로 채씨의 바이올린 독주가 있었던 까닭에 시종 그 회합에 참석했다.
 윤성덕 씨의 피아노 반주로 채동선 씨가 눈에도 보이지 않는 네 줄을 자유자재로 놀리면서 연주하는 동안에 나는 무아의 신경(神境)에 잠겨 있는 예술가의 고귀한 모습을 처음으로 구경하였던 것이다.
 윤성덕 씨의 피아노 독주나 윤심덕 씨의 독창도 내게 큰 감명을 주었다. 그럴 때면 남처럼 유학하지 못하는 내 설움이 복받쳐 언제나 감격의 끝은 눈물이 되고 말았다.
 지금은 윤성덕 씨만 제외하고 김씨, 윤심덕 씨, 채씨, K씨까지 네 분이 다 고인이 된 것에 인간의 무상함을 다시금 느끼게 된다.
 그 K씨는 중키의 오동통한 체격과 검은 피부와 도수 깊은 검은 테 안경과 말이 적은 침착성만으로 내 호감을 샀다.
 그는 동경 있을 때 오빠에게 보내는 내 편지를 번번이 함께 읽고
 "내게도 이런 누이가 있다면 얼마나 좋을까?"

했다는데 그 호화로운 강연음악회가 끝난 후에는 가속도로 내게 접근해 왔다.

그때 오빠를 에워싼 유학생들은 오륙 명이 다 내게 관심을 가지고 있었으나 내 맘을 차지한 사람은 K씨였다.

그는 내가 여름 동안 월출산에서 오빠와 정양하고 있을 때 장마철에 교통이 끊였는데도 물에 빠져가며 산에 와서 동경에 대지진이 나서 우리의 동포가 많이 죽었다는 소식을 전했다.

그는 풀벌레 쯕쯕대는 달밤에 암자의 툇마루에서 내게 경제철학을 얘기했고, 소나기 난무하는 조용한 절 방에서 내게 사랑을 호소했다.

부엉이 울음이 청승맞게 울리는 산봉우리에서 서해의 낙조를 바라보며 그와 나는 즉흥의 감상적인 시를 읊었고, 정오의 괴목 그늘이 매미소리와 함께 깔린 암석에서 고금동서의 문화를 토론했다.

그러나 그는 처자가 있었다. 그러기에 그와 나의 남몰래 자라나는 사랑은 더욱 애절했는지도 모른다.

그가 겨울방학에 눈에 덮인 영광읍에까지 와서 부인과 이혼하겠다는 최후의 통첩을 내게 선언했을 때 나는 눈물로써 반대했다.

그는 동경에서 또 한 번 다짐했으나 나는 한사코 불응했다. 이런 사실은 오빠까지도 도무지 모르는 채 둘만의 해결이었던 것이다.

20년 동안 산처럼 무겁게 자리잡고 있던 내 심장이 최초로 동요한 것은 K씨 때문이라는 것을 나는 솔직하게 고백하는 것이다.

한창 그 무렵에 나는 또 하나의 청춘의 고민을 겪어야 했다.

내가 창가를 담당한 중등과 2학년(이제는 2학년이 됐다)에 정구, 봉고도, 마라톤 따위의 각종 경기에 뛰어난 학생이 있었다.

그는 미남자이요 체격도 좋고 학과도 우등이며 군내에서만 아니라 도내에서도 우수한 육상선수이었다.

창가도 음성과 음정이 좋아서 언제나 90점 이상이었다. 그는 한 번도 나를 똑바로 쳐다본 적이 없는 내향적이며 과묵한 수재이었다.
그런데 그가 언제나 내 눈에 잘 띄었다. 새벽마다 오르는 뒷산에서 나는 매일처럼 그를 만났다.
"집이 이 근처요?"
나는 상냥한 미소로 물었다. 그는 얼굴을 붉히며 나직하게 대답했다.
"제 집은 학실에 있습니다."
학실은 읍에서 오 리도 넘는 곳이었다.
어느 때는 운동복만으로 마라톤 연습을 하며 집 앞으로 달리기도 했다.
그에게서 내게 편지가 온 것인데 우선 나는 그의 필재에 놀랐다. 중학교 2학년의 글씨가 그렇게 숙달할 수 있을까? 사연도 세련되어 있었다.
너무나 심각한 그의 두 번째의 긴 편지를 받고, 나는 일부러 등산의 길에서 그를 만나 다음 일요일 오전 10시에 속성과의 교실로 오라고 했다.
나는 약간 설레는 가슴으로 교실에 들어섰다. 그는 이미 와 있다가 잠잠히 일어서서 나를 맞았다.
나와 동갑이라는데도 그 순간에 그는 큰 키와 뛰어난 얼굴로 나를 위압했다. 나는 이제까지도 그 만큼 생김새나 체격에 완전무결한 인물을 본 적이 없는 것이다.
나는 그의 선생이라는 것을 강조하며 맘을 도사렸다. 나는 그와 마주 앉았다. 그는 다소곳이 머리를 숙이고 있어서 그의 흰 이마가 더욱 반듯하게 시야에 들어왔다.
"편지 두 번 다 잘 받았어요."
그는 자칫 낯을 들었으나 눈은 여전히 깔고 있었다.
"무슨 목적으로 그런 글 보냈죠."
그는 비로소 똑바로 나를 보았다. 날카롭고 강한 그의 시선을 나는 피했다.
"그렇게 물으실 줄은 몰랐습니다."

그의 음성이 떨려 있었다. 나도 스스로 어리석다고 생각했다.

"그런 정열은 오로지 학문에만 쏟아야 해요. 지금 우리는 그런 한가한 얘길 주고받을 때가 아니잖아요?"

그는 또다시 나를 주목했다. 대담한 시선이었다.

"선생님은 문학도가 아니십니까? 목석을 가장하지 마십시오."

그는 입을 꾸욱 다물었다. 청결한 그의 입술에 경련 같은 것이 지나갔다.

"저는 그것을 쓰지 않고는 견딜 수가 없었습니다. 선생님께 보내지 않고는 하룻밤도 넘기지 못할 것 같았습니다."

의외로 그는 침착했다. 벼르고 별렀던 소회였던 모양이었다.

"그거야 군의 자유죠. 그렇지만 그것을 용납하느냐 아니하느냐는 내 자유가 아니겠소?"

그는 이내 눈을 내렸다. 머리가 좋은 그는 내 다음 말의 방향을 짐작하는 듯 했다. 그는 조용히 내 입이 열리기를 기다렸다.

"윤군!"

나는 과장한 자세로 목청을 가다듬었다. 그는 천천히 나를 보았다.

"나는 군의 사랑을 받아들일 자격이 없어요. 또 그럴 환경도 못 되구요. 그러니 무로 돌리고 학업에만 정열을 쏟아주시오."

최후의 마디는 거의 명령적이었다. 그는 머리를 탁 숙였다. 운동선수면서도 동그스름한 그의 어깨가 들먹이는 것 같더니 눈물이 마루바닥에 뚝뚝 떨어졌다.

내 가슴이 찢기는 듯이 아팠다. 그이 화사한 손목을 꽉 잡아주며 위로라도 하고 싶은 것을 겨우 참았다.

내 기억으로 이성 때문에 가슴이 아파 본 것은 그 때가 최초이었다. K씨와의 절연에는 쓰라린 비애가 있었지만 윤군에게는 연민의 정이 솟아난 것이다.

그는 벌떡 일어났다. 그리고 들고 있던 납작한 책을 돌돌 말면서

"알았습니다. 자격이 없었던 것은 바로 저였습니다. 명령하신 대로 학업에 정열을 쏟아서 선생님과 맞설만한 자격자가 되겠습니다. 안녕히 계십시오."
하고 뚜벅뚜벅 문으로 걸어나갔다. 스포츠맨다운 당당한 태도라고 나는 잠깐 멍하니 앉았다가 밖으로 나왔다.

내가 무심코 뒷산에 눈을 주었을 때 윤군이 산허리로 치달아 올라가는 것을 나는 놓치지 않았다. 그는 초가을의 아침볕을 담뿍 안고 있었던 것이다.

'아마 어느 바위에라도 푹 엎드려 맘껏 나를 원망하며 울겠지.'

토끼처럼 날랜 윤군의 그림자가 가물가물 멀어질 때까지 나는 그 자리에 그대로 서 있었다.

메마른 땅을 파듯이

　1925년 3월에 나는 서울에 올라왔다. 3년제를 졸업한 까닭에 다시 4년제인 신학제의 과정을 밟아야만 상급학교에 진학할 수 있는 것이다.
　나는 적선동 친구 언니의 집에 숙소를 정하고 제일착으로 춘원 선생을 방문했다. 당주동인지 어딘지는 기억에 모호하나 그때 그가 병중에 있었던 것만은 확실하였다.
　섬약하고 신경질적이라고 상상한 나는 춘원 선생의 큰 키와 뚜렷한 얼굴과 당당한 체격과 한일 자로 닫혀진 입에서 대장부를 느꼈고, 쏘는 듯한 광채를 담은 그의 눈농자가 늘 농요하고 있었음에도 불구하고 말과 성격에 관대하고 인자한 군자의 풍이 있다는 것을 발견했다.
　『무정』이니 『개척자』를 비롯한 그의 소설을 하나도 빼지 않고 읽었던 내가
　'저런 분이 그렇게 아기자기한 얘기를 만들었던가?'
하고 의심할 만큼 그는 날카롭지도 섬세하지도 않아 보였던 것이다.
　나는 거기서 김명순을 만나 함께 적선동으로 왔다. 7년 전과 마찬가지로 그의 높직한 코에는 분이 얼룩져 있고 여전히 맺힌 데가 없어 보이는 눈에 헤식은 웃음을 가득히 담은 그는 문인들의 험담을 마구 털었다.

특히 그때 소장파인 평론가 팔봉과 무슨 혐원이 있었던지
"기진이 그 ××참 나뻐."
하였으나 나는 팔봉이 「추석전야」를 비평해 준 것이 고마워서 맘으로 공명하지 않고 있었다.
"화성도 다음에 사내들 말 도무지 곧이 듣지 말아요. 그것들 다 두 맘을 가지고 있단 말야."
그가 내게 정색하여 일러준 말이었다. 그만큼 그는 고독하였던 것이다.
영광으로 찾아왔던 S씨는 그 봄에 연전을 마치고 모교에 취직했으며 C씨는 곧 미국으로 간다고 두 사람은 가끔씩 적선동으로 나를 찾아와서 놀기도 하고 나를 데리고 신촌에 건축중인 연희전문학교의 새 교사를 구경시키기도 하였다.
하루는 회색 두루마기를 입은 청년이 나를 찾았다. 언뜻 출가한 중을 보는 듯한 인상의 텁수룩한 남성이었다.
그가 서해 최학송(曙海 崔鶴松)이었다. 그는 춘원 선생의 심부름이라고 나를 데리고 용두동 방인근 씨의 집으로 갔다.
거기에는 이미 춘원 선생이 와 있었다. 방씨의 부인 전유덕 씨는 전영택 씨의 누이라는데 해맑은 얼굴과 매력적인 눈으로 어찌나 쾌활하고 명랑한지 손님들의 맘도 유쾌할 수밖에 없었다.
방인근 씨도 예쁘장하게 생겼으나 이광수 씨의 위풍에는 눌리는 것 같았다. 맛있는 음식으로 대접을 받고 차근차근 쉴새없이 말을 이어가는 춘원선생의 얘기에 팔려 시간이 흐르는 줄도 깨닫지 못하다가 다시 최서해의 배웅으로 적선동까지 왔다.
서해는 눈도 침착하지 않고 목소리도 딱딱해서 과히 좋은 인상은 아니나 솔직하고 순박한 천품과 어딘지 모르게 배어 있는 인생고의 선구자 같은 관록이 보여서 믿음직스러웠다.
나는 소원대로 모교의 4학년에 편입하여서 4월부터 새로이 학업의 생

활을 시작해야 했으나 7년 전과는 너무나 차이가 있는 주위 환경에 얼떨떨했다.

첫째 그때는 산재한 구가옥이 교실이었는데 당당한 벽돌의 큰 양옥이오, 그 적의 학생 수효는 우리가 많은 편인 십삼 명이었는데 지금은 갑을 반이 각각 사십여 명으로 도합 팔십 육 명이었다.

내 한 반 아래이던 조경희와 송금선이 동경여자고등사범학교 문과와 가정과를 졸업하고 당당히 나의 선생님으로 군림하고 있는 것이 가슴 답답한 일이었다.

더구나 내가 열 다섯 살에 천안에서 가르친 심상희와 황순아가 나와 한 반이어서 선생님, 선생님하고 부르는데는 딱 질색이면서도 쓴웃음이 절로 새어나왔다.

교원 출신의 학생이라서 선생들의 내게 대한 눈초리는 무척 날카로웠다.

나는 학생 감독인 선생님에게서

    1. 누런 구두를 벗을 것
    2. 팔뚝시계를 차지 말 것
    3. 슬리퍼를 끌지 말 것
    4. 화장기는 일체 없이 할 것

등등의 특별 주의를 받고 즉시 그대로 실행하여 졸업 때까지 한 번도 규칙을 위반한 일이 없었다.

그러나 넌센스는 가끔씩 일어났다. 시간마다 출석을 부르는 것이 선생들의 정례인데 지리 역사의 선생인 조경희나 양재 가사의 선생인 송금선이 내 이름을 부르지 않으려고 내 바로 두 사람 위까지만 부르고 펜을 놓을 때 급우들은 킥킥대며 웃었다.

그리고 시험 때 내가 답안을 써서 그들의 앞에 놓고 정중히 절을 하면 얌전한 조선생은 머리를 숙이고 웃고, 능청스러운 송선생은 슬쩍 외면을 해버려서 학생들은 또 한바탕 웃음을 삼켜야 했던 것이다. 뿐만 아니라 아산에서 가르치던 애들도 또 천안 아이들도 하급에 많이 있어서 가나오나 생도들 공세에 딱한 때가 많았다.

시험 때 모르는 것이나 숙제를 풀지 못한 것을 한 반인(황순아는 갑반이었는데 후에 죽었다) 심상희는
"선생님 저 이것 좀 가르쳐 주세요."
하고 거리낌없이 졸라서 내 낯을 붉히게 할 때가 많았는데 지금은 충남 전도의 홍일점의 국민학교 여교장이 되어서 남자처럼 훈시를 썩 잘 한다고 들었다.

다행히 시게다 선생이 여전히 일어와 작문을 맡았고, 전의 서무 선생이던 송본(松本) 선생님이 우리 을반 담임이 되어 교육학을 가르치며 친절한 눈길을 펴주는데는 적이 위안이 되었다.

9회를 졸업한 후에 7년이 경과하였기에 내 연령이 제일 높을 줄 알았는데 나보다도 2, 3년 위가 두 사람이나 있고, 2, 3년 아래가 반쯤 되며 나머지는 15세의 최승희(무용가)와 송옥선(현재 덕성 여대 가정학과장)만 빼놓으면 대개 16, 7세의 소녀들이었다.

내 17회 졸업생 중에는 바로 나와 한 반인 손정순(현재 경기여중고교장)과 최국경(현재 수도여중고교장)의 두 급우가 현역교장으로 제 일선에서 활약하고 있다. 갑반의 최승희가 무용가로 이름을 날렸고 한 반인 이현숙이 이명온이라는 별명으로 문필가가 되었으며, 갑반의 심재순은 한때 희곡을 쓴다고 하다가 유치진 씨의 부인이 되었다.

그때 2학년에는 최정희가 오동통한 체구와 갸름한 윤곽의 얼굴로 등교하고 있었으나 그가 후일에 나와 같은 길을 걸으리라고는 피차 꿈에도 생각하지 못하였을 것이다.

한번은 직원실에서 나를 오라고 한다기에 들어갔더니 이은혜 언니가

양단 두루마기에 금비녀로 쪽을 찌고 귀부인이 되어왔다.

"네가 또 와 있단 말 듣고 보고싶어 오라고 한 거야. 아무커나 장하구나."

그는 윤치영 씨와 결혼하여서 이미 딸을 나았다고 그의 독특한 웃음을 터뜨리며 교원실에 앉아 처녀 후배들을 둘러보면서

"어서들 시집이나 가요! 여자란 결혼해서야만 진정한 행복을 느낄 수 있는 거야."

하고 결혼예찬을 하였다. 참으로 그는 무척 행복스러워 보였던 것이다.

갑자기 학창에 얽매이니까 과목이 너무나 많은 것에 눈이 돌 지경이었다. 참, 7년 전에 재봉을 지도하던 이진혁 호랑이 선생님이 여전히 건재하셔서

"저 원수의 박 서방이 또 왔군!"

하고 나를 눈흘겨 맞으셨던 것인데 그때는 애를 먹였으나 나이가 들어서 재봉이니 자수에 만점을 받을 수 있는 것이 대견했다.

영어는 광주에서(김필례 선생에게서) 여덟 달을 배우고 목포에서(김우진 씨에게서) 다섯 달을 배운 13개월의 실적이 있어서 1학년부터 줄곧 배워 온 급우들에게 떨어지지는 않고 오히려 우수했건만 기계체조를 할 때는 언제나 견학을 할 수밖에 없었다.

어쨌거나 꾸준히 노력하고 실천한 보람이 있어서 선생님들에게서는 모범학생이라는 영예를 받았다. 교원질했다고 중뿔나게 건방지지 않았다는 상급일 것이다.

1학기와 2학기에 전교 최우수 성적이라는 통첩을 받았으나 이때까지 학급 전체의 일등을 고수하던 갑반의 김진배 양과 을반에서 일등, 전체에서 이등을 유지하던 손정순 양의 자리를 뺏은 것 같아서 기쁘기는커녕 불안하기만 했다.

한 가지 잊지 못할 에피소드가 있다. 학교에서는 사제지간이지만 송금

선과는 옛날의 정리가 있어서 그 어머니는 때때로 내가 좋아하는 음식을 만들어 나를 부르셨다. 또한 때로는 조경희의 어머니가 그 유명한 요리솜씨로 별미를 만들어 친우를 초대하는데 여기에나 저기에나 반드시 내가 끼어서 나는 전일의 상급생으로 돌아가 당당히 그들을 구슬렸다.

그럴 때면 익살꾸러기이며 그때 모교의 수리선생인 성의경 씨가

"저런 못된 학생 좀 봐! 선생님더러 마구 이애 저애 하다니 학교에 가서 너, 혼 좀 나 봐라!"

하고 나를 놀렸던 것이다.

S씨는 한결같이 나를 잊지 않고 내 하숙이 옮겨질 때마다 꼭꼭 찾아왔으나 C씨에게서는 미국에 잘 도착했다는 엽서가 한 장 왔을 뿐 아무 소식이 없었다.

어떤 날 나는 발신인이 적히지 않은 소포를 받았다. 뜯어보니 백지로 봉한 고가 높은 곽이 나오고 곽의 뚜껑을 여니까 온통 들국화가 잔뜩 쟁여 있었다.

그리고 그 들국화의 송이 속에는 밥그릇 보다 자칫 작은 홍시감이 말랑말랑 진홍색으로 익은 채 고이고이 두 개가 나란히 들어 있었고, 공간은 샛노란 은행잎으로 메워져 있는 향기롭고 멋진 선물이었다.

"흥. 그거 짐작 못갔나요? 아마 형님을 무척 사모하는 사람이 보냈을 거외다."

배화의 수석 졸업생으로 사범연습과 재학중인 장화순(현재 여성문제연구회 부회장)이 아는 척했다.

노란 은행잎과 연연한 보라색이 그대로 있는 들국화 송이는 내게 영광읍의 가을을 연상하게 했다.

"형님, 그거 잡숫지 말고 두고두고 보라우요."

4월부터 둘이 꼭 한 방에서 친형제처럼 정답게 지내는 그는 툭하면 샘을 잘 부려서 그런 것까지 꼬집지 않고는 견디지 못했다.

과연 그의 말대로 두고두고 감상하다가 나중에는 그와 내가 한 개씩 먹어 치웠는데 어느 날 뜻밖에 최서해가 찾아왔다.

그는 내게, 그 은행잎과 들국화와 붉은 감으로 무언의 사랑을 표시한 사람을 알고 있을 테니 그의 사랑의 호소를 달갑게 받아주라고 심판관이 하듯이 사실을 논고하고 구형하고 언도하는 식으로 강압적인 권유를 했다.

나는 전례대로 학업을 이루기 전에는 사랑이니 결혼이니를 논하지 않겠다고 잘라서 말했다.

이런 말은 S씨에게노 누누이 설명했던 것이다.

나의 처녀시절, 더구나 숙명의 재수업의 생활을 피력하면서 크게 기록하지 않으면 아니 될 사람이 있으니 그것은 적선동에 있는 박윤숙 언니이었다.

그는 절세의 미인이었다. 누구나가 그를 미인이라고 부르지 않는 사람은 없었던 것이다. 다만 체격이 좀 떨어졌을 뿐 생김새나 살결은 참으로 뛰어났다.

나는 광주에서 그를 알았다. 그는 이십 세로 사십육 세의 부군을 모시고 있었다. 그는 17세 때 결혼했다는데 부군은 그때 광주고보의 교유였다.

나보다 두 살 위인 언니는 나를 무척 좋아했다. 부군은 늘 그것을 질투한다고 했다. 부군에게 풀지 못하는 사랑을 내게서 용해하려는 언니는 부부싸움을 자주 했다.

그러나 언니는 21세에 과부가 되고 진명의 보통과만 졸업한 그는 기어코 동교의 기예과에 입학하였다. 기예과는 불우한 부녀들에게 혜택을 입게 했던 것이다.

그는 내가 모교의 4학년에 입학했을 때 당당히 여고보에 합격하여서 검정치마 끝에 가느다란 흰 줄을 두 개 평행으로 달고 다니면서 어린 소녀들과 어울려 씩씩하게 공부하고 명랑하게 행동했다.

친정이 가난하여서 일가집 아이를 돌보아 주고 학비를 벌고 있는 그였건만 그의 모녀는 무시로 무엇인가를 보내고 객지라 하여 장화순과 나를 함께 데려다가 별식으로 먹여 주었다.

참으로 비단결 같이 고운 맘씨와 부드러운 성격에 수예에 뛰어난 재질이 있어서 손으로 하는 것이면 못 하는 것이 없었다.

헌신적이며 몰아적이던 그 사랑과 그의 강한 인내력과 초인의 노력을 나는 못내 잊을 수 없는 것이다.

그는 숙원이던 졸업을 하고 재혼하여 비로소 생산을 시작했는데 다산형이라 오 남매인가를 얻었으나 부군의 실패로 가세가 몰락하여서 고초를 받는 줄만 알았을 뿐, 동란 이후에는 더구나 소식을 알 길이 없었다.

지금도 가슴 가득히 차오르는 것은 윤숙 언니의 모습이언만 생사간에 알 길이 없어 나 홀로 고민 중에 있는 것이다.

드디어 1926년의 3월이 되었다.

오빠가 졸업하고 귀향하는 길에 바로 서울에 왔다. 이제는 내가 그의 원조로 유학을 가야 하는 것이다.

"네 덕분에 나는 대학졸업을 했다. 고맙다. 이젠 네 차례야. 내 힘껏 노력할 테니 시험이나 잘 치러라"

그러나 고향에 내려간 오빠는 노동조합의 일로 항의하다가 선동자의 혐의로 검속되었는데 하필이면 그 소식은 내 졸업식 날 아침에 전달된 것이다.

1년 간의 피나는 노력으로 나는 학교 창립이후 최고점이라는 평균 98점의 최우등을 하였다. 내 담임선생님은

"이 애가 체조에 75점만 얻지 않았으면 만점 졸업할 뻔하지 않았나" 하고 빙그레 웃더라고 했다.

그런 영광의 날인 3월 23일 아침에 나는 편지를 받았다. 오빠의 친구인 P라는 청년에게서 온 것이다.

"놀라지 마십시오. B형은 어제 수양소로 갔습니다. 노모와 누이에 대한 일체를 내게 맡긴다고 했습니다. 부족하나마 이런 때 힘이 되어 드리고 싶습니다. 그대로 유학 진행하십시오. 다음에 또 연락 올리겠습니다."

P씨는 K씨와 함께 오빠의 제일 친한 친구이었다. 오빠보다 두 살이 위인 그는 희멀건 신수의 미남이며 진실하고 착실한 청년이었다.

그는 일본대학 경제과를 졸업한 후에 고향에서 작은 사업을 하고 있었는데, 내게 대한 연모의 정을 나타내지 않고 4년 동안이나 담담히 기다리고만 있는 차분하게 질긴 사내이었다.

그린 놀라운 편시도 나의 공들인 탑이 금시에 꽝 무너지는 허무를 느끼며 나는 떨리는 발길로 졸업식장에 갔다.

졸업생 총대표로 나갔을 때도, 이왕가에서 내린 최우등상을 받았을 때도, 내 정신은 건공에 떠서 고난에 지쳐 있는 어머니와 오빠의 곁을 감돌고 있었다.

사은회에서 어떻게나 몹시도 울었던지 밖으로 나왔을 때는 눈이 부어서 떠지지도 않았다.

송본 선생님은 나를 불렀다. 전에도 일기장이나 반 당번의 일지를 써서 가지고 가면 누가 가든지 돌아보는 일이 없다는 담임 선생도 내가 갈 때는 언제나 회전의자를 빙 돌려서 얘기를 걸고, 좀처럼 펴지 않는 얼굴에 미소를 띄우곤 했었다.

"오늘처럼 기쁜 날 왜 울기만 하나? 무슨 큰 일이라도 났단 말인가?"

"유학을 못 가게 됐어요."

"뭐? 무슨 일로?"

"오빠가 잡혔어요. 노동쟁의의 혐의루요. 그래서 여비를 못 보낸대요"

나는 다시금 눈물을 찔끔거릴 수밖에 없었다. 동경에는 늦어도 27일까지 도착해야 하는데 오늘은 23일, 동경까지는 사흘이 걸리니까 25일 즉 모레에는 반드시 떠나야 하지 않겠는가.

"내가 어떻게 융통해 볼 테니 울지 말아. 백절불굴이 좌우명이라고 늘 일기에 쓰던 사람이 약한 여자처럼 무슨 짓이야?"

"선생님!"

"50원이면 어떻게 되겠지. 그 대신 학교의 돈이니까 가급적 속히 갚아야 돼! 알겠나?"

그리하여서 그는 다음 날 내게 50원을 주고 나는 부랴부랴 준비하여 이십오 일에 경성역을 떠났다.

역에는 송금선이 아버지가 보내신다는 일봉을 가지고 왔고, 7년 전 기숙사에서 제일 친했던 현증순이 일봉을 내 손에 쥐어주었다.

뿐만 아니라 윤숙 언니와 장화순은 눈물 섞은 전별의 표적을 짐 속에 넣고 S씨도 멀찌감치서 나를 전송했다.

동경까지의 기찻삯은 13원. 송과 현의 봉투에는 10원씩이 들어 있었다. 그때의 10원이란 꽤 큰 돈이었던 것이다.

평생의 소원이던 유학의 길을 달리면서도 나는 남쪽 하늘을 바라보며 옥중에 있을 오빠와 의지할 데 없이 혼자 허둥대실 늙은 어머니의 정상을 생각하며 간장이 녹아나는 슬픔에 가슴은 갈기갈기 찢기는 듯 했다.

더구나 여비조차도 꾸었으니 만약 합격이나 된다면 어떻게 입학금을 납일할 것인가.

'어쨌거나 시험이나 쳐보는 거야.'

그런데 이 시험이라는 것에 도무지 자신이 없는 것이다. 일본 여자 대학교의 각 학부에는 추천제가 있었다. 사범 가정학부는 80점 이상인데 영문학부는 90점 이상 넷째 이내의 우등생이라야만 추천될 수 있고, 추천장에 대한 승낙이 와야만 비로소 영어시험을 치르게 되는 것이다.

추천장은 받았지만 나흘이나 걸린다는 수험에는 선생님들도 걱정이 되는지

"고집 부리지 말고 이화나, 경도, 동지사 대학에나, 나라(奈良)여고사에 추천으로 가라. 그럼 아무 걱정 없이 진학할 수 있지 않니?"
하고 권했으나 나는 어쨌건 시험이나 치겠다고 우기니까 영어선생이 자기의 은사를 말하면서 일주일이라도 지도를 받아 보라 하여 그 소개장도 가지고 가는 것이다.

배멀미에 지쳤지만 귤나무가 빽빽하게 들어선 일본의 철도연선 풍경은 아름답다고 느꼈다.

동경역에는 P씨가 전보했다는 오빠의 친구 부인과 S씨가 전보한 그의 동창생 R씨와 장양의 사촌형(동경여의선 학생)이 나와서 슬픔에 떠는 내 맘을 다소 즐겁게 해주었다.

'세이께'(淸家)라는 오빠의 친구(와세다 동창)가 영어 선생님이 소개해 준 그의 은사에게 안내하여서 일주일 간을 테스트 받았는데 고상한 그 여인은

"그만함 되겠으니 자신과 용기를 가져야 해요."
하고 조용히 격려해 주었다.

시험은 나흘 동안. 세이께 부인은 나를 시험장에 데리고 갔다. 학교의 뜰은 온통 화려한 의복의 처녀들로 덮였다. 부잣집의 딸인 재원들이 외교관의 부인을 꿈꾸고 온다는 만큼 자동차가 줄을 지었던 것이다.

외국 수험생이 나까지 일곱 사람인데 대만·중국인·한국인이 다섯이었으나 한국인도 다 양복이지 나처럼 한복을 입은 사람은 없었다. 나는 비이올렛색 세루의 치마저고리를 입었던 것이다. 거기서 안 일이지만 여학교를 졸업하고도 2, 3년씩 수련을 받거나, 아니면 시골여학교의 영어교사를 하고 온 자격자도 많다고 했다.

아무리 봐야 나처럼 실력도 없이 덤비는 사람은 없을 것 같았다. 숙명에서 이미 가서 있던 졸업생들은 영문과에 한국인이 없었던 차라 내게 기대를 걸고 입학되기를 원했다.

첫날은 영문 화역을 두 번씩이나 했다.

다음 날은 화문영역(和文英譯)을 두 번, 셋째 날은 보고 듣는 것을 쓰는 시험을 각가지로 다 시켜보고 넷째 날은 회화와 구두시험이며 별의별 선을 다 보이면서 논문까지 썼다.

마지막 날에 나는 보기 좋게 뇌빈혈로 쓰러지고 말았으나 다행히 외국인 중에서는 나 혼자만 겨우 합격이 되었다.

주위의 사람들(그 날은 역에 나왔던 S씨의 친구와 장양의 형도 왔다)은 기뻐해 주었지만 나는 슬펐다. 누구에게 이 기쁨을 알릴 것이란 말인가?

그래도 나는 P씨와 송본 선생께와 장화순 세 곳에 합격이 되었다는 전보를 쳤더니 그들은 다 축하한다는 회전을 해주고 선생님이 5원을 우유값으로 보내 주었다.

장양은 그때 곡산에 부임했는데 부임 초이면서 어떻게 변통했는지 25원을 보내서 나를 감읍케 하였던 것이다.

P씨에게서는 70원이 왔는데 그의 말인즉 오빠가 다 마련해 놓았으니 학비는 염려 말고 공부에만 열중하라고 했다.

나는 선생님께 50원을 돌려보내고 방 하나를 얻고 자취를 하며 공부를 시작했다. 매일 오륙 편이나 되는 원서를 각 교수가 따로 맡아 가르치는데 겨우 한 편의 한 페이지에서 모르는 것만 골라서 사전을 찾노라면 밤은 이미 깊어갔다.

즉 딴 학생들은 한 장에서 모르는 단어나 숙어가 두어 개밖에 없다는데, 나는 아는 것이 몇 개뿐, 전부가 다 모르는 것이니 어찌하면 좋았을까?

밤을 꼬박 새우며 사전과 씨름하여도 한 편의 예습도 변변히 못하고 조반도 굶은 채로 등교하여서 한시간을 끝내면, 판매부로 가서 빵 두 개로 겨우 요기를 하는 것이다.

네 시간을 끝내면 오후 1시가 넘는다. 영문과는 예습이 많아서 오전만의 수업이니까 집으로 가서 밥을 짓는데 반찬만은 찬합에 각가지를 준비해 두고 양껏 먹어 둔다.

그러면 3시가 되고 나는 그때부터 책을 들고 사전과 원수를 대노라면 시간은 흐르고 흘러 어느 덧 6시, 8시, 10시에 이른다.

10시에서 다시 12시, 새벽 1 시! 베개 위에 엎드렸다가 잠깐 꾸뻑 머리가 떨어지면 다시 깜짝 놀라 눈을 비비면서 눈을 깨알같은 글자에 박는 동안 새벽 3시가 되고 어느 젠지 5시가 지나 창이 밝으며 7시!

그러면 주섬주섬 책을 걷고 세수하기가 바쁘게 학교로 가서 날마다의 되풀이가 거듭되는 것이다.

이런 모양으로 나는 1년 동안에 밥을 하루에 한 번씩만 먹었고, 잠이라고는 한 번도 요를 깔거나 이불을 덮고 편히 누워서 자 본 적이 없었다.

그러노라니 완전히 난시가 되어서 뛰어난 시력을 자랑하던 내 눈은 난시와 근시의 겹안경을 쓰게 되었던 것이다.

그 1년 간 나는 동경 구경이나, 영화, 음악회, 이런 오락적인 모임에는 물론 친구에게도 갈 틈이 나지 않았다. 만일 무리하게 외출을 하고 나면 내일은 그만큼 공백이 남아 있는 까닭이었다. 그 해 겨울에 나는 미국의 C씨에게서 많은 책들과 그보다도 철저하고 열렬한 사랑의 글을 받았다.

겨울인데도 그의 편지 속에는 정열을 상징한다는 붉은 장미의 화판이 잔뜩 들어 있어서 향기와 함께 그의 체취를 느끼는 듯했다.

"님이여. 나는 당신을 이렇게 부릅니다. 그 어느 젠가 당신의 소녀다운 눈동자에 부딪치면서부터 나는 홀로 그렇게 부르기를 그치지 않았습니다마는 S군의 방해자가 되지 않으려고 맘으로만 오늘까지 부르짖어 온 것입니다"

이런 투로 시작한 그는 긴박한 사랑의 호소를 노골적으로 표현하고

"S군과의 결합을 피하신 지금에야 님은 오로지 나의 님이옵니다."

라는 소년다운 문구를 나열한 후에 빨리 미국에 올 준비를 하라고 간곡한

부탁을 했다.

내가 미처 답장을 하기 전에 그에게서는 두 번째의 재촉이 왔다. 자기가 여비를 보내겠으며 둘이 넉넉히 공부할 수 있는 토대를 마련했으니 하루바삐 동경에서 떠나라는 것이었다.

사실 나는 C씨가 퍽 좋았다. 멋지고 중후하고 진실한 동갑쟁이. 그러나 그가 나보다 십여 일 먼저인 4월 4일에 출생한 것이다.

내가 가지 않으면 발광이나 할 듯이 세 번째의 독촉이 왔을 때 나는 하는 수없이 거절의 편지를 보냈다. 그것도 나는 이미 약혼한 몸이라는 이유로…….

후일에 들었거니와 그렇게나 착실하던 C씨는 술과 여자로 인한 과분한 방탕으로 몸을 상하여 미국에서 요절했다는 것이다.

나는 내가 그를 그렇게 만든 것이 아닌가 하는 자책에서 지금까지 꺼림한 정을 금치 못하고 있다.

내가 처음 동경에 갔을 때 어떤 기회에서인지 와세다대학 영문과를 졸업하고 귀국하려는 양주동 씨와 그때 무슨 학관엔가 다닌다는 이은상 씨를 만났으나 친밀감은 일어나지 않았다.

워낙 둔감하고 쌀쌀해서 그런지 나는 누구와도 언뜻 친하지 못했다. 해가 쌓이고 달이 깊어야만 겨우 친교를 맺는 못난 인간인 것이다.

피와 땀의 결정인 1학년의 과정이 끝나고 평균 A⁻라는 성적표를 받았을 때 나는 분해서 울었다. 만일 저들과 한 햇수의 영어 실력만 있었다면 저 따위들에게 절대로 지지 않았을 텐데. 어마, 복상은 A⁻ 받고도 우네, 나 좀 봐요. 난 B⁻라도 이렇게 웃지 않아? 인생은 짧아요. 뭘 옹졸하게 그래”

모양만 지지리 내던 계집애가 내게 성적표를 보이며 생글거려서야 내 이해가 있었다는 것에 조금 위안을 받았다.

성적표를 받던 그 날 나는 P씨에게서의 급한 전보를 받고 그 밤으로 떠났다.

    오빠 입원. 지금 귀국.

그런 전보이어서 그러지 않아도 병 보석으로 나와 있는 오빠의 신상을 근심하던 나는 내 정신을 벌써 잃고 있었던 모양으로 현해탄을 건너서 부산에서 기차에 올랐을 때는 무척 지쳐버렸다.
 그런데 김천역을 막 지나서 나는
 "박경순 씨 있습니까?"
하고 크게 외치고 지나가는 차장의 소리에 눈을 번쩍 떴다.
 순간 내 심장이 쿵 소리를 내며 떨어지는 것 같았다.
 "무슨 돌변이 생겼으면 기차로 전보까지 쳤을까?"
 마침 그 시각에 김천역을 통과하리라는 것을 알았기에 김천역으로 전보를 보냈던 모양이다.
 나는 일어나서 차장을 불렀다. 수취인은 여기 있노라고. 내용은 오빠가 세브란스병원에서 수술을 받으니 서울로 직행하라는 것이었다.
 "두루두루 어머니께서 얼마나 놀라셨을까?"
 언제나 내게는 불행이 쌓지어서 따라 다녔다. 화불단행(禍不單行)이니 엎친 데 덮치느니 하는 속언은 내게 있어 절대의 진리라고 나는 눈물어린 눈으로 황량한 철도 연변을 바라보며 작년 일을 회상했다.
 작년에 1학년 1학기를 치르고 여름방학에 집에 돌아오니 그때 오빠는 1년이라는 언도를 받고 수감 중에 있었기에 물론 집에 없었고 어머니만이 뼈와 가죽만 남아서 까맣게 그을려 계셨다.
 K씨와는 의식적으로 만나기를 피하던 내가 P씨와는 자연히 매일 접촉하게 되었던 것이다. 오빠에게서 가사의 부탁을 받았다는 명분이 있으니까…….

예심 기간 통산이 있어서 8개월만 복역하면 된다는 오빠가 달포가 지나자 갑자기 죽게 되었다는 기별을 보냈다. 그것도 형무소에서 직접 내게 낸 것이어서 너무나 놀란 내가 창황망조 중에 있을 때 P씨가 광주로 떠날 준비를 하면서 나를 위로했다.

P씨와 나는 새벽차를 타고 광주에 도착하여 바로 형무소에 갔다.

P씨는 밖에서 기다리고 나만 오빠가 있다는 면회실로 들어갔으나 오빠는 보이지 않고 면상이 흉악망칙하게 일그러진 환자가 들 것에 누워 있는데 악취가 진동했다.

어리둥절하고 서 있는 내게 간수가 그 환자를 가리키며 오빠에게로 가까이 가서 말을 들으라고 했다.

"오빠!"

나는 겨우 이렇게만 내뿜고 오빠의 몰골을 보았다. 턱이 부어서 가슴까지 늘어지고 면상도 눈이 어디서 내다보는 지도 모르게 빠끔히 열려 있는데 무슨 말을 하려고 입술을 들먹이기도 전에 입귀로 침은 질질 흘러내렸다.

"아이구, 이게 웬 일이요?"

벌써 눈물이 앞을 가릴 뿐 말은 나오지 않았다. 오빠가 입을 벙긋거리니까 악취가 강하게 풍기면서 칠같이 새까맣게 탄 이가 보였다.

침 때문에 말을 만들지도 못하는 그가 손수건으로 연방 닦아내는 내 성의에 겨우 우물우물 골자를 말했다.

어금니가 아려서 두 개를 뺐는데 거기로 미균이 들어가서 치근이 썩기 시작하는 것이라 했다. 그런다고 한 달도 못 된 새에 이렇게 참혹하게 될 수 있는 것일까? 치근이 썩다 못해 하악골로 들어갔는지 그의 말에 의하면 너무나 아파서 죽기보다 못하다는 것이다.

하기야 이가 하나만 아려도 전 신경이 쑤셔서 못 견디는 것인데 바른편 치근 전부가 썩을 테니 그 통증은 가히 추측하고도 남는 것이다.

오빠의 눈에서는 핏물 같은 눈물이 흘렀다. 구곡에 맺힌 원통한 말을 삼키고 깨무는 괴로움에서이리라. 좋은 방도는커녕 남매는 울기만 하다가 간수의 명령으로 나 먼저 나왔다.

밖에서 기다리던 P씨는 창백해진 얼굴로 쓰러지려는 나를 부축하여 차에 태우고 여관으로 돌아와서 내가 겨우 정신을 차렸을 때 우리는 선후책을 의논하기 시작했다.

우선 형무소 담당의사를 만나겠다고 P씨가 나간 후에도 나는 처참한 오빠의 모습이 머리에 가득하여 아픈 가슴을 진정시킬 수 없었다.

"박형은 너무 고지식해서 그래요. 이번에도 다 자기가 뒤집어써서 그렇죠. 주모자니까 안 그렇겠어요?"

오빠보다는 온건파인 P씨의 의견이었으나 나는 침이 흐르는 입귀로 흘러내리던 말을 잊지 못한다.

"내 신념대로 했을 뿐이다. 어머니를 부탁한다."

몇 시간 후에야 돌아온 P씨는 의사가 내일 꼭 병 보석 신청을 하라고 했으니 내일 주선해 보자고 하면서 밤에도 또 그 일을 위하여 나갔다.

그때 광주에 하계(夏季) 무슨 모임인가가 둘이나 있어서 여관마다 만원이었다.

여관 아주머니는 두 개를 잡은 방에서 하나를 내달라고 청했다.

"사촌오빠시라면서 한 방이면 어때요? 하는 수 없어서 그럽니다."

P씨와 나는 성이 같았다. 나는 친오빠와도 한 방에서 안 잤으니 아주머니와 안방에서 함께 자겠노라 했다.

손님은 밤늦게도 마구 밀렸다. 아주머니는 나를 찾아왔다.

"손님이 너무 많아서 안방도 내주고 딸네 집으로 갑니다. 오빤데 어때요? 편히 주무세요."

아주머니는 어린 딸들을 데리고 가버렸다. 나는 밤 지낼 일에 앞이 막막해서 근심 중에 있는데 P씨가 돌아왔다. 일이 잘 될 듯하다는 것이다.

나는 아주머니의 말을 전하고 P씨더러 피곤할 텐데 먼저 자라고 했다. 내 일에 너무나 힘을 쓰는 것이 미안했던 것이다.

여름이라 모기장을 친다는 것이 더 압박감을 주었다. P씨는 모기장을 손수 치고 나더러 몸도 성찮으니 먼저 자라고 했다.

나는 책을 손에 들고 서슬이 퍼래서 한쪽에 도사리고 앉았다. 내 고집을 잘 알고 또 한 번도 그 고집을 꺾은 일이 없는 P씨는 순순히 한 쪽에 누워 버렸다.

모기 등살에 밖에서는 있지 못하니까 모기장 속에 버티고 앉았던 내가 심신의 지극한 피로로 어떻게 됐던지 눈을 번쩍 뜨고 정신을 차려 돌아보니 P씨는 그 큰 눈을 황황하게 빛낸 채로 번듯 누워 나만을 지켰던 모양이었다. 그는 껄껄 웃었다.

"난 그래도 당신을 좀 잘난 여성인 줄 알았더니 지지리도 못났구려. 누가 물어뜯을까 봐 기를 못 펴고 쭈그리고 엎드리셨소? 가엾을 정도군요. 어서 편히 누우시오."

그럴 듯한 말이어서 나는 한쪽 구석에 착 돌아누워 홑이불로 몸을 감았다.

'당당한 태도를 보여야지.'

어찌어찌 그 밤을 지내고 새벽이 되어 내가 세수하고 들어오자 그는 또 한바탕 웃었다.

"새우처럼 꼬부리고 누워 있던 그 꼴이 혼자 보기 아까웠지요. 그렇게 자신이 없던가요?"

어찌 생각하면 그의 말도 옳았다. 어쨌거나 나는 그의 신사적인 행동에 감사해야 했다. 가슴 가득히 남보다 더한 정열을 품었으면서도 이 좋은 기회에 내 머리칼 하나도 건드리지 않았다는 것에……

그런데 원수는 외나무다리에서 만난다는 격으로 아침에 입성 사나운 고향의 청년을 만났다. 그는 우리가 한 방을 썼다는 것을 알아채고 야릇한 눈빛과 웃음으로 우리를 놀렸다.

"박형. 숨은 재미는 혼자 보는구려."

P씨가 오빠의 중병의 연유를 말했으나 그것은 마이동풍이오 고향에는 나와 P씨와의 관계가 뚜렷한 윤곽으로 떠돌았다.

오빠의 병 보석은 불허되었다. 철저한 불온사상의 소유자로 이번 노동쟁의의 주모자를 석방할 수 없다는 것이다.

마지막 면회를 하고 돌아오는 내 발자국에는 그야말로 피가 괴일 만큼 내 혈관은 분노와 슬픔으로 터질 듯했다.

한 초도 아픔으로 견딜 수 없다고 호소하던 오빠는 나머지 여섯 달을 지옥의 고통보다 몇 배나 더 심한 괴롬으로 다 치르고 2월에 나왔는데 치료고 무어고 다 쓸데없어 기어코 대수술을 받으러 서울에 간 모양이었다.

나는 세브란스병원에서 오빠가 어떤 몰골로 있을까를 상상하며 연선에서 눈을 떼었다. A를 얻으려는 1년 간의 노력이 완전히 눈을 망쳤기 때문에 눈이 아파서 아무 것이나 오래 바라볼 수도 없었던 것이다.

P씨와는 그때부터 자연히 약혼의 형식이 되었다. 외간 남자와 하룻밤을 한 방에서 새웠으니 오얏나무 아래서 손을 올렸던 것은 관을 바로 쓰기 위함이라는 변명이 세상 사람들에게 통하지 않을 것이라는 나의 단안이 첫째요, K씨와의 연사(戀事)도 짐작하고 딴 남성들의 공세도 다 알면서 꾸준히 여러 해를 기다린 P씨가 사실상의 집안의 어른 노릇을 하고 있다는 것이 둘째의 이유이었다.

그 해 가을 내가 동경에 가던 전 날 밤에 그는 내게 노골적으로 구애를 하고

"당신을 애인이라고 불러도 관계없겠습니까?"

하는 제의에 나는 묵묵부답으로 허락한 셈이어서 미국에서의 C씨가 그처럼 강경하게 오라고 했건만 약혼을 내세워 거절했던 것이다.

그러나 그때도 지금도 밝히 말하거니와 나는 P씨를 존경할지언정 사랑

은 하지 않았다는 것이다. 부부가 되면 이성간이니까 자연히 애정이 생길 테지 하는 추상에서였다.

그처럼 나라고 하는 인간은 똑똑한 듯하면서도 여지없이 어리석고 여문 듯이 보이나 헤프기 이를 데 없으며, 영악한 것 같으면서도 형편없이 무른 여성이다. 서울에 닿은 것은 오후 7시경이나 3월 하순이라 완전히 어두웠고 거리의 전등만이 찬란하였다.

나는 P씨의 영접으로 병원으로 달려갔다. 내가 오기를 기다려서 수술하는 것이 원칙이나 시각을 미룰 수 없어서 P씨의 입회 하에 오후 3시쯤 뼈를 빼냈다는 것이다.

병원 창립 이래로 처음 보는 환자이며 그런 수술도 처음이라는 집도의사의 말이었다. 수술장면을 목격한 P씨의 말은 더욱 해괴했다.

바른편 턱을 길게 잘라서 착착 가죽을 제치니까 하악골이 완전히 썩어서 시꺼먼데 망치로 때리니까 산산조각이 나더라는 것이다. 큰 뼈는 빼냈지만 잔뼈가 가죽만 붙은 살에 박혀서 수많은 것을 일일이 파내기에 시간이 꽤 걸렸다는 것이다.

뼈 없는 턱의 가죽을 꿰매서 듬뿍 탈지면을 받쳐 왼 머리통을 붕대로 감고 누워 있는 오빠는 내 손을 잡고 부자유한 입으로

"죽지 않고 살아났다. 나머지의 인생은 내 것이 아니다"
라고 말했다. 작년 형무소 이래 7개월 만에 만나는 것이다. 그의 얼굴에는 좁은 부분만 보였지만 지옥에서 돌아온 듯한 허탈감과 무상(無常)을 깨달은 듯한 초연함이 있었다.

나는 적선동 윤숙 언니 집에서 매일 오빠의 음식을 만들어 날랐다. 아래턱 한 쪽의 치아가 여덟 개나 없으니 저작은 불가능하지만 식욕은 왕성하여서 미음만으로는 만족하시 않았다. 그래서 그의 주식이란 죽이었다. 조개를 넣은 시금치 국에 밥을 많이 두고 푸욱 끓은 죽을 큰 주전자에 넣어 들고 날마다 두 번씩 적선동에서 남대문까지 전차로 통근하는 꼴을 본

친구들은

"생김새는 안 그런데 왜 잔 고생을 저렇게 할까?"
하고 서로 탄식을 했다는 것이다.

참으로 사람으로 상상할 수 없는 현상은 오빠의 붕대를 갈아대기 위하여 가제나 탈지면을 떼어낼 때 보면 죽물과 밥풀이 꿰맨 자리에서 새어나와 흥건하게 많이 묻어 있는 것이다.

"허어! 이러고도 먹고살겠다고!"

한탄하는 오빠의 표정은 차마 바라볼 수도 없으려니와 나는 찢기는 가슴에서 용솟음치는 울분과 비통을 잠노라고 얼마나 피눈물을 삼켰는지 모른다.

어쨌거나 이주일 동안의 몰아적인 내 간호에서 오빠는 겨우 상처가 아물어 고향으로 돌아갈 수가 있었다.

세브란스 병원에 있는 기회에 안과에 권위라는 홍성후 씨에게 엄밀한 검안을 한 후에 난시로 진단되어 나는 그때부터 안경을 쓰게 된 것이다.

채색의 노을

 2학년의 새 학기도 늦어서야 동경에 돌아왔기 때문에 다시 모자라는 실력으로 고생해야 하는 내 매일의 투쟁이 시작되었다. 그러나 1학년 때처럼 하루 한 번만의 밥은 먹지 않았다. 그만큼 이것 저것에 숙련된 것이다.
 P씨는 내 학비를 염려하는 한편 오빠의 병후의 섭양을 위해서도 꽤 심려를 하는 모양으로 이런 환경에서도 공부를 계속해야 할 것인가, 또는 취직이라도 해서 정신적인 부담을 덜 것인가 하는 번민으로 잠을 이루지 못하는 때가 많았으나 이왕 내친 길이니 하는 데까지 학업을 계속하겠다는 결론으로 돌아오곤 했다.
 어느 날 학교에서 돌아와 책상에 앉아 있는데 손님이 왔다고 했다. 그때 나는 하숙에 있었는데 내 곁방에는 사범 가정과의 이승애가 자기의 친구와 자취하고 있었다. 우리는 다다미 여섯 장짜리의 방을 나란히 쓰고 있었다.
 나는 층계를 내려가서 현관문 앞에 설 때까지 손님에 대한 관심은 없었다. 으레 여성친구가 왔겠거니 했으니까……
 경응대학의 제복을 입은 미남의 대학생이 모자를 벗고 내게 머리를 숙였다. 그가 머리를 들 때까지도 누구인지 알 수가 없었던 것이다.

"아! 윤군이!"

자신에 넘치는 미소로 서있는 대학생은 영광중학에서 내게 자격자가 되겠다고 선언한 윤군이었다. 이제는 체격과 얼굴이 필 대로 핀 24세의 늠름한 청년!

"오랜만입니다."

그는 다시 한 번 가볍게 머리를 숙였다. 나는 윤군이라고 막 부르기도 어려웠으나 그래도 위엄을 잃지 않겠다고

"좀 들어갑시다."

하고 명령적으로 말하고 두말없이 층계로 올라오기 시작했다. 그는 따라 왔다.

"앉으시지."

나는 내 책상 맞은 편에 방석을 놓아주었다. 영문학 서적이니 과학서류니 부인문제에 대한 책으로 비교적 풍부한 내 책장을 일별한 윤은

"이 방에 혼자 계십니까?"

하고 은근히 무엇인가를 탐색하려는 눈동자를 굴렸다. 그때는 박박 깎은 중머리에 이맛전만 반듯했는데 검고 윤나는 머리칼을 곱게 빗은 머리통이 더욱 음전하고 어른다웠다.

"그럼 누구랑 있을 듯해요?"

짓궂은 내 반문에 윤은 빙그레 웃으며 들고 온 상자를 내 앞으로 밀었다.

"뭘 이런 걸……. 대관절 우리 집을 어떻게 알았어요? 이사 온 지도 얼마 안 되는데"

"선생님 계시는 델 몰라요? 천당에 가셔도 따라갈 텐데요."

경응대학 예과에 다닌다는 윤군, 천당에까지 나를 따라 오겠다던 윤군은 그 날 헤어진 후로 아직까지도 소식을 모른다. 다만 가을바람에 낙엽

이 실린 듯 가끔씩 내 추억의 실마리에 감겨드는 한 가닥의 향수 같기도 한 것이다.

내가 '백화'라는 주인공을 찾아 그를 앉힐 시대와 그와 반려될 인물들을 물색하고 있을 때 「존 키츠」에 대한 논문을 써야했다.

'내게도 친절한 선배가 한 분 있었으면……'

그에게 묻고 가르침을 받을 텐데 하는 희망으로 있을 때 하루는 엽서가 왔다. 우리의 회화 선생인 여자선생에게서 내 말을 들었다고 반갑다면서 시일과 장소를 지적했다. 자기는 와세다대학 영문학부 2학년에 재학 중인 청년이라고 했다.

꼭 만나려니 했는데 밤새도록 열이 올라 몹시 앓아서 도저히 그 시간을 맞출 수가 없었다.

나는 생각다 못하여 하숙집 아들에게 내 대신 나가서 나는 아파서 못 오니까 다음 날로 연기하자는 전갈을 부탁했다.

때는 6월이라 방이 후덥지근하여 나는 창을 활짝 열어 놓고 화병에 꽂힌 타는 듯한 석류꽃을 바라보며 누워있었다.

꿈에나마 손님이 오리라는 생각은 없이 산발한 머리와 자리옷바람인 나는 좀 모자라는 하숙집 아들이 방문 앞에서 손님이 왔다는 말을 해서야 경풍난 듯이 튕겨 일어났다. 오후 여섯 시나 되었으니까 이웃방 처녀들도 돌아와 있었는데 그들은

"이봐. 승애! 내 자리 좀 빨리! 빨리"

하는 내 호소에 샛문을 열고 지르르 요이불을 자기 방으로 끌어들였다.

"좀 기다리세요!"

나는 날카롭게 쏘았다. 하숙집 아들이니까 물론 그 와세다 대학생을 데리고 온 것임에 틀림없을 것이다.

'얼간이 바보! 천치!'

나는 하숙집 아들에게 욕을 퍼붓고 아프다면 그냥 갈 것이지 뭘 하러

여기까지 왔느냐고 속으로 그 학생을 원망하고 있는데
"손님이 바로 여기 올라오셨어요."
하고 재촉하는 것이 아닌가?
　나는 산발한 머리를 아무 리본으로나 동여매고 어쩔 수 없이 그냥 그를 맞았다.
　그는 흰 백합을 한 아름 안고 왔다. 내가 좋아하는 꽃을 알고 있지나 않나 의심할 만큼 만개한 백합 송이만 들고 온 것이다.
"병중이신데 실례합니다."
　호리호리한 몸매에 갸름한 얼굴에는 신경질적인 작은 눈이 안경 속에서 반짝거리는 수재형의 청년이었다.
"서로 다 이역인데 아프시단 말 듣고 그냥 갈 수가 있어야죠. 그래서 실례될 줄 알면서도 찾아왔습니다."
　경상도의 억양으로 그는 좀 긴 변명을 했다. 나는 내 몰골이 하도 이상해서 활발하게 응대도 못하고 우물쭈물 시간을 넘겼다. 그가 정인섭 씨였다. 그는 벌써『온돌야화』라는 책을 일어로 낼 만큼 수완이 능하고 영어웅변대회에 일등을 할 만큼 회화에 뛰어난 재사이었다.
　그 후로 나는 그의 하숙을 방문하여서 논문에 대한 참고자료와 지시를 얻었고 가끔씩 그와 만나 영화감상도 했으며, 넓고 기름진 초원(草原)인 다까다노바바(高用馬場)의 여름의 황혼을 즐긴 적도 있었으나 번번이 유쾌하지는 못했다.
　나는 그때부터 그에게서 세 가지의 별명을 노래나 시구처럼 읊어 받고, 또 그것이 몇 번이나 되풀이되는 바람에 아직까지도 생생하게 기억하고 있다.
"독이 있는 흰 백합이여!"
"가시바늘이 돋힌 흰장미여!"
"영원히 녹지 않는 얼음의 심장을 가진 여인이여!"

그때 그는 23세의 재기와 패기가 발랄한 영문학도이었는데 오늘까지도 그 길에서의 권위를 지속하는 것을 보면 될성부른 나무는 떡잎 때부터 안다는 속어를 믿을 수 있는 것이다.

여름방학에 집에 돌아오니 오빠는 꽤 건강해졌으나 바른 쪽 턱은 완전히 없는 기형적인 얼굴이 되어서 맵시와 모양을 잘 내는 그의 심정이 얼마나 허무할까를 나는 충분히 짐작하였다.

나는 어머니의 환갑을 지난 여름에 간단히 차려 드렸기에 진갑은 오빠도 있고 하여서 좀 더 잘 하려고 맘먹었으나 그저 친구들과 목사님을 초대하는 정도에서 그쳤다.

큰오빠네는 자기네의 살림 이외에는 부모 형제와 무관심한 처지에서 살아오는 인생들인 까닭에 우리는 그들을 원망하지도 않았던 것이다.

P씨는 전과도 달리 내게 애정을 표시하고 가족들도 친절감을 내게 보여 주었으나 어딘지 모르게 비어 있는 공허감은 나 혼자만이 지니고 있었다.

하루는 오빠가 한 청년을 소개했다. 그는 내가 어려서부터 잘 알고 있는 청빈한 가정의 막내아들인데 천재로 이름이 높아 보통학교와 상업학교를 최우등으로만 졸업하고 회사에 취직이 되었으나 능력이 뛰어나는 덕분에 일약 부지배인이 되어 있는 준재이었다.

독실한 신자이오 침착하고 조용하면서도 날카로운 지성이 번쩍이는 이성적인 남성인데 수많은 서적에서 묻혀 산다는 책버러지라는 별명을 듣는 만큼 문학이나 경제학이나 철학에 대한 조예가 깊은 최고 인텔리였다.

의기가 상합한다고 그를 무척 아끼는 오빠는 가끔씩 청유(淸遊)의 기회를 만들어서 셋이 접촉할 때가 많았다.

그는 언제나 풍싱한 상식과 중량이 있는 학설로 고상한 화제를 끊이지 않았던 것이다.

오빠의 좌우에는 20세 전후의 학생들이나 청소년들이 많이 싸고 있기 때문에 조용하지 않은 방학을 보낸 셈이었다.

가을부터 내 보증인이 되어 있는 세이께 부인의 권유로 독서회라는 모임에 나갔다. 회원들은 대개가 남녀 대학생들인데 모든 서적 중에서 지적된 책을 읽고 와서 강사로 초빙된 사람과 토론하는 장면은 참으로 불꽃이 일 만큼 열렬했다.

어쩌다가 그들이 참석하는 강연대회에 구경 가면 어마어마한 연제를 걸어놓은 연사들이 임석경관의 주의나 제지를 받아가면서도 기탄 없이 정부의 비행을 규탄하면서 자기들의 주의와 신념을 철저하게 선전하고 피력하는 용감성과 끈기에 감복하지 않을 수 없었다.

'우리나라에서 저런 회합은 가질 수도 없거니와 근처에 가는 말 한마디만 해도 단번에 구속될 텐데······.'

아무커나 나라를 가졌다는 그들의 특권과 국민권을 가진 그들의 자유로운 언행은 내게 가장 큰 부러움이 되었던 것이다.

한편 본국에서 근우회(槿友會)라는 여성단체가 결성되었다고 동경에서도 지부 성립을 서두르는데 어떻게 돼서인지 주야 없이 바쁜 내게 먼저 교섭이 왔다.

나는 그 복잡한 중에서도 친구들에게 그 취지를 밀하였더니 다행히 모두 협력하여서 큰애로도 없이 근우회 동경지부가 성대하게 결성되어 꽤 많은 회원을 가지게 되었다.

현재 사회 각 부분에서 경쟁한 이름을 날리는 여류 명사들이 각부의 책임자가 되고 나는 위원장으로 피선이 되었는데 그 덕분으로 그 당일 경찰서에 연행되어서 하룻밤의 조사를 받고 나왔다.

무슨 동명(洞名)인지는 잊었으나 이층은 신간회 동경지부요 아래층은 근우회 동경지부의 사무실로 정한 작은 건물로 우리는 부지런히 드나들며 맡은 바 책임들을 완수하였다.

그때 본국에서는 신간회와 근우회가 쌍벽이 되어 열렬하게 활약했던 모양이나 나는 귀국으로 인하여 위원장의 책무를 포기하게 되었고 우리 친구들도 자연 그 직책에서 떠나게 된 것이다.

1923년 나는 3학년에 진급만 하고 돌아와야 했다. 그때 장화순이 교원 생활을 그만두고 동경여고사에 합격하려고 동경으로 와서 나와 함께 있는데 내가 약혼한 것을 알자 자기에게 알리지 않은 것을 분노하여 딴 곳으로 가려 했다.

나는 슬펐다. 사실은 그 약혼관계를 청산하려고 귀국하려던 차이었기에…… 아무리 생각해야 존경만으로는 영구적인 결합이 될 수 없었다. 미지근한 이 태도를 버리고 당당히 대결하려는 결심에서였다.

나는 장에게 내가 없는 동안에 그대로 있어 줄 것을 부탁하고 간단한 여장으로 고향에 돌아왔다.

P씨에게 진 신세는 그야말로 태산 같았다. 물심양면의 기둥이 되어 주지 않았던가. 그러나 나는 용감히 파혼하자는 제의를 했다. 오빠는 일체 그 일에는 한 마디의 말이 없었다.

드디어 나는 P씨의 가족이나 친구들에게서 배신자라는 지목을 받았으나 그런 비방에는 끄떡도 않는 나이건만 6년이나 한결같이 애정을 쏟고 있던 P씨의 심경이 얼마나 괴롭고 공허하랴는 생각을 할 때는 참으로 천 갈래로 가슴이 찢기는 듯한 아픔을 느꼈던 것이다.

그렇게 되니 나는 당장에 학비의 수난을 받아야 했다. 개학일은 지나고 떠날 능력은 없을 때 나는 16세 때 유학을 못해 병을 이루던 그 상태에 직면하여 밤에도 낮에도 가득한 수심으로 침식을 전혀 잊고 있는 몸이 되었다.

설상의 가상으로 내게는 또 하나의 선전포고가 발령된 것이다. 장화순이 여고사 문과에 입학이 되어 동교 친구와 함께 자취를 하려고 집을 옮겼다는 것이다.

그의 집을 옮긴 것이야 내게 무슨 큰 화가 되랴마는 내 짐, 즉 소유물

전체를 꾸려다가 어떤 집에 맡겼다는 것이다.

'아하, 난 그 피 나는 내 재산을 전부 잃었구나.'

나는 눈 앞이 캄캄한 현기증을 감각하며 길게 탄식하고 쓰러져 버렸다.

첫째로 눈에 떠오르는 것은 푼돈이라도 절약하여 사 모은 내 책들이었다. 영문과 서적만이라도 대숙어사전이나 영영(英英)대 사전은 미국에서 구해 왔고 더구나 최고 가격으로 학교에서 주문하여 온 미문학사나 영문학사의 원서들은 그것만으로 책상 하나를 차지하는데, 게다가 문학과 사회과학, 철학, 부인론 따위의 책들은 선사도 받고 사 모으고 하여 여자 유학생으로는 많은 장서족에 속하였다.

내 유일의 재산! 들고나며 어루만지던 내 책들! 어려서부터 써 모은 칠팔 권의 시와 수상록들이며 최고 우등상의 큰 메달이며 타는 듯이 붉은 비단이불이며……. 내 옷이나 털옷이나 자질구레한 자취도구들이나 그 외에 그래도 내 손때가 묻고 애중히 여기던 내 소속품들은 문제 외이었다.

'아무리 제 것이 아니라고 그렇게 쓰레기 버리듯이 가져다 버릴 수 있을까?'

한 장의 품명록도 없이 보관의 책임도 묻지 않고 20여 년의 내 역사를 고스란히 매장해준 장의 후의(?)는 지금도 내 가슴에 낙인이 되어 있다.

그 집이란 나와 애정문제가 있었던 사회단체 거물의 집이었는데 그 당시 그는 피체되어 본국에 호송되고 친구 2, 3인이 남아 있던 집이어서 경찰의 눈과 감시가 떠나지 않는 그런 집이었던 것이다.

그 집에다가 들이대 놓았으니 그 결과가 어떻게 되리라는 것은 뻔하지 않은가.

다음에 가서 찾아보니 그 집은 철창이 되어 있었다. 겨우 주인을 찾아보니 2, 3인의 청년들을 오오츠까(大塚)경찰서에서 데려가면서 짐 전부를 압송해 갔다는 것이다.

나의 예상은 들어맞았다. 내가 오오츠까 경찰에 가서 내 짐의 연유를

눈보라의 운하 153

말했을 때 그들은 눈이 벌개서 그 사람들과 무슨 깊은 관계가 있길래 가산 전부(참으로 내게는 가산 전부이었다)를 맡겼느냐고 오히려 나를 심문하려고 대들면서 그들의 짐은 벌써 다 없어졌다고 땅땅 울러댔다.

아무리 예상대로라지만 나는 진정 천지가 암담해지는 것만 같이 느껴졌다. 자기의 소유물이 귀중할진대 남도 그러하리라는 일 푼의 의리심이 있으면 처분하기 전에 내게 한 마디의 의논이 있었어야 할 것이 아니겠는가?

사진첩이니 시 수상록이니 은메달이니는 큰 함에 넣어 선반에 얹어 두고, 고리짝과 금침도 그냥 그대로 오시이레에 둔 채 책장 두 개가 책을 가득히 담고(교과서도 다 그대로다) 금자를 번쩍이며 서 있었는데…….

내게 한 마디의 말만 있었어도 나는 백 번이라도 주인에게 말하여 방값을 그대로 지불하고 몇 달만 기다려 달라고 했을 것이다. 아무리 친우이지만 타인의 물품을 처리할 때 '반드시' 합의해야 한다는 이 '반드시'를 잊어먹고 소홀히 한 까닭에 나는 천추의 한을 머금게 되었다.

나는 6·25 동란 때 내 개인의 소유물로 몇 억의 재산을 송두리째 잃었으나 그 때 잃은 그 슬픔과 후회와는 천양의 차가 있는 것이었다.

나는 오늘까지도 장의 얼굴을 20여 년의 금자탑을 일조에 허물어 준 장본인이라는 생각으로 유심히 보는 것이다.

동경에 가지 못하고 집에서 고민하는 동안 나는 『백화』를 쓰기 시작했으나 오빠의 간섭으로 몇 번이나 중지하고 말았다.

워낙 문재에 뛰어나고 시에 능숙한 사람이라 나 하는 것은 다 시원찮게 여겨지는지 여기저기 함부로 손을 대고 심한 참견을 하는 까닭에 언쟁이 벌어지고 원고지가 찢기곤 했다.

이래저래 나는 집에 있을 수가 없어 서울 윤숙 언니에게 하숙을 부탁했다. 언니는 그때 오씨라는 분과 연애 중에 있어서 물질적인 여유가 있었던 것이다.

체부동에 하숙을 정하고 원고지와 씨름하는 얼마가 지난 6월 24일 아침에 나는 돌연한 내방자로 하여 깜짝 놀랐다.
　지난 여름 오빠의 소개로 친하게 되고 내가 여기 오기 전날 밤에도 그의 청으로 둘이만 갓바위까지 산책하였던 김국진(金國鎭)이었다.
　"어떻게 된 일이죠?"
　그는 대답하지 않았다. 본래 말이 적은 사람이었다.
　"오빠가 여길 대 줬어요?"
　그는 원망스럽다는 눈초리로 나를 쏘았다.
　"언제나 내려가시겠어요?"
　"나는 안 내려갑니다."
　비로소 그의 입이 열린 것이다. 나는 그만쯤 해두고 조반을 대접한 후에 그에게 한잠 자기를 권한 후에 바로 이웃인 언니의 집으로 갔다.
　내가 수밀도를 사 가지고 돌아가니까 그는 일어나서 세수를 하고 있었다. 그의 얘기는 비장한 각오로 고향을 탈출했다는 것이다.
　그는 효자로 소문나고 우애도 남다른 사람인데 홀어머니를 두고 좋은 직장을 버리고 온 것이다. 평생 소원인 학업을 계속하겠다고…….
　내 주소도 오빠에게 알린 엽서에서 알았다는 것이다. 모든 것을 버리고 나를 찾아온 그의 의도는 묻지 않아도 알지 않겠는가?
　그가 내게 사랑의 고백을 하고 결혼을 요구했을 때 나는 거절할 수가 없었다. 그는 내가 품고 있는 결혼조건에 합격된 인간이기 때문에…….
　나의 결혼이란 지금의 처녀들이 들으면 앙천대소할 어설픈 조건일지 모른다. 그러나 예나 지금에나 내게는 아무런 변동이 없는 것이다.
　첫째 머리가 좋아야 한다. 진실로 머리가 좋은 사람은 총명하고 현명하니까.
　둘째 내가 사랑할 수 있어야 한다. 사랑이란 함부로 남발되는 것이 아니다. 내가 사랑할 수 있는 사람이면 사상과 취미가 비등할 테니까.

셋째 내가 존경할 수 있어야 한다. 사랑은 하건만 존경이나 신뢰심이 가지 않을 때도 있다. 내가 존경할 수 있는 남성이면 성격과 교양에서 나를 위압할 수 있는 인격자일 테니까.

넷째 불구자는 아니어야 한다.

다섯째 위의 네 가지의 조목에 해당하면 그가 외국인이 아니오 위아래로 극심한 연령의 차이만 없다면 결혼해도 좋다.

이상 다섯 가지의 항목이다. 생활능력이 있어야 한다든가 가족을 부양할 직위가 있어야 한다든가 하는 재산관계나, 또는 키가 어째야 하느니 미남이라야 하느니 하는 외관문제는 아예 건드리지도 않은 위험천만의 결혼관이 아닌가.

그러기에 지금도 남달리 한미하고 고적한 생활을 하는지도 모르나 17세부터의 신조를 지금이라도 나무랄 이유는 아직도 발견하지 못하고 있는 어설픈 인간인 것에 스스로도 놀라고 있는 것이다.

어쨌거나 그 조목에서 벗어나지 않는 김씨이고 보니 나는 결혼을 심각하게 생각하지 않을 수 없었다.

그의 연애관을 평소에 들으면 나와 대동소이했으나, 그가 주장하는 것은 '오올'(전부) 혹은 '넛싱'(無)이었다.

세간의 여성은 네 가지도 겸비한 여자가 드물더라고. 그러니 열 가지가 다 맞는 여성을 만나면 결혼하되 그렇지 않으면 평생을 독신으로 지내겠다고 단언하고 있었다.

"원, 그런 여성이 있을까요?"

내가 의심하면 그는 자신 있다는 얼굴로

"왜요? 혹 있을지도 모르죠."

하고 침울한 기색을 보이기도 했었다.

그가 내게 결혼을 요구하면서도 신중하게 주장하는 점은

"난 아직 당신의 상대자가 될만한 자격자가 되지 못하고 생활능력을 상실한 현재이긴 하지만 결혼 후에 반드시 그런 유능자가 되겠습니다." 하는 것이다. 자기가 결혼을 서두는 것은 성적 욕구가 아니라 안정된 환경이 필요한 까닭이라고 역설하기도 했다.

나는 언니와 의논했다. 김씨는 서울에 있는 맘을 허락하는 친구 몇 사람과 상의하는 모양이었다.

그는 약간 준비하여 온 금전으로 약혼반지를 사고 언니네 집 넓은 뜰에 자리를 마련하여서, 6월 30일 오후 7시에 음력 5월 12일의 밝은 달을 화촉 삼아 Q라는 은사의 주례로 간소한 식을 올렸다.

참석 인원은 전부가 이십 명. 어머니도 오빠도 몰래 모두에게 비밀로 하는 예식이기 때문이나 나는 쓸쓸하다는 감정을 추호도 가지지 않았다. 둘만의 서약이면 만족하지 않은가? 더구나 만월을 기약하는 밝은 달과 뜻을 알아주는 몇 사람의 동지가 있었으면 그만이라고 자위했던 것이다.

괴로운 여름이나마 처음으로 느껴 보는 완전한 사랑에 도취되어서 시간이 어떻게 흘러가는 줄도 몰랐다. 그러나 가을이 지나가자 나는 임신이라는 것을 깨달았다. 잠깐 집에 내려간 새에도 입덧으로 구토를 했건만 이 못난 딸을 만석같이 믿고 계시는 어머니는 딸의 저지른 죄는 짐작하려도고 하시지 않고 못된 병에 걸리지나 않았나 하여서 온갖 약을 지어 오실 때마다 양심의 가책으로 나는 괴로워해야 했던 것이다. 오빠는 가끔씩 물었다.

"김군은 어디 있다고?"

"자기 친구집에 있대요."

"더러 만나지?"

"그럼요."

"어쨌든 동경으로 가 보겠대요."

"조심들 해라."

내 가슴은 뜨끔했다. 그러나 어쩌는 수 없었다. 이미 내 체내에서는 사랑의 결실이 자라고 있지 않은가.

그러나 서울에서의 겨울을 지나기란 극히 어려운 일이었다. 더구나 일도 손에 익지 않은 내가 무거운 몸으로 어려운 살림을 한다는 것은 상상 못할 고통의 연속이기도 한 것이다.

나는 어머니를 생각하고 새로운 생명에게 약속했다. 어떤 고난이라도 이겨내겠다고…….

동경에서 자취를 시작하기 전까지는 밥 지을 줄도 몰랐던 내가 셋방살이나마 남의 아내 노릇을 하다니 어머니가 보시면 기절하실 노릇이었. 언니가 처녀 때 고기나 생선의 재료를 자유자재로 솜씨를 부려 요리하여서 순식간에 교자상을 꾸며 놓으면

"우리 말재는 큰일났어. 구경만 할 줄 알고 만들자 생각도 않으니 시집은 다 갔지."

하고 어머니가 진심으로 염려하셨는데 자취하면서 밥을 지어 보니까 반찬이나 별식을 만든다는 일은 머리만 좀 쓰면 다채롭게 음식 사치도 할 수 있어서 그런 것쯤은 누워서 떡 먹는 것만큼 쉬운 과목이라는 자신이 생겼던 것이다.

그러나 수입도 없는 숨은 살림에는 김장도 하지 않아 김치를 비롯하여 없는 것이 수두룩했다. 솜씨를 부릴 재료도 없거니와 기명도 없었다.

"한 끼에 꼭 한 가지씩만 먹읍시다."

다행이 그의 주문이 그런 까닭에 하루에 밥을 한 번만 하면 하루를 가고, 국과 건건이 한가지만 있으면 끼를 넘기는 따위의 습관은 좋으려니와, 하나에서부터 열까지 내 자신이 사서 내 손으로 해야만 먹을 수 있고 두 몸이나마 내가 움직여야만 깨끗하게 기거하고 입을 수 있다는 것은 여간한 고역이 아니었다.

서울의 추위란 물방울이 떨어져서 얼어 굴러서 수도 주위나 마당이 온

통 얼음판인데, 크나 작으나 한 살림에 홀몸이 아닌 나는 새벽부터 밤까지 종일 밖에서 사는 때가 많았다. 그래서 번번이 얼음판에 미끄러졌고 손은 터져서 피가 흘렀다.

"나 같은 사람을 만난 탓으로 당신이 말못할 고생을 하는구려."

그는 내 손등에 뺨을 대고 안타까운 듯이 지긋이 눈을 감곤 했다.

그는 그 많은 책들을 모조리 집에 두고 왔기 때문에 친구의 서적을 빌려서 밤낮으로 책에만 묻혀 살았다. 나도 밤이면 거북살스러운 몸뚱이를 가누고 『백화』 집필에 겨울의 밤이 긴 줄을 몰랐다.

정월이 지나고 2월이 되자 내 몸은 완연히 둥실해 졌다. 만 6개월이 된 것이다. 이제는 입덧도 완전히 가시고 식욕도 왕성하여 건강체가 되었으니 우리의 목적대로 내가 더 큰 체구가 되기 전에 동경으로 가야 하는 것이다.

나는 궁리에 궁리를 거듭한 끝에 이미 숙명 4학년 1년 간의 학비를 도화준 이윤영(李胤永) 씨에게 다시 신세질 것을 결심하고 그를 만나 소회를 밝혔더니 그는 쾌히 승낙하고 여비와 학비의 일부를 부담하여 주었다. 참으로 절처봉생(絶處逢生)이란 이런 사실을 가리키는 것이리라.

나는 어머니 몰래 떠날 일이 제일 가슴에 걸렸다. 고향에 가고 싶은 맘은 꿀 같지만 당장에 이상한 자태가 드러날 것이라 쓰라린 정을 품고 그대로 대전역을 지나는 나는 물끄러미 호남선으로 갈리는 철로를 바라보며 눈물을 머금었던 것이다.

그는 미리 그의 친구에게 우선 우리가 몸 담아 있을 방을 부탁했더니 혼고오(本鄕)하는 동네 이층 육 첩 방을 얻어놓아서 우리는 동경에 도착하자마자 친구인 이씨의 안내로 바로 그리로 갔다.

우리가 서울에서 떠난 것은 3월 하순인데, 그의 입학이니 뭐니 하여서 4월 중순까지는 바쁘게 지났다.

그는 와세다 정치경제과에 적을 두고 열심히 공부하였으나 나는 몸 때문에 등교도 할 수 없어서 우선 해산하기만을 바랄 수밖에 없었다.
 한편 우리는 결혼피로를 할 준비를 하였다. 이미 멀찍이 날아왔으니 아무나 쫓아와 반대할 수도 없을 것이다. 지금에야 누가 반대한들 돌이키지 못할 운명이지만 거리라는 것은 그 만큼 우리에게 안정감을 주었던 것이다.
 우리는 그 날을 5월 1일로 정하고 청첩장을 박아 사방 친지들에게 보냈다. 그 요지는
 "우리는 지기상합하여 작년 6월에 결혼했는데 그 피로를 5월 1일 정오 표기 주소에서 가지겠으니 꼭 참석해 주시라."
는 것이었다.
 이 돌연한 폭탄적인 선포에 먼저 기절하여 쓰러질 뻔한 분들은 어머니와 오빠였다. 그리고 다음은 나를
 "경순이의 배필은 총독만큼이나 높은 사람이라야 할 것이어"
하고 턱없이 맹목적으로 높이던 남녀 노인들(부모님의 친구들)이었던 것이다.
 "설마 개가 그럴 줄은 몰랐어."
 자유연애결혼을 남 먼저 실행하고 나선 내 용기에 나의 친구들은 다 혀를 내둘렀고 나를 노리던 남성들은
 "흥, 기껏 그 사람이야? 하도 버티고 튕기기에 하늘의 별이라도 따는 줄 알았더니……."
하고 조소하기를 잊지 않았던 것이다.
 나는 무거운 몸으로 불편한 이층에서라도 몇 가지의 김치를 담그고 떡도 몇 가지에, 식혜며 잡채며 저냐 약식 국수 등 지성껏 재주껏 장만하여 그와 나의 친구들 이십 여명이 화기애애한 중에서 오찬을 마쳤는데 본국 각처에서 백 통에 가까운 전보가 밀려서 집주인은
 "결혼 1주년 기념식에 이렇게나 전보가 많이 들이닥치면 아니 정작 결혼식에는 얼마나 굉장했을까요?"

하고 놀라기를 마지않았다.

　주인 마누라는 내가 고루고루 챙겨서 보낸 음식들을 일일이 들어서 구경하고 맛보고 하면서

　"조선 음식이 이렇게나 다채롭고 품위가 있고 맛이 있는 줄은 꿈에도 몰랐다."

고 했다. 기껏 구질구질한 노동자나 만났던 모양인지 우리 집에 모인 남녀 대학생들을 보고 모두들 잘나고 점잖다고 새삼 감탄하는 것을 보고 나는 내 나라의 인식에 무식한 그들을 통탄하지 않을 수 없었다.

　어머니와 오빠에게는 죄인이나마 참다운 인격자를 남편으로 가진 나는 결혼을 피로함으로써 비로소 떳떳하게 맘을 놓을 수가 있었던 것이다.

　초산(初産)이지만 나는 주인 마누라의 지시대로 제법 아가의 의복, 침구, 기저귀 따위의 모든 준비를 빈틈없이 하고 거기서 가까운 제국대학 부속 병원에서 5월 27일 오후 8시 15분에 딸을 낳았다.

　그러나 출혈이 심하여 의사와 산파와 간호부들은 경황없이 날뛰었다. 나는 그 지긋지긋한 진통에서 해방이 되어 시원하기만 한데 의사들은 법석을 대고 피를 빼는지 수혈을 하는지 몇 번이고 큰 주사기로 혈관을 찌르고 얼음주머니를 하복부에 놓고

　"괜찮아요? 정신 차리세요!"

하면서 가끔씩 나를 깨우치더니 링겔 주사를 놓기 시작했다.

　그는 밖에 줄곧 서 있었던지 간호부의

　"인젠 겨우 희망이 보이는 것 같으니깐 가셨다가 내일 새벽 다섯 시에 오세요"

하는 소리를 나는 들었던 것이다. 그 만큼 나는 생사의 기로에 서 있었던 가?

　그 밤새도록 꼼짝하지 말고 꼭 반듯이 누워 있으라는 의사의 절대명령을 받고 나는 그대로 반듯이 누워 있으려니 허리는 끊어지게 아프고 두

다리는 뒤틀리고 당겨서 참으로 지옥의 고통보다 더한 괴로움을 이를 갈아가며 참아냈다.
"이만한 것을 못 참을 내가 아냐."
그러나 아아, 그 한 시 반초나마 견딜 수 없었던 그 아픔……
"하나님이시여! 내게 인내력을 주시옵소서. 저를 구원하시옵소서. 십자가의 고통을 상기하게 해 주시옵소서."
끊임없이 호흡마다에서 중얼대는 시간의 분초(分秒)는 그래도 흐르고 흘러 새벽 4시가 되었다.
"아아, 당신은 훌륭한 분이에요. 기어코 이겨내셨군요!"
산파가 먼저 와서 감격하더니 5시가 되자 의사가 왔다.
"밤 동안에 움직였으면 당신은 이미 이 세상 분이 아닙니다."
의사는 이미 산실 밖에 와 있는 그를 불러들여서
"부인은 훌륭히 살아나셨습니다. 참을성이 대단하신 분이군요. 감사합니다."
하고 칭찬하였다. 산후 출혈로 죽는 산부들은 대개 두세 시간 만에 죽는데 극심한 고통을 못 이겨 몸을 움직이다가 출혈이 멎지 않아 실패한다는 것이다.
의사와 산파와 간호부들이 돌아간 후에 그는 내게로 와서 내 손을 잡고,
"둘의 괴롬을 당신 혼자 당했구려. 장해요! 고마워요."
하고 내 뺨에 그의 것을 댔다.
나는 10시쯤에야 입원실로 옮겨지고 아가는 저녁때야 내 곁에 뉘어졌다.
'이 생명체가 어떻게 내 뱃속에 있었던가?'
나는 구백 메(刃)나 된다는 꽤 큰 아가를 들여다보며 내가 소설을 창작하듯이 이 아가는 나의 창작품이 되는 것인가 하는 신기한 생각으로 어젯밤의 고통을 완전히 잊을 수가 있었다.

매일 한 번씩 회진하는 의사들도 내 침대머리에 걸린 카드를 보면 반드시 한 번씩은 놀라는데 일 주일에 꼭 한 번 황후의 해산을 담당한다는 박사가 내진하는 날에는 병실이 발칵 뒤집혀서 새로운 준비들로 아침부터 바빠했다.

그 박사가 수많은 추종인들을 거느리고 회진을 하다가 내 카드를 보고
"오호? 이런 일이 있었던가?"
하고 걸음을 멈추고 추종인들을 돌아보았다. 거기에 적힌 출혈량에 놀란 모양이었다. 의사와 산파는 다시 내 참을성을 말해 들렸다.

'참을성이란 과연 죽음도 불리치는 것인가?'
나는 예사로이 알았던 해산 직후의 위기가 그렇게나 중대하였던가에 새삼스럽게 놀랬다.

'만일 죽도록 참지 않았더라면 나는 죽고 말았을까?'
그렇게 생각하니 참으로 아슬아슬한 고비를 넘긴 셈이었다. 그 후로 나는 이 '참을성'을 실천하려고 노력하여서 은연중에 나의 신조와 신념이 되었으나 아직까지도 나는 인내력의 부족으로 후회할 때가 적지 않은 것이다.

유도(乳道)가 돌아올 때의 그 터질 듯이 부은 젖가슴의 아픔이며 아리고 쑤셔서 숨도 제대로 못 쉬던 며칠을 지내면서 홀가분한 몸으로 자유롭게 내왕하는 그를 바라보며 여자된 처지의 불행을 한탄하기도 하였다.

하루하루 퇴원할 날짜를 꼽아보는 조바심이란 대학의 합격발표를 기다리던 마음보다 몇 배나 더 간절하여서 퇴원의 전날 밤은 기쁨으로 한잠도 이루지 못했다.

그 산발한 머리와 유까다로 몸을 버려 두었던 내가 가벼운 화장과 가뜬한 머리모양으로 녹아날 듯이 조화가 된 색채의 블라우스와 스커트를 차려입고 나섰을 때 산파와 간호부들은 눈을 크게 뜨고 아가를 안고 나오는 젊은 아빠에게 선망의 시선을 모았던 것이다.

눈보라의 운하 163

미끄러지는 듯이 고급의 택시가 장엄한 정원길을 빠져나올 때 공포와 불안으로 떨며 들어가던 일주일 전의 일을 회상하는 듯 그는 조용히 말했다.
"당신을 이렇게 데려 내오려고 얼마나 내가 맘을 태웠는지 아오?"
행복한 웃음으로 그에게 안긴 아가를 들여다보는 내 이마의 머리칼 한 두 오라기가 5월의 훈풍에 나팔대고 있었다.

가시덤불의 계단

 죽음의 고비를 넘겼다 하여, 그는 아기의 이름을 승해(勝海)라고 지었다. 삼칠일이 지나고 칠칠이 지나니까 아가는 제법 흑수정 같은 눈동자로 나를 지키기 시작하더니 방싯방싯 웃고 대여섯 달에 포동포동 예쁜 아가가 되었다.
 그는 한여름 뜨거울 때는 빨래나 기저귀를 나 몰래 언뜻 빨아 놓기도 하고, 젖이 모자라서 새벽 두 시쯤이면 꼭꼭 울어대는 아가를 안고 방 안을 서성거리면서 나를 재워 줄만큼 착하고 사랑이 많은 남성이었다.
 그렇다고 남자답지 않다거나 쾌활하지 않은 성격도 아니오, 과묵하면서도 활달한 데가 있는 학자타입의 수재였다.
 그는 신문배달을 하였다. 찬바람이 귀를 에이는 석양에 신문배달부의 핫비(신문사의 명칭이 박힌 배달복)를 걸친 그가 집집마다 신문을 돌리는 뒤로 솜이 두둑한 낸내꼬(일본식 포대기)속에 아가를 싸 업은 나는 일본 나막신을 끌며, 그의 뒤를 밟기도 하였다.
 배달이 끝나고 초생달이 날카롭게 빛나는 저녁하늘을 쳐다보며 나란히 걸어 돌아와 보면, 아가는 쌕쌕 잠들어 있고 젊은 엄마와 아빠는 마주보며 웃었던 것이다.

표면으로는 지극히 평화스러운 듯 하나 내면적으로 받는 물질적인 고통은 참으로 형언하기 어려울 만큼 절박할 때가 있어서 나는 언제나 그를 더 먹이기 위하여 주림을 참기도 하고 그 몰래 나의 소속품을 팔기도 했던 것이다.

나는 대학의 복교를 위하여 아가를 떼어놓으려고 고향으로 가기를 결심하고 8개월이 되는 정월 하순에 동경역에서 아빠와 피 뜯는 이별을 할 수밖에 없었다.

"쇼오쨩!(우리는 아가를 그렇게 불렀다)"

내가 안고 있는 아가의 고사리 같은 손을 잡으며 아빠는 목메인 음성으로 딸을 불러 보건만 무심한 아가는 좋아라고 벙실거리기만 했다.

"자알 가서 자알 커라 응?"

아빠는 몇 번이고 딸에게 그렇게 일렀다. 드디어 차는 떠나고 그는 얼음같이 찬 홈에 그대로 홀로 서 있었다.

연락선에서는 배가 너무나 흔들려 나와 아가가 함께 토하며 뒹굴며 괴로운 한 밤을 지냈다.

아무리 배신한 누이지만 오빠는 내가 아가와 귀국한다는 기별을 받고 나를 큰오빠네가 살고 있는 삼향역에서 내리라는 전보를 했기에 그대로 했다.

"이 몰골로 어떻게 고향에 들이닥칠 것이냐? 남의 이목도 있는데, 더구나 어머니가 놀라실 것도 같고……."

동경에서와 마찬가지로 일본 옷에, 낸내꼬에 싼 아가를 엎고 일본 짚신을 신은 내 꼬락서니가 오빠를 제외한 그들에게는 분명 이방인일 수밖에 없지 않는가.

삼향역에는 큰오빠 내외와 오빠가 마중 나와 있었다. 그 밤을 거기서 지내고 다음날 아침에 나는 오빠가 가지고 온 한복을 입고 목포를 향했다.

애기를 업은 올케와 내가 집에 들어가니까 어머니는 우뚝 선 채 멀거니 나를 보고만 계셨다.

"어머니!"

결혼 전이나 해산 전이나 꼭 같은 어머니의 막내딸로 나는 어머니를 부르며 그의 품으로 기어들었다.

"에잇, 못된 기집애 같으니라구"

어머니는 첫 마디에 나를 나무라셨다.

그리고 눈물 지으셨다.

"세상에 네가 그렇게 나를 속일 줄은 도무지 몰랐다. 허우데기 재를 넘고 새침데기 골로 빠진다더니 덤벙대던 형은 내 앞에서 혼인했는데 그 얌전하던 네가 네 멋대로 결혼하다니 세상에 자식도 못 믿으면 누굴 믿는단 말이냐?"

끝말은 눈물로 얼버무려지고…… 나는 속에 없는 말로 사과했던 것이다.

"어머니, 다 제 잘못이에요. 용서해 주세요."

그러나 다음의 말 보태는 것을 나는 잊지 않았던 것이다.

"그렇지만 참 좋은 사람이에요."

어머니는 더 말을 하시지 않고 저고리 고름으로 눈물을 찍어 내셨다.

어머니와 오빠는 애기를 무척 귀애하여서 잠시도 손에서 놓지를 않았다.

"우유를 먹여 버릇해야 하니까 네 젖은 먹이지 말도록 해야지."

그들은 솔선하여 내가 젖을 떼도록 권하였다. 생으로 엿기름물을 마시기도 하고 엿을 먹으면서 유방을 동여맸더니 처음에는 멍울이 지고 뜬뜬하게 뭉쳐서 손가락도 안 들어갔으나 나중에는 풀리면서 젖통이 납작하게 졸아들었다.

만 10개월이 된 3월 하순에 나는 내 아가를 두고 떠나야 하는 설움에

눈보라의 운하 167

가슴이 메어서 눈물로 며칠을 보내다가 드디어 매운 바람이 휩쓰는 이른 새벽에 흰 머리칼의 할머니 등에 업힌 아가를 남기고 달음질로 언덕길을 내려왔다.

"엄마야! 엄마야!"

안타깝게 부르짖는 아가의 울음소리에 머리를 돌린 내 망막에는 흰 털모자에 새빨간 융 옷을 입고 버둥대며 손을 휘젓던 내 아가의 최후의 모습이 기차선로에서 연락선에서 바라보는 물결 위에서도 사라지지 않고 꼭 박혀 있었다.

동경에 와서 3학년에 다시 복교하였는데 책보를 든 채 무심코 남의 집 앞을 지나오다가 문득 내 아가의 엄마를 찾는 샛된 소리가 그 집에서 들리는 듯하면 다시 되돌아가 한참이나 그 집 문간에 서 있다가 힘없는 발길을 옮긴 적이 거의 날마다 있다시피 하였다.

작은 사업을 시작한 오빠에게서 여비와 약간의 금액을 얻어왔기 때문에 우리는 전셋집 한 칸을 빌어 하숙을 치기로 했다.

마침 그의 친우의 약혼녀가 여학교에 다닌다고 왔기에 둘이서 학생 넷의 밥을 지어 주는데, 지성껏 양심껏 해 주건만 인간성이 과히 좋지 못한 인간들이라 속이 상할 때가 많았고, 더구나 어렵고 까다롭기만 한 영문과 3학년의 과목을 추려 나가자니 그의 도움도 크건만 추호의 여가가 없어서 겨우 한 학기만으로 걷어치우고 말았다.

그 때에 윤석중 씨가 이십 세의 미소년으로 나를 찾아와서 재기 영롱한 동요를 외워주고 재치 있는 말로 우리를 즐겁게 해주있다. 그는 오늘에 어린이들의 큰 보호자가 되어 찬란한 업적을 계속하고 있는 것이다.

여름방학을 이용하여 그와 박이라는 색시는 야시장에서 장사도 하고 처녀는 행상도 하여서 가을의 학비를 벌었고 나는 오빠의 도움으로 이 학기를 계속하는데 아무래도 생활이 단순하던 처녀시절과 달라서 공부에만 전심전력을 기울일 수 없는 것이 큰 유감이었다.

어찌어찌 그 해를 보내는데 나는 다시 내 몸에 이상을 깨달았다. 즉 두 번째의 임신을 한 것이다.

그 사나운 입덧과 싸우면서 등교하는데 공부시간에도 몇 번이고 침을 넘기며 참고 견디다가 시간이 파하면 변소로 달려가서 쏟아버리곤 했다.

남녀를 물론하고 학업에 충실하려면 독신생활이라야 하고, 더욱이 여자란 가정 이외에는 매사에 온 정신을 쏟을 수 없다는 것을 절실히 깨달았던 것이다.

몸이 무거워지기 전에 나는 고향에 돌아가야 했던 까닭에 그 소중한 학창을 다시 버릴 수밖에 없었다.

내가 돌아온 지 얼마 지나지 않아 그도 뒤따라 고향에 돌아왔으나 그의 어머니는 이미 사랑하는 아들의 이름을 부르며 세상을 하직했고, 형은 가족들과 대판(大阪)으로 건너간 후이라 그는 자연히 나와 함께 친정에서 살게 되었다.

나는 3월 13일에 맏아들을 낳았다. 병원에 간다고 인력거를 대문에 세운 찰나에 나는 순산했기 때문에 나를 데리러 왔던 산파 아주머니가 그냥 치다꺼리를 하여서 모두가 당황했으나, 나는 초산에서 체험한 '참을성'으로 어떻게나 몹시 진통을 잘 참았던지 아랫방 사람들도 감쪽같이 몰랐다고 했다.

이번에도 그는 은근히 바라고 고대하던 아들을 얻은 기쁨에 조용히 들어와서

"정말 큰 수고를 했소."

하는 위무의 말을 정답게 속삭였던 것이다.

아들 애기는 어찌나 순하고 잠을 잘 자는지 우는 소리를 들을 수가 없었다. 그러나 첫번 애기 때 젖을 없이 한 탓으로 유도가 막혀서 하루에 두 번씩 우유를 먹이는데도 그 노고가 여간 큰 것이 아니었다.

이미 그는 두 아이의 아버지이어서 하루바삐 직장을 가져야 했다. 그는

그와 세교로 절친한 사람의 개인상점에서 장부를 정리하는 가벼운 책임을 맡아 겨우 식량대를 받아오는 정도의 수입이지만 독립하게 되는 것만이 다행하여서 우리는 보통학교 근처에 사글세 집을 얻었다.

안방과 대문께에 있는 방과 방이 둘인데 그는 밤이면 어느 큰 회사의 통계표 작성하는 것을 부업으로 한다고 친한 친구 이삼 인과 문간방에 꾸욱 박혀서 잘 때에야 겨우 건너오기도 하고 어떤 때는 밤을 꼬박 새우기도 했다.

안방에 한 번 들어오면 그 방에서 소를 잡는대도 들리지 않을 만큼 방향이 틀리기 때문에 나는 틈틈이 『백화』의 수정을 하느라고 나대로 오히려 다행으로만 여겼던 것이다.

큰애는 할머니가 데리고 계시기 때문에 나는 어린애와 세 식구뿐인데도 침구의 홑이불이니 자리옷이니 매일 목욕시키는 아가의 자잘부레한 빨래가 많아서 매일 다사한 편이었다.

일요일이면 그는 통계표를 작성하지 않는 한 내 빨랫감 중에서 제일 큰 것들을 골라서 세탁판에 쓱쓱 문대어 철철 헹궈서는 꾸욱 짜다가 활활 털어서 빨랫줄에 척척 널어주고 어떤 밤에 혹 내가 바느질감을 들고 앉아 꿰매거나 깁거나 하고 있으면 그는 그것들을 뺏어다가 한쪽으로 밀고 책을 내 앞에 펴 주었다.

"자, 그까짓 일 집어치우고 책이나 읽어요. 난 당신이 쓸데없는 시간을 보내는 것이 제일 딱해 죽겠소."

"이게 어디 쓸데없는 일이요? 내가 꼭 하지 않음 안 될 일인데."

"그까짓 더러우면 그대로, 해어지면 그대로 좀 버려 둬요. 당신의 그 아까운 머리를 그런데 소비하는 거 싫소. 그러기에 빨래도 꼭꼭 모으라지 않소? 일요일이면 내가 해 주마고. 제발 그런 일은 좀 등한히 해줘요."

그는 한사코 책만을 들이대어 일 주일이면 의무적으로 읽은 책의 내용을 토의하는 시간을 정하고 둘이 조용히 감상과 비판을 교환하곤 했다.

목포에는 갑자기 사건이 일어났다. 5월 1일에 불온삐라가 거리 각 처에 뿌려졌다는 것이다.

처음에는 당지의 부정선인(不逞鮮人)들의 소위라고 오빠 이하 민족주의자들이 잡혀 들어가서 고생만 하다가 나왔는데, 문체라거나 내용의 단수가 높아서 혹 해외에서 비밀히 잠입한 자들의 소행이 아닌가 하고 시내의 경계와 긴장이 여간 드세지 않아졌다.

그런데 두 달이 지나자 7월 24일이던가 6일이던가 국제무산청년데이라는 날에는 범위가 더 넓어지고 내용도 더 격해진 삐라가 더 많이 산포되었다.

이번에도 또 예의 지도자들이 구속되어서 더 엄한 문초를 받으며 구류를 당하고 나온 지 얼마 되지 않은 8월 30일 반전(反戰)데이라는 날에는 시내 각 교회, 극장 요소요소 십여 처에 수천 장의 삐라가 꼭 같은 시각에 한꺼번에 뿌려졌다.

그 삼엄한 경계망과 날카로운 감시망을 뚫고 감쪽같이 행하여진 이 신출귀몰 식의 처사에 당국은 아연 실색하여서 갈팡질팡 닥치는 대로 혐의자를 잡기 시작했으나 다 허탕이었다.

이런 일 때문에 오빠의 구속되는 도수가 잦아지니 어머니는 경황없는 매일을 보내시며 날마다 집에 와서

"얘, 아범도 조심하라구 해라. 일본 유학생도 다 잡아 간다더라."
하시면서 우리들에게 주의를 해주셨다.

마침 목포에 춘원선생이 들르게 되어 동아일보지국의 기자를 시켜 나를 불렀다. 그는 여관에 있다가 나를 맞았다.

"5, 6년 동안에 이렇게 변했나요? 이제는 완연한 숙녀풍의 정숙한 주부가 됐군요."

잠잠히 미소만 짓는 내게 그는 여러 가지 소식을 들려주고, 아주 좋은 방향으로 진전하고 성숙해졌다는 칭찬을 아끼지 않았다.

내가 그에게 『백화』의 끝난 것을 말했을 때, 편집국장인 그는 ≪동아일보≫ 지상에 발표해 줄 테니 가지고 오라고 하기에 추고하는 중이니 수정이 끝나는 대로 보내겠다는 언약을 하고 돌아왔다.

동경에 있을 때 함께 고생하던 박이라는 처녀는 그때 부녀 야학의 선생이었는데 삐라사건의 혐의자로 불려갔다더니 얼마나 고문을 당했던지 제 약혼자인 아빠의 친우의 이름을 대서 약혼자인 청년이 검거되었다.

그 청년이 또한 죽어야만 되게 고문을 당했던지 동지들의 이름을 쭈욱 외우고 최후에는 아빠의 이름까지 밝히고 말았다는 것이다. 1931년 9월 28일 컴컴한 새벽에 요란스럽게 대문 두드리는 소리가 들리자 벌떡 일어난 그는 이내 내 손을 잡고

"올 것이 왔나 보. 조금도 낙심 말고 씩씩하게 살아줘요. 아이들을 부탁해요."

하는 것이 아닌가. 청천에 벽력같은 이 소리에 벌써 내 정신은 산산이 흩어지고 말았다.

그는 연방 광폭하게 두들겨 대는 문소리를 들으면서도 마침 집에 와서 자고 있는 딸 승해와 아들 승산(勝山)의 뺨에 진득한 입맞춤을 잊지 않고 최후로 나에게 이별의 포옹과 키스를 한 후에 침착하게 나가서 문을 열었다.

태산같은 고초를 이겨냈다는 뜻으로 아들의 이름은 승산이라고 지었던 것이다. 네 사람의 형사는 살대같이 안으로 들어오더니 그의 주위를 포위하고 손이라는 형사가

"잠깐 문의할 일이 있으니 서까지 동행합시다."

하고 온순하게 말했다. 오빠 때문에 전부터 지면이 있는 형사라

"모쪼록 속히 나오도록 해주시오."

하는 형식적인 부탁이나마 나는 하지 않고는 견딜 수 없었다.

나는 그에게

"밥이나 먹어야지 않아요?"
했더니 손형사는 대뜸
"밥은 거기서 잘 대접할 테니 염려 말으시오."
했다. 세 사람은 다 일본인이었다. 그는 손 형사와 또 한 사람에게 동행이 되어 말없는 중에서도 눈으로 나를 격려하며 따라가고 두 사람은 집에 남아서 샅샅이 집 안을 뒤졌다.

나는 경황없는 중에서도 그에게 감사했다. 주목받을 만한 서적들은 벌써 어딘가에 숨겼는지 하나도 눈에 띄지 않았고, 큰 일을 저질렀을 만한 아무린 단서도 찾지 못한 그들은 우리가 이사오면서도 쓰지 않았던 주인집의 봉해둔 다락방까지 뒤진 덕분에 연년 묵은 먼지만 뒤집어 쓴 채 화만 내고 빈 손으로 돌아갔다.

그 날 저녁에 오빠와 그 외의 인사들은 다 석방이 되고, 일본 신문에는 우리 집의 기사가 났는데 그렇게 먼지 많은 집은 처음 봤다는 비방까지 곁들어서 나는 평생의 처음으로 지저분하고, 구질구질한 여성이라는 명예까지 받았던 것이다.

만일 그 약혼녀만 잡히자 않았으면 아무도 눈치챌 사람도 없거니와 조직이 교묘하여서 아빠까지는 도저히 드러나지 않았을 것이라는 오빠의 설명을 듣고 나는 큰 일에는 여자가 끼지 않아야 한다는 것을 절실하게 통감했다.

다음 날 물론 나도 소환되었다. 형사들은 계획적으로 나를 거기에 연루시키려고 갖은 수단으로 나를 꾀였다.

"당신의 남편이 다 말했는데 왜 잡아떼는 거요? 당신도 함께 등사하고 함께 다니면서 뿌렸다는데 바른말을 해야 둘이 다 무사하단 말요."

나는 기가 막혀서 오히려 그들을 공박했다.

"당신네는 우리 알기를 천치 바보로 아는 모양인데 내가 노모님과 두 어린애들을 데리고 그런데 참가하라면 할 거 같아요? 또 애 아빠도 아내

눈보라의 운하 173

에게까지 누설할 사람은 아니란 말요. 사실인지 아닌지 나는 모르지만 우린 당신들 같은 등신은 아녜요."

사실 나는 그가 문간방에서 친구들과 돈을 벌겠다는 부업으로 통계표를 작성한다기에 밤늦게 가끔씩 차나 밤참을 해서 먹인 일밖에 까맣게도 몰랐던 것이다.

그때부터 내 고생은 시작된 것이다. 그가 예심에 있는 동안 그의 차입을 해주기 위하여 이제는 방 하나를 얻어 어머니가 아이들을 건사해 주시고 나는 풀무로 등겨를 때서 밥도 짓고 빨래도 삶았다.

겨울이 닥쳐오니 그이 솜의복을 만들어 보내랴, 눈보라가 벌판을 휩쓸어 오는 날에도 날마다 한 번씩은 넓은 벌판 길을 건너 먼 형무소에 내왕해야 했다.

관련자 십여 명의 가족들은 암암리에 우리를 원망하는 눈치였으나 색다른 반찬들을 가지고 왔을 때는 내게 나눠주기도 했다.

면회 때 나는 언제나 그에게서 태연하고 담담한 침착성을 보는 까닭에 나도 자연히 방심이 되어 그가 가장 많이 요구하는 서적들을 각처에서 빌려 넣기에 정신을 모았다.

예심으로 있는지 4개월 만엔가 공판이 열리고 나는 아가를 업고 방청석에 있었는데, 그는 침착하고 씩씩한 태도로 그의 독특한 웅변을 기울여 자기의 이념과 동기와 주의사상을 명백하게 해설했다.

우스운 것은 검사와 재판장이 그렇게도 숙연하게 앉아서 장장 몇 시간의 이론을 듣고 있는 일이었다. 재판장이 묻는 대목대목마다에 가서 길고 긴 이념을 피력하자니 몇 시간이 걸리건만 어찌하여 그들은 그 불온한 사상의 해설을 만당한 방청자에게 들리고 있었던지 지금까지의 의혹이 아닐 수 없었다.

3년의 언도를 받고 그는 곧 복역했다. 나중에 후문으로는 재판장이 그

를

"참으로 당당하고 인간다운 사내."
라고 책책 칭찬하더라는 것이다.

형무소에서도 소장 이하 각 직원이 그를 소중히 알고 모르는 일은 그에게 묻더라고 나중에 친한 간수들이 알려 주어서 나는 불행 중 다행이라고 자위했던 것이다.

그때 나는 현상금을 타기 위하여 박세랑(朴世娘)이라는 이름으로 현상신춘문예에 응모했는데 「엿단지」라는 내 동화가 당선이 되어 선자인 춘원선생에게서 칭찬을 듣고 30원의 상금(그때 소설의 당선도 30원이었다)을 받았다.

후일에 내가 그 사실을 밝혔더니 춘원선생은
"어쩐지 냄새가 좀 풍기더라니······."
하고 웃었다.

하루는 주일날인데 폭풍과 눈보라가 겹친 무서운 날씨였다. 어머니는 예배당에 가시고 나는 그때 열 달 되는 아기의 목욕을 시키노라고 통에 더운물을 담고 곁에는 큰 양재기에 헹굴 물을 담아 멀찍이 놓았다. 딸아이는 바로 통 잎에 쪼그리고 앉아서 아우의 타월로 싼 몸뚱이를 만지며 놀고 있었다.

밖에서는 전신주를 울리는 바람이 으르렁대며 벌판에서 냅다 몰아치는 바람과 합세하여 길로 난 들창을 들부셨다.

나는 그때 아기의 등을 닦아내어 왼손으로 아기를 바치고 바른 손으로 막 헹구는 물이 담긴 양재기를 들려던 찰나였다. 별안간 벼락치는 소리와 함께 들창이 창틀채로 떨어지며 맹렬한 바람이 밀려드는 바람에 반자지가 뚝 떨어져 우리 위에 덮씌워졌다.

반자지가 떨어지면서 거기 쌓였던 흙덩이가 방바닥에 무서운 소리를 내며 쏟아지고 벽지가 함께 벗겨지면서 머릿장 위에 쌓아올렸던 이불들이 허물어져 무거운 바위모양으로 아기들을 짓눌렀다.
　두 아기의 발악적인 비명이 들리는가 싶더니 이내 잠잠해져서 나는 순간 집이 무너져 세 식구가 몰살당하는 것이라는 직감으로 정신이 암암해졌다.
　그러나 다음 찰라 나는 정신을 번쩍 차렸다.
　"애기들을 살려야 한다."
　목욕시키던 아가는 엎드린 채로 있으니 애기가 물에 엎드려졌으면 어떻게 될 것인가?
　나는 내 왼팔의 중량이 아직 그대로 있는 것에 정신이 들었으나 나와 승해가 앉은 쪽으로 이불이 떨어졌기 때문에 딸애는 이불에 묻혔을 것이다. 양재기의 물은 엎질러져 뜨끈하게 방바닥으로 넘쳐 들고 위에서는 여전히 들창에서 몰아치는 바람이 아직 벽에 걸린 옷이며 족자들을 맘껏 날리는지 뚝딱치는 소리며 온통 수라장이 되어 있었다.
　나는 죽을힘을 다 들여서 머리 위와 어깨에 덮은 반자지와 이불을 머리로 밀치며 우선 아가를 끌어내어 요 한 개에 돌돌 말았다. 그러면서 보니까 워낙 강보유아 때부터도 무던하고 순해서 그런지 아가는 두려운 중량에 눌려 있으면서도 태연한 얼굴이었다.
　나는 아가를 의지가 되는 방구석에 밀어놓고 딸애를 끄집어내려는데 도저히 혼자의 힘으로 어쩔 수가 없었다.
　"아가! 승해야!"
　나는 겨우 어떻게 이불을 떠들고 머리를 디밀어 애기를 불렀으나 딸애는 잠잠했다.
　"여보세요! 사람 좀 살려주세요!"
　나는 안채를 향하여 있는 대로의 힘을 다 섰다. 우선 내 머리칼은 세찬 바람에 엉킬 대로 엉켜 갈가리 흩날리고 황무지인 양 내 목소리는 폭풍의 위풍에 산산이 찢겨버렸다.

"기순아! 기순아! 여보세요! 사람 좀 살려요!"

나는 초인적인 소리를 치며 혼자 갖은 애를 다 썼으나 첩첩이 쌓인 이불의 저쪽을 퉁겨줘야만 이쪽이 풀릴 것이어서 끄떡도 하지 않았다.

"하나님! 가엾은 우리 모녀를 이렇게 죽이시렵니까?"

방문은 겨우 열렸다. 아스라한 소리에 뛰어 왔다고 안집 소녀가 아랫방 여인과 달려와서 이부자리를 마루로 내 던지고 딸애를 구출했다. 입이 막혀서 울지도 소리도 못 쳤으나 호흡은 하였던 모양으로 파랗게 질려만 있었다.

어머니가 교회에서 돌아와 이 꼴을 보시고 방성대곡하셨다.

"내가 어떻게 키웠던 딸인데 시집을 잘못 가서 이 고생이 웬일이냐."

아무리 밖에서 들창을 붙이려니 헛일이라 안에서 우선 담요를 치고 밖에는 가마니를 쳐서 바람을 막은 후에 폐허가 된 방에서 흙덩이와 물을 닦아내고 아기들은 우선 아랫방으로 대피시켰다. 목수를 부르니 밤에야 왔던 것이다.

다음 날 교회에서 목사와 직원들이 왔다. 이 참상의 보고를 받은 것이다.

"박선생! 이것이 하나님의 뜻일까요?"

반백의 목사는 대뜸 내게 이런 질문을 해 왔다.

더 묻지 않더라도 목사의 말에는 내 고초가 자유결혼에 기인(基因)한 것이라는 것을 공박하는 뜻이 섞여 있는 것이다.

뿐만 아니라 집사의 책임까지 맡았던 애아빠가 하나님의 사명을 져버리고 불온한 사상에 물들어 화를 스스로 취하였으니 이는 오로지 자업자득이 아니냐는 힐책도 담겨 있었다.

"이 세상에 하나님의 뜻 아닌 것이 있을 수 있을까요?"

나는 눈을 또렷하게 떠서 그에게 반문했다. 주기도문에 '하늘에서 이룬 것 같이 땅에서도 이루어지이다'의 대목을 상기한 것이다.

그는 영어(囹圄)의 몸이 되지 않았는가. 땅에서 이루어졌으니 이것은 이미 하나님의 의사가 아니고 무엇일까? 그들의 말마따나 주께서 주신 시험일진대 하나님의 배정(配定)임이 틀림없지 않겠는가?

목사는 얼른 내 저의(底意)를 알아채고 말 막기에 바빴다.

"박선생은 무엇인가를 곡해하고 있어요. 하나님께서는 당신 내외를 일꾼으로 부르셨습니다. 그런데 당신들은 하나님의 뜻을 저버리고 갈랫길을 잡은 것입니다."

"그러니깐 그 죄과로 이런 고생을 한다는 말씀이시군요. 그렇죠?"

내 말이 꼬여 나가는 것을 듣고 여집사의 한 분이 얼른 중간에 나섰다.

"목사님께선 너무 딱하게 여기셔서 하시는 말씀입니다. 다른 사람도 아닌 박선생님이 이런 좁은 방에서 이런 말 못할 고생을 당하고 계시다니 누구가 곧이듣겠어요? 상상도 못할 일이 아닙니까?"

여집사는 나 때문에 더욱 바스러지신 어머니를 돌아보며 연민의 빛이 가득한 눈으로 그렇게 말했다.

"이게 무슨 고생이겠어요? 옥중에 있는 사람도 있는데 자유로 먹고 놀고 말하구요. 그인들 자기가 잘 살겠다고 금전을 탐내거나 누굴 속인 게 아니라 자기의 주의사상을 선포하다가 법에 걸린 거니깐요. 누구나 제 처자 곁에서 평안하게 살고 싶지 않은 사람이 있겠어요? 그렇지만 저런 분들은 자기의 신념에 충실하기 위해서 안일을 버리고 고초를 즐겨 받는 거예요."

내가 열을 올려 이쯤 말하자 목사와 집사들은 다시 입을 열지 않고 찬송가와 기도로 우리를 빌어 주고 떠나갔다.

그들의 말에는 일리가 있었다. 그러나 나는 그렇게 대답해야만 나 자신에게나 옥에 있는 그이에게 명분이 서는 것 같았던 것이다.

사실 젊어서의 고생은 돈 주고도 못 산다는 말을 나는 언제나 억설이라고 생각했다.

인생의 한 생애에 있어서 생활의 행복을 또한 만족을 가장 가치 있게 향락하고 감각하는 때는 젊은 시절일 것이다. 감수성이 예민하고 사물에 대한 정열이 높고 무한한 야심과 희망을 품고 있는 그들이건만 아직 생활의 토대가 박약하고 의지가 미숙하여 자연히 고난을 겪어야 하는 과정을 어른들은 그렇게 일컬었던 모양이다.

 내게 있어서 나의 젊은 날들은 인생을 즐기고 생활을 향락하였다는 것보다는 인생을 이해하려는 노력으로 생활과 싸워만 왔고 육친과의 이별이 너무나 참혹한 연속이었던 까닭에 나의 추억이란 거반이 다 쓰라리고 아픈 것밖에 있을 수 없는 것이다.

 한 가지 잊었거니와 내가 농경에서 아가를 업고 눈보라 속에서 신문 배달하는 남편의 뒤를 밟던 그 해 음력 구월에 아버지가 돌아갔다는 전보를 받고 나는 10여 년 만에 처음으로

 "아아, 가엾은 아버지!"

하면서 아버지라는 발음을 입 밖에 냈었다. 아버지가 작은집을 얻던 그날부터 나는 아버지라고 그를 불러본 적이 없었던 것이다.

 이 하나의 사실만으로도 내 젊은 시절의 원망과 저주와 고민과 체념의 흔적을 알 수 있지 않은가?

잔인한 구월들

괴로운 날과 달이 쌓이는 대로 『백화』의 수정도 끝이 보였다. 나는 ≪동아일보≫ 지사의 기자 편으로 소설뭉치를 싸서 춘원 선생에게로 보냈다.

얼마 후에 그에게서 기별이 왔다. 편집부원인 임병철(林炳哲) 씨에게 읽어보라고 했더니 감격했다고 하기에 자기도 읽은 결과 좋은 작품이라고 생각하니 빠른 시일 내에 연재하겠노라는 회보이었다.

과연 1931년에 장편 『백화』는 180회로 여섯 달 동안 동아일보의 독자들에게서 열렬한 성원을 받았는데, 원인은 작품이 뛰어나서보다는 여성으로 처음 장편을 썼다는 것과, 졸렬하나마 한시와 노래가 끼었다는 점을 들 수 있는 것이다.

『백화』가 발표되자 제일착으로의 청탁은 주요한 씨가 만드는 ≪동광≫ 잡지사의 단편인데 그것이 「하수도 공사」였다.

≪조선문단≫에 「추석전야」가 추천된 후로 두 번째 쓰는 단편이지만 백여 장이 넘는 분량으로나, 스케일이 큰 것으로나 작품다운 점에서는 이것을 처녀작이라고 하고 싶었다.

그 후로 여기저기서 단편이네, 수필이네 하루에도 몇 통씩의 청탁이 와서 능력 범위 내의 수응을 했더니 나도 모르는 새에 여류소설가라는 칭호가 붙어 버렸던 것이다.

고정수입이 있는 몇 달 동안은 물질의 위협이 없이 밤낮으로 분주하나마 비교적 안정된 생활을 할 수 있었다.

그때는 신문의 연재 고료가 하루에 2원씩, 한 달에 60원이었다. 잡지사에서의 고료와 합하면 이럭저럭 8, 90원은 될 테지만 흔히 공짜 글을 쓰는 수가 있어서 70원 내외가 평균이었다.

그러나 쌀 한 가마에 10원 내외였고 물가가 싸니까 전에 진 빚을 갚아가며 어머니와 애들의 의복도 장만할 수 있었다.

《동광》지에 실린 「하수도 공사」는 그때 목포의 일대사업으로 시작한 하수도 공사에서 지성껏 소재를 모았는데, 그때 내가 체험했던 사실과 현실을 그대로 반영하였고, 노동자들과 주인공이 끝내 투쟁하는 내용이어서 춘원 선생은 마땅치 않게 여겼으나 한쪽에서는 대작이라고 치켜세우기도 했다.

나는 우선 집을 옮겨야 했다. 폭풍의 날에 한 번 호되게 당한 기억이 새롭고, 문틀이 덜컥댈 때마다 공포증이 앞서서 새로 지은 기와집 안채를 빌려 들었다.

안방, 대청, 건넌방은 내가 쓰고 문간방 하나에서만 집주인들이 살고 있는데, 바로 앞집에서 와 주인네 문간방에서 날마다 싸움이 벌어져 진정 소란하기 이를 데 없었다.

앞집 주부란 중년 여인은 시부모 내외를 안팎 종들처럼 부려먹었다. 시어머니는 줄곧 헌옷으로 부엌에서 밥만 짓고 빨래만 하면서도 며느리의 세숫물까지 떠다가 바치건만 늘상 지천꾸러기만 되어 며느리는 매일 고래고래 악을 쓰며 나가라고 들볶았다.

시아버지 역시 검둥이가 되어 물긷고, 마당 쓸고 장작패기에 등은 더 굽어 들건만, 아들이라는 작자는 보고도 못 본 체하고 저희들은 조석으로 안방에서 주안상을 곁들여 잘 처먹으면서도 부모 내외는 언제나 부엌바닥에서 먹게 하였다.

이런 행위를 보고 나는 너무나 분개하여 참다못해 한 번은 동네방네 떠나가게 악쓰는 여인에게

"여보시오. 낫살이나 먹었으면 그 값을 해야지 이런 패륜행실을 자랑하느라고 날마다 악을 쓰는 거요? 이웃 부끄러운 줄도 알아야 하고, 하늘이 무서운 줄도 알아야 하지 않소?"

했더니 여인은 새파란 입술을 파르르 떨며 한술 더 떠서 고함을 높였다.

"아유, 별꼴도 다 보겠네. 남의 집 상관 말고 당신 남편 감옥에서 내올 생각이나 하면 어떻소."

경상도의 억양으로 내 약점을 들이대는 데는 놀라지 않을 수 없었다. 이웃된 지 얼마 되지도 않았는데 어떻게 그런 내막까지 조사했던가 하는 의혹은 이내 풀렸다. 그의 남편은 전직이 형사였던 것이다.

나는 뜨끔하면서도 분한 생각으로 한마디를 갈겼다.

"고맙소. 당신도 남편의 존재가 소중한 줄은 아는 모양이구려. 당신 남편을 모시고 살려거던 시부모님께 그런 패악무도한 행패는 삼가야 해요. 사람은 짐승과는 다르니깐요. 알았어요? 당신 따님이 본따요. 무섭지 않소?"

"흐흥, 머라꼬? 건방지고 아니꼽다."

그 후로도 한양이어서 나는 그런 여인을 모델로 창작을 해 볼까도 생각했으니 도저히 붓대가 내키지 않아 늘상 구경만 하고 말았는데, 몇 년 후에 그들 부부는 엄동에 부모를 내쫓았다가 이웃의 고발로 잡혀갔다는 신문의 보도를 읽었던 것이다.

그 여인에게는 실패했지만 문간방 주인네에게는 성공한 셈이었다. 그들 내외는 홀시어머니와 한 방에서 잤다. 마누라는 나와 동갑인 스물 여덟 살인데 작년에야 서로 만났다고 했다.

가만히 눈치를 보니까 시어머니가 끼어 자는 게 싸움의 이유였다. 나는 살림이 들어 있는 건넌방을 시어머니에게 밤에만 제공하고 며느리에게 알아듣도록 자식의 도리를 일렀더니 그래도 속이 막히지 않은 며느리는 말귀를 알아듣고 시어머니를 대하는 품이 날마다 달라져 좀 요망스럽던 시어머니도 며느리의 정성에 심정을 풀었다.

고부가 이처럼 화합하는 덕분에 나는 어머니와 아이들을 이들에게 부탁하고 서울로 떠날 수가 있었던 것이다.

서울에서 제일 먼저 만난 여성은 《신가정》사의 김자혜 씨였다.

노산이 주간이오, 김양이 기자인데, 그때 《신동아》에는 주요섭 씨가 있어서 《신가정》과는 동아일보사 이층의 한 방을 쓰고 있었다.

내가 왔다는 말을 듣고 견지동에 있는 나를 노산과 김자혜 씨가 찾아와 점심을 대접해 주고, 다음 날 저녁에는 김양의 집에서 만찬으로 여류 문인을 소개해 주었다.

조촐하고 맛갈진 서울 음식이자 내 식성을 알아차린 김양이 주로 소찬을 마련하여서 탐탁하게 먹을 수 있었다.

그때 만난 여류는 모윤숙, 이선희, 최이순, 윤성상 그 외에는 기억에 모호하나 어쨌건 그들의 인상은 퍽 좋았다.

그때 이선희 씨가 이런 말을 했던 것이다.

"백화 연재 때의 사진을 보니깐 어찌나 추부이신지 글마저 매력이 없어질 거 같았어요. 그런데 이번에 뵈니깐 씻은 배추줄기처럼 희멀거시고 환하신데 왜 사진이 그 모양이죠? 여간 손해 보시는 게 아녜요.

예쁘장한 얼굴에 쌍꺼풀이 진 동그란 눈을 치떠서 유창하게 나불대는 이선희가 그지없이 귀여웠다.

그때 모윤숙은 수줍은 듯한 미소를 띠고 말을 자주 하지 않았으나 그의 눈은 많은 얘기와 복잡한 꿈을 잔뜩 담고 있다고 느꼈다.

"시골에 묻혀 계시면서 지독스럽게 고생을 하신다기에(남편의 복역을 의미함) 아주 궁상이 질질 흐르실 줄 알았더니만 고생티는 하나도 없구 외려 우리보다두 더 싱싱하고 앳되세요."

그들의 총평인 칭찬을 듣고 나는 지난날의 고초를 더듬으며 쓰디쓴 웃음을 보이고 말았다.

그때 견지동에는 내 십칠 회 동창인 장금산 양이 하숙집을 경영하여서 최국경, 손정순, 허하백, 김낙신 등 젊은 여교원들의 보금자리가 되고, 나도 숙식을 할 방이 있었기에 나는 그에게 편리한 주소를 제공해 준 은덕을 감사했다.

춘원선생은 그때 병석에 있었으나 며칠 후에 나를 서울대학 식당으로 불러 문단에 대한 얘기와 문인들의 동태를 얘기했다.

그리고 청목당이니 조선호텔이니에서 나를 계몽(?)시키려고 노력하는 그는,

"작가는 큰북이 되야 합니다. 큰북은 큰 소리도, 작은 소리도 자유자재로 낼 수 있지만 작은북이 큰 소릴 내려면 찢어지고 말거든요."

그는 또 대개 누구누구가 작은북이라고 하면서 스케일이 크고 인생을 투시하는 눈이 날카롭고 인간성이 좋고 무한히 솟아나는 능력이 있는 작가라야 큰북이 된다고 역설했다.

모윤숙은 조용히 나를 찾아와서 소회를 폈다.

'기러기의 뜻을 참새 떼가 어이 알리오.'

하는 한탄도 섞인 그의 언변은 도도했다.

그와 나는 춘원 선생을 만날 때 대개는 함께 있었다. 덕수궁 산책에도 인천 조탕 초대에도, 하다못해 춘원 선생은 독일에서 막 돌아온 젊은 박사 안호상 씨를 초대하면서도 청년회관 식당으로 모양과 나를 동석하게 했던 것이다.

실로 모양과 나의 우의는 물샐 틈 없이 친밀해서 그는 어떻게 생각했는지 모르나 의리를 저버리지 않는 나로서는 끔찍이 믿고 아끼었건만 그

후 들끓는 세파에 부대꼈음인가 이제는 겨우 평범한 인사를 주고받는 새가 되었다.

견지동 그 집에서 백철, 이무영 씨 등을 만났는데 백철 씨는 상당한 미남이라고 생각했다. 이무영 씨는 괴팍한 얼굴에 표정마저 심각했으나 비교적 순정적인 남성이었다.

동아일보사의 임병철 씨와는 가속도로 친근하여져서 남매간과 같은 친교였는데도 부인의 오해가 있는 듯 하여 고의로 격조하였건만 후일에 그는 불귀의 객이 되고 말았다.

모윤숙 양의 『빛나는 지역』을 내준 심현도 씨가 내 『백화』도 만들어주어서 최초의 내 저서를 손에 든 나는 『백화』를 지을 때의 얽히고설켰던 파란곡절을 회상하고 눈물을 지었던 것이다.

그때 내 출판을 축하해주는 의미에서 성의경, 이숙종, 김현실, 송금선, 김순학, 이정렬 제씨 등 그 외의 여러분이 신흥사에서 나를 기쁘게 해주었는데 당시 이숙종 씨는 황금정 이정목 금화료(錦華寮)라는 초라한 건물에서 십여 명의 학생들을 데리고 후일의 대성신(大誠信)의 진통을 겪노라고 무척 애를 쓰고 있었다.

지금 돈암동 산의 일대를 점령하여 위관을 떨치고 있는 성신여학교를 바라보노라면 그때의 금화료의 장면이 낡아진 필름처럼 지나가는 것이다.

아울러 지금의 안국동 절반을 차지하다시피 하여서 덕성 왕국을 이루고 있는 송금선의 성공도 그때는 하나의 미지수이어서 우리는 다만 유쾌하게 웃고, 놀고, 먹고 하면서 신흥사의 가을 한때를 즐겼던 것이다.

그 해에 김동환 씨가 주재하는 ≪삼천리≫지에 「떠나려가는 유서」와 ≪조선문학≫지에 「두 승객과 가방」을 발표했는데, 이태준 씨는 나더러 「두 승객과 가방」같은 작품이 박선생 원래 생리에서 울어나는 것이라는 의견을 말했다.

그리고 ≪신가정≫지에 연재하던 「비탈」도 5회인가에서 끝이 났다.

「하수도 공사」나 「떠나려가는 유서」나 「비탈」, 「두 승객과 가방」은 내가 의식적으로 사상을 침투한 것이지만 이태준 씨는 「두 승객과 가방」의 짜임새가 더 예술적이라는 데서 호감을 가진 모양이었다. 당시에 상허(尙虛) 씨는 예술지상주의를 논하고 있었던 것이다.

내가 서울에 있는 동안 아이들이 홍역을 치러서 어머니가 무척 고생을 하셨으나, 나는 이제는 고분고분 말을 잘 듣는 주인네에게 또 집안을 부탁하고 경주, 부여 고도의 답사로 길을 떠났다. 대구에서 상업학교의 교유 노릇을 하고 있는 H씨의 안내로 경주 시내의 고적과 불국사, 다보탑, 무영탑의 기관(奇觀)을 구경하고 석굴암을 보러 토함산으로 올라갈 때에 그 상봉에서 우연히 눈을 드니 문득 시퍼런 동해가 하늘과 맞닿아 펼쳐진 것이 보였다.

땀을 뻘뻘 흘리며 첩첩 산중이려니 하고 오르던 정상에서 신비스러운 동해를 기적인 양 만났을 때 얼마나 크게 감격했던지 그 심경은 경주 기행에 적었건만 지금 내게 없으니 안타깝기만 하다.

석굴암에서 십이면관음상이 생명을 담고 있는 것 같이 보였던 것과 석불의 육체미가 혈액이 돌고 있는 양으로 실감을 안겨주던 그런 기묘한 감상도 다 그 기행문에 기록했다.

부여에서는 경주의 장엄함도 없이 쓸쓸하게만 느끼다가 반월성 꼭대기에서 낙화암으로 내려가는 가파로운 산길을 토끼보다도 더 날쌔게 내리닫던 기억이 새롭다.

삼천궁녀는 아니더라도 몇 백 명의 아름다운 몸들이 한을 머금고 떨어졌다는 낙화암은 내 일생의 비장(秘藏)된 애인처럼 나를 끌었던 것이다.

오직 낙화암과 그 아래 구비치는 사자수를 한초 바삐 굽어보려고 신들린 사람마냥 날아가던 나를 H씨는

"과연 놀랬습니다. 예술이랄까 정열에 도취된 분의 무아의 경지를 난 처음으로 구경했습니다. 그렇게 내리닫고도 다치지 않았으니 참 신통하군요."

하고 비평했다.
　나는 춘원의 「사자수」의 노래를 새삼 사무치도록 음미하면서 인간의 부귀영화는 망하고 없어져도 예술만은 역사와 함께 길이 길이 남는 것이라고 절감했던 것이다.
　나는 다시 발길을 북으로 돌려 강서(江西)의 고분(古墳)을 참관했다. 숭실대학에 있는 양주동 씨 부처의 환대를 받으며 강서에 왕래하였고, 율곡 선생의 석담구곡(石潭九曲)을 찾았다.
　주자(朱子)를 숭앙하는 율곡(李珥)이 주자의 무이구곡(武夷九曲)을 모방하여 해주 석담에 석담구곡을 마련해 두고 산수와 풍월로 벗을 하던 유적인데, 우리나라에서는 최초로 해서(海西)기행을 쓰겠다는 내 야심이 나를 여로(旅路)도 까다로운 그곳에까지 끌어 간 것이다.
　나는 옛 선비에 대하는 예로 청주 두 병과 간단한 안주를 사 들리고 율곡의 후손을 뵙고 율곡서원과 그 사당에 배알했다.
　그리고 잣나무로 하늘이 보이지 않는 숲 속 길에서 아홉 개의 명승을 뒤졌는데 사곡송애(四曲松崖)의 그 웅장하던 산과 소(沼)와, 오곡 은병(五曲隱屛)의 아기자기하던 절경과 그의 서재인 청계당(聽溪堂)의 변화무쌍한 물소리를 지금도 잊을 수 없다.
　붓대에 신이 오른 듯이 처녀지를 답사하던 기록을 꽤 신기하게 발표했건만 사변 때 몽땅 잃어 다시 찾을 수 없는 내 한은 일생의 가장 큰 벌이 아닐 수 없다.
　그 경주, 부여, 강서, 해서 네 곳의 기행문이 《조선일보》 별지에 하루에 시조 두 구씩을 곁들여서 한 달 가까이 났을 때, 나는 사방에서의 기림을 듣고 많은 편지를 받았다. 그 중에는 연문(戀文)도 섞여서 고소를 금치 못했다.
　그때 팔봉 김기진 씨와 그 백씨 김복진 씨와는 특별한 우정으로 지냈고, 김기림 씨가 《조선일보》사 학예부에 있던 관계로 늘 접촉하게 되었었다.
 그 해에 나는「헐어진 청년회관」을 한 회만 내고 매장당한 ≪청년문학≫ 창간호(팔봉이 주간했다)에,「신혼여행」을 ≪조선일보≫ 단편 리레에,「논 갈 때」를 ≪조선문학≫지에 발표했다.
 1934년에 애아빠가 복역을 끝내고 나왔는데 나는 팔봉 형제분에게 부탁하여서 그를 북간도 용정 동흥중학교의 교원으로 가게 하였다.
 그가 옥중에 있고 내가 혼자 노력하고 있을 때 매일신보 학예부장 성해(星海) 이익상 씨가 다른 신문에서는 하루에 2원이지만 특별히 4배인 8원씩을 줄 테니 기어코 집필하라 했으나 총독부의 기관지라는 것을 꺼려 끝내 거절했더니
 "흐흠 후생이 가외(後生可畏)라더니 박선생을 두고 이름이로군."
하며 불쾌하게 여겼다.
 그 해에 큰 홍수가 있어서 나는 참해를 입은 나주와 영산포에 가서 직접 현지답사를 하여「홍수전후」를 ≪신동아≫지에 발표했다. 그리고「눈 오던 그 밤」「불가사리」등을 ≪신가정≫과 ≪신동아≫지에 실렸었다.
 다음 해인 1935년에 나는 양동에서 북교동으로 이사했다. 전세나마 독채를 얻고 나를 도와줄 식모도 구하여서 비교적 창작에 충실할 수가 있었다.
 애아빠에게서는 일전의 송금도 없지만 남매를 유치원에 보내고 매일 들이닥치는 청탁서에서 가능한 것으로 골라 써보내는데, 그때 여운형 씨가 사장인 ≪조선중앙일보≫사의 장편 청탁이 와서『북국의 여명(黎明)』이라는 제목으로 연재를 시작했다.
 사흘에 한 번씩 원고가 두둑한 봉투를 들고 역 앞에 있는 우체국에 가서 등기로 부치거나, 기차 편에 직접 보내는 일은 여간한 고역이 아니지만 두 번째로 쓰는 장편에 대한 정열이 그것을 이겼던 것이다.
 그 해에는 희유의 가뭄이 들어서 나는 나주 촌에 사는 빈농인 언니에게 폐를 끼치며 한발에 시달리는 농촌의 현황을 보고 ≪신동아≫지

에 「한귀(旱鬼)」라는 단편을 냈고, 그때 이민(移民)정책을 통탄하던 나머지 함평 불암리에 묵으며 피어런 이민들의 생태를 그려보았다.

아무리 식민지 정책 하에서 살고 있는 약소민족일망정 내 나라 안에서 고향을 버리고 탄광에나 개척농토가 있다는 먼 타향에 이민으로 가는 동포들의 한이 사무치는 심정과 절박한 환경을 표현한 소설은 아마 그것이 처음이라고 생각되는데, 나는 그것을 「고향 없는 사람들」이라고 제목하여 ≪신동아≫지에 냈다.

「홍수전후」, 「한귀」, 「고향 없는 사람들」따위의 작품들은 지주를 위하여만 일하고 살고 있다고 하여도 과언이 아닌 가난한 농민들이 불가항력의 천재에서 거듭 해를 입어야 하는 비참한 현실을 폭로하고, 그 중에서도 무엇인가 생의 광명을 잡으려고 허덕이는 심경을 그린 것으로 다 각각 그 해에 박영희(朴英熙) 씨와 그 외의 평론가들에게서 가장 엄정한 비판을 받았던 것이다.

『북국의 여명』이 두어 달 계속되었을까 했을 초가을인 것 같다. 이태준 씨와 나는 원산 무슨 회합에서엔가의 초청을 받고 함께 떠나 밤에 청년들이 많이 모인 환영회에서 좌담회를 열었다.

그 밤을 여관에서 보내고 다음 날은 전진(前津)에 갔었는데, 나는 내 육촌아우가 그곳 어업조합의 이사(理事)로 있었기에 숙모 댁으로 가고 상허는 여관으로 갔다가 이튿날 조반을 우리와 함께 먹었다.

내 아우와 상허와 셋이 동해의 파도가 찰싹대는 흰 모래밭을 거닐며 조개껍질을 줍던 추억은 지금도 흰모래처럼 깨끗하기만 하다.

그는 어려서부터 고아로 고생을 많이 겪었던 만큼 극히 냉랭한 성격에다 그의 소설의 문체와 같이 담담하고 청아한 맘씨를 가졌기 때문에 활기나 패기나 이런 사내다운 일면은 도무지 보이지 않는 남성이라고 생각했다.

나는 그들을 떠나 용정(龍井)으로 향했다. 말로만 듣던 두만강은 온통 시뻘건 흙탕물이어서 정나미가 떨어졌으나 이것이 국경이라 생각하니 독립군의 진지가 어디쯤에나 있는지 알고싶은 호기심이 일기도 했다.

나는 애 아빠가 유숙하고 있는 강경애 여사의 집에서 폐를 끼쳤다. 그의 남편 장하일 씨는 미남이며 풍채가 좋았으나 좀 신경질이 있어 보였다.

나는 열흘을 넘어 유하는 동안 『북국의 여명』의 원고를 연신 서울로 보내면서 그들의 환대를 받았다.

그들과 함께 동흥중학교의 국어선생인 박영준 씨는 은근하고 겸손한 말씨로 선배에 대한 예의를 차리고 신접살림인데도 만찬을 베풀어 주어서 오랜만에 포식을 했다.

창작세계의 일맥상통점이 있는 강경애 씨와 나는 막힘 없이 간담을 털었던 것이다.

처녀 때는 인물이 뛰어나고 솜씨 좋고 말 잘 하고 수단이 능하던 경애 언니가 한 번 농촌에 묻혀서 마지기박답에 목숨을 걸게 되면서부터 그의 궁상과 고난은 계속되었다.

실농(實農)인 시아버지가 논 서마지기만 떼어주고 모른 체하여서 식구는 많고 식량은 터무니없이 모자라 보리곱살밥은 당상이오, 밀가루 풀대죽으로 연명해야 하는 해마다가 언니의 살을 깎아 내리고 피를 졸아들게 하였던지 언니는 중병에 걸리고 말았다.

내가 창작의 취재 겸 언니를 방문하여 며칠씩 묵는 동안에 언니는 언제나 나를 위하여 쌀 반 섞인 밥을 못 먹여 애를 태웠던 것이다.

그러기에 나는 언니를 위하여 갖가지로 맘을 쓴다고 했건만 큰 도움은 되지 못하고 오히려 감질만 나게 하는 결과를 가져오곤 했는지도 모른다.

처음에는 임신이라고만 우겼다. 아들 오 형제에 제일 맏이와 막내로 딸자매를 가져 칠 남매나 되는 다산에 무슨 또 임신일까 보냐고 나는 언니를 강제로 데리고 읍내 병원에 가서 진찰했더니 임신이 아니고 간이 부었다고 했다.

다시 목포의 큰 병원에 가서 진찰하니 취장과 비장에 종기가 생겼다고 했다. 종기면 즉 암이 아닌가?

"괜시리 너까지 병나겠다. 큰 병은 아닐 테니까 잘만 먹으면 얼른 나을 거야."

속종 모르는 언니는 낙관했지만 언니의 병은 날마다 악화하여서 의사는 죽과 과즙 외엔 먹지 못하게 했다.

그러나 한사코 언니는 모든 음식을 다 먹으려고 했다. 어린애처럼 멀거니 보고 있다가 눈물짓는 언니 때문에 나는 반찬을 제대로 넘길 수가 없었다.

하루는 형부가 언니를 데리러 왔다.

1936년 9월 4일 밤이었다.

"저 약한 심장에 여행을 견딜 수 있을까요?"

처녀 때부터 심장병이 있는 언니라 아무리 광주까지의 짧은 거리지만 나는 염려하지 않을 수 없었다.

"하는 수 있소? 갈 사람은 가야지요."

광주 제중원에 입원시켜 치료하겠다는 말이 고마워서 7일 새벽 5시에 언니는 인력거에 실려 역에 나갔다.

인력거까지 걸어 갈 때나 홈에서 차칸에 들어설 때에도 언니는 성한 사람처럼 걸었다. 다만 숨만 몹시 가빠했다.

"내 꼭 나아 가지고 다시 오마. 어머니 모시고 잘 있어."

언니는 내 손을 꼭 잡고 그렇게 말했다. 차가 떠날 때 언니는 수건으로 얼굴을 쌌다. 그것이 눈물 어린 내 망막에 남은 영원한 언니의 모습이다.

그 이튿날 아침에 나는 광주에서의 전보를 받았다.

금조 6시경에 별세.

어제 새벽에 바로 이 마당을 걸어가던 언니가? 아하, 단 하나의 언니인 내 언니는 가엾게도 불운한 일생을 끝내고 만 것이다. 다시 오겠다는 그 언약은 아직도 귓전에 서언한데도…….

언니가 가던 바로 그 차로 나는 떠났다. 몸부림치는 어머니를 두고…….

광주에서 살고 있는 큰오빠 내외와 조카들과, 광주 교회 약간의 교인들과, 몇 사람의 친지가 모인 제중원 뜰에서 언니의 관은 흰다리아, 국화, 코스모스 등의 흰 꽃으로 덮여 쓸쓸하게 누워있었다.

언니를 잃은 슬픔과 형언할 수 없이 허전한 외로움을 안고도 나는 그 해에「춘소(春宵)」,「시드른 월계화」의 두 단편과「찾은 봄·잃은 봄」의 희곡 한 편을 ≪신가정≫지에,「이발사」를 ≪조광≫에 발표했다.

1936년 4월에 딸애가 입학하고 1937년 4월에 아들애가 입학해야 하는데 아빠의 전과가 문제가 되었으나 수석 훈도가 문학을 좋아하는 사람이어서 내 딸이라는 조건으로 입학이 허락되었다. 그만큼 그때의 국민학교 입학은 퍽이나 어려웠던 것이다.

아이들의 입학이 되자 애들에게는 절실하게 아빠가 요구되었다. 나는 여러 곳에 그의 취직을 부탁하고 힘썼건만 일자리는 쉽사리 나서지 않았다. 나는 그가 용정으로 떠나간 전날 밤 심각한 표정으로 정중하게 내게 이르던 말을 상기했다.

"난 복역하는 동안 무척 후회했소. 당신과 결혼한 것을 말요. 내가 진정 단신을 사랑한다면 난 그럴수록 당신을 자유로 두었어야 해요. 당신은 아무하고나 결혼할 수 있는 여성이오. 당신의 맘만 내킨다면 백만장자나 대학교수나 어떤 사람의 아내라도 될 수 있는 유자격자요. 그런 걸 나의 아내가 된 탓으로 몇 해 동안 생으로 고생을 하지 않았소?"

"그런 말 이제야 왜 하는 거죠?"

"아니, 잘 들어봐요. 나 여기 내 도장이랑 호주인 형님의 인장을 두고 가니까 당신이 필요할 땐 언제든지 박 변호사를 찾아가서 내용을 말하고 협의이혼을 해 달라고 하시오. 이건 간절한 내 소원이니까요."

나는 말 같지 않은 말을 한다고 그의 말에 코방귀만 뀌었다. 박 변호사란 자기의 보통학교 동창생이었던 것이다.

아닌게아니라 내가 용정에 갔을 때도 그는 또 그런 말을 하면서 아주 거기에 뿌리박고 살 뜻을 보이기에 나는 일축해 버리고 말았는데, 그가 원하지 않기도 하지만 직장이 마련되지 않아 나만이 늘 초조한 나날을 보내게 되었다.

'내년엔 아들애도 입학시켜야 하니까 아빨 꼭 불러와야지.'

직장이 없더라도 곁에서 나와 애들만 지켜주면, 그러다가 차차 적당한 곳을 찾으면 되지 않느냐고 나는 다시 용정에 가서 그를 데려오기로 결심했다.

더위도 한창인 7월 하순 그 날은 지난 밤부터 내린 비에 땅도 질건만 나는 먼 곳을 향해 목포를 떠났다.

두어 정거장을 지냈다. 머리가 아파 이마를 짚고 고개를 숙이고 있는 내 눈에 흙탕이 된 흰 구두가 들어왔다. 구두는 내 앞에서 고정되어 있었다.

'누가 남의 앞에 버티고 섰어?'

곱지 않은 눈길을 들던 나는 비에 후줄근히 젖어 서 있는 남자를 보고 깜짝 놀랬다. 집에 자주 오는 천씨였다.

"웬 일이세요?"

"서울에 좀 갑니다."

침울한 안색의 그는 뱉듯이 말하고 맞은 편에 덜퍽 앉았다.

"역엔 계시지 않던데요?"

"중간에서 탔습니다."

"그랬어요?"

큰 눈이 저주와 같은 빛을 담고 나를 노리는 것에 나는 시선을 피하여

반대편 창 밖을 내다보았다.

작년 10월 9일이었다. 모교 동창생들은 돌려가며 한 달에 한 번씩 친목회를 열었다. 그 날은 천씨의 아내의 번이었다.

시내에서 십 리나 떨어진 그의 집에는 다알리아와 코스모스가 만발하고, 방과 마루에는 멋들어진 꽃장식을 해놓았다.

"애아빠가 이렇게 다 손수 했대요."

주부의 자랑에 참 좋은 남편이라고 생각했다. 여러 가지의 별식을 먹고 난 후에 주부는 우리를 데리고 공장에 갔다. 천씨가 창립하고 공장장(工場長) 노릇을 한다는 회사였다.

"공장엔 뭣 하러 가? 여기서 놀지."

공장 따위에 워낙 흥미가 없는 내가 반대했으나 주부는 단장을 새로 하며

"모두들 모시고 구경 오시랬대요."

하고는 기어코 데리고 갔다.

본시 흰 꽃을 사랑하는 나는 흰 코스모스와 흰 다알리아를 한 아름 안고 천씨가 앉아 있는 사무실로 들어갔다.

우리는 그의 안내로 공장 내부를 구경하고 돌아왔는데, 그 후에 편지가 오고 부부가 함께 내방도 했으며 혼자도 종종 놀러와서 친근한 사이가 된 것이다.

그는 차 안에서는 종내 무뚝뚝했다. 나는 점점 두통이 심하고 열이 올라갔다. 그제야 그는 약도 주고 염려도 하더니 경성역에서는 내 가방을 들어주고 여관에까지 안내했다.

그 밤에 그는 내게 사랑을 고백했다. 나를 처음 본 것은 동경에서 근우회가 아래층을 쓰고 있을 때 신간회 사무실인 이층으로 왕래하며 보았고, 그 후 내가 양동에서 홀로 고생하며 산다 하여 몇 번이나 집 밖에까지 왔다가 감히 들어가지 못했다고 했다.

동창생들이 자기 집에 온다고 하여 손수 정성껏 집안을 꾸민 것도 나를 위함이었고, 흰꽃을 안고 사무실에 들어설 때 자기는 평생 처음인 전류 같은 충격을 받았으며 이어 오늘까지 남모르는 사랑을 바쳐왔다고 했다.

"김군의 사랑이 반딧불이라면 내 사랑은 태양에 비해도 손색이 없어요."

김과 그와 박변호사는 다 보통학교의 동급동창생이었던 것이다. 엔지니어의 꾸밈새 없는 표현은 그대로 감격적인 대목이 있었으나, 우리는 피차에 상대자가 있으며 그런 생각은 아직 해 본 일이 없다고 나는 딱 잘랐다.

그의 중요한 청은 절대로 김군을 데리러 용정에 가지 말라는 것이었다. 그의 온갖 호소를 끝내 물리치고 나는 남편을 찾아 두 번째 두만강을 건넜다. 나는 남편을 설득하고자 갖은 이유를 다 말했으나 그는 이미 자기의 동지들을 그곳에서 규합하고 있다고 했다.

"내가 중해요? 동지가 중해요?"

"동지가 더 중하지."

"그럼 나를 버릴지언정 동지는 못 버리겠네."

"물론!"

"애들은요?"

"애들은 당신의 것이 아니요?"

이런 논법도 있을까? 하기야 그는 과거에도

"언제나 내겐 당신만이 확대되어 있을 뿐이오. 애들은 당신의 그늘에서 가물대는데 지나지 않아."

했던 것이다.

"그 대신 당신에 대한 내 사랑은 추호도 변하지 않았소. 오히려 난 당신을 지극히 사랑하기 때문에……."

"좋아요. 알아듣겠어요."

다음 날 나는 눈물을 흘리며 용정을 떠났다. 그의 철저한 신념……처자를 버리면서까지 집착하는 그를 남편으로서 의탁할 수 있을까? 국민학교의 입학에도 아빠의 사상은 방해가 되지 않았던가? 나는 어머니께 언제 가겠다는 전보를 했더니 경성역에는 이미 천씨가 나를 기다리고 있었다.

가슴에 큰 상처를 안은 내 눈에 천씨는 불행의 방조자로만 보였다.

그러나

"난 당신을 지극히 사랑하기 때문에 당신을 버리는 거요. 알겠소?"

하고 엄숙하게 말하던 남편의 말소리와

"김군의 사랑이 반딧불이라면 내 사랑은 태양에 비해도 손색이 없어요."

하던 천씨의 음성은 번갈아 가며 나를 괴롭혔다.

내가 숙소에 돌아오자마자 그는 대뜸 어떻게 하고 왔는가를 물었다. 이미 남편과의 정신적인 고별을 하고 온 내 입에서는 정반대의 대답이 나왔던 것이다.

"곧 솔가해서 이사하기로 했어요."

"북간도로 말입니까?"

"네."

분명하게 떨어지는 말소리에 그는 질린 듯이 움찔하더니 지긋이 눈을 감았다.

아드득 찌푸린 그의 널찍한 미간에 분노와도 같고 살기와도 같은 복잡한 기운이 엉기었다.

그가 눈을 번쩍 떴을 때 이글거리는 그의 큰 눈은 두려운 빛을 내 쏟았다.

"너무 하십니다. 너무 해요!"

그는 입술을 악물고 두 손으로 그의 머리칼을 움켰다.

반쯤 곱슬거리는 그의 검은 머리칼은 지극한 고통의 손길에서 한껏 눌렸다가 기어코 그의 두 손에 뽑혀 나왔다.
 노르스름한 다다미 바닥에는 그의 머리털이 수북하게 버려지고 그는 격분을 참지 못해 날카로운 치아로 손끝을 물어뜯었다.
 그의 타는 듯한 숨결과 함께 방바닥에 뱉어진 것은 언제나 그가 길쭉하게 간직하고 있던 바른쪽 새끼손가락의 손톱이었다. 손톱에는 붉으레 핏물이 들어 있었다.
 "그러신다구 일은 제대로 되는 게 아녜요."
 공포에 떠는 내 말소리는 의외에도 희미하지 않았다.
 "이성(理性)을 잃지 말아야죠."
 "이성요? 흥. 숙녀다운 말이군요. 난 워낙 야만족이라 그런 거 모릅니다."
 뜨거운 입김을 불며 앉았던 그는 다시금 불같은 눈으로 나를 주목했다.
 "최후로 한 마디 묻겠어요. 아까의 말씀은 거짓말이지오? 솔가해 가버린단 사실이 말입니다."
 나는 잠잠히 그를 마주 보다가 나직이 대답했다.
 "참말이에요. 8월 이내로 떠나버릴 결정을 하고 온 걸요."
 "진정입니까?"
 "진정이지 않구요."
 내 말이 끝나자마자 그의 손이 방석 아래로 들어갔나 했더니 나올 때는 대추색 나무 자루가 달린 갸름하고 좁으장한 칼이 들려 있었다.
 비록 자칫만 큰 손칼이지만 예리한 날이 번뜩이는 무기는 나를 너무나 놀라게 했다.
 "사내자식이 이런 멸시를 받는다면야 죽어 마땅하지오. 부디 잘들 살으시오."
 새파란 윤을 내면서 칼끝이 그의 목으로 겨냥하고 들어갈 때 나는 외마디를 치며 그의 손목을 잡았다.

그는 나의 손을 뿌리치며 맹렬하게 말했다.

"위협도 장난도 아닙니다. 일생일대의 소원이 꺾일 때 어쩌는 도리가 없지 않아요?"

뼈대가 센 그의 힘은 강하여서 나는 필사적으로 그의 손을 다시 잡았다.

"바른 대로 말하죠. 아깐 거짓말이었어요. 확정된 건 아닌데……. 제발 이러지 마시고 이론으로 따지세요."

그즈음 나는 신문에서 어떤 실연의 청년이 면도칼로 목줄기를 따서 자살했다는 기사를 읽었던 까닭에 그 기억이 너무나 생생하게 살아나 몸서리가 쳐졌던 것이다.

그는 내 고백을 듣고 슬그머니 힘을 늦추었다. 다음 순간 나는 진실이 발로된 것에 은근히 화가 났다.

"글쎄, 어쩌자구 이런 만용을 펴세요?"

"만용이라니오?"

"만용이 아니구 뭐예요. 이런 사실이 밖에 새어 보세요. 단박 내일 아침 신문에 여류 소설가 아무개가 무슨 여관에서 아무개와 치정극을 펼쳤다구 특종기사가 나지 않겠어요?"

나는 열을 올려서 나무랬는데 그는 어이가 없다는 듯이 나를 쏘아보다가

"에익! 무서운 여인 같으니라고!"

하는 주문(呪文)을 토해냈다.

"사람의 생사문제에서 당신은 이해만 따지고 있었군요. 소문이 무서워서 날 못 죽게 했단 말이지요?"

"꼭 그런 건 아니지만 인간생활에서 어떻게 여론을 무시할 수가 있겠어요? 게다가 이런 사건이 객관적으로 정당성을 띠느냐 안 띠느냐도 고려해야 하니깐요."

"이론가인 줄 잘 알고 있어요. 정당성의 유무를 누가 규정지울 수 있나요? 죽도록 사랑한다면 무슨 수단으로든지 그 사랑을 쟁취해 버려야만 즉 사랑의 승리를 해야만 비로소 정당한 결과를 얻었다고 볼 수 있지요."

이런 논법도 있을까? 애들은 어떻게 하겠느냐고 묻는 내게

"애들은 당신의 것이 아니오?"

하던 남편의 말이나

"죽도록 사랑한다면 무슨 수단으로든지 그 사랑을 쟁취해야만 정당한 결과라고 볼 수 있지요."

하는 그의 고집이 다 욕심사나운 남성들의 편리한 자기 주장이 아니고 무엇일까.

모순이라는 것을 추호도 용서하지 않는 이론파인 남편이나, 소위 엔지니어라고 자처하는 그나 어리석음에 있어서는 남성적인 공통점이 있는 것에 나는 고소를 금치 못했다.

그는 거듭 내게 어찌하여서 자기가 내 사랑을 얻지 않으면 살아갈 수 없다는 이유를 몇 가지나 들었다.

그의 구체적인 몇 가지의 이유를 나는 여기서 열거하기를 피하거니와 그 근본적인 원인은 어느 정도 수긍할 수가 있었다.

나는 그와 1년 동안 접촉해 오면서 그의 환경이나 인간성을 잘 이해할 수 있었던 까닭에 그의 지극한 사랑의 호소와 자살소동이 위협이나 수단 아닌 긴박성을 띤 진실이라는 것을 감득하면서도, 피차의 처지를 역설하고 현재의 부당성을 강조할 수밖에 없었다.

집에 돌아온 지 며칠 되지 않아서 남편에게서 긴 편지가 왔다. 내가 다녀간 후 새삼 나의 존재가 크다는 것을 깨달았으니 빨리 올라오되, 남매는 이미 입학했으니 어머께 맡겨두고 나 혼자만의 살림을 차리자는 뜻이었다.

나는 이 이치에 맞지 않는 의견을 귓등으로 들었다는 것보다는 편지이

기 때문에 읽기는 했으나 머리에도 오지 않고 말았던 것이다.
　대관절 부모가 함께 필요한 아동교육에 어미마저 잃는다는 말이 어떻게 통하며, 칠십 노모를 편하게는 모시지 못할망정 그분에게 어린애들까지 짐지어 될 뻔이나 한 소리겠는가?
　그런데도 용정에서는 날마다 곧 떠나라는 독촉 전보가 날아왔다.
　나는 단호하게 거절하는 전보와 자세한 내용을 적은 편지를 보냈더니 그럼 다시는 자기를 요구하지 말 것이며 앞으로 무슨 일을 당하든지 후회하지 말라는 경고의 편지가 오고 말았다.
　나는 오랫동안 눌러 두었던 분노의 감정이 걷잡을 수 없이 폭발하는 것을 어찌지 못했다.
　물론 시기상조의 결합이었다 할지라도 결혼 이래 나는 그를 위하여 얼마나 헌신 노력하였던가?
　딸이 세 살이오 아들은 5개월만 되었을 때 그는 검속되었고, 나는 어린 남매를 키우노라고 만만치 않은 몹쓸 고초를 겪었던 것이다.
　어린 남매는 아버지 없이 오직 어미의 품에서만 자라지 않았던가?
　지금은 딸과 아들이 함께 국민학교의 학생이 되었거늘 그것들을 노모와 함께 버리고 동지만을 위한다는 자기에게 오지 않는다고 그가 도대체 당당히 내게 무슨 꾸지람이나 노담(怒談)을 할 자격이 있단 말인가?
　백 번이나 양해하는 바이지만 그는 2, 3년이나 되는 교원생활에서 단 한 푼의 생활보조가 없었던 것이다. 오직 나 혼자 모든 시련을 감수하면서도 간절히 자기의 귀향을 바랐건만 두 번이나 찾아간 나를 질밍시기고도 이제 당찮은 명령에 불복한다고 불만을 표시하다니 정도에 지나친 남편으로서의 탈선이 아닐 수 없다고 나는 통절히 느꼈다.
　참으로 당돌한 말이긴 하지만 나는 남편과 떨어져서는 얼마든지 오랫동안 살 수 있으나, 어머니나 자식들을 떼고는 며칠이나마 견딜 수 없는 자신임을 너무나도 잘 알고 있는 까닭에 나는 홧김에 이혼할 결심을 하고야 말았던 것이다.

　그가 떠나면서나 찾아간 내게 누누이 설명했듯이 나는 박 변호사에게 이혼 수속을 요청했다.
　처음에는 그도 불응했으나 감정적이 아니오, 사실적인 조건을 들어 자초지종을 말했을 때,
　"어쩌면 그 길이 두 분과 자녀를 살리는 길인지도 모르지요. 그럼 즐겁게 그 절차를 밟아드리겠습니다."
　이렇게 하여서 그와 나는 사람의 힘으로는 어쩔 수 없는 몇몇 겹의 얽히고설킨 애정과 윤리의 사슬을 종이 한 장의 선포(宣布)로 영원히 끊고만 것이다.
　후에 강경애 여사에게서 지금이라도 모든 것을 버리고 그에게로 돌아오라는 길고 뜨거운 권고의 편지가 왔으나, 한 번 쏟아진 물을 다시 떠 담을 도리가 없어서 쓰라린 가슴을 안은 채 묵살하고 말았다.
　강여사의 글은 그가 처음으로 담배를 빨았고 술을 폭음하여 거리에 쓰러졌었다는 슬픈 얘기를 전하였던 것이다.
　담배와 술 같은 분화구도 없이 오로지 가슴 속에서만 타고 있을 영원한 비분의 불꽃이야 어찌 남들이 짐작이나 할 수 있을까.
　이 치명적인 상처를 입은 나는 그래도 이 해에 「온천장의 봄」과 「호박」의 두 단편소설과 여러 편의 수필을 발표하였던 것이다.

　천씨는 한결같이 십 리나 되게 먼 곳에서 유달산 가까이 있는 우리 집까지 부지런히 왕래하였다. 때로는 폭우에 쫓기기도 하고 겨울에는 길이 막히도록 쌓이는 눈 속으로 눈보라의 세례를 맞으며 밤길을 걸었다.
　그는 공과대학의 섬유과를 나왔기에 그의 종형들의 원조를 받아 스스로 바다를 메워 터를 닦고 공장을 세운 후 손수 직물기계를 놓아 직물회사를 조직한 젊은 사업가이며 노력가이어서 일 초나마 여가가 없건만 회

사가 파한 후에 기회를 노려 찾아오는 것이다.

어머니는 신자이신데 그가 이방인이라서 그리 달갑게 여기시지 않기 때문에 9시 반이 넘으면 일부러 방문 소리를 내면서 어서 가라는 신칙을 암시하셨다.

그는 앙앙불락하여 돌아가는 길에 울화를 이기지 못하여 벼가 익어 가는 논두렁이나 콩이 무성한 밭둑에 앉아서 얼마를 뒹굴며 열화를 식혀서 집에 돌아가면 자정도 되고 어떤 때는 자정이 훨씬 넘기도 하며 양복은 온통 흙투성이가 되기 일쑤라 하였다.

그런 덕분에 나는 이상한 풍문을 듣고 그에게 아무쪼록 방문을 삼가 주기를 요청하였다.

"나도 압니다. 몇 번이나 이를 악물고 맹세했지만 어느 샌지 발길은 이리로 옮겨지고 마는데 어쩔 겁니까?"

그 도도하고 자존심이 강하고 머리칼만큼도 남에게 숙이지 않는 그의 성격으로 어쩌면 저렇게도 집요하고 끈기 있게 지성을 부리는 것일까?

평범한 화제에서는 맘껏 평화로울 수 있으나 사랑의 호소에 이르면 어쩌는 수 없이 금이 가고, 결국 그는 서울의 여관에서와 마찬가지로 한없이 격앙하여져서 어떤 때는 전신이 마비되어 손발이 싸늘하게 식을 때가 있었다.

나는 포도주를 먹이고 그의 응급수당에 땀을 흘릴 때가 많았다.

"다시 생각해 보겠어요. 진정하세요."

이런 위로가 내 입에서 나오면 기운을 회복하거니와 그렇지 않고 끝내 부정하면 그 중요한 공장의 열쇠뭉치를 방바닥에 동댕이친 채 칠흑 같은 유달산으로 올라가 얼만큼 진정한 후에야 겨우 다시 내 앞에 나타나곤 했다.

한번은 그의 종형이 나를 찾아왔다. 그와 나는 생전의 초면인데도 이런 요구를 하였다.

"제 이름자 같이 그렇게도 독실하던 사람이 요샌 도무지 정신나간 사람 같습니다. 그 사람이 건전해야만 공장이 잘 되고 그래야만 우리 가문은 유지될텐데 저 사람이 저 지경이니 어떻게 합니까? 사람 하나 살리는 셈치고 너무 노골적인 거절은 하지 마십시오."

그럼 나더러 어쩌라는 건가? 임시임시로 그의 정을 받아주라는 말인가?

"아니 어떻게 하시는 말씀인지요?"

"슬슬 무마해 가면서 일을 하도록 해주시라는 말입니다."

뺨이라도 치고 싶은 심화를 참고 다음 그가 내게 왔을 때 그 말을 했더니 펄쩍 뛰었다.

"나 때문에 공연한 모욕을 당하셨군요. 난 영구적인 사랑을 요구하는 거지 일시적인 위안을 받자고 목숨을 내건 게 아닙니다."

그는 말끝마다에서 나를 세계적인 작가로 만들고 싶다고 했다. 원대한 포부를 성공시키기 위해서도 반드시 자기의 반려자가 되어야만 하겠다는 것이다.

그러나 또 다른 종형에게서는 내게 원망의 편지가 왔다. 내가 있기 때문에 종제의 맘이 변했다는 것이다.

전자이건 후자이건 다 일리가 있는 말이긴 하나, 문제는 어떻게 내가 그와 결합할 수 있는가의 조건인 것이다.

또 한 번은 그의 친아우가 왔다. 크게 상점을 벌리고 있는 바로 손아래인 동생이었다.

"너무 높은 체만 하시지 말고 우리 형님의 뜻도 살피셔야지 생사람 잃게 생겼어요."

좀 말을 삼가지 않는 성격인지 초면인데도 실례되는 연구가 내 귀와 맘에 거슬렸으나 나는 그들의 종국의 의미가 그의 혈연을 중하게 여기기 때문이라고 스스로 자량자제하고 말았던 것이다.

어쨌거나 나는 한 남성의 두렵게 끈덕진 사랑에의 피맺힌 투쟁이 얼마나 결사적이며, 결사적인 것보다도 오히려 죽음을 초월한 희생적인 것에 소름이 끼치도록 경탄했던 것이다.

그는 후일까지 그 '세계적인 작가'를 만들겠다는 굳은 맹세를 실행할 능력도 없었고, 또 성의까지도 도무지 보이지 않았으나, 지극을 넘어 죽음으로써 도전하던 사랑의 승리자로서 자신을 정리하고 자신의 수양을 힘껏 쌓아올려 스스로 아무개의 남편으로서 꿀림이 없게 하겠다는 노력을 잃지 않은 사내다운 인간임에는 틀림없었던 것이다.

나는 그가 서울의 여관에서 손칼을 함부로 놀린 탓으로 칼끝에 상한 목의 가벼운 상처가 꽤 오랫동안 점 같은 딱지를 붙이고 있던 것을 볼 때마다 섬찟한 공포심을 일으키던 기억을 간직하고 있었다.

또한 그의 숱한 머리털이 그 날 난폭하게 생으로 뽑힌 이후 점차로 없어져 가는 것을 바라보며 서글픈 심정을 금치 못하던 정회를 말살하지도 않았던 것이다.

"김군의 사랑이 반딧불이라면 내 사랑은 태양에 비해도 손색이 없어요.."

그가 입버릇처럼 외우던 이 말은 결코 과장이 아니라 그는 그 이상의 표현어를 찾지 못하여서 무한히 애를 태우던 사람이었다.

참으로 나의 이 서술은 그때의 정경이나 그의 절대적이던 투쟁의 절반밖에를 나타내지 못하는 것이다. 그만큼 나는 예의에도 인색하여서는 아니 되는 까닭에…….

이러한 회오리바람 속에서 나는 그의 아내가 되었고 그와의 첫아들인 승준(勝俊)을 낳았다.

때마침 영국의 에드워드 황제가 세기적인 사랑을 얻기 위하여 왕관을 던지고 심프슨 부인과 결합하게 되었던 차라, 나의 이 재혼에 대한 각자의 비판은 그 소란스러운 풍설에 실려 한층 더 야단스럽게 떠돌았다.

그리고 소위 일지(日支)사변이라는 전란(戰亂)이 시작된 그 다음 해이어서 세상은 온통 버글버글 끓고 있는 듯 했다.

나는 비장한 결심을 했다. 비록 아들을 낳기는 하였으나 한 가정의 주부로 얽매이기는 싫었다. 그것은 나의 지난날의 업적으로 보아 작가생활에 불리하다는 것을 절실히 체험한 까닭에.

만일 그가 영어의 몸이 되지 않고 끝내 함께만 살았던들 장편이나 단편이나 그만큼 써내지 못했을 것이다. 만난을 겪으면서도 정신적인 부담이 없이 혼자만 살아왔기에 오로지 집필에 열중했을 것이 아닌가.

나는 용정 그에게 편지를 했다. 이미 나의 신변의 변동을 알고 있는 그에게 남매는 아버지의 보호 아래서 성장시키고 싶으니 데려가 달라는 간곡한 부탁을 했더니 그는 쾌락하고 팔월 하순에 목포로 왔다.

실로 일만 가지의 회포가 태연을 가장하는 그와 나의 가슴에서 용솟음을 쳤을 것이나 우리는 흔연히 용건에 대한 의논만 했다.

그는 요람에 누워 있는 아가를 들여다보고 미소를 지으며

"허. 그 놈 참 자알 생겼다. 눈이 화경 같구나."

하기도 하고 아가를 안아보고

"원, 이 녀석이 왜 이렇게 무거워?"

하며 얼르기도 하였다.

아기에게는 그렇게 천사 같은 웃음을 흘리던 그가 아가의 아빠가 나를 통하여 정식으로 만나기를 청했을 때는

"내가 그를 만나 무엇하겠오."

하고 긴장한 얼굴로 거절했던 것이다.

드디어 내 딸과 내 아들을 데리고 그는 떠나야 했다. 전쟁중이라 기차 칸마다에 병정만 잔뜩 실리고 역 마당은 온통 일본기로 덮여 물 끓듯 하는 소란 속으로 나는 내 피의 결정인 남매를 보내야만 했다.

용정까지의 기차편도 순조롭지 않아 몇 개의 차를 갈아야 하는지 미지수의 고난에 묶어 나는 생명처럼 소중한 남매를 떼쳐야만 했던가?

딸애는 집에서부터 울기 시작했고 어려서부터도 음전하고 침착한 아들은 어린 얼굴에 비통한 표정만 가득 담고 있다가
"엄마 꼭 나 데릴러 와 응?"
하더니 와아하는 큰 울음을 내 놓았다.
"엄마! 엄마도 꼭 오지?"
너무나 큰 설움에 말조차 이루지 못하던 딸애가 흐느끼는 발음으로 이렇게 물었다. 통통 부어오른 그의 눈시울 속의 눈동자는 간절한 희망과 다짐으로 빛나 있었건만
"응응, 꼭 가고 말고."
이 죄 많은 젊은 어미는 그 확답마저 오열 속에 얼버무리고 말았던 것이다.
기차가 움직이고 두 창을 하나씩 차지하고 내다보던 작은 머리통이 멀어지자 나는 문득 내 자신으로 돌아왔다.
"승해야!"
"승산아!"
미친 듯이 부르짖으며 나는 움직이는 기차를 따라 달리기 시작했다.
이때까지의 행동은 나 아닌 딴 몸뚱이가 꿈 속에서 저질렀을 것이다. 지금의 이 장면이 엄연한 내 정당한 현실이 아닌가? 내 피땀의 결정인 내 자식들을 잃다니! 나는 전속력을 다하여 달리며 끊임없이 딸과 아들의 정다운 이름을 외쳤다.
그러나 맘 없는 기차는 나의 전 소망을 끊고 내 앞에서 떠났고 나는 어딘지 모르는 땅바닥에 쓰러지고 말았다.
황혼에서 자식들의 낯을 잃었건만 내가 정신을 차려 일어났을 때는 내 슬픔마냥 짙은 암흑이 나를 에워싸고 있었다.
꼭 광인처럼 두 아이의 이름만을 번복하여 중얼대며 돌아왔을 때 어머니는 그의 전 생활이던 손주들을 빼앗긴 원통함에서 마루바닥을 치며 통

곡하고 계셨다.

그 후로 나는 완전히 자식에 상성들린 반광인이 되었다. 딸애가 요람을 흔들며 언제나 부르던 「어머니여 오라」는 노래를 그대로 부르면 간장은 억만 갈래로 찢기어 선혈이 흐르는 아픔으로 숨결이 막혔고, 또 딸이 좋아하는 「학교에 가는 길」이라는 창가를 부르면서 두 남매가 손잡고 북교 국민학교로 가던 길목을 더듬으며 몇 번이고 맴돌다가 풀밭에 주저앉아 피 듣는 호곡으로 시간을 보내곤 했다.

집에서나 밖에서나 보이느니 남매의 모습이요, 들리느니 귀에 쟁쟁 그들의 목소리! 그 외의 아무 것이 나는 모두 내게 무의미하고 무관심하였다.

"원, 이래서야 어디 되겠소? 당신도 한 개의 평범한 여성밖에 더 되오?"

참으로 이렇게 유약하고 평범하고 주책없는 자기에 대한 극심한 증오를 나는 처음으로 느꼈다. 그래도 이때까지는 꿋꿋한 신념과 이상에서 살아오는 생명이라고 자부했건만……

"애야, 정신을 가다듬어라. 이럴 줄 모르고 보내기로 했더냐?"

위로인지 원망인지 모호한 말씀으로 어머니도 가끔씩 나를 달래셨다.

본래가 오직 성스러울 만큼 경건한 그의 지성에 감동하여 각오를 한 나였다.

'인간성이나 능력이나 그만한 남성도 드물다. 저런 인재가 나 아니면 멸망하겠다니 또 하나의 좋은 일꾼을 만드는 각오로써 그의 사랑을 받아들이자.'

이런 비장한 결의로 그의 반려가 된 이상 또 하나의 가정의 구성을 반대하고 이런 계획을 실현한 나의 행동에 준엄한 반성을 퍼붓는 순간이 있기도 했으나, 그런 고의적인 이성의 절규는 잠깐이오 다시금 폭풍우처럼 엄습하는 자식에의 그리움에 휩쓸려 나는 어쩔 수 없이 유약하고 평범한 죄 많은 한 어미에 지나지 못했던 것이다.

머리통이 터질 듯이 가득가득 추억과 염려를 쟁이고 있는 밤과 낮이 얼마나 지나서야 딸과 아들에게서는 그들이 얼마나 고생을 하고서야 용정에 닿았다는 꼬불꼬불한 글씨가 적혀 왔다.

어려서부터 국문의 재능과 표현력을 남달리 타고 난 딸의 편지는 3학년생으로는 놀랄 만큼 숙달하여서 그 후로도 아빠와 남매 간의 생활이며 엄마를 그리워하는 정서가 눈으로 보는 듯이 선연하게 그려지고, 2학년인 아들의 편지도 엉뚱하게 숙성하고 능란하였다.

"밤에 자다가 눈을 떠서 나는 날마다 엄마가 왔는가 살펴봅니다. 기차 소리가 나면 언제나 정거장으로 달려갑니다. 내가 손기정 씨 같은 마라톤 선수라면 여기서부터 집에까지 꼭 날마다 달려서 엄마를 찾아갔으면 좋겠다고 날마다 생각하고 있어요."

딸애는 편지를 쓴다고 아빠에게 꾸지람을 들으니까 아빠 모르게 썼노라고도 했고, 저는 아빠가 귀여워하면서도 아우는 미워해서 꼭 주인집 할머니랑 잔다는 푸념도 했다.

이 모든 소식들은 나를 극도로 피로하게 만들어 기어코 나는 신경쇠약증과 알 수 없는 병으로 매일 수척해 갔다. 여기다 설상의 가상으로 큰오빠가 오십일 세로 구월에 광주에서 별세하였던 것이다.

1936년 9월에 언니를, 1938년 9월에 큰오빠를 잃은 내게는 골육으로 오직 제민 오빠(아명은 순경) 한 분만이 남아 있게 되었다.

광주에서 큰오빠의 장례식을 치른 후에 나는 아가를 데리고 멀리 바다를 건너 제주도로 갔다. 거기에는 다행히 영광에서의 제자가 금융조합이사의 부인으로 있어서 편하고 안정되는 매일을 보냈지만 쪽물보다도 더 시퍼런 바다 건너의 북쪽하늘은 목포에서보다도 더 멀고 아득하여서 겨우 한 달을 채우고는 다시 돌아오고 말았다.

나는 기어코 겨울방학에 아이들을 데려오기로 결심하였다. 천지개벽의 큰 변동이 일어날지라도 나는 그들과 헤어져 있어서는 안 될 것이다. 그들은 곧 나의 목숨이오 이에 내 생명의 연장체가 아니냐?
 그들을 맞을 장소는 전진(前津)항 내 육촌아우의 집으로 정하고 김국진 씨는 남매를 데리고 거기까지 오도록 만단의 절차를 결정한 후에 북으로 달리는 기차에 오른 내 맘은 새털보다도 더 가볍게 흔들렸다. 그러나 우유만을 먹이는 아가를 끼고 먼 여행을 하자니 거기에 필요한 알코올 등이며 물 끓이는 냄비, 우윳병, 우유 등, 이런 것들이 든 가방이며 내 소유품이며로 침대차일망정 거추장스럽고 괴롭기만 했다.
 서울 여관에서는 노천명(盧天命)에게만 알렸다. 상대해서는 살이라도 베어 먹일 듯이 연삽삽하고 알뜰한 여성다운 여성이 천명 양이며 더구나 소박하고도 섬세한 표현으로 이루어진 그의 모든 시는 나를 한껏 취하게 만들었기에 그와 나는 편지로 또한 가끔씩 내왕하는 서울여행에서 심우(心友)로 자처하고 있었던 것이다.
 천명은 내 아가를 안고 무척 귀여워했으나 그간에 돌아다닌 풍문들을 전해들은 나는 역겨운 내 운명을 스스로 한탄하면서 묵묵히 비분을 삼키고 있었다.
 12월 24일 크리스마스 이브에 그는 어김없이 그의 아들딸을 데리고 전진역에 내렸다.
 "엄마!"
 "엄마야!"
 토끼처럼 뛰어와 내 품에 안기면서 딸애는 목을 놓아 울고 아들은 눈만 꺼벅꺼벅하다가 입을 크게 벌리고 싱글벙글 웃었다.
 그는 내 아우의 안내로 사랑방에 자리잡았다. 그에게 100퍼센트의 동정심을 갖고 있는 숙모와 아우 내외는 그를 정성껏 환대하고 밤에도 애들만을 안고 있는 내게 아우는
 "누님! 형님에게 가서 얘기라도 하시지 원 왜들 그러세요?"
 하며 나를 암암히 원망도 했다.

갑자기 누나와 형아의 포옹을 받는 아가는 오히려 어리둥절하여 예쁜 눈을 동그랗게 뜨고 말뚱거리다가
"허어, 그 새 많이 자랐구나!"
하면서 부드러운 머리를 쓰다듬는 그를 빤히 올려다보더니 방싯 웃고 그에게로 덥석 기어올라서 숙모는 머리를 돌려 눈물을 씻고 나는 찢기는 듯이 쓰라린 아픔을 느꼈다.
다음 날 밤차로 나는 내 아이들을 데리고 집으로 돌아와야 하는데 그날 낮에 그는 내게
"이로써 나는 그야말로 천애의 고신(天涯孤身)이 된 것이오. 인생이란 이렇게 허무하지만 진리는 영원히 남아 있다는 것을 잊지 마시오."
하였다. 그것이 내 귀에 남겨진 그의 최후의 음성이었던 것이다. 그 밤에 북쪽에서 달려오는 급행열차가 전진역에 잠깐 정거하는 동안에 나는 아우 내외와 아이들의 아버지인 김국진 씨의 배웅으로 세 아이를 데리고 차에 오르는데 하마터면 아들들을 잃을 뻔했다.
우리의 차와 북행의 열차가 거기서 만나는 까닭에 우리 차를 보내고 그 걸음으로 그는 북행차에 몸을 실어야 했다.
아버지의 손목을 잡고 있던 아들을 아빠가 으레 기차칸에 태웠으려니 했는데 어디선가
"엄마! 엄마아!"
하고 울부짖는 아이의 소리에 가슴이 찔려 승강구로 내다보니 내 아들이 저쪽에서 울고 있는 것이 아닌가?
나는 아가를 얼른 동생에게 맡기고 뛰어내려가 아들애를 안고 차칸으로 올라오자마자 기차는 움직였다.
그 순간 차창으로 비치는 불빛 속에서 손을 번쩍 들고,
"굿바이!"
하고 서글프게 외치던 그의 소리와 그의 모습이 지나갔다. 그 서글픈 표

정의 그의 모습이 영원히 그를 다시 만나지 못한 오늘까지의 최후로 남은 그림자인 것이다.

인제 아가를 찾아야 한다. 차가 떠났으니 동생은 아가를 딸애에게 맡겼으리라. 그러나 딸애는 가방만을 등에 멘 채 단신으로 쪼루루 달려왔다.

"아간 어디 있니?"

"난 몰라!"

가슴이 철썩 내려앉고 무서운 전율이 등골을 타고 흘렀다. 문뜩 동생이 뭐라고 외치던 생각이 났다.

'아마 딴 누구에게 맡겼나 부다.'

나는 양손에 두 아이를 잡고 좌석을 훑으며 눈알을 바삐 굴렸으나 그 칸에는 아가가 없었다.

초조한 맘과 발길은 허둥지둥 다음 칸을 헤매다가 저쪽 끝자리에서 흰 털 케프에 싸인 흰 모자의 아가를 발견한 것은 딸애였다.

"엄마! 저어기 애기가 있어!"

머리가 새하얀 할머니가 소중한 듯이 아가를 안고 있다가

"인제야 오오? 아까 젊은 댁이 마꼈지비."

하고 아가를 내주었다. 나는 고두백배 치하를 하고 선물을 올린 후에 비로소 세 아이를 데리고 내 좌석인 침대차로 왔다. 그제야 아들애는

"아빠가 막 가지 말라고 했어. 아빠랑 도로 용정으로 가자고 해서 막 내가 악쓰고 울었어."

하면서 다시 입을 비죽댔다. 그의 순간적인 막다른 욕심에 내가 무엇이라고 비난을 하랴. 천만 번이라도 그의 심경을 통찰하고 싶을 따름이었다.

아가의 아빠는 의정부까지 우리를 마중 왔다. 그냥 일정을 알렸을 뿐인데 어린애들과 짐이 많을 것 같기에 상경했다는 것이다.

아이들을 위하여 특별히 따뜻한 온돌방의 한식 여관을 그는 잡아두었다. 우리는 어젯밤 차칸에서의 소동을 얘기했다.

"하마터면 큰일날 뻔했군. 큰애를 찾으러 갔다가 어린애를 날릴 뻔했구면. 다음엔 정말 주의해야지."

그는 눈을 둥그렇게 떠서 놀랍다는 표정으로 정색하여 말했다.

나는 다시 천명에게 알렸다. 상냥스러운 천명은 큰 아이들 둘을 각별히 사랑하여 그들을 어루만지며 과자 등속을 사주었다.

아이들은 다시 복교하여 연동 어머니 댁에서 통학하게 하고 나는 용당동에서 그들의 뒷바라지를 했다.

이런 복잡한 사건을 겪어내노라고 그 해에는 창작에 손을 대지 못한 채로 1939년을 맞이했다. 아가의 아빠는 전남도회의원에 당선되어 광주에 가 있는 때가 많았는데 그의 성격이 과격하여서 사원들이나 아우들에게 손찌검을 잘 했다.

나는 그와의 생활개선의 제1항 첫째 조목을 그의 성격완화로 정하여서 참으로 폭력주의인 그의 성질을 근본적으로 부드럽게 하노라고 무척 남모르는 정성을 들였던 것이다.

또한 남달리 자부심이 강하여서 무슨 회합에서나 자기의 고집만을 주장하는 버릇이 있는 것을 본 나는 회합에 나갈 때마다 대문까지 따라나가서 오늘 모임에서 당신은 이러이러한 행동을 해야 한다고 누누이 타일렀고, 돌아오면 그 장면을 그의 입을 통하여 회상하면서 나는 정당하고 세밀한 비판을 하기에 게으르지 않았다. 참으로 그는 노력의 인간이어서 그의 글씨와 문장이 너무나 생경하고 너무나 세련되지 못했다고 혹평했더니 그는 당장에 장지 몇 장의 두꺼운 책을 만들어 매일 먹글씨를 연습했다.

나는 먹물이 묻은 붓대를 잡을 줄도 모르는데 그는 후일에도 명필이 될 만큼의 수련을 쌓았고, 문장도 훨씬 부드러워질 만큼 그 방면의 시련을 명심했던 것이다.

그의 성격은 모르는 새에 일변하여졌다. 그들의 측근자나 일가들은 입을 모아 그의 성격이 딴 사람처럼 변한 것을 칭찬했다.

그만큼 그는 노력과 실행으로써 자신을 변모시켜 가는 실천의 인간이었으나 다분히 정치가의 바탕이 있어서 큰 소리를 손쉽게 해버릴 때가 많았다. 그럴 때면 그 뒤치다꺼리는 언제나 내가 맡아야 하는 까닭에 내 신경은 언제나 깨어 있으면서 각 방면에서 활동해야 했던 것이다.

장손인 만큼 육례를 갖추어야 한다는 바람에 전해 5월 22일에 형식적이나마 예식을 올렸기 때문에 시부모님을 모셔야 했다.

그러나 워낙 심장병이 고질이 되어 있는 시어머님은 병이 중할 때만 그의 촌집을 떠나 우리에게로 와서 치료와 요양을 하는 까닭에 나는 그 병자시중에 언제나 몸과 맘이 바빠서만 돌아갔다.

조금만 차도가 나면 굳이 말려도 촌으로 나가시고 어쩔 수 없는 때는 다시 모셔오고 했던 것인데 나는 또 임신이 되어 몸이 무거운데다가 괴팍스러운 성격의 그에게서 맘에 없는 꾸지람을 들을 때마다 남모르는 한숨을 내뿜곤 했다.

1939년 2월 22일은 정월 초나흗날인데 전진에 있는 숙모 댁에서 전보가 왔기에 무심코 열어보니 어쩌면 작년에 그리도 생생하게 우리를 환영해 주던 육촌아우가 죽었다는 기별이 아닌가?

나는 너무나 심한 충격을 받고 쓰러졌다가 겨우 정신을 수습하여 숙모님께 조전과 부의를 보내고 도회의 때문에 광주에 있는 아빠에게 전화로 그 사실을 알렸더니 그도 진정 슬퍼했다.

그때 나는 전화로 해산날은 25일쯤 될 테니 그때나 오도록 하라고 일렀으나 극심한 쇼크의 탓일까 다음 날 아침부터 진통이 시작되어 오후 두 시가 지나서 그와의 둘째 아들을 낳았다.

오빠는 달려와서 축하금이 든 봉투와 아이의 이름을 적은 종이를 내 머리맡에 놓았다. 그는 아이의 이름을 승세(勝世)라고 지어 주었던 것이다.

급작스러운 출산의 기별을 받고 그 밤에 아빠는 광주에서 내려왔다가 다

눈보라의 운하 213

음날 아침에 올라가면서 그 날 연설할 원고를 들려주었다. 그 날 그는 면화문제로 심각하고 근본적인 질문을 던지고 면밀한 계획을 제의하여서 한 때 굉장한 파문과 여론을 일으켰던 것이다.

그는 도회의원 민선(民選) 네 번에 당선하여서 중추원 참의라는 명예직을 받으라는 권고를 단호하게 물리치고 언제나 항일적인 발언을 했기에 그와 나는 언제나 함께 요시찰인이 되어서 해방이 될 때까지 붉은 줄을 달고 있었다.

큰애가 아직도 유아인데다가 다시 강보의 아기를 보태 놓으니 두 애기 틈에서 나는 매일 우유그릇을 들고 살아야만 그들을 배불리 먹일 수 있었고, 큰애는 한창 예쁜 재롱둥이인데도 엄마를 아우에게 빼앗기어 언제나 비죽거리며 투정하는 것이 가엾어 견딜 수 없었다. 큰애는 방죽에 빠져서 내 간을 떨리게도 했는데, 드디어 4월 14일에 그는 양잿물을 마시는 일대 소동을 일으켜 나를 죽음의 길로 몰아넣기도 했던 것이다.

돌이 지난 지 얼마 되지 않았으나 돌이 되기 전부터 걷기 시작한 큰애는 서투르지 않은 걸음걸이로 넓은 정원을 곧잘 소요하였다.

그 날은 어머니 댁의 소녀가 왔고, 빨래해 주려는 여인이 왔기에 집안이 떠들썩했다.

나는 우리 집 소녀에게 배가 고파서 우는 아가를 안겨 놓고 우유를 타고 있었다. 낳은 지 50일밖에 지나지 않았기에 언제나 우유는 내 손수 만들었던 것이다.

빨래를 앉혀서 장작을 모았다고 잠깐 방에 들어온 여인에게 큰애의 동정을 물으니까 어머니 댁의 소녀가 데리고 뒤텃밭에서 나물을 캘 거라고 했다.

나는 아가에게 우유를 먹이고 소녀는 뒷설거지를 하는데 어디서 아스라하게 애기 울음소리가 들려왔다.

"얘, 저 뉘 울음소리냐?"

"먼 동네서 들려오누만요."

잠잠히 우윳병을 물리던 나는 잦으러지는 듯이 들리는 먼 울음소리가 종시 맘에 걸렸다.

"얘, 저거 우리 애기 소리지? 어서 치우고 나가봐라."

"울음소리가 틀리잖아요? 그리고 먼데서 우는 모양인데요. 애기는 뒷밭에 있다지 않아요?"

그런데 그 기어들어가는 듯이 가느다란 비명은 좀 더 가까워지는 것이다.

"얘! 빨리 나가 봐!"

마지못해 밖으로 나가던 계집애가 방 모퉁이에서 부르짖었다.

"어마 우리 애기가!"

아가를 방바닥에 놓고 버선발로 뛰어나가니까 큰애는 옆나뭇단이 산처럼 쌓인 뒤란길을 걸어오며 울고 있었다.

"어머 뜨거라!"

큰애의 얼굴과 손이 어디에 닿았든지 계집애는 소리를 치더니

"어마 애기가 양잿물 먹었네!"

하고 외치지 않는가?

그 소리에 뒷문이 열리며 담 밖에서 나물을 캐다던 소녀가 뛰어들어오고, 내가 아이를 받아 안았을 때는 옆집 사촌형네 식구들이 몰려왔다.

큰애의 몰골은 단박에 변했다. 그 얍실하던 입술이 홀떡 뒤중거려져서 몹시 부어 올랐고, 눈물과 침이 얼마나 많이 흘러졌던지 흰 턱받개와 자주색 털조끼가 누렇게 번덕져 있었다.

"얼른 구정물 먹여라!"

시백모님이 호령하고 시종형은 아우에게 알린다고 공장으로 달려갔다. 쉰내가 나는 더러운 구정물을 흘려 넣는 한편 녹두를 갈아서 그 물을 마시게도 하는 동서들과 손을 놀리면서도 내 가슴은 이미 굳은 결의로 차

있었다.

'애기가 죽는 날 나도 함께 죽자.'

달려온 아빠는 아이를 내게서 뺏어 안고 공연히 뜰을 휘돌면서 야단만 쳤다.

"빨리 자동차를! 병원에 가야죠."

나는 발을 굴렀다. 누군가가 나가서 자동차부에 전화를 거는 새에 나는 떨리는 손으로 아이를 조심스럽게 씻기고 옷을 갈아 입혔다. 그러나 아이의 입에서는 줄곧 진하고 미끈한 침이 흐르면서 괴로운 신음이 끊일 새가 없었다.

시내에서 십 리쯤 떨어져 있는 집에까지 오기에 차가 20분도 넘게 걸리는 동안 나는 좌우에서 총알같이 퍼붓는 원망을 듣지 않을 수 없었다.

"아주 죽여버리지 그랬어?"

"원, 거 어쩌다가 그랬냐?"

"어린 것 있는 집에서 양잿물 단속을 안 하다니!"

아빠와 시백모님과 동서는 한 마디씩 하면서 혀를 찼다. 지당한 말들이라고 나는 눈물을 삼키며 들을 수밖에 없었다.

잘못은 여인에게 있었다. 잿물을 녹여서 빨래를 앉힌 다음 잿물 그릇을 부엌 뒷토방에 두고 방에 들어온 새에 밭에 있는 줄만 알았던 아이가 모퉁이 화단에서 놀다가 자박자박 그리로 갔고, 흰 덩이를 보고 무작정 그릇째 들고 마시다가 뜨겁고 아프니까 탁 놓고 일어섰는데, 그 때부터 너무나 아파 걸음도 제대로 못 걸으며 길고 긴 뒤란길을 돌아오면서 울었던 것이다.

의학박사인 소아과 의사는 먼저 내게 부주의를 꾸짖고, 잿물을 마셨는가의 진부를 알기 위하여 장액을 검사해야 한다고 했다.

두 살짜리 애기에게 고무줄을 삼키게 하자니 두 손목과 두 발을 붙들고 몰아넣는데, 애기는 아픔과 두려움과 놀램으로 진땀을 흘리며 악을 쓰고 울었다.

　초조와 공포의 몇 시간이 흘렀는지 앞에 가득히 물을 채워 놓은 수대에 기름이 뜰 때에야 그 일은 끝나고 저승길보다도 더 악착한 시간에서 해방된 내가 아이를 추슬려 안으니 아이는 생변(大便)을 흠뻑 속옷에 담고 있었다. 의사는 말했다.

　"다행히 먹진 않았지만 어머니의 수치는 씻을 수 없습니다. 한 달쯤 상한 혀와 입과 입언저리를 치료해야겠으니 매일 병원에 보내세요."

　한 방울이라도 삼켰으면 내장은 썩고야 마는데 불행 중 다행이라 하여서 나와 애기는 비로소 사선(死線)을 넘은 셈이 되었다.

　일체의 음식을 저작할 수 없게 된 애기는 하루 생우유 여섯 병씩만 먹이는데 어떤 때 투정하여서 두어 병 더 주고 나면 걸음마다 뱃속에서 액체의 출렁대는 소리가 나고 입술의 능력을 잃은 입이라 우유도 어른이 마시우는 것보다 거의 목으로 흘려 넣어주게 되는 까닭에 그때마다 번번이 한숨과 탄식을 연발하곤 했다.

　촌에서 시아버님이 오셔서는 아이를 어루만지며

　"양잿물만 먹으면 죽기 마련인데 이렇게 살아났으니 안 먹은 것보다도 더 옹골지구나"

하고 기뻐하셨다.

　한 달 동안을 우유만 먹고 병원출입을 한 후에 겨우 전의 모양으로 돌아오긴 했으나, 아이의 혀 한가운데는 20여 년이 지난 지금에도 큰 자국이 남아 있는 것으로 그때 그는 분명코 흰 잿물덩이를 혀에까지 올렸다가 뱉은 것이라고 상상하는 것이다.

　그때 시모님이 또 병이 악화되어 부란취병원에 입원하셨는데 나와 아빠가 문병 가니까 언젠가 나를 설득시킨 일이 있는 둘째 아우가 와 있었다.

　아빠의 형제는 육 남매인데 아빠 독근(篤根) 씨를 맏이로 둘째, 셋째, 넷째, 다섯째가 아들이오, 여섯째 막내가 누이 한 사람뿐이었다.

그래서 우리 부모님의 오십동이 막내딸은 천씨 문중의 소위 맏며느리가 되어서 갑자기 무거운 짐을 지게 되었던 것이다.

그때 셋째 행환(幸煥)(후에 천영(千英)이라 하여서 동광중고등학교의 창립자이다)은 시내에 있는 둘째형의 집에서 유숙하며 사립학교에 다니다가 동경으로 도망갔다 하여 둘째가 절치부심하고 있었던 때였다.

우리가 가기 전에 병상에 계신 시모님과 그 얘기를 하던 끝인지 형을 보고

"어머니와도 의논했지만 오늘 전보해서 행환일 부르도록 했습니다. 동경유학이 당키나 합니까?"

"맘대로 해라 나도 부당하다고 생각한다."

형제의 대화를 들으면서 나는 매우 불만해 했다. 향학열에 불타서 이왕 도망친 사람을 불러오다니!

내가 막 시집에 갔을 때 넷째 아우 옥환(玉煥)(현 숙대 교수)은 공립상업학교 1학년인데 이 해 5학년으로 진학했지만 번번이 학교에서나 집에서 말썽을 일으켜 큰형에게서 큰 꾸지람을 들었다.

그럴 때마다 학비조달에나 매사에 그를 싸고돌면서 무사히 넘기곤 했는데, 나는 이 문중의 너무나 낮은 문화수준을 마땅치 않게 생각하여 우리 형제들이나마 그의 천질을 따라 힘껏 공부시켜서 지식 수준을 높여야 하겠다는 결심을 했던 것이다.

그래서 그들 삼 모자의 의논의 결론을 여지없이 깨뜨렸다.

"전보치는 것 중지하세요."

"왜요?"

둘째는 눈을 크게 떠서 나를 보며 반문하고 시모님과 아빠는 어이없다는 듯이 나를 주목했다.

"이왕 갔으니 두 분이 협력해서 학빌 보내도록 하심 되지 않아요?"

"누가 싫어서 그런 줄 아세요? 형편이 닿지 않는 걸 어떻게요?"
그는 '모친 위독 지급 귀국'이라고 쓴 전보용지를 들고 일어나려 했다.
"잠깐만."
나는 그 전보용지를 잡아당겨서 손에 웅켰다.
"내가 학빌 담당하겠어요."
"건방진 말 하지 마라. 네가 무슨 뾰족한 수단이 있어서 일본 학비를 댄단 말이냐?"
시모님은 병인답지 않게 툭 내쏘았다.
아빠는
"당신이 무슨 재주로 우리 살기도 어렵지 않아?"
하고 둘째는
"후회할 일을 장담하지 않는 것이 좋아요."
했다.
"좌우간 내게 맡겨 보세요."
"난 다시 책임지지 않습니다. 난 몰라요."
둘째는 화를 머금은 채 밖으로 나가고 시모님은 보기 싫다는 듯이 벽을 향하고 돌아누웠다.
나는 중학 5학년에 입학했다는 셋째의 학비를 그 달부터 보내주노라고 월급 90원에서 40원을 빼냈다.
두 아이의 우유값에다가 공직이 있고 시아우의 학비마저 지출해야 하는 비용은 엄청나게 모자라 나는 보리밥을 먹으며 절약에 절약을 하면서 남모르는 고생을 했으나, 그때 집에서 섭양하고 계시는 시모님은 고맙다기는커녕 늘 빈정대기만 하셨다.
하기야 우리 친정 어머니가 얌전하게 녹두미음을 쒀 와도 미안하다는 말을
"노인이 청승맞게……"

로 표현하고, 자부들이 임신하면 오히려 꾸중을 하시는 성미이니까 그럴싸하겠지만, 그의 형들까지도 한 마디의 위로가 없는 그 분위기에서 꾸준하게 몇 년 동안 그 노릇을 계속한 일은 지금 생각해도 청춘의 정열과 확고한 신념이 없이는 실패했으리라고 믿는다.

기어코 시모님은 8월 10일에 돌아가셨다. 촌으로 가신 후 몇 번이나 위독하다고 하여서 애기를 데리고 파도가 발동선 높이만큼 길길이 뛰는 바다로 왕래했지만, 우리의 종신을 받지 못하고 쓸쓸하게 운명하여서 우리는 십일일 새벽에야 떠났다.

삼복 염천에 쇠고기, 돼지고기, 생선, 술 이런 것이 썩어나는 장례식에 맏며느리로서의 수난은 일구난설이었고 이어 시부님이 또 편찮아서 서울 대학병원에까지 모시고 와서 진단한 결과 위암이라고 했다.

젖이 없어 우유만 먹이는 애기를 데리고 경향의 병원으로 오르내리며 시병하기란 결코 쉬운 일이 아니었다.

위암의 선언을 받은 병세는 일진일퇴하여 집에서 두 달 동안 밤을 새우는 자녀들의 지성도 보람없이 기어코 촌으로 들어가셨다가 12월 9일에 별세하고 말았다.

한 해에 부모상을 한꺼번에 당한 우리의 물심 양면의 고통이란 말할 수 없었거니와 워낙 시부님은 덕망이 높으셔서 55세로 돌아가신 그의 일생을 모두가 애석해했다.

시모님은 제일 더운 삼복 중에, 시부님은 제일 추운 겨울에 돌아가셔서 여름엔 음식이 상해 적정이더니 겨울에는 모두가 얼기만 해서 탈이었다.

소 다섯 마리, 돼지 열 다섯 마리, 명태 백 이십 쾌, 국수 세 궤짝, 사탕가루 두 포대, 생선이 몇 가마니인지, 술이 몇 십 독인지 이루 헤일 수도 없이 막대한 물자를 소비한 장례식을 치르고 나니 부모님이 안 계신 허전함도 크려니와, 촌살림의 대폭 정리며 위패 이전 등의 번다한 일로 심신이 함께 피로하였다.

우리 집 아랫방에는 시부모님의 양위 상청을 한꺼번에 모셔 놓고 조석 상식을 올리는데, 초하루 보름에는 제사 지내듯이 온갖 찬수를 마련하여 삭망(朔望)제를 지내고 평소에도 늘 주과를 떨치지 않고 자주 갈아서 차려 놓아야 했다.

더구나 겹상을 당하여 상복을 입자니 흰옷으로만의 의복을 댈 수도 어렵고, 큰 아이들 남매를 데리고 계시는 어머니에게도 미안하여 가끔씩 인사를 차려야 하고 동경의 학비며 가족도 늘어 생활비의 증가며 잇달아 찾아오는 친척들의 접대며 연년생의 유아양육이며 등등의 복잡다단한 잡무에 얽매인 나는 밤이면 새벽 2시까지 일을 하고도 눈만 붙였다가 이내 5시 반이면 일어나서 매일의 고역을 되풀이했던 것이다.

1940년이 되자 일본정치는 극도의 포악성을 띠어 창씨개명(創氏改名)을 강요하고 글도 일어로 쓰라는 명령을 내렸다.

나는 3, 4년 전에 그때 인문평론(人文評論)이라는 잡지를 주간하는 최재서(崔載瑞) 씨가 번역한 내 단편 「한귀(旱鬼)」를 ≪개조(改造)≫라는 일본 권위 있는 잡지에 발표한 일이 있었다.

동경학회에 갔던 최씨가 좋은 작품을 번역해 보내면 실어 주마고 요청한 개조사와의 약속대로 세 편을 선택했다.

그 전 해에는 「홍수전후」가 일본말로 번역되어 ≪대판매일신문≫ 경성판이라든가에 실렸던 일이 있는데 그 때는 ≪경성일보≫의 기자가 번역해서 내 맘에 들지 않았으나 이번에는 최씨 자신이 직접 번역을 하겠노라기에 즐겨 응낙했다.

유진오 씨의 「A강사와 T교수」, 이태준 씨의 「꽃나무는 심어 놓고」와 내 「한귀」의 세 편이 「개조」지에 시렸을 때, 일본의 작가 가와바따(川端康成)씨가 동경 ≪조일신문≫에 단평을 내면서 내 작품에 언급한 일이 있었다.

그런 것은 유쾌한 일이나 일어로 소설이나 수필을 쓰다니 그런 망발이 없다고 생각한 나는 가정적으로 대단히 번잡한 시기니까 단연코 당분간 붓대를 꺾으리라고 작정했다.

그러나 후배는 양성해야 되겠기에 학생 중에서 문예에 뜻을 가진 사람이나 몇 사람의 당지 출신 문학청년들을 자주 만나면서 약간의 지도를 했다.

저 유명한 「목포의 눈물」의 노래를 지은 문이석 군은 꽤 영롱한 시를 쓰더니 요절했고, 그 외의 4, 5인의 문학도가 시, 소설, 수필을 공부하다가 병들어 죽기도 하고 행방이 묘연해지기도 했으나, 대개는 후일의 대성은 없을망정 그때는 다 꾸준히 글의 수련을 쌓고 있었다.

넷째 아우가 졸업하고 경성역 서무계엔가 취직이 되어서 가정적으로는 우선 한시름 놓은 셈이었으나 국내정세는 매우 긴박해졌다. 일본이 독재주의의 원흉들인 독일과 이태리 삼국의 조약을 성립하고 미국인들을 강제로 귀국시키며 우리의 노동자들을 일본으로 대량 징용해갔다.

이런 난시 중에 1940년은 가고 1941년을 맞이하였다.

3월에 아빠가 일본여행을 간 새에 큰애가 홍역을 하기 시작했다. 그때 나는 7개월이나 된 무거운 몸으로 식음을 전폐하고 40도 이상의 고열을 내뿜고 앓는 큰애를 업고 달래노라면 아가는 내 치마를 잡아다리며

"엄마 앉어! 엄마 앉어!"

하고 졸랐다. 그래서 아이를 업은 채로 앉았노라면 앓는 애가

"엄마,아 일어나. 힝."

하고 보챘다. 아이의 입김으로 등은 불길이 닿은 듯이 뜨겁고 허리는 아프나 다시 일어나 서성대면 아가는 다리를 휘어잡고 매달렸다.

"아하. 참 괴롭구나!"

뱃속에 든 생명까지면 한 몸에 세 아이가 매달리는 몸을 질질 끌면서 나는 몇 번이나 탄식소리를 하곤 했다.

큰애가 홍역하는 줄을 알자 난 아가를 이웃집에 격리시키고 병풍을 둘

러친 후에 아이의 병시중을 하면서 밤을 꼬박 새웠다.
 철야가 아깝지만 독서할 수는 없으니까 재봉침을 놓고 모아 두었던 버선짝의 앞갈이를 하고, 깁고, 새로 뜨고 하여서 일주일 동안에 사십여 켤레의 버선을 만들었더니 시백모님이
 "무서운 여편네다."
하고 칭찬인지 무언지 모호한 소리를 하셨다.
 아무리 격리시켰지만 큰애가 겨우 머리를 들자 세 살짜리가 계속 발열했다. 워낙 큰애처럼 순하지 않은 아가는 어찌나 울고 보채는지 감히 일손을 잡지 못하고 뜬눈으로 일주일 간 밤을 새우는데 매일 전보니 편지니를 보내는 아빠지만
 '세계적 작가를 만들겠다더니 흥 이게 세계적 작가를 만드는 첩경이던가?'
하는 원망으로 가득 차 있는 내 가슴은 녹여주지 못했다. 참으로 나는 자다가도 문득 깨면 생시에 머리에 박혀 있던 재혼에 대한 울분과 반발이 터져 나와 다시는 잠을 이루지 못하고 앙앙불락했던 것이다.
 두 아이가 깨끗하게 된 후에야 아빠는 돌아왔다.
 "아빠는 밉다. 나 아야한디 엄마가 울었져."
 큰애보다도 더 야실야실 말을 잘 하는 세 살짜리의 보고를 들으며 그는
 "이 녀석들아. 그러니까 누가 너희더러 아빠 없을 때 홍역하라더냐?"
하고 어설프게 웃었다.
 이월 십 사일은 '농민데이'이고 아빠는 사흘 전에 전국섬유조합이사회에 출석코자 상경했는데 나는 새벽 1시부터 진통이 시작되어 창에 아침 햇살이 피어오르는 5시 반에 그와의 셋째 아들 승걸(勝傑)을 낳았다.
 아가는 중량 일 관 백 돈 중(刃)이나 되고, 뺨과 팔뚝에 살이 토실토실하며 푸르도록 검은 머리칼이 딸 수 있도록 길어서 출생하면서부터 2, 3개월이나 지난 영아처럼 때가 쏙 벗어 있었다.

언제나 소리 없이 해산하는 버릇이 있고, 산실에는 산파 외에 아무도 못 들어오게 하는 괴벽이 있는 만큼 시백모님은 문 밖에서 기다리다가 나중에야 들어와서
"원 목용통이 그득하게 큰 애길 낳았구나. 무서운 여편네다."
하며 두 번째로 무서운 여편네라는 칭호를 주셨다.
아빠에게서는 축전이 오고 삼일에야 돌아와서 아가를 보며
"허어. 그 놈! 다 커 가지고 나왔군."
했다. 아닌게아니라 너무 숙성한 애기 같아서 친척들이나 누구나가 다 감탄했던 것이다.
애기가 큰 만큼 우유의 분량도 더 늘인 탓인지 아가는 날마다 흰 살이 더욱 탐스럽게 피어나며 준수하게 자랐다.
"천하의 미남자가 되겠다."
보는 사람이면 다 그렇게 칭찬할 뿐 아니라 어버이 사랑 내리사랑이라는 말대로 진정 아가는 지극히 귀여웠다.
엄마를 아우에게 뺏긴 둘째 아이는 설사네 종기치례네 갖은 병에 시달려 여위어 가고, 우유만으로 키워야 하는 나의 맘과 신경과 정신과 노력은 아가에게만 쏠려서 해와 달이 어떻게 지고 뜨는지를 모르도록 눈알이 도는 듯이 바쁜 매일에 허덕이지 않으면 안 되었던 것이다.
경성역에서 1년 간 근무하던 넷째 아우는 동경에 가겠다고 사표를 내고 돌아왔는데, 아빠는 그것이 괘씸하다고 눈 앞에 얼씬거리지도 못하게 하면서 썩 다시 올라가라고 했다.
그러나 기어코 대학에 진학하겠다는 결심이 굳은 그는 여비는 자기가 마련하여 고학으로 공부하겠으니 어떻게 도항증만 내달라고 나를 통하여 간청했으나 아빠는 요지부동으로 유학시킬 처지가 되지 못하니 단념하라는 말뿐이었다.
그때는 보증인이 튼튼하여야만, 그리고 부모의 허락이 있어야만 일본

에 가는 도항증을 해주는 까닭에 아빠가 틀고 있는 이상 그는 날마다 초조와 고민으로 날을 보냈다.

하루는 그가 내게 와서 고별의 인사를 했다.

"형님이 꼴 보기 싫으니 당장 나가라고 하셨습니다. 전 이대로 나가서 다신 집에 오지 않겠습니다."

나는 그에게 형님이 나가라 하여도 내가 붙잡을 때 당신은 이 집에서 살 수밖에 없으니 나가지 말고 그의 눈에 보이지만 않게 숨어 있으면 내가 수단껏 해보겠노라는 장담을 했다.

며칠 후에 나는 그를 오후 2시까지 경찰서 고등계장에게 가라고 한 다음 점심 먹으러 들어온 아빠를 만단의 수단으로 잡아서 2시까지 집에 있게 하였더니 아니나 다를까 약속대로 그는 내게 전화를 걸어왔다. 물론 고등계장이 있을 때 연락을 하라고 한 대로 아우는 지금 계장이 계시다고 하길래 그를 대 달라고 한 후, 나는 아빠가 들을 만한 큰 소리로

"아아, 계장이십니까? 우리 아우가 거기 왔다구요? 네네 동경에 갈 증명서를 얻으러 간 모양인데요. 네 잠깐만 계세요. 마침 주인이 여기 있는데 직접 받겠다는군요."

하고 아빠에게는 수화기를 덮고 작은 소리로

"고등계장이 당신 말을 들어야 한대요. 자요. 딴 소리 말고 어서 내달라고 해요."

하면서 수화기를 대주었더니 체면을 중히 여기는 그는 하는 수 없었던지

"아, 계장이십니까? 안녕하세요? 아우가 동경에 가겠다니 잘 만들어 주십시오."

하는 것이 아닌가? 계장은 물론 일본인이었다.

이렇게 하여 계교로 증명서를 얻었건만 그 순간이 지나자 아빠는 다시 화를 내며 앞으로의 책임은 지지 않겠다고 했다. 그의 말을 빌리면 정도를 지나친 욕심은 일종의 허영이라는 것이다.

"아니, 우리 형편에 유학이 뭐야? 그만큼 공부시켰으면 내 의무는 다한 것이다. 이제는 네 앞길 네 스스로가 개척해야지 않느냐."

어쨌건 9월 하순에 나는 아무도 몰래 아우를 보내는데, 기차가 우리 집 앞으로 지날 때 승강구에서 손을 흔드는 그에게 마주 손수건으로 호응하며 얼마나 울었는지 모른다. 부모도 없이, 누가 오라는 사람도 없는 동경에 저렇게 외롭고 쓸쓸하게 떠나는 그의 심경을 헤아려서 눈물이 솟았던 것이다.

나는 셋째 아우가 대학을 졸업할 때까지 약간만을 보내기로 했으나 월급이 오르기는 근소한 금액이고, 두 형제의 학비의 지출은 불어났기 때문에 전보다도 더 괴로운 절약을 하면서도 내가 저지른 일인지라 도리어 아빠에게는 의붓자식 빼돌리듯이 쉬쉬하면서 남모르는 고난을 겪었다.

후에 셋째 아우가 졸업한 후에는 넷째가 대학을 마칠 때까지 나는 시종일관 그들의 학비에만은 온갖 정성을 다 들였노라고 했는데 지금 생각하여도 그때의 지성만은 가상하다고 할 수 있었다.

이 해의 마지막 달인 십이월 초순에 일본군의 진주만 기습으로 소위 대동아전쟁이 폭발되어 전운(戰雲)은 첩첩이 세계를 자욱하게 덮었다.

다음 해인 1942년 2월 하순에 딸 승해는 이화여중에 입학코자 상경하여 시험을 치렀는데 다행히 합격은 되었으나 객지에 보내는 것이 안타까워서 고향의 일본인 여중에도 수험한 결과 거기에도 합격이 되었다.

이화여중의 S교장이 섭섭해했지만 어쩌는 수 없이 집에서 통학하기로 했더니 딸애는 구 개월이 되어서 절정의 유아미(乳兒美)를 보이는 막내아우의 손을 흔들며

"이럴 줄 알았더면 너 고생이나 안 시킬 걸."

했다. 자기의 입학 시험에 우유그릇들을 짊어지고 기차로 여관으로 고생고생 따라다닌 아가가 가여웠던 모양이었다.

작년까지도 각 신문이나 잡지사에서 소설과 수필 따위를 써달라는 청

탁서가 하루에 얼마씩이나 들이밀리더니, 워낙 한 군데도 응하지 않은 탓인지 이 해부터는 좀 뜸해졌다.

그러나 가슴에서 꿈틀거리는 창작욕의 억압은 매일 기록하는 일기장의 페이지마다에서 아빠를 원망하는 문구(文句)로 나열되어 있었다.

도회의원, 부회의원, 상공회의원, 각 학교의 관계며, 모든 명예직에다 전국에 다섯 명밖에 되지 않는 섬유조합 이사(理事)의 유일의 한국인으로 선출된 그의 무대는 넓은데다가 전남도 이사장(섬유조합)까지 되어 놓으니 서울, 광주, 당지에서 밀려드는 손님들의 접대와 때따라 당지의 유지니 기관장이니를 초대하는 잔치가 거의 매일 벌어지지 않을 수 없었다.

게다가 전에는 종형들이 사장과 전무의 직함을 맡고 아빠는 공장장 노릇을 하던 것이, 몇 해 전부터 사장이 되면서부터 더욱 사교와 사무가 번다하여서 새벽부터 밤늦게까지 심방객들로 정신을 차릴 수가 없었다. 그러자니 아침부터 자정이 넘도록 나는 부엌에 박혀서 도마와 칼만 쥐고 살게 되고, 내 손은 종일 기름과 간장에 젖어지지 않을 수 없었다.

실로 삼년상, 조석 삭망에, 시모님 소상, 대상, 담제(禫祭), 첫 방안 제사, 또 시부님 소상, 대상, 담제의 일곱 번의 큰 일을 겪을 때의 그 거치장하고 소란하고 괴롭던 일을 어찌 붓으로 다 기록할 수 있으랴. 앞으로도 다섯 번의 더 큰 일이 남았는데……

큰 제사 때가 되면 2, 3일 전부터 촌에서 친척들이 밀려와 방방을 다 차지하고, 그 요란스럽게 많은 제수(祭需)가 다 내 손에서 빚어나며, 그 많은 손님들을 다 내 손으로 밥상을 보아서 먹여야 하는 까닭에 정신을 차릴 수가 없이 몸은 바쁘고, 제사가 끝나면 또 다 집집이 챙겨서 보내거나 일일이 싸서 안겨주어야 하니 손이 백 개라도 모자랄 형편이었다.

게다가 비바람이나 치면 손님들은 날씨가 좋을 때까지 유숙해야 하고 여비도 마련해야 하는 이런 생활에서 타오르던 창작열도 식어지지 않고는 별 도리가 없지 않겠는가?

연약한 여자로서 견디어 내지 못할 고역과 잡무에 허덕이는 막내딸의 모습을 바라보시는 어머니는
"젖세례까지 받은 네가 그렇게도 우상 섬기는 데에 얽매일 줄은 정말 상상도 못했다."
고 늘 비난하셨다. 나도 항상 머리를 짓누르는 죄책감에서 목사님에게 이 심경을 호소하면
"어쩌겠습니까? 천선생님이 하시는 노릇인데요. 박선생님이 하루바삐 그의 영혼을 구해 드려야 이런 폐단은 사라질 겁니다. 신자이신 박선생님의 그 괴로운 심정 다 잘 압니다. 우리가 신사참배를 하지 않으면 안 된다는 그 처지와 같다고만 생각하십시오."
하면서 오히려 나를 위로했다.
나뿐이 아니라 초인적인 격무에 시달리는 아빠의 몸은 더 말이 아니었다. 그는 심장판막증과 위하수증이 악화되어 휴양을 하지 않으면 안 된다는 의사의 선언을 받았다. 7월 18일에 돌이 지난 아가만을 데리고 부산 철도호텔에서 비로소 며칠 밤을 쉬고 나니 긴장이 풀린 내 몸은 짚오라기처럼 무력해졌으나 병인의 시중을 들어야 하는 책임감에서 스스로를 추스르며 단속했다.
우리는 해운대로 가서 호텔에 방을 정하고 밤새도록 울어대는 파도소리를 들으며, 낮에는 백사장을 거닐면서 먼 수평선에 아득한 꿈을 불어 보내기도 했다.
제 형들은 다 돌 전에 익숙하게 걸었는데 몸이 육중해 그런지 아가는 돌이 지나도 걷지 못하다가 해운대에 와서야 걸음마를 시작했다. 한달 동안 휴양한 후에 우리는 경주에 가서 불국사와 석굴암을 다시금 답사했다.
한 가지 신기한 일은 경주 시내의 고적을 구경하노라고 마차로 돌아다니다가 유적지에 이르러서는 마차를 세워 아가는 마부에게 맡기고 우리만 들어가는데 얼마를 지나서 나와도 아가는 남루한 의복의 마부에게 안

겨서 놀고 있었다. 마부는 칭찬을 아끼지 않았다.

"이런 얼라아는 처음 보네요. 얼라아가 참 순하고 음전합니더."

새벽 4시에 석굴암에 올라가 동해에서 솟아오르는 일출(日出)의 장엄함을 구경하고, 아침햇살을 받은 석불의 그 육색(肉色)의 육체미를 관람한 후에 달리다시피 여관에 돌아오니까 모기장 속에 뉘어 놓고 갔던 아가가 없었다.

하기야 새벽 4시에 떠났지만 벌써 네 시간 반이나 경과하지 않았는가? 아가는 뒤뜰에서 아장거리며 일하고 있는 소녀의 뒤를 따라다녔다.

"이런 앤 처음이에요. 마루로 걸어 나오기에 오라니까 두말 않구 안겨 와서 놀구 있지 않아요?"

어려서부터 이렇게 칭찬을 받던 그 애는 국민학교 때부터 줄곧 오늘까지 여러 점에서 모든 사람들의 칭찬받기를 계속하는 것으로 나는 오히려 한 가닥의 염려를 놓지 못하고 있는 것이다.

이날까지의 구월도 내게 잔인하였거니와 1942의 9월 28일은 너무나도 내게 잔혹한 형벌을 내렸다.

언니와 큰오빠를 차례로 잃은 내게 오직 하나 남은 제민 오빠를 그 날 영원히 죽이고 만 것이다. 재질과 경륜은 남달리 뛰어났으나 때를 만나지 못한 그는 언제나 불운의 영웅이었다.

촌에서 시어머니 장례식을 지낼 때 무엇에 중독이 되었던지 돌아오는 길에서부터 대통을 겪었다.

가리는 음식도 많고 식성도 약한 그가 어쩌다가 식상(食傷)을 했는지 그 후로도 그 빌미로 몇 번이나 괴롬을 당했는데, 음력 8월 보름날(양력 9월 25일) 내가 어머니 댁에 가니까 마루에 가방이 있었다. 그때 오빠는 압해도에서 제줏댁이라는 여인과 살고 있었는데, 식모가 제집에 간대서 데리고 나왔다가 집에서 점심 먹고 나갔다는 것이다.

"어쩌나 좀 일찍 왔더면 오빠 만날 걸."

"왜 무슨 할 말 있니? 내일 또 온다더라. 그때 오렴?"

어머니가 그렇게 말하셔서 나는 바로 집에 왔더니 다음 날 그 집 식모애가 내게로 왔다.

"너 왜 어제 안 갔니?"

"아버지가 아프셔서요."

아버지란 오빠를 이름이었다. 어제 오후 차로 갈려는데 역 앞 얼음집에서 철늦은 팥얼음을 둘이 먹었다. 저는 아무렇지도 않는데 아버지가 갑자기 복통을 일으켜서 그의 단골 여관에 누워있다는 것이다.

"아버진 가끔씩 저러신다니까요."

"글쎄 말이다."

그때에 얻은 병이 또 말썽을 일으켰나 보다고 무심상 여겼다.

"나도 가봤음 좋겠는데 회가 두 군데나 있으니……."

발광적으로 볶아치는 저들의 무슨 분회 결성이 구(區)마다 매일 있다시피 하면서 늘 오라는 것이었다.

"정 안 나으시면 압해도로 엄마를 모시러 가야 해요."

"너도 모처럼의 휴간데 안됐구나."

그쯤의 대화에서 그 애는 가고 나는 오전 오후 두 곳 모임에 출석했다. 9월 27일 저녁에 오빠를 진찰했다는 의사에게서 내게로 전화가 왔다.

"팥 중독인데 딴 의사가 주사를 잘못 놔서 아주 악화됐습니다. 어서 가보십시오."

그러나 이 천하에 둘도 없이 못돼먹은 오직 하나의 누이는 그가 누워 있는 여관의 여주인 꼴이 보기 싫어서 설마 어쩌랴 하고 그 밤에는 가지 못했다. 하기야 십리나 되는 길이니까…….

다음 날 28일 오전에 그 의사에게서 또 전화가 왔다.

"절망으로 봅니다. 집으로 옮기셔야 하겠군요. 그런데 최후의 원이 부립병원에 마지막 가 보는 것이라고 부인이 그러는데 어쩌면 좋겠어요?"

환자는 자기 병원에 있고 부인이 촌에서 왔다는 것이다. 나는 정신이 아찔하고 가슴이 철렁 울리어 기어들어가는 목소리로 말했다.

"소원대로 해 주시죠. 나도 지금 곧 나가겠어요."

인제 생각하니까 약삭빠른 의사가 자기 병원에서 죽었다는 말을 듣지 않으려고 그 죽음에 직면한 사람을 움직여서 실려 보냈던 것이다. 나는 부랴부랴 집안일을 대강 손봐서 걷어 치고 타박타박 걸어서 먼저 어머니 댁에 들렀더니 어머니는 울상으로 이런 말을 하셨다.

식모애의 말을 들으니까 과연 주사를 맞고 더 악화되어 창자가 아파서 펄펄 뛰다시피 고통하는 양은 차마 볼 수 없었고, 이틀 새엔 눈이 보이지 않게 들어갔으며, 두 볼은 형체도 없이 빠져서 해골이 되었다는 것이다. 떨리는 가슴을 진정하고 막 발을 옮기려는데 골목에서 울부짖는 소리가 나고 제줏댁이 손뼉을 치면서

"죽었어요! 죽었단 말예요!"

하고 달려들지 않는가?

부립병원 현관에 닿자마자 들어가지도 못해 보고 거기서 숨이 졌다는 것이다. 그래서 저만 미친 듯이 뛰어왔다는 것이 아닌가.

아아, 불우하고 불행한 시풍(時風)(그의 아호)이여!

너무나 도고한 채 고르기만 하다가 넘고 처져 결국 정식의 아내도 맞지 못하고 하나의 끼친 생명도 없이 외로운 넋이나마 거리에서 거리로 방황하다가 길에서 사라지다니!

호흡에 색깔이 있다면 시뻘건 핏빛이련만 독사 같은 누이는 정신을 겨우 수습하여 부립병원으로 달리다가 수족에 마비증이 와서 더 못 가고 말았다. 눈에 보이는 인력거가 있어 그것에 실려 병원에 가는 길목에서 이미 한 시체로 변한 내 골육은 시체차에 실려서 마주 오고 있었다.

어떻게 어머니 댁에 왔는지 절규하는 어머니를 위로도 못하고, 나는 생시와 같이 타월로 숱하고 검은 머리털을 질끈 동이고 타월의 자리옷을 입

은 채 죽어 있는 오빠에게 엎드리고 말았다.
 9월 28일 오후 1시 40분이 박명한 44세의 한 큰 인재를 영원히 이 땅에서 말살시킨 가혹한 순간이었다.
 다음 날로 그냥 장례식을 치렀다. 교회에서 맡아 교회 묘지에 하관하는 시간에 하늘도 무심치 않아 희대의 폭풍우가 관을 내리치고 상여를 뒤엎었다. 다음 날부터 내 가슴에는 죽을 때에야 메워질 큰 상처가 생겼고, 멀리 그가 묻혀 있는 산을 바라 피 맺힌 한숨을 내뱉는 아픈 버릇이 생겼던 것이다.
 아버지와 어머니와 원경 오빠와 큰오빠가 음력 구월에, 경애 언니와 제민 오빠가 양력 9월에 각각 세상을 버리셨으니, 이 잔인한 구월들은 내게서 최후의 한사람까지의 골육지친을 뺏어버린 것이다. 그리고 그 구월들을 가진 많은 해는 한결같이 내게 가혹하고 냉정했던 것이다.
 제민 오빠를 잃을 때 어머니는 78세의 고령이셨다. 그래서 사람들의
 "어머니하고 바꾸어 가셨더라면……."
하는 소리가 풀풀 들려왔다.
 나는 깜짝 놀라 그 사람들을 주목하여 불만을 표시했던 것이다. 어머니가 가시다니 천지개벽할 크나큰 재변이다. 제민 오빠도 살아야 할 사람이지만 어머니도 꼭 계셔야 할 어른이 아닌가.
 아버지가 작은집을 얻었을 때 어머니는 식음을 전폐하고 성병하여서 몸이 한 줌에 들 만큼 극도로 쇠약하셨다. 누구나가 다 그 해를 넘기지 못하리라 했다.
 나는 어린 소견에도 내가 칠십을 살 인생이라면 거기서 30년을 떼어 어머니께 드리고 어머니가 30년을 더 살아 돌아가실 무렵에 나도 사십쯤에서 어머니랑 함께 죽으면 슬픔도 괴롬도 없을 것이 아니냐고 나는 무시로 하나님께 기도했던 것이다.
 "하나님이시여! 제발 제 생명을 어머니께 주어 어머니의 수명을 길게

해 주시옵소서."

하나님께서 이것만은 들어주신 모양으로 어머니는 그 위기를 넘기어 당시에 78세이셨고 앞으로 더욱 열 두 해를 늘이셔서 91세의 장수를 하셨건만 나는 오늘까지 어머니의 별세를 못 견디게 애통해 한다.

조물주께서 우리 모녀의 목숨을 각각 몇 년으로 정하셨는지, 어머니의 장수가 나의 기도에 의하여 이루어진 것이라면 앞으로 나도 얼마 남지 않을 여생이 아닌가 생각하며 형제들의 단명이 또 한 번 가슴에 사무쳐오는 것이다.

어쨌거나 팔십 당년의 어머니에게는 변변찮은 막내딸 하나만이 달랑 쳐져서 남 보기에도 쓸쓸하렸으니와 외톨로 남은 나의 고독감과 비애는 드디어 몸마저 좀먹어 가기 시작했다.

정신적인 상처와 육체적인 피로가 겹쳐서 나는 그 해 12월 시누이의 결혼식을 끝내고 1943년 정월에 서울에 올라가 심호섭 내과에서 진찰을 받았다.

신경과 심장이 쇠약했으니 약을 먹으며 정양을 하라고 해서 나는 서울에 오게 되면 미리 장거리 전화로 조선호텔에 방을 계약하고 이층 양실에서 흔히 쉬었다.

겨울에라도 싱싱한 화초가 방과 식당과 복도를 장식해 주는 것과 도심의 건물이건만 퍽이나 조용한 것이 적이 심신을 부드럽게 하여서 서울 몇 번 내왕에 건강은 훨씬 좋아졌다.

삼월에 큰아들 승산이 목포중학교에 입학했다. 만 12세도 못 되어 뒤통수에 아직도 솜털이 보시시한 아동이 굵직한 아이들과 섞여서 포환던지기 턱걸이를 하는데

"아이그, 저런 어린앨 왜 중학에 보냈을까. 엄마 젖이나 더 먹일 게지."
하면서 자모들이 시시덕거렸다.

철봉에 두 팔이 닿지 않아서 내 아이가 할 때만 높은 책상을 가져다가

그 위에 올렸더니 그래도 정한대로의 횟수를 당당히 마쳤다.

 그때는 전쟁 때라 무엇보다도 체력에 중점을 두어서 각가지 체능(體能) 시험을 다 보건만 조금도 큰애들에게 떨어지지 않았고, 학교에서부터 시내와 역을 한 바퀴 돌아오는 마라톤에도 넷째를 하여서 길가의 구경꾼들은

"어마 저 애기 좀 보게. 애기가 사 등을 하다니!"

하며 놀랐고 선생들도 신기하게 여겼다.

 어려서부터 참을성이 많고 꾸준하고 무던한 성격이라 학과는 물론 그 얄궂은 체능에도 이겨낸 것이라고 나는 집에 와서 머리를 쓰다듬으며 칭찬했다.

 그러나 일본 아이들과 절반이 섞인 목중 1학년이 되면서 내 어린 아들은 보증인과 자신의 성씨가 틀린 질문을 가끔씩 받았다고 흔연스럽게 내게 말했지만, 그 어린 심경이 얼마나 야릇한 고적감에 잠겼었을까를 헤아리는 내 가슴은 번번이 피멍이 드는 듯한 아픔을 느꼈다.

울지 않는 종

딸과 아들이 중학생이 되고, 어머니에게도 글자 그대로의 외딸 뿐이라 어머니는 나와 떨어져 있는 것을 싫어하셔서 나는 세 식구와 동거하기로 작정했다.

딸의 여중입학 때에 호적등본 해 온 것을 보니까 김씨는 이미 아내를 맞아서 딸을 낳아 호적에 넣어 있기에 다행이라고 여겼지만 어머니는 그럴수록 애들이 더 가엾다고 하시면서 이리저리 굴리셨던 돈을 풀어 대금의 피아노를 사주셨다.

"그건 네가 치다가 승산이 수어라."

크고 건실한 미제 피아노인데 어찌나 무거운지 머나먼 우리 집까지 가져오느라고 저녁 8시부터 이튿날 새벽 7시까지 만 열 두 시간이나 걸려서 일곱 사람의 목도군이 겨우 옮기는 막대한 짐삯까지 어머니가 물으셨다.

어머니는 전통이 있는 짭짤한 세간을 전부 내게로 물리셨고 얼마쯤 남아있는 현금을 겹겹이 싼 채로 내게 주셨다.

"그것도 저금했다가 승해 시집갈 때 쓰도록 해라."

그만큼 어머니는 손녀와 손자를 사랑하셨다.

워낙 정정하시고 얌전하시고 부지런한 어머니가 집에 계시니 나는 훨씬 든든하고 맘이 놓였으나, 뒤주를 맡으셔서 양식을 친히 내 주시고 채마밭을 손수 가꾸셔서 파 한 포기나마 명령 없이는 뽑을 수 없는 견제에는 보는 사람이 다 놀랬다.

"아니, 지금이 어느 땐데 꼼짝을 못하시오 글쎄?"

어머니에게 절대로 복종하는 나를 친척이나 친구들이 다 놀려댔다.

이쯤 집안을 감찰하시는 어머니가 계신 덕분으로 나는 평생의 소원이던 금강탐방을 감행하려는데, 나 혼자만이면 아무 때나 상관이 없지만, 독자들에게서 오는 편지도 싫어하고 남학생들이 찾아만 와도 이맛살을 찌푸리는 아빠가 나를 홀로 보낼 까닭이 없으니 자연히 날짜의 구애를 받게 되었다.

게다가 동화 속에 나오는 왕자 같다는 여섯 살배기 승준과 볼수록 귀염성이 있다는 다섯 살짜리 승세와, 달같이 훤하고도 준수하다는 세 살 된 아가 승걸을 떼치고 꽤 긴 여행을 하려는 내 맘은 초조하고 불안하여서 감정의 교차가 극심했다.

자주 엄마를 떠나 버릇한 아가는 내가 서울 간다는 말만 나오면

"엄마 나 데리고 가지, 잉?"

하고 그 예쁜 얼굴을 내 코앞에 들이대며 아양을 떨었다.

드디어 하필이면 염천인 7월 11일에 떠나는데, 어린 세 아이는 어머니와 제 형과 누나에게 맡기고, 어머니는 식모와 큰애 남매에게 잘 봉양하도록 부탁할 수밖에 없었다. (큰애들이래야 15세 이내의 어린 것들이지만)

여름이라고 서울에 와서는 북한산 아래 백운장에 숙소를 정했으나, 환경과 경치만은 좋았지만 숙박요금이 비싼 것으로는 조선호텔만큼 안정감을 주지 못했다.

밤새도록 비가 쏟아져서 속객의 발길을 하늘이 막는 것이라고 다음날은 친구들과 전화로나 연락하고 집에도 전화를 걸어 아가의 전선을 통해 들리는

"엄마아! 나 데리고 가아!"
하는 아스라한 소리만으로 구슬픈 객회를 달랬다.

앞 시내를 흘러가는 물소리가 불어만 가고 비는 멎지 않으나 우리는 그대로 떠나 고생고생 기차와 전차로 겨우 단발령을 바라보게 되었다.

"오죽하면 단발령일까? 아하 저 금강! 금강!"

구름 밖에 펼쳐지는 금강산! 꿈에만 그리던 모습이언만 정답고 낯익은 듯 금강은 아득히 멀리 보아도 역시 절세절경이었다.

내금강역에 닿아 평화여관이라는 곳에 안내되었으나, 바로 봉래산에서 금강의 물소리 바람소리 시원한 체취만으로 나는 거처나 음식의 조건을 도외시하게 되어 버렸다.

새벽에 앞 계곡 내리는 물에 세수를 하다가 잠깐 실수로 애중하던 다섯 개의 금강석이 박힌 반지를 물에 떨어뜨려 잃었다.

속세에서라면 기절초풍할 일이련만 이 장엄한 큰 선물을 안고 있는 내게는 그따위 다섯 개의 모래알이 조금도 아깝지 않았다.

우선 장안사를 거쳐서 명경대로 가는데 세세한 묘사로 춘금강(春金剛), 하봉래(夏蓬萊), 추풍악(秋風嶽), 동개골(冬皆骨)의 이 천하명승을 기리자면 수백 장의 종이기 모자랄지라 제한된 공백에 몇 십 사로 메우기가 오히려 죄송하여 차라리 붓대를 비약하기로 한다.

그러나 중중한 봉우리 일만을 넘자니 앞산에 막히면 물이오 물 건너면 다시 풀 길이 열려서 막힌 듯 열리고 열리자 닫혀서 어디가 물이며 어느 것이 무슨 봉우리인지 봉래에 취하고 물에 감기어 걷고 걸으면 명경대! 다시금 그대로 오르고 올라서 백 팔십 육 개의 나무 층계를 밟으면 마의태자(痲衣太子) 단장(斷腸)의 망군대(望軍臺)!

내금강 만이천 봉이 눈 앞에 펼쳐지는 이 장관이야 붓이 있고 어찌 그저 지나칠 수 있겠는가.

명연(鳴淵)의 슬픈 전설에 심금이 우는 채로 표훈사 정양사에 이르러 내 장편 『백화』의 상상만으로 빌렸던 헐성루(歇性樓)에 오르니 실로 감회가 새로우면서 새삼 제민 오빠의 회상이 가슴을 후벼냈다.

일만 폭포가 맑음을 다투는 만폭동과 팔담(八潭)을 거쳐 보덕굴에 올랐다. 벽파담 진주담의 푸르고 영롱한 흐름도 좋지만 흰 눈을 갈아내는 듯 안개를 토하는 듯한 분설담(噴雪潭)은 참으로 진세에서 더렵혀진 오장육부를 씻어주고도 남았다.

마하연 지나 백운대 절벽길 더듬어 오르니 금강의 대표 중향성(衆香城)의 천태만상의 기괴한 봉우리 봉우리!

사선교 건너 입사자협(立獅子峽)을 끼고 금강수 마셔가며 금사다리 은사다리를 하늘가에 기어오르는 마음으로 뭇 봉우리 발아래 굽어보며 숨을 몰아 올라가면 금강의 최고봉인 비로봉에 선다.

아아, 내외(內外) 금강의 웅장하고 기기묘묘한 자태여! 푸른 띠인가? 동해는 구름 아래 깔려 눈짓하고……

절박하게 차오르는 춘원의 「비로봉에서」의 시조만이 나를 대신한다.

"세상 사람들아 금강을 묻지 말라 눈이 미처 못 보는데 입이 어찌 말할 것가 이후란 묻는 이 있거든 와서 보오 하리라."

며칠을 불볕에 보릿대모자의 혜택을 입은 내가 가엾든지 금강은 촉촉한 이슬비로 알이 통통 밴 내 종아리를 적셔 주었다.

구미산장(久米山莊)에서 연일의 피로를 푼 다음 날이다. 스커트자락으로 풀 이슬 털고 보릿대모자에 나뭇가지들의 낙숫물 받아가며 용마석(龍馬石) 내려 마의태자 능을 찾았다. 한낱 초동의 무덤인양 초라한 능에 절하고

"그 나라 망하니 베옷을 감으시고……"

하는 목메인 소리가 섞인 한숨을 길게 뽑았다. 구성동의 절승 계곡! 연봉의 장관을 바라보며 조양폭(朝陽瀑)의 조촐함을 사랑하여 칸데라 불 아래서 잣송이를 깠다.

가는 비 맞으며 안개 속 더듬어 만상정(萬相亭)에 올랐으나 하늘이 눈을

가리며 만물상과 동해의 웅관을 못 보고, 자동차로 온정리에 와서 온천에 들었으나 물이 적고 욕탕이 더러워 여지껏 입은 신선의 혜택이 갑자기 소멸되는 듯 했다.

다음 날은 쾌청이라 극락현을 넘어 신계사로 선담(船潭)이니 일정대를 보고 이름이 좋아서 그리워하던 옥류동천에 이르렀다. 옥류동! 정다운 이를 부르듯 가만히 불러보고, 연주담의 푸른 물 내려다보며 구룡폭으로 갔다.

못의 깊이 사십 이 척, 주위 육십 척, 길이 삼백 척이라는 이 장엄한 물길이 아래로 떨어지자니 땅덩이가 마구 흔들려 감히 가까이 갈 수 없고 물안개는 자욱하게 시야를 덮어 울리는 소리만 우주가 깨어질 듯이 들렸다.

미륵불(彌勒佛)이라고 쓴 해강(海岡)의 글씨도 그에 따라 육십 척, 사십 이 척의 종횡이라 했다.

이날 밤에야 우리는 봉래의 달을 즐길 수 있었다. 그저께 밤에 온정리에서는 등화관제로 불도 못 켜고 모기에게 물리기만 하여 잃어질까 저어했던 선인의 혜택을 되찾은 듯이 신선하고 밝은 한 밤을 감사한 마음으로 지냈다.

다음 날은 고성의 삼일포를 구경하고 한 조각의 배로 해금강을 돌았다. 바닷속에는 얼마나 묻혔는지 모르나 해상에 솟은 것은 금강산의 모형인 것만 같았다.

해금강에서 고성역까지 뜨거운 볕을 고스란히 받으며 한 시간을 걸었더니 얼굴이 아주 발갛게 타버렸다.

"금강이 좋긴 하군, 일주일을 내리 걷기만 해도 원기왕성하니 말요."

그는 검은 내 팔뚝과 얼굴을 번갈아 보며 감탄했다.

"하나씩 볼 때마다 새록새록 새 힘이 솟치는걸요."

"금강에 살으리랐다로군."

"아무렴. 머루랑 다래랑 먹고 금강에 살으리랐다죠."

외금강역에서는 비로봉과 금강의 전경이 보여서 발길 거쳐온 선경이 다시금 그리워졌다.

다음 날은 새벽부터 서둘렀으나 백천교(百川橋)에는 정오가 지나서야 닿았다. 모래알이 이글이글 타는 한낮에 개잔령(開殘嶺)을 넘는데 나무 하나 없으니 그늘이라고는 구름도 스치지 않는 모래땅에서는 뜨거운 김이 마구 솟구쳐 콱콱 숨이 막혔다.

산에 들어온 후로 처음 겪는 메마른 괴롬이다. 넘어도 넘어도 끝이 없는 구십구곡이라는 가파롭고 험한 돌자갈 고갯길을 세 시간 반이나 걸어서 유점사(楡岾寺)에 도착했다.

대본산 대찰에 들어가는 동구에는 숲이 우거진 그늘이 향기롭게 잇달아 이내 신선의 걸음이 돼버렸다.

"흥, 인제 완전히 니그로가 됐군."

수정 같이 맑은 물에 몰골들을 비쳐보며 우리는 서로 보고 웃었다.

능인보전(能人寶殿)에서 오십삼금불을 보고 여승도장이라는 흥성암을 구경하고는 여관 한 방에 부르튼 발을 펴며 밤마다 올리는 고향집 식구들의 건강을 비는 기도를 되풀이했다.

삼복염천의 날씨련만 이 유점사 경내는 생량(生凉)의 가을바람이 산들거렸다.

조반 후에는 유점사에서 신라 남해왕이 주었다는 비취옥배, 인목왕후의 글씨, 성종대왕의 현판, 공민왕의 왕사(王師)인 나옹조사의 가사(袈裟), 도쿠가와(德川家康)가 사명당에게 드렸다는 죽학(竹鶴)의 사·육·팔 폭의 병풍 따위의 옛 물품을 보며 감구지회가 새로왔다.

관희연·여의현·개잔령에서 공중송차(空中送車)구경을 하고 시냇가에서 그가 목욕하는 동안 육화암(六花岩)행의 자동차는 고장이 나고 어쩌고 하여서 고생고생 만상정에 이른 것이 점심이고 천선대를 정복하여 금강문으로 빠져나갔다. 그는 빙긋이 웃으며 말했다.

"금강문을 넷 지나면 장수한다는데 우리는 넉넉히 80년을 넘길 거야."

만고불변의 봉래영봉(靈峯)에서 하루살이 같은 목숨을 헤아려 보는 그를 바라보며 나는 초로인간의 서글픔을 탄식했다.

구만물·신만물·오만물(奧萬物)의 여러 봉우리를 타고 넘는다. 신오만물이라는 최고봉에는 남자들도 잘 못 오른다기에 나는 기를 쓰고 구름 밖에 솟은 그 산봉에 올랐더니

"아하. 여자로는 아마 아주머니가 처음이실 겝니다."

히고 한 안내인이 내게 아첨하는 말을 건넸다.

처녀 화장대에서 바라보는 외금강의 만물상은 조물주가 자기의 솜씨를 힘껏 발휘한 극치의 예술품들이었다.

산악의 장엄미와 기괴상은 붓과 말로 이루 표현할 수 없는 금강의 대표경(景)이었다. 거기다가 동해를 곁들임이랴.

내금강을 여성적의 미묘 우아함이라 한다면 외금강은 남성적의 심오웅자(深奧雄姿)라고 경탄할 수밖에 없다.

이십여 리의 멀고 험한 길을 내려 육화암으로 빠지면서도 평생의 소망을 달성한 만족감에서 정신은 오히려 표표하기만 했다.

돌아올 때는 삼방(三房)을 거쳤는데 목을 쏘는 약수와 떨릴 만큼 냉랭한 청량만은 수긍할 수 있으나 여관마다에서 주객이 소란을 떠는 통에 하룻밤만 새우고 떠나고 말았다.

서울로 돌아오는 기차 속은 어찌 그리도 좁고 더럽고 뜨겁기만 했던가?

집을 떠난 지 16일 만에야 다시 전선(電線)으로 들려오는 다섯 아이들의 육성을 들었다.

제법 숙성한 인사말을 하는 큰애들과 장난감과 먹을 것을 사오라는 꼬마 녀석들과 아가의

"엄마아! 어서 와잉?"

하는 간절한 소리들은 내가 다시 그들의 어머니의 위치로 돌아온 것을 깨닫게 했다.

내친걸음으로 다음 날인 7월 28일에 나는 고려의 왕도 개성(開城)을 향했다.

시장을 지나는데 모든 물자가 귀한 전쟁 중이건만 곡산물이나 물산이 풍부하고 수박 강냉이 참외 오이 이런 야채들은 썩을 듯이 많고 쌌다.

일세의 영걸 왕건의 도성! 그 지존의 궁궐인 만월대의 궁터가 가슴이 막히도록 좁아 보였다. 나남산을 돌아 박물관에서 청자기등의 고려 유물을 관람하고 충신 정포은의 핏자리가 역력한 선죽교에서 잠간 명상에 잠겼다.

채하동을 지나 애절한 애화(哀話)를 지닌 공민왕후 노국 공주의 영전(影殿)터를 둘러본 후 발길을 총총히 돌렸다.

이쯤 썼더니 벌써 이십여 페이지를 금강탐방기가 차지하고 말았으나, 나의 일생의 경력에서 가장 잊을 수 없이 감명이 깊었던 사실인 만큼 나는 이것을 뺄 수가 없는 것이다.

더구나 바로 그 가을인 10월 9일에 나는 연연하게 못 잊을 금강산의 추풍악을 기어코 관상하기 위하여 여섯 살짜리를 앞세우고 오색이 찬란한 내금강 뭇 봉우리의 단풍을 밟으며 다채로운 상념에 며칠을 잠겼던 귀중한 기억이 있는 만큼 아직 금강을 못 본 분들에게 소삽한 귀띔을 해 드리는 것이다.

다행히 영산절승에의 길문이 열려 여러분이 다투어 봉래탐방의 여상을 꾸리실 때는 나의 이 가만한 속삭임이 길잡이의 도움이 될 수도 있지 않을까? 이제 붓대는 또다시 굴곡의 내 역정(歷程)으로 달린다.

여행 중에서도 당한 일이었지만 치열한 전쟁 중이라 가정에서는 식량의 궁핍과 밤낮으로 들볶는 임전태세(臨戰態勢) 때문에 침식이 불안했다.

중학에 다니는 애들은 늘 근로봉사로 가을이면 벼를 베러 다니고, 여학생들도 뙤약볕에 짐을 지우고 몇 십 리의 길을 강행시키기 예사이며, 남학생들은 백 리의 밤길을 배낭을 지고 걷게 하는 등 이루 헤아릴 수 없는 고초를 겪게 했다.

"엄마가 학교에 다닐 땐 이러지 않았지?"

"학교란 원체 공부만 하는 데가 아닌 모양이죠?"

때를 잘못 타고난 가엾은 딸과 아들은 근로작업을 하러 나갈 때마다 내게 물었다.

"일본이 전쟁을 하기 때문에 너희를 괴롭히게 되는 거야."

나는 그들에게 일본과 우리나라와의 관계를 간간이 알려 주어도 아들 애만은 곧이 들리지 않는다는 눈을 여러 번 보였다.

동경에서 공부하던 셋째 아우는 중앙대학 법과를 졸업하고 고시(高試)준비를 한다고 그냥 머물러 있고, 넷째 아우는 일본대학 경제과를 졸업하고 안양회사에 취직이 되어 있었는데, 첫번 받은 월급으로 내 옷감 한 벌을 떠 왔다.

그는 대학도 우등생으로 일관해서 내게 졸업장과 우등장을 보내며

"이것은 오로지 형수씨가 애써 얻으신 결과입니다."

할 만큼 융통성이 있는 남성인데 약혼설이 있어서 내가 몇 번 서울 왕래를 한 일도 있었다.

그러나 형이 있기 때문에 얼른 결정을 짓지 못했다. 셋째 아우는 조혼에 희생이 된 전과자라 재혼을 서두르지 않았지만 워낙 나이들이 찼으니까 귀국을 하게 하여서 1944년 5월에 결혼식을 올리는데 이것이 또한 기이하게 되었다.

둘이 한꺼번에 장가를 들자니 변변한 옷감을 살 수가 있을까, 쌀이라고는 몇 되도 한꺼번에 구할 수 없을 뿐 아니라 설탕가루니 기름이니 일만 가지 재료가 귀하기만 한데, 이 시끄러운 문중에서 두 번 잔치를 벌릴 수가 없어서 혼례는 각각 이루나 친영만은 한 날에 하기로 작정한 것이다.

정확한 일자는 잊었지만 어쨌건 5월 초순에 형이 먼저, 닷새 후에 아우가, 각각 서울에서 거행하기로 결정한 그 날부터 내 심적 고통은 생기기 시작했다.

날짜는 촉박하고 돈을 주고도 물품은 제대로 구입할 수 없는 형편에, 전주(錢主)인 아빠는 입버릇처럼 간소절약을 부르짖으면서 무엇이나 암매매(暗賣買)로 사는 것을 반대했다.

변변치 못하나마 소위 함(예물함) 하나씩을 마련하는데도 나는 어붓자식인양 눈물로 날을 보내면서 준비했고, 물자 구입에도 혈안이 되어 날뛰었으나 누구 한 사람의 협조자나 동정자도 없이 피땀의 결정으로 그 날을 맞게 되었던 것이다.

오륙 명의 연고자와 두 신랑의 일행은 미리 상경했다. 형이 성균관에서 한국식으로 국(鞠)씨 댁에 장가들고, 우리는 여관에서 닷새를 기다리다가 아우가 남산신궁에서 신식으로 이(李)씨 신부를 맞았다.

나는 두 결혼식만 보고 그날 밤으로 귀향하여 잔치를 준비하는데, 밤낮으로 울리는 경계경보며 동화관제며를 당하면서도 온갖 음식을 골고루 다 장만했다.

드디어 두 신부를 친영하는 날 나는 우리 집 모퉁이를 돌아오는 기차 소리를 들으면서까지 다식을 박아냈으니 얼마나 창황망조하였을 내 심경을 나 혼자만이 달래고 어루만지고 했다.

두 쌍의 신랑 신부 네 사람과 두 사가(査家)에서 다섯 사람, 합하여 아홉 채의 인력거가 역에서 3킬로가 넘는 우리 집에 도착했다.

방방이 신방을 만들고 상객들의 방을 마련하고 마루와 마당에 들끓는 손님들은 이웃 동서 댁을 빌려도 모자랐다.

어쨌거나 이 혼잡하고 거창한 혼사를 가냘픈 내 손으로 치뤄내야했던 그 날과 다음 날들을 어떻게 보냈을는지는 여러분의 상상에 맡긴다.

이렇게 내게 골탕을 먹인 혼인도 셋째들이 종내 화합하지 못했고 넷째 동서는 아들 하나를 끼친 채로 다음 해에 요사한 일을 생각하면 일구난설의 노력이 헛수고가 된 것에 억울한 맘이 일어날 때가 많은 것이다.

신문에는 밤낮 이긴다고 떠들어대는 일본은 사실 계란으로 바위를 치려는 격의 미국과의 전쟁에서 참패에 참패를 거듭하는 까닭에 청년들은 모두 징병으로 학생들은 모조리 학병으로 몰아가려고 갖은 악랄한 수단을 다 썼다.

어느 아는 이의 아들이 징병으로 갔는데 일약 그 어머니는 이름이 날렸다.

"이 장한 군국(軍國)의 어머니를 보라. 자진하여 사랑하는 아들을 군문에 보내는 위대한 이 어머니는 황국(皇國)의 귀한 사표가 될 것이다."

지방 일본신문에 여인의 사진이 나고 담화가 나고 하여서 한참 비행기를 태우고 야단들을 쳤다.

그들은 우리 집의 장정 두 사람에 군침을 흘리면서 각 회 의원을 다 겸하고 있는 아빠를 졸랐다.

드디어 아빠는 반허락을 하고 왔다는 것이다. 나는 발연 대노했다.

"당신은 정신이 있어요 없어요? 개놈들의 밥이 되게 하려고 고생고생 대학 졸업시킨 줄 아시오? 누구를 위해 개죽음을 해요? 죽어도 난 안 보낼 테예요."

나는 죽을지언정 전쟁의 모이가 되지 않게 하겠다는 결심을 굳게 하고, 셋째아우를 입시준비라는 명목에 입산시키고, 안양 넷째에게는 장거리를 걸어서 무슨 핑계라도 만들어 어떤 강요에도 결단코 넘어가지 말자는 약속을 했다.

"당신이 책임지겠소?"

"지구 말구요. 난 이미 부정선인이란 말요. 내가 못 보내겠다고 한 대서 잡아가겠다면 잡혀가겠어요."

"당신만 부정선인이요. 나도 요시찰인인데 자꾸만 더 주목을 받게 되니까 불안해서 그러는 거지."

"염려 말아요. 얼마 안 남았어요. 지금 저것들은 단말마적의 최후발악을 하거든요."

"쉬잇! 말조심해요."

이런 불안이 몇 달 가지 않아 드디어 8월 15일이 된 것이다.

소련이 일본을 상대로 전쟁에 참가하자 독일이 연합군에 대패하고 일본에는 원자탄이 날랐다. 일본이 무조건 항복하자 미·영·소 포츠담선언에 의하여 우리는 스스로 독립이 된 것이다.

그 날 중요방송이 있다기에 좀처럼 듣지 않는 라디오를 틀었더니 긴장에 떠는 일본 천황의 말소리가 들려왔다.

"흥. 진작 그럴 일이지. 동조(東條)가 죽일 놈이야."

승산(勝算)이 없이 야심만으로 전쟁을 시작한 일본은 수많은 생명과 막대한 국재를 소비하여서 오늘의 참화를 자취한 것이라 그 원흉인 자가 저주의 화살을 받을 것은 뻔한 일이 아닌가.

저녁때가 되었는데 돌연 라디오에서 애국가의 합창이 풀려 나왔다.

    동해물과 백두산이
    마르고 닳도록
    하나님이 보우하사
    우리나라 만세

나는 펄쩍 뛰어 일어나며 라디오 앞에서 손뼉을 철석철석 치면서 계속 펄쩍 뛰다가 이어 방바닥에 쓰러지며 맺히고 맺힌 원한을 터뜨려 흐느끼기 시작했다.

나를 찾아와서 안방에 앉아 있던 여자손님과 우리 아이들은 눈을 휘둥그렇게 떠가지고 엄마가 미치지나 않았나 하는 눈으로 나를 보았으나, 애

국가의 노래와 곡조를 짐작하는 어머니는 심상치 않은 내 태도와 라디오에서
"만세! 만세! 대한독립만세!"
하는 군중들의 외침이 쏟아지는 것에
"아이구 우리나라가 독립이 됐단 말이냐?"
하시고 어머니마저 입술을 물면서 울었다.
"아이고, 내 새끼들은 나라 독립도 못 보고 죽어버렸구나. 제민아! 네가 밤낮 바라고 원하던 독립이 되었는데 너는 어디 가서 모르고 있냐!"
어머니는 두 발을 뻗고 두 손으로 송아리를 어루만지면서 본격적인 통곡을 내 놓으셨다.
그러지 않아도 독립과 함께 맨 먼저 가슴에 복받치는 설움이 제민 오빠를 잃은 것인데 어머니의 통곡에 나의 오열은 한데 휩쓸려 일장의 울음판이 되었다.
"엄마아 할머니 울지 마아!"
대세를 눈치챈 큰애들은 잠잠히 눈물만 짓는데, 영문 모르는 아이들은 나와 할머니를 붙들고 덩달아 울었다.
"이 좋은 날 울기들은 왜 하는고?"
밖에서 돌아온 아빠도 나중에는 우리의 체읍에 추연하게 서 있기만 했다.
전 해에 국민학교에 입학한 승준은 우등생으로 2학년에 진학하고, 승세는 이 해에 1학년으로 입학했기 때문에 나는 울음을 걷고 아이들을 위하여 동화식으로 우리나라의 역사를 간략하게 얘기해 들렸다.
다섯 살 되는 막내는 이미 글자를 해득하고 손꼽지 않고도 어려운 암산을 제일 잘 하는 귀염둥이 재주꾼이 되어 있어서 동화식의 애기에 눈을 빛내면서 귀를 쫑그리고 있었다.
우리는 그날 밤 있는 대로의 음식을 장만하여서 가까이 있는 사원들을

불러다가 소연(小宴)을 베풀고 맘껏 광복의 즐거움을 누렸으나 그것은 잠깐이었다.

가련한 이 나라는 독립의 즐김조차도 맘놓고 기뻐할 환경이 되어있지 않았던 것이다.

나는 이 밤에 잠들 수 없어서 꼭 누구에게론가 가고 싶었다. 한때 마음이 맞았던 친구들이지만 내가 천씨와 결혼하자 가난한 월급쟁이를 큰 기업가(물론 사장이긴 하니까)로 잘못 알고 부르주아의 아내라고 경원(敬遠)했었다.

그러나 나는 그들을 생각했다. 그래도 표현으로는 나를 반기는 척 했기에……. 그들에게로 달려가서 이 기쁨을 나누었으면 하다가

"밤이 늦었으니 내일이나 가야지, 그들은 기뻐서 이 밤을 앉아 새우련만……."

그쯤에서 그 밤은 지나고 말았는데 다음 날 나는 그들 중의 하나를 찾아가다가 이미 축하행렬의 선두에 서서 오는 친구를 만나자

"여봐요!"

하고 그의 손목을 턱 잡았더니 그러지 않아도 삐뜨럼한 입술을 더 삐죽이면서

"당신이 뭣 때문에 기쁠꼬?"

하는 영남 말투로 탁 쏘고 내 손목을 스르르 터는 것이 아닌가?

나는 정신이 아찔했다. 이들이 애국을 부르짖던 여성들이던가? 일제에게서 해방이 된 기쁨은 동포이면 아무나를 붙들고도 이 세기석(世紀的)인 절대의 기쁨을 함께 나누어야 할 것이다.

그런데 나라를 되찾은 이 경사의 날에 일본인이 아니요 적군이 아닌 동포에게 차마 입을 벌려 내뱉을 말이 이것뿐일까?

아연히 서 있는 나를 버려 두고 소위 친구라는 그들은 서로 수군대고 나를 돌아보며 지나가고 말았다.

나는 그 행렬에 섞였을 지면의 여인들을 안개마냥 내 눈을 덮는 무엇인가 때문에 못 알아보고 장승처럼 서 있었더니 어느 한 손이 내 팔을 잡았다.

"박선생님 왜 이렇게 서 계시오? 내일 부인회를 한 대요. 꼭 나오셔서 회장을 해 주셔야 해요."

그는 교인이었다. 그러나 나는 그 날 뿐으로 다시 거리에 나가지 않았다.

김씨라는 그 여인은 얼마 후에 나를 찾아와서 부인회의 회장이 의외의 인물이 되었다고 하면서 간부들의 이름을 외어 들리더니

"좌익 사람들이 많이 뽑혔다고들 해요. 내가 선생님을 추천하니까 친일파의 부인이라고 아무개가 당장 반대합디다."

그 아무개가 내게 면박을 주던 여인이자 바로 총지휘자격이 되었다는 것이다.

'친일파'라고? 하기야 도회의원에 부회의원에 여러 가지 공직을 겸했으니 들을 법도 하지만 당시 경찰서 보안과장인 김경부는 내 친정 조카사위가 되는데

"도회의원까지 하시면서 작숙님은 붉은 줄이 있었어요. 고모님은 물론이지만요. 지금 말씀이지 그것을 없이 하느라고 무척 애를 썼습니다." 했던 것이다. 교회 장로인 어느 의사도 응접실에 버젓이 일본국기를 걸어 놓고 신사참배는 물론이오 가미다나까지 모시고 있었으니 하물며 우상을 섬기는 일반 유지란 사람들은 일러 무엇하랴.

그들은 매일 신사참배를 하는 등, 당당히 공석에서 내선일체(內鮮一體)를 주창하는 등 별의별 짓들을 다 했으나 아빠는 신사참배란 해 본 일이 없고 가미다나는 골방 구석에 쳐 넣고 있었는데 친일파라니 귀신이 웃을 노릇이었다.

독립이 되었다고 완전한 해방감에서 자유를 환영하던 우리의 기쁨은

잠시이었고, 남북이 각각 다른 나라의 통치를 받게스리 삼팔선으로 가로 막혀진 이 민족의 비극에 나는 너무나 환멸을 느꼈으나, 그래도 내 나라의 일을 우리의 힘으로 하겠다는 경향의 움직임에 크나큰 기대를 걸고 우선 내 지방 자치활동에 주의를 모았다.

건국준비위원회니 치안대니로 우선 시정과 치안을 유지해 나가는 중에서 한달 남짓의 시간은 흘러 추석을 맞이하게 되었다.

해방의 명절이니 맘껏 준비해서 즐겨 보려는 맘으로 반찬이니 떡이니를 시작하여 막 송편 빚기를 끝내려니까 치안대에서 왔다고 두 청년이 대문 안으로 들어왔다.

지난 달 하순에 목포상업학교의 학생들이 삼십여 명 몰려와서 십여 명은 대문밖에 결진하고, 십여 명은 뜰 앞에 포진하고 칠팔 명은 대청으로 올라와서 아빠에게 드릴 말이 있다 하는데, 그들의 태도와 언동이 오만불손한데다가 기부를 청하면서도 위협적인 언사를 하기에 보다 못하여, 직접 내가 가운데로 나가서 담판하여서 보낸 일이 있었기에 이번에도 언뜻 불길한 예감이 들었다.

두 청년은 섬돌로 올라와 좌우로 짝 갈라섰다. 내가 온 이유를 물었다.

"대장께서 천선생님을 모셔 오라고 하셨습니다."

치안대장이란 제민 오빠의 제자이었고 김씨와의 관련에서 복역까지 한 청년이어서 절친한 사이었지만, 해방 후의 인심은 믿을 수가 없는 것이 이 민족의 또 하나의 큰 비애이었다.

"왜 무슨 일로요? 몸도 성찮으니깐 나음 날 가시겠다고 기서 전해요."

"아닙니다. 급히 의논할 일이 있으시다고 꼭 모시고 오라셨어요."

"그럼 잠깐만 기다려요. 저녁 진지 잡숫고 가실 테니."

"아닙니다. 얼른 모시고 갔다 오려고 자동차를 가지고 왔으니까 잠깐 다녀오셔서 석반을 잡숫도록 하시죠."

나는 일이 틀린 것을 간파하고 방에 들어와 그에게 두꺼운 내의를 입히고 그에게서 수첩 따위를 빼냈다.
 마침 그때 공장의 직공들이 임금을 올려 달라고 교섭을 하던 차였다. 그렇게나 건실하던 직공들이 해방과 함께 돌변한 것이다.
 아빠가 청년들의 뒤를 따르고 나는 아빠의 뒤를 따라가며 그에게 자전거의 열쇠를 청해 받는데 대문 밖에 몰려 있던 수직공들이 사장에게로 왔다.
 "우리 일을 결정지어 주고 가셔야 하지 않습니까?"
 그들은 벌써 아빠가 어떻게 되리라는 것을 짐작하는 듯했다.
 "아니, 죽으러 가는 줄 알아요? 다녀오셔서 천천히 말씀 들으면 어때서 지금 이 판국에 이게 무슨 짓들요?"
 나는 이 얌체족들이 너무나 얄미워 여지없이 쏘아댔더니 그들은 머쓱해져 물러섰다.
 소형의 트럭에 아빠를 태워 그들은 떠나고 나는 즉시 아들의 친구인 서군에게 자전거를 주어 그들의 뒤를 따르게 했더니 한참 만에야 그는 돌아와서 경찰서(치안대)로 들어가더라고 말했다.
 이틀 전에 우리 회사의 지배인을 불러갔는데 그가 아직 돌아오지 않는 것으로 아빠도 오늘의 귀가는 틀린 것이다.
 해방 직후부터 일본인들이 경영하던 큰 회사나 상점들의 (일본인들이 고용인에게 주고 갔다) 관계자들은 불러서 적산을 내사하고 있다는 소문을 들었기에 나는 우리를 그 종류로 함께 취급하려는 그들의 심보가 미워서 견딜 수 없었다.
 나를 도와주던 조카는 이모부가 그 모양으로 가는 것을 보고 부엌마루에 턱 걸터앉아서 일어나지를 못했다.
 "얘야, 어서 송편 찌자. 어쨌건 이건 끝내야지 않니?"
 "전 손 발에 힘이 풀려서 꼼짝 못하겠어요."
 "이럴수록에 정신을 바싹 차려야지."

나는 치맛귀에 바람을 내며 그 많은 송편을 다 찌고 세수를 하고 밥을 먹고 나니 자정도 넘어 새벽 1시가 되었다.
 나는 그제야 십 리나 되는 밤길을 허둥지둥 달려 경찰서로 가니까 대원이 앞을 막았다.
 "비키시오. 정복 순사에게 제지당하던 일도 지긋지긋해요. 내 나라 우리 건물인데 왜 못 들어가게 해요?"
 울분에 눈이 뒤집힌 내 앞에 두려운 것은 하나도 없었다.
 나는 쏜살로 안으로 들어갔더니 대장은 없고 대원들이 아빠와 지배인을 앞에 앉히고 위엄을 부리며 문답하고 있다가 나를 보고 눈을 크게 떠 경호인을 나무라면서도 내게는 인사를 했다.
 "외인을 왜 들였소?"
 "보다시피 난 외인이 아니라 이분의 아내요. 한 마디 말하러 왔어요."
 "무슨 말입니까?"
 "우리 회사는 일본인이 만든 게 아닙니다. 그분이 손수 바다를 메워 터를 닦아서 지은 건물에서 자기들의 자본으로 만들어 가는 직장이죠. 적산으로 오해하시면 유감입니다. 제발 명목 없는 문초는 삼가야 해요. 앞으로 이런 기업체를 우리의 힘으로 키워서 생산량을 늘여야 하지 않겠어요? 일해야 할 사람들을 제발 괴롭히지 말아 주세요. 어지간히 조사가 끝났을 테니 오늘밤에 모시고 돌아가겠어요."
 "대장이 안 계셔서 오늘밤은 곤란합니다. 내일 대장 나오시면 의논해서 좋도록 하겠습니다."
 그만큼한 대답을 듣고 나는 까칠해 앉아 있는 그에게 저녁을 어떻게 했느냐고 물으니까 둘이 사먹었노라 하기에 거기서는 나와서 머나먼 대장집으로 갔을 때는 새벽 4시 반이었다.
 나는 자고 있는 대장을 깨워서 아까의 요령대로 말해 들렸더니 그는 거드름을 피면서 사실이 나타나는 대로 잘 처리하겠노라 했다.

'부정축재자인 줄 아느냐? 무슨 사실이 나타난단 말이냐?')

속으로만 쏘아 주고 집으로 돌아오는데 추석날은 벌써 훤언하게 밝아서 집집에서는 밥 짓는 연기가 피어올랐다.

미군이 진주하자 영어라도 통하는 사람들은 큰 덕을 보게 되어 다행했다. 미군이 나의 조카사위 되는 김경부를 양심적인 인간이라 하여서 경찰서장으로 취임시키려는 내정이 되자 김경부는 어느 비 오는 날 어떤 청년에게 총살당하고 군정하의 경찰서장은 치안대장이던 사람이 유임하게 되었던 것이다.

서울에는 초대 군정장관 아놀드 소장이 군림하여 있었으나 전국의 교통망이란 어이없도록 혼란마비가 되어서 여행하기가 극히 어려웠다.

아빠가 서울에 가려고 겨우 차표를 얻은 전날 밤 12월 중순에 우리는 밤중에 강도들의 습격을 받았다.

칼, 몽둥이, 권총을 든 강도 십여 명이 복면과 분장을 하고 우리의 방문을 열었던 것이다. 아랫방에서 오래도록 시험을 준비하던 중학생애가 안방 할머니에게로 오면서 현관문을 잠그지 않았던 까닭이었다.

'나중에야 안 일이지만.'

칼잡이와 굵은 포승과 곤봉을 손에 든 두 복면은 침실로 들어오고 오륙 명의 권총패가 방문 밖에 일렬로 막아섰는데, 분장패들은 어디로 갔는지 눈에 보이지 않았다. 먼저 아빠가 벌떡 일어났다.

"소리 지르면 죽인다."

칼을 아빠의 코에 댔다. 분명 아빠는 놀라면서 떨었다.

"맘대로 가져가고 사람만 상하지 마시오."

그때 내가 이불을 차고 발딱 일어나며 소리쳤다.

"웬 사람들이야?"

딴 방의 아이들이라도 깨우기 위함이었다. 칼날이 내 목을 겨누었다.

"죽고 싶으냐? 떠들면 당장 찌른다."

시종 일본말이었다. 나는 그 칼끝을 손으로 밀어내며 그를 쳐다보고 말했다.
"당신이야말로 떠들지 말고 조용히 말을 하시오. 무엇을 원하시오?"
웬일이지 머리털 끝만치도 무섭거나 겁나지 않았다. 너무나 태연한 내 말소리에 칼잡이는 과장된 호령을 했다.
"돈을 있는 대로 다 내라!"
나는 이불 속에서 손의 반지를 빼고 속옷들을 다스렸다.
"이불 속에서 손을 빼라!"
무기가 있을까 염려함인지 일본말은 또 호령을 하면서 칼을 휘둘렀다.
"이렇게 하고 있으란 말이오?"
내가 이불을 탁 제치자 내 앞가슴이 보였다.
"우리나라는 예의지국이오. 의복을 정제하고 말합시다."
나는 천천히 치마끈과 저고리고름을 맸다. 풋내기들인지 신통하게도 그 동안을 기다렸다.
"자 여기. 우리의 전 재산이오."
지갑에 있던 돈을 내 주었더니 너무나 적은 액수에 어처구니가 없는지 방바닥에 놓인 아빠의 시계를 집더니 벽에 걸린 양복들을 떼려고 구둣발을 움직였다.
"신을 벗으시지. 해방된 우리니까 화목하게 끝냅시다. 우리가 돈이 없다는 건 모르는 사람이 없는데 잘못 알고 오셨어요. 애들이 보니까 무기는 감추시오."
마침 여덟 살짜리가 부시시 일어나 앉아서 이 광경을 보고 있었던 까닭이다.
칼잡이가 곤봉에게 몽둥이와 포승을 내리라고 명령하자 곤봉은 우리말로
"아가. 엇 자!"

하는 게 아닌가. 나는 웃음이 나왔다. 바로 그때 곁방에서 딸의 소리가 들렸다.

"엄마아! 이 사람들 좀 봐야!"

분장패가 방문을 연 모양이다. 나는 언성을 돋구었다.

"그 방엔 들어가지 말라고 하시오!"

"오오이! 가만히들 자빠라졌어!"

기특하게도 칼잡이는 그 쪽에 대고 또 일어로 명령을 내리더니 한 손으로 신문장을 집어 방바닥에 깔고 그 위를 걸어 외투와 양복을 떼어놓고 아빠에게 작은 금고를 열라고 하더니 한 손으로 샅샅이 뒤졌다. 곤봉은 뒷짐을 진 채 내려다보고 있었다.

"흐음!"

돈이 없으니까 칼잡이는 신음 같은 소리를 내며 일어섰다.

"정말로 돈은 이것뿐인가?"

"네 거짓말 아니오."

아빠가 대답했다. 다른 놈들의 뒤질 여유를 주려는지 작자는 유유한 행동으로 시계와 돈과 양복들을 번갈아 보다가 결심한 듯이 돈만 집고 머리를 들며 말했다.

"곧이 듣기로 하고 그냥 갈 테다. 우리가 간 후 즉시 경찰서에 알리면 가만두지 않겠다."

칼잡이는 시계를 아빠에게 던지고 나를 보고 빙긋이 웃었다.

"당신 같은 사람 우린 처음 봤다."

그때 무거운 것을 들고 가는 듯한 많은 발걸음들이 모퉁이를 돌자 칼잡이와 몽둥이가 방에서 나갔다.

"뒷문으로 나가거든 문을 닫아요!"

나는 그들의 뒤에 대로 일렀더니 뒤창 밖에서

"안녕히들 계십시오."

눈보라의 운하

하는 인사말이 들어오고 담에 붙은 뒷문 닫는 소리가 들려왔다.
 나는 곧 마루로 나갔다. 이 방 저 방의 의장과 서랍들이 열려서 뒤죽박죽인데 안방의 어머니와 아들은 그때까지도 혼곤하게 잠자고 있는 것이 아닌가.
 딸애는 도란도란 얘기소리가 나기에 밤중에 일가어른이 오신 줄만 알았는데 분장녀석이 문을 열었다는 것이다. 그는 그 새 딸의 팔뚝시계를 훔쳤다.
 유실물은 많았다.
 아들의 교복바지, 만년필, 어머니의 비녀, 구두, 새 고무신들, 쌀 한 가마 푸대째, 딸의 외투, 머플러 등 우리 방에서는 돈만 가져갔지만, 딴 방과 마루에서는 내 의상만 빼고 많이 잃었던 것이다.
 해방 이후 우리는 이렇게 가지각색의 괴롬을 겪으면서 그 해를 보내고 1946년을 맞이했다.

 1936년엔가 삼천리사의 김동환(巴人) 씨가 단편집을 내자고 내게 몇 차례의 편지를 보냈다. 지금만 같으면 불감청이언정 고소원(不敢請固所願)일 텐데 그 때는 그저 사양하는 것만이 예의인 줄 알았던지 약간의 의견차이가 있는 것을 핑계로 불응하고 말았다. 그랬더니 다음 해에는 한성도서주식회사에 있는 엄흥섭 씨가 또 단편집 교섭을 해왔다.
 여러 가지 조건이 맘에 들기에 허락하고 그에게 추진을 의뢰하였다. 그 해까지의 단편이 이십여 편 되니까 한 권을 낼만도 했던 것이다. 그러나 엄씨가 일껏 노력하여 총독부 도서과의 검열을 거쳐서 받아온 내 원고는 거의 붉은 줄의 삭제투성이었다. 편편이 몇 줄씩의 말살은 그만두더라고 「하수도 공사」는 거의 삼분의 이가 지워져 있었다.
 "난 출판 단념하겠어요. ××투성이의 소설이 독자에게 무슨 감명을 줄 수 있겠느냔 말이죠."

"그렇지만 어렵사리 출판허가까지 나온걸요. 눈 딱 감고 착수합시다."

엄씨는 지금의 이 정책 하에서 책을 내자면 누구나가 다 감수하는 뜻이니 그냥 진행하자고 달래는 것을

"아무래도 그만 두는 게 옳겠어요. 전문을 다 그대로 인쇄할 수 있는 기회가 오지 말란 법도 없을 테니까요."

하는 고집을 부렸다. 엄씨가 짭짭 못마땅해하는 것을 사람을 두세 번 보내어 기어코 찾아오고 말았던 것이다.

하다못해 소설 본문이나 회화에서 내가 '일본'이라고 쓴 것은 '내지'(內地)라고 했고, '일어'는 '국어'라고 고쳤으니 내용에 있어서 머리털만큼 불온한 색채도 그들이 어떻게 처치했으리라는 것쯤 상상하고도 남지 않겠는가. 그 따위 구구한 글자들을 내 창작집에 실린다는 것은 도리어 굴욕이라고 생각한 나는 그 좋은 기회를 던지고 말았으면서도 조금도 후회하지 않았다.

그런데 이제 내게도 해방이 왔다. 거리낌없이 자유로 발표할 수 있는 때가 조국의 광복과 함께 나를 찾은 것이다.

중앙과 지방에서는 문학 애호가들이 활기를 띠어 모임을 서두르고 각 신문이나 잡지사들은 생기를 회복하여 독립국다운 언론지를 꾸미고자 활약했다.

2년 전이던가 어떤 날 부청에 있다는 한 청년이 나를 찾아왔다. 희고 예쁘장한 미남의 그는 「귀농」(歸農)이라는 시 한 편을 내게 보였다. 내 눈은 번쩍 떠졌다. 이만큼 세련되고 섬세한 표현을 처음 읽는 까닭이었다.

나는 이 유망한 청년의 이름을 '남(南)'이라고만 기억했다가 해방이 되어서야 이동주(李東柱)라는 것을 알았다.

그는 부드럽고 겸손하여서 그후로 좋은 시와 수필을 쓰면 번번이 내게 보이고 가필을 요구했던 것이다.

그 외에 고향에서 꾸준히 문학수련을 계속하던 애호가들의 방문이 뜻

을 담고 빈번하여 졌으나 구체적인 모임은 가질 수 없이 다만 산발적으로 접촉만을 계속해 갔다.

이 해 정월에 첫 번째의 미소공동위원회가 덕수궁에서 열리고 오월에는 또 그들의 의견 불일치로 결렬되고 하는 동안에 식량난은 여전히 극심하여서 죽이나 강냉이밥으로 그야말로 내핍생활을 하지 않으면 안 되는 데다가 교통망도 원활하지 못하여서 서울을 한 번씩 내왕하려면 여간 고생이 되지 않았다.

여전히 일이 많은 아빠는 서울에 또 다른 회사의 지점을 내야 하는 까닭에 서울 삼판동(지금 후암동)에 집 한 채를 마련하고 황금정(지금 을지로) 이정목에는 회사의 사무실을 새로 만들어서 서울에서의 살림을 필요로 했지만 나는 본거지인 고향을 떠날 수 없어 서울집은 우선 자취형식으로 넷째 아우에게 맡겼다.

그때 넷째 아우는 경성제대의 후신인 대학 철학과에 진학하겠다고 형님에게 말했으나 대번에 거절을 당하고 말았다.

"최고학부까지 나오고도 또 말썽을 내? 그건 허영이란 말이다."

자수성가로 노력만을 일삼는 그는 필요 이상의 진학은 허영이라고 생각하는지 딸애의 상급학교의 취학까지 반대했다.

"여자가 고등여학교를 나왔으면 됐지 뭘 또?"

그러는 것을 끝내 내가 우겨서 딸애도 이화대학에 시험을 보게 하였다.

일본인의 학교이던 목포고녀는 비로소 이 해에 우리의 교장인 구(具)교장의 손에서 몇 명의 첫 번 졸업생을 내게 된 것이다.

구교장은 취임 즉시 내게 교가의 작사를 부탁하고 적당한 작곡가를 물색하라기에 나는 서울에까지 올라가 경기고녀의 음악교사인 김순애 씨에게 작곡을 요청하여서 작곡마저 완성되었는데 딸애는 수험차 상경했기 때문에 엄마의 작사인 교가합창의 분위기를 몰랐다고 나중까지 애석해했다.

나는 넷째 아우를 위하여 철학부장인 안호상 씨를 만나 그 뜻을 말하고 소원대로 철학부의 시험을 치르게 하였다.

"여편네가 좀 가만히 있지 못하고."

밥상을 들먹이는 소란 통에서 그래도 나는 중학생이나처럼 넷째의 대학 시험 날 나가서 점심을 사 먹이고 다음 날은 아빠 몰래 점심 값을 쥐어 보냈다. 예나 지금에나 향학열이 대단한 그에게 나는 무조건 찬동하고 있었던 것이다.

그는 이틀 동안의 시험을 끝내고 와서 쓰디쓴 웃음으로

"그래도 내가 졸업하고 나면 형님은 자신이 공부시켰다고 하시겠죠." 하여서 나는

"그야 어쨌거나 돈은 거기서 나오는 거니까 가로나 모로나 마찬가지지."

하고 마주 웃었다.

이렇게 하여서 그는 철학부의 학생이 되고 동흥상사라는 회사의 서울 지점에서 사무를(경제학전공이니까)보면서 학비를 벌었으나 형이 사장인 관계로 언제나 어깨는 펴지 못하고 있었는데, 이 해에 국립서울대학교가 설치되어서 넷째 아우는 서울대학교 문리과대학 철학과 2학년이 된 것이다.

한편 딸애는 이화대학 영문과에 입학했는데 수험번호가 일 번인 것을 보고 영문과장인 시인 김상용 씨와 담임 교수인 시인 정지용 씨가 함께 웃으며

"어이구, 그악도 부리셨군."

했다.

9월 6일에 입학식이 끝나고 당일로 기숙사에 입사시켰더니 내가 돌아올 때 딸애는 울면서 인사말도 내지 못했다.

나는 다음 날 다시 고향으로 돌아왔다. 잠깐만 떠났다가 오면 아들 사

형제만 있는 집 안은 수라장이 되어서 할머니를 괴롭힐 뿐 아니라, 막내만 빼고 어린 것들이 3학년과 2학년생이니 전대로 엄마의 눈과 손이 필요할 때라 밤낮 없이 가정잡무에 골몰하지니 가슴에서 꿈틀거리는 창작욕을 풀어낼 기회를 얻을 수가 없었다.

우선 창작집을 서두르라는 조벽암의 권고도 있어서 서울에 가려고 맘 먹으면 그 동안 나 없을 때 불편을 느끼지 않도록 만사를 다 준비해 놓아야 한다.

어머니로부터 아빠, 중학생, 소학생, 막내에 이르기까지 먹을 것과 입성들을 고루 마련해 두고 떠나야 하고 서울은 여기보다도 배급 외엔 쌀 한 톨 돈 주고 살 수조차 없으니 자반이네 식량이네를 내외가 함께 번갈아 드나드는 서울살림을 위해서 준비해가야 하는 까닭에 출발 전날 밤은 짐을 꾸리고 정리하고 하느라고 꼬박 밤을 새우곤 했다.

9월 중순에 나는 서울에 올라가 딸애도 보고 친구들과 만나서 출판사를 물색하여 교섭하면서 지내는 동안 하순경에 남쪽에 호열자가 창궐하게 되었다. 나는 불안하여 대충 일을 마치고 시월 초순에 귀향하려는데 덜컥 기차의 내왕이 막혀 교통이 끊기게 되었다.

초조한 몇 날을 지낸 10월 7일에 나는 대청소를 시작하여 위아래층의 방들은 물론 응접실, 욕탕 변소까지 끝내고 나니 오전 10시 20분이 되었는데 별안간 밖의 문이 요란스럽게 흔들렸다.

닷새 전에 아빠에게서 기차로는 갈 수 없으니 자동차편으로라도 기어코 상경하겠다는 편지를 받아 은근히 기다리던 차이라 나는 그가 왔나 싶어 응접실의 유리창으로 밖을 내다보다가 깜짝 놀라 외마디를 쳤다.

"아니! 저게?"

회사의 타이피스트 미스 홍 곁에 아빠의 친구인 김씨가 서 있고 그 앞에 철에 어긋난 여름 반소매 웃옷과 짧은 바지가 더러워서 초라하게 보이는 5, 6세의 아동이 서 있는데, 언뜻 내 막내둥이 같았으나 그럴 리가 없서 나는 내 눈을 크게 뜨고 씻어가며 자세히 보았다. 여름모자 아래로 도톰하게 보이는 얼굴이 반짝 이쪽으로 돌아오는데 틀림없는 내 아들이 아닌가.

"이이구, 승걸아!"

나는 아프게 부르짖으며 현관문으로 달려나가 정문의 빗장을 빼자마자 아이를 얼싸 안았다. 순간 내 머리에는 번개처럼 불길한 예감이 떠올랐다. 아이가 이 모양으로 혼자 오다니! 어디라고 혼자 왔단 말인가?

'아빠가 데리고 오다가 교통사고라도?'

후딱 일어나 그들의 눈치를 살피던 니는 비장한 표정으로 현관에 들어서는 김씨와 사무실이 비었다고 집만 가르쳐 주고 문 밖에서 뺑소니치는 미스 홍의 태도에서 심상치 않은 사태가 일어났다는 것을 직감했다.

'아빤 왜 안 와요?'

겨우 묻는 나를 이윽히 바라보던 김씨는 먼저

"놀라지 마시고 진정해서 들읍시오."

하는 게 아닌가. 나는 새파랗게 질리며 그에게서 떨어질 선언을 기다렸다.

"천형이 나랑 함께 오다가 그만……"

나온다는 소리가 점점 나를 절망으로 몰아넣고 있는데 막내는 철늦은 남부한 의복도 아랑곳없이 이층이 신기해서인지 층계를 오르내리며 쿵쿵 발소리를 내고 있었다.

김씨가 차분하게 풀어내는 소식은 아래와 같았다. 아빠는 집에서 막내를 데리고 떠났는데 남자의 일이라 계절의 감각도 없이 아무 옷이나 손에 집히는 대로 아이에게 입혔던 모양이었다.

3일에 광주에서 만찬의 초대를 받았는데 새우튀김에 중독이 되었던지 4일 아침에도 겨우 트럭을 얻은 김이라 아픈데도 참고 그 곳을 떠났다. 남원에서부터 더 악화하여 누워있을 수가 없이 자반뒤집기로 배를 쥐고 고통하는 양은 차마 볼 수 없었고 전주에 이르자 벌써 그의 몰골은 해골로 변할 만큼 처참하고 무서웠다. 다행히 직물거래의 친구가 있어서 우선 그 집으로 갔으나 욱심한 토사와 기괴한 증세에 진단을 받은 결과 호열자로 판정이 되어 5일에 전주도립병원격리실에 입원했는데, 그 동안의 경과가 어찌 되었는지 대단히 불안하다는 것이다.

"천형은 그 정신없는 중에도 행여나 애기에게 전염될까 봐, 나더러 서울로 데리고 가라는군요."

부자가 이별하는 장면에서 자기는 울었다고 했다.

"원, 애가 어찌나 음전한지 어제 동일 트럭으로 오면서도 말 한 마디 없고 오늘까지 보채거나 칭얼대지도 않았어요."

5일은 한나절 오다가 어느 주막에서 자고 6일에는 종일 와서 자기 집에서 밤을 지내고 아침에 왔다는 것이다.

아빠는 몹쓸 병마에 걸려 죽음을 바라보고 있는데 어린 아들은 만재한 하물트럭에 짐짝처럼 실려올 때 10월 찬바람에 얼마나 얇은 입성이 추웠으랴.

'달리는 차에서 보호자도 없이 떨어지지 않으리라고 어찌 장담하며 주막집 불결한 음식에 중독되지 않으리라고 누가 큰 소릴 치겠는가? 가엾은 내 자식조차 하마터면······.'

생각할수록 간담이 떨렸다. 내가 당장에라도 떠나겠다니까 차편을 알아본다고 김씨는 일단 돌아갔다.

나는 마침 집에 놀러 온 큰아들의 친구에게 딸애를 기숙사에서 데려와 달라고 했더니 딸애는 울며 달려왔다. 넷째 아우도 회사에서 쫓아와서 모두가 경황이 없었지만 그날 밤에는 떠나지 못하고 다음 날 새벽에야 김씨가 와서 차를 얻을 수 없으니 기차로 가라고 했다.

이 순간에라도 어찌 되었을지 모르는 호열자 환자를 버려 두고 그 밤을 새운 후 아침부터 정오까지 서울역 마당에 퍼버리고 앉아 기차가 떠나기를 기다렸으나 종내 목적을 달하지 못하고 이리저리 쫓아다니며 차를 겨우 얻고 아이의 양복도 사서 입혔다.

　전주까지 1만 2천 원에 대절하여 아이를 데리고 오후 4시 반에야 떠났다. 불한불서의 음력 9월 보름달이 밝았으나 아무런 감흥이 없이 밤새도록 달리고 그나마 한밤중엔 네 시간을 차 속에서 보낸 후 다시 달려 9일 아침 8시 반에 전주도립병원에 닿았다.

　병원을 보면서부터 떨리는 심장은 사무실에 입원환자의 명패를 찾을 때 극도로 뛰어 정지될 뻔했다.

　'명찰이 없다면 벌써 틀린 거야.'

　입이 얼고 목소리가 나오지 않아 식원에게 묻지도 못하고 눈동자만 굴리던 나는

　"아하, 저기!"

했다. 격리실의 표시 아래 붉은 글자로 나타나 있는 아빠의 이름을 찾은 것이다.

　"살아 있었구나. 하나님 감사합니다."

　5일부터 지금까지 특별한 호의로 링겔을 떼지 않고 있었기에 기적적으로 살았다는 것이다.

　"난 부활했어. 죽었다가 살아난 새 생명이어."

　극적인 상봉에서 그는 내 손을 잡고 좀처럼 보이지 않는 눈물을 흘렸다.

　친구의 몰아적인 후의와 나의 지성 어린 구호로 그는 입원 10일 만에 걸어서 병원 문을 나섰던 것이다.

　아빠는 완쾌했지만 아빠를 떨어져 낯선 아저씨를 따라 트럭으로 이일간의 모험을 감행당했던 막내둥이의 일을 생각하면 모골이 새삼 송연했다.

　이때 벌써 국문과 천자문을 줄줄 읽고 암산도 어른처럼 몇 층을 높여도 척척 맞춰내며 그림도 썩 잘 그리는 만 다섯 살의 막내더러 어떻게 서울까지 왔느냐니까 대답은 간단명료했다.

"나락 가마니 위에 앉았다가 밤에는 지푸락 집에서 잤어. 또 큰 기와집에서도 자고. 보리밥이랑 붕어도 먹고."

호열자를 치른 후에 아빠는 자기가 중생(重生)한 사람이라면서 인생관마저 달라진 듯이 보였고 오히려 전보다 더 맹렬한 생활력을 발휘했다.

워낙 나는 시끄러운 장면을 싫어하는 줄 잘 알고 있는 그는 나를 서울에 보내놓고 집의 증축을 시작했다.

지나가는 부부가 있기에 들였노라고, 목수며 미장이며 일꾼들의 사역을 단시일에 해 치우자면 안팎으로 손이 맞는 심부름꾼이 있어야 하겠다고 편지에 쓴 대로 그는 부부사환을 동독하여 내가 없는 달포만에 훌륭하게 큰 사랑마루와 팔 평짜리의 방이며 뒷마루들을 만들어 놓았던 것이다.

나는 또 나대로 서울집과 시골집의 김장을 하느라고 경향에서 뼈가 휘어지도록 일하면서 유리창도 끼어지지 않는 기찻간 판자 좌석에서나마 여행이랍시고만 하면 왕래에 꼭꼭 책 한 권씩을 독파하고 다녔다.

1947년이 되자 2월에 민정장관이 들어앉았건만 차표 얻기도 식량 구입도 여전히 곤란할 뿐 아니라 물가가 오르고 인심도 흉흉했다. 4월에 서윤복 선수가 보스턴에서 마라톤에 일착을 한 것은 민족의 자랑이지만 7월 19일에 여운형(呂運亨) 씨가 피습 서거한 사실은 1945년 12월 30일 해방의 기쁨이 사라지기도 전에 암살된 송진우 씨의 불행과 함께 우리 민족의 비극이 아닐 수 없는 것이다.

그 무렵엔가 그 이전엔가 김기림(金起林) 씨가 내 경주, 부여, 해서(海西)의 기행문을 대학교재로 쓰겠다고 보내라는 것을 언제나 거절히기를 좋아하는 나는

"그건 일제 때 쓴 겁니다. 해방이 된 내 나라의 명승 합천 해인사의 기행을 써서 함께 보내겠어요."

했다. 지혜 있는 여인 같으면 그것만 먼저 보내고 나중엔 서너 곳의 탐방기를 묶어 또 보냈더라면 하나라도 살았을 텐데, 어리석고 고지식한 소치

로 나는 먼저 것도 잃고 나중의 계획은 실행 못한 채 지금까지 한탄만을 반추하고 있는 것이다.

6월 7일 아침에 나는 최영수(崔永秀) 씨에게서 전화를 받았다.

"저희들 지금 흑산도에 갔다가 오는 길인데 꼭 박선생님 만나고 싶군요. 어떻게 하면 뵈올까요? 백철 씨하고 전화 바꿉니다."

백철 씨도 귀에 익은 음성으로 만났으면 좋겠다고 하여서 나는 점심을 집에서 대접할 테니 일행이 다 오시도록 하라고 했다.

백철 씨와 최영수 씨만은 숙면이지만 이름과는 절친하면서도 김안서(金岸曙) 씨도 초면이요, 김송(金松), 정비석(鄭飛石)씨 외에 몇 분과도 첫 대면의 인사를 교환했다.

변변찮은 음식이나마 화락한 가운데서 맛난 듯이 먹고 바로 역으로 나가는데 나도 처음으로 귀한 손님들을 맞았기 때문에 목포역까지 전송하러 나갔었다.

얼마 후에 정비석 씨에게서 『파도』라는 단편집과 간곡한 편지가 왔는데 나는 그때 그의 유창한 문장과 풍부한 어휘에 감탄했던 기억이 있다.

이 해 2월에 문화단체총연합회가 발족하고 조선문학가동맹이 전 해부터인가 합법적인 단체로서 등록이 되어서 고향에도 지부를 두게 되어 나는 고향의 선배라는 의미에서 절로 지부장에 뽑히게 되었던 것이다.

나는 당지에서 출간되는 ≪호남평론≫지에 「중굿날」을 발표하고 ≪새한민보≫에 「검정사포」를 썼다.

그때 광주 호남신문의 사장이 노산 이은상 씨였던 까닭에 내 첫번 단편집은 호남신문사에서 출판하기로 하고 나는 서울에 오르내리며 내게 보관하지 못한 단편들을 도서관에서 베껴다가 신문사에 주었다. 그러자니 늘상 광주에 내왕하게 되고 그때마다 찻잔에서만 읽어낸 책이 부지기수로 많았다.

그때에 나는 펄벅의 『어머니』와 일본의 쯔루미(鶴見)가 지은 『어머니』와

고리끼의 『어머니』와 이기영의 『어머니』 등 네 장편을 읽으며 그들의 작가적 성격과 사상을 비교하면서 나도 언젠가는 꼭 『어머니』라는 제목으로 대작을 하나 쓰리라는 결심을 했다.

나는 큰아들을 경기중학 5학년에 편입시키려고 지난 해부터 유진오 씨에게 절차를 부탁하여 추진하는데 아빠는 또 반대를 했다.

"아무 데서나 하면 되지. 왜 꼭 거기만 보내겠다는 거요?"

"좋은 대학에 가려면 실력을 길러야지 않아요?"

"실력이야 맘만 먹으면 어디선들 못 기를까?"

나는 여기서도 반기를 들어 기어코 아들을 데리고 상경하여 편입시험을 받게 하였더니 다행히 합격이 되어서 아들애는 9월부터 경기중학 5학년생이 되었다.

아이들의 입학 때마다 번번이 생각하는 것이거니와 만일 내게 어머니가 주신 돈이 없었더라면 얼마나 답답하였을까 하는 것이었다. 큰 액수는 아니더라도 그가 반대할 때는 잠잠히 이쪽에서 진행하는 힘이 즉 어머니의 힘이 아닌가를 생각하면 역시 어머니의 은혜는 크고 무거운 것이 아닐 수 없었다. 아들마저 서울에 있게 되고 딸애도 아버지의 병환 때 기숙사에서 나와 눌러 집에 있게 된 까닭으로 서울 식구도 숙질 삼 인에 식모까지 네 식구인데다가 아우의 친구들이 무시로 들락이고, 우리도 자주 있게 되니까 나는 이 대가족의 양식 때문에 한 번씩 서울에 오게 되면 양쪽 어깨가 끊어지도록 많은 짐을 들고 다녀야 했다.

맏이는 서울로 갔는데 9월 13일에는 막내가 국민학교에 입학하여서 이젠 모두가 학생이 되고 말았다.

막내는 입학하자 곧 급장이 되었건만 만 6세의 어린애 푼수로는 꽤 똑똑하고 다부지게 행세(?)를 하기 때문에 나는 그 모습을 보려고 가끔씩 학교에 가면 담임 선생은 나를 붙들고,

"앤 1학년에선 안 되겠어요. 월반시험을 치게 하면 어떨까요?"

했다. 그럴 때마다 아빠와 나는 반대했는데 11월엔가 우리가 서울 간 동안에 선생은 기어코 아이를 월반시키고 말았다. 내가 놀라서 누누이 부당함을 말하니까 선생은 열을 올려

"각 반에서 둘씩 십육 명을 뽑아서 시험을 쳤는데 둘만 된 걸 어떻게 합니까? 한 애는 열 두 살인데 촌학교 4학년에서 왔대요. 걔하구 둘만 된 걸요."

했던 것이다.

이렇게 하여서 막내는 입학 두 달 만에 2학년이 되었으나 국어와 산수에 조금도 곤란을 받지 않는다고 담임선생이 칭찬했는데, 막내와 함께 월반한 그 애는 얼마 안 되어 또 3학년으로 월반했다는 것이다.

단편집 『고향 없는 사람들』은 정재도 씨의 착실한 교정으로 드디어 12월에 나왔는데, 내용은 「두 승객과 가방」 「불가사리」 「논 갈 때」 「신혼여행」 「시들은 월계화」 「눈 오던 밤」 「고향 없는 사람들」 「한귀(旱鬼)」 등의 여덟 편이었다.

1948년 1월에 정지용 씨가 제자의 결혼식 주례를 하려고 당지에 왔는데 그를 만찬에 초대하고 일반은 꽤 높은 회비제로 참석케 했더니 연락도 충분히 하지 않았건만 남녀 교원들이며 문학을 애호하는 청년들이 데꺽데꺽 모여들어서 만당한 좌중이 문학의 얘기로 꽃을 피게 하고 열매를 맺게 하여서 참으로 주객이 만족해하였다.

"허어. 오랜만에 상쾌한 시간을 가져 봤습니다."

정씨는 목포의 문학열과 수준이 여간 아니라고 책책 칭선했다.

이것은 그의 헛말이 아니었다. 바로 지난 12월 3십 1일 제야에 『고향 없는 사람들』의 출판기념회를 베풀어 주던 문학애호인들의 모임에서 나는 장래의 큰 나무가 될 새싹들을 맘속 깊이 축복하고 또한 격려했던 것이다.

2월 초순에는 넷째 아우의 재혼이 있어서 나는 빈혈증과 심장판막증으로 쇠약한 몸을 간신히 추스려 김씨 댁 신부를 맞으러 신랑을 순천으로 떠나 보내고 사흘 만에 친영하는데, 사흘 밤낮을 꼬박 어찌나 심한 노동을 했던지 신부가 도착할 무렵엔 지쳐서 쓰러질 뻔했다.
  이 결혼은 신랑 신부가 한 번도 서로 선을 본 일이 없이 이루어진 배필이었다. 순천으로 가던 전날 밤에 신랑은
  "정말 병신은 아니지요?"
하고 다시금 물어서 우리는 폭소를 터뜨렸는데 오직 형수인 내게만 일임하여서 일생의 반려를 선택한 그는
  "짜아식이 등신이구나. 아, 지금이 어느 땐데 색시 콧백이도 못 봤단 말이냐?"
하고 친구들이 놀린다고 했다. 그들은 부창부수로 유자생녀하고 구수하게 살아가는 미더운 부처인 것이다.
  우리 집에는 역사에 없던 기괴한 일이 일어나곤 했으니 그것은 쉴새없이 도둑을 맞는 일이었다.
  애초에 아빠가 내 눈을 거치지 않고 부부일꾼을 집에 들인 게 화근이 되었다.
  사내의 요구대로 나는 장사밑천을 대어 주었는데 장사한답시고 두어 번 전북에 내왕하던 녀석은 어느 날 제 친구를 데리고 우리가 서울간 새에 내 집에 들어와서 아랫방에 보관했던 어머니의 전 재산을 통털어 갔다.
  나중에 내가 단서를 잡아 형사대까지 녀석의 고향에 파견했으나 도둑은 잡지 못하고 제 어머니만 데리고 왔던 일이 있은 후로 우리 집에서는 뒷마루에 있는 것이면 쌀이나 생선이나 의복까지도 가끔씩 모조리 도둑을 맞았다.
  이 혼인을 치르고 신랑신부와 딸애까지를 함께 서울로 보낸 그날 밤에

우리는 또 거짓말처럼 뒷마루에 내 놓았던 의복이며 혼인음식까지를 싹 잃고 말았던 것인데 결국 그 도적은 역시 내 집 물건에 맛을 들인 녀석이 아닌가고 지금도 그 의혹증을 풀지 못하고 있다.

서울의 식구는 신부가 불어서 그쪽 살림은 잊을 법도 하건만 아직 아무 것도 모르는 책상물림인 까닭에 내게 지워진 임무는 조금도 덜어지지 않았다.

나는 여전히 경향을 오르내리면서 두 집 가사에 골몰하면서도 둘째 번의 단편집을 내려고 원고를 정리하여 백양당(白楊堂)에 가져다주었다.

그리고 「광풍」을 《서울신문》에, 「파라솔」을 《호남평론》지에, 「봄안개」를 《민성(民聲)》에 발표했다.

우리는 문학동호인의 모임을 가졌다. 당시에 항도여중교장인 수필가 조희관, 시인 이동주, 심인섭, 정기영, 박정온, 소설을 쓰는 정철, 백두성, 이가형, 평론을 쓰는 장병준, 차재석의 근 이십 명의 회원이 우리 집에 모여서 합평도 하고 창작발표도 하면서 친목을 도모했는데, 대개 직장을 가진 사람들이어서 그랬는지 주도자인 나의 능력과 계획이 불철저했든지, 지금 생각하면 왜 그때에 조그마한 잡지 하나쯤 못 가졌던가 하는 후회가 치미는 것이다.

서울에 가면 흔히 정비석 씨와 백철 씨를 만났고, 어쩌다가 다방에서 김동리, 최정희, 김송 등 문인들과 한 자리를 할 때가 있었다.

이 해 5월 10일에는 대한민국 제1회 총선거가 실시되고 삼십 일일에는 제헌국회가 개원했다. 따라서 군정은 폐지되고, 7월 20일에는 초대 대통령 이승만 씨와 부통령 이시영 씨가 피선되었으며 해방 3주년 기념일인 8월 15일에 비로소 대한민국수립 선포식이 거행되었다.

본래 몸이 허약한 딸애는 폐침윤으로 잠시 휴학하고 치료를 받다가 10월 17일에 내가 유성온천에서 부르니까 그리로 왔다.

마침 다음 날에 아빠가 서울에서 내려왔다. 우리 세 식구는 오랜만에 오붓이 온천생활을 하는데 21일 새벽에 나는 또 뇌빈혈증을 일으켰다.

"잘 됐어. 이왕 온 김에 며칠 더 푸욱 쉬어요."

"아니 난 오늘 가야 해요."

"또 고집이야. 저래가지고 어떻게 간단 말요?"

"웬일인지 자꾸만 불안해서 더 있을 맘이 없어요."

나는 눈을 질끈 감고 누워서 신음과 같은 그런 말을 중얼대고 있었다. 참말이지 내 심중이 견딜 수 없이 뒤틀어졌다.

'내가 무슨 일을 당하려고 또 이런 증세가 일어나나?'

나는 눈 앞이 빙빙 도는 것을 겨우 참으며 행장을 수습하여 떠났더니 내 불길한 예감은 적중하여 이리(裡里)에서부터 경계가 삼엄하더니만 다음 날인 이십 이일에 저 두려운 여수순천의 반란이 터졌던 것이다.

"흥. 그럴 땐 그 외고집도 쓸 만하군."

아빠는 빙그레 웃으며 하마터면 큰일날 뻔했다고 몇 번이나 뇌까렸다.

그 달 즉 10월 28일에 단편집 「홍수전후(洪水前後)」가 제1 단편집보다는 더 좋은 장정으로 책이 되어 나왔다. 당시 백양당의 서적이라면 높이 평가되었던 것이다.

「하수도 공사」, 「온천장의 봄」, 「중굿날」, 「홍수전후」, 「호박」, 「이발사」, 「헐어진 청년회관」, 「춘소(春宵)」, 「비탈」 이상 아홉 편이 수록된 단편집은 그래도 지금의 호화를 다한 후배들의 창작집에 비하여 격세의 감이 있는 것이다.

11월 초순에 5학년생인 승준이와 4학년생인 승세가 음악콩쿠르 독창부문에서 각각 일등과 삼등을 차지해서 기뻤다. 승준은 1학년 때부터 줄곧 우등생이면서 목청도 고왔고 승세는 좀 더 부드럽고도 성량이 풍부했는데 장난이 심해서 성대를 상했기 때문에 삼등을 한 것이다.

한 마디를 잊지 않고 기록해야 할 일은 그때 반민특위가 민족반역자와 친일파들을 조사하느라고 지난 시절에 도회원이나 부회의원 따위의 공직을 가졌던 사람들을 모조리 불러갔다. 그러나 아빠만은 그들의 공정한 안목으로 복잡한 수사에서 제외된 것이다.

사실 그는 친일적인 언동이란 추호도 없었고 오히려 요시찰인이 되어 있었기 때문에 깨끗이 지나쳤다.

만일 그가 그들의 유혹을 받았더라면 사업도 몇 십 배로 확장되었을 테지만 그는 끝내 자기의 힘으로 만들어 낸 그 기업체만을 고수하고 있었던 것이다.

딸애가 다시 등교하게 되어서 서울로 갔는데 후암동에서 이화대학과 또한 경기중학까지는 퍽 먼 거리였다. 세브란스병원 앞까지도 집에서 얼마나 오래 걸어야 하는지 모른다. 게다가 전차도 잘 걸려들지 못할 때는 걸어야 하니 딸애는 오가며 어찌나 우는 소리를 하는지 과연 동정할 만했다.

더구나 새댁은 언제든지 조반을 늦게 준비하는 까닭에 일찍 시작하는 아들은 지각대장이 되어서 학교에서의 주의까지 받았고, 굶고 다니자니 기운을 차릴 수 없는 아이들의 고충을 살펴서 후암동의 양옥을 처분하여 많이 보태어서는 사간동에 한옥을 샀다.

오랜만에 아들은 웃음을 찾았다. 엎드러지면 코가 닿을 곳에 학교가 있어서 좋아했으나 딸애는 여전히 혜택을 받지 못하여 머나먼 거리왕복에 우는 소리가 끊이지 않았던 것이다.

넷째 아우는 철학과를 졸업하였고 경제적으로 독립도 했기에 우선 따로 떨어져 나가고 우리는 국민학교의 세 아이들을 새 학년부터 서울 수송국민학교로 전학시키기로 추진하고 있었다.

나는 앙드레 지드의 전집과 토마스 하디의 전집을 사서 방바닥에 쌓아 놓고 기뻐하던 일을 아직도 잊지 못한다.

그때 평범사(平凡社)에서 발간한 대백과사전을 한 달에 두 권씩 월부로 2년 동안이나 모으던 기억은 쓰라리지만 봄이 되어 국민학교에서 소풍을 가게 되면 2, 3, 4나, 3, 4, 5, 이렇게 층층이 애들의 학년이 있는 까닭에

눈보라의 운하 271

나는 전날부터 아이들의 도시락과 과자 등속의 배급을 마련하는 즐거운 기억도 가지고 있는 것이다.
　반찬도 각각 똑같이 담아 주고 비스킷 한 봉지, 사과 두 개, 오징어 구워서 잘게 찢은 것 한 마리씩, 캬라멜 두 갑, 호콩이나 삶은 밤 조금씩, 대개 이런 것들과 수통 한 개, 이렇게들 나누어 작은 베낭에 봉지봉지 넣어 주노라면 절로 웃음이 터져 나왔다.
　이들이 돌아올 때 보면 또 가관이었다. 자모나 부형들이 따라가는데 나는 제일 어린 막내를 수행하게 되어 있어서 그는 별도로 치고라도 큰애는 먹을 것도 좋다고 생각하는 것은 조금씩 남겨오고, 휴지나 손수건도 다른 애들에게 나눠 주고도 버리지 않고 가져오는데 둘째 애(승세)는 아예 휴지까지 다 버리고 베낭만을 달랑거리고 생글거리며 돌아오는 것이다.
　그러나 음식만은 깨끗이 처분하는 그 애는 제 형이나 아우가 가끔씩 무엇을 잃고 와도 그릇이나 소지품을 잃은 적은 한번도 없었다.
　"형이랑 아우는 그렇게 얌전한데 이 앤 왜 이럴까요?"
　조용하고 착한 위아래와 달리 이 앤 1학년 때부터 싸움대장으로 유명하여서 어느 날이고 이마나 뺨이나 손목에 상처를 만들지 않는 날이 없어 나는 늘상 학교에 불려 다녀야 했던 것이다. 중학교나 고등학교에서까지도 이 애는 담임 선생이 내게 호소를 하게 했다.
　"형이나 아우 같지 않구만요. 참 말썽꾸러깁니다."
　그래도 작문만큼은 단연 뛰어났던 것을 보면 소질이란 어쩌는 수 없었던가. 어쨌거나 월반해서까지도 3학년 진급에 우등을 하던 아우에게 비하여 이 애는 1학년에서는 열째 이내에 들더니 2학년에서 열째밖에, 3학년에서는 이십째로 전락한 것을 보면 아예 싸움과 장난에만 정신을 쏟아 그 좋은 머리를 학대하여 버려 두었던 모양이었다.
　미국식의 섬머 타임이 실시됨에 따라 대학이나 중학 소학이 모두 이상하게 여름과 가을에 새 학년이 되는 까닭에 우리는 재래의 습성을 버리지 못하고 매우 불편하게 생각했다.

그래서 맏아들의 경기중학(6년제)졸업식이 6월 9일에 있었고 대학 시험은 중순부터이었다.

아들은 문리과대학 영문과를 목적했다. 그때 과장은 이양하 씨였다. 수험 날 노천명은 나와 딸애와 함께 대학에 가서 푸른 그늘 풀밭에 앉아 시험이 끝나기를 기다렸으나 수다스럽지 않고 음전한 아들은 남들이 시간마다 나와서 부형들과 떠들건만 한 번도 얼굴을 내밀지 않았다.

이희승 선생은 그 작은 체구로 미소를 풍기면서 친절하게 대해 주고 국어시험문제에 대한 답변도 했다.

어쨌거나 아들은 당당히 합격하여 아빠는 처음으로 어쩔 줄 몰라 하는 기쁜 빛을 감추지 못하면서 그 때 병상에 있는 총장 댁에 남 먼저의 인사를 서둘러댔던 것이다.

그 때 춘원 선생의 아들도 물리과에 합격했는데 허영숙 여사는
"난 아들은 절대로 문학전공 시키지 않아요. 딸앤 다르지만요."
했다. 나중에 생각하니 그의 말은 과연 체험에서 우러난 명언이었다. 아버지 춘원처럼 뛰어나지 않으면 어쩌랴 싶은 두려움에서 미리 각오를 했지 않았을까 하는 추측을 나는 해보았던 것이다.

삼복 염천에 우리는 일부 서울로 이사를 했다. 아니, 아이들 전부니까 일부가 아닌지도 모른다.

이 해의 6월을 벌컥 뒤집히게 한 사실은 김구 씨가 피살된 것이었다. 재작년 12월에 장덕수 씨도 살해됐는데 어찌하여 우리 민족에게는 이런 잔인성이 짙게 배어 있는가. 물론 외국에서도 큰 인물들이 비명에 횡사한 전례가 수두룩하지만, 이제 나라의 기틀이 확고하지 못한 이때 가혹하고 게으르고 질투심이 많은 국민성에 비롯하여 이런 비극이 일어나지 않을까를 생각하면 실로 국가 앞날이 암담하기만 하여서 가슴은 터지려고만 했다.

사간동의 생활은 그저 흐뭇하기만 했다. 큰 남매는 각각 대학에 등교하고 어린 삼 형제는 수송국민학교에서 배우는데 시골에서는 일등을 했어도 서울에 전학하면 오십 등으로 떨어진다는 바람에 나는 가슴이 섬찟했다. 그래도 제 학교에서는 다섯째 이내의 우등이던 애들의 자존심이 꺾이면 어쩔까 하여서 나는 가끔씩 학교에 가서 애들의 학습 동태를 살폈다.

하루는 총총히 학교 이층의 복도를 걸어가는데 한 교실에 아이들이 책상에 겹겹이 올라서서 결진을 하고 있었다.

"애들아 왜 그러니?"

"싸움 구경하는 거예요."

서울애들은 상냥하게 대답도 잘 했다. 나는 이상한 예감에서 층층이 에워싼 애들을 비집고 뚫고 들어가니 한가운데 넓은 곳에서 두 아이가 권투식으로 붙어서 싸움을 하고 있는데 한 애는 손에 운동화를 끼고 팔짝팔짝 뛰면서 대전하고 있었다.

"앗!"

상대는 체구도 늠름한 꽤 큰 아이로 복장도 쏙 빼 입은 서울애요 운동화를 두 손에 끼고 용감하게 싸우는 꼬마는 바로 승세가 아닌가? 입학해서 두 달도 되지 않았고 더구나 의복을 망치기 잘 하는 아이의 입성은 우리 공장에서 짠 홈스펀 초라한 양복인데 이 시골뜨기 꼬마는 무섭지도 않아서 두 눈을 반짝이며 주먹을 휘두르나 싶어 어이가 없었다.

나는 가운데로 들어가 아이를 잡았다. 싸움은 겨우 중지되고 구경꾼들은 싱겁다는 듯이 슬슬 흩어졌다. 바로 점심 후 오후시간 시작 전이었던 것이다.

그 애는 수송에서도 여전히 위력을 발휘하여 '싸움쟁이'라는 명예(?)를 얻은 대신 한 학기를 마치고 나니까 진정 56등이 되어 있었다.

큰애는 그래도 별 차이가 없었고 막내는 여기서도 변동이 없는 차례였던 것이다.

드디어 1950년이 되었다. 이때 실력적인 언론지로 위용을 나타낸 ≪국도신문≫ 신년호에 나는 「거리의 교훈」이라는 콩트를 발표하고 그 해 처음으로 출간된 ≪부인경향≫ 창간호에 「진달래처럼」이라는 단편을 발표했다.

이 해 3월엔가 이화대학에서는 연중행사로 3학년들의 영극(英劇)발표회가 있었다. 「윔폴가의 베렛가」라는 연제의 연극을 하는데 딸애는 베렛 씨 즉 남자 주역을 한다고 영감 역을 어떻게 하겠느냐면서 싫다는 것을 김갑순 신생이

"실력이 있어야 그런 역할을 해내는 건데 왜 그러지?"
하고 달래서 하는 수 없이 역을 맡았다.

나는 아빠와 또 아우 내외랑 함께 구경하는데 밤의 공개는 처음이라는 연극의 밤은 대성황이었다.

주변성 없는 아이가 그래도 괴벽쟁이 영감 역을 무사히 치러서 나는 안심했고 교수들이 모두 칭찬을 해 주는 바람에 어미 일생에 두 번째(첫 번은 아들의 대학합격)의 흐뭇한 기쁨을 맛보았던 것이다.

금년부터인가는 도루 봄 학기가 학년 초가 된 모양으로 딸에와 아이들은 한 학년씩 진학하고 승준은 수송국민학교를 졸업한 후 다행히도 경기중학에 입학이 되어서 어미로서의 세 번째의 기쁨을 얻었던 것이다. 아이들이 모두 새 학년의 상급생이 된 지 얼마 되지 않는 6월 14일 막내의 생일에 나는 내 또한 연중행사의 하나로 생일잔치를 차렸다.

더구나 담임 선생님이며 교장 선생님들을 초대하려고 맘먹고 준비하여서 그들은 학교에서 우리 집이 가까운 탓으로 모두들 와서 즐겁고 화락한 하루를 보냈는데 아아, 이 날 바로 열흘 후에 민족의 크나큰 재난이 닥쳐 오리라는 것을 누가 감히 상상이나 했으랴.

5월 30일에 거행된 제 이대 국회의원 선거에 당선된 선량들의 만족감

이 사라지기도 전에 6월 25일은 그 사탄의 아가리를 벌리고 우리의 국민을 삼키고 말았던 것이다.

그때도 역시 교통이 완화되지 못하여서 침대차 표를 얻으려면 며칠 전부터 역에 부탁해야 했다. 아빠도 나도 서울에서나 고향집에서나 너무나도 일이 많은 몸인 만큼 종일을 다 이용하고 밤도 여행으로 이용하자는 심산에서 흔히 침대차를 탔다. 더구나 아빠는 다음 날의 격무가 기다리고 있는 만큼 앉아서는 밤의 여행을 할 수 없는 까닭이었다. 우리는 6월 26일 밤의 침대차를 샀기 때문에 하는 수 없이 그 날을 기다리고 있었다.

25일이 일요일이던가, 회사의 전무가 낮에 와서 북괴가 침범하는 모양이라는 뉴스를 전했지만 우리는 너무나 태연하게 있었다. 왜 그러냐 하면 당시 민생고가 극도에 달해서 사람마다

"정말 못 살겠네. 이래서야 다 도적놈이 되지 누가 살아난단 말야?"

하며 두 셋씩만 모여도 장사치들도 모두 못 살겠다는 한탄만 내뱉고 있던 차이라 공연한 헛소문이거니만 믿고 태평으로 있었던 것이다. 그런데 그 날 밤에 비는 축축하게 부실거리는데 멀리서 대포소리 같은 울림이 은은하게 퍼져 왔다.

"어찌 되려는가?"

하는 공포심에서 잠도 제대로 이루지 못하는데 밤이 지나갈수록 포성은 점점 더 가까워 오는 것 같았다.

"엄마 무서워!"

5학년이라도 만 아홉 살밖에 안 되는 막내는 내 품을 파고들었다. 순간 (정말 난리가 난다면 이 어린 것들하고 어떻게 될 것인가?)하는 불안이 콱 덮쳐 왔다.

"괜찮아! 엄마만 있음 안 무서워"

나는 아이를 놓칠세라 꽉 끌어안고 있으면서도 홀로 고향집에 남기고 온 86세의 고령인 어머니의 걱정이 새로워서 가만히 누워 있을 수가 없었

다. 겨우 동이 트자 나는 아이들을 깨웠다. 아빠도 덩달아 일어나서 침울한 얼굴로 눈을 감고 앉아 있었다.

나는 애기엄마에게 밖에 나가서 거리의 정세를 보고 오라고 했더니 그는 얼른 돌아오지 않았다.

"이 여편네가 웬일이야? 도망질을 쳤나?"

조바심은 나보다도 아빠가 더한 듯 영창에 대고 소리쳤다. 벌써 동창도 화안하고 포성은 참으로 가까이서 나는 듯 한데, 사이렌도 목쉬게 부르짖는 듯 그저 내 귀는 이상한 울림으로 가득 찼다.

"엄마 엄마! 큰일났어요!"

나더러 엄마라고 부르는 애기엄마는 수선을 떨며 마루청을 밟았다. 이 방 저 방에서 아이들이 툭툭 튀어나와 그를 포위했다.

"난리가 터졌대요. 저기 워디라나까지 왔다고 피난민이 마구 몰린다지 않아유?"

"어쩔까?"

딸애의 비명이었다. 애기엄마는 숨을 헐떡이며 또 계속했다.

"내가 여기저기 다 다녀봤는디유. 쌀가게에 쌀이 동이 나서 모두 비었다지 않아유? 나도 보닝게 정말 가게문도 안 열고, 열긴 했어도 쌀은 없나봐유."

나는 정신을 바짝 차렸다. 이 대가족을 굶겨 죽이지 않으려면 우선 식량을 구해야 하지 않겠는가? 나는 애기엄마에게 돈을 얼마큼 주어서 빨리 곡식을 있는 대로 사들이라고 했다.

못된 남편을 따라 잠깐 맘씨를 잘못 먹었던 그는 서울에 와서 완전히 진실하고 충성된 여인이 되어 있었던 것이다.

애기엄마는 자루를 있는 대로 다 들고 나가고 나와 딸애는 부엌에 나가서 밥을 짓는데 포성과 밖에서 들려오는 어수선한 소음 때문에 가슴은 성낸 파도처럼 뛰고 손발은 달달 떨리기까지 했다.

애기엄마는 자루 자루에 쌀이며 찹쌀이며를 불룩하게 넣어 이고 오더니 다시 나갔다가 올 때는 쌀은 이미 없다고 콩이니 팥이니 수수같은 잡곡을 가져왔다. 그는 귀신들린 여인처럼 치마 귀를 날리고 나갔다가 들어올 때는 당면이니 감자니 양배추니 하는 야채까지를 이고 돌아왔다. 튀는 듯한 총성 같은 음향은 포성보다도 더 신경을 날카롭게 곤두세워 주었다. 나는 염불처럼 줄곧 중얼댔다.

"주여! 어머니를 보호하소서."

하루 아침에 사태는 손바닥 뒤집듯이 달라졌다. 어제까지는 동네에서 유지의 집이었는데 당장에 반동분자의 가족이 된 것이다. 이웃에 사는 형사부인이 반장이 되더니 우리 집에는 밤낮으로 조사하러 오는 발길이 잇달았다.

"바깥양반이 사장이시라죠?"

"친척 중에 국회의원 출마하신 분이 계시다죠?"

기업주이거나 인텔리층은 위험인물인데도 우리의 가장은 기업주이며, 모두가 지식인인 것에 입맛을 붙인 반장은 인민군을 제일 먼저 우리 집으로 데리고 왔던 것이다.

나는 그때 하혈이 심해서 약을 먹고 누워 있었고, 남편과 대학생 남매도 꾸욱 박혀 있었는데 밤이면 야반에 대문을 두들기며 구둣발로 방으로 들어와서는 남자들을 끌어내다가 파출소(중앙청 앞)에 보초를 세우기가 일쑤인데다가 어떻게나 갖가지로 들볶는지 견딜 수가 없었다.

쌀도 많지 않지만 조금만 여유가 있어도 뒤져서 가져가는 바람에 식구는 많은데 숨길 장소도 맞갖지 않아서 전전긍긍 날을 보내는 게 여간 괴롭지 않았다.

한편 6월 28일에 서대문 형무소에서 출옥한 문인들과 합세하여 이루어진 문학가동맹에서는 빨리 나오라는 엽서가 내게 세 번이나 왔다.

낌새를 보고 오겠다고 밖에 나갔다 들어온 아들은 우리에게 말했다.

"저것들의 첫 대상이 기업주에요. 고향에서 세금을 두 번째로 많이 내는 아버지를 그냥 두지 않을 겁니다. 더구나 숙부님들은 다 출마하셨던 전례가 있고. 그러니까 아버지를 보호하기 위해서 어머니도 누나도 슬슬 나가 눈치를 보면서 증명서나 얻어선 내려가시도록 하면 어때요"

그 말을 옳게 여겨 나는 비로소 몸을 털고 일어났다. 삼청동 바둑대가의 부인에게 양해를 얻어 아버지와 아들은 그 집에 데려다 두고, 딸은 학교에 나가 보라고 했다.

7월 12일엔가 한청빌딩 이층에 나가니 서울에서 살던 그들인 만큼 문인이란 문인은 남녀 없이 총출동하다시피 웅성대고 있었다.

나는 그제야 우리나라에 문인들이 이렇게 많았던가 하고 놀랐다. 아마 몇 백 명은 좋이 될 성싶었다.

여류들은 벌써 어디어디에 포스터를 붙였다는 둥 극장에서 선전을 했다는 둥 했고, 시인들 중에는 다투어서 인문 군 환영 시를 읊는 사람들도 있었다. 소설가들도 소설을 썼으나 쉽사리 인정은 받지 못했다.

시인 N은 나를 보고 늦게야 왔다고 비죽대며 옛날의 우정은 어디에다가 던졌는지 적의가 가득 찬 눈으로 나를 경계하면서 곁에 앉은 모 대가 시인(大家詩人)에게 귓속말을 했다.

나는 한심하다고 생각했다. 이북에서 왔거나 출감한 문인들이 나하고 지면인 까닭에 반갑게 악수하면 N은 이내 그들에게로 가서 속삭였다.

'아마 반동분자의 아내라고 고해 바치겠지.'

염량세태도 이쯤 된다면 두려울 정도였으나, 웬일인지 그 후 N은 내게로 차차 접근하여 와서 딴 사람들의 비평도 하고 속말도 하기 시작했던 것이다. 나도 소위 서기장이라는 A의 지시하는 대로 남들처럼 글도 쓰고 콩트도 쓰면서 하루를 보내다가 저녁때가 되면 부리나케 삼청동으로 가서 부자를 데리고 집으로 돌아왔다. 예의 그 여반장은 동구에 나와서 서 있다가

"어디를 갔다 오세요?"
하고 물었다. 나는 서슬이 시퍼렇게 대답했다.
"아, 일하고 오지 뭘 했겠어요? 주인은 과학자동맹에, 아들은 학교에, 딸도 학교에, 난 문학가동맹에, 우리 식구는 모두 아침부터 일하러 나갔다가 오는 길이래요."
어린 아들 셋만 집에 두고, 우리는 매일 아침 일찍이 나가서 어두워서야 오니까 반장은 애매한 웃음을 지었다.
"호호. 퍽이나 열심들이시군요. 아암 그래야죠."
그러나 이런 수단도 길게 가지 못했다. 밤중이면 들이닥쳐서 직장의 증명서를 내놓으라고 하다가 어찌어찌 속아서 그냥 가기들도 하고, 때로는 끌어다가 밤을 새워서 보내기도 했다.
N은 나더러 출감한 사람들을 위하여 의복과 돈을 걷어 오자고 했다. 제의에는 곧 찬성해야만 그때의 생명선을 유지하는 방법인 까닭에 나는 그가 안내하는 대로 그의 아는 집에 가서 구해 왔는데, 그 사실이 후일에 정반대로 뒤집혀서 나의 주장에 N이 따랐노라고 역선전했다는 일은 참으로 듣기에 추했다. 시골에서 살고 있는 내가 어떻게 서울 저명인사와 그의 주택들을 알 것이란 말인가.
7월 24일에 집에 내려왔던 아들은 때마침 찾아왔던 친구에게 들켜서 함께 나갔는데, 그 길로 다시는 집에 돌아오지 않아 나는 그로부터 지금까지 생으로 잃어버린 내 아들로 하여 가슴에 큰 못이 박혀 있는 것이다.
서기장인 A와 그런 열성지도층들은 가끔씩 나를 조용히 불러갔다.
"정말 당원이 아닌가요?"
"네"
"거 딱하게 됐군요."
번번이 그들은 입맛을 짭짭 다시며 안타까워했는데, 하루는 A가 또 나를 오라고 했다.

"여기 모략이 들어왔군요. 이런 땐 꼭 당원이라야만 모면하게 되는데요."

"당원이 아닌 걸 어떻게 해요? 여성동맹에도 가본 일이 없는걸요."

"이거 안 되겠군요. 다음부턴 나 이외의 사람들이 물을 땐 그냥 당원이라고 해 두세요."

이북에서 왔는데도 과거의 친면으로인지 그는 가만히 이런 귀뜸까지 했다. 고발일 텐데도 모략이라고 믿어주고, 모쪼록 과장을 하라고 일러준 A의 호의에는 감사하지 않을 수 없었다.

당면과 야채와 감자로 끼를 이으면서 강제 노동에 불려가기도 하고, 이리저리로 남편을 피접시키기에 머리를 쓰는 괴로운 시일이 지나, 그래도 나의 노력이 효과를 내어서 나는 고향에 돌아갈 수 있는 증명서를 손에 쥐게 되었다.

그때 한성도서주식회사에서 출판하기로 되었던 장편 『북국의 여명』이 불에 타버릴 염려가 있는 난시이라고 회사의 철궤에서 내게로 돌아왔다.

나는 경주, 부여, 해서(海西) 세 곳의 기행문을 도려낸 신문 조각을 큰 봉투에 넣어 트렁크 주머니에 담고, 『북국의 여명』의 매회(每回)를 누런 종이에 붙여서 네 권이나 만들어 놓은 대장뭉치와 새로 산 홍콩제 핸드백에 갖은 보석반지니 패물을 넣어 중요 서류와 함께 그 가방에 담아서는 다락에 두고 떠났던 것이다.

나의 소지품은 류색 한 개에 간단한 일용품과 옷 한 벌만 넣은 것이다. 천리나 되는 먼 길을 걸어가는데 아무리 기행문과 소설을 가지고 가고 싶은들 지푸라기 하나도 짐 될 것 같아 두고 갔더니 그것을 영원히 잃을 줄 어찌 알았으랴.

'이런 줄 알았더면 기행문이라도 가지고 올 걸.'

도중에서 줄곧 뒤진다는 바람에 말썽이 될까봐 미리 조심한다는 게 그만 화근이 되고 말았던 것이다.

9월 3일을 출발 일로 정했다. 몸이 약해서 먼 길을 걸을 수 없는 딸과 승세를 식모와 함께 서울에 남기고, 내외와 승준, 승걸, 이렇게 넷이 가려는데, 내가 너무나 몹시 아팠기 때문에 하루를 늘여서 4일 새벽에 떠나게 되었다. 각각 자그마한 륙색 하나씩을 지고 나는 보릿대 모자에 지팡이를 가졌다. 밤새도록도 모자라서 아직까지 흐느끼고만 있는 딸과, 엉엉 소리 내어 울고 따라오는 열 두 살짜리 아들, 남매를 길가에 둔 채 우리는 광화문까지 걸어와 전차를 타고 마포강까지 갔다.

작은 배에는 목숨을 건 피난객들이 다투어 먼저 건너려는 싸움이 벌어졌다. 하얗게 사람들로 덮인 나룻배가 강 중간에 떴을 때 폭격을 맞는다면 그만이련만 어쨌든 건너만 가려는 마음에서 우리는 그래도 그 틈에 끼어 맞은편 영등포 백사장에 던져졌던 것이다. 길고 긴 모래판에서 벌써 다리의 힘을 잃은 나와 작은 운동화 때문에 발가락이 상한 큰애는 삼십 리도 못 가서 종아리에 알이 배고 다리가 부어, 둘이 다 지팡이에 기대어 절룩거리게 되었다.

안양에서 열 살짜리가 일사병인지 눈을 못 뜨고 쓰러지려는 것을 길에서 팔고 있는 우유와 포도를 먹이고 박쥐 우산을 씌워 걸렸더니 겨우 원기를 회복하여 다음부터는 아버지와 둘이 앞장서서 가벼운 걸음으로 휠휠 걸어갔다.

수원 북문 밖 자칫 못 가서 어떤 오막살이 초가집의 신세를 졌던 첫날밤은 앓아서만 새웠으나 아득한 천리길을 바라보아야만 하는 우리는 비장한 각오로 새벽길을 떠났고, 그 날은 비가 와서 이십 리밖에 갈 수 없어서 병점의 어떤 거적자리 빈 방에서 한밤을 지냈다. 이렇게 시작한 도보여행은 날마다 계속되어 때로는 기총소사의 습격을 맞아 앞뒤에서 사람이 죽었다는 소문을 듣고도 하는 수 없이 걸었으며, 잘 곳이 없어 문전 애원을 하다가 빈 공청 사람들 틈 속에 막대기처럼 끼어 밤이슬을 피하기도 했다.

끼니때도 번번이 요기를 못하고도 백 리까지 걸었던 날 밤에는 열병환자마냥 인사불성이 되고도 또 다음 새벽엔 부르튼 입술에 물 한 모금만 얻어 마시고 또 산비탈이나 자갈길을 비틀거렸다.

나는 그리 많지는 않으나 그래도 전후의 길을 수월찮이 덮어서 흐르는 피난민들의 움직임을 바라보면서 그들도 우리와 꼭 같은 곤경을 치렀을 것이며 오히려 갈 곳도 없이 무작정 걷기만 하는 군상이 섞였으리라는 짐작에서 긴 탄식을 하지 않을 수 없었다. 하늘은 어찌하여 이 가련한 민족에게 이런 가혹한 형벌을 내리셨을까.

"주여 주여, 하는 자마다 천국에 들어가는 것이 아니라 주의 뜻대로 순종하며 행하는 자라야만 천국에 가나니라."

무엇이 주의 뜻이었던가? 천국은 어디에 있는가? 평화가 있는 곳이 천국이 아닐까? 성서에 쓰여 있는 지옥이란 바로 오늘의 이 현실이 아닐까? 아무리 평화롭게 살려고 발버둥 쳤어도, 누구의 주재(主宰)에서인지 누구의 잘못이었던지 오늘의 이 민족은 애타게 겨우 목숨만 이어가다가 결국 이런 난리 속에 파묻히게 된 것이다. 원인은 우리를 쳐들어 온 적에게 있지만, 무엇에 미쳐서 무엇들만 하다가 무방비상태로 이렇게 밀려야만 한단 말인가?

"죽는 것보다는 낫겠지."

오직 이 하나의 신념으로 말 못할 고초와 위험을 이기고 열 사흘 되는 9월 16일 석양에 서울 사간동집 대문을 나선 바로 그 발걸음들은 천리를 걸어 우리의 공장과 집이 바라보이는 등성이에 섰던 것이다.

우리를 여기까지 데려다 준 증명서에는 군정 때 고향 문학가동맹 지부장이던 나의 그 옛 직함이 기록되어 있었지만 곳곳마다에서 우리는 갖은 문초를 받고 류색의 조사를 받았다. 내 배낭에는 날마다 새벽 길 떠나기 전에 전날의 숙박지와 행상(行狀)을 적는 일기장이 있었다. 만년필은 뺏긴 다기에 시계와 함께 서울에 두고 연필 두 자루만 가졌는데 번번이 그 공책으로 탓잡았다.

"이런 건 왜 가졌소?"

"이 기록 뭐 하자는 거요?"

그리고는 적힌 문구까지 들여다보는 몰골을 바라보며 나는 아예 입을 열지 않고 쓴웃음만 보였었다.

인읍(隣邑)에서일수록 아빠는 고난을 겪었다. 인민군 복장이 아닌 사복 청년들이 그를 알아보고

"당신 아무개지오? 갑시다. 조사할 거 있소."

하고는 데리고 가서 중언부언 시간을 끌면 나는 임기응변으로 매양 위기를 모면시켜서 동행하곤 했는데 이제 우리는 집에 도착한 것이다.

먼저 공장 정문에 '접수위원회'니 '직장동맹'이니 너절하게 붙은 간판을 보고 우리는 속으로 부르짖었다.

"틀렸구나!"

집뜰에는 잡초가 우북하게 자라고 손대지 않은 정원의 나뭇가지들이 음침한 그늘을 드리었는데 백발의 어머니는 나를 붙들고 방성대곡하셨다.

"그래도 살아들 왔구나! 죽었을 것이라고 하더니……. 하나님 감사합니다."

며칠만에 보아도 반가워서 머리통에까지 뛰어오르던 세 마리의 개가 보이지 않아 나는 소리쳤다.

"앨로, 쫀, 해피, 다 어디 갔어?"

"그놈들이 다 잡아먹었대요."

우리를 에워싼 친척들의 보고였다. 사변이 나고 우리가 얼른 돌아오지 않으니까 옛날 나갔던 직공들이 다 몰려와 현재 직공들을 선동하여 저희끼리 각각 직무를 띠어 회사를 접수하고 우선 개를 총살해서 끓여 먹었다는 것이다.

우리 네 식구는 너무나 악착한 보고에 말을 이룰 수가 없었다. 하기야

수많은 목숨이 없어지는 이 난리 통에 제 명처럼 소중한 아들도 잃었거늘 개쯤 어떠랴도 싶지만, 사람의 의사를 알아듣는 그들을 가족같이 애무하던 우리의 참악한 슬픔은 형언할 수가 없었다. 그뿐이랴. 대문짝과 장문에는 차압딱지가 모조리 붙어있었다. 사랑방에 들어가니까 그야말로 텅 비어 있었다.

인민위원회라는 단체에서 구루마를 몇 채 대어놓고 침상, 테이블, 의자들, 라디오, 축음기, 방바닥에 쌓아놓았던 지드와 하디의 전집과 책장에서도 수십 권의 책들과, 병사들 준다고 이불장에 첩첩이 쌓아둔 몇 채의 비단 금침이며 하다 못해 각 방에 있던 아이들 이부자리와 베개들, 다섯 개의 모기장까지 싸악 쓸어가 버려서 우리는 그날 밤을 그악스런 모기떼와 추위 때문에 한잠도 못 자고, 다음 날에야 친척집에서 모기장 한 개와 차렵이불 두어 장을 얻어 책을 베개로 괴로운 밤을 지냈는데, 다음 날 아빠는 정치보위대라는 데로 잡혀가고 말았다.

사람만이 아니라 우리 집엔 그야말로 비로 쓴 듯이 물로 씻은 듯이 아무 것도 없었다. 수많은 장롱마다에 가득가득한 피륙(딸애를 위한 혼수와 모아둔 전부)들, 양복장 의거리에 걸어둔 내외의 철철마다의 양복과 외투를, 두루마기, 고급 목도리며, 크나큰 단스 여덟 칸 층층이 차곡차곡 개켜 놓은 수 없는 각 철의 저고리, 치마들, 이루 말할 수 없는 많은 재산을 그대로 두었으면 그래도 큰 것은 건졌을 텐데, 방치했다간 폭격에 맞아 불에 타거나 인민군에게 뺏긴다고 친척들이 서둘러 큰 궤짝으로 열 두 개를 잔뜩 실어서 삼십 리 밖 직원의 창고에다가 소개시켰다는 것이다. 그러니까 장롱마다에서 보통이 보통이 각각 싸놓은 알맹이들만 쏙 빼고, 오합상자에 가득한 수저집에서부터 은수저들, 패물, 주머니, 골무죽죽이, 각종 실타래, 혼수준비니까 폐백 옷가음들 비단신까지 든 상자는 그대로 몽땅 실렸고, 손재봉침 전기다리미까지 이사가듯이 그야 말로 모조리 가져간 것을, 또 놈들은 그 창고에다가 우차(牛車) 세대를 들이대고 모조리 훑어갔다는 것이다.

"아무리 많이 잃었다고 해도 우리나라에서는 사장 댁 같이 쏴악 쓸어 잃은 사람은 없어라우."

하다못해 값진 서화(書畵)까지를 소개시켰다는데도 그것마저 잃고 난 우리는 뭇 사람들의 동정을 받지 않을 수 없었던 것이다. 그야말로 몸에 걸치고 간 그 옷밖에 아무 것도 없었으니까.

그 무렵 우리의 절반이나 몇 분의 하나만 잃어도 정신착란증에 걸렸다는 여인들이 있었으나, 나는 삼억(三億)이라고 계산이 난 유실물보다는 남편의 안위가 근심이 되어서 눈만 뜨면 그 초라한 몰골로 정치보위대와 인민재판소와, 인민위원회와, 시당이라나 하는 건물을 쳇바퀴 돌 듯이 돌아다니며 그의 무죄를 증명하는 사실을 목에서 피가 들도록 역설했던 것이다.

해방이 막 되면서부터 나더러 이 집에서 탈출해야 한다던 몇몇 친구들은 이번에야말로 꼭 그와 헤어지라고 간곡하게 말했으나 나는 엄숙하게 나무랬다.

"그걸 말이라고들 해요? 이런 곤경에 그를 두고 어쩌라는 거죠? 나는 앞으로도 변함없이 그의 뒷바라지를 하고 살 테요. 그는 드문 인재니까요."

그때 둘째 시아우는 벌써 잡혀서 형무소에 있었는데, 9월 28일 저녁에 한 트럭 실려서 교외로 나갔다더니 밤에 울려오는 총소리와 함께 영원히 사라지고 말았고 아빠랑 여중교장이랑 외의 십여 명은 놈들이 미처 어쩌지도 못한 채 달아나고 말아서 밤에 가족들이 정치보위부에 들어가 문을 때려부수고 꺼내왔다고 했다.

나는 그 날도 사식 한끼를 겨우 마련해 보냈더니 계집애가 밥그릇을 도로 들고 와서 받지 않더라고 했다.

추석에도 나는 떡도 없이 반찬도 이 집 저 집에서 보내온 것을 넣어 보냈기에 이날은 특별히 고기산적을 해 보냈는데, 먹지도 못한 그가 가엾어서 4킬로나 되는 곳으로 직접 나가 보았다.

여전히 가족들은 서성대는데, 담당 작자가 나와서 내일이나 일찍 가져오라기에 나는 집으로 돌아왔고, 거기에 가까이에서 살고 있는 가족들이 파옥출감을 시킨 것이었다.

그 소식도 나는 새벽에야 듣고 그가 누워 있다는 육촌시숙 댁으로 달려갔다. 그는 내 손을 잡고 눈물지었다.

"두 번째로 살아난 목숨이오. (첫 번째는 호열자) 이번에는 오로지 당신의 희생적인 노력으로 죽음을 면했소."

놈들이 밀려나갔다는 말도 믿을 수 없어 우리는 십 리밖에 있는 친지 댁에 이틀 동안 있었는데, 아니나 다를까 밤에 집에서 아이들이 산을 넘어왔다.

"그놈들이 칼이랑 몽둥이랑 들고 와서 이번에 잡으면 당장에 쳐죽인다고 했어요."

어디만큼 몰려갔던 녀석들이 다시 밀려들어 먼저 우리 집을 습격했는데 나까지 처치하겠다더라는 것이다.

그 동리는 더구나 붉은 촌이라는 별명이 있는 촌락이라 나는 남편을 농군으로 변장시켜서 새벽에 다른 데로 보내고는 그 날 하루를 울울하고 초조하게 보냈다.

10월 2일에 대포소리가 나며 집에서 아이들과 이웃 일가들이 모두 몰려나왔다. 해안에서 함포 사격이 심해 피난 왔다는 것이다. 나는 어머니 혼자 계실 집을 생각하며 그 밤을 앉아 새웠는데, 다음 날 조용하여서 모두들 돌아가고, 나는 한 달 전 이 날에 서울을 떠나던 일을 회상하고 남편의 소식만 기다렸다.

10월 5일 오후에 큰애가 나를 데리러 왔다. 아버지가 어젯밤에 집에 돌아왔는데 오늘밤 변장하고 오라는 것이다.

나는 머리에 수건을 쓰고 장사 마냥 머리에 통을 이고 아무도 몰래 집
으로 돌아와서 그날 밤부터 뇌빈혈과 노독증으로 자리에 눕게 되었다.
 경찰서에 갔다온 아빠는 당지인들의 모략이 너무 심하여 당분간 나는
집에 없는 것으로 했노라고, 뒷방을 치워 나를 그리로 옮기고 얼마간 휴
양케 했다.
 그러나 날은 추워 오고 의복과 금침이며 살아갈 일이 난감한데 딸애의
백모 댁에서 이불 한 채와 나무며 고구마며 곡식들을 지어 보냈다.
 공장은 다행히 기계만 남아서 복구할 희망은 있지만, 속수무책으로 우
선 무명 몇 필을 사서 회색과 검정물을 들여서는 애들의 양복과 아빠의
한복과 두루마기와 내 저고리를 했던 것이다.
 10월 19일엔가 아빠의 친구가 서울에 간다 하여 나는 일구월심 자나깨
나 잊지 못하고 걱정하던 남매에게 편지를 써 보냈으나 배로 간다니 며칠
이 걸릴지 모를 일이며, 그 동안 초를 잡았던 일기를 정리하여 기록하
면서 잃어버린 큰아들과 서울의 남매 생각에 뼈를 갉아내는 애절한 슬픔
에서 주위의 싸늘한 눈초리도 감각하지 못하면서 날을 보냈다.
 그런데 11월 1일 오후에 방에서 바느질을 하고 있노라니까 밖에서 큰
애가 뛰어 들어오며 악을 썼다.
 "엄마! 승세가 와!"
 나는 내 귀를 의심하며 용수철처럼 튀어 나갔다. 과연 눈에 익은 양복
을 입은 둘째 아이가 아우며 동리애들에게 포위되어 들어오는 것이 아닌
가.
 저번에 서울에 갔던 아빠의 친구를 따라 인천에서 배를 타고 왔다는
것이다. 혼자만 온 것에 불길한 예감이 들어서 나는 겨우 입을 떼었다.
 "누난 왜 안 오고 너만 왔니?"
 아이의 말은 이러했다. 우리가 떠나버리자 그 날부터 딸애는 문밖 출입
을 하지 않고 꾸욱 들어박혀서

"잘못 걸으면 기어서라도 엄말 따라 갈 텐데, 왜 나만 두고 가셨을까?" 하고 말말끝에서 엄마를 원망하였는데, 수도탈환이 되자 어제까지 인민군 반장이던 전 형사의 아내가 도로 반장이 되어서 또 우리 집으로 국군을 제일 먼저 데리고 왔다는 것이다.

"이 집 부모는 아주 열성분자였어요. 아침부터 어둘 때까지 각각 동맹에 나가서 얼마나 열심히 일을 했다구요?"

"저 처녀는 뭘 했는데?"

"물론 저 색시도 열성분자죠."

이런 문답으로 며칠을 집에 왕래하더니 드디어 시월 삼일에 남편의 근무처인 경무대 경찰서에서 누나를 잡아가고 난데없는 경찰관이 집을 점령하더니 그의 첩이 안방을 차지하여 맘대로 의장을 뒤져서는 내 의복과 트렁크를 소유하는데, 물론 기행문과 소설과 귀중품들이 들어 있는 그 가방도 다락에서 송두리째 가져갔다는 것이다. 먹기에 민첩하고 후퇴에 용감한 누구라더니 이자들도 그 부류의 족속인지 오자마자 용감하고 민첩하게 사람을 처치하고 물품을 삼켜버린 것이다.

서울에 두고 올 만큼 몸이 약한 딸애가 그렇게 되었다면 지금쯤 어떻게 돼 가지고 있을까? 여러 가지의 형편과 정세를 아이에게 묻고 있던 나는 완연히 발광상태로 들어가는 자신을 느꼈다.

이제는 삼 형제가 된 어린 아들들을 데리고 새벽부터 밤까지 찬송가와 기도로 생사의 안위를 모르는 그들의 누나와 언니를 위하여 간절하고 경건한 시간 시간을 보냈던 것이다.

한 번씩 서울에 왕래하는 배가 오다가 풍랑을 만나 침몰되기도 하고 행방불명도 되는 모험적인 항해를 아빠는 결심하고 11월 16일에 딸을 구하러 떠났다.

모든 것을 다 잃었으나 딸의 시계와 아빠의 유일의 기념품인 내 다이아반지는 애기엄마가 어떻게 훔쳐서 품에 지니고 다니다가 아이 편에 보냈기에 천만다행이었다. 도적의 아내로 도적과 한맘이던 애기엄마는 동란 때도 어떻게나 헌신적으로 집과 가족들을 보호했던지 누구나가 다 감탄했던 것이다.

나의 기도는 쉬지 않고 계속되면서도 경찰서니 해군정보대니에서 깐질깐질 파고드는 조사에 숨김없이 응대했고, 악독한 모략에 육군헌병대에까지 가서(나를 잡아준 사람을 알면서도) 밤새도록의 볶임을 받으면서도 당당히 과거를 털고 그것이 죄라면 당연히 받겠노라고 선언했건만, 그들은 나를 무죄로 석방시켰다.

드디어 12월 24일에 아빠는 딸을 데리고 돌아왔다. 꿈인가 싶게 딸애는 살이 찌고 건강했다. 아빠는 본래 '좌(左)'라는 글자까지도 싫어하던 딸의 결백을 주장하였고, 딸애는 사실대로의 행동이 무죄를 증명하여서 금의환향한 것이다.

해가 바뀌며 아빠의 혈투로 기계는 겨우 돌리지만 자본이 없는 운영이라 공허하기 이를 데 없었다. 아이들은 전지 조치로 큰애는 목중, 작은애들은 산정국민교의 각각 5, 6학년이 되었으나 입성이 만만치 않아 나는 언제나 그들의 양복과 양말을 깁기에 시간을 바쳤고, 곡물이 귀하니까 죽이네 수제비네 대용식물로 그들을 공궤하기에 바빴다. 최후로 CIC에 가서 구일간을 있었는데, 조사를 받을 때마다 놀란 일은 무심한 척 있었던 주위의 소위 친지들이란 남녀들의 고발이었던 것이다.

"남의 불행을 자기의 행복보다 더 좋아한다."

는 속언을 진리로서 믿은 것은 바로 그 사변 때이었다. 그러나 거기의 산수들은 거의가 대학이나 고등학교의 재학 청년들이라 나인 것을 알고 대우가 극진했다.

"선생님……."

미결수에게 선생님이란 호칭이 가당할까마는 그들은 거침없이 크게 불렀다.

바로 그 옆 남자 유치방에는 부자니 권력가니가 있었는데 간수들은 그들을 괜시리 들볶았다.

"여기가 당신네 아랫목인 줄 알아? 이런 때나 고생을 좀 해보란 말여."

밥의 분량도 내겐 적지 않은데도 그들은 내게 주먹밥을 몇 덩이씩 더 주어 함께 있는 사람들에게 나누어주었고, 그때야말로 눈이 오고 제일 추울 적인데도 남자들의 외투를 몇 개씩 넣어 나를 덥게 자도록 했다.

나는 절절히 느꼈던 것이다. 목욕탕에서 적나라한 알몸뚱이를 보면서 인간의 참 무게를 저울질해 보던 때와 마찬가지로, 부력(富力)과 권력을 제외한 이런 장소에서 오직 사람으로의 값어치를 날아볼 때에 그 무게란 무엇을 기준으로 하는 것인가?

대학생층의 간수들은 금력과 권력과는 아무런 상관이 없는 것이다. 정신적으로 그들에게 영향을 준 문화인이나, 그들의 지식에 다소 영양(營養)을 보태주었던 나 같은 사람들을 보다 존경하고 따르게 되는 까닭이 아닐까?

"선생님이 지으신 책들이나 쓰신 글을 읽으면서 선생님을 동경했는데 이렇게 이런 데서 뵈올 줄은 참 몰랐습니다."

당번이 바뀌어도 한결같이 그들은 모조리 내게 친절히여 자정쯤 나를 화롯가에 부르고 뜨거운 차를 대접하면서 곧잘 그런 소회를 토설했던 것이다. 나는 정직한 고백서와 신랄하고 심각한 감상문을 써서 냈다. 대장이(후일에 윤형남 민의원) 여러 가지로 직접 문초할 때 나는 헌병대에서와 다름이 없이 그들이 알고 싶어하는 과거의 모든 것을 깨끗하게 설파하고, 그것으로 죄목이 성립된다면 무슨 갚음이라도 받겠노라고 했다.

나의 이 자세는 오늘까지도 변함이 없는 것이다. 나중에 이 하찮은 인물을 이러쿵저러쿵 비판하여서(물론 N처럼 내게로 뒤집어씌운 자도 있을 테니까) 각자대로의 비평을 주고, 각자대로의 우의(友誼)를 내게 보이는 것을 소상하게 알고 있는 나는 오직

"하나님께 고백할 수 있는 것을 사람에게도……."
하는 신념으로 나의 갈 길만을 꾸준히 걷고 있는 것이다. 여하간에 내게서 내 아들과 재산과 영예를 모두 앗아간, 그리고 그것으로 원인이 되어 목숨까지 버리게 된 남편까지를 뺏아간 민족의 대적(大敵) 6·25의 사변은 누구에게보다 나에게는 몇 중(重)의 불행과 재화를 뿌리 깊게 박아 주었던 것이다.

"여성은 약하나 모성은 강하다."
고 했는데, 내 경우 이것은 정반대의 표현이었다. 나 스스로 약한 여성은 아니라고 약간 자부하기도 했지만 어머니로서는 유약하기 이를 데가 없는 나이었다. 그 증거로는 젖 세례인인 내가 아들을 위하여 부처님께 불공을 드리며 삼칠 기도를 올린 것이다. 유명하다는 관상쟁이가 내게 아들을 위해 백일을 기도하면 영험이 있으리라기에 한 번 들은 이상 실행하지 않을 수도 없어서 그 높은 산꼭대기 절에 조석으로 올라가 정성껏 빌었던 것이다.

휑뎅그렁 넓은 법당에서 석가존상 앞에 두 손을 모으고 졸린 듯이 외우는 염불소리와 함께 몇 번이고 절을 하노라면 십계명의 한 조목이 머리를 때리는 아픔을 느끼면서도, 이왕에 죄인이 된 몸, 아들을 위한다면 지옥엔들 사양하랴 싶어 21일 간의 고역을 끝냈다.

내 어머니께서 내가 CIC에 있는 9일 동안 나를 못 잊어 이불을 덮지 않았고 하루에 한 끼로 목숨만 이었다는 모정(母情)도 얼마나 나약한 감정인가. 「형과 아우」라는 단편도 바로 그때 써서 ≪전남일보≫에 주었을 만큼 정신은 오로지 아들에게만 있었다.

"기어코 당신을 세계적 작가로 만들겠습니다."
엄숙하고 진지하게 맹세하던 아빠는 결혼 이후 그 맹세에 충실하려는 각오는 없었는데, 사변 이후에는 맘대로 되지 않는 사업과 환경의 자극인지 성격이 강폭해지고 독재적인 주장이 농후해져서 거의 날마다 나를 실망케 했다.

　때마침 그 적에 아꾸다가와(芥川)의 작품을 많이 읽게 된 탓인지 나는 뒤에서 비키라는 자동차의 경적에도 겁내지 않고 유유하게 걸어다녔는데, 지금 생각하면 오히려 그때
　"죽는 것쯤 조금도 무섭지 않다"
고 자신을 동댕이쳤던 까닭에 크리스마스 이브에나 연초에 쌀이 떨어지고 나무가 없어서 곤경을 겪으면서도 비관하지 않고 참고 견디어 나왔는지 모른다. 그러나 둘째가 중학에 입학되고, 다음 해인 1952년 3월에 막내가 만 열 살의 나이로 국민학교 졸업을 첫째로 하게 되어, 학교에서 대표로 내리는 큰 화환과 주위에서 보낸 다섯 개의 꽃다발에 묻혀서, 안개처럼 뿌려지는 꽃가루를 받으며 유유하고 당당하게 넓은 교정(校庭)을 군악에 맞추어 행진하던 그 장한 모습은 나로 하여금 또 한 번 찬란한 삶의 환희를 되찾게 했던 것이다. 그것은 나의 넷째 번의 기쁨이었다.
　4월에 막내는 중학에 입학했는데, 그 애와 함께 졸업한 동창생 한 아이가 막내의 입학식 날 갈퀴를 들고 산으로 나무하러 가면서
　"승걸아. 넌 좋겠다."
하며 부러운 듯이 바라보던 그 눈초리와 음성이 언제까지나 내게서 사라지지 않았다. 오직 가난하다는 조건 하나 때문에 벌써부터 그들의 길이 두 갈래로 갈라져 버린 이 현실을 나는 어떻게 해명해야 할 것인가. 나는 1952년 「파랑새」라는 짤막한 단편으로 나의 심경을 잠깐 반영했던 것이다.
　아빠는 수도 부산에 또는 당지 은행지점에 부산하게 드나들며 가녈핀 운영을 해 오는데도 무슨 까닭인지 쌀은 대승 한 되에 1만 원, 보리는 8천 7백 원으로 폭등하여서 생활의 위협이 여간 큰 게 아니었다. 나는 언제나 식구들의 먹을 것과 입을 것 때문에 많은 시간을 허비하게 되고, 머리를 써가며 한 달 한 달의 가계부와 씨름해야 했다. 그러나 이 모든 결

핌 중에서도 가장 풍요하게 나를 만족시키는 것은 이른봄부터 끊이지 않고 각색 화초가 만발해 있는 우리 집 정원이었다. 석가산 중앙에는 하늘을 찌를 듯이 높이 솟은 은행나무가 서 있고(까치집이 있었다) 그 아래에는 오층 석탑과 석등이 좌우로 놓여있는데 몇 길이 넘는 월계수는 잎사귀 잎사귀와 자잘한 꽃망울 망울마다 이상한 향취를 풍겼다. 양정고교의 교장 댁엔가에 있는 월계수가 한국의 유일한 월계수라는 말을 듣고 나는 우리의 그것을 더 보배롭게 여겼다.

사철나무도 대소의 갖가지 종류요, 동백, 난천(蘭天), 전나무, 향나무, 아가위, 소나무, 크리스마스트리 등이 다 상록수인데다가 침정화와 금물푸레나무까지가 모두 잎새가 새파래서 한 겨울을 나는 것이다. 춘설이 난분분할 때부터 팔구 그루의 홍백, 정향(침정화)이 유향을 뿜으면 이어 홍매와 백매화, 황매화며 살구꽃, 밥티꽃, 그리고 해당화, 수선, 난초가 다투어 자태와 향기를 자랑한다.

노랑장미가 줄줄이 나무에서 휘어지게 피노라면 화중왕인 모란이 백여 송이씩 두 나무에서 위관을 뿜낸다. 바위틈에서 백합이 솟아오르면 등정자에는 등꽃이 덮이고 송이송이 늘어져 벌을 부른다.

겹동백은 만발하여 서기를 뿜고, 여름이 되면 협죽도와 석류꽃이 연연한 붉은 색을 토하는데 홍백의 수련은 두 개의 연못에서 나지막이 웃고……. 작약과 치자꽃은 석가산 위아래서 특이한 매력을 풍기는데 여기 저기서는 각종의 장미가 의젓하게 항구성(恒久性)을 보이며 줄기찬 개화를 계속한다. 또 하나 청정하고 순백한 마가목의 산산한 꽃송이들은 석가산 중앙에서 짙은 향내를 뿌리지만 우리 집의 특색은 금물푸레(서양백일홍) 꽃이 여름부터 눈 올 때까지 잇달아 피는 것이다. 흰 꽃송이는 잘지만 향기는 맑고 높아 보는 자마다가 침을 말리며 칭찬하고 탐냈던 것이다.

어머니께서는 모란이 만개할 때면 석가산의 층대를 밟고 올라와 클로버와 잔디 속에 묻힌 바위에 앉으셔서 탐스러운 꽃송이와 화판을 어루만지며 봄과 꽃을 즐기셨다. 그만큼 어머니는 꽃과 달과 아름다움을 사랑하셨던 것이다.

바로 그 무렵, 나는 부산에 갔다. 노천명이 중앙방송국에 근무하여서 소생의 기쁨을 서로 반기며 막혔던 정회를 풀었는데, 어찌나 물이 귀한지 거리가 좁도록 사람이 많은 것과, 바나나의 맛이 감미로운 것과 함께 피난지 수도 부산의 인상은 꽤 심각했다.

막내가 중학에 입학해서야 홍역을, 그것도 하필이면 내가 부산에 간 후에야 치르노라고 누나가 퍽 고생한다는 편지를 받고 배로 부산을 떠났는데, 새벽에 통영 앞바다에 갈매기 떼가 세비처럼 엉겨있는 것이 신기했고, 여수에서는 곳간차를 타고 오노라고 진력이 났다. 와서보니 뒤가 깨끗지 않아서 체력에 영향을 받았고 오래 결석하여서 수학에 약간 지장이 있었지만, 삼 형제가 중학 1, 2, 3학년생으로 하얀 제복에 흰 덮개의 모자를 쓰고 나란히 등교하는 모양을 보면 옹골지기는 하려니와, 큰아들에의 그리움이 한층 더해지기도 했다. 한여름에 이동주 씨가 서정주 씨와 2, 3인의 문우들과 함께 와서 처음으로 상면을 했다.

"내가 여기 온 이상에 선생을 안 뵙고 갈 수가 있어요? 그래서 불원십리로 찾은 것입니다."

섬세하고 화사한 시와는 달리 털털한 풍모의 그는 인사성도 구수했다. 내게는 여전히 시부모님의 제사며 명절의 다례며 주주총회니 중역회의니의 손님접대며 거의 날마다 있다시피 한데다가, 딸애가 졸업장도 받고 타이프라이터의 찍는 법도 배우겠다고 하여 부산으로 간 후에는 들락거리는 식모 등쌀에 손도 모자라서 언제나 나 혼자만 백사를 해내야 했던 까닭에 새벽부터 자정이 넘도록 일만 하노라니

"사장 댁은 잠도 안 자고 일만 하는 사람"

으로 호가 나버리고 말았다. 그러는 중에서도 내가 틈만 나면 책과 붓으로만 살고 있어서 은연중에 영향을 받아서인지 또한 각종의 잡지가 예부

터 어느 구석에나 디글거리고 있어서인지 우리 집 아들 삼 형제는 어려서부터 잡지나 신문놀음을 잘 했다.

누가 시킨 것도 아닌데 처음에는 국민학교 때부터 ≪등대≫니, ≪금잔디≫니, 하는 잡지를 만들더니 다음에는 ≪깃발≫이라는 사면의 소형 신문을 냈다. 나는 그 활자와 편집모양이며 내용을 읽고, 너무나 놀랐다. 제법 체재를 갖춘 집필진은 사설은 큰애가, 단상과 동요는 둘째가, 작문은 셋째가 각자의 글씨로 쓰고, 그림도 각각 그려서 좀 어수선한 느낌이었으나 대소의 활자를 적용한 것에는 웃음을 참지 못했다.

그러더니 큰애가 3월에 고등학교 1학년이 되고, 차례로 중학 2, 3학년이 되던 1953년 봄에는 얄팍한 잡지를 만들었다. 새하얀 모조지 국판인데 ≪생활정신≫이라는 제호로 틀림없는 기성잡지 그대로의 당당한 잡지 모양이었다.

인쇄와 꼭 같은 제자(題字)나 목차나 기록은 미술에 뛰어난 재질이 있는 막내가 한 편 한 편에 머리컷에서 장정까지를 도맡았고, 머리말과 평론은 모조리 큰애가 '암당(岩塘)'이라는 아호와 승준이라는 본명을 사용해서 썼는데 우선 엄마의 작품평을 읽어보고 나는 미소하지 않을 수 없었다.

내 큰아들이 경기중학 5학년에 들어가자 시골 녀석이 떠억 문예부장으로 피선되어서는 경기중학 교지의 사설과 평론을 쓰기에 신통하다고 생각했는데 언제 다음 아이가 그렇게나마 진전했을까? 더구나 둘째가 동요를 시(詩)로 변질해서 몇 편 써 놓은 것에 놀라지 않을 수 없었고, 그때부터 승세의 글에는 재기가 서려 있었던 것이다. 그리고 막내의 건실한 수필과 그 인쇄 같은 기록을 질리지도 않고 꾸준하게 끝까지 완성한 것에 감탄하지 않을 수 없었다. 큰애의 총지휘로 ≪생활정신≫을 3호까지 계속하다가 그가 9월에 경기고등학교로 복교하여 서울로 가게 되자 아깝게도 중단되고 말았다.

딸애가 이 해 4월부터 목포여중에 영어교사로 근무하게 되어 나는 저

으기 맘의 안정을 얻을 수가 있었다. 그래서 비행기로 부산에 왕래하는 여유를 가졌는데, 지리산 영봉이 구름에 덮인 것을 아득히 바라보며 흰 구름을 가르면서 날자면 진주시가 손에 잡힐 듯 펼쳐지고, 샛노란 지붕들이 조개처럼 박혀 마을 마을이 숨바꼭질하는 것에 이것이 영락없는 내나라 내 땅임을 새삼 느꼈던 것이다. 대통령이 재선된 것은 좋으나 그의 맹목적인 생고집에 첫 희생이 된 것은 바로 우리 공장이었다.

어렵고 어렵사리 융자를 얻어 막 물건을 사려니까 대통령이 일본물자의 수입금지령을 내려버렸다. 원사가 일본에서 오기 때문에 자본은 이내 원사로 바꾸어 물품으로 생산해야만 되는 것인데 원사를 사지 못하니까 차금의 이자만 불어가고 공장은 휴업으로 하루의 유지비만 허덕 늘고 있기를 두 달이나 지속하여서 벌써 적자의 연장인데다가 일본 것이 두 달 동안 둔갑을 해서 홍콩제라는 거짓 짐표만 달고 왔을 때는 한 궤짝에 4만 5천 환(이미 통화개혁을 했으니까)짜리가 5배를 뛰어 2십 2만 5천 환이 되어있었으니 어떻게 될 것인가? 번연히 망할 줄 알면서도 울며 겨자 먹기로 사지 않을 수도 없어 오 배의 손해를 보며 적자 운영을 했으니 그 결과란 뻔하지 않는가.

사변에 완전히 쓰러졌던 회사가 유일의 재기(再起)의 기회를 그렇게 놓치고 부채만 걸머지고 말았으니 이 치명적인 대통령의 탄환은 살려고 바둥대던 작은 새를 완전히 죽이고 말았던 것이다. 더구나 아무런 정당의 가입이나 유혹을 배제하고 자력으로만 살려는 그에게 있어서 이것은 완전한 파멸이 아니고 무엇이겠는가.

어쨌거나 환도(還都)는 끝나고 서울은 복구작업에 활기를 띠었으며, 1954년 5월에 민의원 선거를 치르더니 칠월에는 학·예술원이 개원되고 8월 15일에는 통일호가 운행되었다.

워낙 단순한 엔지니어라기보다는 경세(經世)의 포부를 지니고 있는 아빠는 은근히 정치에 대한 관심을 가지고 있었으나 해방 직후 제약이 되어 있을 때는 각 학교의 설립기성회장으로, 사친회장으로 교육사업에 헌신적인 봉사를 했었다. 그러는 중에서 6·25를 만나 사업은 부진했을망정 그의 봉사정신은 날로 빛나기만 했었는데 이제야 참의원으로 출마할 의사를 표시했던 것이다. 금력은 부족하지만 인망으로 조직도 어느 정도까지 진행이 되어 가능성도 농후했었으나, 그나마 참의원선거가 실행되지 못한 국가의 실책은 또 한 번 그를 절망에 빠뜨리게 하였던 것이다.

"허어 이럴 수가 있나? 정책에 줏대가 없으니 희생되는 건 국민일 밖에……."

뚫고 나갈 한 줄기의 길과 광명은 타협, 굴욕뿐이었지만 그것을 배격하는 그에게 할 수 있는 대로의 최선을 다하던 그는 드디어 모조리 막혀지는 호흡통 때문에 질식할 수밖에 없었다.

언제나 그의 정치적인 진출을 뜨아하게 여기던 나이었지만, 막다른 골목에 있는 그의 유일한 활로라 생각하고 솔선하여 조직적인 운동을 전개하던 나 역시 생의 의욕을 박탈하는 국가의 국민이 된 것에 새삼 장탄을 하지 않을 수 없었다. 그러면서도 해마다 있는 각 고등학교의 문예심사와 후배색출에 열성을 기울였는데, 소질이 있고 장래성이 있는 남녀 학생을 발견했을 때의 그 흐뭇하던 만족감과 기쁨이란

"천하를 얻은 들 이에 더할쏘냐"

하는 포만된 심경이었다.

막내까지가 고등학교의 학생이 되고, 딸애는 전 해부터 문교부로 근무하게 되어서 큰 아우와 함께 서울에 있었는데, 편지마다 한국일보사에서 제게 엄마가 언제 오시느냐는 전화가 온다는 것이다.

한편 《한국일보》가 창간될 때 창간호부터 꼭 장편 연재를 해달라고 일부러 사람도 보냈고 금철(琴澈) 씨가 편지도 했지만 늘 거절만 했는데 사월에 상경하니까

"엄마가 한 번 가보세요. 나도 귀찮아요. 전화만 받기 말예요."

하는 말에 그럴까 하고 있던 차에 길에서 정비석 씨를 만났더니

"잘 오셨어요. 한국일보사에 갑시다."

하고 당장에 안내를 했다. 최초에는 염상섭 씨의 『미망인』이 다음에는 정비석 씨의 『민주어족』이 ≪한국일보≫에 실렸던 것이다.

사장실이오 응접실이오 경리실로 보이는 방에 정력적인 장기영 사장과 금철 총무가 있다가 깜짝 반기면서 사진반을 오라 어찌라 수선을 피우더니 대뜸 장편을 써 줄 것이오, 우선 천자춘추(千字春秋)의 일원이 돼 달라는 것이다.

집필진이 좋기에 그것만은 당장 승낙하고, 소설은 한 달 후에 알리마 하고는 유서 깊은 사간동에서 팔판동으로 이사를 하는데, 이십 칸짜리 집에서 전세 30만 환의 십 칸도 못 될까 하는 고옥이 선정된 것이다.

"애들 자취하는 집이니 별 수 없지"

그것은 아빠의 달래는 말이오 아무리 남매와 식모의 가족일망정 부엌 벽이 쓰러지고 낡아빠진 컴컴한 납작집에 이삿짐을 옮겨놓고 나는 눈물을 흘렸다. 집이 초라한 그대로 우리의 몰락상이 보이는 듯 했던 까닭이었다. 사변 때 충실했던 애기엄마는 본래 월급 없이 살았기에 남편을 얻어 나갈 내 백만 환의 사례금과 백만 환의 차금을 주었더니, 그들은 그 돈으로 쌀 소매상을 시작했고 새로 30세의 여인이 새 가족이 된 것이다. 경찰관에게 알맹이를 뺏기고 1·4 후퇴 때 재산 전부와 이십 개의 금침까지 씻은 듯이 잃었기 때문에 나는 서울과 시골에서 겹겹도적을 맞아 알거지가 된 것이었다.

하루 아침에 오막살이 신세가 된 서울의 집안을 대개 정리하고 고향에 가서 「교양의 단계」, 「증오의 변(辯)」, 「향기 없는 꽃」, 「인내와 인종」, 「무기 휴대자의 자격을 심사하라」, 「피의 대가」 등을 써 보냈는데, 이 짧은 단상(斷想)들은 꽤 말썽이 되어서 나를 공격했던 것이다. 장편 연재를 승낙하자 주요한 씨의 ≪새벽≫지에서 백 장 소설을 청탁하여 곧 「부덕(婦德)」이라는

단편을 써보내고 9월 9일부터 『고개를 넘으면』의 장편을 ≪한국일보≫지에 쓰기 시작했다.

오랜만에 장편을 집필한다 하여 주위의 충고도 날카로웠고, 나는 이 소설을 통하여 당시의 젊은 학도들의 건실한 포부와 이상을 소개하고자 또한 신구 두 시대의 대조와 융화를 나타내고자 현지답사는 물론 전문분야의 권위자를 찾아 그들의 강의를 들으며 전문서적을 공부하고 소화하기에 무한한 정력과 정성을 들였다. 이러노라고 서울에 와서 25일 간이라는 긴 세월을 어머니를 떨어져 있다가 1955년 12월 5일에 91세의 내 어머니를 종신도 못하고 잃고 말아 평생의 원한이 되어 있는 것이다. 다음 해 『고개를 넘으면』이 책으로 나왔을 때 나는 첫 장에 '고갯길에서 외로이 가버리신 내 어머님의 영전에'라고 써서 간절한 뜻을 겨우 표시했다.

전 해에 차범석 씨가 ≪조선일보≫ 신춘문예에 희곡 가작이 되고, 이해에는 당선이 되었기에 그의 문화활동의 편의를 위하여 서울 전근의 협조를 하면서 그의 앞길에 영광이 있어지라 빌었다. 이런 축도야말로 내 고장 문학의 눈부신 발전을 위한 적은 거름이 되지 않을까. 막내까지 경복고등학교에 있는 까닭에 나는 자주 서울에 오게 되었다. 그럴 때마다 독서량은 불어났다. 전부터 나는 기차여행에서 왕래에 반드시 책 한 권씩을 독파하는 습관이 있었는데 십일월부터의 두 번째의 장편집필 때문에도 많은 독서를 하지 않으면 안 되겠어서 눈을 비벼가면서 전문서적을 탐독했던 것이다.

≪한국일보≫의 예약 때문에 모처럼의 ≪동아일보≫의 청탁에 불응한 것이 꺼림했고, 고등학교 3학년이라 둘째만을 시골에 둔 것이 불안한 채로 서울에서는 많은 문인들을 만나 그제서야 소위 문단의 교우가 시작된 것이다. 그리도 이름만이 귀와 눈에 익었던 박종화 씨를 오종식 씨의 출판기념회에서 처음으로 만났다면 얼마나 내가 문단과 담을 쌓고 살았던가를 짐작하고도 남을 것이다.

"문단과의 거리"

"시골에서의 문학수업"

"문우들과의 격리"

이 세 가지의 조건은 오늘까지도 직접과 간접으로 나의 문단생활에 많은 지장을 가져오는 것이다.

집시의 생활은 7월에 또 가회동으로 옮겨졌다. 실패에 실패를 거듭한 공장은 임시로 문을 닫았기 때문에 가녈핀 내 수입이 애들의 학비며 생활비에 충당되어야 했으나 30만 환에서 70만 환의 전세로 갈 때는, 배 이상의 액수가 오로지 내 힘으로 불어난 것이 대견스러웠던 것이다. 8월에는 ≪여성계≫에 단편「원두막 풍경」을 보냈다. 부산 수도시절에는 유치하던 그 잡지가 이제 당당한 면목의 권위지가 된 것도 기쁜 일이었다.

겨울이 되자 삼 형제의 헌 스웨터 고치는 것이 일과가 되어 눈이 쑤시고 아플 때는 또 뇌빈혈로 쓰러졌을 때는

"이러다가 소경이나 되면?"

"이러다가 죽어버리면?"

하는 공포심이 왈칵 치솟았다. 어머니가 생존해 계실 때, 몇 번이나 그런 고비를 겪었다.

그럴 때마다 나는

"걸작을 남기지 못해서 어쩌나?"

"어머니 앞에서 죽어서야……."

"내 아들을 못보고 죽어서야……."

이 세 가지의 큰 숙제 때문에 눈을 감지 못하리라 했는데, 이제 한 조항은 빠졌지만 두 가지가 그대로 남아서 내 머리를 무겁게 하는 것이다. 아빠는 걸핏하면 위경련을 잘 일으켰다. 심장과, 위장이 나쁜데다가 사변 이후 줄곧 심려만 계속하는 까닭에 정신적인 타격도 크게 받아서 육영(肉靈)이 함께 쇠약했기에 오해도 잘 하고 신경질도 남발하였다.

10월 3일에 목포 각 고등학교의 국어 교사며 문학 후배인 박상권, 백두성, 전승묵, 차재석 등 많은 문우들의 주최로 항도출판사장 수필가 조희관 씨와 유지들의 임석 아래『고개를 넘으면』의 출판기념회가 뜻 깊고 성대하게 베풀어졌건만, 잠깐 참석했다가 먼저 돌아간 아빠는 누웠다가 꽃다발에 묻혀서 돌아오는 내게 찡그린 언행을 보여서 나를 슬프게 했던 것이다.

　이어 그 달 30일에는 동방살롱에서 송지영 씨의 사회로 출판기념회가 열렸는데, 여류지면 문인들은 물론 시골에 있었기 때문에 안면도 잘 모르는 남녀 문인들이 원로인 이희승 씨와 노산 이은상 씨를 필두로 대가, 중견들이 다 와 주었고 정한모, 정한숙, 소장파들까지, 각 학교 교장들까지 참석하여서 축하를 해 주는 것에는 참으로 혈관에 따뜻한 피의 흐름을 감각했다.

　각각 열렬한 축하를 아끼지 않던 김말봉, 노천명, 이무영 제씨가 이미 고인이 되어있는 것은 애석하기 이를 데 없는 것이다.

　11월 25일부터 《한국일보》에『사랑』을 연재하기 시작했다. 이것은 주인공인 철학도가 아버지의 원수이자 자기의 은인인 한 가정을 상대로 일어나는 사랑의 역정을 그린 작품인데

　"원수를 사랑하라."

는 종교적인 명령에서가 아니라 자기의 수련해 온 학설을 통하여 은원(恩怨)을 초월하는 자세를 보인 것으로『고개를 넘으면』과 함께 독자들의 많은 성원과 비판을 받았던 것이다.

　10월 15일에는 드디어 딸애의 약혼식이 있어서 어미로서의 첫 번째의 책임을 완수하려는 관계에서도 아빠의 건강 악화와 모든 악조건에 얽매어 괴로운 날과 밤이 어떻게 흐르는 것조차 깨닫지 못하였다. 나라의 해방을 차지하고도 참된 자유와 행복의 종소리는 울리지 않은 채로 나는 1957년을 맞게 되었다.

눈보라는 개이려나

　신년 벽초에 작년의 연장인 출판기념회를 이번에는 대학동창회에서 열어 주었다. 좋은 시조를 쓰는 김오남(金午男) 여사의 『심경(心影)』이라는 시조집 출판기념과 함께, 우리 둘을 위해 열었던 그 모임에서 나는 그들의 간절한 축하에 싸여 더욱 임무의 중대함을 느꼈던 것이다.
　연초부터 축복을 받았으니 금년에는 서광이 비치려나 은근히 바라던 기대에 어긋나는 사태가 1월 29일 아침부터 벌어지고 말았다.
　식전에 공동탕에서 목욕을 하고 오는데 어찌나 길이 미끄러운지 몇 번이나 자빠라질 뻔하다가 집에 와서 언덕을 오르내려서야 등교하는 막내에게 부디 조심하라고 일렀더니 그는 닳아빠진 장화를 신으며
　"이걸로도 오늘까지 무사했어요."
　하고 우산과 가방 등을 들고 나갔는데, 오 분도 못 되어서 차마 들을 수 없는 비명이 들리며 아이가 되돌아왔다. 벌써 바른 팔은 늘어지고 한 팔에 모든 것을 끼고는 새파랗게 되어서 지극한 고통과 절망에서 자아내는 신음으로 들어오는 것이다. 돌 언덕 내리받이에서 닳아진 장화가 미끄러지며 바른 편 손목을 깔아 부러진 모양이었다.
　창황망조하여 겨우(가회동 꼭대기에서는 차도 얻기 어려웠다) 차를 잡

아 서대문 정골원에 가서 뼈를 맞추는데, 장정 오륙 인이 팔다리와 몸뚱이를 누르고도 너무나 지독한 고통에 몸부림치는 환자 하나를 이기지 못하는 그 참상과 부르짖음은 악몽이 아니고 무엇일까.
　설상의 가상으로 정골원 정문 앞에서 아빠가 빙판에 거꾸러지더니 잠깐 정신을 잃었다. 오직 나 혼자 이리저리 갈팡질팡하면서 애를 태우는데, 마침 내 전화를 받고 문교부에서 바로 달려온 딸애가 도착하여서야 깁스를 무섭게 팔 전체에 댄 사경을 벗어난 아들과, 머리의 타박상으로 정신을 못 차리는 아빠를 하나씩 맡아 집으로 돌아왔다.
　상가(喪家)와 같이 경황없는 집안인데 돌연 아빠가 큰 소리로 나를 꾸짖으며 윗목에서 쓰고 있던 『사랑』의 원고지를 뺏어서 동댕이쳤다.
　"여편네가 건방지게 소설이 다 뭐야"
　그는 눈을 부릅뜨며 호통을 쳤다.
　이유인즉 아까 자기가 넘어졌을 때 자식만을 붙들고 병원에 들어갔다는 트집이었다.
　그를 운전수가 일으키기에 재삼 부탁하며 비틀대는 아이를 안고 간 것이 어째서 잘못이란 말인가? 그는 전에도 늘상 이와 비슷한 억담을 잘 해서 나를 괴롭혔던 것이다.
　"좋아요. 오늘이라도 그만 두지. 그래서 내 소설을 모조리 태웠군요?"
　나는 가슴에 맺혔던 한 마디를 쏘았다.
　작년에 내가 서울에서 집에 돌아가니까 책장(書架)을 뜯어서 옮겼다는데 몇 해를 두고 천신만고로 구해 둔 소설뭉치가 없어졌다.
　눈이 벌컥 뒤집힌 내가 아무리 물어도 아빠는 모른다고 할 뿐이오 계집애들도 처음엔 딱 잡아떼다가 하도 끈덕지게 내가 유도심문을 하니까
　"아버지가 주시면서 불 때라고 하시길래 때면서 보니께 모두 책장이두만요."
　했다. 소녀들을 데리고 책을 옮기던 아빠가 누런 신문지(퇴색해서)로 싼

큰 뭉치를 주면서

"이런 추잡한 것을 쟁여놓고 원 사람이 왜 그 모양이야?"
하면서 빨리 아궁이에 태워버리라기에 밥 지으면서 나무 대신 땠다는 것이다.

그 내용인즉 연전에 제주 폭동사건을 소재로 한 「활화산(活火山)」이라는 70장의 단편을 적당한 시기에 적당한 곳에 발표하려고 아꼈던 원고와, 각 잡지며 신문에서 도리고 오려서 모아둔 책장과 신문종이었다. 「진달래처럼」「봄안개」「검은 사포」「파라솔」「광풍」「파랑새」「거리의 교훈」「형과 아우」「외투」등 아홉 편과 「활화산」까지 열 편을 재로 만들어버린 소위가 어찌나 괘씸하던지 분하고 억울해서 견딜 수 없었다.

"세계적 작가는 못 만들망정 단편집도 못 내게스리 몽땅 태워버리다니 대체 작가의 책장이 그렇게나 깨끗할 줄만 알았단 말요?"

시골과 서울에서 몇 억이라는 큰 재산을 잃은 사실은 깨끗하게 잊은 나건만, 사변 때 잃은 장편과 기행문과 함께 이 열 편의 단편은 두고두고 오늘까지 내 가슴에 자식 잃은 것과 꼭 같은 슬픔으로 남아 있는 것이다.

"어디서 어떻게 그것들을 구하나?"

기행문을 베껴 보려고 조선일보사에 알아보았으나 옛날 것은 하나도 없다고 했다. 유일의 희망이 도서관에나 혹시 남았을까 하는 것인데, 이나마 매일의 잡무에 쫓기어 못 가본 것이다.

"선생님, 신문에 광고를 내 보세요. 행여나 갖고 있는 사람이 있는지도 모르니까요."

더러는 그런 말도 했으나 아직까지 나는 그런 용단도 내지 못하고 있는 중이었다.

그만큼 단단한 응어리를 품고 있는 내게 거듭 모멸의 언사를 뿌린 그를 나는 결코 용서할 수 없다고 생각했으나 돌연한 머리의 타박상으로 자극을 받지나 않았나 싶어 나는 입술을 깨물며 참고 말았다.

몸을 자유로 움직이지 못하는 아이의 시중이니 간호니 정골원의 치료니로 한시도 집을 비우지 못하는 내게 또 하나의 청천의 벽력이 내렸다.

고향에 홀로 남은 승세가 갑자기 맹장수술을 한다고 나더러 급히 오라는 전보를 2월 16일에 받은 것이다.

그러자 전 날인 15일에 김내성 씨가 뇌일혈로 쓰러졌다고 하여서 오늘은 꼭 문병하리라고 했었기에, 밤차로 떠나려는 나는 기어코 오후에 김영주 씨와 병원에 가서 김씨를 보았으나 그는 인사불성이었다.

바로 얼마 전에 그와 거리를 걸으며 정답고 유쾌하게 반나절을 보냈는데 이럴 수가 있으랴 싶어 인생의 무상함을 다시 한 번 뼈저리게 느꼈던 것이다.

다음 날 아침에 목포에 도착하니 아이는 벌써 수술을 끝내고 입원하고 있었다. 그 날부터 간호를 하고 있는데, 신문사에 연방 소설은 써 보내야 하고, 막내의 경과도 궁금하기 이를 데 없는 데다가 꿰맨 자리가 다시 곪아 이십일 간을 병원에서 지내고 있으면서 날마다의 분망하고 초조함이란 이루 말할 수가 없었다.

그래도 졸업시험은 치르고 아팠기 때문에 졸업장은 내가 대신 받아 가지고 3월 12일에 아이와 함께 서울에 돌아오니 승걸은 그 깁스의 투박한 팔을 걸메고 통학하며 있는데 바른 손목이라 글씨를 못 쓰게 되니까 노트를 정리할 때는 학교에서 기억해 둔 것을 집에 와서 왼손으로 기입하고 있었다.

사변 때 전부를 잃었기 때문에 딸애의 결혼준비는 대강대강 마련한다고 했지만 인륜대사라 그런지 참으로 복잡하고 거추장스러운 것 뿐이라 내 고심이 여간 크지 않았다.

게다가 아빠가 조부모님 제사를 모시겠다고 고향에 갔다 오던 사월 이십 일일에 기차 식당에서 먹은 음식에 중독이 되어서 밤새도록 토사를 하더니만 이어 몸져눕게 되었다.

그래서 4월 27일 딸애의 결혼식에도 참례하지 못했는데, 나는 그 날 운현궁에서 유진오 씨가 주례하는 성대한 예식장에서나, 화기가 넘치는 국제호텔의 피로연에서도 집에 누워 있는 그를 생각하고 경사스럽다는 실감을 갖지 못했던 것이다.

아빠는 그때부터 이어 환자가 되었고 병석에서 일어났을 때라 하여도 외양 뿐, 내면은 이미 병들어 있는 몸이 되었다.

딸애는 이내 남편의 근무지인 수원으로 가서 새 보금자리를 꾸미고 우리는 5월 8일에 권농동으로 이사를 했다. 이번에는 50만 환을 더 늘인 120만 환의 전세이었다.

이 집으로 오면서 아빠의 신경질은 대단히 악화되어 한국일보사 주최의 제1회 미스코리아 선발대회의 심사원으로도 나가지 못하게 하는 것을 차가 왔기에 그냥 머리도 부수수한 채로 의복도 입던 옷으로 회장(會場)에 갔었는데 그는 그것을 언제까지나 구실로 삼아 억설을 그치지 않았다.

그 무렵에는 아빠가 잠이 들어야만 건넌방 구석에 숨어서 소설을 쓰는데, 번번이 어떻게나 울었던지 내 눈은 언제나 부어 있었던 것이다.

"아아, 이럴 때 이 눈물에 색깔이 있다면 내 눈물은 꼭 핏빛일 거야."

나는 쓰다가 말고 긴 탄식을 하면서 손수건으로 눈물을 닦아 보았다. 그러나 애달프게도 눈물은 제 빛을 내지 못했던 것이다.

아버지가 입원하자 엎친 데 덮친다고 승세마저 별 데가 다 아프다고만 해서 여기저기 각 병원에 데리고 다니며 진찰을 받자니 쓴 한숨이 터질 때가 많았다.

"여자란 아내라거나 어미라거나 그런 책임만이라도 감당하기 어려운데, 주제에 소설을 쓴다니 천만부당하지 않느냐?"

그러나 여성의 임무가 내 천직이라면 소설을 쓴다는 것, 즉 창작이란 '박화성'이라는 특정한 인간의 천직일 것이다. 다만 여자인 까닭에 피할 수 없는 천직이 두 개가 거듭 내 등에 지워진 것이 아니겠는가.

유월 십 칠일에 노천명이 죽었다는 말에 내게는 경련이 지나갔다.

"아직은 멀었는 것을……."

작년 섣달에 《한국일보》 신춘문예심사를 하노라고 백철 씨랑 나랑 천명이랑 조지훈 씨랑 모두 좁은 방에서 북적댔는데, 어느 새 천명도 가고 말았는가? 영롱한 그 재질을 영원히 흙과 함께 썩히려나.

한 달 만에 퇴원한 아빠를 다시 해남 대흥사로 휴양하게 하겠다는 형제들의 제의로 승준과 나는 그를 보호하여 내려갔는데, 연합신문 문화부장인 추식 씨가 목포에까지 내려와서 장편연재를 해달라고 조르기 시작했다.

마침 방학 때인 팔월 중순이라 승준은 아빠를 모시고 대흥사에 가고 나는 추식 씨와 서울에 올라오며 또 줄곧 졸렸으나 확답은 하지 못했다.

그때 딸애는 강릉으로 갔다. 사위가 그때 공군소령으로 강릉 비행장의 대장이었기 때문에 비행기로 날아가면서 서울을 바라보고 울었다는 것이다.

나도 슬펐다. 제일 나를 아끼고 생각하던 딸이오, 나도 눈동자 마냥 애중히 여기는 딸이건만 내 품을 벗어나 남편을 따라갔으며, 멀리 남쪽 바다 건너 산사(山寺)에는 남편과 아들이 쓸쓸하게 지내고 있을 것이라 처량한 심회를 금할 길이 없었으나, 비가 오건 폭염이건 새벽 7시에 집에서 나가 저녁 7시에야 돌아오는 승걸의 건실한 면학의 자세로 겨우 위안을 얻었던 것이다.

9월 11일에 『사랑』은 289회로 끝을 맺었다. 그리고 14일에는 불란서 작가 이브 강동 씨와 영국작가 알렉 위 씨가 섞인 펜클럽 작가들의 환영회가 경회루에 있어서 오랜만에 여러 문인들과 환담할 시간을 가졌었다.

구월 하순에 나는 남편을 데릴러 대흥산에 갔다. 이십 리 산길을 치솟아 다시 그 산을 너머 만일암에 가니 그는 이발을 하지 않아 딴 사람 같았다.

나는 서투른 솜씨로 그의 이발을 하여서 읍에까지 오고, 읍에서는 진짜로 다듬어 상경했는데 대자연이란 과연 위대한 것으로 그는 꽤 건강해져서 돌아온 것이다.

10월 3일에 우리는 또 인의동으로 옮기지 않을 수 없었다. 권농동 집의 안방벽이 무너져 자다가 물벼락을 맞았던 일에 정나미가 떨어지기도 했지만 육 개월이면 해약되는 전셋집 신세는 별 수 없이 몇 번이고 짐짝을 꾸려야만 하는 것이니까.

이층 건물이라 방이 많아서 아이들은 위층을 차지했는데, 아빠의 건강 상태를 지속하기 위하여 다시 삼각산 승가사를 그의 휴양소로 정했다.

고향에서 동광중고등학교를 창설하여 거기에 교장이 되어 있는 셋째 아우와 성균관대학 교무처장인 넷째 아우가 번갈아 절의 휴양비만은 보충을 해주었지만, 150만 환짜리 전세를 얻으면서 신문사의 후의로 30만 환을 미리 가져왔기에 다달이 5만 환씩 여섯 달을 고료에서 세하는 만큼, 아빠의 사소한 빚마저 갚아 가는 내 생활은 그야말로 정신을 바짝 차려야만 추태를 보이지 않게 쯤 되어 있었다.

나는 10월 14일부터 연합신문에 『벼랑에 피는 꽃』을 시작했는데, 이것은 교육자들을 취급한 작품으로 그들의 숭고한 봉사정신과, 애정과 우정의 단계를 선명하고 자연스럽게 부각한 장편이었다.

나는 모처럼 그와 창경원을 거닐었고 참으로 오랜만에 명보극장에서 그와 함께 「길」을 보았는데, 그는 내 곁에서 졸고 있었지만, 나는 그와 마지막이 될지도 모르는 영화감상에서 젤소미나의 슬픈 생애와 이별을 바라보며 남모르는 눈물을 흘렸다.

인생의 일생이란 참으로 저 어릿광대를 해야 살아가는 주인공들의 생활처럼 허무하면서도 인정이란 향기 높은 감정 때문에 그래도 인간의 참 가치를 잃지 않고 살아가는 것이 아닐까?

10월 9일에 나는 그와 함께 승가사에 갔다. 대학입시 때문에 두 아우는 그만 두고 큰애가 일부러 학교를 쉬면서 아버지의 의복과 반찬 등속이 든 륙색을 메고 가는데, 왕년의 금강산 일만 봉을 흰 구두로 주름잡던 그 원기와 용기는 어디에 버리고 몇 번씩이나 쉬어서야 겨우 절에까지 오르는 것일까?

그와 함께 절밥을 먹고 약수를 마시며 경내를 소요하면서 놀다가 석양에야 돌아오는데, 절 앞 바위에 높직이 올라앉아서 붉게 타는 단풍나무의 가지가지로 우리의 그림자를 안타깝게 붙잡던 그의 간절하던 시선은 아직까지도 어제런듯 내 망막에 살아 있는 것이다.

일요일이면 하루씩 다녀오는 아이들의 그의 건강이 좋아졌다는 보고에 안심하고 10월 21일에는 대관령을 넘어 강릉 딸에게로 날아갔다.

강릉은 관동팔경의 일경(一景)인 경포대가 있고, 율곡 선생의 출생지로 유명하여 나는 먼저 오죽헌(烏竹軒)을 찾았다. 권씨 노인의 안내로 사임당과 율곡의 친필이며 그의 산실(産室)인 몽룡실(夢龍)과 유물들을 보며 잃어버린 율곡의 석담구곡의 기행문을 새삼 간절하게 탐냈다.

다음 날은 사위가 운전하는 차로 대관령에 갔는데, 10년 전 금강산의 단풍을 보던 내 눈에도 구십구곡의 대관령은 기이하기 이를 데 없었다. 만산홍록(萬山紅錄)이오 천곡금수(千谷錦繡)인데, 솔은 어찌 그리도 연연하게 푸르며 단풍은 어찌 그다지도 다채롭게 고왔던가.

봉우리들은 저마다 붉게 타고 있는데 골짜기마다에서는 오색의 구름이 뭉게뭉게 피어오르는 듯 했다.

"아아, 가장 위대한 것! 가장 아름다운 것! 가장 영원한 것! 자연이여! 나는 이 순간 네게로 녹아들고 싶다!"

망연히 자기가 진세의 속객임을 잊고 서 있는 내게 사위가 말을 걸었다.

"안 가시겠어요? 저영 그렇게 맘에 드시면 내일 또 오시기로 하죠."

그러나 다음 날은 강릉상업학교의 교사로 있는 서근배 씨의 안내로 백일장이 열리는 경포대에 갔다. 우선 경포대의 풍경보다는 종이와 연필을 들고 제각기 시정(詩情)을 토하려는 남녀 학생들의 미더운 모습에 눈이 팔린 나는 거기서 몇 마디의 말을 그들에게 해주었는데 사범학교의 국어교사라는 한 청년의 언행이 색다르더니만 그가 후일의 평론가요, 희곡을 쓰는 신봉승(辛奉承) 씨였다.

그러고 보면 문학이라는 태양을 향하는 학도들의 얼굴에는 강하고 약하나마 한 줄기의 광선이 비치는 까닭에 서로 통하고 서로 알아보는 것이 아닐까 하고 생각하는 것이다.

11월 중순에 『사랑』의 전편이 출간된 만큼 교정에 바빴고, 또 딸애가 12월 중순에 조산을 한 까닭에 강릉에 가서 뒷수발이니 김장이니 손봐주노라고 비행기를 타고 겨울의 하늘을 갈고 다니자니 심신이 함께 총총한 데다가 날이 춥다고 본인이 집을 원하여 병자를 모시고 있으려니까, 매일의 집필 때문에도 신경이 극도로 쇠약해 갔다.

1957년 섣달 그믐날 밤늦도록 승세가 밖에서 달달 떨며 서 있기에

"너 왜 그렇게 서 있니?"

하니까 《동아일보》를 기다린다고 했다.

"무슨 변덕이니? 나중에 차분히 보면 어때서"

했더니 조금 있다가 밖이 띠들썩하면서 삼 형세가 함께 들어오고 승세가 천장이 얕다고 펄떡펄떡 뛰는 것이다.

현상 신춘문예에 「점례와 소」라는 단편을 비밀히 써 보냈는데 그것이 당선작이 없는 가작 일석으로 뽑혔다는 것이다.

그 애는 고등학교 시절에 「크리스마스 카드」니 「나팔바지」니로 목고 문예상의 수준에 올랐었지만, 내가 심사원인 관계로 딴 학생을 선정했기에 늘 특별발표만 해왔었던 것이다.

"어머니가 심사원이신 이상에 난 한 번도 당선은 못할 테니까 차라리 시를 쓰겠어요"

다음부터 과연 그는 시를 썼다. 워낙 어렸을 때부터 동요니 시니를 저

희들이 만드는 신문에나 잡지에 썼던 만큼 나는 그 애가 시로 성공할 줄 알았다. 제 형의 동창생인 시인 정규남 군이

"야, 승세야. 4시를 서정주 선생님께 보였더니 퍽 칭찬하시드라. 부지런히 써라."

하는 말로도 대강 짐작은 했던 것인데 의외로 소설이 입선된 것이다. 그 해 ≪조선일보≫ 신년호에 나는 「하늘이 보이는 풍경」을 발표했다.

시상식 날은 눈이 많이 왔는데 만 18세 밖에 되지 않는 그 애가 혼자 가지 않겠다고 하여서 나는 하는 수 없이 문밖에까지 따라 갔다가 문예부장 권오철 씨에게 들켜서 안으로 들어갔다. 마해송 씨는

"자제였습니까? 이번은 가작이란 말뿐이지 바로 당선입니다. 염선생이 그러시더군요. 축하합니다."

하면서 자기의 자제가 된 거나처럼 열을 올려 주어서 나는 다섯 번째의 기쁨을 느꼈던 것이다.

시상식이 끝나자 심사원의 한 분인 염상섭 씨를 방문했다. 눈은 많이 내렸는데 겨우 길목을 찾아 몸이 불편하다는 그를 만났다. 첫 번의 상면이건만 우리는 구면처럼 정다웠다.

"애가 이번에 동아일보에……. 제 자식입니다."

"뭐요?"

그는 깜짝 놀라 절을 올리는 승세와 나를 번갈아 보더니 크게 웃었다.

"하, 원! 까딱했더면 정실관계란 말을 들을 뻔했군요."

다른 심사원이 최고라고 보낸 것이 신통찮아 최후까지 있던 오륙 편을 다 가져오라 하여 읽었더니, 그것 한 편이 툭 튀어 나서 당선으로 정하려니까 딴 분이 너무 우겨서는 그냥 두 편을 가작 일이 석으로 정했다면서

"말 뿐이지 그건 확실히 당선작입니다. 앞으로 더욱 정진하기 바랍니다."

했다. 그때는 그렇다면 어떠랴 했지만 가작이라는 두 글자 때문에 당선작 수록에도 들지 못한다고 그 애는 두고두고 그것을 한탄했다.

그러나 그 해 봄에 김동리 씨의 알선으로 서라벌대학 문예창작과에 장학생으로 입학이 되었고, 바로 그 해에 「내일」과 「견족(犬族)」으로 ≪현대문학≫에 추천완료가 되었던 것이다.

막내와 한 학년 차이이던 그가 맹장수술로 1년을 쉬어 아우와 부득이 동 학년이 되게 되었는데, 제 갈 길을 자연히 걷게 된 승세는 한시름 놓았지만 승걸의 전문과목 때문에 아빠와 나와 당자 간에 의논이 분분했다.

막내는 국민학교 때부터 미성(美聲)보다는 빨리 배우고 음정이 정확하다 하여서 음악부장이 되었다가 중·고등학교에서는 미술에 열중하는 한편 좋은 작품을 줄곧 발표했다 하여 중학 졸업 때는 문학상을 받았고, 고등학교에서는 국어과목에 특출했던 만큼 전문과목을 확정할 수가 없었다.

엔지니어인 아빠는 어려서부터 이수과목에도 뛰어나는 막내만이라도 자기의 후계자가 되게 하려고 공과대학을 원하여서 처음에는 이과를 선택하려 했는데, 하루는 그가 조용히 내게 술회했다.

"아버지 소원대로 공대에 가도 되겠지만 빽빽해서 그만뒀어요. 그런데 아무리 생각해도 판검사나 변호사가 돼야 하는 법대는 싫고, 그렇다고 주판알을 굴리면서 장부를 뒤적이는 상과는 아무래도 질색이에요."

"그럼 넌 어쩌겠다는 거냐?"

"국문과라면 가슴이 툭 티이겠는데요. 그렇지만 엄마가 원하지 않으시니까 큰 형님이 못 다 마친 영문과로 가겠어요."

이렇게 하여서 그는 영문과를 지망했고 그 봄에 서울대 문리대 영문과에 합격하여서 내 일생 여섯 번째의 기쁨을 갖게 하였던 것이다.

한편 나는 ≪한국일보≫사에서 100만 환 현상 장편소설을 모집하는데 박종화 씨와 팔봉 씨와 나랑 셋이 심사를 하노라고 긴 소설을 읽기에 눈이 아팠으나 30세의 홍성유 군이 『비극은 없다』로 당선하여서 참으로 흐뭇해졌다.

아직까지 잡지 ≪여원≫에 대해서는 한 말도 없었지만, 전에는 감상문이나 수필 같은 잡문만을 써 왔는데, 날로 여성계 유일의 권위지로 발전하는 그 잡지를 위하여 힘껏 협조하려는 마음에서 무리이지만 4월호부터 장편 『바람뉘』를 집필하기로 했다. 작가의 말에 있듯이 큰 물결을 뉘라 하는 것처럼 '바람뉘'는 큰바람 즉 폭풍을 의미하는 것이다.

각각 모진 세파(世波)에 시달렸던 어려서부터의 연인들이 폭풍 같은 시련을 이기고 폭풍의 날에 한 덩이가 지는 새 세대의 승리를 말하고자 하는 줄거리였던 것이다.

이제는 대학생이 셋이나 되어서 국민학교 때는 십 환이 단위요, 중학 때는 백 환이 단위이었는데 천 환이 비용의 단위가 되는 이들의 학비는 환자의 부식물을 염두에 두어야 하는 내게 큰 부담이 아닐 수 없었다.

어려서부터 평론의 소질을 보이던 승준은 자주 자기의 대학 교지에 단편을 발표하여서 능력을 보이더니만 다음 해와 그 다음 해에 「인간의 긍정」과 「현대적 작가형」의 두 평론으로 조연현 씨의 추천이 완료되었던 것이다.

『벼랑에 피는 꽃』이 5월 말에 끝나고 6월 1일부터 이어 《경향신문》에 『내일의 태양』을 집필하게 되었다.

첫번 결혼에 실패한 여주인공이 건실한 총각의 열렬한 사랑을 받았으나, 완고한 청년의 어머니 때문에 예식날에 풍파를 일으켜 파탄에 이르려는 것을 강인하고 적극적인 주인공은 만난을 무릅쓰고 호구인 시댁에 들어가 몸과 맘으로 싸워 기어코 승리하는 내용인데, 나로서는 혁명적인 여성을 설정했는데도 의외의 종교적인 정숙한 여인이라는 정평을 받아서 꽤 아이러니컬하다고 생각했다.

다행히 6월에 『고개를 넘으면』의 영화계약을 맺어 적으나마 도움이 되었고, 7월과 8월에는 문예지로 발행하겠다는 《소설계》 창간호와 다음 호에 「딱한 사람들」, 「어머니와 아들」의 두 단편을 발표했었다.

아버지가 심우(心友)인 최정우 씨와 함께 등산을 감행할 만큼 원기가 회복되었단 말을 듣고 딸애는 내 첫 손녀인 제 딸 애기를 데리고 6월 그믐에 친정에를 오는데 나와 아빠가 함께 차로 비행장에 나가서 모녀를 데리고 올 만큼 그는 기운이 좋았다.

이제야 반 년 남짓한 아가가 한 달 을 있는 동안, 배를 밀고 기어다니도록 성장하는 것을, 처음으로 보는 듯이 신기하게 여기던 조부모는 8월 초순의 염천에 모녀를 비행기에 태워 보내고 사라지는 한 점을 망연히 바라보며 언제까지나 서 있었던 것이다.

"승해가 생전 처음으로 이번에 내게 효도를 했어."

동해안의 선물을 가지고 오고도 딸애는 매일 아버지의 우유와 실과를 맡아 공궤했고, 무엇이나 좋은 것은 지갑을 털어서 아버지를 만족하도록 해 드렸던 것이다.

"허어 이 날은 왜 이래? 그것들 무사히나 가야 할 텐데."

돌아오는 길에서 갑자기 후두둑 듣는 빗방울을 손바닥에 받으며 그는 전에 없이 걱정했다.

아닌게아니라 나는 집에 돌아와서도 집안구석 구석방마다 마다에서 어른대는 딸과 아가의 환영을 잡을 듯 종일을 슬퍼하던 기억은 시집을 보내고도 없었던 만큼 시금﹅시도 그 심경을 지니고 있는 것이다.

대학 3학년이 되는 큰애는 아우들과 함께 목포 출신의 문학도(대학생)들로 구성된 유달문학회를 만들어서 고향에서 여름방학에 열기로 하고 삼 형제가 함께 내려갔다.

자기들이 표시는 하지 않았지만 그들의 복스런 요람이던 고향에서 아버지는 비록 사업을 실패하여 병들었지만 자식들은, 즉 그의 후계자들은 사업과는 색다른 형태의 새싹으로 자라나 메마른 고향을 풍성한 그늘로 덮으리라는 암시를 뿌리고 온 듯했다.

"허어, 삼총사가 대단합니다. 선생님은 든든하시겠습니다."

문학발표회를 목도한 후배들은 여러 가지의 말로 그들을 기렸는데, 이화여대에서 금옥의 시로 이름이 높던 김인자(김하림)와, 이화를 거쳐 숙대 국문과를 마친 김송희 두 규수시인은 유달문학회의 멤버이었던 것이다.

9월 초순에 경향신문에 연재 중인 『내일의 태양』을 60회가 자칫 넘어서 영화사에 넘겼더니 적으나마 한꺼번에 받을 수 있어서 정릉에 이십 평 짜리 집을 샀는데, 대학생 셋의 학비를 부담하고 병자를 낀 살림을 하면서 그래도 30만 환 전셋집에서 이만큼 늘려 온 자신의 힘이 신통하게도 생각되었다.

오자마자 전화를 가설했고 십이월 팔일 시아버님의 제사를 지내는데, 그 날 따라 그의 축문 읽는 소리가 너무나 구슬프게 들렸다. 여름에는 괜찮더니만 찬바람이 나면서 돌연히 그의 병세가 악화된 탓인지 음성과 손이 떨리며 그의 눈에서는 눈물이 흘렀는데, 이것이 그가 그 아버지의 제사를 지낸 최종이었던 것이다.

"그래도 당신 덕분에 아버님 제사를 내 집에서 모셨으니 다행하오."

그는 그날 밤 내게 그런 말도 했고, 내년 초에 은행으로 넘어가 경매가 될 공장과 사택들과 토지들보다는, 우리의 사재로 지은 집이건만 빼놓지 않고 사택으로 올렸기 때문에 함께 잃고야 말 내 집 세한루(歲寒樓)를 놓칠 일이 애달파 괴로워하는 나를 그는 오히려

"그 집은 좋지 않아. 지대가 낮아서 건물이 파묻히거든. 나만 나으면 더 좋은 집을 살 수 있으니 걱정말아."

하며 달랬던 것이다.

이 해 연말에 『사랑』 후편이 나오기는 했으나, 출판사인 동인문화사(同人文化社) 사장이 사업에 대실패를 하는 바람에 출판사가 문을 닫게 되어 인세조차 전부를 받지 못했다.

새해가 되면서 아빠의 병세는 여러 가지의 증세를 병발하면서 악화의 일로로만 달리고 나는 학기가 바뀔 때마다 세 아이의 등록금 때문에 밤이

면 잠을 이룰 수가 없었다.

 그러나 다행히도 승걸의 학교는 국립이라 등록금이 좀 싼 데다가 때로 수업료 면제의 특전을 받는 까닭에 사오만 환 정도로 끝이 나게 되어 적은 도움이라도 되었고, 내가 말려도 책값을 만들겠다고 하학 후 두 시간씩 가정교사를 하여서 오히려 내 사소한 물품까지를 사 주곤 하였던 것이다.

 아빠는 매양 얼굴을 찌푸리고 신경질을 부려서 그럴 때마다 나는 생의 의욕을 상실하고 막연히 죽음을 그릴 때가 있었으나, 스스로 자기를 꾸짖고 때리며 의지를 가다듬어 살려는 용기를 기르는 중에, 2월 15일 아침에 전례대로 주사를 맞고 온 그가 마루로 부축해 올리려는 내 손을 탁 뿌리치며

 "그만둬! 모두 나 죽기나 바라면서"
하고 방으로 들어가더니 요 위에 털썩 누워버렸다.

 야속하기 이를 데 없으나 참고 견디며 외투와 양말을 벗겨 몸을 평안하게 누이고 밖으로 나왔더니, 몇 시간을 잤는지 방에서 부르는 소리가 나기에 들어가니까, 그의 눈이 이상스럽게 떠지고 입술이 비틀어져 침이 입귀로 흐르면서 두 손이 늘어져 있었다.

 "여보! 왜 그래요?"
 내가 그를 붙잡고 놀라며 물을 때 그는 이미 입술로 발음을 내지 못하고 수족을 놀리지 못하면서 소변이 마렵다는 표시만 했다.

 '하느님 이 무슨 형벌이옵니까?'
 그 시각부터 그는 산 시체가 되다시피 되어서 나는 그의 수족이 된 것이다.

 의사가 왔으나 그 밤은 응급치료만 하고 다음 날 일찍 서둘러 서울대학부속병원에 입원을 했는데, 그 날에는 비조차 와서 큰애가 동대문시장에서 병원까지 그 무거운 야전침대를 메고 비를 함초롬이 맞으며 왔다.

그날 밤부터 그와 나의 고생은 시작되었다. 여러 가지의 근본적인 진찰을 한 결과 심장은 말못하게 나쁜데 위에 큰 혹이 있을 뿐 아니라 각 기관이 다 병들어 있다는 것이다.
밤낮없이 그에게 매달려 시중을 드노라니 당장에 쓰러질 것 같아 밤이면 아이들이 번갈아 시병하고 아침부터 밤 10시까지는 내가 오로지 딸려 있었다.
다행히 『바람뉘』까지 끝나서 시간적인 여유는 있으나 수입이 없어서 막대한 약값이며(값비싼 주사약 등) 입원비 따위를 마련하기에 나는 진정 고초를 겪었다.
입원 중에는 동창생들이며, 문인들, 친지들이 문병을 해주어서 고마웠고, 3월 12일에는 사위가 중령이 되어 본부로 오기 때문에 딸이 손녀를 데리고 비행장에서 바로 병원으로 와서 반가웠다.
그는 한 달이 되기 전부터 자꾸만 퇴원하자고 졸라서 1개월 만에 퇴원을 했으나, 필요한 주사를 놓기 위하여 의사는 조석으로 내왕했다.
내가 거처하던 방을 딸에게 주고 나는 안방에서 그의 시중을 드는데 우선 딸의 짐짝을 모두 집안에 들여놓아 집안이 좁고 군색해 보였다.
나는 틈틈이 딸과 함께 그들이 살만한 집을 물색했지만 좀체로 집이 나서지 않아 차일피일하는 동안, 고향의 집과 공장이 완전히 경매되어 새 주인이 들어와야 한다고 집을 비워달라는 재촉이 왔다.
4월 하순에 나는 고향에 내려가 이웃 사촌 동서 댁으로 짐을 옮기는데, 사변 때 알맹이는 잃었지만 가구들은 그대로 남았으나, 워낙 오랫동안 남들에게 맡겼던 탓인지 소철궤(중요문서가 든)며 좋은 책들이며, 유기그릇, 이부자리 등 짭잘한 것은 이미 없어져 있었다.
그러나 대를 물리던 어머니의 것과 합한 살림이라 올망졸망 구질구질한 게 어찌나 많은지 이틀 간을 옮기는데 걸음걸음마다에서 나는 피 듣는 한숨을 토했다.

남편의 젊은 청춘을 오롯하게 쏟아 창설했던 이 사업체! 이 회사 이외에도 딴 회사의 사장을 사오 개씩 겸직하여서 정력과 능률을 분산했기에 이것을 지키지 못했던가? 천만의 말씀이다.
　첫째는 사변이라는 국가의 재난에 제물이 되었고, 둘째는 위정자의 무계획한 맹목적인 지령 때문에 완전한 능력과 정열을 발휘하지 못한 채로 희생이 되고 만 것이다.
　그뿐인가. 나의 모든 것을 묻어 두었던 이 집터! 그리고 내 아들들의 출생지이며 평화로운 요람이던 이 뜰에서 영원히 쫓겨난다는 허무감이 질식하도록 나를 엄습했으나 최후로 나는 새집 주인에게 분명히 말해 들렸다.
　"내 정원수들 말예요. 이건 내가 가구를 장만하듯 하나 하나씩 내 돈으로 사서 모은 내 보배로운 재산이죠. 사실은 백 가지의 가장집물보단 이 나무들이 내겐 더 귀중해요. 난 이걸 내가 탐내는 사람들에게 얼마든지 팔 수는 있지만 난 선비란 말이죠. 돈보다도 뜻을 더 귀하게 여겨요. 그러니깐 이 정원수들을 당신들이 나처럼 잘 가꿔야 해요. 다음에 내가 필요할 땐 캐가거나 찢어갈 테니 그쯤 알고 계세요."
　이런 비극을 치르고 상경한 나는 그 소회나마 들릴 수 없는 중환의 남편을 바라보며 마음으로 울고만 있었다.
　5월 14일 밤엔 앓는 소리도 없이 꼼짝 않고 잘 자기에 다음 날 아침에는 좀 안심하여 외출하려니까
　"어디 가?"
하고 물으며 나를 멀거니 쳐다보았다. 노력하면 대개 말소릴 냈던 것이다.
　"오늘 시 문화상 시상식이 있는데 잠깐 다녀오겠어요"
　"얼른 갔다 와!"
　그는 다시금 다졌다. 아아 이것이 그와의 최후의 대화가 될 줄이야……. 저녁을 먹게 되어 집에다 전화를 걸었더니 시병하던 승세의 말은 아버

지가 모처럼 저녁진지를 잡숫고 마루에 나와서 하늘을 바라보고 계시니 맘놓고 유쾌히 놀다 오라는 것이다. 두 시간쯤 있다가 또 전화를 거니까 갑자기 가래가 몹시 끓는다고 했다.

"선생님, 가래가 끓음 안 돼요. 빨리 가 보셔야겠네요."

경험이 있는 한말숙 씨가 말하기에 그냥 돌아왔더니 과연 목 가득히 가래를 끓이면서 몹시도 앓는 소리를 했다.

나는 그의 아무 데나 뱉는 가래를 손과 휴지로 받고 연방 물수건으로 손과 입언저리를 닦으며 눈물을 삼켰다.

새벽 2시쯤에 내가 그의 어깨를 안아서 겨우 자는가 했더니 벌떡 눈을 뜨며 힘들여서 겨우 내는 똑똑한 말로

"내 자식들아!"

했다. 나는 모두 애들을 부르고 딸과 아이들은 아버지의 팔다리를 주무르는데, 그는 금새 일으키랬다가, 대변이 마렵다고 하다가, 조바심을 하더니 대변기를 가지러 내가 막 돌아서는 찰나였다.

"아이구, 아버지!"

아이들의 외치는 소리에 얼른 쫓아오니까 벌써 그는 눈을 휩뜨고 턱을 내리고 말았다.

큰 인재의 소질을 가지고도 불운에 쫓기던 한 생명은 영구히 소멸된 것이다. 시간은 1959년 5월 16일 새벽 3시 30분이었다.

고향으로 장거리전화며 상주들의 떨리는 발길이 친지들의 집을 더듬어 장례식은 진행되는데 생소한 서울에서 대상을 만났기에 퍽이나 쓸쓸할 줄 알았으나, 그의 몇몇 정답고 친근한 분들이 눈물 머금어 찾아주었고, 문단의 여러 분들과 친우들이며, 형제의 우인들이 정성껏 조의를 표해 주어서 과히 처량하지 않게 지낸 셈이었다.

딸의 짐짝까지가 공간을 차지한 집 안은 협착하고 답답했으나, 성가대의 성스러운 합창과 경건한 목사님의 해설은 참관한 여러분들로부터

"그런 깨끗하고 엄숙한 분위기의 영결식은 처음 봤어요."
하는 찬사를 들었던 것이다.

그가 간 후 나는 슬프고 허전한 심경을, 마른땅을 파서 좁다란 꽃밭을 만들어 화초 키우는 데에 붙였으나, 먼지는 많고 숨이 막히는 더위에서 그와 함께 지나던 추억을 되살리는 한 장면으로 겨우 위안을 받았다.

남편은 여행을 좋아했고 자연을 사랑했다. 고향에서 백 리쯤 떨어진 바닷가에 '톱머리'라는 피서지를 택하여 별장을 세우고 여름이면 전 가족이 그리로 갔다.

빽빽하게 들어선 송림은 푸르고, 백사장은 길고 깨끗하며, 물은 맑은데, 오 남매는 각각 수영복을 입고 아빠와 엄마와 함께 수영을 하며 조개를 주웠던 것이다.

거기에 딸린 과수원에서는 주먹보다 자칫 작은 밤알이며, 굵고도 단 포도송이와, 달디단 단감들이 계절의 향미(香味)로 우리를 즐겁게 했고, 우리는 그 진귀한 과실들을 서울의 친지에게 선물도 했건만, 그 풍성한 향연은 모든 것과 함께 잃어지고 만 것이다.

그러나 그는 갔어도 육체와 함께 썩어질 수 없는 그 추억은 언제까지나 내 머리에서 생생하게 살아 있으리라.

상중에 있으면서의 내 첫번 나들이는 삼팔선 경계의 비무장지대인 대성동(臺城洞)에 간 것이었다. 9월 19일인데 원시림마냥 잡초로 잇달은 근접지를 지나면서와, 멀리 이북의 장단 땅을 바라보면서는 인간이란 맹랑한 동물이라는 것을 다시 한 번 새겨보았던 것이다.

찬바람이 이는 10월 15일에 나는 유제한 씨의 안내로 순국처녀 유관순의 고향인 지령리에 갔다. 그의 출신학교인 이화여고의 신교장의 부탁도 있으려니와, 내가 소설을 쓰는 이상, 기어코 이 초인적인 애국소녀의 짧고 빛난 일생기를 적어보려니 맘먹었기에 그의 집터로부터 매봉이며 여러 길목이며를 더듬어서 현지답사를 했고, 유제한 씨를 비롯하여 어윤희

씨, 김활란 씨 등의 동지들을 찾아 학교와 감옥에서의 그의 행상을 소상하게 적었는데, 이듬해(1960) 1월부터 ≪세계일보≫에 「타오르는 별」이라는 장편으로 나타나게 되었다.

삼월 일일부터 ≪한국일보≫에 세 번째로 장편 『창공에 그리다』를 쓰게 되어서 어찌나 분망한지 고독과 비애를 느낄 맘과 시간의 여유가 없는 것은 다행이었다. 아름다우나 의지가 강한 여류화가의 사랑의 승리를 나타낸 것인데 '사랑의 승리는 곧 예수의 승리다'라고 외치려는 것이 작자의 의도였던 것이다.

4월 18일 석양에 김동리 씨와 나는 세브란스병원에 입원 중인 말봉 여사를 문병하고 김씨와 헤어져 정릉으로 합승을 모는데, 종로 4가 천일극장 앞에서 차는 정지했다. 고려대학의 데모 행렬로 이리저리 길을 피해서 달려왔던 터라 나는 고개를 내밀어 밖을 내다보았다.

데모행렬을 깡패들이 습격하여 난투를 벌린 바로 뒤라, 여기저기에 학생들은 떼로 몰려서 부상자들을 끌어내는 중이었다. 머리의 타박상으로 피가 철철 흐르는 학생을 우리 차에서 실어다가 병원에 보냈는데 승객들은 다투어 말했다.

"저럴 줄 알았지. 천도가 유심할 줄 몰랐던가?"

"아이구. 고래 쌈에 새우등 터진다구 대갈통 큰 작자들 놀음에 자식들만 희생하겠군요"

아니나다를까, 19일 아침 혼연스럽게 등교했던 문리대생의 막내는 돌아올 때는 가방도 버리고 양복과 얼굴이 먼시와 상처투성이가 되어서 왔는데, 그의 양복 주머니에는 알찬 돌멩이들이 아직도 많이 들어 있었다.

3월 15일의 부정선거는 학생혁명의 거대한 희생으로 규탄을 받아 일가 참사의 비극과 하와이 망명의 소식이 우리로 하여금 인간 영욕의 순환을 다시금 깨닫게 했던 것이다.

어수선한 국가의 정세와 함께 내 집에도 승세의 자유결혼으로 어지럽고 소란한 매일이 지나갔다. 그 애는 이 봄에 서라벌예대를 졸업하고 성균관대학 국문과 3학년에 편입했는데, 입학금이니 결혼 비용이니로 나의 경제부담은 무거워져만 갔던 것이다.

평론의 추천완료를 끝내고 이어 평론을 쓰면서 입영의 날을 기다리는 형을 제쳐놓고 감행한 아우의 성혼은 형식적으로도 눈에 거슬리려니와 내용도 결코 순탄하지 않아 심신이 함께 좀먹어 들어가는 듯한 괴롬으로 몸도 날마다 수척해 가는 나를 친척들과 친우들이 걱정스레 바라보군 했다.

승걸의 오남지방 하기계몽대의 역할이 끝난 8월 14일에 우리는 광나루에 나갔다. 딸의 부부와 아들 삼 형제 나까지 여섯 식구의 하루는 톱머리의 여름 이후로 처음 되는 청유이라 지금까지도 푸른 물의 흐름이 머리 속에 번지는 듯하다.

6월에는 『타오르는 별』이, 9월 말에는 『창공에 그리다』가 끝나고, 11월부터 ≪동아일보≫에 『태양은 날로 새롭다』를 집필하게 되어서 나는 10월 중순에 온양에 가서 며칠을 있으면서 겨우 머리를 쉬고, 새 장편의 계획을 작성하였던 것이다.

여원사에서 초청한 펄 벅 여사의 환영회가 11일부터 연달아 있었다. 여원사에서, 펜클럽에서, 예술원에서, 영문학회에서, 매일 열리는 파티에서 나는 우리나라 사람들이 동포에게보다는 외국 사람들에게 훨씬 친절하다는 것을 목도했던 것이다. 이것은 좋은 현상이나 조상 때부터 맥맥히 흘러온 사대주의의 혈통이 불행히도 아직까지 후예에게 남아있으면 어쩌나 하는 노파심을 일으키기도 했다.

나의 이런 기우는 그때만이 아니라 후일에 펜클럽 작가들이(일본작가가 낀) 왔을 때에 또 한 번 절실했던 것이다.

내 부모를 지성껏 섬겨야 남도 알아주듯이 내 나라 작가들도 존중히 여기면서 외국인들을 대해야만 그들도 따라 한국의 문학인들을 이해라 것이 아니겠는가.

그건 그렇다 하고, 『태양은 날로 새롭다』는 4·19에 희생된 의학도의 끼친 생명이 애인의 정성으로 외롭게 성장되고, 또한 고인의 친우이자 여주인공을 진심으로 사랑하는 청년이 부모와 주위의 완고한 인습을 깨뜨리고 사랑의 승리를 하여 새 생명의 인수자가 되는 얘기인데, 나는 그 작품에서 역사는 늘 새로운 것을 향하여 달음질치는 까닭에 어제의 태양은 벌써 오늘의 새 희망과 새 임무를 수행하는 새로운 빛이라는 것을 저류로 깔고 진행했던 것이다.

이 해의 선물로 나는 『타오르는 별』의 단행본을 받은 것을 감사히 생각했다.

1961년 2월에는 김말봉 여사가, 3월에는 변영로 씨가 애석한 일생을 버리게 되어 작가의 말로를 새삼 서글퍼했는데, 《한국일보》의 6백만 환 현상 장편모집에서 당선작가 김용성 군과 가작 『절망 뒤에 오는 것』의 작자 전병순 씨를 새로 얻어 겨우 그 슬픔을 때우게 되었다.

4월 15일에 장편 시상식이 끝나고 오후에 이화여고 동창회에서 베풀어 주는 『타오르는 별』의 출판기념회에서 많은 문우들과 동창생들의 사랑을 받으며 나는 문인이 된 자랑을 또 한 번 자신에게 타일렀던 것이다.

5월 16일 새벽에 남편의 탈상의 촛불을 막 끄고 나니까 군사혁명이 일어났다는 친구의 알림이 있었고, 이어 소란한 며칠이 지났으나, 5월 31일 이화대학교에서는 24인의 표창장장 수여식이 조용하게 끝났다. 나는 외람히도 문학 선구의 한사람으로 수상사의 한 자리를 얻었다. 2년 전 목포시 문화상의 수상은 내 대신으로 큰애가 받아왔던 것이다.

6월부터 큰애가 신설한 문화방송국의 직원이 되어서 매일 출근하는데, 나는 《동아일보》의 장편을 중순께까지 끝내고 23일에 목포에 내려갔다.

아버지와 오빠와 친구의 이장(移葬)을 하기 위해서였다. 교회 매장지인 공동묘지를 내리깎아 평지로 만들려는 시 계획대로 전해부터 이장이 감행되었었는데, 6월 말까지 옮기지 않는 때는 그냥 시에서 자유로 처리하게 되어 있었던 것이다.

아버지와 오빠는 물론 내 담당이려니와 또 하나라는 것은 나와 형제처럼 지내던 21세인가에 요절한 친구를 이름이었다.

그는 결혼하던 해에 죽었고, 이어 남편도 별세한 데다가 친정이 타처로 이사했기에 내가 30년 동안 벌초해 주던 관계로 그 친구마저 어머니의 산소가 있는 우리의 산으로 이장하려는 것이었다.

다음 날은 비가 오는데도 일꾼들을 불러 선금을 치르고 산역을 시키면서 이징준비를 하는데 그야말로 그런 거역이 없었다.

나는 그저 간단하게 되는 줄만 알고 빈 몸으로 단신 내려갔더니만 그것은 심한 망상으로 관이니 수의니를 초상 때처럼 일체를 각각 마련해야 하며, 전문가를 데려다가 파묘를 하고 뼈를 추려서 깨끗하게 수건으로 닦아 하나 하나씩 백지로 싸서 표를 했다가 칠성판에 놓고 맞추는데 나는 큰 충격을 받지 않을 수 없었다.

별세 후 35년이나 된 아버지의 그것은 말할 것 없더라도 18년이 지난 오빠의 것은 고스란히 그대로 있는데다가 그 유명하게 검고 윤나던 머리칼이 남아 있어서 나는 오빠의 싱싱하던 환영을 그리면서 머리칼과 유달리 큰 머리통을 쓰다듬으며 가슴이 터질 듯한 감회를 이기지 못했다.

가장 오래된 38년의 친구에게서는 홍보석 반지가 나왔는데 금은 여전히 샛노랗게 번쩍대고 루비는 한결같이 눈부신 광채를 내고 있어서 다시금 육체를 지닌 사람의 뒤가 이렇듯 허무한 것을 탄식하지 않을 수 없었다.

묘비도 새로 만들어 세우는 까닭에 십 리나 더 되는 산비탈 길을 구루마와 지게꾼들의 뒤를 따라 걸어가며 걸음걸음 말썽을 일으키는 구루마 때문에 오후 3시 넘어서야 하관을 하고 봉분을 하자니 이 날 동원된 기술자니 인부니가 무려 이십여 명이오, 밥과 술을 해내는 지정된 집에서도 잔칫집 마냥 술렁대며 야단법석을 떨었다.

밤 9시까지 부슬비를 맞으며 겨우 끝내고 돌아올 때, 이제야 한 곳에 오붓이 모인 아버지 어머니 오빠의 세 무덤을 어루만지며 소곤댔던 것이다.

"이젠 외롭지들 않으시겠죠?"

이 해에는 「청계도로」와 「비 오는 저녁」 두 단편밖에 쓰지 못한 채로 바로 이웃인 계용묵 씨의 쓸쓸한 서거에 애수의 정회를 금치 못했다.

12월 16일에는 선배 월탄 박종화 씨의 회갑축연이 있었는데, 이 기쁨도 가시기 전에 12월 30일 문인대회 결성식 날에 승준과 승세의 영장을 받고 예기는 했으나마 극도로 떨리는 가슴을 안고 오후에 나는 개관 1개월밖에 되지 않는 아들의 직장, 문화방송국에서 '주부와 문학'이라는 녹음을 했던 것이다.

슬픈 이별의 날은 62년 정월 초하루와 3일에 있었다. 냉혹한 추위와 인정 속으로 형제를 보내고 난 나의 견딜 수 없는 슬픔을, 7일 딸의 첫아들 돌잔치로 겨우 메운 후에, 김영수 씨의 각색으로 중앙방송국에서 입체낭독이 된 『타오르는 별』의 방송에 귀를 기울이면서 맘의 갈피를 잡아갔다.

2월 11일에는 월탄·노산·김동리·이종환·나 다섯 사람이 삼양동에 있는 염상섭 씨 댁을 방문했다. 삼일문화상의 자극인지 그는 원기를 내서 담소했다. 화기애애한 그 몇 시간은 그와의 최종의 자리이었던 것이다.

나는 2월 16일에 경향신문사 주최로 논산훈련소를 방문하는 참관인의 한 사람이 되어서 관광버스로 사변 때 걸어서 지나갔던 공주지방을 꿰뚫어 논산에 닿았다.

시설이 완비된 내부와 훈련 현장도 충격을 받았다.

박박 깎은 머리와 군복의 아들은 씩씩하게만 보였을 뿐 몇 마디의 대화도 교환하지 못하고 말았던 것이다.

여기저기서 청탁하는 봄의 수필을 써 보내면서 2월 26일의 서울대학교 졸업식을 맞이했다. 학사복을 단정하게 입고 학사모를 얹은 막내의 늠름한 모습을 나 혼자 보는 서글픔과 또 그 애마저 군문으로 보내야 하는 아쉬움이 교차로 나를 괴롭혔다.

승걸은 대학원에 합격 후 등록만 마치고 또 공군장교의 시험을 쳤다. 작년에 치른 학사고시의 시험까지 합하면 그 애들은 시험복만을 타고 난 듯싶게 시험을 자주 쳤다.

다행히도 승준은 육군 정훈학교로 오게 되어서 3월 28일에 베개만 한 보따리를 들고 장교의 훈련을 받으러 대전으로 떠나는 승걸을 전송하고 돌아서는 나의 눈물어린 눈동자는 승준의 면회에서야 반가운 빛을 나타냈던 것이다.

승걸이 대전에 있는 동안 나는 4월 28일의 첫 번 면회 날과 7월 30일 공군소위 임관식에 참례하려고 두 번을 왕래했다.

나는 7월 25일부터 《서울신문》에 『너와 나의 합창』을 쓰기 시작했다. 내용은 많은 애인을 가지고 있는 듯이 보이는 남주인공이지만 결국은 하나로 통하는 사랑에서 하나로 나타나는 공동목표에 대하여 여성들이 진심으로 합쳐질 수 있는 젊은 남녀의 역할을 표현하려는 것이었다.

한편 《미의 생활》 창간호부터 『가시밭을 달리다』의 장편과, 《국민저축》지에 「회심록」을 연재하면서 《최고회의보》에 「버림받은 마을」과 《현대문학》지에 「별의 오각의 제대로 탄다」를 발표했다.

7, 8년 전부터 만성 맹장염으로 나를 괴롭히던 맹장수술을 11월 21일에 단행했는데, 모처럼 10일 간의 침상신세를 지면서도 닷새 후부터는 연재 중인 소설을 쓰노라고 원고지를 들고 엎치락뒤치락 고생하던 일을 그래도 즐거운 회상이라고 할 수 있을는지……

1963년 3월 1일부터 《부산일보》에 『젊은 가로수』를 집필하기 시작했다. 부부의 연령의 차이가 심한 두 가정의 아내와 남편이 각각 말 못할 불만과 고충을 가지고 있었지만 무시로 얽혀드는 유혹과 갈등을 끝내 견디고 엄연하게 젊은 가로수로 서 있으려는 여인상을 그린 내용인데 나는 유월 일일부터 ≪전남일보≫에 시작한 『거리에는 바람이』와 함께 해마다 부탁을 받고도 시행하지 못하였던 그 두 신문사의 부채를 한꺼번에 갚는 셈이 되었던 것이다.

『거리에는 바람이』의 주인공 서윤주는 진정한 자유를 찾아 고향과 부모를 버리고 단신 월남하여 10년 간 각가지의 고난을 겪었으나, 결국 그의 영혼을 구해 준 종교를 초월하여서 한때 완전히 포기했던 애정의 보금자리로 돌아오는 얘기인데 작자로서는 퍽이나 정력을 쏟았던 작품인 것이다.

2월에 영문학자이며 시인인 이양하 씨, 3월에 원로 염상섭 씨, 두 분의 별세며, 5월에 강소천 씨와 6월에 방랑시인 오상순 씨의 서거로 하여 슬픔이 많은 이 해였지만, 팔봉·노산·무애(無涯) 제씨의 회갑을 맞이한 건전한 모습들로 하여 문단은 활기를 잃지 않고 있다.

나는 두 신문에 소설을 계속하면서 ≪동아일보≫ 현상 50만 원 장편 심사로 삼복 중 땀을 많이 흘렸으나 작년에 없었던 당선과 가작이 있어서 이규희, 이석봉의 두 규수작가를 얻은 문단의 경사를 기뻐하지 않을 수 없었다.

나는 유서 깊은 정릉의 진풍사(塵風舍)를 떠나고자 새 집을 고르기에 갖은 고초를 겪다가, 하월곡동 밤나무골에 새 우거를 정하고, 사내의 손이 부족한 수리와 전화 이전에 남모르는 지극한 고초를 겪었다. 승준은 경주에 갔고, 승세는 작년에야 대학을 졸업하고 남매를 가진 네 가족이 따로 살고 있었기에, 승걸이 본부로 선근되어 유일의 남자가 되어 있었던 까닭이다.

이곳 대청에 '세한루(歲寒樓)'의 현판이 버티고 있다. 소전(素荃) 손재형 씨가 친필의 액자를 고향집에 보내 준 것이다.

"세한 연후에야 송백의 절개를 아는 것이니 두 분은 세한의 송백이 되어야 합니다."

그의 의미 깊은 선물이었는데, 이제 내 새 집의 수호로 그 액자는 나를 지켜 주고 있다.

새 집의 첫 손님은 전광용 씨, 그리고 두 번째가 손소희 여사. 세 번째의 손님으로 밤에 손 여사가 김향안 씨와 함께 선물을 들고 왔던 만큼, 더구나 1964년의 이 해가 험로를 더듬어 온 나의 문단 40년이 되어 있는 만큼 또한 자식들이 모두가 어미와 같은 길을 걷는 만큼, 이 새집에서는 문인으로서 받아야 할 큰 기쁨이 나를 찾지나 않을까 하는 희망을 품어 보기도 하는 것이다.

곁에서 거들어 주는 아무런 힘도 없이, 나는 나 홀로 메마른 땅을 파서 운하(運河)를 만들었고, 둘째애가 그래도 무엇인가를 써내겠다고 몸부림치고 있으며, 셋째가 꾸준히 복무하면서도 책을 놓지 않는 자세에 있으니, 머지 않아 나의 운하에도 눈보라가 개일 날이 있으리라고 믿고 있다.

1964. 3. 19

■ 후기

『눈보라의 운화』를 마치며

나의 일생은 나 혼자만의 것이 아니다. 나는 내 자신과 내 자녀들을 위하여 이 날까지의 삶을 이어왔고, 또한 그 삶의 보람을 찾으려고 노력했던 만큼 나의 역사는 곧 그들의 성장의 기록일 수도 있는 것이다. 그들은 말한다.

"어머니가 『눈보라의 운화』를 집필하지 않았더라면 우린 어머닐 보다 더 깊이 모를 뻔했어요."

이러고 보면 내게 그 집필을 강권하다시피 하셨고, 또 그 책을 내 주시느라고 애써 주신 김명엽 사장의 큰 후의(厚誼)를 잊을 수 없다.

더구나 바쁘신 틈을 내어 분에 넘치는 찬사를 써 주신 월탄(月灘) 선생께와 휘호(揮毫)에 유아(幽雅)한 의미를 넣어주신 소전(素荃) 선생께와 병여(病餘)의 몸이시면서도 보배로운 그림을 주신 청전(靑田) 선생께 심심(深深)한 감사를 드린다.

또한 여러 가지로 심혈을 기울여 주신 고정기(高廷基) 선생의 성의에 감격하지 않을 수 없는 것이다. 전기(前記)에 쓰인 대로 자신의 붓대에서는 결점도 자찬으로만 보이는 염려를 무릅쓰고 꽤 대담하게 술회한다고 했건만 가슴 밑바닥엔 아직도 못다 풀린 응어리가 남아 있는 것 같다.

그러나 다행이 읽어주시는 분들이 그 뜻을 알아차리셔서 각각 적당히 이용해 주시면 이 글을 쓴 나의 기쁨은 이에서 더함이 없으리라고 생각한다.

그립던 옛터를 찾아

부여기행

유성온천에서 동경의 부여로

시뻘건 목덜미의 큰 눈을 두 개씩이나 가지고도 밤길을 터덕거리며 몸부림치고 달리던 승합 자동차는 전등불 몇 개만 한가롭게 보이는 어느 곳에 와서 걸음을 딱 멈추었습니다.

유성온천이거니 하니까 이게 온천장이려니 할 뿐이지 사람이 벅적벅적하며 번잡한 곳이리라 예상하였던 내 생각과는 딴판으로 너무나 쓸쓸하리만치 조용한 곳이었습니다.

여관 갸꾸비끼(客引) 몇 사람이 초롱불을 들고 와서 자동차 속을 들여다보며 제각기 자기네 여관이 좋다는 것을 애써 말합니다. 나는 그 중에서 제일 조리 있게 말 잘 하는 한 사람을 따라 C여관에 들었습니다.

저녁을 먹고는 온천에 갔습니다. 15년 전 온양온천에 한 번 들러본 일이 있고 철이 나면서는 처음 와 보는 온천장이라 희미한 전등불에서나마 조그마한 욕조(浴槽)에 철철 넘어 흘러가는 더운 그물이 맑고 맑은 물인 것을 알 때 마음은 상쾌(爽快)하였습니다.

보통은 오전(五錢)인데 특탕이라고 오전은 더 준 그 동화 다섯 개는 나

홀로 독탕(獨湯)을 하게 하는 큰 효과를 내어주었습니다.

불을 지펴서 덥게 한 욕탕(浴湯)과 이 천연탕(天然湯)의 살에 감촉(感觸)되는 그 더운 맛은 과연 운니(雲泥)의 차가 있습니다. 전자는 더웁기는 하면서도 그 속에 오래 들어있지 못하도록 밀어내는 듯한 촉감(解感)이거니와 이 온천의 더운물은 온도는 좀 낮지마는 물결이 비단 실오리 같이 몸에 착착 감기는 맛이 있어 나오려고 하여도 뿌리치고 나올 수 없는 애틋한 매력을 가지고 있습니다.

어디서 흘러나오는지 맑은 더운물은 철철 넘쳐 흘러갑니다. 내려가는 곳은 알겠으나 흘러나오는 곳은 보지 못하매 쉬지 않는 가만한 음악으로 이 고요한 방 안에 홀로 들어앉은 젊은 방랑자의 섞인 감정을 깨끗이 씻어주는 정다운 물소리는 흘러나오는 물소리가 아니오 오직 어디론지 흘러 내려가는 물소리뿐인 듯 합니다.

고요하고 깨끗하고 맑은 생각이 내 가슴에 가득 찬 순간입니다. 욕탕 밖에 나오니 산뜻이 얼굴에 부딪히는 가을의 밤바람은 머릿속에까지 스며들어 나의 머리는 극히 가벼워집니다.

유성온천에서 동경의 부여로

여색의 고날픈 꿈은 차창에 주홍색 햇빛이 물들었을 때 후닥닥 놀라 깨었습니다.

어쩌면 이렇게 깨끗한 마음입니까? 이쪽저쪽으로 쭉 뻗어 있는 그 신작로는 어찌 그리 정결한 길거리입니까?

가로수인 포플러나무의 누런 잎들이 아침 햇빛을 안고 맑은 바람에 황금잎처럼 떨어집니다. 그러나 가볍게 가볍게……

낙엽을 쓸어놓은 넓은 뜰은 정결하게 보입니다마는 또한 나뭇잎이 떨어져 누런 잎사귀 여기저기 흩어져 있는 길거리와 좁은 마당들도 어지럽게는 보이지 아니합니다.

논산역에서 자동차로 부여를 향합니다. 오십 리나 되는 신작로를 달리는데 길이 평탄치 못하고 자동차 역시 고급의 것이 아니라 그런지 동요가 심하여서 심기가 편치 못하여 눈을 꼭 감고 있었습니다.
지나는 길거리의 풍경이야 보이지 않을망정 머리에 이는 생각이야 멈춰지리까?
나는 부여라는 이름을 불러봅니다. 부르기 좋은 이름이면서도 속되지 않은 리듬입니다. 부여! 이 가슴에는 얼마나 한 많은 역사가 숨어 있을까? 얼마나 애끊는 노래가 부어 있을까?

나는 다시 눈을 뜨면서 부여가 너무도 깊숙이 들어앉아 있는 것에 불만을 가집니다.
옛사람들은 적을 무서워 그리함일까 사람의 발길이 이르기 어려운 곳을 가려서 왕도로 정하는 듯 싶습니다. 경주도 그러하더니 부여 또한 그러합니다. 좀더 교통의 편리를 생각할 수는 없습니까? 차라리 이것이 고도의 가진 특징일는지 모릅니다.
눈뜰 때마다 논에서 한창 벼를 베는 농부들이 보이고 무더기로 쌓아는 벼무덤이 가엾이 널려있는 것이 보입니다.

유성온천에서 부소산에 올라

애수의 고도를 바라보며…….
부여읍에 도착하기는 오후 4시 반이나 되어서입니다. 자동차 정류장에는 H형의 파리한 얼굴이 보였습니다. 그는 나를 위하여 일부러 공주에서 온 것이었습니다.

P여관주인과 H형은 오늘은 이왕 늦었으니 내일 일찍부터 여러 경승을 찾기로 하고 오늘은 일찍 쉬라고 합니다.

그러나 내 발길이 이미 이곳에 이르러 그리도 그리워하던 낙화암을 지척에 두고서도 모른 척 이 밤을 지낸다는 것은 너무도 풍속의 정을 가진 사람이 취할 길이 오리까?

가방만 던져두고 내가 앞장서서 나오니까 H형과 여관주인이 뒤따라 나옵니다. 시간이 넘어서 문 닫혀진 진열관 앞을 지나 부소산으로 올라갑니다. 석굴암을 찾아 십 리나 되는 토함산 길을 올라가던 일을 생각하면 겨우 오륙 정 밖에 아니 되는 부여산록을 감돌아 올라가는 것쯤은 결코 힘드는 일이 아닙니다. 더구나 평탄하고 경사가 순(順)한 넓은 길에다가 알지 못할 어떤 힘이 자침(磁針)처럼 내 걸음을 잡아끌어 올리는 데야······.

송월대(送月臺)에 있는 사비루(泗泌樓)에 올랐습니다.

백마강! 백마강! 그 이름이 내 머리에 신선한 조각이 되어 있는 백마강의 저 흐름! 눈 아래 굽이쳐 돌아 있는 푸른 강물의 흘러가는 길! 오른편으로 석양을 안고 천정대(天政臺)의 산이 아련히 보이고 왼편으로는 부산(浮山)이 그림같이 떠오릅니다. 십리 강안(十里江岸) 흰 모래펄에는 포플러나무가 죽 서있어 수륙(水陸)의 경계를 짓고 있습니다.

머리를 돌리며 석양을 등진 부소산 숲에는 아롱다롱 피물든 단풍나무가 섞여 저문 빗속에서 더욱 씩씩이 곱게 보입니다.

몸을 돌려 아득히 먼 곳에 푸른 선이 되어 돌아있는 금강(錦江) 줄기가 수성이 되어 있는 것을 바라보고 다시 겹겹이 부소산맥을 연하야 쌓아진 토성(土城)을 바라봅니다.

수성은 밖으로 토성은 안으로 겹겹이 둘러막은 이 부소성의 지세를 다시금 둘러봅니다.

멀리 구름 밖에는 계룡산맥이 솟아 있고 앞뒤로 늘비한 제산맥(諸山脈)은 느린 듯 총총하여 바쁘게 보이며 푸른 강물의 적은 물결은 바쁘게 흐르면서도 구비구비 수수한 장강(長江)이 되어 있어 산수의 풍경은 그림 같으며 평야는 하늘가에 아득히 이어 있어 지역(地域)이 웅대하고 광활하여 과연 천험(天險)의 왕도(王都)의 높은 기상을 가졌습니다.

부소산에 올라 고도를 바라보며

백제 26대 성왕이 고구려의 침해를 끝내 두려워하여 16년에 웅천, 지금의 공주 곰내로부터 사비벌(부여)에 와서 이곳을 신경도(新京都)로 정하고 국호를 남부여라 하였다 합니다.

부여에게는 야부여(耶扶餘), 남부여, 반월, 사비, 여주 등등의 여러 가지 이름이 있는 것으로 보아 당시 얼마나 행복스러운 신세이던 것을 알 수 있습니다.

그러나 이렇듯 좋고 좋은 천운(天運)의 땅인 부여로도 국도(國都) 120년의 짧은 수명밖에 가지지 못한 불행한 고도입니다. 그러므로 천년의 국토로써 빛난 문화의 위덕(偉德)을 많이 입은 경주에 비하여 나는 이 부여에게 애틋하고 애달픈 애수의 정을 가지게 됩니다. 그런 길 속으로 저 고운 산들에게는 수색이 끼인 듯 무심한 저 강물은 애상곡을 아뢰는 듯 싶지 않습니까?

경주는 처음으로 뵈옵는 엄친(嚴親)의 앞에 선뜻이 숭엄한 느낌을 내게 주었습니다.

그러나 이 부여는 오래오래 마음으로만 연모하던 애인을 만난 듯이 정다우면서도 원망스럽고 그리우면서도 한스럽습니다.

경주 앞에서 나는 공수시립(拱手侍立) 하였거니와 부여의 가슴에는 내 몸이 절로 안기어지려고 합니다.

그러나 나는 안기기를 피합니다. 애써 이성을 잃지 않고 냉정히 고도의 전모(全貌)를 살려보기로 마음을 가다듬어 낙화암으로 향합니다.

낙화암 위에도 야국(野菊)은 피었소

부여를 생각할 때는 반드시 낙화암이 그 대표의 곳으로 떠오릅니다. 그러기에 나는 '낙화암' 그것을 부여의 전부이나 같이 생각해 왔습니다.

이제 그 낙화암으로 달려가는 내 발길은 걸어서 내려가는 것이 아니오 환상의 날개를 타고 날아가는 것입니다.

뒤에서는

"위험하니 조심해서 천천히 내려가라."

는 소리가 연해 들려옵니다. 그러나 내게는 결코 위험한 길이 아닙니다. 평지와 같이 그리고 미끄러지는 듯이 스스로 내려가기는 좋은 길입니다.

나는 낙화암 위에 덜썩 주저앉았습니다. 눈 아래 놓여진 아름다운 풍경에 멀거니 취하여 앉았습니다. 멀리, 가까이, 이리 둘러보고 저리 돌아보면서……

내가 앉아 있는 바로 곁에 야국(野菊) 한 그루가 있습니다. 꼭 한 나무에 꽃 세 송이가 피었습니다. 산뜻한 보라빛 들국화가 바람에 하늘거리는 양이 끝없이 귀엽습니다. 더구나 내가 몹시 그리워하던 이 낙화암 위에서 외로이 피여 나를 기다리는 내 가장 사랑하는 들국화 보랏빛 꽃이기 때문에……

나는 일어서서 낙화암 아래를 굽어봅니다. 발부리가 짜릿짜릿할 만큼 아슬아슬이 높은 절벽입니다. 강심(江心)도 아마 이곳이 제일 깊은 모양입니다. 다른 곳 물빛과는 좀 달라서 누르스름한 듯하면서도 푸르고 푸릅니다.

흘러가는 강물이건만 꽃다운 원혼(怨魂)들이 잠겨 있는 이곳에 와서는 차마 흐르지 못하고 빙빙 감돌다가 그냥 그곳에서 해마다 해마다 묵어버린 물인 것처럼 이상한 푸른빛이 납니다. 아마 사해(死海)의 물빛이 저러려니 하면서 생각은 옛날을 더듬어 헤매입니다.

본시 신라와 백제는 동맹국이었고 국교도 친하여 나려 왔으나 신라 24대 진흥왕 때 신라가 백제에서 혹 청병한 즉 응하지 않고 도리어 신리의 군현(郡縣)을 치거나 라병을 이용하여 타족(他族)을 치거나 함을 보고는 백제와의 동맹을 끊고 고구려와 연락을 취하였습니다.

100여 년 간 제, 나의 화약(和約)이 깨진 이것을 보고 노한 26대 성왕은 신라에 친정(親征)하였으나 필마(匹馬)도 구하지 못하고 대패한 이래 40여 년 간 병과(兵戈)를 쉬었는데 30대 무왕이 거진 해마다 신라를 쳐오다가 31대 의자왕은 신라의 제성을 전취하고 일방으로는 고구려와 동맹하여 신라 공격하기를 그치지 않았습니다.

때마침 신라 29대 영주 태종 무열왕이 이것을 분개하여 당(唐)에 청병(請兵)하고 태자법민(太子法敏)과 대장 김유신으로 친히 대병(大兵)을 거느려 백제 정벌의 길에 나섰습니다.

낙화암 위에도 야국은 피였소

싸울 때마다 승리만 하던 의자왕은 마음이 교오(驕傲)하여지고 호탕하여져서 밤을 낮으로 이어 연락(宴樂)에 빠지매 동왕 16년 춘 3월에 좌평성충(佐平成忠)이 극간하나 듣지 않고 도리어 성충(誠忠)을 옥(獄)에 나렸습니다.

성충이 죽음에 있어서의

"이 나라에 반드시 적의 침해가 있을 터이니 육으로 탄현을 못 넘게 하고 수(水)로 기벌포를 못 오르게 하여야 족히 국토를 보전하리라."
하는 피 섞인 충언도 왕에게는 반딧불만 한 자극도 되지 못하여 달고 단 환락의 꿈만 계속 되었습니다.

의자왕 20년 7월에 당장 소정방은 백강을 건너고 나병은 탄현(옥천 등지)에 이르러 나당연합군이 도성을 치매 이것을 막연히 모르던 의자왕은 창황망조하여 적군을 막을 세 장군 계백이 사사(死士) 오천을 거느려 황산(연산평야)에서 사전사첩(四戰四捷)하였으나 중과불적(衆寡不敵)으로 필경 죽고 말았습니다.

의자왕은 태자와 좌우를 데리고 곰내로 달아났다가 나중에 기어코 항(降)하였으며 비빈제희(妃嬪諸姬)는 낙화암까지 달려와서 사비수(四沘水) 깊은 물에 떨어져 죽었습니다.

백제건국 시조 온조왕부터 31대 역년이 678년에 백제는 최후의 막을 닫고 말았으니 의자왕 20년이오, 신라 무열왕 7년이며 당은 현경 5년이었습니다.

낙화암! 백제 멸망에 있어서 영원히 빼어놓지 못할 애사를 가진 낙화암이 바로 이 바위입니다.

낙화암! 낙화암! 왜 말이 없느냐

백제 멸망에 있어 원통한 죽음을 입은 사람들이 그 얼마나 많습니까? 사사 오천 인(死士五千人)을 비롯하여 시체(屍體)가 발에 밟히는 무죄한 백성의 죽음!
전장에서 최후까지 나라를 위한다는 명목 아래 죽어 넘어진 군병들의 씩씩한 죽음을 기리는 소리는 내 듣지 못하였거니와 최후의 일순간까지라도 님을 위하여 정절(貞節)을 지키겠다고 청강(淸江)에 몸 버린 궁녀들의 애달픈 죽음을 동정(同情)하는 노래가 천년 후 오늘날까지 새로운 곡조로 뭇 사람의 가슴을 울리고 있는 것은 후자가 심궁(深宮)에서 인간의 청춘을 모르고 원통히 죽은 미희들이라는 데 그 원인이 있을까요?

이 싸움에서 제일 나의 가슴을 아프게 하는 죽음은 계백이 전장에 나가며 그 아내와 두 아들을 먼저 죽인 것이었습니다. 철모르는 어린애들이 까닭 모르는 죽임을 입은 그 악착함! 계백에게는 충신이라 열사이라 만고명장(萬古名將)이라는 영예(榮譽)의 간판(看板)이나 무덤 앞에 세운 차디찬 돌비처럼 계백의 이름 위에 붙어 있거니와 그 아내와 어린 두 아들은 누구를 위한 죽음이었습니까?

만성(萬姓)의 존부(存否)를 초개(草介)같이 알아 자신의 향락만을 마음껏 누리다가 비극의 비극을 연출(演出)시킨 의자왕이여! 백제의 마지막 왕이여!

  황산벌 저문 날에 피 흘러 내이로다.
  나라를 위함이라 계백은 죽었구나
  처자를 먼저 죽였으니 남은 한은 없어라.

석양이 가기 전에 사비수(泗沘水)에 배를 띄워 읍으로 돌아가야 할 것이매 떨어지지 않는 발길을 억지로 옮겨 바위틈 좁은 석경(石逕)으로 나뭇가지를 휘어잡으며 걸어갈 때 문득 내려다보니 저 깊고 깊은 골! 무성한 숲에 단풍이 들어 완연한 그림 한 폭(幅)이 열려있는 저 깊은 유곡(幽谷)! 조심스럽게 발길을 돌려 바위에 올라가 눈을 들었을 때 나는 한 정각을 보았습니다.

조금 전에 내려갈 때는 오직 일념이 낙화암에만 있었던 고로 바위 위에 버티고 서있는 이 건물을 못보고 지나쳐버린 것입니다.

그런데 이 정자가 왜 이 위에 서 있는 것입니까? 하필 '백화정'이라는 속된 이름을 붙이고서……. 점령하고 싶어하는 한가한 사람들의 비속한 취미는 여기에도 보이고 있습니다.

낙화암! 낙화암! 왜 말이 없느냐

절승(絶勝) 낙화암에 백화정(百花亭)이 부질없다.
산수 풍경이 절로절로 열렸거늘
이 자리 굳이 잡은 뜻을 나는 몰라 하노라.

H형은 걸음을 멈추고 서서 사비루에서 내려오던 길을 다시금 가리킵니다. 쳐다보니 깎은 듯한 절벽! 바위로만 된 험준한 돌길입니다.

"글쎄 이런 길을 평지처럼 나는 듯이 뛰어가는 것을 보고 정말 놀랐소. 무엇이 그다지 화성의 혼을 끓어갔던지 그 힘이 참 위대한 것이라고 생각하였소."

H형은 이렇게 말하면서 나를 물끄러미 봅니다. 과연 나 자신도 조금 전에 내려오던 길이 이 절벽길이란 것을 추측할 수 없습니다.

고란사(皐蘭寺)로 내려오는 그윽한 숲 속 길! 옛날의 정취가 바람결마다 더욱 새로워지는 굽어진 길을 내려와서는 숲 속에 은은히 솟아 보이는 고란사는 내일 만나기로 강가에 매여 있는 빈 배에 오르니 아이는 배를 밀어 중류에 띄웁니다.

우리의 배는 석양을 담뿍 안고 낙화암 아래로 지납니다. 아래서 쳐다보니 과연 장엄한 절벽입니다. 단풍그림자가 푸른 물에 비치는 것이 극히 연연하여 보입니다. '낙화암(洛花巖)'이라고 대서(大書)한 저 글씨는 유명한 송우암(宋尤庵) 선생의 글씨라 합니다.

푸른 물에 손 넣어 가는 물결 깨트리며 전설의 저 바위 쳐다보니 가슴은 막막하여 오직 내 입에서 나오는 소리는 이광수 씨의「사비수」노래뿐입니다.

> 사비수 내린 물에, 석양이 비낄 때
> 버들 꽃 날리는데, 낙화암 예란다.
> 모르는 아이들은 피리만 불건만,
> 맘 있는 나그네는, 창자를 끊노라.
> 낙화암! 낙화암! 왜 말이 없느냐

영원히 변함없는 성좌를 우러러

우리 배의 작은 사공인 아이는 보통학교 5학년생이라는대 학교에 갔다 와서는 이렇게 사공노릇을 하여 월사금 벌이를 한다 합니다.

배가 모래판에 닿았습니다. 아이의 아버지인 듯한 사람이 뱃줄을 잡아 당겨 줍니다. 여기서 읍에까지 걸어갈 길도 상당히 거리가 멀 듯합니다.

사공 아이는 우리에게 절을 하고 돌아서며 그의 번 돈을 아버지에게 쥐여줍니다. 저쪽 좁은 길로 크고 작은 두 그림자가 사라지는 것을 보고 그들을 맞아줄 그들 집안의 형편을 그려봅니다.

강에서 불어오는 저녁바람은 제법 쌀쌀한 맛을 띠고 사정없이 내 몸을 범합니다. 마음의 긴장이 풀린 탓인지 갑자기 오슬 추워지며 걸음이 빨라집니다.

채전(菜田)에는 김장거리 배추가 극성을 보이고 있습니다. 충청도 배추이란 본시 이름 있거니와 제대로 다 큰 터질 듯이 탐스런 커다란 배추 폭이 누런 잎들까지 가지고 있는 것을 보아 이곳의 김장이 이, 삼일에 임박하여 있는 것을 짐작할 수 있습니다. 우리곳 배추는 아직 노란 속도 백이지 못 하고 있는데…….

마을 집 앞을 지날 때마다 색시들이 대문 뒤에 숨어 서서 부러운 듯이 우리를 바라봅니다. 나는 마음으로 웃었습니다.

'처녀색시들이 저녁이나 일찌감치 치워버릴 것이지 지나는 과객 군이 보아 무엇하려노. 그대들이 부러워할 아무 조건도 가지지 못한 나그네들을…….'

넓은 길에 나서니 가로수가 단정하게 서 있습니다. 그들은 누런 잎사귀를 함부로 획획 내던지다가 또한 가만히 그들 발부리에 힘없이 떨어치기도 합니다. 고요하고 깨끗한 좌우의 풍경! 오! 오! 정다운 고도의 황혼 길거리여!

밤도 10시! 그믐밤이라 겨우겨우 발부리 촉감에만 온몸을 맡겨 툭 터진 곳으로만 걸어가노라니 발 아래서 졸졸이 흐르는 물소리 나면 여기 물 있거니 건너뛰고 아직 논에 있는 벼들이 좌우에서 '나 여기 있소' 가만히 소리하면 논두렁길이거니 조심하여 걸어갑니다. 과연 넓은 곳에 나섰습니다. 바람이 거침없이 왕래하는 들판 한가운데 H형과 나는 서있습니다.

나는 하늘을 우러러봅니다. 극히 청명한 날이라 별들은 있는대로 다 나타났습니다.

영원히 변함 없는 성좌를 우러러

별바다라 한다니 나도 별바다라고 할까? 저 아름다운 광경을 무어라 표시하면 내 마음이 옳다고 소리칠까? 진주의 세공(細工)을 가진 가없는 대공을 바라보면서도 한편 내 가슴은 왜이리 터질 듯이 답답하기만 할꼬.

자연의 모든 현상 중에서 내가 가장 사랑하는 것이 별입니다. 어느 시인은 꽃과 별을 찬미하면서
"…… 하늘 위에 핀 꽃을 별이라 하고 땅 위에 있는 별을 꽃이라 하다
……."
하였습니다. 그러나 꽃과 별을 어찌 일선에 놓고 비교하리까?
꽃은 곱고 아름답습니다. 그렇기에 누구나 다 마음껏 볼 수 있고 가질 수 있습니다. 그러나 높고 높은 곳에서 알지 못할 신비의 웃음을 흘리며 있는 저 별! 아무도 그 참 모양을 본 사람이 없고 아무도 타고 타는 그 몸을 만져본 사람이 없습니다.
별의 수효는 인간의 수효처럼 많다고 합니다. 그러나 인간은 늘고 줄며 인간사 뒤집혔다 이어지나 저 성좌의 큰 변동을 언제인가 본 일이 있습니까.

백제가 멸망한 그날 밤 피비린내에 묻힌 이 왕도를 안아주고 지켜주던 그 모양 그대로 천 몇 백 년 후 황량한 고도의 옛일을 회상하며 성좌의 무한성을 탄상(嘆賞)하는 이 작은 존재를 내려다보면서 인간이란 자취 없이 사라져 버리고 마는 한 흙덩이에 지나지 못 하다는 것을 조소(嘲笑)하고 있는 듯합니다.
오! 오! 15만의 민호를 가슴에 안고 지극한 영화를 자랑하던 한때 왕도의 오늘날 이 쓸쓸한 가을밤이여! 무심히 지나는 바람소리만 끊었다 이어

지는 고도의 밤은 수없는 별들을 안은 채로 깊어 깊어 갑니다!

반월 옛 성터 군창고지(軍倉古址)에는

반월 옛 성터에 가마귀 울고 있고
군창고지에는 초동이 나무 긁어.

반월성이라는 사비성에 올랐습니다. 신라의 월성보다 궁지(宮趾)가 훨씬 광활합니다. 조선 제 산성 중 이 사비성의 규모가 제일 크다하며 고구려 평양산성과 그 양식은 같으나 50년이나 일찍된 성터라 합니다.

사비성은 부소산의 산악을 쫓고 금강 연안(錦江沿岸)을 돌아 부소산성에 연하여 있어 그 형(形)이 반월형이매 반월성이라 한다하며 토석잡축(土石雜築)으로 된 성인데 전선(全線)이 30리이오 주위(周圍)가 1만 3청 6백 척이라 합니다.

신라의 성도 반월형이라더니 백제 또한 그러하매 옛사람들이 월만즉휴(月滿則虧)라는 것을 대기(大忌)하야 신월(新月)을 좋아하는 동시 희망이 있는 장래를 내다보려는 뜻인가 합니다.

뜻은 높거니와 실행이 바르지 못하매 성공만을 기하기가 어려울 뿐 아니라 인간 일생이 도시 변할 뿐이니 나라의 흥망을 굳이 원망만 한들 무슨 소용이 있으리까?

무너지다 남은 성터에 떼까마귀 모어 앉아 옛일을 우지짖는 듯 발에 밝히는 편편(片片) 기왓장이 당시 부귀의 중심지이던 것을 하소하는 듯합니다.

유인원 기공비를 봅니다. 유인원은 당장 소정방과 함께 백제를 항멸하던 장군으로서 그는 백제를 멸한 후 백제에 유진하여 잔당(殘黨)을 진어(鎭

禦)하였다는 그 사력(事歷)을 비에 새겼다 합니다.

그러나 비신은 돌에 쪼개지고 비문은 닳아져서 읽을 수 없을 만큼 되었는데 선년 총독부에서 쪼개진 비석을 돌풀질로 붙이고 비각을 만들어 모시여 놨다 합니다.

그런데 육룡(六龍)이 어울려서 보주(宝珠)를 받들고 있는 그 이수(螭首)의 모양과 솜씨가 신라 무열왕비의 그것과 흡사한 것으로 보아 무열왕과 유 장군이 다 백제를 멸한 대공자(大功者)인 관계상 비석에까지 상통하는 무슨 인연이 있지 않나 하고 생각합니다.

영월대에 있는 군창적에 이르렀습니다. 풀도 나지 않는 황지에 곳곳이 흙을 뒤적여 제쳐놓은 것을 보니 아마 불탄 곡식들을 찾아간 자취인 듯 싶습니다. 우리는 뒤적여진 한곳에 가서 다시 흙을 뒤적였으나 검은 흙만 나올 뿐이오 아무 것도 얻을 수 없습니다.

나는 바로 그 앞 성터에서 나무를 긁는 초동을 불렀습니다. 초동은 손에든 갈퀴를 놓고 말 없이 오더니 이리저리 둘러보다가는 한곳에 가서 가만가만 흙을 뒤지니까 아니나 다를까 불에 탄 새카만 쌀이 나오기 시작합니다.

우리는 모래 속에서 사금 쪽을 고르는 정성으로 조심스럽게 하나씩 주어 모읍니다. 쌀은 많으나 보리와 팥은 얻기가 어렵습니다.

줍기를 마치고 나는 사례금으로 초동에게 백동화 한 닢을 쥐어 주었으나 굳이 받지 않으려고 사양합니다.

옛 땅의 한 야생적 초동은 도회의 신사숙녀보다도 고도에 대한 지식과 대인의 예의가 더 깊지 아니합니까?

손바닥에 놓여있는 불 탄 곡식을 내려다보는 나의 가슴에서는 어떠한 소리가 말하여 외칩니다.

       쌀은 군창(軍倉)으로 미희(美姬)는 후궁으로
       굳이도 가두었네 태우고 죽였구나
       굶주린 홀아비들은 그 백성 아니던가.

   무거운 발걸음으로 오던 길 되돌아서 고란사(皐蘭寺)로 향하여 내려옵니다.

       폐허가 황량쿠나 사비성 가을일다
       가마귀 우지짓고 초동은 나무하네
       그대는 단풍들구료 야국은 나를 주오

고란사의 유물 고란초와 넝쿨

       고란사의 세계적 유물
       고란초와 담장넝쿨!

　고란사에 이르니 검은 가사(袈裟)를 걸친 주지가 나와서 합장배례합니다. 무엇을 찾으려는 나의 시선은 건물을 받들고 있는 두 개 포석에 멈춰집니다.
　주지는
　"이 포석은 천수 년 전 백제시대의 유물인데 외국인들이 절찬절찬(絶讚絶讚)하는 미술입니다."
하며 자랑하는 듯 말합니다.
　외국인이 아닌 내 눈에도 그 연화문의 단조롭고도 청신한 조각의 수법이 신라의 것과는 좀 다른 점이 있어 극히 우아합니다. 뒤로 돌아가니 수십 장 절벽이 중공에 닿은 듯 무너져 내릴 듯이 괴이한 모양으로 솟아 있는데 그 절벽을 보호하려는 듯 담장넝쿨이 괴석을 휘돌아 올라갔습니다.

이 담장넝쿨은 천 몇 백 년이나 된 나무(이제는 나무이다)이라는데 검은 본줄기가 자못 굵은 고목이 되어 있는 것에 깜짝 놀랐습니다. 고목이 된 굵은 나무등걸이 높직이 솟아있고 거기서 작은 줄기들이 나와서 단풍든 널따란 잎새들을 펄렁거리며 높이높이 절벽 위로 올라갔습니다. 어떤 외국 식물학자가 이 담장나무를 검증하여 보고 확실히 1800년이나 된 세계 유일의 고목덩쿨이라는 위명(偉名)을 주고 갔다하니 과연 그 초자연의 수명을 가진 그 담장넝쿨을 탄상(嘆想)할 수밖에 없습니다.

이 고란사의 전신은 35년의 세월을 허비하여 창건한 백제경도의 최대 사찰이던 왕흥사(王興寺)라 합니다. 왕흥사는 대찰이었으므로 고란사 서북 암상과 동북암상에 그 초지가 있는 것으로 보아 좌우의 석벽에 걸쳐 바로 강수에 임하여 지었던 듯하다 하는데 백제사에
"채각(彩閣)이 물에 비치어 아름답고 선박이 왕흥사문으로 들어가며 왕이 승주입사(乘舟入寺)하야 행향(行香)하였다"
함을 보면 그 밀이 옳은가 생각되나 지금은 한 작은 암(庵)에 불과합니다.

고란사의 유물 고란사와 넝쿨

고란사 이름의 그 유래는 이러합니다. 이 절 뒤 절벽 밑에서 솟아나는 약수가 있어 백제왕이 이 물만을 마시는데 밤중에라도 이 물을 청하면 반드시 이곳에 와서 걸어가야 되는 고로 혹 좌우인인(左右人)이 다른 곳의 물을 떠올까 하야 고란사에만 있는 고란초의 잎새를 물에 띄워서 고란사의 물인 것을 증명케 하려는 데서 절의 이름이 지어졌다 합니다.

고란초는 극히 적은 타원형(楕圓形)의 잎사귀인대 절벽 바위 틈에 겨우 몇 개가 붙어 있습니다. 저렇듯 수효가 적으나 멸종하지 않고 그 명을 대대로 이어 내려온다 하는데 만일 그것을 옮겨 심었다가 아무 물에나 띄어 왕을 속이려 할지라도 그 풀잎이 고란사만 떠나면 말라버리는 고로 그럴 수도 없었다 합니다.

그렇다면 이 고란초가 세계에 오직 이곳에만 있다는 것을 세계적 식물학자가 확인하였다니 지금이야 이 얼마나 진귀한 보배풀입니까만 당시에 삼경 밤중에도 단잠 깨어 저 절벽길을 어렵사리 타고 내려와서 여기까지 물을 길으러 와야 되는 궁인들에게는 그 얼마나 '얄미운 적은 풀잎'이라고 미움을 받았겠습니까?

그때는 속계에서 이 절에 통하는 길이 오직 저 절벽 물 비탈 좁은 길밖에 없었다니 그 길을 쳐다보는 내 눈에는 청사롱(靑紗籠)에 불 밝혀서 물병 손에 들고 깁치마 거듭 잡아 조심스럽게 내려오는 궁녀들의 가냘픈 자태가 보이는 듯합니다.

왕밖에 마시지 못하였다는 이 성수를 지금은 나같은 과객에게도 공개합니다. 한 모금 마실까 했더니 큰 지네가 빠져서 뻣뻣이 얼어죽었습니다. 그만큼 이 물이 차고 차다합니다. 바위에서 겨우 한 방울씩 내리는 물을 그릇에 받아주는 주지의 특대로 우리는 몇 모금씩 마시니 과연 청량하여 진세(塵世)의 물과 다릅니다. 밤에 고요해지면 이 물의 내리는 소리가 저 절벽바위 속에서 굉장한 소리를 낸다하니 이상하지 않습니까? 절벽을 뒤에 두고 강수(江水)를 앞에 안은 암상(岩上)에 앉아 점심을 먹으니 맑은 경개 눈 아래 열려 밥맛이 더욱 깨끗합니다. 어디에서인지

"백마강 배를 띄어 고란사 돌아드니, 낙화암 두견이 울고……."
하는 멋진 노랫가락이 들려옵니다.

조룡대(釣龍臺)를 찾고 천정대(天政臺) 바라고

전론(傳論)의 조룡대를 찾고
천정대를 바라만보다.

조룡대로 향하려고 강가로 내려옵니다. 나의 푸른 치맛자락이 강바람에 펄럭이는 양은 이 자리에 썩 어울리는 풍경입니다.

어제 우리를 태워 주던 학생 사공이 배 가운데 앉았다가 반가이 우리를 맞습니다. 눈에는 환영의 빛을 가득히 담고서……

배 세척 있는 중에서 제일 급이 낮은 편이나 구면 사공의 무언(無言)의 청을 들어주기로 우리는 그 배에 올랐습니다.

조금 올라가니 큰 바위가 강 안 가까이 솟아 있는데 그야말로 괴석입니다. 물의 흐름이 급하여지면서 물살이 세어지고 물빛이 좀 흐린 듯한 푸른색을 띠어 있습니다. 전설은 이러합니다.

당장 소정방이 백제를 치러 이 강에 이르니 별안간 날이 흐려지며 풍우가 대작(大作)하야 강을 건널 수 없으매 그는 친히 이 바위 위에 서서 자기 백마를 미끼삼아 큰 용 하나를 낚아내자 날이 맑아지며 비바람이 개어 대병(大兵)이 무사히 강을 건너 공(功)을 이루었다 합니다.

이 때부터 사비수(泗沘水)를 백마강이라 하고 이 바위를 출대 혹은 조룡대라 하였다는데 그 용이 어찌나 크던지 낚싯줄을 잡아당기니까 바위가 눌려서 그 들어간 흔적이라고 줄이 지나간 자리가 완연히 있는 듯이 보입니다.

백마강! 이름은 부르기 좋으나 뜻은 억울하지 안습니까? 전설도 너무도 엉뚱한 얘기가 아닙니까? 배를 돌려 지나오면서 이런 생각을 합니다.

풍우 대작하니 당군이 딱하거늘
　　　백마 한 마리에 절개를 판단 말가
　　　강신도 야속하구나 추세변절(趨勢變節)하느니.

　배를 중류에 띄어 물결대로 맡겨놓고 멀리 천정대를 바라봅니다. 강북 안에 부소산 동북으로 대안이 된 강류에 기암이 돌출하여 있다 합니다.

조룡대를 찾고 천정대 바라고

　옛날 백제왕이 재상(宰相)을 택하고자 할 때는 후보자의 이름을 몇 사람 써서 함에 담아 바위 위에 놓아두고 하늘에게 제를 드린 후에 열어보면 그 이름 위에 인적(印跡)이 있는 사람이 배명하여 재상이 된다 하는 전설이 있어 그 바위를 정사대라고 하며 천정대라고도 한다 합니다.
　생각은 물을 거슬러 헤매이나 배는 이미 물결 따라 낙화암 앞에 이르렀습니다. 석양에 보던 때와 백일 아래 바라보는 낙화암 또다른 장관(壯觀)을 보여줍니다.
　바위 언덕 가까이 낚시 배가 두 척 있습니다. 단상어옹(丹上漁翁)은 위수변 갈대밭에 낚시 드리우던 옛사람의 풍취를 보여주는 백발노옹(白髮老翁)입니다.
　낚싯대만 드리우고 조는 듯 꿈꾸는 듯 가만히 앉았던 한 노인이 낚싯대를 번쩍 쳐듭니다.

　　　청강(淸江)에 드린 낚시 무슨 고기 물어낸고
　　　한 뼘 백어(白魚)가 몸부림치는구나
　　　아히야 배 저리 밀어라 물결 일까 하노라.

진열회관(陳列會館)과 평제탑(平濟塔)을 보고

허술한 진열회관과
불행한 평제탑을 보고

부소산 바로 발치에 있는 보존회 진열관에 들어갔습니다. 입장료 대신으로 부여 팔경의 그림엽서 일조(一組)를 샀습니다.

이 자리는 전 왕궁의 정전자리인 듯 하다는데 건물은 구객사(舊客舍)를 이용한 것입니다.

자그만한 방에 조촐하게 벌려놓은 것은 이 근방에서 발견한 것들과 신라, 고려, 조선조 때의 유물이었습니다. 이 중에서 허술하게 보고 지나치지 못할 것은 대정 8년 부소산성 송월대에서 발견하였다는 소도금불(小鍍金佛) 뿐입니다.

이 상은 출소(出所)가 바른 백제불(百濟佛)로서는 유일의 것이라는 바 높이가 세 치 남짓 되는 일광삼존불(一光三尊佛)의 입상인데 광배 이면(光背裡面)에는 삼행의 자명(字銘)이 있어 그 수법은 간단하나 단아하여 특별한 이채를 발합니다.

이것에는 삽화가 있어서 잃어버렸던 세 동강이 몸을 꾸어 매고 붙여놓은 상처가 지금도 있습니다(此間十六行略).

기왓장들도 신라의 것과는 좀 달라 복판식(複瓣式)은 없고 단판식팔엽연(單瓣式八葉蓮)의 와문 선명한 파와(巴瓦)인 것에 눈이 끌립니다.

뜰에는 왕궁에서 썼다는 원형의 대석조가 있는데 높이(高)는 3척이요 지름(經)은 5척여로써 그 외면에는 평제탑 비문의 첫 글귀가 조각되어 있는 것으로 보아 당장 소정방이 얼마나 이것을 탐내었던가를 짐작할 수 있습니다.

그 외에도 석상과 소삼층탑 등이 남아 있어 한때는 백제가 미술의 나라이었다는 것을 말하고 있습니다.

진열회관과 평제탑을 보고

두루 구경하고 나오니 경주박물관에서 일어나던 어떤 감상이 다시 솟아오릅니다. 그러나 허술한 집 모양과 빈약한 유물들이 나의 동정을 요구하기로 미움보다는 가련히 여기는 정으로 뒤를 돌아보며 나왔습니다.

석양이 비낀 평제탑 앞에 서 있습니다. 평제탑 석조다 하여 부여팔경의 일경이니 만큼 배산임류(背山臨流)의 자리를 골라 넓은 평야 추초 우거진 금잔디 방석 위에 날아갈 듯이 서 있는 오층탑의 경쾌한 자태는 과연 아름답습니다.

그러나 이것을 평백제탑이라 부르니 이 무슨 치욕이뇨? 화강석 오층탑의 너 가진 이름이여!

백제의 건축물로써 오직 하나만 남은 34척의 천하 명탑인 강장우미(剛將優美)한 오층석탑아! 조국의 지음을 입은 너로써 어찌하여 고국을 배반하는 두려운 이름을 가지고 있느냐?

네 몸에 새겨진 당장 소정방의 입공비명(立功碑銘)의 억울함이여! 네 몸을 꾸민 권회업(權懷業) 영필(靈筆)의 원망스러움이어!

부소산 내려치는 바람이 너를 때리고 사비의 흐르는 물도 눈 흘기고 지나치나니 너의 늙은 얼굴에 새롭게 비치는 석양! 이것이 부끄러움과 분원(憤怨)으로 붉어지는 너의 홍조가 아니랴?

혼을 빼앗긴 석탑의 말없음이여!

당대에 씻지 못할 네 이름의 불행함이여!

구룡평(九龍坪)에 울리는 산유화의 노래

세간에서 전하여 내려오기는 백제를 멸한 소정방의 의기가 하늘이라도 뚫을 듯하매 자기의 공업을 돌에 새겨 도성에 세웠는데 규모가 웅대한 오층탑의 석탑으로 명필회소(名筆懷素)의 명필(名筆)만 가지고도 천하의 보배라 한다 합니다.

그러나 모 박사의 말에 의하면 이 탑은 평제(平濟) 때 세운 것이 아니오 백제시대의 건물인데 그 증거(證據)로는 이 터가 분명히 가람(伽藍)의 사지(寺址)인 것 뒤에 석불이 있는 것 평제탑 비명과 꼭 같은 비문의 첫 글귀가 석수조(石水槽)에도 새겨진 것 등등이라 합니다.

과연 의자왕 20년 7월에 백제가 망하고 8월 15일에 소정방이 그 공을 기념하고자 석탑 초층사면(初層四面)에 대당평백제비명(大唐平百濟碑銘)을 새김으로써 속칭 평제탑이라 하였다고도 전하여 옵니다.

백제시대의 건축물이거나 평백제의 기념탑이거나 그 세운 연원을 묻는 것보다 좌우간 이 오층탑이 평제탑이라는 굉장한 이름을 가지고 부여남교에 턱 버티고 서 있는 것은 결코 유쾌한 일은 아닙니다.

그러나 이것이 천 몇 백 년 간의 옛 얼굴을 그대로 가지고 있는 것을 보면 백제의 후손들은 순한 백양과 같이 이 괴탑을 아끼고 보호하여 그들의 수호신이나처럼 위하였던 것을 예측할 수 있지 아니합니까?

이 탑 뒤에는 석불이 있는데 이 땅 사람들은 소정방의 상이라 한다하나 사실은 비로사나불 좌상이라 합니다. 만고 명장 소정방에게 얼마나 놀랐으면 대자대비(大慈大悲)의 부처님의 온화한 표정까지 살상을 일삼은 장군의 위풍으로 보여졌던가를 생각하니 당지(當地) 사람들의 놀란 혼들이 가엾기 그지없습니다.

　불행한 평제탑을 등지고 움직일 때 나의 시선은 저녁놀이 타고 있는 서편 하늘가에 멈춰집니다. 그 곳에는 부여팔경에서 가장 내 맘을 끄는 구룡평이 말없이 누워있는 것입니다.
　나는 그곳을 상상합니다. 주위 80리나 되는 넓은 들판에 황금 물결도 이미 그쳤고 곳곳에 있는 갈대밭에 노화(蘆花)만 분분히 바람에 날리는데 기러기 떼지어 날아들어 사뿐사뿐 내려앉는 그 정경! 그 얼마나 시적 정취가 흐르는 곳일까? 과연 이 곳에 산유화라는 가요 있어 음조가 처연한데 세전(世傳) 하기를 국망가(國亡歌)라고도 한다하며 지금도 모 낼 때나 벼 벨 때는 경부직녀(耕夫織女)가 이 노래를 불러 화답하여 구룡전평을 울린다 하는데 그 노래는 이러합니다.

　　　산유화혜(兮), 산유화야, 저 꽃 피어, 농사일 시작하여, 저 꽃 지더
　　　락, 필역하세, 얼널널상사뒤, 어여뒤여상사뒤.
　　　산유화혜(兮), 산유화야, 저 꽃 피어, 번화함을 자랑마라, 구십춘광
　　　잠깐 간다, 얼널널상사뒤, 어려뒤여상사뒤.

　　　중영봉에, 날 뜨고, 사자강에 달 진다, 저 달 떠서 들에 나와 저
　　　달 져서 집에 돌아간다, 얼널널상사뒤, 이여뒤여상사 뒤.
　　　농사짓는 일이, 바쁘건만, 부모처자, 구제하기, 뉘 손을, 기다릴고,
　　　얼널널상사뒤, 어여뒤여상사뒤.
　　　부소산이, 높아있고, 구룡포가, 깊어있다, 부소산도, 평지 되고, 구
　　　룡포도, 평원 되니, 세상일 뉘가 알꼬, 얼널널상사뒤, 어여뒤여상사
　　　뒤.

평범한 속된 말 같으나 그때 생활상을 얼마나 심각하고 절실히 그린 노래입니까? 오히려 다변의 표현인 현대 노래를 비웃는 듯이 순박하고 생생한 표현이 아닙니까?

    그대 부르시며 화답을 하라시니
    목 맺힌 이 노래를 굳이 듣자 하시오면
    산유화 그 말 그대로 노작여 드리다.

벌써 여관 앞에는 자동차가 소리를 치며 우리를 기다리고 있습니다.

    석양도 식었구나 이 어인 수레인고
    갈길 바쁘니 재촉이 성화로다
    몸일랑 먼저 가노라 맘은 뒤에 오려니

생각만 바쁘게 옛 자취 더듬어

    (이하는 본 기행문 제8회 다음에 계속될 것이 누락되었기에 이에
    연재합니다. 편집자)

    생각만 바쁘게
    옛 자취 더듬어서.

발길은 유적마다 다 밟지 못하나마 생각에 떠오르는 몇몇 고적을 그리기까지도 못하오리까?
  저 부산(浮山) 허리에는 대재각(大哉閣)이 있습니다. 이조 효종왕 때 우의정 이경여가 부산하 백강리(白江里)에 복거(卜居)하며 호를 백강이라 하고 독서에만 잠심하니 시인이 경모(敬慕)하여 환문암(煥文庵)을 지어 거처하게

하였다 합니다.

　효종이 이상(李相)에게 '지통재심일모도원(至痛在心日暮途遠)'이라 하는 글을 내렸다 하는데 우암 송시열이 팔자를 대서하여 암(庵)에 두었다가 암이 없어지면서 후세 사람들이 그 글자를 비에 새겨 각(閣)을 짓고 봉안(奉安)해 두어 이름을 대재각(大哉閣)이라 하였다 합니다.

　자온대(自溫臺)=자온대(自溫臺)는 규암진(窺岩津) 언덕이 강에 두출한 곳에 있다 하는데 바위가 곧게 서고 극히 험준하여 발 딛을 곳이 없으나 겨우겨우 올라가노라면 3, 4인쯤 앉을 곳은 있다합니다. 삼국유사에는

　　　백제왕이 이 돌에 앉아 불을 망배(望拜)하려고 이 암석에 오르면
　　돌이 자온하였다.

고 하였으나 또 전언(傳言)을 들으면 의자왕이 이 곳에 행하려 하면 영신(佞臣)이 미리 불로써 더웁게 하여 두는 고로 자온대라고 하였다고도 합니다. 지금도 그 바위에 자온대라는 석 자가 크게 새겨졌다 합니다.

　대왕포(大王浦)=규암진하류(窺岩津下流) 약 30정 저쯤 되는 곳에 있다고도 하고 또 백제사에는

　　　백제가 망하매 궁녀들이 달아나서 대왕포 암석에서 떨어져 죽었
　　다.

하였으니 낙화암이 대왕포인지 정확히는 알 수 없으나 좌우간 무왕이 항상 신료들을 데리고 이곳에 와서 산수화초로 즐기며 왕이 노래하면 제신은 일어나 춤을 추고 놀았다는 곳으로 대왕포라 하였다 합니다.

　삼충비(三忠碑)=부여읍에서 동쪽 십 리쯤 되는 곳에 망월산이 있고 그 북쪽에 의열사(義烈祠)가 있는데 이조 선조 8년에 부여현감(扶餘縣監) 홍씨가

백제충신 성충, 계백, 홍수(興首) 삼인을 위하여 사(詞)를 짓고 율 이이가 사우(詞宇)의 기(記)를 찬(撰)하였다 합니다.

왕릉, 능산리(陵山里)=부여 동문 거리를 나가서 동쪽으로 얼마쯤 가면 고분벽화로 유명한 왕릉이 있다합니다. 그 왕릉 속에는 석굴이 있고 천정에는 연화중문(蓮花重紋)의 채화(彩畵)가 있으며 사방벽에는 동청룡(東靑龍) 서백호(西白虎) 남주작(南朱雀) 북현무(北玄武)의 그림이 있으나 많이 지워져서 자세히 보이지 아니한다 합니다. 석실은 화강석으로 되었다는데 그 구조의 복잡함과 석실회화(石室繪畵)의 우미화려(優美華麗)함이 백세문화의 극성시대의 것임을 알 수 있음으로 혹 위덕왕의 능이 아닌가 짐작할 뿐이라 합니다.

능산리는 이 곳에서 동으로 오 리쯤 가는 곳에 있다는데 많은 왕릉이 있다하나 부여에서는 오왕이 붕한 것으로 보아 혹 다른 왕릉을 이장한 것인가도 생각된다 합니다.

나의 이 작은 눈이나마 친히 보고 내 머리에 느낀 것이 아니오 전기에 의하여 추상만 하는 것이매 붓내가 힘을 얻지 못하여 즐거 움직이지 아니하는 것을 채찍질하여 가면서 이상과 같이 소개하였으니 이것으로 고도의 유적을 홀로만 찾고 말았다는 강호제현(江湖諸賢)의 꾸중을 면할 조건이 넉넉하다고 생각됩니다.

길 바쁜 나그네의 번개같은 생각이 줄달음질 쳐서 보지 못하는 옛 자취를 한참 더듬다가 돌아오매 강들은 여전히 푸르게 흐르며 가는 물결이 이따금 지나가는 미풍(微風)에 눈웃음 살살 치고 지나갑니다.

먼 곳 나루로 돌아드는 한가한 흰 돛대의 그림자는 길손의 생각이 너무도 다망함을 비웃음인가 행하는 듯 머무는 듯 주저하다가 푸른 산줄기로 자취를 감추고 맙니다.

우리의 머리 위를 날아가는 저 흰 새? 강에도 갈매기가 있던가? 저 무슨 새가 낙화암 위에서 빙빙 돌다가 날아 넘어가나?

부여의 팔경과 그를 읊은 노래

부여에는 팔경이 있는데 부소산모우(扶蘇山暮雨) 백마강침월(白馬江沈月) 낙화암숙견(洛花岩宿鵑) 고란사효경(皐蘭寺曉磬) 수북정청풍(水北亭淸風) 구룡평낙안(九龍坪落雁) 규암진귀범(窺岩津歸帆) 평제탑석조(平濟塔夕照) 등이라 합니다.

이제 그 팔경의 한시 한 수씩을 소개함으로 부소 팔경의 면영을 상상하게 할까 합니다.

(편저자 주 : 부소팔경한시 8수는 판독불능 한자가 많아 게재 생략합니다. 《조선일보》 1934년 3월 31일자 신문을 참고하시기 바랍니다.)

저 빼어나고 아름다운 산의 자태! 곱고 맑은 물의 흐름! 저 산의 구비를 찾고 이 물의 흐름을 따라 자유로 한가롭게 열린 산수풍경에게 제나라 정조를 담뿍 가진 독창적의 청신(淸新)한 이름을 주지 못하고 어찌 하필 남의 나라 소상팔경(瀟湘八景)의 이름을 꼭 본만 떠서 일부러 그 팔경 명칭에만 끼어 붙여야 그들의 마음이 안심 되었더란 말입니까.

이 나라만이 가진 절승경지(絶勝景地)에까지 남의 나라의 냄새를 피운다는 것은 좀 구역이 나는 일이라 아니할 수가 없습니다.

사공아 노 저어라 강가에 대이련다.
비낀 석양이 갈 길을 재촉하니

마음은 흘러보내고 몸만 갈까 하노라.

두견화(杜鵑花) 피는 봄이 가을두군 좋다기로
후기약 넌짓 두고 머리 돌려 바라보니
기러기 날아가 버리고 배도 벌써 떠났구료.

≪조선일보≫ 1933. 10

해서기행

여행의 시즌이라는 봄, 여름, 가을 세 철을 다 제쳐놓고 하필 겨울을 따라 명승을 찾은 뜻은 분주한 나의 모든 날에서 빈 틈을 끝내놓고 보니 때마침 겨울이더라는 이유보다도 사람이 다 그들의 여행일기에서 제외해 버린 11월의 하순을 내가 홀로 주워 겨울의 명승에 대한 포부와 흥금을 엿보자는 야심에서 나온 것입니다.

꽃이라 녹음이라 단풍이라 그 하나도 나그네의 눈을 끄는 것이었고 겨울의 자랑인 흰눈조차도 아직 그 청초한 몸을 보이지 않는 초겨울의 여행은 언뜻 생각할진대 그야말로 무취무미의 헛일일 것 같거니와 사실 역시 꽃다운 낙엽을 방금 보내고서 앞으로 혹한을 맞이할 공포에 떠는 산야임하(山野林河)는 승경(勝景)에 주린 길손의 눈에나마 훤듯하게 여우는(원문대로) 아무 것이 나를 가지지 못하였습니다.

그러나 사리원에서 해주까지 가는 동안, 철도 연안의 모든 풍경은 내 눈을 즐겁게는 해주지 못하였을망정 나로 하여금 고요한 생각에 잠기게는 해주었습니다.

벼 베어낸 자국만 쓸쓸하게 보이는 공허한 논! 그것을 바라보며 나는 그 벼를, 손으로 베어간 사람들의 저 논처럼 쓸쓸하고 공허할 가슴을 헤아려 보았고, 퇴색한 노란 잎사귀가 아직도 붙어 있는 잡목과 수명이 긴 아직껏 남아 있는 단풍나무가 섞여서 있는 먼 산의 초초한 아름다움을 바라보면서는 여지껏, 가을의 뜻을 저버리지 않고 있는 그들의 도타운 절개를 기리고 지났습니다.

그러나 때마침 늦은 석양이라 초겨울의 황혼이 주는 애수 때문인지 고향을 떠난 지 며칠 되지 않은 가냘픈 향수 때문인지 내 마음은 공연이 애달프고 안타깝고도 또한 슬펐습니다.

고요히 눈을 감고서 마음 탈 대로 타라고 이윽히 앉아있노라니 좌우의 사람들이 '장수산(長壽山)'의 이름을 부르며 설렙니다. 눈을 떠보니 황해의 금강이라는 장수산의 중중한 웅봉이 황혼의 하늘에 괴물처럼 솟아 있습니다.

> 천만년 살고 나도 또 만년이 남으려든
> 웬욕심 그리 많아 네 이름이 장수일다.
> 사람이 제 맘인 양하야 그리 불러 줍데다

나는 장수산의 이름을 입 속에 뇌여 보며 이렇게 스스로 묻고 대답해 보았습니다.

초행인 듯이 보이는 한사람에게 황해도의 사투리를 써가며 장수산의 절경을 자랑하고 일러주기에 입에서 침이 말라하는 친절한 중년신사의 살찐 얼굴을 바라보며 그 얘기에 귀를 기울이던 나는 어둠 속에 멀어지는 장수산의 뒷모양에 호기심이 가득한 시선을 보내지 않을 수 없었습니다.

가볍게 몸을 뒤흔들며 달아나는 기동차는 꼬리를 길게 달고 달리는 기차보다 속력이 더 강한 듯 느껴집니다. 그러나 나의 생각은 그와 반대로 느리고 무겁게 장수산의 절경에서 감돌고 있는 것입니다.

해주 거진 가까이 가서 불을 눈에다 환하게 켜 가지고 그다지 고상하지 못한 자기의 이름을 자랑하고 서 있는 신주막역(新酒幕驛)의 등대에 나타난 '신주막(新酒幕)' 세 글자를 읽어보며 나는 고소를 불금하였습니다.

7시 반경에 해주역에 내리니 먼저 내 앞을 턱 막는 것은 수양산이었습니다. 나는 그에게 내일을 기약하며 여사(旅舍)에 들어 해주의 맑은 꿈을 탐내었습니다.

해주는 그 이름의 참하고 아담한 것처럼 그 산수와 시가(市街)도 곱고 맑고 깨끗한 곳이었습니다.

산들은 과히 높지 않으나 어찌 그리 아름답게 빼어났으며 물굽이는 많지 않으나 그 하나이라도 어찌 그리 차고 맑게 흐릅니까?

나는 수양산 중턱에 올라가 '백세청풍(百世淸風)'이라고 대서특필한 백이숙제(伯夷叔齊)의 비석을 보았습니다.

내 이제 새삼스럽게 우리 선조의 큰 근성이 되어 있는 사대주의를 비난할 정성스러운 시간은 가지지 못하였으나 이 큰 돌비가 수양산의 수려한 자태를 범하고 있는 것을 바라볼 때 가슴에서 치미는 울분을 구태여 가라앉혀 버리기도 싫었습니다..

대체 주나라 고죽군(孤竹君)의 두 아들 백이(伯夷)와 숙제(叔齊)가 우리의 단군족과 무슨 혈연이 있기에, 또한 중국 산서성(山西省) 영재현성(永齋縣城)에 있는 뇌수산이라는 그 수양산이 우리 해주의 이 수양산과 어떠한 산맥의 통함이 있기에 수양의 이 가는 허리에다 이 우악스러운 큰 돌멩이를 채워놓았을까요?

은나라의 구신(舊臣)인 백이와 숙제가 조국이 망하였다고 주나라의 미속(米粟)을 차던지고 수양산에 들어가서, 고사리를 먹다가 드디어 아사하였다는 사실을 통쾌하게 비웃은 성삼문의

"고사리는 주나라의 풀이 아니더냐."

라고 한 말귀를 생각해 보면서, 3천여 년 전의 일어났던 묵은 사실이 바

로 어제의 일이런 듯 새로운 기억을 일으켜주는 백세청풍(百世淸風) 네 글자를 나는 물끄러미 바라보았습니다.

옳습니다. 이것은 분명히 이 두 사람의 청절을 본받으려는 우리 선조의 특안(特案)임에 틀림없습니다. 그러나 이러한 부단의 수양을 쌓았음에도 불구하고 또한 그러한 기회가 있었음에도 불구하고 우리 조선 중에서 일찍 백이 숙제의 그 행동을 본받아 그러한 죽음을 하였단 소문을 나는 들어본 일이 없는가 합니다.

돌아오다가 지관정의 수석을 보았습니다. 벽옥판 같은 널따란 돌층계를 굽이치며 흐르고 내리는 그 벽수! 물의 그 빛만 보고 그 소리만 들어도 가슴 속까지 서늘하거든 더구나 시절의 찬바람이 물 위를 스쳐 불어오니 얼마나 차고 신선하겠습니까? 수양산에서 얻은 불쾌한 인상을 이 물에 흘려보내며 나는 두루마기의 자락을 단단히 여미고 목도리를 치켜 둘렀습니다. 내려오면서는 여름 삼복에도 더위를 알지 못하고 살아갈 해주 주민의 행복을 부러워하며 가지 말라고 소리쳐 부르는 듯한 수석을 되돌아보았습니다.

나는 시장을 향하여 갑니다. 전설적인 내 고향 목포의 공설시장을 마음속에 자랑해 보면서…….

"크면 얼마나 크겠기?"

하고 아무리 접어보려 하였으나 해주의 시장은 참으로 대규모이었습니다. 물론 목포시장처럼 온갖 물품이 갖추어 있다던가, 각색 해산물이 풍부하게는 있지 아니하나 바다고을이니만치 해물은 상당히 많았습니다. 더구나 굴이 어떻게나 많은지 굴은 과연 해주 시장의 대표적 상품이었습니다.

내가 해주에서 가장 감탄한 것은 이곳 아낙네들의 인물과 말소리가 몹시 곱고 부드러운 것이었습니다. 하얀 수건 아래 갸름하게 혹은 달덩이처럼 나타난 그네의 희고 잘생긴 얼굴이며 길거리에서 서로 만나거나 시장에서 물건을 사면서 말하는 부인들의 태도(흰털 갓 저고리 입은)와 부드

럽고 매력 있는 말소리는 단연 조선 십삼도(朝鮮十三道) 부인 중의 왕좌를 차지할 것입니다. 나는

'내가 만일 남성이었더면 반드시 해주 부인을 모실 것을……'
하는 생각을 하였습니다.

왕래하는 길가에서 나의 시선을 빼앗는 선화당(宣化堂)을 나는 보았습니다. 사람들이 흔히 좋은 집을 보면 선화당처럼 꾸몄다더니 과연 선화당이란 퍽이나 화려한 집이었습니다. 그 구조의 아담함과 아로새긴 단청의 처마와 난간의 아름다움이 옛날 황해 감사의 호화로운 생활의 일면을 증명합니다.

'저런 좋은 집에서 정사(政事)도 잘 하였더라면……'
하는 생각을 하면서 정거장(停車場)을 향하여 달려갔습니다.

나는 용당포행(龍唐浦行)의 기동차에 올랐습니다. 오른편으로 짙은 송림 속에 은은하게 솟아 보이는 해주 구세군 요양원의 붉은 집이 내 눈에 뜨이자 내 가슴은 독한 와사(瓦斯)로 채워지는 듯 답답하고 억울하다가 인하여 가슴 한복판이 메어지는 듯한 고통의 눈물이 걷잡을 수 없이 흘러내렸습니다.

저 집은 나의 지기(知己) 죽창형(竹窓兄)의 36년의 일생을 끝지어버린 건물입니다.

작년 1월 12일! 머지않아 그의 2주기가 닥쳐 올 테이건만 나의 시선은 빽빽한 솔 틈을 헤매며 행여나 수척한 죽창형의 그림자를 잡을 듯 마음 바빠하였고 멀리 산너머로 희미하게 떠오르는 두어 갈래의 연기를 바라보면서는 한 많은 그의 몸을 태워버린 화장터를 그려보며 몸서리를 쳤습니다.

행운의 예술가의 문화주택처럼 깨끗하고 명랑하게 보이는 저 집 속에서 거진 썩어 가는 폐(肺)를 안고 쥐어짜는 듯한 기침소리를 겨우 내면서

우수(憂愁)의 매일을 보내고 있을 환자들을 상상하니 그 쪽의 하늘이 별나게도 흐려 보이는 것은 갑자기 변하여지는 천후(天候)의 탓만도 아니리라고 생각하였습니다.

용당포에 닿았습니다. 황해의 수도를 끼고있는 서해의 관문이니만치 웬만큼은 번창하여 있으려니 생각하였던 나의 기대는 무정돈(無整頓)하고 적막한 포구의 쓸쓸한 얼굴을 볼 때 여지없이 깨어지고 말았습니다.

그러나 오랜만에 서해의 창파에 접하는 내 가슴은 툭 터진 저 바다처럼 폭넓게 열리고도 굼틀거리는 저 파도처럼 기운찼습니다.

날도 흐렸거니와 서해변의 바람은 제법 세었습니다. 펄석펄석 튀어 오르는 푸른 물결이 높다랗게 쌓아올린 축(築)의 절반 너머까지 와서 넘실거릴 때 나는 10여 년 전에 몇 백 명의 소학교 아동을 잡아먹은 이 용당포 바다의 무시무시한 위협을 눈흘겨 보았습니다.

황혼을 띠어 다시 해주역에 도착하였을 때는 날 흐린값을 하느라고 빗방울이 굵다랗게 뚝뚝 떨어지고야 말았습니다. 여사(旅舍)에 든 후에는 정작 비가 시작하였습니다. 내일 첫새벽에는 벼르던 고산구곡(孤山九曲)의 길을 떠나려고 잔뜩 몽구리고 있는 내 마음의 긴장은 창 밖에서 새로운 빗줄기의 소리가 이어질 때마다 풀리려고 흐느끼는 것이었습니다.

끊일 듯 가는 비요 시름시름 굵은 비라
어느 젠지 끊였다가 잊은 듯 다시 내려
나그네 바쁜 마음을 태울 대로 태우네.

이러한 노래를 읊어보면서 누웠다, 일어났다, 창을 열었다 닫았다 하기에 길고 긴 겨울밤을 거의 다 보냈습니다.

생시인 듯 꿈 속인 듯 복잡한 생각에서 후닥닥 놀라 깨어 뜰에 나와보니 비 멎은 새벽하늘에 금싸라기 같은 별이 총총하게 나와 있었습니다.

이른 아침의 참새처럼 가벼워진 내 몸은 잽싸게 준비하기를 마친 후 석담행 자동차에 몸을 실었습니다.

이른 아침의 차고 매운바람을 거슬러 달리던 자동차는 낯설고 적막한 촌 신작로 바닥에 나를 내려놓고 횡 하니 달아나 버립니다.

쓸쓸한 전방에서 율곡 선생의 옛 집터를 물어보니 노파가 나와서 손을 들어 가리킵니다. 노파의 가리키는 손끝을 따라 소나무가 덮여 있는 작은 산을 넘어가니 송산이 뺑 둘러있는 곳에 자그마한 동리가 있고 그 중에 고색이 창연한 옛 기와집 한 채가 덩그렇게 솟아있는데 그것인 즉 율곡의 후손인 이씨의 집임에 틀림없습니다.

그러나 내 본시 유학을 공부하는 학도가 아니오 주자나 율곡을 선배(先輩)으로서 추존(推尊)하는 청한(淸閑)한 선비가 아닌 이상 고인의 유적을 찾아 그들의 면영(面影)과 덕을 흠앙할 후배(後輩)로서의 도리보다도 구곡(九曲)의 산수를 찾아 그 경개(景槪)의 절가(絶佳)함을 찬양할 한 길손으로서의 의무가 더 크다는 것을 느끼는 것은 나로서 극히 당연한 일이라고 생각하였습니다.

그러므로 나는 먼저 내 눈을 빈쩍 띄워주는 마주 보이는 산을 향하고 그 집 문 앞을 지나 내려갔습니다. 두어 걸음을 옮기니 청량한 바람결에 쇄락한 물소리가 돌돌돌 들려옵니다. 걸음을 빨리 할수록 물소리도 크게 들리더니 오오 내 앞에 척 가로 열리는 것은 굵다란 바위와 바위 새를 또한 자그마한 돌맹이, 돌맹이 위를 철철 넘어 흘러가는 크고 맑은 시내입니다.

어젯밤 내린 비에 시냇물도 자랐구나
솔바람 서늘커늘 물소리 더욱 차다
이물이 굽이쳐 흘러 구곡(九曲)이 되어다오.

나는 물에 잠기지 않은 돌을 골라 밟아서 시내를 건넙니다. 흘러오는 물은 내가 딛고있는 돌에 부딪혀 깨어지며 차디찬 물방울의 진주알이 내 발등에서 부서집니다. 그것을 보는 순간 내 발은 자리를 헛디디어 맑은 물을 유린하고 말았습니다. 속인의 발이 청계를 더럽힌 죄로 내 구두에는 물이 하나 가득히 들었습니다.

물을 다 건너와서 온 길을 되돌아보는 나는 내 신 속의 물을 미처 덜어내지도 못하고 시내 상류에 수려하게 솟아있는 기암괴석의 작은 뫼뿌리에 눈을 빼앗겼습니다.

뾰족뾰족하고도 날카롭지 아니하고 빼어났으면서도 층층이 고여 있어 아슬아슬하게 보이는 각 봉오리와 퇴색(退色)은 하였으나마 아직도 가을의 빛을 잃지 않은 누런 잎사귀를 가지고 봉의 사이사이에 서 있는 우북한 잡목이 그 아래로 시퍼렇게 깔려 있는 물 거울 속에 그림자를 떨어드려 물 위와 물 속의 봉은 높이가 천장(千丈)이나 되는 듯 합니다.

나는 다시 물을 굽어봅니다. 아직 햇빛을 받지 않은 이 시내는 신비로운 밤의 얘기를 속삭이는 채로 열 두 고비를 꺾어서 고요하게 노래하며 흘러갑니다.

나는 바로 그 앞에 있는 요계정(瑤界亭)에 올랐습니다. 머리를 들면 사면에 병풍처럼 둘러 있는 그림 같은 뫼에 풍경이 눈으로 들어오고 발 아래로는 시내의 차고 맑은 속삭임이 쉬지 않고 기어옵니다. 내 몸에 돌고 있는 진세에 더럽힌 더러운 피까지도 청정하게 식혀 줄 듯한 저 물소리 저 뫼와 저 물에서 풍기는 맑고 향기로운 바람! 오오, 이것은 속세를 떠난 별개동천(別個洞天)임에 틀림없습니다.

일찍이 말로만 들어보고 그 사실을 부인하던 선경에나 들어온 듯 여쇄여광(如碎如狂)의 무아지경에서 한참을 멍하니 앉아있다가 내 눈이 선경에 익어지자 비로소 앞으로 보이는 그 수려한 뫼의 바위 면에 새겨진 '은병'이란 두 글자가 읽혀집니다.

옳거니 이 골이야말로 고산의 구곡 중에서도 가장 뛰어나다는 풍경인 오곡은병입니다.

중종 31년(병신) 12월 26일에 강릉 북평에서 출생하여 중종, 명종, 선조 3대의 조정을 거쳐 49세의 일생을 마친 문성공 이이 선생이 그의 중신시절에 벼슬길에서 고달픈 심신을 휴양하려고 가만히 잡아놓은 곳이 즉 이 석담동천(石潭洞天)이며 그의 가장 높이는 스승 주자의 무이구곡(武夷九曲)을 본떠 이 골의 굽이진 골을 가려서 구곡이라 이른 것이 즉 이 고산의 구곡입니다.

구곡은 일관암(一冠巖), 이화암(二花巖), 삼취병(三翠屛), 사송병(四松屛), 오은병(五隱屛), 육조협(六釣峽), 칠풍암(七楓巖), 팔금탄(八琴灘), 구문산(九文山)인데 율곡이 이렇게 구곡을 무어놓고서 벼슬을 사면(辭免)하고는 이 구곡에서 놀며 주자를 배우던 것으로 물론 이 은병도 무이(武夷)의 대은병(大隱屛)의 뜻을 취한 것이라 합니다.

은병(隱屛)은 이러하려니와 나머지 팔곡과 이왕 온 길이니 서원이니 서재니 등의 유석을 구경하자면 안내자가 있이야 될 터이겠기로 나는 다시 물을 건너가 낡아졌으나마 크고 높은 기와집의 솟을대문 안으로 쑥 들어갔습니다.

우선 내 구뭇발 소리에 놀랜 개 3마리가 왕! 하고 짖기 시작하더니만 내 차림차림에 거듭 놀란 모양으로 와락 달려들며 사납게 짖기 시작합니다.

촌가의 개는 왜 크기조차 그렇게도 큰지 누렁개 한 마리와 검정개 두 마리가 솥발처럼 앞뒤로 달려드는데야 본시 소담이오 더구나 개라면 백화 대로상에서도 무서워 쩔쩔매는 이 못난 여성의 간이 녹두알처럼 줄어들면서 황급한 비명을 지르지 않을 수 없었습니다.

새된 여자의 비명은 관(冠) 쓰고 참옷 입은 이 집의 주인공을 손쉽게 마루에까지 끌어낼 수 있었습니다. 육순도 넘었을 듯한 율곡의 후손은 사랑마루에 버젓하게 서서 먼저 개들을 물리친 후에 찾은 뜻을 물어봅니다.

나의 대답을 들은 이씨 노인은

"아니 댁 혼자서요? 꼭 혼자 왔소?"

하고 눈을 둥그렇게 뜨더니 나의 말이 진정인 줄 알자

"거 정 용하군."

하는 칭찬 한 마디를 떨어뜨리고 20세쯤 되어 보이는 청년 한사람에게 내 안내를 명령합니다.

서원을 구경하고 주자와 그 제자들을 모셨다는 사당을 보고 나서 청계당(聽溪堂)을 향하여 갑니다.

몇 백 년 전부터 이 작은 동리의 수호신이 되어 있는 듯한 큰 은행나무에서는 아직도 황금색의 낙엽이 바람에 나부끼는데 땅에 수북하게 쌓인 금방 석 위에서는 4, 5인의 아동이 낙엽을 흩뿌리며 장난합니다.

처음에는 선동(仙童)인가 하여 그들을 부러운 듯 바라보았으나 가까이 가서 보니 그들은 역시 헐벗고 영긴 가난한 농촌의 아들딸이었습니다.

청계당(聽溪堂)! 이 집 역시 아까 서원과 꼭 같이 된 넓은 마루바이었고 가끔 유생들이 모일 때 깔고 앉는다는 초석(草席)만이 돌돌 말려있음에서 나는 허무를 느꼈습니다.

그러나 선조 9년 10월 율곡의 41세 때에 지었다는 그의 서재의 퇴락한 모양보다도 10배나 나를 끄는 것은 청계당이라는 그 이름의 탈속한 것입니다.

무슨 헌이니 무슨 재이니 하고 부르기조차 까다롭고 사각(四角)난 그런 엄숙한 명칭을 버리고 청계당이라는 사실적이오 시적의 서재 이름을 지은 율곡은 구곡을 지은 도학자로서의 율곡보다도 몇 배나 더 정다운 느낌을 내게 줍니다.

　나는 청계당 뜰에 서서 고요히 귀를 기울입니다. 길고 긴 시내의 하필 이 자리에서 들을 수 있는 그 물소리라니! 아까 상류에서 듣던 물소리는 시원스럽고, 세찬 듯 하였건만, 이 청계당의 물소리는 은근하고 부드럽고도 아기자기하게 돌돌거리는 것입니다.

　이 긴 시내를 통하여 가장 물소리의 아름다운 이 자리를 택하여 청계당을 지은 율곡은 현명한 분임에 틀림없습니다.

　그러나 차고 맑고도 가만한 이 시냇물소리는 그에게 보다 긴 명상의 시간을 주었음에 틀림없습니다.

　나의 생각은 몇 백 년 전으로 뒷걸음을 칩니다. 만일 어떠한 가을밤에 율곡이 이 청계당에 앉아서 오랜 명상에 잠겨 있다가 사군사국(四君思國)의 충정이 경발(更發)하야 울적한 마음에 죽창을 턱 열어제쳤다 하면 그날 밤 조의는 듯한 나지막한 산들의 달빛을 안은 아련한 자태와 조각달을 싣고, 흘러가는 이 시내의 은은한 속삭임이 얼마나 정답게 그의 복잡한 머리와 가슴을 잘 어루만져 주었을까? 그렇기에 율곡은 일찍 교리(校理)니 홍문관(弘文館) 직제학(直提學)이니 대사간(大司諫)이니 하는 벼슬을 굳이 굳이 사양하고 몸을 숨겨서 만일 저 산들이 지렁듯 우이하지 말고 우아스런 험산이 되었다거나 이 시내의 물소리가 이렇듯 곱지 말고 천장(千丈)이나 떨어지는 택포(澤布)가 되어 주야로 기운차게 청계당을 위협하였던들 그는 그다지까지 정계(政界)를 떠나 자신의 휴양을 꾀하려 하지 않았을 것이요 모름지기 장엄하고 위압적인 폭포의 격려를 받아 자진하여 국가난경에서 쇄신심력(碎身心力)하지 안았을 것인가?

　부질없는 생각에 뺨을 붉히면서 나는 시내가로 나왔습니다. 옳습니다. 물소리의 잔잔하고 부드러운 까닭을 알았습니다.

　여기에는 큰 바위와 굵은 돌덩이가 업고 자그마한 돌멩이들만 이리저리 물의 가는 길을 만들어 주고 있으니 구태여 물이 큰소리를 치고 바위에 부딪히거나 건너뛰어 넘어가지 않더라도 겸손한 태도로 제 갈 길만 찾아서 졸졸거리고 흘러가는 것입니다.

그러기에 물소리는 돌멩이 따라 나는 소리지 물 자체가 그렇게 듣기 좋은 노랫소리를 낼 수는 없는 것입니다.

그러나 사람이 다 물소리라 하여 물만을 찬양할 뿐이지 물 속에 잠겨 남 모르는 사명을 다하기에 제 몸을 닳리고 있는 저 돌멩이들을 장하다 기려본 적이 있습니까.

청아한 물소리를 끼고 동자를 앞세워 길은 없고 낙엽만이 길이 넘게 쌓인 산비탈을 더듬어 올라가는 나는 모선암(慕仙巖)에 선인을 만나보러 가는 듯한 신선한 심령에서 자못 황홀한 순간을 가질 수 있었습니다.

어젯밤 비에 젖었는지 오늘 새벽 이슬에 젖었는지 축축하게 젖어 있는 낙엽에 발이 푹푹 빠지면 발바닥으로는 산뜻한 물 기운이 스며듭니다. 바위를 안고 칡덩굴을 잡고 각색 과실나무를 끼고 돌아 올라가는 길에서 나는 얼마든지 낙엽과 함께 썩고 있는 은행이며 밤이며 대추 등의 과실을 보았습니다.

이야말로 원시림을 연상시키는 동산이 아닙니까?

앞서가던 청년은 부채만 한 낙엽을 주어 나를 주면서

"이것이 우리게(우리 동네)만 있는 가랑잎이지요. 저거 보세요. 고목이 되었지 않습네까?"

하고 아직도 잎사귀가 좀 붙어있는 큰 나무를 가리킵니다. 대체 가랑잎이라면 풋나뭇단 속에 들어있는 1년 동안 살아 있는 그런 작은 나무이거니만 했지 이렇게 당당한 큰 나무가 되어 이런 큰 잎사귀를 가졌다는 것을 내가 알 리가 없었습니다.

낙엽을 주어 차를 달인다는 선인의 살림에도 이 가랑잎 두 개만 가지면 넉넉히 끓는 차를 마실 수 있을 것이오 우리 집 다섯 식구의 밥쯤도 이 낙엽 한 삼태기만 가지면 염려 없이 밥을 익힐 수 있을 것입니다.

그러나 손수건의 대신으로 물건이라도 쌀 수 있을 만큼 두껍고 든든한 이 낙엽은 적설(積雪)처럼 쌓여서 썩어가기만 하는 것입니다. 퍽이나 아깝지 아니합니까?

큰 바위가 새빨간 벽처럼 되어 있는 농허대를 보고 가공암의 자취를 돌아 영천(靈泉)에 왔습니다. 옛날 율곡과 그 제자들이 마시고 살았다는 이 물은 지금은 근방인에게 좋은 약수로써 고임을 받는다 합니다.

나는 가랑잎으로 그릇을 만들어 영천수를 떠서 몇 모금 마시고는 내 모든 병이 씻은 듯 나아지기를 맘으로 바랐습니다. 그리고 물 속에 얼마든지 들어있는 은행열매를 세 개 건져내 가지고 가랑잎에 싸서 이것의 기념으로 가방 속에 넣었습니다.

청계당 앞을 지내오는 물은 여기 와서 고이고 고여 큰 소(沼)가 되었습니다. 그 푸르고 푸른 물빛 밑바닥이 환히 들여다보이는 이 소의 물깊이가 세 길 쯤 된다는 것에 나는 놀라지 않을 수 없었습니다.

봄과 여름에는 후손의 엄금(嚴禁)에도 불구하고 사람들이 모여 와서 계집과 술의 유흥도 하며 목욕도 하다가 가끔 이 맑고 깊은 물에서 불상사(不祥事)도 낸다고 합니다.

그러니 만일 사람에게 영생의 혼이 있어 율곡도 그러하다면 자기의 청정하던 유지의 오늘날 추잡한 이 몰골을 보고 해천(海天) 깊은 곳에서 얼마나 뼈아픈 장탄식을 발하고 있겠습니까?

  바다 막혀 육지이오 산(山)은 꺾여 길 되더라
  세상(世上)이 뒤바뀌고 인정(人情)도 변하거든
  흐르는 이물쯤이야 더럽힌들 어떠리

이렇게 속삭이며 시냇가 우북한 잡초를 헤치고 돌아오려다가 문득 다시 돌아보니 저쪽으로 보이는 절벽—절벽이라니 깎아 내린 듯한 살풍경의 그러한 절벽이 아니오 이 소보다도 더 깊은 듯 시퍼렇게 보이는 큰 소에 금새 떨어져 들어갈 듯 위태위태하게 보이는 소나무로 덮인 봉오리가 물 속의 제 그림자를 넌지시 굽어보고 있지 아니합니까?

나는 몸을 돌이키고 멈춰 망연히 바라보고 서 있다가

"참 기막힌 절경이로군."

하고 길이 탄식하고 나서

"이게 사곡송애(松崖)라구요? 그럼 저건 무슨 곡이오? 저건 정말 일곡에 들어가야 할 절경인데. 저게 송애(松崖)아니요?"

하고 청년에게 물었으나 청년은 머리를 흔들어 부정하며 걸어갑니다. 나는 마지못해 청년의 뒤를 따라 걸어가면서도 한 걸음에 두 번 씩 돌아보다가 기어코 우뚝 서서 율곡의 착각을 탓했습니다.

"저, 못 잊으시는 모양이군요. 이제야 그 곡만 보셨는데 빨리 가셔야지요."

하고 나를 돌아보며 청년은 갈 길을 재촉합니다.

나는 육곡조협을 향하여 시내를 끼고 줄곧 올라갑니다. 툭 터진 벌판에서 몰아오는 바람도 차거니와 시내 좌우에 서 있는 뼈만 앙상한 오리나무의 그늘이 푸른 물 위에 물이끼처럼 덮여 있는 것을 보니 소름이 끼칠 만큼 온 몸이 추워집니다.

그 시내 옆으로는 준수하고 웅장한 고산의 줄기가 병풍처럼 죽 둘러있는데 산에는 소나무와 잡목이 엉킬 대로 엉켜 있건만 나무하는 사람의 그림자는 영 보이지 아니합니다. 저 숲 속에서는 다람쥐들이 안심을 하고 살고 있겠지 하는 생각을 하며 조협에 이르렀습니다. 넓고 깊은 소호 가운데 가로 세로 뾰족뾰족 나와 있는 바위틈의 찬물 속에서는 적은 고기떼가 추운 줄도 모르고 꼬리를 치며 낯선 손님을 맞이합니다.

　　육곡(六曲)이 어드메고 조협(釣狹)에 물이넓다
　　나와 고기와 뉘야 더욱 즐기는고
　　황야(荒野)에 낙대를 메고 대월귀(帶月歸) 하노라.

하는 율곡의 육곡(六曲)시를 읊조리며 눈을 들어 산을 쳐다보니 빽빽하게 들어서 있는 충충한 나무와 나무 새에서 또한 우뚝 솟아 있는 바위 위에서 만산야복(萬山野腹)의 옷자락을 펄럭이는 옛 선비의 환영이 섬광처럼 내 눈 앞을 지내갑니다.

　눈만이 착각을 일으킴이 아니오 청혜(靑鞋)와 죽장(竹杖)을 끄는 듯한 소리조차 들려오는 듯싶습니다.

　그러나 한창 장년인 율곡의 일에 대한 정력과 용기를 빼앗기까지 한 이산과 물의 아담한 자태가 폭풍을 가슴에 안은 이 나그네의 눈에는 한 보잘 것 없는 존재로 밖에 보이지 않았습니다.

　나는 조협을 버리고 산과 물을 끼고 좀더 올라가서 풍암을 보았습니다. 기형으로 된 바위들 틈틈이 서 있는 것이 전부가 단풍나무인 것으로 보아 청(淸)의 관풍이 얼마나 장할까를 그려보며 신작로 모퉁이를 돌아가는 자동차를 바라보았습니다.

　팔곡의 금탄을 거쳐 구곡의 문산까지 가려면 왕래 사십 리 길을 걸어야 된단 말을 듣고 나는

　"문산의 경은 바로 지금이 제철일 텐데."

하고 중얼거리면서 자동차도 지나가 버리고 인간의 소식이 끊긴 쓸쓸한 신작로를 되돌아보고 발부리를 돌렸습니다.

　얼만큼 걸어오다가는 지름길을 취하여 산길로 들어섰습니다. 내가 이곳에서 가장 놀란 것은 산과 들에 —원시시대의 벌판을 연상시키리 만

큼―얼마든지 쌓여있는 잡목과 잡초의 마른 등걸입니다.
 소나무를 몰래 베다가 산감독에게 들켜서 이랬느니 저랬느니 하는 소문은 어느 곳에나 있는 것이오 아무러한 농촌에서나 산촌에서도 초부초동(樵夫樵童)의 그림자쯤은 흔히 보는 것이며 날이 추워갈수록 가장 위협을 받는 것이 나무 이것만은 이곳에는 그저 눈에 걸리는 것과 발에 밟히는 것이 나무 나무입니다.
 뽀로새나무니 붕나무니 하는 이름조차도 평생 처음 들어보는 이상한 나무가 제일 많았고 산에는 솔잎이 떨어진 채 수북히 쌓여서 길조차 보이지 않을 지경입니다.
 "아니 이 나무를 긁어가지 않고 왜 이렇게 썩게들 내버려둬요?"
하고 힐책하는 듯 물어보는 내 말에
 "그걸 긁어다 뭘 허게요? 그저 쌔고 쌘 게 나문데요."
하고 청년은 픽 웃는 것입니다.
 '너 사는 세상이야 여기하고는 다르지.'
하는 듯한 뜻을 가진 눈으로 욕심이 가득한 내 눈을 바라보면서…….

 율곡의 후손인 이씨는 나를 방 안으로 들어오라 하고 그의 두 자부를 불러서 인사를 시킵니다. 나는 그들과 예를 치른 후 색시 선보러 온 총각이나처럼 소긋하고 앉아 있는 그들의 얼굴을 이리 저리 잽싸게 훑어보았습니다.
 지분(指紛)이 오르지 아니한 그들의 얼굴은 이곳의 공기처럼 맑고 고왔으며 때묻은 무명치마저고리를 입은 그들의 몸맵시는 이곳의 산들처럼 그렇게 우아하였습니다. 가끔 말하는 그 말소리조차 이 앞 시냇물소리 같이 은근하고 부드러움에서 나는 황홀한 눈동자를 굴리지 않을 수 없었습니다.
 이씨가 구곡의 그림을 내어 구경시키고 율곡의 어머니 사임당 신씨의 필적과 율곡의 친필인 경연일기(經筵日記)를 꺼내서 설명하는 동안 한 부인은 시아버님의 명령을 따라 주먹만큼씩 한 홍시감과 귤만큼씩 한 밤을 내왔습니다.

나는 홍옥처럼 투명한 감 한 개를 들어먹으면서 선과(仙果)나 먹는 듯한 과장을 맘속으로 해봤습니다. 다시 밤 한 개를 집으며

"사곡송애(四曲松崖) 저쪽으로 퍽 좋은 경치가 있는데 그건 왜 구곡에 못 들었나요."

하고 아까부터의 질문을 기어코 내뱉고 말았습니다. 이씨는 눈을 둥그렇게 뜨며

"그게 사곡송애지. 너 어디 갔댔니?"

하고 청년을 쳐다봅니다. 나도 무안해하며 부끄러운 듯 서 있는 청년을 쳐다보며

"아니 가기야 거기까지 갔었지요."

하고 말끝을 흐리면서 스스로 내 추측의 정당한 것을 기특하게 여겼습니다. 이때 문득 솔바람소리가 웅 하고 들려옵니다.

"그런데 여기 소나무들은 다른데 소나무보다 별나게 크고 퍼렇고……."

하는 내 말이 끝나기 전에 이씨는

"그게 어디 소나문가? 다 잣나무지."

"네? 잣나무요?"

하고 나는 뛸 듯이 깜짝 놀랐습니다. 시아버니의 영을 따라 젊은 부인은 방긋이 웃고 일어나서 안으로 들어가더니 크나큰 잣송이 하나를 가지고 와서 나를 줍니다. 잣송이야 전에도 더러 봤지만 잣나무는 그림에서만 보았던 터이라 그림으로만 볼 수 있을 줄 알았던 그 잣나무를 참으로 만져 볼 수 잇다는 호기심에서 나는 그들에게 바삐 하직하고 밖에 나와서 달음질로 잣나무 숲 속으로 들어갔습니다.

때마침 겨울— 송백(松柏)의 고절을 자랑할 때는 정히 이때— 하늘을 찌

를 듯이 높이 서 있는 숲 속에서는 아무리 쳐다보아야 아직도 붙어 있는 잣송이 외에 한 조각의 하늘이나마 보이지 않았습니다.

잣나무의 장엄하고 신비로운 찬 그늘에 안겨 끝없는 명상에 잠기고 싶건만 멀찍이 서 있는 청년의 추위할 것을 생각하고, 송백의 산을 되넘어 자동차가 정류할 전방을 향하여 걸어올 수밖에 없었습니다.

유인(儒人)에 대한 한 적은 예라 생각하고 나는 청년에게 한 되의 청주를 들려 이씨에게 보내며 하루의 길벗을 섭섭히 작별하고 때마침 달려오는 해주행 자동차에 올라탔습니다.

자동차 창 밖으로 삼곡취병의 그림같이 고운 자태와 더 멀리 아득하게 보이는— 이제는 수리조합의 저수지에 완전히 그 몸을 잠겨버린 — 일곡 관암과 이곡화암의 자취를 바라보면서 율곡의 구곡시(九曲詩) 중 가장 내가 좋아하는 이곡시(二曲詩)를 읊어 하직을 하였습니다.

　　　이곡(二曲)은 어드메고 화전(花巓)에 춘만(春滿)커다
　　　벽파(碧波)에 꽃을 띄워 야외(野外)로 보내노라.
　　　사람이 승지(勝地)를 모르니 알게 한들 어떠리.

《조선일보》 1933. 11.

신라고도의 경주로

먼저 드리는 말씀

나의 이번 길은 고도순례(古都巡禮)라거나 고도행각(古都行脚)이라는 운치 있고 한가롭고 의미 있는 그러한 이름의 여행이 아닙니다.

어떤 기회에 나의 어려서부터 추억하고 보고 싶어하던 신라고도 경주를 보게 될 때 옛 풍물을 본적이 없던 나의 감겼던 눈은 반짝 띄었습니다. 내 발길은 경주를 떠나되 눈은 오히려 무엇을 찾고 생각은 오히려 무엇을 더듬어 헤매기를 마지않았습니다.

이에 나는 백제의 고도(古都) 부여와 고려의 서울 개성과 고구려의 고도 평양을 마저 찾기로 뜻을 정하고 이리저리 다니는 길에 해주의 수양산을 거쳐 율곡(栗谷)의 유적지인 석담(石潭)의 구곡(九曲)을 밟고 풍산의 정산성(正山城)을 지나 강서(江西)의 고분(古墳)까지 구경할 진귀한 시간을 가질 수 있었습니다.

내 본시 역사가가 아니매 폐허(廢墟)의 쓰린 흔적을 모조리 뒤져 여러분의 답답한 가슴을 풀어드리지 못할 것이오 내 또한 시인이 아니니 심산과 계곡에 묻힌 주옥을 캐어 강호제현(江湖諸賢)께 선물할 노래도 줍지 못하였습니다. 무엇으로서 이렇다 여러분 앞에 내어놓을 자신이 있겠습니까? 제목은 너무도 번화하고 내용은 너무도 보잘 것 없는 것이 오늘의 이 글일 것입니다.

그러나 나는 천 년 전 혹은 몇 백 년 전 고도의 찬란한 문물을 구경만 하고 말기에는 너무도 약아진 현대의 한 여성이며 옛 사람의 남긴 자취를 명산계수(名山溪水)에 찾으면서 한가락 노래로써 옛일을 읊어 지나쳐만 버리고 말기에는 또한 너무도 숙성한 한 청년입니다.

따라서 나의 보는 바가 현대적인 생생한 관찰일 것이며 느끼는 바 역시 실감적인 씩씩한 감상일는지도 모를 것입니다.

그러므로 나는 이번 길에서 모든 것을 보고 가슴에 느껴진 그대로의 감상을 말할 수 있는 자유의 범위 내(範圍內)에서 써보기로 한 것입니다.

장황한 여러 마디의 말씀을 드림으로써 이 기행문을 쓰는 본의가 어디 있다는 것을 말하여 두는 것입니다.

9월 23일 청

경주행 기동차(汽動車)의 대구역 발은 새벽 5시 40분이었습니다.

나는 3시에 깨었습니다. 다시 잠을 들이자니 차 시간에 늦어질 상 싶고 그대로 눈이 말똥말똥해서 누워 있자니 그 시각까지가 너무도 지리한 듯하여 그냥 일어나서 이른 대로 준비를 시작하였습니다.

4시 반이 지나 경주 안내의 책임을 진 K씨가 왔습니다. 나는 작은 가방에 헌 저고리와 자리옷과 먹다가 남은 평양밤 주머니 넣기를 잊지 않았습니다. 그리고 여자에게만 필요한 간단한 장신도구까지 넣으면서는 흰쯔매 에리 상하복에 운동구쓰만으로 나선 K씨를 부러워하였습니다.

잠을 깨지 않은 대구의 새벽거리는 고요하고 깨끗하였습니다. 큰길 오른편에 있는 논에는 머리 숙인 벼가 가느다란 새벽 바람에 물결소리를 내고 있습니다. 산뜻하게 얼굴을 스쳐가는 이른 가을바람만 굳게 입 다문 회색빛 거리에 왕래하고 있습니다.

오늘이 축일이고 내일이 일요일이자 때마침 불찰불○(不察不○)의 첫 가을 날이매 멀지 않은 고도(古都)의 하루를 맛보고자 경쾌한 여장(旅裝)으로 경주를 향하는 일행은 우리뿐만이 아니었습니다.

밀려오는 탐승객들로 하여 발차는 정각보다 십오 분이나 늦어 사람 위에 사람이 첩놓이다시피 들어서고도 승강대에까지 매달렸습니다. 잘 못하다가는 차가 뒤집혀지겠다고 운전차장은 딱한 듯이 말하였습니다.

무더기로 몰려 서서 떠나려는 차를 부러운 듯이 바라보고 서있는 나머지 사람들을 뒤에 두고 우리의 기동차는 뺑 소리를 지르며 떠났습니다.

다행히 한자리를 잡고 앉은 나는 빽빽하게 들어선 사람 틈으로 간신히 고개를 끼웃거리며 차창 밖으로 달려 지나가는 좌우의 풍경을 조박조박 주어봅니다.

밭이랑들이 높직이 죽죽 서 있고 푸성귀들이 탐스럽게 되어 있는 것이 제법 진보된 농사솜씨였습니다.

좌우의 능금밭이 가지가 휘어지게 열어 붙은 빨간 열매들을 휙휙 보이면서 뒤달음질 칩니다. 이것으로 대구가 사과의 명산지라는 것은 알 수는 있거니와 애처로운 것은 지난 여름 그 큰 장마에 부대낀 흔적이 완연히 있어 온몸이 진흙투성이가 되어 가지고 엉성하게 서 있는 것이었습니다.

동촌, 반야월, 청천, 하양 등등의 정거장을 지내면서 그 이름의 고전적이오 시적인 것을 사랑하여 마지않았습니다.

가득히 들어서 있는 사람들도 전부가 경주행객은 아니었든지 여러 정거장을 지나오면서 사람 수효가 훨씬 줄어지고 날이 점점 밝아지니까 차 속도 환해졌습니다. 많은 중년신사들 중에 양장(洋裝)한 미인(美人)들과 연인끼리 끼리나 신혼부부인 듯한 일행들도 눈에 뜨입니다.

기동차인 고로 객석이 전면만을 향하여 있음에 모든 사람들이 다 앞길만 내다보고 앉아 있는 것이 너무도 '우리는 이렇게 가고 있다.' 하는 것을 보이고 있는 것 같아서 좀 우스웠습니다.

그러나 우스운 것은 잠깐이오 이 많은 승객의 우리들만 제외하고는 전부가 일본인뿐인 것에 그윽히 놀랐습니다.

대구 등지에서의 高級サツリマソ은 일본인들 뿐이며 그들만이 조선고도(朝鮮古都)에 대한 애착심이 강하였었음일까요? 가솔린 냄새가 바람결에 풍길 때마다 나는 손수건을 코에 대이고 못 견디어 하였습니다.

멀리 하늘가에 붉은 햇발이 비칩니다. 구름장들도 그 빛에는 못 이기는 듯이 슬슬 밀려나고 우주의 주인공인 태양이 그의 맑고 부드러운 웃음을 산과 들에 흐트러 펼칩니다. 누르러 벼이삭에 엉겼던 이슬과 들판 가을 풀잎에 잠들어있던 물방울들이 반짝반짝 빛나는 눈을 뜹니다.

멀리나 가까이 보이는 산들은 모두가 벗어진 붉은 산이었습니다. 혹 사방공사를 한 곳도 있기는 하나 언제나 저 솔들이 자라서 옛 얼굴 그대로의 청산이 될는지가 아득하게 생각됩니다.

아화(阿火)니 광명이니 하는 불교적 색채를 띤 역명을 읽으면서 경주가 가까웠다는 것을 짐작하였습니다.

가끔 작은 산만큼씩 한 왕릉이라는 것이 나타나는데 여기 따라 한 가지 눈에 띄는 것은 비스듬한 산모퉁이에 있는 벌초하지 않은 평민의 무덤들이라도 그 모양이 우리 것과 달라서 왕릉 비슷하게 평평한 듯 둥그스름하게 큼직큼직한 것이었습니다.

서악역(西岳驛)에서 어떤 일본인이 차창 외 동남쪽으로 보이는 수십 개의 토산을 손가락으로 가리키며 금척릉(金尺陵)이라 말합니다. 나는 그것을 바라봅니다.

  그 날의 도서간(屠西干)도 현명하진 못한 것이
  한자 금척(金尺)을 어디다 못 숨겨서

저리도 대소토릉(大小土陵)이 서른 개나 넘는고.

7시 19분 도착일 것이 8시 5분이나 되어 경주에 닿았습니다. 역 출구에 나오니 고적 안내 해주겠다는 사람 2, 3인이 덤벼 따라옵니다.

우리는 어떤 여관에 들어서 그 집 주인에게 불국사를 다녀서 경주로 와야 구경하기가 편리하다는 말을 듣고 여기서 내린 것을 후회하였습니다.

내가 앉은 곳이 승경(勝景)의 앞이 아니오 좁은 방 안임을 알자 첫새벽부터 차에 흔들린 탓인지 속이 머슥머슥하면서 현기증이 났습니다.

하는 수 없이 조반을 사서 먹고 10시 30분발 기차로 불국사를 향하여 떠났습니다.

뒤에서 끄을더니 앞에서 부르는 듯
이 길도 좇거니와 저 길이 더 바쁘이
이 한 몸 어디로 갈꼬 갈팡질팡 합니다.

불국사와 다보탑

경주역을 떠나 얼마 가지 않아서 멀리 오른편으로 계림과 첨성대가 보이고 월성터도 보입니다. 사진으로만 보고 듣던 첨성대의 바로 저것이 실물인 것을 생각하니 보이지 않아지는 것이 섭섭하였으나 왼편으로 보이는 안압지와 함께 내일의 기쁨이 될 것을 생각하고 머리를 돌려 앞길을 바라보았습니다.

동방역을 지나 불국사역에 도착하니 11시 10분이었습니다. 불국사까지는 여기서도 동북방으로 십리쯤 더 가야하는데 승합자동차가 하루에 몇 번씩 내왕합니다.

우리는 경주에서 두 시간 반이라는 시간을 허비한 잘못으로 모든 릉 중에서 가장 뛰어난 조각물과 장치를 가진 괘릉(掛陵)—라대미술의 정화라는—과 35대 경덕왕 때의 국재 김대성이 불국사의 양탑을 창건할 때에 당나라(백제의 잘못)에서 불러온 석공과 그 젊은 아내와의 쓰린 애화(哀話)를 잠기고 있다는 영지(影池)를 지척에 두고도 못 보고 지나가게 된 것은 물릴 수 없는 큰 유감(遺感)이었습니다.

불국사 앞 넓은 뜰에는 벌써 자동차 5~6대가 행렬 지어 있고 큰 나무 밑에는 떡장사와 엿장사 부인들이 앉아있습니다.

우리는 잠깐 서서 노정을 정하되 불국사를 보고 석굴암으로 올라가 두루 구경한 후 그곳서 자고 새벽기운 서리는 동해와 홍일에 비춰는 석굴불상의 육체미를 감상한 후 바로 내려와 경주에 향하기로 하였습니다.

그러고 보니 나의 행장은 가방과 양(洋)산이오 K씨의 것은 단장 하나뿐이매 가방은 K씨가 들어주기로 할 때 나는 또 한 번 내 몸이 여성인 것을 한(恨)하였습니다.

불국사! 이것이 말로만 듣던 불국사입니다. 나는 정면에서 그의 외관을 바라봅니다. 하계 백운교와 상계 청운교가 중교로 되어 있는 것은 확실히 최고의 미관입니다.

정문인 자하문과 그 오른편 범영루(泛影樓) 그 뒤로 은은히 솟은 본전 등이 그 중교(重橋)로 말미암아 더욱 지고의 미술의 전당처럼 보이는 것입니다.

그 축석의 기이함에는 또다시 감탄하였습니다. 다만 커다란 돌들을 척척 첩놓음만으로서 쌓아진 것이언만……

백운교를 오르면 무장(舞場)이 있습니다. 이것만으로도 당시 사람들의 향락적 기풍을 엿볼 수 있습니다. 또다시 청운교를 밟아 자하문 안에 들어서니 나의 오른편에는 다보탑이오 왼편에는 석가탑입니다.

나는 다보탑 앞에 섰습니다. 30척 그 높이대로 우선 한번 쳐다보고 다시 내려오면서 자세자세 뜯어보았습니다. 나 이제 그 구조는 말하지 못합니다.

그러나 화강석에 새겨있는 조각의 절묘한 수법! 그 의도의 풍부하고 정교함! 그 모양의 복잡하고도 수려함! 아무리 일찍부터 나대미술(羅代美術)의 제일우품이고 동양불계의 유일기물(唯一奇物)이라고 이름이 날렸으나 막상 앞에 놓고 보니 과연 그 당시 기술자의 그 신비한 솜씨를 감탄치 않을 수 없습니다.

이러한 경천(驚天)할 재주로써 남긴 것이 겨우 이것뿐이었을까? 좀더 민중적인 어떤 건물을 남길 욕심은 없었던 것일까? 미술가나 예술가의 그 재예(才藝)를 어떤 최고계급(最高階級)이 독점하고 있는 것은 천년 전 신라(新羅)나 현대와의 공통된 사실입니다.

그 누가 그 뛰어난 조각가의 이름을 기억이나 하고 있으며 당시 재상의 김대성(金大成) 이름 외에 이 기물을 조작한 석공의 이름을 뉘라서 한 번 구전(口傳)이나 해보았습니까? 나대문물(羅代文物)을 탄상(嘆賞)하는 자 한 석공의 수십 년의 피땀의 공을 생각이나 하여봅니까? 기예

개인적으로 풍유한 기예(技藝)를 자유로 사용하지 못하고 오직 어떤 지배하(支配下)에서 이러한 길품(傑品)을 제작하여 그 시대문화의 수준을 올려주기에 일생을 바친 그들을 거룩하고 위대하다고나 칭찬할까요?

석가탑과 석사자

나는 다시 석가탑 앞에 섰습니다. 넓은 돌장을 척척 쌓아놓은 삼층탑의 그 장관에 또 한 번 놀랐습니다. 전설은 다보탑을 유영탑(有影塔)이라, 석가탑을 무영탑이라 일컫는다 합니다.

나는 대웅전 안에 들어섰습니다. 먼저 황홀한 천장을 쳐다보고 다음 찬란한 사수벽(四手壁)을 둘러보고 나서 비로자나불의 진좌한 좌상을 보았습

니다. 그 면상의 표정과 제작의 수법이 웅려(雄麗)하고도 우아합니다.

대웅전을 나와서 이제는 하나만 남았다는 석사자(石獅子)를 보았습니다. 생물의 실물묘사가 아니고는 이렇듯 정밀하고 기묘할 수가 없음에 그 시대에 사자가 있었다는 것을 짐작한다 합니다.

살린 대로 놓고 묘사하였는지 죽여 놓고 본을 떴는지 내 모르거니와 이런 미술품을 남기기에 그 몸을 죽인 사자(獅子)나 이것을 제작 조각한 그 석공이 하나는 짐승이오 하나는 사람이로되 그 시대의 미술적 상아탑의 한 초석이 되어준 것에는 꼭 같은 신세의 몸이 아니오리까?

석등의 진기함도 기리고 지나면서 최근에 바다를 건너왔다는 후면에 있는 사리탑(舍利塔)을 보았습니다. 위축전(爲祝殿) 앞에는 범영루(泛影樓)가 있고 그 아래로는 승방들이 둘러 있습니다. 이 범영루와 자하문은 임란 이후에 그전 자리에 다시 지은 것이라 하는데 범영루의 하층 축석의 솜씨를 보고 외국인들이 혀를 감으며 절찬한다 합니다.

이 불국사는 23대 법흥왕 22년에 처음으로 창건하였고 35대 경덕왕 10년에 당시 명상(名相) 김대성(金大成)이 자기의 빈모(貧母)를 위하여 중수(重修)하였다 합니다.

고고학과 미학을 연구하지 못한 나의 눈에 비친 모든 유적은 심히 불행합니다. 적당한 평가를 얻지 못하는 까닭이겠지요.

그러나 이미 그 이름이 널리 세계에 높이 알려지고 있는 경주인 만큼 나같은 과객이야 있든 없든 당대에 그 이름이 빛나지라 빌고 몸을 돌리니 불국사 전체를 답봇이 안아주고 있는 송림이 문득 섭섭한 소리를 냅니다.

고개를 돌려 다시 바라보니 가을바람은 소나무를 흔들고 소나무는 다시 가을소리를 내며 옛터의 가을이 깊어간다는 것을 알려줍니다.

다보고 나니 어쩐지 마음이 서운합니다. 가벼운 듯 무겁고 반가운 듯 쓸쓸한 것이 지금의 나의 심경입니다.

백운 청운의 다리를 밟아 올라가던 때와 칠보(七寶), 연화(蓮花)의 다리를 밟고 내려오던 때와의 회포는 좀 달라졌다는 것을 나 자신도 집어내어 표현할 수가 없습니다.

나는 나무 밑에 앉아서 우리 오기를 기다리고 있는 떡장사와 엿장사 부인들에게 가서 우리의 점심준비로 여러 가지 떡과 엿을 조금씩 사 가졌습니다.

> 다보탑 석가탑이 저리도 수려할 시
> 몸은 여기 있고 생각은 예로 도네
> 이 보배 지어내신 이 그 이름이 누군고.
>
> 지나는 길손마다 옛 솜씨만 기리고서
> 돌아서 그대들은 하는 일이 무엇인고
> 솔숲이 소리를 내어 비웃으며 놀더라.

석굴암 올라가는 길에

우리는 석굴암을 향하여 올라갑니다. 신작로처럼 평탄한 길이 토함산 록을 굽이굽이 감고 돌아 있습니다.

첫 가을이라지마는 아직도 뜨거운 볕이 여름티를 벗지 못하여 양산도 받지 못 한데다가 가방까지 들고 가는 K씨는 땀을 뻘뻘 흘리면서 맥고모자를 벗어 훨훨 부채질하며 잠깐 숨을 돌립니다.

나는 자신이 옛날의 한 왕자나 된 듯이 경주의 산세와 지형을 살펴보았습니다. 멀리 보이는 산줄기들이 아득하게는 보일망정 강하게 된 것이라든지 지역이 광활하여 넓고 넓은 야원을 통할하여 있는 것 등등이 족히 왕도의 기상이 보입니다. 그러기에 신라의 경주만이 992년의 천년 고도로서 시종일관하지 않았던가를 생각하여봅니다.

우리와 같이 동행되어 바로 불국사로 왔던 일행들은 벌써 석굴암 구경을 마치고 내려옵니다. 상봉에서 내려오는 굽이진 길목 길목에 그들의 모양이 보이고 4~5인의 청년들은 경쾌한 발걸음으로 우리 앞을 지나가며 나의 무거운 보조를 곁눈질하여 비웃는 듯합니다.

그들은 그들 자신이 바로 몇 시간 전에 이러한 발걸음으로 경사의 이 길을 올라가던 생각을 잊어버린 모양입니다.

올라갈수록 골이 깊고 산림이 무성합니다. 이제는 길이 없나하면 다시 한길이 임곡에서 생겨나 한 모퉁이를 돌아 있고 그 모퉁이를 돌아가면 다시 한길이 보이어 골과 길이 끊이지 않고 이어 있습니다.

길따라 오르고 올라가면서 나는 이 길을 만들어 놓게 한 석굴암의 석불의 매력을 생각합니다.

아침에 보던 양장미인들도 잦은 걸음으로 파닥파닥 내려오면서 우리를 힐끗 보고 지나갑니다. 노년의 일인 신사가 들 것처럼 된 교의에 앉고 두 사람이 앞뒤에서 채를 메고 내려옵니다.

그가 고고학자라는 말을 듣고 다시금 돌아보매 넉넉히 걸음직도 한 노쇠의 정도인 것을 알자 설명을 길게 요하지 않고 두말 없이 그는 자격 없는 고고학자라고 인정하여 버렸습니다.

상봉(上峰)에 가까울수록 경개는 극가(極佳)합니다. 쳐다보면 기봉(奇峰)이요 굽어보니 유곡인데 봉마다 골마다 숲이 우거져 검푸른 구름이 떨기떨기 층층이 피어 있는 듯 늦은 가을에 단풍이 얼마나 곱게들 것을 상상하고 내 길이 너무나 이른 것을 한(恨)하였습니다.

길바닥은 흙이 아니오 포근포근한 모래바탕이라 발에 밟히는 촉감이 극히 부드럽고 정답습니다. 만일 나 혼자라면 반드시 발을 벗고 맨발로 뛰어올라갈 것을……

산정에 올라섰습니다. 거칠 것 없는 데서 불어오는 시원한 바람이 먼저 우리를 맞아줍니다. 안계(眼界)는 툭 터져 넓어졌습니다.

동편 하늘 끝 닿은 데가 시퍼렇게 보입니다.

아니 저게 무엇입니까? 바다입니까? 물입니까? 나는 시퍼런 하늘인 줄만 알았더니 오! 오! 저게 동해입니다 그려. 자세히 보니 정녕코 창해(滄海)입니다.

그 하늘 나직이 덩이져 있는 흰구름에까지 푸른 영기(靈氣)가 스며들 듯한 동해의 푸른 물입니다. 아! 아! 저 만대불변(萬代不變)의 장엄한 흐름! 인간 길 끊어지고 세사가 뒤집혀도 흐르는 길 멈출 줄 모르며 흐르고 흐르고만 있는 저 동해의 창파! 예부터 이 길을 걸어가던 모든 사람들을 얼마나 많이 울게 하고 느끼게 하였으랴만 오늘 이 동해를 바리보는 내 마음까지를 이다지 몹시 치고 흔들 줄이야……

어디로선지 흰 돛대가 나비와 같이 떠돌아듭니다. 곁에 선 K씨가 좋다고 소리칩니다. 동해를 바라보며 신비의 꿈을 꾸는 듯하던 나의 생각은 흰 돛대를 보자 훌쩍 꿈에서 물러났습니다.

저곳도 역시 인간의 발길이 가는 한 개의 바다세상입니다. 세상이매 사람의 손길이 저 물결을 뒤지며 머리를 찾습니다. 옳다 사람아! 네가 대자연(大自然)의 주인공인저!

노화릉과 석불

석굴암에 이르렀습니다. 참배요금(參拜料金)으로 금 10전을 내어놓을 때 문득 불쾌감이 들었습니다.

대자대비(大慈大悲)의 석가세존의 광대무량한 법열을 앙모(仰慕)하여 석불이나마 배관(拜觀)하려는 중생에게 그 보이는 값으로 정가 10전을 붙여놓은 것은 그 본의야 물론 고적보존(古蹟保存)에 있다하거니와 그 수단은 졸렬하다고 생각하였습니다.

그러나 어찌 생각하면 상품시대인 현대에 있어서는 그것이 가장 지당한 행동일는지도 모를 것입니다.

먼저 암전영천(庵前靈泉)에서 세수를 하고 영천수(靈泉水) 한 그릇을 들이키고 나니 나 바야흐로 속세진애(俗世塵埃)를 털고 정토(淨土)의 감로수를 마신 선객이 아닌가 싶습니다.

석굴암은 갈대꽃으로 하얗게 뒤덮였습니다. 다른 꽃이 아니오 청정한 노화인 것에 더 맘이 끌렸습니다. 노화릉(蘆花陵)(나는 석굴암을 이렇게 불렀습니다)의 갈꽃을 바라보며 층계를 올라가니 왼편에서 들리는 가느다란 폭포와 같이 줄기차게 떨어지는 그 물소리! 우선 정신이 쇄락합니다.

> 발감기 풀은 후에 영천에 몸을 씻고
> 노화릉 바라보며 층계층계 올라가니
> 물소리 품안에 들어 가슴마저 차(冷)구나.

이 석굴암도 35대 경덕왕 때에 김대성의 발원으로 지은 것이라는데 전부 화강석으로만 되었습니다.

입구에 있는 금강력사(金剛力士)와 팔부신가(八部神家)의 제상을 슬쩍 보고 굴 안에 들어서자 우선 놀란 것은 이것 역시 큰돌을 척척 쌓아올려서 만들어진 것입니다.

입구 맨 처음에는 사천왕이 발 밑에 악마를 짓밟고 서있으며 즉―둘러 있는 벽에는 사보살(四菩薩), 십라한(十羅漢), 십일면관음(十一面觀音)의 반육상(半肉像)이 새겨 있고 중앙연화대(中央蓮花臺) 위에는 한길 넘는 석가여래(釋迦如來)의 좌상이 있습니다.

그 모든 가구(架構)와 조각의 정묘우미(精妙優美)함을 칭찬하기에는 내 입이 이미 피곤하였으니 이루 말할 수 없거니와 관세음의 조촐하고 단아한 입상에는 푸른 이끼가 끼어 엷은 청의(靑衣)를 걸치고 있는 듯이 더욱 아름답게 보입니다.

나는 석불의 전후좌우를 돌아가며 사면에서 자세자세 훑어보았습니다. 그러나 모를 것은 그 솜씨입니다. 그렇게 큰돌을 쇠끝으로만 쪼아서 만든 것이 뼈 위에 붙은 살부피처럼 그 건강미와 육체미와 곡선미가 어쩌면 그다지도 산 인육의 그것과도 같은지 몇 번이나 만져 보아도 선뜻한 돌이기는할지언정 오동포동한 살이 주먹 안에 들 듯싶게 탄력이 있어 보입니다.

날씨가 좋은 날에는 동해가에 홍일이 떠올라 이 석굴에 비추면 석상에도 햇살의 혈관이 돌아 흡사(恰似)이 육색(肉色)의 담홍색 빛을 발한다 합니다. (그것을 보려고 별렸던 희망은 투숙할 곳이 없어 깨어지고 말았다.)

궁륭 천정에는 광배(光背)가 붙어있는데 굴 안에 가득 들어선 사람들은 광배와 석불을 가리키며 무어라고 지껄입니다.

나는 석불의 꼭 다문 입과 붙인 듯이 감은 두 눈을 쳐다보며 이러한 공상을 하여봅니다.

'몇 백 년이나 감았던 저 눈을 한 번 크게 부릅뜨면 그 광채가 어디까지 뻗칠까? 동해의 물결도 그 빛기운에 부글부글 끓지 않으리 몇 세기를 다물었던 저 입을 벌려 이 거대한 몸둥이가 녹아지도록 큰 소리를 한 번 지르면 소리가 어디까지 미칠까? 이 땅 덩어리가 발딱 뒤집혀지지나 않을까? 아하 어리석은 자여! 실현 못할 공상을 하지 말고 오직 49년이라는 긴 세월을 허비하여 많은 사람들의 심혈을 짜낸 혈정으로 지어진 이 석굴암과 석불에게 축복이나 하라.'

부질없는 생각에 얼굴을 스스로 붉히며 석굴을 나와 노화릉(蘆花陵) 뒤쪽으로 돌아올라 갔습니다. 우리는 좋은 자리를 잡고 앉아서 가져온 떡으로 요기를 하였습니다.

　　　한나절 기울도록 두루 보고 얻은 것이
　　　마음은 찼거니와 배는 상기 고픈 것을
　　　인절미 두개 먹고 나니 새 기운이 나는구료.

알영정(閼英井)과 나정(蘿井)

비지땀을 흘리며 올라오던 길을 파닥거리고 내려갈 때는 퍽이나 유쾌할 줄 알았더니 동해를 내버리고 돌아오매 뒤가 못 잊히어 머뭇거림인지 기꺼 발걸음이 옮겨지지 아니합니다.

그러나 가고야 말 길임에 굽이진 길을 다시금 돌아 내려옵니다. 누군가 뒷덜미를 밀어치는 듯 쫓기어 오는 사람처럼 저절로 발걸음이 잦아만 지는 것은 결코 경쾌한 발걸음이냐고 할 수는 없는 것입니다.

저녁으로라도 경주로 가려하였으나 '이왕 여관의 하룻밤일진대 불국사에서나' 하는 심산으로 다보여관에서 가방을 풀고 저녁을 먹었습니다.

상 위에 오징어젓과 전복장조림이 놓여있는 것을 보아 어항인 포항이 가까이 있다는 것을 알 수가 있습니다.

어두컴컴한 길을 더듬어 나는 누가 불러나 대는 듯이 불국사 안뜰까지 쏜살같이 올라갔습니다. 그러나 그곳에는 아무도 없고 솔바람만 술술 소리내는 텅 빈 빈 절 마당이었습니다.

누가 나를 불러왔던가 옳거니 저 다보탑과 석가탑이었습니다. 그러나 그들은 아무 말이 없습니다. 그뿐이리까? 그들의 정묘수려(精妙秀麗)란 얼굴까지 감추고 괴물처럼 서 있어 오직 내게 무서움만 줍니다.

(이 순간 느낀 감상은 '빛을 그리는 마음'이라는 제목의 소품문으로서 《신가정》지 2월호에 기고하였기에 여기서는 생략한다.)

쪽달이 검은 숲 속으로 떨어지는 것을 보고 빛 없는 밤길을 헤매이다가 돌아와 자리에 누우니 시계는 10시 10분! 내일의 기쁨을 안고 꿈나라로 듭니다.

오전 9시 27분에 불국사역을 떠나 10시 3분에 경주역에 도착하였습니다.

보행으로써는 도저히 몇 시간 내에 여러 곳의 유적을 답파(踏破)치 못할 것을 알고 우리는 2원 50전을 내어 한 시간 동안 자동차 한 대를 샀습니다.

우리는 자동차로 큰길을 달립니다. 이 길 이 거리 그 어느 곳에 옛사람의 발길이 닿지 않은 곳이 있으리까마는 소위 고적을 순례한다는 자로서 발을 걷어올리고 먼지를 휘날리며 현대적 수레바퀴를 달린다는 것이 도리에는 당치 않으나 이렇게 지나치며라도 보고나 가면 그래도 고도에 대한 정이야 얼만큼 풀리지 않으리까?

나정(蘿井)이 보입니다. 저 양산(楊山) 허리 나정에서 신라 시조 박혁거세가 알에서 나왔다는 전설의 솔숲입니다.

신라의 전신은 이씨의 알천양산촌(閼川楊山村), 최씨의 돌산고허촌(突山高虛村), 손씨(孫氏)의 무산대수촌, 설씨의 명활산고야촌(明活山高耶村), 정씨(鄭氏)의 취산진지촌 배씨(裵氏)의 금산가리촌(金山加利村) 등등의 육촌이었습니다.

외족(外族)의 침입으로 평화의 꿈을 깨지게 되는 그들이 영주를 구하여 마지않을 때 고허촌장(高墟村長) 소벌공(蘇伐公)이 자기가 일찍 나정(蘿井)에서 데려간 길은 박농(朴童)의 왕자의 기상이 있음을 소개하고 추중하여 그들의 임금으로 맞았다 합니다.

신라는 본시 서벌, 서라벌, 서야벌, 사허, 설라 등의 이름이 있었는데 22대 지증왕 4년에 신은 '덕업이 날마다 새롭게'라는 '사해신라'라는 뜻으로 국호를 신라라 하였다 합니다. 경주 역시 사허니 서라벌이니의 이름을 가졌다가 고려에 항한 후 경주라 하였고 후에 동경이니 계림부니 낙랑부니 하다가 조선 태종 때 다시 경주라 하였다 합니다.

우리 자동차의 운전수는 사람이 좋아 보이는 일본인이었습니다. 그는 나정의 전설을 신이 나서 말하다가 오른편 울창(右便鬱蒼)한 송림을 가리키며 오릉(五陵)이라 하고 이어 일영정(일英井)이 그 옆에 있다고 말합니다.

사릉(蛇陵)이라는 오릉을 바라만 보고 지나치려든 나는 알영정이란 말을 듣자 정차(停車)하기를 청하여 솔숲 속으로 걸어들어 갔습니다.

포석정과 경애왕

이 알영정은 박혁거세의 왕비 알영 부인의 난 곳이라 하는데 자세한 전설은 말하지 않거니와 우물이던 흔적만 남기고는 지금에 토석으로 함부로 매워버린 그 자취를 보고 지난 일의 덧없음을 다시금 느끼면서 오릉의 토분을 바라봅니다.

그 안에는 시조 왕릉과 왕비릉과 이세 남해왕 삼세 유리왕 오세 파사왕 등의 토릉이 있는데다 박씨 왕으로서 그 제전(祭殿)은 능 남(南)쪽에 있는 숭덕전(崇德殿)이라 하나 길이 바쁘매 들어가지는 못하고 지나만 가고 말았습니다.

포석리에 다다랐습니다. 우선 그 맑은 물소리를 듣고 바위에서 솟는 듯한 옥수같은 물빛을 보니 가슴이 시원하여 이 근방에서는 얻어보기 어려운 수석인가 합니다. 포석정이라 하나 이곳에 정각(亭閣)이 었었다는 것을 겨우 알려주는 초석(礎石)만 여기저기 보일 뿐으로 다만 담장 안에 곡수유상(曲水流觴)하던 자취의 석가만 남아 있습니다.

돌을 끌어다 만든 것인데 포형(鮑形)인지 운형(雲形)인지 세칭 포(世稱 鮑)라 하니 포형인 듯하나 자세히 보면 굴곡의 아름다운 곡선미가 구름 모양인 듯도 합니다.

여기다가 물을 부어 흐르게 하고 흐름 위에 잔 가득히 채운 술잔을 띄우면 술잔은 곡선이 된 구비진 골을 흐르는 듯 되오는 듯 흘러가 다음 사람에게 닿고 그 곳에서는 그 술을 마시고 또 술을 부어 다음으로 띄워 보내는데 그냥 술만 먹는 것이 아니라 상류의 술잔이 닿을 동안에 글귀를 생각하여 먼저의 글귀를 채우고 하류의 사람들도 다시 그대로 행하여 기,

승, 전, 결로써 술잔이 한 번 흐름을 도는 동안 시가 일 수(詩歌一首)를 짓는다 합니다.

곡수유상(曲水流觴)의 풍(風)은 당(唐)에서 흘러 들어왔다 하거니와 나는 여기서 일종의 분노를 느끼게 됩니다.

    백성은 피땀 흘려 국고를 채울 동안
    임금은 재상들과 술놀이만 하였구나.
    나라가 이러고서야 아니 망할 수 있더냐.

    이름은 그 좋구나 작시를 위함인데
    술먹기 지리하여 시 짓는다 핑곈 것이
    포석정 나대시인이 누구누구이더냐.

석굴암과 석불을 49년이라는 긴 세월에 지었다는 것을 웃었던 나는 이 자리에서 이 석거(石渠)를 짓밟고 싶은 충동이 일어납니다. 49년이라는 긴 세월을 허비하여서라도 오늘에 남김이 있어 당대문화의 위관(偉觀)을 보여줌에는 오히려 일종의 경의를 표할 수 있거니와 이러한 퇴폐적 유흥적지는 당시 지배계급이 어떻게 하여야 시간과 부를 가장 많이 재미있게 낭비할 수 있을까를 연구하고 생각해 냈다는 그것을 보여주든 것 외에 아무런 문화적 공헌이 없는 것입니다.

초석을 둘러보니 정각(亭閣)의 규모가 과연 큽니다. 이궁이 있지 않았는지도 모릅니다. 언덕과 송림이 군데군데 이어 있는 것으로 보아 유연(遊宴)할 집들이 많이 있었던 것은 사실입니다.

그렇다면 이 놓은 놀이터에 있는 후정(候亭) 저 석거(石渠)에 물을 부어 흘림이 아니오 백미로 빚은 청주를 부어서 곡수유상(曲水流觴)을 하였다는 것을 누가 부인할 자신이 있겠습니까?

희(噫)! 예부터 양자(樣子) 그대로 있는 저 남산은 말이 없어 잠잠히 서 있건만 역사는 거짓이 없어 55대 경애왕이 그의 질탕한 놀이터 이 포석정에서 곡수유상을 하는 중에 그 몸을 잡혀 나라와 백성을 망쳐버리고 말았다는 것을 뚜렷이 보여줍니다.

갑주 떨쳐 입고 말 위에 높이 앉아
칼 든 채 낙명(落命)해도 그 이름이 쓸쓸커든
취하여 잡히었다니 추하기도 한지고.

계림과 첨성대

우리의 자동차는 오던 길을 되돌아서 계림으로 향합니다. 달리는 길에서 저 이름 놓은 각간(角干)이오 장군인 김경신(金庚信) 저택이었다는 황폐한 집터를 바라보며 위명(威名)이 사해(四海)에 떨치던 김장군의 당시의 영화를 추상해봅니다.

유명한 계림(鷄林)입니다. 시림(始林)이라는 계림! 정다운 이름입니다. 썩어진 나무등걸 두세 그루가 없었던들 이 숲이 천년 전의 숲이라는 것을 짐작도 할 수 없는 한 작은 나무숲입니다. 고목등걸인들 하그리 오래야 된 것이리까만은······.

멀리서 보기에는 깊은 숲인 듯 하더니 걸어들어 가매 하늘이 너무도 많이 보여서 옛날 김알지(金閼智)를 알리던 백계(白鷄)의 울음소리가 어디쯤에서 났을 듯한 것을 가상할 수도 없습니다. 지금도 규목(槻木) 괴목(槐木) 정목(楨木) 등이 울창하기는 합니다만은······.

첨성대(瞻星臺)! 이것이 첨성대이던가? 평생을 만나지 못하리라 단념하였던 님을 뵈온 듯 하도 신기하여 다시금 쳐다봅니다.

바른 대로 말하면 신라의 모든 유적 중에서 가장 내 맘을 끌고 또한 나의 총애(寵愛)를 아낌없이 받은 것은 이 첨성대입니다. 그 이유는 이러합니다.

첫째, 동양 최고의 천문대로서 종교적이나 오락적(娛樂的)이 아닌 순과학적(純科學的) 유물인 것.

둘째, 조선사(朝鮮史)에 있어 신라왕실에만 있었던 세 여왕 중 모든 역대 왕 중에서도 가장 뛰어나게 영특하던 선덕여왕 때 지어진 민중적 유물인 것.

셋째, 그 모양이 극히 소박하여 다보탑같이 빼어난 맵시가 아니오 촌가 처녀같이 탐스럽고 숫된 기질인 것.

과연 놀랄 수밖에 없습니다. 그 외관은 삼십 척의 키로서 밑은 굵다가 차차로 좁게 올라가 최상단에 정자형(井字形) 사각을 놓았을 뿐으로 안에서 상단까지 올라가는 층계가 있다합니다.

그러나 그 구조에 있어 우수함은 말할 수 없거니와 돌 위에 돌만 척척 놓아서 27단이나 쌓아진 것! 문명의 최고봉이라는 현대에서도 시멘트 풀칠이 아니면 돌담하나 쌓지 못하건만 저 모양 저대로 천년 풍우에 그 기상 그대로 서있는 이 첨성대에게야 있는 대로의 찬사를 드린들 아까울 게 있사오리까?

더구나 이것이 천후(天候) 의 청담을 알고 구름과 바람의 행방을 분별하여 창공성좌(蒼空星座)의 위치를 살펴본다는 천문대임에리까? 나는 선덕여왕의 그때 심경을 대신하여 읊어봅니다.

  정성 곧 지극하면 하늘 일도 알 것이
  비바람 고로 잡아 알진 곡식 거두리다
  이 나라 백성들에게 복된 살림 주소서.

제왕(諸王)은 꿈에도 상상 못하던 천문대가 이 시대에 된 것을 고찬함으로써 여성을 업신여기는 모든 남성을 징계하고 싶습니다.

삼국사기 찬자가 왕실에 여왕 있음을 평하여 말하되

"신라가 여자를 왕위에 있게 한 것은 이 바야흐로 난세인 까닭이니 나라가 망하지 않음이 다행이라."

하였다니 이 사람의 막힌 생각과 유교주의의 망단(妄斷)을 통탄하지 않을 수 없습니다.

선덕여왕의 탁월한 선견지명과 현명한 정치이며 인격적 미풍을 열거함보다 그것을 부인하는 자 누구나 다 와서 이 첨성대를 보소서 하겠습니다.

일월 제 성신(諸星辰)을 신으로만 여겼더니
비구름 바람까지 첨성대가 보살피네
장할사 이대(臺) 쌓은 이 그 이름이 누군고

임해전의 안압지로

우리는 월성(月城)을 향합니다. 월성 입구에는 봉두흑면(蓬頭黑面)의 부인들이 앉아서 흙 묻은 고기(古器)를 사가라고 소리합니다.

월성은 그리 큰 궁터는 아닙니다. 신라 왕성에는 월성, 명활성, 남산성 등이 있는데 삼국사기에는 1대 혁거세 21년에 금성(쇠블)을 쌓고 5대 파사왕 22년 춘2월에 이 월성을 쌓아 추7월에 이궁(移宮)하고 20내 사비왕 16년 추7월에 명활성을 쌓고 24대 진흥왕 15년에 동성을 수축(修築)하였으며 26대 진평왕 13년 추7월에 남산성을 쌓았다고 써있습니다.

그러면 이 반월성은 5대부터 19대까지 오랜 세월의 궁성(宮城)이었던 듯한데 옛날에는 석성이라 하고 지금은 한 토성에 불과합니다.

일국지고(一國至高)의 권(權)을 잡은 왕궁이 있던 터이니 이 속에 열리었던 한때의 극한 영화의 꿈인들 오죽이나 길었으리까마는 지금의 그 꿈의 자취란 흙 속에서 여기저기 보이는 초석인 듯 한 것만 남겨놓고 옛터에 새 잔디 파랗게 났다가 그나마 가을바람에 시들어지려 합니다. 석빙고를 봅니다. 이것이 궁성일우(宮城一隅)에 있는 것으로 보아 삼복염천(三伏炎天)에 겨울맛을 그리는 임금의 서퇴(暑退)를 위하여 얼음을 비장(秘藏)하던 빙고(氷庫)인 것을 알 수 있습니다.

삼국유사에는 유리왕 때 만든 것이라고 하고 사기(史記)에는 지증왕 때의 말도 있으니 좌우간 극히 오랜 세월의 사명을 다하던 빙고인데 이것 역시 돌만을 척척 쌓아서 조작한 솜씨에 또다시 놀랄 수밖에 없습니다.

몇 백 년 전 얼음이 아직까지 남아 있어 녹아 떨어지는 물방울인 듯 담벼락에서 물이 줄줄 흐릅니다.

옛날에는 뜨거운 여름날에 심동(深冬)맛을 보는 특전을 임금만이 가졌던 것인데 오늘에 그 후손인 우리는 돈 한푼이면 누구든지 언제나 삼복에 얼음맛을 볼 수 있는 것을 생각하면 그때 사람들보다 우리가 더 행복된 셈인가하고 철없는 생각까지 하여봅니다.

이제 차창으로 지나며보던 안압지입니다. 신라의 극성시대(極盛時代)에 건축하였던 임해전 궁궐(臨海殿 宮闕) 안에 있었던 대지(大地)인데 30세 문무왕이 삼국통일의 기념으로 14년 2월에 못을 파고 석산(石山)을 쌓아 만든 것이라 합니다. 이 못의 형상은 반도형을 본떠 만들었고 무산십이봉(武山十二峯)을 흉내내어 산을 만들어 기화이초(奇花異草)을 심고 진금기수(珍禽奇獸)를 길들였다 하며 못 가운데는 섬이 있어 석교(石橋)를 놓았더라 합니다. 그리고 이 주위(周圍)에 둘러놓았던 기암괴석도 다 동해○(원문대로)에서 가져다 놓은 것이라 하니 이만하면 이 임해전정원(臨海殿庭園)이 얼마나 화미(華美)의 극치를 보이고 있었던 것을 상상할 수 있습니다.

지극한 영화를 날로 날로 누리던 임해전지(臨海殿址)를 안압지(雁鴨池) 편으로 바라봅니다. 그러나 화려한 꿈만 빚어내던 곳만은 아닙니다. 당나라와의 비장한 국교단절(國交斷絶)의 결의도 저곳에서 하였고 경애왕의 자진 (自盡)도 저곳에서, 멋모르는 신라의 마지막 왕 경순왕이 고려 태조 왕건을 대대적으로 환영하여 잔치를 날마다 벌이던 곳도 저곳입니다. 어리석었던 경순왕을 생각하자 나는 나의 여학교 시대에 역사선생이 경순왕을 말할 때마다 박경순 왕이라 부르며 나를 놀리던 생각이 새삼스럽게 납니다. (편저자 : 박경순은 박화성의 본명)

지금은 그 궁궐자리가 농토로 화하여 누르러 가는 머리 숙인 벼가 황금 물결을 치고 있으며 안압지는 관개용의 저수지로 되어 있어 지나는 사람에게 인간 길의 무상함을 느끼게 한다하나 나는 이 안압지의 사명이 오히려 그 때보다도 더 고가(高價)의 것인 것을 생각하며 지나갑니다.

황룡사(皇龍寺)! 저 유명한 솔거(率居)의 노송벽화(老松壁畵)도 어려서부터 익히 듣던 황룡사입니다. 그러나 지금은 터만 남아 있고 신라 삼보(三寶)의 일(一)이라는 구층탑이 있던 자리도 초석만 남았을 뿐입니다.

대개 조선에 불교가 수입되기는 고구려에 맨 처음이오 13년 후 백제에 수입되었고 신라에는 백제보다도 30년 후 19대 눌지마립간시(訥祗麻立干時)에 고구려로부터 수입되었다고 전하는데, 이 황룡사는 불교가 가장 융성하였던 24대 진흥왕 때에 건축된 것이라 하며 저 이름 있는 화랑의 제(制)도 이 때부터라 합니다.

그리고 저 임해전으로부터 황룡사까지 긴 낭하로 연하여 있었다함이 참인지는 모르나 당시에 우심하였던 향락적 기분으로 보아 또한 부인하기도 어려운 사실인가 합니다.

분황사 삼층탑만 보고 소금강 백율사를 그냥 지나쳐

분황사는 황룡사지 바로 북편에 있는 당대 거찰의 하나로서 선덕여왕 3년에 창건한 것이라 하는데 그 삼층탑의 구조와 석재는 보던 가운데서 가장 이채 있는 것입니다.

　탑의 기반은 화강석이오 상부의 축탑은 흡사 지금의 벽돌모양으로 된 갈흑색의 안산암(安山岩)인데 근본은 구층탑이라던 것이 현재는 삼층밖에 남지 않았다 합니다.

　동경잡기(東京雜記)에는 분황사탑이 신라 삼보(三寶)의 일(一)이라 하였으나 내가 알기에는 황룡사에 있던 구층탑이 아니었던가 생각합니다. 그러나 이 삼층탑 초층(初層)에 새겨진 금강역사(金剛力士)의 양각의 솜씨라든지 용산암(容山岩)같은 작은 돌멩이로 저렇듯 기이하게 쌓아올린 기술을 보면 이것이 삼보의 하나가 아닐까도 생각됩니다. (편저자 : 앞에서는 安山岩, 뒤에서는 容山岩이라고 되어 있음)

　이 탑에 대한 애틋한 이야기가 있습니다. 신라가 망한 후 같이 미관(美觀)을 자랑하던 많은 건물과 즐비하던 민호들이 없어진 후 삼층탑은 쓸쓸함을 이기지 못하여 동복형제인 첨성대와 밤이면 안압지 가에서 서로 만나 쓰린 정회를 주고받았다 합니다.

　이로써 삼층탑은 첨성대 있는 서남쪽으로 첨성대는 탑 있는 동북쪽으로 서로서로 기울어져 있다합니다.

　필요상 혹 그렇게 기울어지게 만들어진 것을 보고 만들어낸 사람들의 트집 얘기이거니와 당시 사람들의 말로서는 정서적이오 애상적인 그럴듯한 전설이 아닙니까?

　분황사 안에는 약사동상(藥師銅像)이 있는데 모든 불상 중에서 역시 이채를 발하는 것입니다. 석사자(石獅子) 역시 기물임을 자랑하고 있습니다.

　우리는 다시 자동차에 올랐습니다. 약속의 한 시간은 이미 때를 넘어 두 시간 동안이나 되었습니다. 그러나 긴 시간은 결코 아닙니다. 짧은 두 시간에 몇 백 년의 역사를, 잠기고 있는 그 모든 유적을 추려 보고 말았다니 소위 현대적 최고 스피드식 순례입니다.

　이제 우리는 최후의 구경거리로 정한 박물관으로 가지 않으면 아니 됩니다. 길이 바쁜 나그네의 일이매 반드시 보아야만 백율사(栢栗寺)를 못 보고 지나치는 한이 큽니다.

　백율사는 소금강이라는 경개(景槪) 좋은 북악중복(北岳中腹)에 있는데 큰 바위 사면에 불상을 혹은 양각으로 혹은 음각으로 새겨놓은 웅려(雄麗)한 수법의 사면석불이 있다합니다.

　소금강의 기관(奇觀)과 사면석불의 장관을 보지 못함도 유감이려니와 천년 고도의 전모를 한눈길에 내려다볼 수 있다는 이 장쾌한 시간을 가지지 못하는 가슴은 안타깝기 그지없습니다. 더구나 그곳에는 백율사 순송(筍松)이라는 신라 팔괴(八怪)의인 유명한 것이 있다는 것을……

　　　금강(金剛) 두 자(字)와는 인연도 박(薄)한지고.
　　　소금강 그쯤이야 보여준들 어떠하리
　　　못보고 지나는 마음 울듯울듯 합니다.

　　　북악에 높이 올라 옛터를 바라보고
　　　모든 유적을 한눈 아래 부를 것을
　　　차라리 가슴에 지니고 돌아감이 나을까.

　자동차는 우리를 박물관 앞에 부려놓고 줄달음질 쳐버립니다.

　관람권(觀覽卷)을 사서들고 들어갈 때 눈에 띄는 것은 석등과 아로새긴 주춧돌이며 돌절구같은 큰 돌그릇들인데 그 주춧돌들의 정치(精侈)한 조각에는 새삼스러운 찬탄을 마지않았습니다.

　나는 찬란한 문화를 자랑하는 미술의 전당으로 들어갑니다.

찬연한 문화를 자랑하는 미술의 전당 박물관에서

 석기시대의 대소석기(大小石器)들과 돌칼, 돌끌 등을 봅니다. 저 돌칼과 돌끌로 다시 다른 돌을 끊고 쪼아 기묘한 조각과 모양을 제조하던 당시 석공들의 재주를 감상하면서 금석병용시대(金石倂用時代)의 동검, 동전, 동경 등등과 토기, 도토기 등등의 진물들을 경탄일관(驚嘆一貫)으로 보고 지납니다.

 그 토기의 모양의 복잡함과 종류의 다양한 것이며 그릇과 기왓장 등등에 일일이 어떤 도안을 교묘한 솜씨로 아로새긴 것에는 혀를 차지 않을 수 없습니다.

 기왓장 하나에도 숨어 있고 잠겨 있는 저 신곡할 미술적 솜씨! 저 좋고 좋은 기왓장들은 물론 궁궐이나 사찰같은 건물에만 썼을 것이요 또한 공후장경(公候將卿)의 저택 건축에나 관화유연(觀花遊宴)의 정각(亭閣)을 짓는 데만 사용하였을 것이 분명합니다.

 그러면 저 기왓장 하나 하나에 정밀한 성(誠)과 공(功)을 들여 만들어낸 토공이나 석공들은 어찌 감히 이러한 기왓장 한 장인들 자기 집을 위하여 또한 같은 계급의 사람들을 위하여 만들어나 보았으리까?

 조선의 공예는 조선문화의 자랑이며 세계문화의 시창(始創)이었고 조선에서는 고금(古今)을 통하여 신라시대가 공예문화의 최성기이었습니다. 비록 수, 당의 문화를 본떴다 하나 이것을 수입하여 신라 독특의 문화를 빚어냈으며 특수한 불교 예술을 현출(現出)하였습니다. 진실로 한민족의 개화를 지배하고 지도한 것도 신라입니다.

 그렇다면 이 특수 공예의 시창자가 누구이며 문화의 창설자가 누구입니까? 기예가의 도안장(圖案匠)의 머리와 토, 석공의 솜씨가 아니었다면 아무리 지극한 신라의 부로도 오늘의 찬란한 장면을 자랑하는 조선문화의 시조는 되지 못하였을 것입니다.

그 빛난 문화를 빚어내는 그들의 만들어내는 모든 예술품들은 그들 자신의 것이 아니었고 오로지 최고계급의 독점한 바가 되었었습니다.

마음껏 부귀와 영화를 가질 수 있는 자! 그들은 이러한 고귀한 예술품을 마음대로 사용할 특권을 가진 지배 계급입니다.

그러므로 높은 계급이란 말은 마음껏 욕심껏 호화롭고 안일한 생활을 할 수 있다는 사람들이란 말입니다.

원시시대에는 계급의 별(別)이 없었던 것으로 보아 문화와 부가 발달됨에 따라 계급이란 것이 생긴 것을 알 수 있습니다.

돌아보건대 이 때에 한층 더 계급적 엄준한 구별이 서릿발같이 서가지고 십수 세기 동안 봉건제도의 극도의 꿈이 계속된 것입니다.

얼마나 그들은 아름답고 고운 것을 탐내었습니까? 자기들의 거룩한 몸에 닿기만 하는 것이라면 하다못해 귀후비개까지라도 신기하고 이상한 물품인 것을 요구하였습니다.

하층 계급인의 10여 년의 피땀을 희생하여서라도 그들의 일순간의 만족이 있는 것일진대 주저하지 않고 강요하였습니다.

이러므로 재예(才藝)와 기술은 극히 낭비되고 있었습니다. 낭비는 되면서도 생산에는 또한 제한이 있었습니다. 그럼으로써 그 생명이 길지가 못하였습니다. 신라가 망할 때 즉 최후계급이 망할 때 공예도 함께 망하고 말았습니다.

오직 그 유물이 남아있어 오늘의 나같은 나그네의 가슴을 쳐 줄 뿐입니다.

불상과 금은의 장신구 등등의 궁사극치(窮者極侈)함을 볼 때 절찬보다는 먼저 증오(憎惡)의 염(念)이 앞섭니다.

역전(歷傳)의 보(寶)라는 옥적(玉笛)! 영남을 떠나면 소리가 나지 않고 이 15년이라는 세월을 허비하여야 만들어지겠다고 한다는 옥적을 보고 금관을 봅니다.

　금관의 부속품인 각색 옥류(玉類)와 귀금속이며 이식(耳飾) 등등의 기기묘묘(奇奇妙妙)한 모양과 세공품을 보고 그것을 쓰고 앉은 제왕의 성상(聖像)을 그려봅니다.

　광휘찬란(光輝燦爛)한 금관과 금대(金帶)와 금화(金靴)로 왕권의 위력을 보이는 것만이 왕자의 할 일이 아니오 높은 덕과 어진 정사(政事)로써 만민을 편히 살게 함이 왕자의 맡은 직책(職責)이었건만……

　삼대를 내려오며 30여 년을 허비하여 애처로운 전설을 가지면서 만들어졌다는 봉덕사 울지 못하는 대종(大鐘)을 보았습니다.

삼국을 통일한 영주(英主) 무열왕릉을 찾아

　박물관 순람을 마치고 나온 나는 오직 무거웁고 쓸쓸한 생각만이 가슴에 가득합니다.

　나는 불국사에서 하던 말을 되풀이하여 봅니다.

　"내 눈에 비치는 고귀한 유물들은 심히 불행하다. 나는 고고학자나 미학자가 아니매 적당한 평가를 줄 수 없음으로."

　여관에 돌아와 보니 오후 2시입니다. 불국사를 보고 동해를 보고 석굴암을 볼 때는 그래도 마음이 찬 듯하더니 고도일순을 마치고 오니 어째 맘이 빈 듯합니다.

　다시금 자동차로 서악리 무열왕릉을 향합니다. 김유신의 화사(華奢)하다는 묘를 그냥 지내만 가는 내 길이 한스럽습니다.

　무열왕릉은 크기도 합니다. 능(陵)이라면 높은 곳에 있는 줄만 알았더니 신라의 왕릉들은 평지에 있음이 어쩐지 눈 서툴게 보입니다. 능까지도 높은 곳에 정좌해야할 것이 아니리까마는……

　반도를 통일한 위업을 남긴 춘추왕릉(春秋王陵)의 능비는 문무왕 2년에 세웠다고 합니다. 지금은 비신(碑身)은 업고 귀부(龜趺)와 이수(螭首)만 남아 있는데 그 비신은 지금부터 400여 년 전 조선조, 중종 때 깨어진 채로 황초(荒草)에 묻혀 있더라 합니다.

그 거북의 조각의 씩씩하고 세밀함에는 과연 찬사를 있는 대로 쏟을 수밖에 없습니다. 산 거북이가 등에 무엇을 업고 기어가는 듯이 앞뒤 발의 제작이 신기합니다.

이 거북의 값있는 점(點)은 주둥이의 붉은색이 천연대로의 돌로써 만들어진 것이라 하나 이제는 그 홍점이 잘 보이지 않습니다. 이수는 육룡(六龍)이 어우러져 모양을 이루고 안과 밖에 있는 용들이 뒷발로 보주(寶珠)를 받들고있는 모양인데 그 중간에는 '태종무열대왕지묘(太宗武烈大王之墓)' 라고 팔자이행(八字二行)을 양각(陽刻)으로 새긴 글씨가 있어 그것은 태종의 왕자 김인문의 글씨라 합니다.

비가 와서 이 귀부가 젖어지면 색이 검어지고 몸에 물이 흘러 완연히 살아있는 거북이 기어가려고 하는 것 같다 합니다. 나의 욕심은 그것을 보고자 하나 맑은 하늘에 비를 기다릴 수도 없거니와 물도 없어서 희망을 달하지 못하였습니다.

자동차를 몰아 바로 역으로 향합니다. 얼마 아니 가자 별안간 소나기가 쏟아집니다. 나는 나를 보내놓고 나서 물에 젖은 산 모양을 하고 있을 귀부를 못 잊어서 자꾸자꾸 뒤를 돌아봅니다.

비는 연방 옵니다. 경주에 들어올 때는 하늘이 반가이 웃는 얼굴로 맞아 주더니 갈 때는 이 웬일입니까?

신성한 고도에 대하여 호의와 경의를 표하지 않는 나를 미워서 몰아내는 것인가? 그렇지 않으면 옛날 18만의 민호를 가슴에 안고 대번영을 자랑하던 고도로서 오늘의 보잘 것 없는 쓸쓸한 그 모양을 빗발 속에 숨기려함인가? 또한 그렇지 않으면 몇 개의 고적(古蹟)으로 겨우 뜻 있는 나그네의 밤길을 얻어보는 자신의 서러운 신세를 생각하여 흘리는 눈물인가?

이러한 생각을 하면서 자연의 법칙대로 내려오는 소나기 한두 줄기에 대한 나의 생각이 이다지 관념적이요 개념적인 것이 부끄러우면서도 이런 생각 역시 헐벗은 고도를 앞에 놓고 앉은 까닭에서 일어남이라 겨우 자위(自慰)하였습니다. 6시 25분! 뛰 하는 기적소리 비 속에 사라지며 눈물에 젖은 고도를 뒤에 두고 나는 떠나고 말았습니다.

올 때는 기쁘더니 가려하니 서운한데
하늘도 맘 있는지 눈물흘려 보내주네
옛터에 우는 가을을 돌아보며 갑니다.

≪조선일보≫ 1934. 2.

부소산(扶蘇山)에서

― 부소산모우(扶蘇山暮雨)

부소산 숲에는
        피물이 들었소
나무마다 아롱아롱
        곱게도 들었구려
어린 궁녀 원한 맺힌
넋풀인가 하오

푸르고 누르러
        또다시 붉었으니
삼천궁녀 품에 안은
        깁치마 자랑인 듯
님 주신 것이라서
        되돌려 보냈다오
자세 보오 불붙소
        불이 붙어요
불귀신 원통커늘
        축융혼 또 되라오?
왕자도 넋은 있다
저문 비, 눈물이라우

        1933, 10, 16

≪조선일보≫ 1933. 11. 12.

박화성 연보

1903(1904・1세) 전남 목포시 죽동 9번지에서 음력 4월 16일에 아버지 박운서(朴雲瑞)와 어머니 김운선(본명 金雲奉, 후일 운선 雲仙으로 개명)의 4남매 중 막내딸로 태어나다. 아명 말재(末才), 본명 경순(景順). 문인사전 등 공식 기록에 출생연도가 지금까지 1904년으로 되어 있으나 실제 그의 출생연도는 1903년이다. 아버지 박운서는 소싯적에 서울에서 무슨 구실인가 했다는데 낙향해서 만혼을 하고 1902년에 목포로 와 선창에서 객주를 하여 돈을 잘 벌었다. 아호는 화성(花城), 소영(素影). 정명여학교 학적은 화재로 소실되어 남아 있지 않으나 남아 있는 사진 자료에는 박경순(朴景淳) 11세라고 표기되어 있다.(『정명100년사』)이때부터 어머니, 교회에 나가기 시작함.

1907년(4세) 찬미책과 성경을 줄줄 내리 읽음. 부모님 세례 받음. 이 때 박화성도 젖세례를 받음. (교회는 목포 양동 교회인 듯.) 어머니 김운봉 씨, 목사가 지어준 김운선으로 이름을 바꿈.

1908년(5세) 정월에 천자책을 뗌. 집에서 제사를 치우고 큰오빠 일경(호적명, 起華) 결혼. 언니를 따라 학당에 다님. 시험을 보면 늘 '통'(만점)을 맞음.

1909년 (6세) 교회와 학당에서 말재를 신동이라 함. 교회신문에 말재의 이야기가 크게 보도됨. 가장 따르던 원경 오빠 사망.

1910년(7세) 정명여학교에 3학년으로 입학. 말재에서 경순으로 승격. 언니

경애(敬愛)도 景愛였으나 김합라 선생이 景이 좋지 않다고 敬으로 고쳐주었고 말재도 敬順으로 바꾸어 주었다. 그러나 호적에는 여전히 景順으로 되어 있다. 이때부터 소설에 흥미를 갖고 소설 읽기에 밤을 새움.

1911년(8세) 성적이 좋아 5학년으로 월반함.

1912년(9세) 언니 경애 윤선을 타고 평양으로 가 숭의여학교에 입학하다.

1913년(10세) 신 학제에 따라 고등과 3학년이 되다. 60칸짜리 큰집을 지어 이사함. 한 달 동안 중병을 앓음. 꿈에 이기풍 목사가 나타나 먹여주는 약을 먹고 낫는 체험을 함. 두 달 보름만에 회복.

1914년(11세) 목포 항구에 철도가 개통되다. 고등과 4학년이 되다. 그때까지 읽은 책이 100권은 넘었을 것. 소설을 쓰다. 제목은「유랑의 소녀」. 자신의 아호를 박화성으로 짓다. 아버지의 축첩으로 상처를 받다.

1915(12세) 목포 정명여학교를 졸업하다. 이때부터 노래를 짓고 시를 습작하기 시작하다. 보습과 입학.

1916년(13세) 보습과 졸업하고 서울 정신여학교 5학년으로 시험을 치르고 들어가다. 김말봉과 한 반이었다. 편지를 검열하는 등 자유를 구속하는 정신여학교의 생활이 싫어 가을 학기에 숙명여학교로 가, 시험을 치르고 본과 2학년에 편입함. 풍금실에서 김명순을 만남.

1917년(14세) 숙명여자고등보통학교 3학년이 되다. (김명순 졸업). 소설 쓸 결심을 하고 식물원에 가기도 하면서 모방소설「식물원」을 쓰다. 시도 쓰다. 왕세자 전하 모신 자리에서 풍금 연주를 하다.

1918년 3월(15세) 숙명여자고등보통학교 제9회 졸업. 음악학교에 진학한다면 교비생으로 해주겠다는 말이 있었으나 전문가로서의 음악가는 원치 않았기에 거절하다. 그렇다고 소설가나 시인이 되겠다는 생각도 없었고 우리나라 독립을 위해 큰 일꾼이 되겠다는 이상을 품음. 아버지와 약속한 내년의 동경유학을 기다리며 1년 만 보통학교의 교원으로 일하기로 하다. 학교에 말해 천안 공립보통학교 교원으로 가다. 본가의 죽동 9번지 집이 팔리고 양동 126번지 작은 집으로 이사하다. 8개월 근무 후 아산 공립보통학교로 가다.

1919년(16세) 3월에 교원 사직하고 귀향하다. 아버지 사업의 재기가 어려워 일본 유학 약속이 지켜지기 어렵게 되다. 언니 경애 나주로 시집을 가다.

1920년(17세) 우울증을 달래러 언니와 형부가 교사로 나가고 있는 광주로 가다. 김필례 씨로부터 영어와 풍금의 개인교수를 받다. 몇 달 후 북문교회 유치원의 보모로 일하고 밤이면 부녀야학에서 가르치다.

1921년(18세) 영광 중학원 교사로 부임하다. 조운이 주도하는 자유예원에 글을 써 번번이 장원이 되다. 조운의 문학지도를 받다. 조운으로부터 덕부노화의 『자연과 인생』을 받아 읽고 처음으로 무한히 넓은 창공과 가슴이 태양처럼 툭 터져나가는 상쾌함과 신비로움을 감각하다. 소설작법 희곡작법의 소책자와 일본 문인들의 작품과 서구 문호들의 방대한 소설을 밤새워 읽다. 자유예원에서 장원한 수필〈ㅎㅍ형께〉〈K선생께〉〈정월초하루〉를《부인》에 싣다.

1923년(20세) 단편「팔삭동」을 쓰다. 연희전문에서 내는《학생계》라는 교지에 시「백합이 지기 전에」실리다. 김우진 김준연 박순천 등의 동경유학생 하기순회강연에서, 채동선의 바이올린 연주에 풍금으로 반주를 하다.

1924년(21세) 단편「추석전야」를 쓰다. 조운이 계룡산에서 수양하고 있는 춘원 이광수에게 가지고 가 전하다.

1925년(22세)《조선문단》1월호에 단편「추석전야」가 춘원의 추천으로 실려 문단에 등단하다. 3월에 신학제에 따라 숙명여고보 4학년에 편입하다. 춘원선생을 처음 만나다. 서해 최학송 만나다.

1926년(23세) 숙명여자고등보통학교를 최우등으로 졸업하다. 오빠 박제민, 노동조합 선동의 혐의로 검속되다. 오빠의 친구인 P씨(본명 미확인) 박화성의 일본 유학 학비 도와주다. 4월에 일본으로 건너가 일본여자대학교 영문학부 1학년에 입학하다.

1927년(24세) 여름방학에 오빠로부터 김국진 소개받다. 가을부터 보증인이 되어있는 세이께 부인의 권유로 독서회에 나가다. 근우회 동경지부 위원장이 되다.

1928년(25세) 3학년에 진급만 하고 귀국하다. 학비지원을 받던 P씨와 파혼을 한 까닭에 학업을 계속하기 어려워지다. 장편『백화』쓰기 시작. 6월 24일 아침 김국진 씨 체부동 하숙으로 찾아오다. 6월 30일 오후 7시 Q라는 은사의 주례로 김국진 씨와 결혼하다. 참석인원은 20명. 어머니도 오빠도 몰래 비밀로 한 결혼. 결혼반지에 Be Faithful L&I(사랑과 이즘에 충실하자)고 새기다.

1929년(26세) 2월 숙명 4학년 때 학비를 지원해 준 이윤영 씨를 찾아가 여비와 학비를 도움받다. 3월 말 동경으로 가 혼고(本鄕)라는 동네에 2층 6첩 방에 들다. 김국진은 와세다대 정치경제과에 적을 두다. 5월 27일 오후 8시 15분 첫딸 승해(勝海) 출산. 음력 9월 아버지 박운서 사망.

1930년(27세) 오빠에게서 여비와 약간의 금액을 얻어 동경에서 하숙을 치다. 일본여자대학교 영문학부 3년을 수료하다. 임신으로 다시 귀국.

1931년(28세) 3월 13일 목포에서 장남 승산(勝山) 출산. 보통학교 근처(북교초등학교)에 사글세 집을 얻어 생활. 28년부터 쓰기 시작했던『백화』집필 수정 계속. 춘원이 목포에 와『백화』탈고를 알림. 반전 데이 삐라 사건으로 김국진 피포. 3년 언도를 받고 복역. 옥바라지 시작.

1932년(29세) 1월 《동아일보》 신춘문예에 동화「엿단지」가 박세랑이란 필명으로 당선되다. 5월에 중편「하수도공사」를 《동광》에 발표. 6~11월 한국여성 최초의 장편소설인『백화』를 《동아일보》에 연재하다. 10월「떠나려가는 유서」를 《만국부인》에 발표하다.『백화』가 창문사에서 간행되다.

1933년(30세) 1월 연작소설「젊은 어머니」를 《신가정》에, 2월 콩트「누가 옳은가」《신동아》에, 11월에 단편「두 승객과 가방」을 《조선문학》에 발표하다. 8~12월에 중편「비탈」을 《신가정》에 연재하다. 경주·부여 등 고도 답사, 기행문과 시조를 ≪조선일보≫에 연재.

1934년(31세) 남편 김국진 복역 끝내고 나옴. 팔봉 형제에게 부탁하여 간도 용정의 동흥중학교의 교원으로 가게 함. 성해 이익상이 ≪매일신보≫에 4배의 원고료를 줄 테니 글을 쓰라고 했으나 거절하다. 6월 희곡 「찾은 봄·잃은 봄」을 ≪신가정≫에, 7월 「논 갈 때」를 ≪문예창조≫에, 10월에 「헐어진 청년회관」을 ≪청년조선≫에, 11월 단편 「신혼여행」을 ≪조선일보≫에 발표하다. 「헐어진 청년회관」이 검열에 걸려 발표되지 못하자 팔봉 김기진이 시 〈헐어진 청년회관〉을 써 발표하고 후일 원고를 돌려주어 해방 후 창작집에 실리다.

1935년(32세) 4.1～12.4 장편 『북국의 여명』을 ≪조선중앙일보≫에 연재하다. 1월 단편 「눈 오던 그 밤」을 ≪신가정≫에, 2월 단편 「이발사」를 ≪신동아≫에, 3월 단편 「홍수전후」를 ≪신가정≫에, 11월에 단편 「한귀」를 ≪조광≫에 발표하다. 10월에 모교 동창의 집이자 천독근 씨의 집 방문. 그 후 편지가 오고 부부가 함께 오기도 하고 혼자 오기도 하는 등 왕래.

1936년(33세) 1월 단편 「불가사리」≪신가정≫에 역시 1월에 단편 「고향 없는 사람들」 ≪신동아≫에 발표하다. 4월 연작소설 『파경』 1회분 ≪신가정≫에 발표하다. 4월에 딸 승해 초등학교 입학, 7월에 용정에 있는 남편 찾아가다. 6월에 난편 「춘소」 ≪신동아≫에 발표히고 역시 6월에 단편 「온천장의 봄」을 ≪중앙≫에, 8월에 단편 「시들은 월계화」를 ≪조선문학≫에 발표하다. 가족은 버려도 동지는 버릴 수 없다는 남편과 헤어질 결심을 함. 천독근 씨 청혼. 강경애로부터 김국진에게 돌아오라는 권고의 편지 받음. 9월에 언니 경애 사망.

1937년(34세) 일본 개조(改造)지에 단편 「한귀」 최재서 씨의 일역으로 실림. 9월 단편 「호박」을 ≪여성≫에 발표한 것을 끝으로 해방이 되기까지 일제의 우리말 말살정책에 항거하여 각필하다.

1938년(35세). 3월 2일 승준 출생. 5월 14일 천독근과 혼인신고. 5월 22일에 결혼예식. 8월 하순 김국진이 목포에 와서 승해와 승산 남매 데리고 용정으로 감. 9월에 큰오빠 기화 별세. 장례 후 제주도에 가서 한 달

간 지내다 옴. 아이들 다시 데려오기로 결심. 동기방학에 전진항에서 아이들을 데려온 김국진과 만남. 아이들 목포 연동에서 외할머니와 함께 생활.

1939년(36세) 2월 23일 승세 출생. 여름에 시모, 겨울에 시부 사망.

1940년(37세) 목포에서 후진 지도.

1941년(38세) 6월 14일 승걸 출생, 12월 대동아전쟁 발발.

1942년(39세) 응하지 않으니 원고청탁이 뜸해짐. 승해 중학교 입학. 천독근 씨가 도회의원, 부회의원, 상공회의원, 섬유조합 이사, 전남도 이사장, 회사사장을 겸하여 손님 치르기에 부엌에서 도마와 칼만 쥐고 살다시피 함.

  삼 년상, 조석 삭망에 제사 때마다 음식 마련과 손님 치다꺼리에 겨를이 없이 지냄. 친정 어머니, 젖세례까지 받은 네가 그렇게도 우상 섬기는 데에 얽매일 줄 몰랐다고 함. 9월 28일에 오빠 제민 사망.

1943년(40세) 3월 승산 목포중학교 입학. 7월 11일 금강산 탐방. 10월 9일에 다시 금강산 추풍악을 여섯 살짜리 승준을 데리고 탐승.

1944년(41세) 5월 시동생 둘 결혼. 함께 친영. 승준 국민학교 입학.

1945년(42세) 8월 15일 목포 자택에서 해방 맞음. 12월엔 강도까지 듦. 목포고녀 교가 작사.(김순애 작곡) 장녀 승해 이화여대 영문과 입학.

1946년(43세) 광복과 함께 다시 붓을 들어 오빠 제민을 추모하는 수필 〈시풍 형께〉를 ≪예술문화≫에 발표. 친일파로 몰려 수난. 단편 「봄안개」를 민성에 발표하다. 천독근 씨 호열자로 와병 후 회복.

1947년(44세) 2월 조선문학가동맹 목포지부장에 뽑힘. 최영수, 백철, 김안서, 김송, 정비석 흑산도 갔다가 목포에 들러 박화성 씨 자택에 들름. 단편 「파라솔」을 ≪호남평론≫에 발표하다.(미확인) 9월 승산 경기중학에 편입. 역시 9월 승걸 국민학교 입학. 11월에 2학년으로 월반. 첫 단편집 『고향 없는 사람들』을 중앙보급소에서 간행하다. 12월 31일 목포에서 『고향 없는 사람들』 출판기념회.

1948년(45세) 1월 정지용 씨 목포에 와 만찬회. 지역문인들 만당하는 성황. 4월 콩트 「검정사포」, ≪새한민보≫ 발표, 7월 단편 「광풍 속에서」를 ≪동아일보≫에 발표하다. 10월 제 2단편집 『홍수전후』를 백양당에서 간행하다. 여순반란사건. 반민특위에서 천독근 씨 조사 결과 수사에서 제외되다. 서울 사간동에 집 마련. 승해, 승산 이대와 경기중학 통학.

1949년(46세) 승산이 서울대 문리대 영문과 진학. 승준, 승세, 승걸 모두 서울 수송국민학교로 전학. 제주 4·3사태를 다룬 단편 「활화산」을 탈고, 게재 전 소실되다.

1950년(47세) 승준이 경기중학에 입학. 1월 콩트 「거리의 교훈」, ≪국도신문≫에 발표, 단편 「진달래처럼」을 ≪부인경향≫ 창간호에 발표하다. 6·25 발발. 7월 24일 친구에게 들켜 나간 승산이 끝내 돌아오지 못함. 한성도서에서 출간하기로 되어 있었던 『북국의 여명』신문 스크랩, 회사의 철궤에서 집으로 가져와 다락에 두고 떠나 잃어버림. 9월 3일 목포를 향해서 걸어서 감. 헌병대와 CIC 등에 가서 조사를 받는 등 고역을 치렀으나 무사히 석방. 관상쟁이가 백일 기도를 하면 영험이 있으리라해서 잃어버린 아들 승산을 위해 절에 가서 3·7기도를 함.

1951년(48세) 승세 중학에 입학. 단편 「형과 아우」를 ≪전남일보≫에 게재하다.

1952년(49세) 승걸 국민학교 일등으로 졸업. 4월에 중학 입학. 단편 「외투」를 ≪호남신문≫에 콩트 「파랑새」를 ≪주간시사≫에 게재하다. 여름에 이동주, 서정주 등 문인들 목포 방문.

1953년(50세) 승준 고교 입학. 승해 목포여중 영어교사로 근무. 남편의 회사 운영 어려워짐.

1955(52세) 사간동에서 팔판동 작은 전세 집으로 이사. 아이들 헌 스웨터를 고치면서 눈이 쑤시고 아플 땐 또 뇌빈혈로 쓰러졌을 때는 죽음에 대한 공포를 느끼다. 전에도 이렇게 쓰러질 때 "걸작을 내지 못해서 어쩌나?" "어머니 앞에서 죽어서야…" "내 아들을 못보고 죽어서

야…" 이 세 가지 큰 숙제 때문에 눈을 감지 못하리라 했다. 9월 단편「부덕」을 ≪새벽≫에 발표. 8월부터 56년 4월까지 장편소설『고개를 넘으면』을 ≪한국일보≫에 연재하다. 이제서야 서울 문우들과 교우 시작. 11월 5일 모친 김운선 씨 사망.

1956년(53세) 8월 단편「원두막 풍경」을 ≪여성계≫에 발표하다. 10월 3일 고향에서『고개를 넘으면』출판기념회. 30일에는 서울 동방살롱에서 출판기념회. 11월~57년 9월 장편『사랑』을 ≪한국일보≫에 연재하다. 장편『고개를 넘으면』을 동인문화사에서 간행하다. 딸 승해 손주현 씨와 약혼.

1957년(54세) 대학동창회(일본여대)에서 출판기념회 열어주다. 2월 26일 승세가 맹장 수술을 해 목포에서 병간호를 하며 20일 간 소설을 써 보내다. 4월 27일 딸 결혼. 이 무렵부터 천독근 씨 와병. 5월 8일 권농동으로 이사. 남편의 신경질로 건넌방 구석에 숨어서 소설을 쓰며 눈물. 여자란 아내라거나 어미라거나 그런 책임만이라도 감당하기 어려운데 주제에 소설을 쓴다니 천만 부당하지 않느냐?(『눈보라의 운하』373면) 11월 장편『사랑』전편을 동인문화사에서 간행하다. 단편「나만이라도」를 ≪숙명≫에 발표하다. 10월 3일 인의동으로 이사. 천독근 씨 해남 대흥사, 삼각산 승가사에서 요양. 10월~58년 5월『벼랑에 피는 꽃』≪연합신문≫에 연재. 섣달 그믐 승세 ≪동아일보≫ 신춘현상문예에 당선작 없는 가작 당선 소식 오다.

1958년(55세) 1월 단편「하늘이 보는 풍경」을 ≪조선일보≫에 발표. 승걸 서울대 영문과 입학. 승세 ≪현대문학≫에 추천완료 문단 등단. 단편「어머니와 아들」을 ≪여원≫에, 단편「딱한 사람들」을 ≪소설계≫ 창간호에 발표하다. 목포시 문화상을 수상하다. 4월~59년 3월 장편『바람뉘』를 ≪여원≫에 연재하다. 6월~12월 장편『내일의 태양』을 ≪경향신문≫에 연재하다. 영화화 원작료로 정릉에 20평 집을 사서 이사. 연말에 장편『사랑』후편을 동인문화사에서 간행하다.

1959년(56세) 장편『고개를 넘으면』『내일의 태양』등이 영화화되다. 5월에 병석의 남편이 별세하다. 10월에 장편 집필을 위하여 유관순의 고향인 천안 지령리를 답사하다.

1960년(57세) 1~9월 유관순을 주인공으로 한 장편『타오르는 별』을 ≪세계일보≫에 연재하다. 2~9월 장편『창공에 그리다』를 ≪한국일보≫에 연재하다. 11월~61년 7월 장편『태양은 날로 새롭다』를 ≪동아일보≫에 연재하다. 승세 결혼. 유관순 전기『타오르는 별』출간하다. 차남 승세가 이철진(연극인)과 결혼.

1961년(58세) 12월 단편「청계도로」를 ≪여원≫에,「비 오는 저녁」(소설집『잔영』에 수록)을 발표하다. 5·16 군사혁명 발발. 이화여자대학교 제정 문학선구공로상을 받다. 한국문인협회 창립과 동시에 이사로 선임되다.

1962년(59세) 단편「회심록」을 ≪국민저축≫에,「별의 오각은 제대로 탄다」를 ≪현대문학≫에 발표하다. 장편『가시밭을 달리다』를 ≪미의 생활≫에 연재하다. 교육제도 심의위원에 피촉되다. 7월~63년 1월 장편『너와 나의 합창』을 ≪서울신문≫에 연재하다.

1963년(60세) 3~9월 장편『젊은 가로수』를 ≪부산일보≫에 연재하다. 국제펜클럽 한국본부 중앙위원에 위촉되다. 4월~64년 6월 자전적 장편『눈보라의 운하』를 ≪여원≫에 연재하다. 6월~64년 2월 장편『거리에는 바람이』를 ≪전남일보≫에 연재하다.

1964년(61세) 정릉의 진풍사를 떠나 하월곡동으로 이사. 회갑기념으로『눈보라의 운하』를 여원사에서 간행하고 출판기념회를 열다. 가정법원 조정위원에 위촉되다. 오월문예상 심사위원에 위촉되다. 최정희와 공저로 여인인물전기『여류한국』을 어문각에서 간행하다. 7월에 한국여류문학인회가 창설되고 초대회장으로 추대되다.

1965년(62세) 장편전기『열매 익을 때까지』를 청구문화사에서, 장편『창공에 그리다』를 영창도서에서 간행하다. 5월 단편「원죄인」을 ≪문예춘추≫에, 7월에 단편「샌님 마님」을 ≪현대문학≫에, 11월에 단편「팔전구기」를 ≪사상계≫에 발표하다. 자유중국부인사작협회 초청으로 대만을 방문, 각계를 시찰하고 강연, 좌담회 등을 갖다.

1966년(63세) 1월 단편 「증언」을 ≪현대문학≫에, 「어떤 모자」를 ≪신동아≫에 발표하다. 장편전기 『새벽에 외치다』를 휘문출판사에서 간행하다. 6월에 한국 예술원 회원이 되다. 같은 달에 미국 뉴욕에서 열린 국제 펜클럽 세계연차대회(34차)에 한국대표로 도미, 2개월간 각지 문화계를 시찰하다. 10월에 단편 「증언」으로 제3회 한국문학상을 받다.

1967년(64세) 단편 「애인과 친구」를 ≪국세청≫에 단편 「잔영」을 ≪신동아≫에 발표하다.

1968년(65세) 제3단편집 『잔영』을 휘문출판사에서 간행하다. 단편 「현대적」 ≪여류문학≫을 발표하다. 7월, 한일친화회의 초청으로 도일, 동경 대판 경도 나라 등지를 시찰하고 문학강연, 좌담회 등을 갖다. 장남 승준, 작가 이규희와 결혼.

1969(66세) 수상집 『추억의 파문』을 한국문화사에서 간행하다. 중편 『햇볕 나리는 뜨락』을 ≪소년중앙≫에, 5월 단편 「이대」를 ≪월간문학≫에, 단편 「비취와 밀화」 ≪여성동아≫에 발표하다. 서울대병원에서 위암 수술을 받다. 10월에 제1회 문화공보부 예술문화상 심사위원에 위촉되다. 11월에 〈나와 ≪조선문단≫ 데뷔 시절〉을 대한일보에 연재하다.

1970년(67세) 3월 단편 「성자와 큐피드」를 ≪신동아≫에, 11월에 단편 「평행선」을 ≪월간문학≫에 발표하다. 제15회 예술원 문학상을 수상하다. 서울시 문화상 심사위원에 위촉되다. 3남 승걸 서울대학교 영문과 교수로 부임하다. 10월에 3남 승걸 정혜원(상명여대 국문과 교수)과 결혼하다.

1971년(68세) 11월 단편 「수의」를 ≪월간문학≫에 발표하다.

1972년(69세) 장편 『고개를 님으년』이 삼성출판사에서 간행되다. 장편 『내일의 태양』이 삼중당에서 간행되다

1973년(70세) 단편 「어머니여 말하라」를 ≪한국문학≫에 발표하다.

1974년(71세) 중편 『햇볕 나리는 뜨락』을 을유문화사에서 간행하다. 10월에 문화훈장을 받다(은관). 12월, 제2수필집 『순간과 영원 사이』를 중앙출판공사에서 간행하다.

1975년(72세) 모처럼 아들, 사위와 더불어 대천에 피서를 다녀와 9월 단편 「해변소묘」를 ≪신동아≫에 발표하다.
1976년(73세) 1월 단편 「신록의 요람」을 ≪한국문학≫에, 8월 단편 「어둠 속에서」를 ≪한국문학≫에 발표하다.
1977년(74세) 제4단편집 『휴화산』을 창작과 비평사에서 간행하다.
1978년(75세) 11월에 단편 「동해와 달맞이꽃」을 ≪한국문학≫에 발표하다.
1979년(76세) 7월에 단편 「삼십 사년 전후」를 ≪한국문학≫에 발표하다.
장편 『이브의 후예』 상하를 미소출판국에서 간행하다.
1980년(77세) 단편 「명암」을 ≪쥬단학≫에, 7월 단편 「여왕의 침실」을 ≪한국문학≫에 발표하다.
1981년(78세) 1월에 단편 「신나게 좋은 일」을 ≪한국문학≫에 11월에 단편 「아가야 너는 구름 속에」를 ≪한국문학≫에 발표하다.
1982년(79세) 8월 단편 「미로」를 ≪한국문학≫에 발표하다.
1983년(80세) 6월 단편 「이 포근한 달밤에」를 ≪한국문학≫에 발표하다.
1984년(81세) 5월 단편 「마지막 편지」를 ≪한국문학≫에 발표하다. 제 24회 삼일문화상을 수상하다.
1985년(82세) 5월 단편 「달리는 아침에」를 ≪소설문학≫에 발표하다.
1988년(85세) 1월 30일 까맣게 잊고 있던 암세포가 19년 만에 다시 췌장에 나타나 약 1개월간 와병 후, 새벽 6시에 영면하다.
1990년 8월 우리문학기림회에서 창작의 산실이었던 목포시 용당동 986번지에 '박화성문학의 산실'비를 건립하다.
1991년 1월 30일 우리나라 최초의 문학기념관인 〈소영 박화성 문학기념관〉이 목포에 세워지다. 작가의 문학작품과 생활유품 1,800여 점이 전시되다. 1월 30일 오후 7시 〈박화성 문학기념관〉 개관기념 〈민족문학의 밤〉이 민족문학작가회의 주최로 목포에서 개최되다.
1992년 10월 9일 한국문인협회 목포지부와 소영 박화성 선생 기념사업추진위원회 공동주최로 제1회 소영 박화성 백일장이 목포 KBS홀에서 열림. 이후 매년 개최돼 현재에 이름.

1996년 9월 6일 한국문인협회와 SBS 공동으로 소영 박화성 문학기념관 앞 정원에 문학공로 표징석을 세움.

1996년 9월 6~7일 「박화성 문학 재조명」을 위한 세미나가 한국여성문학인회 주최(회장 추은희)와 한국문화예술진흥원 후원으로 목포에서 열림.

2002년 10월 11일 예총 목포지부와 문인협회 목포지부 공동주최로 「소영 박화성 문학의 발자취를 찾아서」 연구발표회가 목포에서 열림.

2003년 12월 장편 『북국의 여명』 서정자 편저로 푸른사상사에서 출간.

2004년 4월 16일 문학의 집·서울(이사장 김후란)에서 박화성 탄생 100주년 기념 〈문학과 음악의 밤〉 개최.

2004년 4월 29, 30일 민족문학작가회의(이사장 염무웅)와 대산문화재단(이사장 신창재) 주최로 박화성 이태준 계용묵 등 탄생 100주년을 기념하는 문학제 '어두운 시대의 빛과 꽃'을 세종문화회관 컨퍼런스 홀 등에서 열렸으며 박화성 작 「한귀」가 연극으로 공연되었다.

2004년 5월 서정자 편저 『박화성 문학전집』 푸른사상사에서 출간예정.

2004년 6월 한국소설가협회 주최(이사장 정연희) 박화성 탄생 100주년 기념 세미나, 서울 아카데미하우스에서 열릴 예정. 주제 발표 중앙대 교수 문학평론가 임헌영, 초당대 교수 서정자.

박화성 작품연보

1923	단편	「팔삭동」	자유예원
1925.1	단편	「추석전야」	≪조선문단≫
1932.1	동화	「엿단지」	≪동아일보≫ 신춘문예 당선작
1932.5.	중편	「하수도공사」	≪동광≫
1932.6-11	장편	『백화』	≪동아일보≫
1932.10	단편	「떠나려가는 유서」	≪만국부인≫
1933.2	콩트	「누가 옳은가」	≪신동아≫
1933.1	연작소설	「젊은 어머니」(1회)	≪신가정≫
1933.8~12	중편	「비탈」	≪신가정≫
1933.11	단편	「두 승객과 가방」	≪조선문학≫
1934.6.	단편	「논 갈 때」	≪문예창조≫
1934.7	희곡	「찾은 봄·잃은 봄」	≪신가정≫
1934	단편	「헐어진 청년회관」	≪청년문학≫
1934.11.6~21	단편	「신혼여행」	≪조선일보≫
1935.1	단편	「눈 오던 그 밤」	≪신가정≫
1935.2	단편	「이발사」	≪신동아≫
1935.3.	단편	「홍수전후」	≪신가정≫

1935.4~12	장편	『북국의 여명』	《조선중앙일보》	
1935.11	단편	「한귀」	《조광》	
1935.11	단편	「중굿날」	《호남평론》	
1936.1	단편	「불가사리」	《신가정》	
1936.1	단편	「고향 없는 사람들」	《신동아》	
1936.4.	연작소설	「파경」(1회)	《신가정》	
1936.6	단편	「춘소」	《신동아》	
1936.6	단편	「온천장의 봄」	《중앙》	
1936.8	단편	「시들은 월계화」	《조선문학》	
1937.9.	단편	「호박」	《여성》	
1946.6	단편	「봄안개」	《민성》	
1947	단편	「파라솔」	《호남평론》 (미확인)	
1948.4	콩트	「검정 사포」	《새한민보》	
1948.7	단편	「광풍 속에서」	《동아일보》	
1949	단편	「활화산」	게재 전 소실	
1950	단편	「진달래처럼」	《부인경향》	
1950	콩트	「거리의 교훈」	《국도신문》	
1951	단편	「형과 아우」	《전남일보》 (미확인)	
1952	단편	「외투」	《호남신문》 (미확인)	
1952	콩트	「파랑새」	《주간시사》 (미확인)	
1955.8~56.4	장편	『고개를 넘으면』	《한국일보》	
1955.9.	단편	「부덕」	《새벽》	
1956	단편	「원두막 풍경」	(창작집『잔영』수록)	
1956.11~57.9	장편	『사랑』	《한국일보》	

1957.10~58.5	장편	『벼랑에 피는 꽃』	≪연합신문≫
1957	단편	「나만이라도」	≪숙명≫
1958	콩트	「하늘이 보는 풍경」	≪조선일보≫ 신년호
1958	단편	「어머니와 아들」	≪여원≫ (미확인)
1958.6~12	장편	『내일의 태양』	≪경향신문≫
1958	단편	「딱한 사람들」	(창작집『잔영』수록)
1958.4~59.3	장편	『바람뉘』	≪여원≫
1960.2~9	장편	『창공에 그리다』	≪한국일보≫
19601.1~9	장편	『타오르는 별』	≪세계일보≫
1960.11~61.7	장편	『태양은 날로 새롭다』	≪동아일보≫
1961.12	단편	「청계도로」	≪여원≫
1961	단편	「비 오는 저녁」	(창작집『잔영』수록)
1962	단편	「버림받은 마을」	≪최고회의보≫
1962	단편	「회심록」	≪국민저축≫ (160매를 6개월간)(미확인)
1962	장편	『가시밭을 달리다』	≪미의 생활≫ (3회 연재 확인, 미완)
1962.11	단편	「별의 오각은 제대로 탄다」	≪현대문학≫
1962.7~63.1	장편	『너와 나의 합창』	≪서울신문≫
1963.3~9	장편	『젊은 가로수』 (『이브의 후예』로 개제 출간) ≪부산일보≫	
1963.6~64.2	장편	『거리에는 바람이』	≪전남일보≫ (단행본, 휘문출판사)
1963.4~	장편	『눈보라의 운하』	≪여원≫
1964	인물열전	『여류한국』	어문각(최정희 공저)
1965.5.	단편	「원죄인」	≪문예춘추≫

1965.7	단편	「샌님 마님」	《현대문학》
1965.11	단편	「팔전구기」	《사상계》
1965	장편	『열매 익을 때까지』	청구문화사
1966	장편	『새벽에 외치다』	휘문출판사
1966.1	단편	「증언(금례)」	《현대문학》
1966.7	단편	「어떤 모자」	《신동아》
1967	단편	「애인과 친구」	《국세》
1967.10	단편	「잔영」	《신동아》
1968	단편	「현대적」	(창작집『휴화산』수록)
1969	중편	「햇볕 나리는 뜨락」	《소년중앙》
		(국제펜클럽, 한국중편소설전집)	
1969.5	단편	「삼대」	《월간문학》
1969	단편	「비취와 밀화」	(창작집『휴화산』수록)
1970.3	단편	「성자와 큐피드」	《신동아》
1970.11	단편	「평행선」	《월간문학》
1971.11	단편	「수의」	《월간문학》
1971	단편	「오 공주」	(창작집『휴화산』수록)
1973.12	단편	「어머니여 말하라」(휴화산으로 개제)	
			《한국문학》
1975.9	단편	「해변소묘」	《신동아》
1976.1	단편	「신록의 요람」	《한국문학》
1976.8	단편	「어눔 속에서」	《한국문학》
1978.11	단편	「동해와 달맞이꽃」	《한국문학》
1979.7	단편	「삼십사 년 전후」	《한국문학》
1980	콩트	「명암」	《쥬단학》
1980.7	단편	「여왕의 침실」	《한국문학》
1981.1	단편	「신나게 좋은 일」	《한국문학》
1981.11	단편	「아가야 너는 구름 속에」	《한국문학》

1982.8	단편	「미로」	≪한국문학≫
1983.6	단편	「이 포근한 달밤에」	≪한국문학≫
1984.5	단편	「마지막 편지」	≪한국문학≫
1985.5	단편	「달리는 아침에」	≪소설문학≫

장편 17편(미완1편 · 전기소설 4편 포함)
중편 3편
단편 62편
연작소설 2회
여성인물열전 10편
콩트 6편
동화 1편
희곡 1편
총 101편

기타 수필 다수

■ 단행본

『백화』(1932 창문사)
『고향 없는 사람들』(1947 중앙문화보급소)
『홍수전후』(1948 백양당)
『고개를 넘으면』(1956 동인문화사)
『사랑』 상, 하(1957 동인문화사)
『타오르는 별』(1960 문림사)
『태양은 날로 새롭다』(1978 삼성출판사)
『벼랑에 피는 꽃』(1972 삼중당)
『눈보라의 운하』(1964 여원사)

『거리에는 바람이』(1964 휘문출판사)
『여류한국』(1964 어문각)
『열매 익을 때까지』(1965 청구문화사)
『창공에 그리다』(1965 영창도서)
『새벽에 외치다』(1966 휘문출판사)
『잔영』(1968 휘문출판사)
『추억의 파문』(1969 한국문화사)
『내일의 태양』(1972 삼중당)
『햇볕 나리는 뜨락』(1974 을유문화사)
『바람뉘』(1974 을유문화사)
『순간과 영원 사이』(1974 중앙출판공사)
『너와 나의 합창』(1976 삼중당)
『휴화산』(1977 창작과비평사)
『북국의 여명』(2003 푸른사상사)